צרויה שלֵו

תְּרָה

עורך הספר: יגאל שוורץ

צרויה שלֵו

תְּרָה

קשת הוצאה לאור

Zeruya Shalev

LATE FAMILY

לקשת הוצאה לאור, ת.ד. 53021, תל אביב 61530.
טל. 03-6476140, פקס 03-6470458
E-MAIL: KESHETPUB@HOTMAIL.COM

עריכה לשונית: תנחום אבגר
עימוד: ע.נ.ע בע"מ
ניהול ייצור: שלום צדוק
הדפסה: דפוס ניידט, תל אביב

העטיפה: עיבוד לקטע מתוך ציור קיר מן האי תרה

מסת"ב : ISBN: 965-7130-23-9

לאיל

פרק ראשון

אני מת, הוא צועק, קולו נלהב, גופו הצנום מפרכס מולי, אני מת לגמרי, מת לתמיד, פיו נפער, חושף את שיני החלב הרעועות שלו, התלויות על בלימה. אני חלום, הוא מזמר, את חולמת כל הזמן, בסוף תגלי שאין לך ילד, לרגע הוא משתתק ובוחן את פני בעיניים מרצדות, הבהלה שלי מעצימה את עליצותו, את רשעותו החדשה שנולדה הבוקר, שש שנים אחריו, וכבר עוטפת אותו כאותן גלימות שאהב פעם ללבוש.

מעגל של דובים נרפים מקיף אותו, עמומי פרווה, בעיניהם מבע של ציפייה מתמדת, והוא מפזז ביניהם, תוסס כבועה, על חזהו מתנדנד לב נייר גזור ועליו שמו, באותיות דפוס גדולות, מנוקדות, שתדע המורה החדשה, שלא תתבלבל, שידעו הילדים, שידעו הקירות הסובבים אותם, החשופים עדיין, עוד ימים מעטים יתמלאו בציורי חיות וצמחים, עלילות גבורה ובדיות בצבעי אדמה דם ופיח, כמערות האדם הקדמון בטרם הומצא הכתב.

אני מהדקת את שפתי מולו, טעמן טעם של גומי יבש, חרוך בקצותיו, דומה שהבית כולו מפיץ ריח בעירה איטית, כאילו צמיג בוער נחבא באחת הפינות, שולח לעברנו לשונות עכורות. עיני נתקלות במדפי הספרים, רק אתמול עוד היו מלאים עד אפס מקום, והנה חללים נפערו בהם, מביטים בי בתוכחה כעיניים חלולות של שלד, כמה מעט אנחנו משאירים אחרינו, רק אבק לבנבן נותר מן הספרים שצפו בנו בדממה שנים על שנים.

נדמה לו שאיבד לנצח את תשומת־ליבי והוא מקרטע מולי, מנסה את כוחו שוב, מעצים את הבשורה, אַת מתה, הוא מכריז בתרועה רמה, ממש מתה, מתה לתמיד, את רק חולמת שאת חיה, הבית הזה הוא לא באמת, הכיסא הזה לא באמת, וגם אני לא באמת, הכול חלום שלך, תיכף תראי שהכול חלום.

ידיו הקטנות, המלוכלכות תמיד, גזומות הציפורניים, מתנופפות סביבו, מחפשות את דרכן אלי, הנה הוא כורע על השטיח למרגלותי, דומה שהובס, וכבר קצה קודקודו נוהה אל ברכי, אבל מיד הוא מזדקף, אוחז באחד הדובים, משליך אותו לעברי במלוא כוחו, ואני תופסת את הדובון הרך הזהוב, מאמצת אותו אל ליבי, מנענעת אותו בזרועותי לעורר את קנאתו, להשיב אלי ולוּ בדרך הזו את נחמת תמימותו.

תני לי אותו, הוא שלי, זה אבא הביא לי מסקוטלג, הוא תובע, אבל אני מחביאה את הדובון מאחורי גבי, סקוטלנד, אני אומרת, קולי חורק כאילו שנים לא דיברתי, תגיד סקוטלנד, והוא מתקרב אלי, נדמה שבא לקבל ממני צל של חיבוק נושן, ואני נענית מיד, פורשת את זרועותי לקראתו, אבל אז הוא מזנק לעברי, חוטף את הדובון השבוי בצניפת ניצחון, איך סידרתי אותך, הוא צוהל, זיק ערמומי מרצד בעיניו, וכבר הוא מקיף את שולחן הסלון בהקפות חג, כרוקד עם ספר תורה עתיק, דובי סקוטלג, הוא מסלסל, רק בחלום אתה שלי.

מופתעת אני בוחנת אותו כמו נתקלתי בו לראשונה, קיומו התקיף, הוודאי, מבלבל אותי הבוקר יותר מתמיד, ילד אמיתי, מסתבר, לא יציר דמיון, לא דמות שנגזרה מספרון ילדים שדפיו הצהיבו, לא פרי אהבה שמדי פעם נוגסים במתיקותו, לא צעצוע משוכלל. ילד שנולד, אני מדגישה, כאילו שונה הולדתו מהולדת שאר בני התמותה, מהולדת שאר הילדים שיפגוש עוד מעט בכיתה שקירותיה עירומים, ילד שחדר את קליפת המציאות באגרופים קמוצים, ואני מנסה לשנן את כל הידע שצברתי אודותיו בשש השנים

האחרונות, למיין את בליל הפרטים שאין ערוך לחשיבותם, להקפיד דווקא על השוליים ביותר, שכמו בחקירה מסובכת הם אלה שיובילו אל הפתרון: הוא מסרב לגזור את שערותיו ותלתליו מכסים את פניו בשנתו עד שפיו מתמלא שיער, הוא אוהב לאכול בהליכה, מניף את זרועותיו, משתעשע במאכלים כחיה בטרפה. כשיורדת החשיכה מצחו נחרש קמטים, גבו נכפף מדאגה, איך ישרוד את הלילה המתקרב על כל סכנותיו, בבוקר הוא מתרונן, כמו היה ניצחונו סופי ומוחלט. ליבו מלא תשוקה לעשרות הדובים שלו, הוא מלביש אותם בבגדי ינקותו, הוא מחלק אותם למשפחות, מצמיד לכל משפחה היסטוריה פרטית ההולכת ומסתבכת.

באלבומי התמונות הוא מחפש רק את עצמו, תמונה שאינו מופיע בה מעלה דמעות בעיניו, אירועים שלא היה שותף להם מעוררים בו זעם, כל מה שאירע טרם הולדתו מקומם אותו, כל העוגות שאפיתי ולא זכה לטעום מהן, כל ימי השלג שפקדו אותנו והוא לא זכה ליהנות מהם, כל הטיולים שטיילנו לפני שנולד, ובעיקר אם טסנו באווירון בלעדיו. איפה הייתי אז? הוא שואל מדוכדך, בבטן? כאילו נוכחותו בבטן אפשרה לו בכל־זאת ליטול חלק בהנאה, ואני נאלצת להודות, לא, עוד לא היית בבטן, והוא מתבוסס בצערו, אז איפה הייתי? מובס מאפשרות אינותו, ואני ממהרת להרגיע, היית בלב שלי, מהיום שנולדתי היית בתוך הלב שלי.

הוא היסטוריון קפדן וקנאי של חייו הקצרים, הוא מקדש את זיכרונותיו, כל אירוע שהיה שותף לו מקבל משמעות עצומה, שוב ושוב הוא משנן את פרטיו, באיזו שעה נולדתי, מי ראה אותי ראשון, הנה אני, הוא מתמוגג, כשפרצופו הזעיר מופיע באלבום לראשונה, מי צילם אותי, מי קנה לי את הכובע הזה, ועם זאת הוא בוש בחקירותיו, אני זוכר הכול, סתם אני שואל, הוא מודיע, אני זוכר גם את מה שקרה לפני שנולדתי, כי בתוך הלב שלך היה חלון קטן, ומשם אני הצצתי החוצה וראיתי הכול, הכול, הוא מדגיש, מאיים כמעט, כאילו פיקח ממקום מחבואו גם על מעשים שאינם הולמים.

הוא ישן בחדר מואר, שלוש מנורות לילה ניצבות על אדן חלונו, מיטתו מלאה בדובים. הוא מתעורר בנהמה, מבטו דומה למבטם, חלק, צלול, מלא ציפייה. הוא שומר בקנאות על חפציו, מוצצים ישנים, בגדי תינוק, נעליים סרוגות, מסרב להיפרד מהם כאילו מהלך חייו הוא הפיך ובקרוב יזדקק להם שוב. הוא מתעב חידושים, הוא דבק בהרגלים, וכל אירוע חד־פעמי הופך להרגל מחייב, השתהות בגן שעשועים מקרי, משחק זיכרון לפני השינה, כל מה שעשינו פעם אחת עלינו לעשות עד קץ הימים. הוא שונא שמביטים בו כשהוא משחק, הוא שונא את אור השמש בעיניו, מנסה לגרשו כמו שמגרשים זבוב, הוא לא יודע לשחות, הוא לא יודע לקשור את שרוכי נעליו, הוא מפחד לרכוב על אופניים, הוריו נפרדו אתמול.

בוא אלי, גילי, אני אומרת, ראשי סחרחר מן ההקפות, אבל הוא כבר ממני והלאה, דעתו נתונה לדלת, שם מתעסק מישהו במפתחות, אמא, גנב, הוא לוחש בחשש, סוקר במבט מהיר את הדובים הפזורים על השטיח, מי מהם יילקח, ממי ייאלץ להיפרד, ואני קמה אל הדלת, איפה שמתי את המפתח, אבל להפתעתי היא נפתחת לרווחה בחריקה נחרצת. אבא, חשבתי שאתה גנב, גילי צוהל, החשש שהתבדה מותיר תחושת הישג והקלה, כאילו במו ידיו הכניע כנופיה אכזרית, ואני מזדרזת להשבית את השמחה בקול חמור, אמנון, איך נכנסת בדיוק? סיכמנו שתשאיר כאן את המפתח שלך.

מה זאת אומרת, הוא מיתמם, התשובה מוכנה על לשונו, השארתי לך אותו כי רצית עוד מפתח, אבל שכפלתי לי מפתח משלי, ומיד הוא מתכופף מלוא קומתו אל הילד, עיניו מציצות אלי מעבר לעורפו הדק של גילי, מה חשבת, שלא יהיה לי מפתח לבית של הילד שלי? ואם נניח אני אעבור למטה בלילה ואשמע אותו בוכה אני לא אוכל לעלות אליו? ואם נניח אני אראה עשן יוצא מהחלון, אני לא אוכל להיכנס לכבות את האש? וגילי מיד תומך בו בהתלהבות, נכון, אמא, אחרת כל הדובים שלי יישרפו, את רוצה שדובי סקוטלג יישרף?

נדבר על זה אחר־כך, אני נאנחת, כדאי שתיקח אותו כבר, הוא מאחר לבית־ספר, אבל אמנון מזדקף בכבדות, נושא אלי פנים מקופחים, רגע, מה קורה לך, את כבר שתית את הקפה שלך, נכון? אני עוד לא, והוא ניגש אל הקומקום, ממלא מים עד שפתו, כמתכוון להכין עשרות כוסות קפה לאורחים רבים היושבים בסלון וממתינים. אל תשאלי, הוא רוטן, לא ישנתי דקה, המקרר שם מרעיש כמו דחפור, ואני מציצה בו מופתעת, מתקשה לפענח את נימת קולו, האומנם שכח שאני אחראית לתלאותיו, והוא משתף אותי בהן בתמימות, כאילו כוח עליון גזר על שנינו גזירה.

אז היום תישן פה כמו תמיד, אבא, המקרר שלנו לא מרעיש בכלל, גילי מתייצב בגאווה מול המקרר, כסוכן מכירות מהוקצע, פותח לרווחה את דלתותיו, עד שהבל פיו הצונן ממלא את חלל המטבח. המקרר שלנו שקט, אבא, הוא מצמיד אליו את אוזנו הקטנה, הוא לא יעיר אותך, אתה תראה, וגם אני לא, הוא מבטיח בקול מהוסס, גם אני לא יעיר אתכם יותר, אם תחזרו, ואני ניגשת לקומקום, מרוקנת אותו כמעט לגמרי, גילי, הרי הסברנו לך, דיברנו על זה בלי סוף, הפרידה שלנו לא קשורה אליך, בטח לא לזה שאתה מתעורר בלילה, הורים נפרדים בגלל בעיות שלהם, לא בגלל הילדים, ההיפך, הם תמיד יאהבו את הילדים שלהם הכי בעולם, כמה נוח להסתתר מאחורי המלה הזו, הורים, המלה הבוגרת, הסמכותית, האחראית, לא אמא ואבא, לא אבא ואני, לא אנחנו, שנינו, אמנון ואֶלָה.

מול פרצופי נושף הקומקום בזעף, ואני מכינה לו קפה בזריזות, מקפידה על תפקיד המארחת, מציפה את הכוס בחלב קר, תשתה מהר, אני מסננת, הוא חייב להגיע בזמן, הוא לא מכיר אף ילד בכיתה הזאת, איך הוא ישתלב אם תמשיכו עם האיחורים האלה, ואמנון מגחך, לא נראה לי שעד שמונה וחצי כולם כבר יהיו מגובשים, תמיד יקל ראש בקשיים של אחרים, רק את שלו יעצים, איך אני אלַמד היום, הוא נאנח, לא ישנתי דקה, ואני מתעלמת,

נועצת את מבטי בנוזל החום הבהיר, בהיר מדי לטעמו, רק כשיכלה הנוזל יסתלק מכאן, ייקח עימו את תלונותיו כפי שלקח אמש את ספריו ויסתלק.

גילי, הולכים, אני מכריזה, אבל הוא כבר לא מכרכר סביבנו, איפה הוא בעצם, אני ניגשת לחדרו, כפות רגליו מבצבצות מירכתי ארון הבגדים, חלקי תחפושות ישנות מוטלים על השטיח לצידו, הנה אני, הוא מריע, אני קוסם, מגיח מן הארון כשעל ראשו כובע הקוסמים, בידו השרביט הכחול, גלימת הכוכבים על כתפיו, התחפושת האחרונה שלו, ואני נזכרת איך נברתי בין דוכני התחפושות עם טליה, נדחקות לצד עשרות נשים וילדים במהומה שלפני פורים, ורק אז העזתי לספר לה, דווקא שם, במקום בו אי־אפשר לשמוע, לחשתי באוזנה את המלים הברורות, וטליה כיסתה בידה על פיה וצעקה, את לא נורמלית, אלה, שלא תעיזי לעשות את זה, את רוצה להרוס לילד שלך את החיים?

אני הקוסם הגדול, הוא שוב מודיע, הכובע מכסה את מצחו, מסתיר את תלתלי הערמונים שלו, מבגר את פניו, כמו רב במגבעתו הוא ניצב מולנו, רב גמדי המבקש להשיא אותנו, לקדש אותנו מחדש בשרביטו, ואמנון מביט בו נרגז, ככה אתה הולך לבית־ספר? מה עובר עליך, היום לא פורים, תוריד את השטויות האלה מיד. אז מה, ככה אני רוצה, הוא מתריס, בזוויות עיניו כבר מבצבצת תמיסת היגון הזוהרת האורבת שם תמיד, מחכה להזדמנות, ואני ממהרת לומר, לא חשוב, שילך ככה, מה כבר יכול להיות, לנגד עיני אני רואה אותו פותח בהיסוס את דלת הכיתה, הילדים מביטים בו מופתעים, על פניהם מתפשט הלעג, תראו אותו, קוסם ביום חול, נבוך ונידף, קוסם שלא יודע לחולל ולו קסם אחד.

אבל כשהם נפרדים ממני, גילי יושב בגאון על כתפי אביו, כעל כיסא מלכות, הופכים בן־רגע ליצור אחד בעל שני ראשים, התחתון גלוי, מגולח, העליון מכוסה במגבעת, נבלעים בחדר המדרגות האפלולי, יצור שקיומו מתערער, ואני מקשיבה במתח להד צעדיהם,

לקולו הציפורי, הצווחני מעט, מלהג בקדחתנות, נדמה לי שאכן גנב ביקר בבית, חמדן וזריז, לנגד עיני בזז את כל מה שצברתי, את כל אוצרות המשפחה מדורי דורות, משאיר לי מגרות ריקות, מדפים פעורים, פיג'מה ילדותית חבויה בין שמיכות סתורות, במיטה הזוגית, אוצרת את ריח הלילה שלו, המפוחד, ושוב אני נזכרת ברגע ההוא בו הפכנו לשלושה, כשהבאנו לבית הזה את גילי התינוק, בעריסת נצרים שאולה, ירכיו חשופות, כי אמנון הביא בטעות שתי חולצות כותנה זעירות במקום חולצה ומכנסיים, ובכמיהה שלי העזה, לא מוכרת לי כלל, לשכב במיטה עם שניהם, לכסות בשמיכה דקה את המשפחה שאך זה נולדה, אני בצד אחד והוא בצד השני והתינוק באמצע, חוצץ בינינו, שנינו מלטפים בהשתאות את עורו הפלאי, ושמש הסתיו הרכה מתגנבת גם היא בין השמיכות, לוחכת באש שקופה את קצות אצבעותינו.

אלא שלא כך היה, לא לכך התפנינו, ועכשיו כבר איננו שלושה, לעולם לא נהיה שלושה, ונדמה לפתע שהקרע החדש הופך אותנו לארבעה, לשני זוגות נפרדים, אני וגילי שלי, אמנון וגילי שלו, שהרי נגזר עליו להיות שונה בתכלית איתי ואיתו, שני זוגות שילכו ויתרחקו ככל שהילד יגדל, מחצית ממנו כבר אינה שלי, ונדמה שאני רואה אותו נחתך לשניים, איזה חלק תבחרי, אמא, העליון או התחתון, הימני או השמאלי, שהרי שלם כבר לא אהיה, גם אם איָראה שלם, תמיד מחצית ממני תהיה פרי דמיונך בלבד.

זה פצע לכל החיים, היא אמרה אז, עיני הפחמים שלה נפערות מולי בתוכחה, ידיה מלאות תחפושות, מלכת הלילה או כלה לילדה הקטנה, היא מתלבטת, רובין הוד או נמר לגדול, את פוצעת את גילי וגם את עצמך, יהיה לך הרבה יותר קשה בלי אמנון, איך אפשר לעזוב בעל בשביל כלום, כשאף אחד לא מחכה לך? איך אפשר ככה סתם לפרק משפחה? אבל אני מוחה, זה לא סתם, טליה, את יודעת שזה לא סתם.

אין לך מושג על מה את מדברת, היא התעקשה, התחפושות,

עטופות בניילון חלקלק, הולכות ונשמטות מידיה, ואני מהופנטת אליהן, איזו מהן תיפול, אם הכלה תיפול, סימן שנישואי מבוטלים, אם מלכת הלילה תיפול, סימן שגירושי מבוטלים, וטליה מצמידה את שתיהן אל חזה, לא עוזבים בעל בשביל חלומות רומנטיים, היא פוסקת בקול, להקת הנשים העטות על התחפושות מביטות בנו בסקרנות, מוכנות להביע דעה, לתרום את תרומתן למהלך חיי, ואני גוררת אותה משם, מה את צועקת, תירגעי, אפשר לחשוב שאותך אני עוזבת.

זה לא חלומות, ניסיתי לדבר על ליבה בדרך חזרה, זה משהו אחר לגמרי, הרבה יותר בסיסי, זה אוויר, חסר לי אוויר, אני רק רוצה להיות בלעדיו, בלי ויכוחים, בלי מריבות, בלי האשמות, לא להיעלב יותר ולא להעליב, לא לאכזב ולא להתאכזב, נמאס לי מהחיכוך הזה, כמו ניירות זכוכית שמשתפשפים כל הזמן, בשביל מה אני צריכה את זה, תגידי לי, בשביל מה אני צריכה אותו?

לא שכנעת אותי, היא כססה ציפורן בתנועה נערית, מתוחה, אם לא היה לכם ילד הייתי אומרת, מילא, את לא מסכנת הרבה, אבל עכשיו, כשגילי בקושי בן שש, לעזוב את אמנון בגלל שהוא קצת מנדנד?

הוא לא קצת מנדנד, הוא חונק, אני מתקנת אותה, הוא מציק, הוא מתיש, פעם כל־כך התפעלתי ממנו, ועכשיו כל מלה שהוא מוציא מהפה נראית לי מיותרת, זה לא רק שהפסקתי לאהוב אותו, הפסקתי להעריך אותו. נמאס לי מהתובענות שלו, מהתלונות שלו, רע לו עם עצמו והוא מוציא את זה עלי, ומאז שגילי נולד זה נעשה הרבה יותר גרוע. אין לי כוח ואין לי עניין לטפל בשניהם, ואם צריך לבחור, אני מעדיפה את גילי, ממילא אני מגדלת אותו לבד כמעט, לקח לי שנים להבין שהוא לא ישתנה, שהחיים שלנו לא ישתנו, אני לא רוצה את החיים האלה יותר, זאת זכותי.

את מדברת על זכות ואני על חובה, היא אמרה במהירות כשעצרתי ליד ביתה, אותי חינכו שמשפחה היא קדושה, אולי אני

מוגבלת אבל זה מקובל גם עלי, אני מפחדת שאת תגלי את זה כשיהיה מאוחר מדי. את הולכת להחריב משפחה, אלה, ועוד אין לך מושג בשביל מה, ועוד אין לך מושג כמה הרבה תפסידי וכמה מעט תרוויחי, ואני אמרתי, די, טליה, תירגעי, אני לא הולכת מחר לרבנות, אני רק מגלגלת את זה בראש, אַת הראשונה שבכלל סיפרתי לה, והיא אספה באנחה את התחפושות, שמלת הכלה הזעירה מתגרה בי בלובנה המוחלט, המצויץ, אשמח יותר להיות האחרונה, היא פסקה ביובש, תראי שזה יעבור לך, זה מין וירוס כזה שתוקף אותנו מדי פעם, שנדמה לנו שאם רק ניפטר מהבעל כל הבעיות שלנו ייפתרו, אבל תשכחי מזה, אלה, זאת אשליה.

מאין באה הרוח הזאת, אני מתפלאה, אוספת את שובל הדובים שהותיר אחריו בסלון, שביל רך של עקבות זהובים, משליכה אותם על מיטתו ההולכת ומתמלאת ונדמה שאין בה מקום לשום יצור נוסף, בוודאי לא לילד שלם, אמיתי, ילד בשר ודם, ושוב הרוח הצוננת משלחת צמרמורת בעורפי, רוח סתיו מפתיעה שהקדימה השנה, מאין הגיעה, הרי החלונות מוגפים ואת הדלת סגרתי אחרי לכתם, אבל הנה היא שוב פתוחה לרווחה, והוא עובר בה, זריז וחרישי למרות גודל איבריו, מהסה את חיכוך המפתחות, נועל אחריו במהירות. אמנון, אני נבהלת לרגע לראותו ללא הילדון השוכן על כתפיו, כעץ שנטשו הציפורים, מה קורה? איפה גילי?

הוא בבית־ספר, איפה הוא כבר יכול להיות, הוא עונה בחיוך חמצמץ, נשען על הדלת, עיניו מתהלכות על פני, מותירות דגדוג לא נעים, אבל אני כאן, הבאתי לך קפה, הוא מושיט לעברי מגש קרטון ובו שתי כוסות קפה מכוסות.

זה בדיוק מה שרציתי לשאול אותך, אני אומרת ביובש, מה אתה עושה כאן? והוא כדרכו מתקיף מיד, אני לא מבין אותך, אלה, הרי אמרת לי לבוא הנה, את לא זוכרת, בקושי עברה חצי שעה וכבר שכחת? ואני מזדרזת להכחיש, מה פתאום, אני נורא ממהרת, לא אמרתי לך לבוא הנה עכשיו, אתה הוזה, ונדמה לי שכוסות

הקפה מרטטות בעלבון כשהוא אומר, את אמרת שנדבר אחר־כך, את לא זוכרת? הזמנת אותי לבוא לדבר איתך.

אמנון, באמת, אני גוערת בו, התכוונתי למשהו כללי, שנדבר מתישהו, זאת לא היתה קביעה, יש לי פגישה עוד מעט ואין לי זמן לדיבורים, בקוצר־רוח אני לוקחת מידיו את המגש, מניחה אותו על שולחן המטבח, המיה מאיימת מלווה את צעדי, כך אטול מידיך את הכתובה, אצעד בראש מושפל בין קירות האולם, מבטים עוינים מלווים אותי, זקנים לבנים ארוכים ניגרים על גלימות שחורות, מגורשת מגורשת הם יצעקו, לא עוד מקודשת, ואתה תעמוד שם, בקלות תצטרף לשונאי, ומתחתינו ינהמו המכוניות ברחוב הראשי, מטפסות זו על זו כחיות מיוחמות.

מתי הפגישה שלך? הוא שואל, מתקרב אלי בצעדיו הזהירים, מבטו מרפרף על שעון הקיר שקיבלנו לנישואינו, כך היה פוסע בין החרסים המנופצים, באתר החפירות האפור מאבק שם ראיתי אותו לראשונה, אנחנו צריכים להיות זהירים כמו רופאים בכל תנועה שלנו, היה חוזר ומזכיר, כי העבר הזה השרוע כאן לפנינו הוא לא פחות חסר ישע מהגוף החולה, ואני הייתי מציצה בו בהתפעלות ממעמקי ריבוע החפירה כחיה ממאורתה, מתפללת שיבחין בקיומי.

עוד שעה, אני אומרת, בוהה בחשש בעיניו העייפות המנצנצות אלי בנוגה כחלחל, למה אתה שואל? והוא לוחש, אז יש לנו מספיק זמן, על שפתיו מפזזת עווית עצבנית, כפתורי חולצתו האפורה נפתחים כמעט מאליהם, חושפים חזה כבד, אדמדם, ואני נסוגה מפניו עד שאני נתקלת בשולחן המטבח, כוסות הקפה החמות עדיין נמעכות תחתי בחריקה, מציפות את השולחן בנוזל ריחני מקציף, לא, לא נשב זה מול זו ונלגום בהנאה, מהדקים את אצבעותינו סביב הקרטון הפושר, מתלוננים על הסתיו שהקדים, לא ניזכר ברפרוף בקורות הלילה, משחזרים רגע של קרבה כנזכרים בנס ששוב הצלחנו לחולל, לא נסכם בטרוניה סלחנית את שנתו של בננו, כמה פעמים התעורר ואת מי העיר, לא נתענג על מלה שאמר הבוקר, על

חלום שסיפר לפרטי פרטיו, לא נביט זה בזו באנחה של השלמה לפני שנתחיל את יומנו, אנחה שיש בה אי־נחת אך גם נינוחות, אנחה האומרת, הנה אנחנו, למרות הכול, אמנון ואלה, וכך נהיה גם מחר, ומחרתיים, ובסתיו הבא.

עזבי את זה עכשיו, הוא אומר, אני אנקה אחר־כך, כמו היה זה עדיין ביתו, על זכויותיו וחובותיו, ואני ממששת את אחורי מכנסי החמימים, הנוזל הריחני מתפשט בעקצוץ במורד ירכי, אך דומה שמהר ממנו פושט באיברי הזעם, בשביל מה הבאת את הקפה הזה לכאן, בשביל מה באת בכלל, תראה מה עשית, אני רוטנת, מתקשה להיישיר מבט אל דמותו הגדולה הגמלונית, כל נוכחותו אומרת שיבוש מיותר, שוב עלי להתרחץ לאחר שהתרחצתי, שוב עלי להתלבש לאחר שהתלבשתי, אם טליה היתה כאן אולי היתה מבינה סוף סוף, כמה מעיקה היא ההיתקלות בזולת, באיזו קלות נגזלת החירות, גם אם מדובר בהחלפת מכנסיים ותו לא.

אני צריכה להחליף מכנסיים, אני מסננת, מפנה אליו את אחורי המוכתמים ופוסעת במורת־רוח מופגנת אל חדר השינה, אבל צעדיו נצמדים אלי, מלווים אותי לאורך המסדרון כמו ריח הקפה, נעצרים מול ארון הבגדים, נשימותיו הולכות ומתקרבות, תני לי לעזור לך, הוא אומר, כורע על ברכיו ומפשיל במאמץ את מכנסי, גולגולתו המגולחת נלחצת אל ירכי, לשונו נשלחת ללקק את טיפות הקפה, הבל פיו מעלה אדים על עורי, ואני מנסה להיחלץ מאחיזתו, עזוב אותי, אמנון, מה אתה חושב שאתה עושה, והוא לוחש, אני מנקה אותך, רצית להיות נקייה, לא? ואני מפצירה בו, די, מספיק עם זה, אתה מקשה על שנינו, עזוב אותי, זה גמור בינינו, זה מת לגמרי, מת לתמיד.

ראשו הקירח בין ירכי, כאילו בזה הרגע בקע משם במאמץ, אצלך אולי זה מת אבל אצלי זה חי, קולו מטפס על גופי דביק ועוין כזחל ארסי, למה הרצון שלך נחשב יותר משלי, מי את בכלל, ואני אומרת, חשבתי שגמרנו עם השיחות האלה, חשבתי שהבנת כבר

שאתה לא יכול לכפות את עצמך עלי, והוא מסנן, תשתקי, אני לא שואל אותך מה לעשות כמו שאת לא שאלת אותי, מה שאת עשית לי הרבה יותר קשה מלהחליף מכנסיים, את כל החיים אני צריך להחליף בגללך.

עזוב אותי, אמנון, אני מנסה להדוף את ראשו, ידי מחליקות עליו כאילו נעטף בניילון, תן לי להתלבש, אין לי זמן, זרועותי נשלחות אל הארון, מצליחות לשלות משם זוג מכנסיים, אבל רגלי אסורות בין זרועותיו, צמודות אל כתפיו, אל עורפו העבה המשלח קדימה גולגולת צב ארוכה, צב ענק לכד אותי ואני מכה על שריון גבו הנוקשה, מנסה להיחלץ, די, אמנון, מספיק, אני לא רוצה אותך, אתה לא תופס, אני לא רוצה אותך כבר. מול עיני, לצד המדף ממנו שליתי את מכנסי, מהבהבים התאים הריקים שלו, דומה שהארון כולו איבד את יציבותו, והוא הולך ומתעקם, ככפות המאזניים הנוטות על הצד האחד.

אבל אַת האשה שלי, אנחנו נשואים, הוא ממלמל בתימהון תמים, מרפה במפתיע את אחיזתו, ואני מנסה דילוג מגושם מעל גבו, ברגליים פשוקות, מחליקה על ראשו כמו היה מתקן קפיצה באולם התעמלות. להפתעתי הוא לא מגיב, נותר על ברכיו, ראשו מושפל, ככורע לפני ישות דמיונית, מתחנן לרחמיה, על חולצת הכותנה האפורה שלו מתפשטות יבשות של זיעה מרירה, מצמידות אותה לעורו, ואני מהופנטת אל התפשטותן הפתאומית, המביכה, לא אני אכבס את חולצתך, לא אני אתלה אותה על קולב בשמש, לא אני אניח אותה בארון, לא בארון הזה יהיה מקומה, וההתנערות מגורלה של החולצה ממלאה אותי לפתע עליצות מתגרה, כאילו רק היא עמדה כל השנים ביני לבין האושר.

אמנון, תקשיב, אני מכוונת את דברי אל גבו הלח, אתה לא יכול להכריח אותי להישאר איתך, אני לא רוצה לחיות ככה יותר, כל-כך הרבה פעמים ניסיתי לדבר איתך ואתה בקושי הקשבת, אז עכשיו אתה נזכר, כשזה מאוחר מדי, וכשהוא לא עונה אני נפרדת מגבו,

דורכת על עקבות הקפה עד חדרו של גילי, מתיישבת מותשת על מיטתו, עשרות זוגות עיני חרוזים יבשות מציצות אלי, בוחנות אותי במבטי גינוי סקרנים כאילו אני כאן יוצאת הדופן, אני שגופי חלק מפרווה ועיני לחות, וכמעט מבלי משים, במקום למהר למקלחת ולנעול את הדלת אחרי אני מתחילה לסדר אותם כמו שהוא אוהב, משפחות משפחות, אריה לביאה וגור אריות קטן, נמר נמרה וגור נמרים קטן, מצמידים לחי אל לחי, פרווה אל פרווה. מוטרדת אני מבחינה בהיעדרו של הדובון האהוב עליו, מן הסתם נבלע במהומת המצעים, ואני מנערת את השמיכה, מסיטה את הכרית, מציצה מתחת למיטה. מה את מחפשת, הוא שואל, חזהו החשוף, החלק, עולה ויורד בכבדות, החולצה מקומטת בידו כסחבה, כך ראיתי אותו לראשונה, לפני עשר שנים, עירום למחצה, משקיף בעיניים מצומצמות על המתחם המלכותי ההולך ונחפר, אלא שאז היה חזהו מכוסה אבק סמיך כהה עד שלא הבחנתי בעירומו.

את דובי סקוטלנד, אני עונה, והוא אומר, הוא אצלי באוטו, אני לוקח אותו אלי, שיהיה לגילי במה לשחק אצלי, ואני מזדקפת, אבל גילי לא יכול לישון בלעדיו, מה פתאום שהוא יהיה אצלך, אתה לא יכול ככה לפרק משפחות. באמת? הוא מסנן בלעג, מה את אומרת, נראה לך שלפרק משפחה של דובים אסור ושל בני־אדם מותר? אולי התבלבלת קצת וזה להיפך? אולי יש לך בכלל לב צעצוע, כמו להם, בואי, בואי, הוא מתקרב אלי, שפתיו פעורות, עפעפיו מכסים על עיניו, ידיו שלוחות קדימה כידי עיוור, פורעות את מחשוף החולצה, בואי נבדוק אחת ולתמיד מה יש לך שם, לב צעצוע בסך הכול, לב צעצוע שהתקלקל, ואני נהדפת תחתיו על המיטה העמוסה, שאין בה מקום אפילו לילד קטן אחד, ידיו צובטות את חזי, כמנסות לעקור אותו ממקומו, דיבורו ניחר, אני אתקן אותך, את עוד תראי, אני אחליף לך את הלב המקולקל שלך, אני אשים לך לב חדש, את תאהבי אותי, את תאהבי אותי כמו פעם.

כשהייתי ילדה לא היה לי בעל. לבדי הייתי ישנה במיטת יחיד

צרה, מתעוררת לבדי. מול עיני השתנו השמיים, מכבים באורם הכחול את אש הזריחה שבערה בין המצעים, וכשהייתי הולכת לבית־הספר לא היה לי בעל, וכשהייתי חוזרת מבית־הספר לא היה לי בעל, וכשהייתי מכינה שיעורים על מכתבת פורמייקה כהה לא היה לי בעל, וכשהייתי שוכבת במיטתי הסמוכה לחלון וצופה בירח לא היה לי בעל, השמיים שולחים אלי זרועות שחורות, שעירות, כיצור קדמוני ענק, בעל עין אחת, ההולכת ונפקחת, הולכת ונעצמת, וכמו כוהני אוֹן שעמדו יחפים על הצוק מצפים לשמש העולה הייתי אני מתפללת לבואה של עינו השנייה, יודעת שרק אז תרד אלי השינה, כמו מָן מהשמיים, וגם אז לא היה לי בעל.

זיעת גברים מרה נספגת בשׂערי, המפיץ את ריחו שלו בבוטות בוגדנית, כתפו מתמוטטת על זרועי באנחה, ידיו נאבקות בשד הצורב, תני לי, הוא גונח, תני לי לתקן את הלב שלך, הווילון הכהה צובע את קרני השמש באור סגרירי, כמקדים את המאוחר, ואני בוהה בקיר, עיניים עגומות בצבע השלכת נשלחות אלי מתוך תמונתו של גילי מיום הולדתו האחרון, מלוות את מעשינו, ונדמה שאין זו התמונה שצולמה לפני שבועות ספורים אלא תמונה מן העתיד, תצלומו של העלם שיגדל להיות, מריר, מרוחק, חוטים ארוכים נמתחים בכאב מעיני אל עיניו, חוטים שנתלשו מגופי, ואני עוצמת את עיני, ידיו המחוספסות של אמנון על פני, לשות את הלחיים, ממששות את הצוואר, צובטות את הבטן, כמחפשות מתחת לעור את ההחלטה שהוטחה בפניו לפני כמה חודשים ועדיין אינו מסוגל להכילה, ההחלטה לעזוב אותו, מנסות לשלוף אותה מן הגוף כמו ששולפים קוץ, וכבר אינני מנסה להיחלץ כי גופי נמעך תחת משקלו ככיכר לחם בתחתית הסל, ואין זה משקל גופו בלבד אלא משקל חיינו יחד, יום אחר יום, שנה אחר שנה, מאז ראיתי אותו לראשונה בתל יזרעאל ועד הבוקר הזה בירושלים, משקל האהבה והמריבה, האיבה והחמלה, המשיכה והמיאוס, משקל ילדנו שנולד, ומשקל ילדינו שלא ייוולדו.

שְׁכמותיו חלקלקות ולחות, נשימתו יוקדת, פניו נצבעים בצבע החציל הסגול כהה, כצבעו המדאיג של גילי ברגע לידתו, הנה אני שוכבת על גבי מתייסרת בצירי לידה מהופכים, שכן תינוק קירח מגודל ורב כוח מנסה לפלוש אל גופי, תינוק לא רצוי הכופה עלי את נוכחותו, האם יש בנמצא איזו מלה, איזה מבט או תנועה, שירחיקו אותו מעלי, שיגרמו לגוף הגס המגושם הזה לפנות את מיטת הילד המלאה בדובים, דומה שעוד לא נבראה המלה ואולי טוב שכך, כי זיכרון הבוקר הזה הוא הצידה המזינה ביותר שאוכל לקחת איתי לחיי החדשים, וככל שירתיע אותי יותר, וככל שיאכזב אותי יותר כך אני מוגנת יותר מפני החרטה, מפני הגעגועים, שהרי לא בזרות אני צופה בו עכשיו, בהבעות פניו המשתנות כמו השמיים, אין זה הלם הזרות אלא הלם הקִרבה, כי הבוקר הזה אינו שונה במהותו משאר הבקרים של חיינו, למרות שמעולם לא כפה את עצמו עלי, ברור לי שגם בסתיו שעבר יכולתי למצוא את עצמי שוכבת תחתיו ללא תנועה, חושבת ביראה ובהתרגשות על הימים ההם, כשלא היה לי בעל.

עיניה של הלביאה ננעצות בי כשאני מהדקת את שפתי זו לזו, אפילו את קולי לא אתן לךָ, נדמה שאבנים חדות דוקרות בגבי כמו אז, בלילות הראשונים שלנו, באתר החפירות, ביום אנחנו חופרים מתחת לפני האדמה ובלילה מתחת לעור, עיניו הבהירות זרחו מעלי, יוצקות עלי את כל האור שאגרו ביום החם הארוך, ריח של אבק קמאי נדף ממנו, וידיו שמיינו בקפידה את החרסים משוטטות על גופי, כמנסות לפענח את הכתובת החרוטה עליו, אות אחר אות, ואני חשבתי על המלכה הצידונית שחיתה כאן לפני, כאילו ביני לבינה מפריד בקושי דור אחד, איך נשקפה בעד החלון, עיניה קרועות בפוך ושערה עשוי, צופה אל אויבה המתקרב, איך בגדו בה סריסיה ושמטו אותה, דמה מותז אל קיר הארמון. האסון שלהם הוא המזל שלנו, הוא אמר, היישוב הזה נהרס זמן קצר אחרי שנבנה, ומאז לא התאושש, דווקא בגלל שהחיים שלו היו קצרים כל־כך יש לו

חשיבות עצומה, ואני אחזתי בידו, ביום הארוך אנחנו זרים ובלילה הקצר אנחנו בני מלכים הפוסעים בין חורבות ארמונם, משחזרים את תור הזהב הקצר של הממלכה, ולא חשבתי שאראה אותו עוד, כשנגמרה עונת החפירות, חשבתי שיֵצא מחיי בגניבה כפי שנכנס, מושך אחריו את זוהרו של העבר הלא מפוענח, אבל הוא הצביע עלי, רגע לפני שעליתי על ההסעה, ואמר ברצינות תהומית, כמצביא הבוחר את חייליו, את באה איתי.

נדמה שהתמונה העתיקה המטלטלת אותי עכשיו ניצבת גם מולו, אלא שאותו היא ממלאה זעם, מי את בכלל שאת מעֵזה לעזוב אותי, בלעדי היית כלום, מתנדבת עלובה בחפירה, אני סידרתי לך את הקריירה שלך וככה את גומלת לי, תדעי לך שהכול ייגמר עכשיו, כמו שבניתי אותך אני אהרוס אותך, ובבת־אחת כקללה אחרונה, מוחצת, הוא מיטלטל מעלי, מקיא על שיפולי בטני את הנוזל הלבן כחלבון, ומיד טומן את פניו בפרוותה של הלביאה השרועה לצידי, כמו הוכה בראשו באַלה, מתנשם ומייבב, ללא רגע של הקלה, אֱלָה תסלחי לי, אני לא יודע מה קרה לי, אני הרוס לגמרי מרוב צער, בואי ננסה עוד פעם, אני יודע שלא קל לך איתי, אבל אני אוהב אותך, אל תחשבי שכל־כך פשוט למצוא אהבה, אין הרבה אהבה ברחובות ואצלנו בבית יש, אל תזלזלי בזה, אלה תעני לי, הוא ממשש את פני, אצבעותיו על שפתי, כמנסות לחלץ מהן את המלים הנכונות, אל תבכי, הוא מתחנן, אני מצטער שהתנפלתי עלייך ככה, זה לא יקרה יותר, רק תני לנו עוד סיכוי, גילי כל־כך קטן, כבר את רוצה להרוס לו את החיים, ואני שותקת, זכר הימים ההם מידרדר מעלי, חונק אותי במפולות של עפר, זה העפר שאין ערוך לחשיבותו, כי בתוכו קפאו הנתונים המשיחים לפי תומם, המצפים אלפי שנים לפרשנות.

בעיניים עצומות כמעט אני מתבוננת בפניו המתעתעים, לרגע גובר יופיו ולרגע כיעורו, כמה השתנה מאז, מיטתו הצרה של גילי מהדקת אותנו זה לזו ואני אומרת בלי קול, בי נשבעתי, בי נשבעתי,

לעולם לא תתקרב אלי מרחק אמה אחת, ובקלות מפתיעה אני נחלצת מן המיטה, הודפת מעלי את גופו שנעשה רך ואוורירי, כמו הפך בעצמו לחיית פרווה ממולאת ספוג. ראשו קבור עדיין בצווארה של הלביאה, גבו מתנודד מעל פרוות הדובים הנספגת בריחו, שילווה את שנתו של גילי בלילה, את משחקיו ביום, מה את רוצה ממני, הוא גונח, אני לא כל־כך גרוע, אז יש לי מצבי־רוח לפעמים, מה כל־כך נורא בזה, מה עובר עלייך, אין לי מושג מה עובר עלייך, ואני מאיצה בו, קום כבר, אני לא רוצה ממך כלום יותר, וגם אין לי עניין להסביר לך עוד פעם מה עובר עלי, אתה מבין בכלל מה עשית עכשיו? הרי אם היה איזה סיכוי שנחזור הרסת אותו לגמרי, אתה יכול להאשים רק את עצמך. בקור־רוח מופגן אני צופה בו מזדקף לאיטו, עוטף את חזהו בקמטי החולצה, מושך בזעף את מכנסי הג׳ינס על ירכיו, פניו כבדים, לסתו שלוחה לפנים בעלבון, ודומה כי לצידו לובשת את בגדיה גם האשה שחיתה כאן איתו, פגיעה, מרירה, מאוכזבת, ועצם האפשרות להתנתק גם ממנה מפליאה ומסחררת כתופעה על־טבעית.

אני מצטער על מה שעשיתי, הוא אומר, קולו הולך ומתלקח, אבל מה שאת עשית הרבה יותר גרוע, אין לך מושג כמה את תצטערי, את משחקת באש, אלה, תפסת פתאום ביטחון ואת משחקת באש, את עוד תתחרטי על זה, ואני מסננת, תחסוך ממני את האיומים שלך, רק תשאיר כאן את המפתח, והוא מוציא את המפתח מכיסו, מנופף בו מול פני כעצם עסיסית מול כלב, זה מה שאת רוצה עכשיו? זה כל מה שאת רוצה ממני? אז תדעי לך שלא תקבלי, הדירה הזאת היא גם שלי, אם את לא רוצה לראות אותי כאן תסתלקי ממנה בעצמך, ומיד הוא מתקדם אל הדלת, פותח אותה בהתרסה ונועל אחריו בשלושה סיבובים נמרצים, כמותיר מאחוריו בית ריק.

פרק שני

שוב את מאחרת, הוא קובע בקדרות, פניו חלקים ובוהקים כפסל ברונזה פרעוני, מתוך עיניו הכסופות מהבהבים אלי האישונים אותות של אזהרה, ואני ממלמלת, סליחה, היתה לי פגישת עבודה דחופה, נאחזת כתמיד בחובות מקצועיות מדומות שרק אותן ידע לכבד. בפתח חדרו הוא ניצב, מחווה בידו תנועה תקיפה, כשוטר המכוון את התנועה, ואני נכנסת אחריו אל החדר המואר שקירותיו מצופים ספרים עד תקרתו הגבוהה המקומרת, דומה שגם עליה הם מטפסים כשרכים, משקיפים עלי מלמעלה, מתגרים בי בחסינותם המוחלטת, רק הם מוגנים מפגיעתו, והלוא תמיד העדיף אותם על פנינו. ליד שולחן הכתיבה המרווח שלו הוא מתיישב, מול המחשב, לצידו מונחת כתמיד קערת זכוכית ובה תפוח עץ קלוף חתוך לפרוסות, והוא מחליק באצבעותיו על בלוריתו הצחורה, מניח ירך מוצקה על ירכו השנייה, ואני שולחת את מבטי אל החלון, דקל צר ותמיר מתחמם שם בשמש המתעצמת, נטול דאגה, מניד כלפי בהשתתפות את רעמת האריה שלו.

כך הייתי יושבת לפניו בילדותי, נזופה מראש, אלה, אני צריך לומר לך כמה דברים, היה מודיע ברשמיות, תמיד לומר, אף פעם לא לשוחח או לשמוע, מזמן אותי אל חדרו, שנראה לי באותם ימים מחניק וחסר תקווה כמרתפי חקירות, ואני מגניבה מבט מהיר אל אמי, מה כבר עשיתי? מה הוא רוצה ממני? והיא מעווה אלי את

פניה בחמלה, אין לי מושג, אבל הדלת נסגרת מול עיניה, ואת שקשוק צרור מפתחות הסוהר שלו רק אני שומעת, ואז היה נושא את דבריו בקול חמור, לאט ובהטעמה, כאילו קהל גדול מאזין לו, הוא מתרשם שדעתי אינה פנויה ללימודים, הוא לא מרוצה מהציונים שלי, הוא לא מרוצה מהבגדים שאני לובשת, מהחברה שאני מסתובבת בה בזמן האחרון, מהספרים שאני קוראת. הוא הבין מאמא, תמיד ניסח זאת כך, כהבנה סמויה, כאילו אין דיבור ביניהם אלא שפה דוממת כמוסה של סימנים והבעות, הוא הבין מאמא שיש לי כבר חבר והוא רוצה להזהיר אותי, לא להרחיק לכת, לא לעשות מעשים שאתחרט עליהם.

הבנתי מאמא שאת ואמנון חושבים להיפרד, הוא פותח ומיד משתתק, קולו רועם ונוזף, כאילו לא אני בלבד יושבת כאן לפניו, בתו היחידה, אלא קהל גדול של נשים, תנועה המונית, מהפכנית, המאיימת על שלוות נפשו ואותה עליו לשתק בכל האמצעים העומדים לרשותו. האם זה סופי? הוא שואל, כמצפה שעצם הצגת השאלה בקול נוקב כל־כך תביא להכחשה מיידית, והוא יוכל לסיים בחיפזון את פגישתנו ולחזור לענייניו, ואני מודה בשפה רפה, ומיד מוסיפה הסתייגות, כנראה, אנחנו ננסה לחיות בנפרד כמה חודשים, והוא מכחכח בגרונו, אפשר לשאול מדוע או שאלה עניינים פרטיים מדי, המלה פרטי כבר גורמת לו לטלטל את כף רגלו היחפה בעצבנות, ואני אומרת, אנחנו פשוט לא מתאימים, לא טוב לנו יחד, החלטנו שאין טעם להמשיך ככה, לשון הרבים המזויפת מחליקה את הדברים, כאילו אמנון עצמו ניצב לצידי עכשיו, תומך בדברי. אנחנו כבר לא רואים עין בעין, אני מדקלמת, משתדלת כמו תמיד במחיצתו להגביה את השפה, שלא יאמר, אני מבחין שהשפה שלך מידרדרת, מה קראת בזמן האחרון? וכבר אני משתתקת, יותר משלושה משפטים מלאכותיים אינני מוכנה לתרום לשיחה, שהרי אין זו שיחה, מעולם לא היתה בינינו שיחה, ואני בוהה במטוטלת רגלו, חסונה ודקה כדקל היא מתנועעת, הולכת

ומתקרבת אלי, תיכף תפגע בברכי בשגגה כביכול בבעיטה חדה מכוונת היטב, להקשות על יכולת התנועה שלי, לשבש את תוכניותי.

את יודעת שמעולם לא התערבתי בעניינים הפרטיים שלך, הוא אומר, סמכותי וצונן, אבל הפעם אני רואה חובה לעצמי להאיר את עינייך, מפני שלא מדובר כאן רק בך ובאמנון, שני אנשים בוגרים שיכולים להרשות לעצמם לטעות, מדובר כאן בילד קטן, שהוא זה שייאלץ לשלם את מחיר הטעות, אבל אין לו במה לשלם אותו, אלה, הקופה שלו ריקה, וכבר הוא משתתק ובוחן את רושם דבריו, רושמה של מכת הפתיחה שלו שהוכנה מבעוד מועד, כפי שהוא מכין את הרצאותיו, כמצפה שמיד אשלוף מתיקי מחברת ועט כסטודנטית שקדנית וארשום את הדברים, מלה במלה, מדובר כאן בילד קטן, שהוא זה שייאלץ לשלם את מחיר הטעות, אבל אין לו במה לשלם אותו, הקופה שלו ריקה, ריקה.

ואז הוא יהפוך לבעל חוב, הוא ממשיך ומרצה, קולו הרגיל לאולמות גדולים נחבט באי־רצון בקירות החדר הסוגרים עליו, חוב שלא יכול להיות משולם, ועד מהרה יגיעו הנושים, על הנושים של הנפש אני מדבר, אלה, הם אפילו יותר מסוכנים מהעולם התחתון, ואז מעקלים את המעט שיש לו, מעט החוסן הנפשי, את מבינה לאן אני חותר?

אתה מגזים, אבא, אני מוחה בשפה רפה, הזמנים השתנו, היום כבר לא מתרגשים כל־כך מגירושים, אני מכירה בלי סוף ילדים של גרושים ולא קרה להם שום דבר, יש להם אמא ויש להם אבא והם לומדים להסתדר עם החיים. הכי חשוב לילד שההורים שלו מאושרים, אני מדקלמת, עדיף להיות מאושרים בנפרד מאשר אומללים ביחד, אבל הוא מניע את כף ידו בשאט־נפש, כאילו הבלים גמורים השמעתי באוזניו, אלה האמירות הנבובות של הזמן החדש, הוא מכריז, אנשים היום פזיזים כמו בעלי־חיים, עבדים ליצרים שלהם, אין מסוכן מן היצר, את זה עוד הסברתי לך כשהיית נערה. כמו שלמכונית יש בלמים כך האדם צריך שיהיו לו בלמים, כמו

שמכונית תתרסק ללא בלמים כך האדם, ואני אומר לך, הוא מכוון אלי את אצבעו באיום, שאני מכיר את הילד שלך, הוא לא כמו הילדים האחרים, הוא ילד רגיש וחלש, ואם לא תבלמי את המהלך הזה, אני מזהיר אותך שיקרה אסון.

אסון? אני ממלמלת, על מה אתה מדבר, איזה אסון כבר יכול לקרות? יהיה לו קשה כמה זמן ואחר־כך הוא יתגבר, כמו שכולם מתגברים, ילדים שורדים דברים גרועים יותר מגירושים, והוא חוזר ומרעים בקולו, שפתיו מכחילות כאילו קפא דמו בעורקיו, אסון! שימי לב, אלה, האסון שלך הוא ודאי, והאושר שלך מוטל בספק, בהחלט מוטל בספק, מי ערב לך שתהיי מאושרת בלי אמנון? לא זכור לי שהיית כל־כך מאושרת לפני שפגשת אותו. תקשיבי לי טוב, אני מבקש ממך רק דבר אחד, שתחשבי על הדברים ותשקלי אותם שוב, אמנון היה כאן הבוקר אחרי שהיה אצלך, הוא מגלה, מלבין את פני בהנאה, כחוקר ערמומי שהצליב עדויות בסתר, הבנתי ממנו שזו את שיזמת את הפרידה, שהכול תלוי רק בך, אז יש לי הצעה בשבילך, פתרון פשוט ויעיל, שאמנון כבר הסכים הבוקר לקבל. לכרות ברית אתם צריכים, במובן העמוק ביותר של המלה, להבטיח זה לזו שאף פעם לא תיפרדו, כי הבאתם לעולם הזה ילד, לידת ילד היא אקט מחייב מאין כמותו, ומרגע שיש ילד משותף חייבים להישאר יחד. תראי שאחרי שתכרתו את הברית הזאת הכול ייעשה פשוט יותר, תתגברו בקלות על הקשיים כי תדעו שאין לכם ברירה, לא תאמיני איזו הקלה תחושי, כשתמחקי לחלוטין את האפשרות של חיים אחרים ובני־זוג אחרים. אני מציע לך אופציה של אושר שלם, אלה, זה השינוי שאת מחפשת, הרי קשיים מחכים לך בכל מקום, לחיות לבד זה קשה, להקים משפחה חדשה זה קשה, אני מקל עלייך בכך שאני עוזר לך לוותר על אופציות מסוכנות, הרי בכל מקום תצטרכי להתגבר ולהתמודד, אז עדיף כבר להשתדל למען המשפחה שהקמת, עם הגבר שבחרת ללדת לו ילד.

די, אבא, אתה לא מבין, אני מנידה בראשי, מכסה בידי על אוזני

כמו אז, כשהייתי ילדה, חסרת אונים מול הרצאותיו התוקפניות, ביטחונו המוחלט בצדקתו, אני לא יכולה להישאר עם אמנון, זה נגמר בינינו, על איזה ברית אתה מדבר? אנחנו נפרדים, לא מתחתנים, אבל הוא מהסה אותי מיד, בתנועת יד מתנשאת, עיני הבדיל שלו קרות ומוצקות, תקשיבי לי, אלה, אני מכיר אותך טוב יותר משאת חושבת, יש לך מדי כמה שנים התקפים של הרס עצמי, עד כה זה היה עניינך, ואני לא התערבתי, אבל עכשיו זה כבר עניינו של גילי. אני רואה את עצמי לצורך העניין כבא כוחו של גילי, ואני מודיע לך, הילד לא יעמוד בפרידה שלכם, ואם את מכריחה אותי לומר מלים מפורשות — בבקשה, הילד לא יוכל להתמודד עם זה, הוא לא ישרוד, הוא ייכחד.

ייכחד?! אני לוחשת, על מה אתה מדבר? אתה שומע בכלל מה אתה אומר? והוא מניח סוף סוף את כף רגלו היחפה על הרצפה, שאריחים שחורים ולבנים קבועים בה לסירוגין כלוח שחמט, אין לי ברירה אלא לדבר מפורשות, מדובר כאן בדיני נפשות, אלה, את רוצה לחפש את האושר, הוא יורק את המלה כמו היתה מלה מגונה, שקד מר, האושר היחיד טמון במחויבות שלך למשפחה שהקמת, ואל תחשבי שאני מזלזל ברגשותייך, אם היה לך בעל אלים חלילה בוודאי שהייתי ממליץ לך לעזוב אותו, והייתי מושיט לך עזרה ככל יכולתי, אבל אני מכיר את אמנון, ואני יכול לתאר לעצמי באילו קשיים מדובר. זה פינוק, הוא מרעים בקולו, זה הפינוק הבלתי־נסבל של הדור שלכם, והוא יגבה ממך מחיר נורא, את מבינה מה שאני מנסה לומר לך או שעלי להיות עוד יותר ברור?

כבר מאוחר, אני צריכה לקחת את גילי מהגן, אני קוטעת אותו, כאילו רק קוצר הזמן עומד בינינו, מונע מאיתנו להמשיך את השיחה הנעימה, וכשאני נעמדת על רגלי שרעד פתאומי עובר בהן נדמה לי שקירות החדר הולכים ונוטים, אצטבות הספרים שלו גוהרות עלי, לוכדות אותי באצבעות של אבק מלומד, רעיל, בין ספריו אני אקבר היום, תחת קירות האבן העבים, ומי ייקח את הילד. נדמה

שהמשימה היומיומית הזו הפכה לפתע דחופה מאין כמותה, להספיק לקחת את הילד, לפני שיקרה האסון, ואני מתקדמת אל דלת חדרו כנסה על נפשי, והוא דולק אחרי, לא מרפה, רק תבטיחי לי שתשקלי את הדברים בכובד־ראש, כראוי לדיני נפשות, הוא צועק, אם היתה לו דרך חודרנית יותר לתחוב את אזהרותיו לאוזני ודאי היה עושה זאת, לא היה מהסס, ואני פותחת במהירות את הדלת אל המסדרון, נתקלת בראשה השׂב של אמי העומדת כפופה ומרוכזת, מנסה לצותת, מה הוא רצה, מה הוא רצה ממך? היא שואלת בלחש, מציעה לי על מגש מתפורר את אהדתה החרדה, קלת המשקל, ואני לא מסוגלת להישאר רגע נוסף במקום הזה, נדבר אחר־כך, אמא, אני ממהרת לגן.

לגן? הרי הוא בכיתה א׳! היא נזעקת כאילו תפסה אותי בטעות איומה, המאירה באור עגום ומפוקפק את אִמהוּתי, מה פתאום היא אמרה גן, אני שומעת אותה סחה את פליאתה באוזני אבי, רגע לפני שהוא חוזר אל שולחן הכתיבה המרווח, ונדמה שכל השאלות והמשאלות, הקושיות והקשיים, הצטמצמו לקובלנה אחת, שולית לחלוטין, מה פתאום גן, הוא כבר בכיתה א׳.

מוכה אני יורדת במדרגות ביתם, כאסיר שנמלט מכלאו מאוחר מדי וממילא כבר אבדה לו היכולת ליהנות מחירותו, המעקה הלוהט החשוף לשמש מחזיר צביטות לאצבעותי, אבל אינני מרפה ממנו, מדרגה אחר מדרגה, ועל האחרונה אני צונחת, חובקת את ברכי בזרועותי, החרדה תופחת בתוכי, דוחקת ומועכת איברים פנימיים, נוכחותו של האסון מוחשית כאילו כבר התרחש, מרגע שבקע מגרונו, דרך שפתיו הכחולות, האסון שלך ודאי, והאושר מוטל בספק, ואני מניחה את מצחי על ברכי הרועדות, נדמה שלנגד עיני דועך אור היום, סוכת אבלים נפרשת מעלי, כאבה החשוך של יתמות הולכת ונמשכת.

על שפת המדרכה מולי נעצרת מונית קולנית, צפירותיה מתערבבות ביבבות אזעקה רחוקה, ואני קמה בכבדות, אתה פנוי?

אני שואלת את הנהג, והוא אומר, קיבלתי הזמנה, זה אַת הזמנת? ואני אומרת, לא, אבל תעשה לי טובה, תקפיץ אותי למרכז העיר, זה ממש פה ליד, והוא אומר, חכי רגע, נראה אם זה בדרך שלי, והנה מתקרב אלינו במהירות גבר מוצק בחליפה כהה, בלוריתו הסמיכה מסורקת היטב, באיזו זריזות פשט את מכנסיו הקצרים ועטה על עצמו את הבעתו המאופקת, איך הקפיד לסיים את שיחת הבלהה שלנו בדיוק בזמן, בשעה שחשבתי שאני סיימתי אותה, והנה הוא גולש במהירות למונית הממוזגת המצפה לו, מנופף לי לשלום באדיבות שוות־נפש, כמו הייתי אחת הסטודנטיות שלו ששכח את שמה, או שמעולם לא ידע אותו, ואני עומדת על שפת הכביש, עם זר גמור הייתי נכנסת למונית ולא איתך, אבא, המלה הפשוטה מעציבה כמו נביחת כלב אחרי שנשמע קול נפץ, אבא אבא, נובחים הכלבים בהפוגה שבין רעם הפיצוץ לבין יללות האמבולנסים, אבא אבא, מה אמרת לי.

הוא לא ישרוד, הוא ייכחד, אמרת, כמסכם את גורלן של מעצמות העולם הקדום, החיתים, הבבלים, השומרים, האכדים, אימפריות שלמות שעברו מן העולם, אבל כאן מדובר בילד קטן, בקושי בן שש, ילד שעוד לא למד לרכוב על אופניים, המתקשה לקשור את שרוכי נעליו, ילד שמפחד מן החשיכה, ונדמה לי שאני שומעת את קול הלילה שלו, הקול העולה מתוך חלומותיו הרעים, צווחני ומבועת, אמא, בואי, בואי מהר, ואני באה, כפות רגלי חובטות במהירות באספלט החם, רק לראות אותו כבר, להציל אותו מפני האסון שהוכרז כאן, בראש הר המדרגות הזה המכוסה בענן כמו היה הר סיני העשֵן ושם מראה כבוד ה׳ כאש אוכלת, תקיף וּודאי וכמעט מוצדק, כן, כמה נורא, כמעט מוצדק.

כאשה שביתה בוער אני רצה ברחובות, מרססת אי־שקט סביבי, זורעת זרעים של בהלה בליבות העוברים ושבים, שמא מידע חסוי הגיע אלי והוא הגורם לי למהר, מידע על פיגוע מתקרב, על רעידת אדמה, שובל של מבטים מתוחים מלווה אותי, הולך ומתארך, משום־

מה נדמה שהריצה איטית מן ההליכה, הרחובות האפורים מצמידים אותי אליהם כקשישים טרחנים, מדי פעם מנסה אדנית פורחת לרכך את אבני הגזית הקשות אך נראה שהצמחייה הולכת ומאפירה גם היא, הולכת ומתאבנת.

רוכבת אופניים קצוצת שיער מתאמצת בעלייה, חולצתה לחה כחולצתו של אמנון הבוקר, איך כפתר בקפידה את כפתוריה, החליק בידיו על קמטיה, כשעמד בפתח הבית ממנו אני נמלטת עכשיו, מסגיר אותי לרשויות בפנים חסודות, ואני מרחיבה את צעדי, מציצה בחשש לאחור, כי נדמה שלא לבד אני רצה ברחובות, כי לצידי יצאה לדרכה באותה שעה בדיוק הקללה המפורשת שזינקה מגרונו של אבי, ואיתה אני מתחרה ואותה עלי להשיג, לצידי היא מרחפת על כנפיים שחורות, וגם אם צלעותי כואבות, ונשימתי צורבת, וברכי מתפוקקות, עלי להגיע אל סוף המסלול לפניה, כי שם מחכה לי ילד קטן, בקושי בן שש, שמסרב לגזור את שערותיו, ששונא את אור השמש בעיניו, שהוריו נפרדו אתמול.

מבעד לחלונות הפתוחים של הכיתות בוקעת המיית בית־הספר כהמיית הים, כבושה ונרגזת, צוברת עוצמה פראית, מאות ילדים ישובים על כיסאות קטנים, אוחזים בידיהם עפרונות וצבעים, ואחד מהם שלי הוא, ועלי לראותו מיד, ואני מתדפקת על השער, מנסה להדוף אותו אבל להפתעתי הוא סגור, מנעול כבד כרוך סביבו, ומעליו נתלה שלט בכתב־יד עילג, השומר יצא לסיבוב, נא להתאזר בסבל. שלוש האותיות האחרונות נמחקו, כמו בכתובות עתיקות, משבשות לחלוטין את הכוונה, ואיש לא טורח להשלים, ואולי עוד מאות שנים יקמטו החוקרים את מצחם מול האותיות החסרות, יעלו השערות שונות ומשונות, עד שתימצא כתובת נוספת, שלא נפגעה, והיא שתשפוך אור על התעלומה, להתאזר בסבל, כמה פשוט זה נשמע, אבל לא בשבילי, לא עכשיו, ואני בוחנת באיבה את השער הצבוע ירוק עליז מתגרה, כאילו מלכתחילה נועד לחצוץ ביני לבין בני ולא כדי להגן עליו, אומדת אותו כפי שאומדים יריב לפני

שהולמים בו, אין לי ברירה אלא להתגבר עליו, הרי לא אחכה עד שיסתיים הסיור העצל של השומר, ואני מביטה סביבי לוודא שאיש אינו רואה, מניחה את כף רגלי על הידית ונאחזת בסורגים הצפופים.

להפתעתי, הטיפוס קל משציפיתי, דומה שיד חזקה אוחזת בציצית ראשי ומושכת אותי מעלה, וכבר אני במרומי שער הברזל, למרגלותיו ניצבת עכשיו למורת־רוחי נערה ששׂערה בהיר ומסולסל, והיא נושאת את עיניה אלי בהפתעה, עוקבת אחרי במבט מבודח, ואני מתעלמת ממנה, שולחת את רגלי בזהירות אל העבר השני, אבל שם, בצד של גילי, אין במה להיאחז, ללא זיז הוא נמתח לפני, ארוך ושטוח, ואני אובדת עצות, מכשול נוסף ולא צפוי קם בינינו, ילד, ואולי הייתי מנסה לחזור על עקבותי אלמלא היה לי קהל, אלמלא עמדה שם הנערה הזו נטועה על מקומה תחתי, ממתינה בסבלנות ממש כפי שנכתב, ואני מחליטה להישאר לפי שעה על מקומי, כאילו רק לשם השעשוע טיפסתי, כדי להשקיף להנאתי על החצר המוזנחת, ואכן, מנקודת התצפית החדשה שלי אני מיטיבה לראות את מרחבי בית־הספר, ואפילו את השומר הזקן אני רואה, מתקדם לאיטו לאורך הגדר, חדור תחושת שליחות, שהרי ביטחונם של מאות ילדים מופקד בידיו, ואני מנופפת אליו בידי בחביבות, שלא יטעה בי ויאיים עלי בנשקו.

דמותי שעל השער קוטעת מיד את הפטרול המתון והוא מתקרב אלי במהירות, כרסו מיטלטלת לפניו, תנועות של גינוי בידו, תגידי, אתה פסיכי או מה, הוא צועק, עילג, אין לך סבלנות? כתוב לחכות בסבלנות, ואני נאחזת ביתדות השער, אני ממש מצטערת, אני פשוט ממהרת נורא, השארתי תינוק לבד בבית ואני חייבת להוציא את הילד הגדול, אבל נדמה שהתירוץ הנואש רק מעצים את זעפו, מי משאיר תינוק לבד בבית, הוא רוטן, כולם פה פסיכים, חורץ בעוּוני את דין ההורים כולם, ונדמה שתיכף יקצוב לי את עונשי על ההזנחה הנפשעת וישאיר אותי בין שמיים וארץ, תלויה לדראון עולם במרומי השער, למען יראו וייראו שאר ההורים. בשאט־נפש הוא מניד

בראשו, פותח את המנעול ומניח לנערה לעבור, והיא פוסעת במתינות גאה, כהוכחה ניצחת לכך שהסבלנות אכן משתלמת, ואני מנסה לרדת בדיוק כפי שעליתי, רגלי העיוורת מגששת אחר הידית, מחליקה עליה, והנה אני צונחת על מדרכת האספלט הלוהטת, מחטיאה ברגע אחד עגלת תינוק, שכמעט נמעכה תחתי.

גם אם נפגעתי לא אראה לו, אני מזדקפת במאמץ ומנערת את בגדי, מחייכת בנחת אל השומר כמו היתה הקפיצה הזו מתוכננת מראש, רק כדי לבצעה טיפסתי על השער, ואני מנסה להתקדם בהדר מדומה, אם אתכחש לכאב הוא ייעלם, העיקר שחדרתי פנימה ועוד רגע אחלץ אותו, ממהרת אל הכיתה החבויה בקומת המרתף, שם מקדמים את פני תלתלי המנגו הבהירים שראיתי ממרומי השער, שוב הבחורה ההיא, אני מתרעמת, מה היא עושה כאן, קיוויתי לא להיתקל בה יותר. מקרוב היא לא כל־כך צעירה, מסתבר, וגם לא כל־כך נמוכה כמו שנראתה מלמעלה, בכלל לא נערה אלא אמא, ומכאן שמדי יום איאלץ לראותה, והיא בוחנת אותי בסקרנות מבודחת, מורה במבטה על הכיתה הסגורה, הם עוד באמצע.

אבל דומה שכבר הוכחתי היום שלא אתן לשערים נעולים ולדלתות מוגפות לעמוד בדרכי ואני הודפת בתקיפות את הדלת, עשרות זוגות עיניים צפופות פונות אלי, את עיני השלכת שלו אני מזהה מיד מתחת לכובע הקוסמים, והוא מזנק ממקומו, חוצה בריצה את הכיתה, ורק כשהוא מתכנס בתוך זרועותי אני נושמת לרווחה, הוא בסדר, כלום לא קרה לו, מרחרחת אותו כחתולה, ריח זיעת ילדים מהבילה וממרח שוקולד, דבק וחול, עונג וגעגועים, ריח אהבתי.

סליחה, אמא של גלעד, אנחנו עוד לא סיימנו, קוטעת המורה את אושרנו, ואני נאלצת להתנצל, מנסה לשלוף הסבר חדש לחיפזון, שקר שלא יתגלה, ורצוי שלא יזעזע, באמת סליחה, אנחנו פשוט נורא ממהרים היום, יש לנו אירוע משפחתי, אבל היא מתעקשת, תצטרכי לחכות עוד חצי שעה, אנחנו באמצע פעילות, תחזור מיד

למקום שלך, גלעד, אבל הוא כבר נאחז בי, מתייפח לתוך צווארי, אני רוצה הביתה, לא רוצה לחזור למקום שלי, ואני מנסה לשדל אותו, זה בסדר, גילילי, אני אחכה לך כאן ליד הדלת, תיכף נלך הביתה, בבת־אחת מודעת לגודל המשגה, למה היה עלי להעמיד אותו בניסיון לעיני הילדים, לעורר את חיית בכיו הרדומה, ואני נועצת מבטים נכלמים במורה המתקדמת לעברנו קשוחה והחלטית, תולשת אותו מחיקי, כובע הקוסמים נשמט מראשו כשהוא נסוג מבויש למקומו, נבוך בבכיו, חשוף ללעגם.

כמותו גם אני נסוגה, יוצאת בבהילות מן הכיתה, נופלת כמעט לזרועותיה של הבחורה המתולתלת, המביטה בי בפה פעור כמו הייתי חיית קרקס המפליאה בפעלוליה, ההשתאות על פניה כבר כמעט הופכת למלים, ואין לי ברירה אלא להקדים אותה, לתקן את הרושם במודעות חריפה, מופגנת, ואני מחייכת אליה, בחיי שאני לא תמיד מתנהגת ככה, אני אומרת בכנות, זה ממש יום מיוחד, והיא מגחכת, אין לך מה להתנצל, כשמשאירים תינוק לבד בבית אסור לבזבז רגע, קולה נמוך, צרוד מעישון, ואני מגמגמת, תשמעי, זה לא מדויק, אבל הגיחוך שלה כבר מתגלגל לצחוק קולני, זה בסדר, ברור לי שאין לך שום תינוק בבית, ואני נדבקת בצחוקה, איך זה כל־כך ברור, בעצם? והיא סוקרת את גופי הכחוש, מתעכבת על החזה המכווץ, אַת ממש לא נראית אחרי לידה.

בחיים לא השארתי תינוק לבד בבית, אני מבטיחה לה, פשוט הייתי חייבת להמציא משהו מיד, שהשומר לא יתעצבן, והיא מביטה בי בסלחנות, לא נראה לי שזה עזר, ההיפך, ואני מתנפלת אסירת תודה על מבטה האוהד, כאילו דווקא ממנה, אשה זרה לחלוטין, אני זקוקה לפתע למחילה. אולי נצא לדשא, יש לנו חצי שעה, אני מציעה לה, והיא מהנהנת ברצון, עולה לצידי במדרגות בצעדים מהירים, מניפה את זרועותיה בהליכתה כמו היתה חותרת בנהר, מרהיבה בתלתליה הזוהרים, ריח של פרי מתוק עולה מהם, ואני מנסה להדביק את צעדיה, נוכחותה מרגיעה אותי, גם אם היא

מרוחקת מעט, פזורת דעת, דומה שהיא מייצגת עולם שפוי הגיוני שלרגע נקרעתי ממנו ודרכה אשוב אליו.

עיניו של השומר עוקבות אחרי בפקפוק כשאני חולפת על פניו בצליעה קלה, מתנכרת, מאחלת לו בדממה עבודה חדשה, שלא אצטרך להיתקל מדי יום במבטו המוכיח, והיא דווקא מברכת אותו בלבביות, מחפה עלי בנימוסיה, והנה כבר לרגלינו הגן המדולדל הנושק לגדר בית־הספר, מנומר בכתמי סלעים לבנים, מוקף עצי זית עקומי גפיים, כקשישים מוכי שיגרון. פעם היינו באים לכאן עם גילי בימי חמסין, הוא אהב לטבול רגליים יחפות בתעלות המים, להשיט צעצועים, אבל עכשיו התעלות יבשות, החורף השחון האחרון מחייב חיסכון במים, האשפה גולשת אל קרעי המדשאות המצהיבות ונדמה שהגן כולו מזהיר אותנו מפני עצמו כמפני מגיפה, בקולם הגס של העורבים השחורים המקננים במרחביו, ובכל־זאת אנחנו חותרות בו, מחפשות פינה מוצלת, נקייה, ושם פורשות את איברינו, הכאב ברגל נוקב אבל אני מתכחשת לו, משתרעת לצידה ושואלת, אז אמא של מי את? ומיד מודה בצער, בעצם אני עוד לא מכירה אף ילד בכיתה הזאת, גם הבן שלי עוד לא ממש מכיר.

יותם דווקא מסודר השנה, היא אומרת, הוא הגיע עם קבוצה של חברים מהגן, ולי קוראים מיכל, היא מזדרזת להוסיף, מוציאה חפיסת סיגריות מתיקה, שפתיה הצבועות בכתום בהיר מקיפות את הסיגריה, מהורהרות, ולפתע נמתחות בצחוק, זה היה גדול, לראות אותך תקועה שם על השער, כמו חתולה שטיפסה על עץ גבוה מדי, וכשהיא צוחקת היא מוחאת כפיים בהתלהבות, עיניה ננעצות בעיני ולא מרפות עד שאני מצטרפת לצחוקה, במורת־רוח קלה, האומנם היה זה עד כדי כך מבדח, האומנם לא נתקלה לאחרונה במשהו יותר משעשע שהיא מתרפקת בתענוג כזה על השפלתי, ואני שוב מתנצלת, כאילו על שער ביתה שלה טיפסתי ואת מנעולו ניסיתי לפרוץ. הייתי חייבת לראות את הילד שלי מיד, אני יודעת שזה משונה, אבל לא היתה לי ברירה, אני אומרת, והיא מצדדת אלי עין

בהירה דהויה מעט בצבע הדשא המקיף אותנו, שלא הושקה כראוי במשך הקיץ, שפתיה אוחזות עדיין בחיוך, שארית של צחוקה הממושך, ואני משתתקת, מצפה לשאלה שתיכף תישאל, מנסה כבר לתכנן כיצד אשיב, עד כמה אפרט, דחף מתעורר בי לספר לה הכול, הכול, על הבוקר הזה, על הקללה של אבא שלי, אפילו לשאול לדעתה, האומנם גירושי ההורים הם מחלה ממארת הממיתה ילדים, אבל להפתעתי היא אינה שואלת דבר, משתרעת בנוחיות על גבה, חולצת הפשתן התכולה שלה נפרשת כמראָה מול כחול השמיים, שׂערה מתפזר סביב ראשה כמניפה. דומה שיש בדעתה לנמנם תנומת צהריים חטופה, לאחר המחזה המהנה שחזתה בו, מחזה שנועד להפיג את השיעמום, אך אין לה כל כוונה לרדת לפשרו, ואני עוקבת באיבה פתאומית אחר תנועותיה, לא ניכר בה ששמעה את דברי, האם זה עודף נימוס או חוסר עניין, הגורם לה לעצום את עיניה, מעל העשבים הקצוצים המצהיבים, שם רוחשות נמלים בפעילות קדחתנית, והנה הן כבר מתקדמות לעברנו בטור עורפי, מתקרבות בשקיקה אל שׂערה, כאילו פירורי לחם נחבאים בתוכו, ואני לא מזהירה אותה, עוד פעם יש לך נמלים בתחתונים, אמא שלי היתה קוראת בזעף, שולפת את תחתוני מארגז הכביסה, מנופפת מולי בבד שנעשה שחור כמעט, נמלים להוטות מתהלכות בתזזית לאורכו ולרוחבו, רק אל התחתונים שלך הן באות, היתה מתלוננת בפליאה, כמו היתה זו אשמתי.

עכשיו כשעיניה עצומות אני יכולה לסקור אותה ביסודיות, חצאית המעטפת השחורה שלה חושפת שוקיים בהירות, נשיות, כמו יתר איבריה המונחים ללא תנועה, סנטרה הפונה אל השמש נסוג מעט, שעון זהב מעוצב כצמיד על פרק ידה המכסה את מצחה ברפיון, על אצבעה טבעת נישואים עבה, ואני מציצה באצבעי, חישוק עור בהיר מסמן את הטבעת שנענדה עליה לפני עשר שנים כמעט והוסרה ממנה אתמול. עורב שצבעו שחור מתכתי מנתר לעברנו על רגליו החזקות, כחומד את תכשיטיה המתנוצצים בשמש, ואני עוקבת

אחריו, כמה הוא נועז, תיכף יתלוש במקורו המעוקל את טבעת הזהב מעל אצבעה, ירחף מעל הגן בקרקור ניצחון צורם, תראי, היא מזדקפת ומצביעה בבהלה נכחה, כנראה הבחינה בעורב, אבל היא אומרת, הרגל שלך, אם אמנם זאת רגל בכלל, ואכן היא נראית כמו גוש בצק צבעוני שנשכח בשמש, מתפרץ מתוך רצועות הסנדל, ורק אז אני מאמינה לכאב שסוגר עלי כמין הקלה מתמיהה, משחררת, גיבוי חיצוני למחנק הולך וגובר.

נפלת נפילה רצינית, היא אומרת, החיוך נוטש סוף סוף את שפתיה, תצטרכי לעשות צילום, ידיה ממששות בעדינות את הקרסול, בוחנות את תנועת האצבעות, אני חושבת שהעצם לא נשברה, היא פוסקת, נראה לי שזה נקע, כשתגיעי הביתה תשימי תחבושות קרות, ואני שואלת בהתפעלות, מה, את רופאה? והיא אומרת, לא, לא ממש, שפתיה נשמטות מעט והיא מציצה בשעון וקופצת בזריזות על רגליה, תראי, מרוב שהקדמנו אנחנו מאחרות, תישארי כאן, אל תקומי, היא פוסקת כשאני מתפתלת לרגליה מנסה להתרומם, אני אביא לך את הילד שלך.

אבל הוא לא מכיר אותך, אני מוחה, הוא לא יסכים ללכת איתך, והיא אומרת, תסמכי עלי, ורק כשהיא מתרחקת אני נזכרת שאפילו לא אמרתי לה מי הילד שלי, אולי היא תביא לי לכאן ילד אחר, ואולי בכלל לא ארגיש בטעות, ואולי אפילו אוהב אותו כמו שאני אוהבת את גילי, שהרי דווקא האהבה הגדולה ביותר עלי אדמות אינה אישית, אינה תלויה במושא האהבה אלא היא בבואה לצרכיו של האוהב, וגם גילי ייאסף מכאן על־ידי אמא אחרת שלא תרגיש בטעות, ואולי כך יינצל, אמא שאינה עוזבת את אבא, אמא שאינה מפרקת משפחה.

נדמה שנותרתי לבדי בכל הגן הענק הזה, אני והעורבים וערימות האשפה התוססות בשמש, מתנודדות כדבשות על גבו של גמל ענק, מביאות לפתחי ריחות ריקבון מר, רק במרחק, ליד הכביש הראשי, שרועה קבוצת חיילים, מדיהם נבלעים בצבע הדשא, והם שוכבים

ללא תנועה בצל עצי הזית, העורבים מנתרים ביניהם, מדלגים על מדפי הסלעים, מקרקרים ללא הרף בקולות מאיימים, כמספרים זה לזה בשורות רעות, כאותו העורב שסיפר לאדם הראשון על רצח הבל בנו. נדמה שנקלעתי לכוכב של עורבים, חוקיהם הנוקשים חלים עליו, אלה העורבים הנאמנים בעופות, הנשארים עם בני־זוגם כל ימי חייהם, ועל כן בחרו בהם המצרים הקדמונים כסמל לנישואים בכתב ההיירוגליפים שלהם, והנה אני מֵפרה את מצוותם, והם מתגודדים סביבי כמו הייתי פגר, עוד מעט יאחזו עשרות עורבים בבגדי וישאו אותי מכאן, מרחפת בגובה נמוך מעל ביתי שבקרוב אצטרך לעזוב, מעל בית אבי ואמי שלא אראה עוד, מעל כיכרותיה המצולקות של העיר הענייה, שהמליכה את עצמה על ערים עשירות ממנה ויפות ממנה, העיר היהירה, החצופה, שבדתה לה עבר מפואר וממנו היא ניזונה, שהצליחה לשכנע את העולם כולו בחשיבותה, ולא חזתה אל נכון כי חשיבותה תהפוך לקללתה, אשקיף על עתיקותיה המוכרות לי יותר משכונותיה החדשות, עד שישמטו אותי לפתע על סף המדבר במקום בו העיר נקטעת בבת־אחת.

צעדים של קולות צלולים צייצנים מתקרבים אלי בריצה על רגליים קטנות בסנדלים שהקיץ בילה, כמו צמד מוקיונים הם מתנודדים, בידיהם ארטיק אבטיח עז צבע נמס למחצה, ניגר על אצבעותיהם, פניהם מכוסים בצבעי מלחמה מתגרים, ולרגע אני מתקשה להבחין ביניהם, ציפיתי לראות לצידה ילד עטור תלתלי חיטה צהובים ולהפתעתי שערו שחור וחלק, כפטריית יער מנצנצת, עיניו כהות, רציניות, והוא נמוך מעט מגילי שלי וצנום ממנו, ובכל־זאת דומה לו באופן מוזר, וגילי מקפץ בעליצות לידו, דק רגליים כחרגול, אין זכר לדמעותיו, מראה לי בגאווה את הארטיק המפואר, כאילו בעמל כפיו השיגו, ובעיקר הוא מתגאה בחבר החדש שנפל בחלקו לפתע, מבין עשרות הילדים הזרים ששמותיהם מרחפים באוויר ככובעים שעוד לא צנחו על הראשים הנכונים, התממש פתאום ילד ברור אחד, והוא בוחן אותו בסיפוק ובחשש קל, שמא

ייעלם במפתיע כלעומת שבא, יטיל אותו בחזרה למועקת בדידותו.

היא פורקת את מטענה לצידי, שני ילקוטים, כובע קוסמים אחד, שרביט וגלימה, שני בקבוקי שתייה, ומשתרעת שוב, בדיוק באותה תנוחה, ואני מזדקפת ומודה לה, אתם בכלל לא דומים, אני מעירה, והיא סוקרת את בנה בקפידה, לא, היא אומרת, הוא דומה לאבא שלו, ואני כבר מותחת בדמיוני את איברי הילד, מציבה באכזבה לצידה גבר צנום, זקוף מאוד, רציני. אמרו לי למסור לך שיש מחר קבלת שבת משותפת אחר הצהריים, היא נזכרת, ואני מקשיבה במורת־רוח, מחר? אבל למה, בשביל מה זה טוב? והיא מציצה בי מופתעת, את יודעת איך זה, התחלת שנה, רוצים שהמשפחות יכירו, זה לא כל־כך נורא, ואני רוטנת, זה ממש לא מתאים לי עכשיו, אני לא מתכוונת לבוא.

בגלל הרגל? היא שואלת, ואני אומרת, לא, זה לא הרגל, ושוב אני מצפה שתוסיף ותשאל ושוב היא משתתקת, שיניה נוגסות בסיגריה שהיא מדליקה, אולי בשבילך זה לא נורא, אני חושבת בזעף, תקחי את בעלך ובנך ותבואו, ואחר־כך תחזרו יחד הביתה לארוחת הערב, אבל אני, המחשבה על מפגש משפחתי מגבש כשאני עסוקה בפירוק מעוררת בי קבס, אין לי עניין לשבת לצידו של אמנון ולהעמיד פני משפחה רגילה, לשיר שירי שבת עם חבורה מתחסדת, רק לפני זמן קצר זה היה טבעי, קל כמו נשימה, האם זו רק ההתחלה, אני תוהה, של הפיכת המובן מאליו לקשה מנשוא, האם כל יום מחיי הגֵרושים רצוּף מכשולים, כל אירוע פשוט מסתבך בין אצבעותיהם. אמנון ייקח אותו בלעדי, אני מחליטה, הרי קשה לי ללכת, ואני משתרעת שוב על הדשא לצידה, עוקבת בשתיקה אחר ילדינו המקפצים ככלבלבים מעל תעלות המים הריקות, צחוקו של גילי מנשב אלי עם הרוח הנעימה עמוק ומלא עונג, מפזז בין צווחות העורבים השחורים, מפזר גרגרים של רוגע מתוק בחדרי ליבי, למה נבהלת כל־כך, שום אסון לא יקרה, הרי כולם מתגרשים, או התגרשו, או יתגרשו, אולי גם האשה הזאת, השרועה לצידך,

מתכננת בזה הרגע ממש את חייה החדשים, אל תתני לאף אחד להפחיד אותך, הוא יהיה בסדר, יש לו אמא, יש לו אבא, יש לו חבר, יש לו ארטיק, מה עוד ילד צריך.

אני חייבת לזוז, היא שוב מזנקת, נדמה שככל שחולף הזמן היא נראית מבוגרת, לנגד עיני הפכה בשעה אחת מנערה לאשה, קודם התפלאתי שיש לה כבר ילד ועכשיו כשהשמש מישירה מבט אל פניה עורה מתרפט, ואני מתפלאה שבנה צעיר כל־כך. יותם, צריך לאסוף את מאיה מהחוג, היא צועקת, קולה נרגז כאילו כבר קראה לו שוב ושוב, ויותם גורר את רגליו לעברנו בתלונה, אבל אמא כיף לנו כאן, והיא אומרת, נחזור הנה פעם אחרת, בוא כבר, מאיה מחכה לנו.

גם אנחנו הולכים, אני ממהרת לומר, והיא פונה אלי, את בכלל יכולה ללכת? מושיטה לי את ידה הלבנה, ורידים כחולים מתפתלים לאורכה כערוצי נחל, ואני מתרוממת בכבדות, ההליכה הופכת פתאום למבצע מסובך הדורש זהירות ותכנון מוקדם, והיא עוקבת מוטרדת אחר התנהלותי, אני אקפיץ אתכם, היא מציעה, איפה אתם גרים? ואני אומרת, לא רחוק מכאן, נשענת על זרועה ומתקדמת אל מכוניתה, נֵטל פתאומי על חייה השלווים של משפחה זרה לחלוטין.

אמא, אבא כבר בבית? אני שומעת את גילי שואל מן המושב האחורי, ובעודי מנסה לנסח תשובה הולמת היא מקדימה אותי ועונה, מסתבר שהיה זה בנה, אפילו קולותיהם דומים, עדיין לא, הוא יגיע בערב, ולחרדתי אני שומעת את גילי לוחש, תגיד, אבא שלך ישן אתכם בבית? ויותם מופתע, כן, זה הבית שלו, מלבד כשהוא במילואים, הוא מתאמץ לדייק, או בחוצלארץ, וגילי ממשיך בקול חשאי כזומם מזימה, אבא שלי ישֵן בלילה בתוך מקרר אבל המקרר הרעיש והוא לא נרדם. מה פתאום, גילי, אני מתערבת בצחוק מאולץ, אל תדבר שטויות, לא הבנת מה אבא אמר, אבל הוא מתעלם מדברי ומוסיף, יש לך מזל שההורים שלך לא מתרגשים, ויותם אומר, לפעמים הם מתרגשים ולפעמים לא, מה זאת אומרת, כל ההורים

מתרגשים לפעמים, וגילי אומר, אבל ההורים שלי מתרגשים לתמיד.

יופי, הגענו, אני מכריזה, למרות שזו רק תחילת הרחוב ויותר מדי צעדים מחכים לי, בוא כבר, הם ממהרים, אני מזרזת אותו, ממש תודה, מיכל, הצלת אותי היום, והיא שולחת בי מבט ירקרק, נדמה שהפליאה הסקרנית השתררה שוב על פניה, כמו הייתי שוב ניבטת אליה ממרומי השער. רוצה שאני אלווה אותך הביתה? היא שואלת, ואני אומרת, אין צורך, זה ממש קרוב, אני אסתדר, אבל מבטה מלווה אותי כשאני מתקדמת במאמץ, בדילוגים מגושמים, מבט של טרדה ותימהון, ואפילו צער, כאילו מכתב ארוך ועצוב המיועד אלי הגיע בטעות אליה.

אמא צולעת, אמא צולעת, הוא מקפץ סביבי, חובט בזרועותיו כעטלף בגלימתו השחורה, ואני מפצירה בו, תן לי יד, גילי, קשה לי ללכת, אבל הוא אינו שש לקבל על עצמו את תפקיד המושיע, וגם כשהוא מואיל לבסוף להושיט לי יד דביקה נדמה שכל כובד משקלו נמשך ממנה, להפיל אותי אל המדרכה שעלי שלכת ראשונים פזורים עליה. הכאב הולם בצלצולים כבדים וצלולים כפעמון כנסייה, ואני מקשיבה לו ביראה ובהפתעה, כמעט בהתפעלות, כל־כך הוא ממקד את תשומת־הלב, מציב חיץ ברור, ההולך וגדל מרגע לרגע, בין מה שהיה עד כה לבין מה שיהיה מכאן ואילך, בין מי שהייתי עד לפני כמה שעות, כמדומה, אשה נשואה, בעלת משפחה, בעלת דירה, שכל נכסיה ודאיים אך מוגבלים, לבין מי שאהיה תוך זמן קצר — גרושה עם ילד, ללא בן־זוג, ללא דירה, שלפי שעה כמעט אין לה דבר אבל אולי עוד יהיה לה הכול, והאולי הזה המוטל בספק, שחדר לפתע לחיי אחרי היעדרות ממושכת, הולך ומתעצם, ונדמה שבכוחו לשכך כל כאב, להשפיע מזוהרו השאול על המציאות, וכשאני שוכבת על הספה, הרגל מוגבהת מעל מגדל של כריות שגילי ערם עבורי בעליצות, נדמה לי שאלה הם חבלי הלידה הפועמים של קיומי החדש, כי מתוך הרחם העצור של חיי הקודמים, המאובנים, בוקעים להם בכאב שיש בו שמחה החיים החדשים, שאמנם אינם

מוכרים לי עדיין אבל מזמינים אותי בפעיית תינוק נדהמת לאחוז בהם בשתי ידי, להצמיד אותם אל חזי.

אמא, תבעטי לי לשער, הוא מבקש, אמרת שתבעטי לי, ניצב כפוף לפני שער דמיוני בין שני קירות, מצפה לכדור, ואני נאנחת, אולי מחר, גילי, קשה לי לעמוד, איך אני אבעט לך ככה, אבל הוא מתעקש, לא מחר, היום, משעמם לי בבית, פניו הולכים ומאדימים, תיכף יתעוותו בבכי, והדמעות ינשרו על חולצתו ברורות ומלאות חשיבות כטיפות של גשם ראשון, ואני מנסה להרגיע אותו, בוא נשחק משחק אחר, דומינו או מונופול, אבל למה לו לוותר כשמטרתו ברורה כל־כך, לכפות על עיוור להתחרות בקליעה למטרה, ובעוד אני ממשיכה למנות משחקים אפשריים, כמלצרית המציעה מאכלים, הוא מניח לחיוך ערמומי להתערבב בדמעותיו כשהוא מודיע, כבר התקשרתי לאבא שיבוא לשחק איתי כדורגל, בגלל שאת לא יכולה, הוא תיכף יבוא.

הניגוד החד, הפתאומי, בין רצונו לרצוני הולם בי כאגרוף בחזי, הרי זה הגור הקטן שלי, בשר מבשרי, נשמת אפי, ילדי היחיד, אהוב בצורה בלתי־נסבלת כמעט, ששנים היה רצונו רצוני ושמחתו שמחתי וצערו צערי והנה צמח פתאום הניגוד הזה בינינו, כגורד־שחקים שהוקם בן־לילה, רצונו לא עוד רצוני, שמחתו לא עוד שמחתי, ונדמה לי שזו הקריעה האמיתית ההולכת ונקרעת בחיי כחולצת אבלים, לא הרתיעה ההולכת וגדלה מאמנון, אלא הרתיעה ממאוויו של גילי, המציבה אותו לפתע במחנה הנגדי, ונדמה שהשלמות היקרה הנדירה שהיתה בינינו שש שנים תמימות גוועת לאיטה בפינת החדר לצד הצעצועים שאין חפץ בהם, ובמקומה תיבנה מסכת של מתחים, צרכים נפגשים ונפרדים, שיקולים זרים ומוזרים, ואני מתבוננת בו במורת־רוח, איך הוא חובק בידו את הכדור, מביט בציפייה בחלון, על פניו החלביים גאווה מהולה בחשש, כילד רעב שהצליח זה עתה להשיג ארוחה חמה, אבל אינו יכול שלא לדאוג מנין תגיע ארוחתו הבאה.

כשאמנון נכנס אני מעמידה פני ישנה ואולי אני ישנה באמת, כי

קולותיהם מרוחקים ועמומים כקולותיהן של דמויות בחלום, הכאב בקרסול חוצץ ביני לבינם, פוטר אותי מכל חובה, מגביל את יכולת התנועה אבל משחרר את הרוח, שיחתם מקפצת בחדר רכה וגמישה כמו הכדור הספוגי המתגלגל ביניהם, מושך אחריו צהלות וקריאות ניצחון, ובחסות דמדומי המכאוב זהותם הולכת ומיטשטשת עד שנדמה לי שאלה אבי ואמי המתהלכים על בהונות סביבי בסלון ביתנו ואני חולה, חופשייה לנפשי לדמיין דמיונות אהבה. כחתולה שהמליטה גורים במיטה הייתי מלקקת את דמיונותי, מתרפקת עליהם, צובעת את חיי הבוגרים בצבעים זוהרים לוהבים, נדמה שהורי הם זוג יורדי־ים מותשים החותרים בסירת ההצלה הרעועה של הילדות, מנסים בשארית כוחותיהם להעלות אותי על ספינת חיי הבוגרים, וברגע שאעלה על הסיפון אנופף להם לפרידה, עד שייעלמו באופק הכחול. שרועה על הספה מכוסה בשמיכה דקה נדמה לי שאני אכן מנופפת בעצלתיים לזוג הזה, ההולך ומתרחק, מפנה את מקומו לדמויות אחרות, מטושטשות עדיין, אילמות לחלוטין, רק המיית שיחתם עוד נשמעת באוזני, ואולי רק אז אני מבינה שהרחש הזה הטבעי החמים המלווה אותי כבר שש שנים לא יישמע כאן עוד, אותה המיה נינוחה של אב וילדו, של ילד ואביו, זה אל זה עוד יהמו אבל אני לא אשמע, וגם המייתנו שלנו תיוותר ללא מאזין, תעלה מבעד לחלונות הפתוחים אל הרחוב, תיבלע בין שאר קולותיו, קולות המשפחות המתכוננות לבוא הלילה, אבל איש לא יאזין לה, איש לא יאמר, לי היא מיועדת ולה אני מיועד.

כי הנה ניתנה לי הלילה הזדמנות אחרונה לחלוק איתם את חייהם בלעדי, לצפות בהם מן הצד, כך ישחקו אחר הצהריים בימים הקבועים, שני וחמישי? ראשון ורביעי? עדיין לא החלטנו, כך יאכלו ארוחת ערב מגושמת, זה מול זה סביב שולחן המטבח בדירה אחרת, ואת המלפפון הוא לא יטרח לקלף לו, כמוני, ואת קליפת הלחם לא ישלוף כמוני בטבעות חומות, ויביא לו כף במקום כפית, ובעצה אחת יוותרו על אמבטיה, כמו עכשיו, ועל צחצוח השיניים, ואת

הבגדים המלוכלכים יניחו ליד המיטה ללבוש שוב מחר, אבל הסיפור לפני השינה יהיה ארוך ונדיב, וכך גם חילופי הדברים, וכשאני לא שם, כאילו שוב נסעתי לכנס ארכיאולוגים, אינני חוששת שיתפרץ, או שיפגע בילד בנימת דיבור צורמת, בלעדי הוא תמיד משתדל יותר, וגילי עצמו מתאמץ כל־כך להחמיא לו, לשאת חן מלפניו, שהרי הוא כרגע משענתו היחידה. ממקומי על הספה בסלון החשוך אני שומעת אותם משכיבים לישון את הדובים למשפחותיהם, האריה הלביאה והגור הקטן, הנמר הנמרה והנמרון הקטן, האם חש גילי בריח המר שדבק בהם, ואני שומעת את אמנון מכריז, והנה גם דובי סקוטלנד, איחוד משפחות חפוז על המיטה הצרה בה שכבתי הבוקר נפרדת לעולמי עולמים מגופו, אבל הגוף הזה המרתיע אותי עכשיו אהוב כל־כך על גילי, ברגע זה ממש הוא מתרפק עליו, נוהם בעונג בזרועותיו, ואני שוכבת נוקשה, חוששת להניע את הרגל, מנסה להתרגל אל המורכבות שתהפוך לחלק מחיי, להיות מסוגלת להכיל גם את הרתיעה שלי וגם את אהבתו של גילי אל מושא הרתיעה, לקבל את אמנון כאביו האהוב של ילדי ועם זאת להרחיק אותו ממני, ונדמה כי לשם כך עלי להכפיל את עצמי, או לחצות את עצמי, וכובד המשימה החדשה מפיל עלי שוב תנומה סהרורית, חֲרֵדה, שהרי הכול עוד בידי ובכל־זאת לא ניתן לשינוי, כי ההמיה המשפחתית הזו על כל נעימותה הולכת ונחלשת מול תרועת חיי החדשים, מול הצלילים העזים הבוקעים מהם כמו מאולם נשפים במעמקי הספינה.

כשאני מתעוררת רועדת מקור באמצע הלילה זורם לנגד עיני נהר אפרורי ובכל־זאת קורן, לעולם יפליא אותי מראהו של נהר, מראה מים חיים זורמים, כמו בעיר הנמל האירופית, לשם נסעתי לכנס האחרון, נושאת איתי הדהוד של מריבה, של משפטים שהוטחו פעמים רבות מדי עד שאיבדו את משמעותם, אל תאיימי עלי, רק על עצמך את מאיימת, מי את בכלל, נמאס לי מהתלונות שלך, נמאס לי ממך, תדעי לך שאני לא מוכן להמשיך ככה, אני פשוט אקום ואלך, אני רציני הפעם. מלוא רוחב החלון בחדר המלון המהודר

נשקף הנהר, מעליו נמתח גשר ברזל ענק, ולצידו גשר נוסף קטן ממנו, כמראה מעוותת, ועל שני הגשרים זורמת התנועה ללא הפוגה, רכבות במקצבים סוערים, אדומות כרכבות צעצוע, חשמליות המרימות זרוע אחת אל על, קורעות את קורי העכביש במתח גבוה, ומעבר לנהר חזיתות בתים צבעוניות, צרות ושבירות, ולאורכו שטות להן ספינות כמרחפות על פני המים, האם שם נולדה ההחלטה, פתאומית אך צפויה מראש, לנוכח הנהר המשיט בקלילות מפתיעה את כובד הספינות. קולות המריבה האחרונה הדהדו סביבי, ניחרים, מרים, כאילו כאן אנחנו מתקוטטים, מפֵרים את דומיית החדר באיבה קולנית, נדמה שמולי הוא עומד, תוקפני, מאשים, מכוער מחרון, לא, אין זה הגבר שרציתי, אין אלה החיים שייחלתי להם, ואף אני עצמי שונה להבהיל מן האשה שביקשתי להיות, משהו השתבש ללא תקנה בינינו, האומנם עלי להשלים עם כל זה, האם לעולם לא אוכל לחיות אחרת, כל־כך מהר נעשה מאוחר מדי.

חרישית עוברת צלליתו מחדר לחדר ומכבה את האורות, הבית חשוך ודומם, אם יעבור עובר אורח ברחוב ידמיין לו משפחה השוקעת בשלווה אל שנת הלילה, מושכת על גופה את שמיכת הסתיו, דלת חדר השינה נסגרת מאחוריו בטבעיות ואני על הספה רחוקה משניהם, כמו הייתי עדיין במלון מול הנהר האפור הזוהר, ביבשת אחרת, האם כך ייראו חיי, שאלתי אז, האם בכך יגוועו להם חלומות נעורי, ינפחו את נשמתם באנחה אילמת, גילי ילך ויגדל, ישתמט בחן מן התפקיד שהועדתי לו, למלא את החסך שאפילו לא שיערתי את גודלו, ואז מה, ילד חדש? חפירה חדשה? נסיעה חדשה? אהבה חדשה שתפרח לה בסתר כמו רקפת העולה מן הסלע, שברירית, עונתית, קצרת ימים? לא, אני מבטיחה לספינות המחליקות לאורך הנהר, עוד לא מאוחר, עדיין מותר לי לקוות ליותר, ואני פותחת לרווחה את החלון ומכריזה בקול רם, כמנסה לשכנע קהל גדול הצופה בי מעבר לנהר, זה נגמר, גבירותי ורבותי, זה מת לגמרי, מת לתמיד.

פרק שלישי

קולות השירה המהוססים, כתפילה שלא תיעתר, המתדפקת באצבעות רפות על שערי השמיים, מקדמים את פנינו כשאנחנו נכנסים באיחור אל החצר, עומדים נבוכים מול המשפחות הערוכות סביב במעגל צבעוני, מצטופפות על שמיכות ומחצלות כתיבות־נוח זעירות, מזמרות בקול חלוש, ואנחנו אפילו שמיכה לא הבאנו, וגילי לופת את אצבעותי, אמא צריך שמיכה, הוא ממלמל, כולם הביאו שמיכות, ואני מצטדקת מיד, לא הודיעו לי, שולחת מבט תוכחה באמנון, שמא הוא האחראי למחדל, אבל הוא קצר־רוח כתמיד כבר מפלס את דרכו בנחישות, מסמן לנו בתנועה נלעגת לבוא אחריו, כמצביא הכובש בגאון חלקת אדמה עבור צבאו שממילא התפורר.

שבת שלום למשפחת מילר, מכריזה המורה בקול מתקתק, בואו תמצאו לכם מקום ישיבה ונוכל להמשיך, היא מצביעה בתקיפות על מקום פנוי לידה, ואני גוררת אחרי את גילי הממאן, מדלגת במאמץ בין מרפקים וברכיים, דורכת על פאת שמיכה נחשקת, בקבוק נוטף מים, תרמיל פעור, מלא בחיתולים, ואנחנו מתיישבים בעקבות אמנון ליד המורה, הנבדלות שלנו גלויה לעין כול בהיעדר השמיכה, זו השמיכה הביתית, המרופטת, היוצרת מצע משותף לכל משפחה, ורק אנחנו שונים, לא שייכים להם ולא זה לזה, נטועים על מרצפות החצר החשופות, גילי העגום בינינו, מביט סביבותיו בעיניים נסוגות.

תראי, אנחנו המשפחה הכי קצרה, הוא לוחש על אוזני בצער, ואני ממהרת להילחם על כבודנו מתוך הרגל נושן, למה קצרה? אבא מאוד גבוה, וגם אתה, אבל הוא מנמק מיד, בגלל שאנחנו רק שלושה, ואכן כשאני נודדת במבטי על פני עשרות הפרצופים הזרים אני מגלה אחים גדולים וקטנים, תינוקות ומתבגרים כמעט על כל שמיכה או לחלופין סבא או סבתא מהודרים בחולצות לבנות, ואפילו כמה כלבים מטופחים למראה, והנבדלות הולכת ובוערת על מצחי כאות קלון, שהרי כך ניוותר, כמי שמת בדמי ימיו אנחנו, לעולם לא נוסיף לצמוח.

אל תקשו לבבכם כמריבה, כיום מסה במדבר, הם מזמרים במאמץ, מתוך דפי הסידור המצולמים, המורה מושיטה לי את צרור הדפים ואני מציצה בו, מנסה לצרף את קולי, המלים נסדקות בגרוני, עַם תועי לבב הם, והם לא ידעו דרכָי, אשר נשבעתי באפי, אם יבואון אל מנוחתי. בצל השירה מתנהלת שיחה מתמשכת, מלים חופשיות מסתננות בין הפסוקים, ואני מקשיבה דווקא להן, אז מה קורה אצלכם, אולי תקפצו אלינו מחר, בא לכם לנסוע לים, איפה הייתם בקיץ, איזה מיקום מזעזע, ממש מרכז העיר, עזבו, הכול מסוכן באותה מידה, הכול גורל. נראה שרוב הנוכחים מכירים זה את זה, וצברו כבר זיכרונות משותפים, קבלות שבת משותפות, חמימות ריחנית עולה מן השמיכות כאילו נזיד סתרים מתבשל שם על כיריים סמויות, כל משפחה מביאה את ניחוח ביתה, הבל פיו ותבשיליו, אבקת הכביסה והשמפו, ריח ויתורים ופשרות, קרבה והרגל, מאבקי כוח עתיקים ורעות שנצרפה כמעט בהיסח־הדעת, ואני סוקרת אותם, בהישענם זה על זה הם יוצרים צורות גיאומטריות משוכללות, רבות צלעות ושוקיים, תוך זמן קצר כבר לא יהיו לי זרים, אולי אפילו אדע מה מחביאות תנוחות ההסבה המגוונות, אבל בינתיים רק חיוך אחד נשלח אלי, בשפתיים חתומות כמעט, חיוך ירקרק חולמני מעיניים צרות. היא יושבת בשיכול רגליים, זרועה חובקת את כתפו של בנה, על ברכיה שרועה ילדה בוגרת

יותר בשמלת קטיפה אדומה, ומאחורי תלתליה הזוהרים הפרושים כמניפה מבצבץ מצחו של גבר חיוור, ששערו מאפיר ועיניו הכהות שקועות, גבות סמיכות מצִלות עליהן, ידיו מעסות את עורפה ואת שִׁכמותיה המתנודדות מצד לצד בקצב המזמורים.

ישיש עלייך אלוהייך כמשוש חתן על כלה, קולות המבוגרים מנסים ללוות את קולה של המורה כשיירה איטית, צייתנית אך נטולת התלהבות, בעוד הילדים מצחקקים, מתחילים לאבד את סבלנותם, בואי בשלום עטרת בעלהּ, גם ברינה ובצהלה, תוך אמונֵי עם סגולה, בואי כלה בואי כלה, שבת מלכתא, ולרגע נדמה שנקלענו בכלל לחתונה, דווקא עכשיו, בשבת הפרידה שלנו, נגזר עלינו לזמר שירי כלולות נרגשים, ואכן, מאשרת המורה את חשדותי בקולה הרם, אם השבת היא הכלה, אז מי לדעתכם החתן? היא חדה חידה לילדים אובדי העצות. אני יודעת, אני יודעת, אלוהים, מכריזה ילדה ששׂערה אדמדם ופרוע, והמורה אומרת, לא, לא אלוהים, תקשיבו, אחרי שנברא העולם השבת התלוננה לפני אלוהים שרק לה אין בן־זוג, בעוד לשאר ימי השבוע יש, ואלוהים הרגיע אותה והבטיח לה שעם ישראל הוא בן־הזוג שלה, הוא החתן שלה.

איך זה יכול להיות, גילי מציץ בי בפקפוק, כל־כך הרבה חתנים לכלה אחת? אבל המורה אינה מתעכבת על קטנות, נראה שעשרות פעמים כבר סיפרה את הסיפור הזה והיא ממשיכה במהירות, אתם יודעים, לפני מאות שנים היו הרבנים מתלבשים בבגדים לבנים ויוצאים לשדות כדי לקדם את פני השבת, היא אומרת, קמה בכבדות על רגליה, מעל שפתה העליונה מנצנצים אגלי זיעה, אולי נצא גם אנחנו ונראה מי מגלה ראשון את השבת. רוב הילדים נענים מיד לאתגר, נוטשים את השמיכה המשפחתית ומתגודדים סביב מורתם, ואני מנסה להדוף את גילי המהסס, הנצמד אלי וטומן את ראשו בחיקי, לך, אתה חייב ללכת עם כולם.

בשעטה פראית חולפים הילדים על פניו כסייחים רעננים, תיכף ירמסו אותו במנוסתם, והנה נעצר אחד מהם מולו, פניו הצרים

הבוגרים מונחים על כתפיים צנומות, בוא, גילי, הוא אומר ללא חיוך, בוא איתי, יהיה לנו כיף, ובבת־אחת מתפוגגת נמיכות הרוח, ואפילו היעדר השמיכה כבר לא חשוב יותר, וכאילו ילד אחר נכנס לעורו הוא מקפץ מיד על רגליו, שוכח את קיומנו העגמומי ויוצא עם חברו החדש יותם לפגוש את שבת המלכה, הכלה היפהפייה הנישאת לבעלה כל שבוע מחדש, וכשאני מחפשת בעיני את מיכל אני רואה שהיא מביטה לעברי, כנראה שלחה את בנה אלינו, ואני מעגלת את שפתי, מציירת לה בהן תודה. לאכזבתי היא לא מגיבה, בוהה נכחה במבט זגוגי, פיה פעור מעט, דומה שאינה מבחינה בתנועת השפתיים המכוונות אליה אבל מעל נזר שערה הזהוב נשלח אלי מבטו השואל של בעלה, כמעט מתרעם, כאילו אני מטרידה את מנוחתם במסרים העמומים שלי, ואני מסיעה את עיני במהירות לכיוון אחר, נזהרת לא לשלוח לכיוונם אפילו מבט אחד נוסף.

וכל הזמן הזה הוא מאחורי, שותק שלא כדרכו, ואני מקפידה שלא להתרווח לאחור ולהישען בגב נינוח על ברכיו, כפי שעושות רוב הנשים סביבי, אלא לשבת זקופה ונוקשה כמו אין איש מאחורי, רחש נשימתו בעורפי, שאיפת האוויר הקריר המתערבל בריאותיו ונפלט חם וסמיך מגרונו, מעוררת בי סלידה, עד כי נדמה שעורי מצמיח קוצים זעירים של התנגדות. גם מאחורי גבי אני יכולה לחוש במבטו הסוקר בזלזול ובהתנשאות את סביבותיו, בדרך חזרה ינסה לגנות את הטקס הפרימיטיבי, השירים המגוחכים, ומה זה צריך להיות, לחפש את השבת, איזה קשקוש, אמרתי לך לא לרשום אותו לבית־ספר הזה, אבל אני כבר לא איאלץ לשמוע, לא איאלץ לראות איך הזיכרונות הנעימים נמחקים בכלימה מפרצופו של גילי, ולא איאלץ לדבר על ליבו, אולי גם אנחנו נתחיל לעשות קבלת שבת בבית, ולשמוע אותו נוחר בבוז, באמת, אֵלָה, אני מתפלא עלייך, מה לנו ולעבודת האלילים הזאת, המקח והממכר היהודי.

כמה נעים יהיה לחזור הביתה בלעדיו, לשוחח עם גילי בלי שיתפרץ כל רגע לשיחתנו, מדווח בבהילות על כל בדל מחשבה

שעלתה בדעתו, להציץ בעיתון בלי שיאמר, עזבי את הזבל הזה, לדבר בטלפון בלי שיפסיק אותי בכל מיני תואנות, וכל זה כמובן אינו העיקר אלא שהעיקר הולך ומיטשטש והוא נראה כשער שנסגר לעולמי עולמים, תמיד אראה אותו מבעד לשער סגור, ואני מתבוננת סביבי, הבעת גאווה תוקפנית נטועה על פניהן של הנשים, רובן כבר אינן מצודדות, איכרות עבות ירכיים במשק חייהן, ובכל־זאת הן גאות להציג לראווה את הישגיהן, הרשומים בכתב מטושטש על השמיכה הביתית שצברה כתמי קפה ויין, שתן וקיא, זפת וחלב, ומאחורי כל כתם חבוי זיכרון מאושר של קושי והתגברות, אתם זוכרים, כשהילדים היו קטנים, איך נסענו לרמה, והתינוק כמעט טבע, אתם זוכרים איך תעינו פעם בדרך, בכפר הערבי, איזה פחד זה היה. במבט מתגרה אני מציצה בהן, לא תאמינו, בנות, מה אני זוממת, להתחיל מחדש אני זוממת, חיים חדשים לגמרי, להיות שוב נערה, להתמלא שוב ברגשות רעננים, לא להתהלך עד זְקנה ושׂיבה כשעל גבי שק של טינה מרקיבה, השלָמה תוססת כאשפה. חכו ותראו, אני פונה בדממה נרגשת אל הקהל שאינו מבחין בי, כאילו פלא הולך ונחשף לנגד עיני בלבד, תגלית מדהימה ומקרית כהפיכת חול לזכוכית, להפוך את הבלתי־הפיך אני מתכוונת, לנצח את הזמן, להפר את חוקי הטבע, ואילו הקהל הדומם שלי מצוי עוד בשלב נחות שבטרם המצאת האש, תראו, החומר האטום נעשה זך ושקוף, ואתם אינכם מבחינים, וכך אני מתנודדת בין התנשאות לעליבות, אתם, לְמה יש לכם לחכות, לקידום בעבודה, לחופשה השנתית, לדירה חדשה, ואילו אצלי העתיד נפתח מחדש, וכבר עליצות קצרת־רוח מציפה אותי ואינני יכולה לחכות לעתיד הזה, רק להיפטר כבר מהמטרד הנרגן שנשימתו עוקצת את עורפי. כל היום לא החלפנו מלה, ממקום משכבי על הספה עקבתי באיבה אחר תנועותיו, הקרסול הכואב מאלץ אותי לשאת את נוכחותו, אבל עכשיו כשהכאב הוקל מעט חוזרת אלי ההחלטה במלוא עוצמתה, לא, אני לא נסוגה, למרות כל האזהרות והאיומים ששמעתי בימים האחרונים, גם אם ידו

מהבהבת פתאום על גבי, גם אם קולו פונה אלי ברכות מפתיעה, אלה, הוא אומר, מה קרה לך פתאום, מה זה השיגעון הזה, לא חבל לך על גילי, לא חבל לך עלינו? נדמה שתיכף יזעיק את ההורים המשועממים להכריע בינינו, ואני לוחשת, די כבר, אמנון, התעוררת מאוחר מדי.

מאחורי גבי מתקשח קולו במהירות, בלי להסב את פני אני יודעת שהלסת הרחבה נשמטת בזעף, העיניים מצטמצמות, מה עובר עלייך, תגידי לי, מה זה הקפריזות האלה, נדמה לך שאת בת שש־עשרה ובא לך למרוד באבא שלך כי בגיל הנכון לא העזת? אני מצטער, מותק, איחרת את המועד, איחרת בעשרים שנה, באיזו זכות את הורסת לכולנו את החיים? קולו מתגבר ואת המלים האחרונות לא רק אני שומעת, גם המשפחות השכנות על שמיכותיהן מציצות בנו באי־נוחות, משתאות על הצלילים הצורמים שאנחנו משמיעים בעיצומו של הגיבוש המשפחתי, באיזו זכות את הורסת לכולנו את החיים, ואני קמה מיד ומתרחקת מן המעגל, לצערי הקרסול הדואב אינו מאפשר לי לפסוע באצילות שוות־נפש ואני נאלצת לנתר ניתורים כבדים לעבר הגדר, כציפור המומה שנחלצה מפי החתול.

כמה שונה מראה המקום הזה לעת ערב, כאילו ניעור מסיוט, במעמקי הסבך הפרוע של גן העורבים הנושק לגדר בית־הספר צומחים להם שיחים אנושיים, זוגות אסורים מתגפפים בלהט בין הענפים, לוחשים כגחלים, זוגות שיש להם סוד, היוצק בדמם כבדות נדיבה ונוגה. באור הדועך קשה להבחין בין עץ לאדם, בין אדם לסלע, דומה שאותה כמיהה אוחזת גם בעצמים הדוממים, ואפילו בי עצמי, אבל המלים שלו רודפות אחרי, ובעקבותיהן גופו המגודל, בחולצת פסים דהויה ומכנסיים קצרים שכיסיהם עמוקים, ותמיד נותרים בהם גרגרי חול. תסתכלי קצת מסביבך, אלה, הוא אומר, ידו נשלחת אל כתפי, הפרש הגובה בינינו מַשווה כתמיד למבטו נימה פטרונית, תסתכלי על כל הנשים האלה, הן נראות מרוצות סך הכול, לא? את אולי חושבת שהן כולן נשואות למלאכים? תתפלאי,

ממש לא, אבל הן משלימות עם מה שיש להן ומשתדלות לשמור על המשפחה, רק לך נדמה תמיד שאת מקופחת, שמגיע לך יותר, רק את לא מעריכה את מה שיש לך, כל אשה כאן היתה שמחה לחיות עם בעל כמוני, ואני נרתעת לאחור, הגדר נלחצת אל גבי, אתה רואה, זאת בדיוק הבעיה שלך, אתה כל־כך מרוצה מעצמך שלעולם לא תטרח להשתנות, אתה אפילו לא מנסה להבין למה אני לא רוצה אותך יותר, אתה לא שואל כדי לשמוע, אלא כדי להוכיח לי שאני טועה, נמאס לי מהזלזול הזה, נמאס לי ממך, אני לא מתכוונת להיקבר איתך באמצע החיים, הבנת?

את מפלצת, הוא מסנן בשקט, בתימהון, כמדבר אל עצמו, את לא אנושית, ואני לוחשת, יופי, אז תשמח שאתה נפטר ממני, למה לך לחיות עם מפלצת, והוא אומר, תאמיני לי שאני לא דואג לעצמי, אני אסתדר יפה מאוד בלעדייך, רק לילד אני דואג. פתאום אתה דואג לילד? אני קוטעת אותו, שש שנים הזנחת אותו ועכשיו נזכרת לדאוג לו? והוא חושף לעומתי את שיניו הגדולות, חריצים דקים חורצים אותן לאורכן, אני הזנחתי אותו? אני האבא הכי טוב שיש, זה שאני לא מכרכר סביבו כל היום כמוך, זה אומר שאני לא אבא טוב? תראי איך הוא קשור אלי, לא פחות מאשר אלייך, ואני אומרת, ברור, אתה האבא היחיד שיש לו, הוא לא מכיר אפשרות אחרת.

אז זה מה שאת מחפשת, הוא חורק, אבא חדש לילד שלי? את פשוט יצאת מדעתך, אני אקח לך אותו, אני אלך לבית־הדין הרבני ואסדר שיתנו לי לגדל אותו, ואני מגחכת, אתה ממש מפחיד אותי, אגואיסט כמוך יגדל ילד לבד? ומה עם ההרצאות שלך והמאמרים שלך והשינה שלך והכדורסל שלך והחברים שלך? הרי עד עכשיו לא ויתרת על כלום, אם רק היית מוותר על משהו לא היינו נפרדים בכלל, אני יורה את החיצים המורעלים בקדחתנות, זה אחר זה, נדמה שליבו מצויר במשיכות מכחול אדומות וגסות על בד חולצתו ואני מכוונת ויורה, מפקפקת מעט בתוקפם, אבל לא מצליחה לחדול, האם יש בכלל טעם למנות את האכזבות שנערמו זו על גבי זו, כל

אחת שונה מעט מזולתה, כאותן לבני טיט העשויות ביד ומיובשות בשמש, וצורתן ככיכר לחם.

השמש הנוטה לשקוע צובעת את גן העורבים בצבעי ארגמן רכים, מרחבי הדשא ורודים כמצעים של תינוקת שכל העולם כולו ייחל לבואה, העורבים החגים מעלינו קורנים בנוצות של אש, פניו המתקרבים אלי סמוקים וחשופים כאילו פשטו את עורו מעליו, אני לא מתכוון להתחנן לפנייך יותר, הוא מנסה כיוון חדש, רק תרשי לי להזכיר לך שרק פעם אחת אפשר לחפור באתר, ואם לא ממצים את החפירה אין דרך לחזור עליה. מצאת לך זמן לשיעור מבוא, אני מפהקת מולו בהפגנתיות, מה זה קשור בכלל, והוא פוער מולי עיניים עגולות ואדומות כזוג דובדבנים, אני רק מזהיר אותך שאני לא הפכפך כמוך, הוא מסנן, כשאני הולך הלאה אין אצלי דרך חזרה, אני מכיר אותך, את עוד תתחרטי ותרצי לחזור ואני כבר אהיה במקום אחר, אז תקחי את זה בחשבון, כשאני חותך אני חותך, ואין לך הרבה זמן, והפעם זה הוא שמפנה את גבו ומתרחק, ואני מנסה לשלח בו חץ אחרון, אל תאיים עלי, עברו הימים שהייתי מתרגשת מהאיומים שלך, אבל דומה שהחץ מחטיא הפעם את גבו הרחב המתרחק במהירות, והוא חוצה בשריקה את שמי הגן, כן, עברו הימים שכל מריבה היתה קודחת בתוכי בור, שלא ידעתי את נפשי מרוב צער, שלא יכולתי לשאת את הטינה והעוינות, שהייתי חייבת לפייס אותך, גם אם הכעס היה רחוק מלהתפוגג, לעולם לא אתגעגע לימים האלה, עדיף לחיות לבד מאשר כך, בפגיעות גדולה כל־כך מולך, תמיד מולך, אף פעם לא לצידך.

האם כך גם אתם חיים, אני פונה בדממה אל המחנה הארעי, המתנודד בקוצר־רוח נרגש כבני ישראל לפני מתן תורה, ממריבה לעלבון ומעלבון למריבה, ממועקה לעוינות ומעוינות למועקה, בציפייה לרגע של הפוגה שיעורר בכם זיכרונות אהבה רחוקים, מתאמצים לנהל בחריקת שיניים את מפעל המשפחה התובעני, יגעים ומאוכזבים, ובכל־זאת דבקים זה בזה כמתוך שינה עמוקה, או שמא

דבר הידוע לכם נעלם ממני, אולי אִמותיכם לחשו באוזניכם לחש סודי, כישוף העובר מדור לדור, ודווקא ממני הוא נמנע, ספרו לי מה גורם להבל פיכם להתמזג, מה גורם לתאי גופכם להפיק את אדי הרוך, כן, זה מה שחסר לנו כל־כך, רוך.

מרחוק אני מבחינה באשה המסירה צעיף מכתפיה ומניחה אותו על כתפיו של בעלה, והמחווה הפשוטה הזו סוחטת מגרוני אנחה, ואני נשענת על הגדר, צופה במבנה הסגלגל שהם יוצרים בישיבתם, מגִנים על הפעוטות הנאספים בתווך, כשרידי היישובים הקדומים שהתגלו בהר, שורת חדרים המחוברים זה לזה כחגורה רצופה שנועדה להגן על העדרים בלילות. בעיקשות אני סוקרת אותם, מחפשת אחיזה בפנים הזרות, כניצבת מול עיי חורבות, מה אוכל ללמוד על מציאות החיים הארעית הזו, והלוא אין מדובר במבנים שאפשר למדוד, אם לפי האמה המצרית נבנו או הרגל היוונית, האם מדובר במקדש או בבית מגורים, והלוא אין לפני כלי אבן או חרס, שניתן לבחון את שכיחותם. הממצאים המועטים מונחים על פני השטח והם ניידים, כשילכו מכאן לא ישאירו אחריהם דבר, אולי חרצן של אפרסק שנאכל בזה הרגע ממש, מטבע שנפלה מהכיס, מוצץ משומש שחסרונו יעורר מהומה, האומנם קל יותר לפענח את תוצאותיה המאובנות של הפעילות האנושית מאשר את אלה החיוניות, המתנועעות בעירנות, והרי תכליתנו אינה למצוא את השרידים אלא להסביר מדוע הם שם, לשחזר מציאות חיים שעברה מן העולם, כן, הממצאים מונחים על פני השטח, משתנים מרגע לרגע, הנה למשל השמיכה של מיכל המתרוקנת לפתע, לבדה היא נותרת שרועה על גבה, כשבעלה מתהלך אנה ואנה בקדרות, אוחז בידה של ילדתם, ואני עוקבת בהיסח־הדעת אחר צעדיו, צדודיתו הפונה אלי נוקשה ועם זאת שבירה, מדוע נטש את השמיכה המשפחתית, לא רחוק משם עומד אמנון, גבוה וכפוף מעט, אשה בשמלה ארוכה פונה אליו בדברים, בעוד אני סוקרת את מרחבי הדשא, מנסה לאתר את הילדים.

האם איש אינו חש בחסרונם, אפילו קולותיהם לא נשמעים עוד, אולי חטפה אותם שבת המלכה לארץ אחרת, צחורה מצחור, ושם הם מתהלכים בכותונות לבנות כמלאכים, נרות ארוכים בידיהם, והחֵלב נוטף על אצבעותיהם, על ציפורניהם האכולות, גולש במורד זרועותיהם, על בטנם הבולטת מעט, נאסף בבריכת הטבור הסגלגלה וגולש על הירכיים הצרות, לאורך השוקיים, ראו, ילדינו כוסו חלב מכף רגל ועד ראש, ילדינו הפכו לנרות, לפסלי שעווה, ואנחנו כולנו ניוותר כאן עד עלות השחר, יתומים מילדינו, עֵרב־רב צבעוני והמוני, באבלנו נתגבש, ובבת־אחת חוזרת אלי הקללה, נעה מצד לצד כמטוטלת רגלו של אבי, משתלטת על מערכת כריזה פנימית עד שנדמה לי שכולם שומעים את הקולות, הוא לא ישרוד, הוא ייכחד, ודאית אפילו יותר מצהלת הילדים החוזרים אלינו, מנתרים על רגליהם הדקות, כעורבים לבנים לפני שנצבעו בשחור, כעונש על שלא שבו לתיבת נוח. אמא, השבת יפה כמו כלה, גילי צועק, רץ לעברי משולהב, לחייו סמוקות, ידיו מלאות סוכריות, יש לה שערות צהובות והינומה של כלה, והפנים שלה ורודים, ראינו אותה בשמיים, היא זרקה עלינו ממתקים ישר מהשמיים, ואני מאמצת אותו אל ליבי, מלטפת את שערותיו הלחות מזיעה, ילד יקר, בתוך גופך הקטן בניתי לי בית, הבית היחיד בו אני בטוחה, חופשייה, נאהבת, כי אלה הן פני האהבה ואלה מוצאותיה, עיני שלכת לאהבה, ושיניים תלויות על בלימה, אפה צר ועדין, ולחייה מכוסות כתמי שוקולד.

הוא מותיר בידי סוכריית גומי דביקה ורץ אל אביו, ואני מקרטעת בעקבותיו אל המחנה המתמלא חיים, עכשיו כשהתכנסנו שוב אנחנו נאלצים לחזור למקומותינו ולהציג את עצמנו, בניצוחה של המורה, כל משפחה את שמותיה, ולמרבה הזוועה גם את תחביביה, וכבר מגיע תורנו, וגילי מצייץ בקולו הגבוה, לאבא שלי קוראים אמנון ולאמא שלי אלה, ואני גלעד אבל קוראים לי גילי, וכשהמורה שואלת, ומה אתם אוהבים לעשות יחד? הוא מהסס מעט ואז ממלמל בקול חרישי, אנחנו אוהבים להתרגש.

לא שומעים אותך, גלעד, המורה אומרת, תדבר בקול רם, והוא ממלמל, אנחנו אוהבים להתרגש, והמורה חוזרת על דבריו בתמיהה, להתרגש? איזה יופי, וממשיכה הלאה ללא מחשבה, אל המשפחות שאוהבות לעשות פיקניקים, ולנסוע לחוץ לארץ, ולשחות ולצלול, ולראות סרטים ביחד, ואני מתבוננת חפוית ראש בנשים המלוות בחיוך דרוך את דברי ילדיהן, אולי אמנון צודק, הרי גם אצלם יש בעיות, מריבות, תסכולים, ובכל־זאת הן נראות מסופקות, כאילו בעצה אחת החליטו החלטה. אולי באמת הם כולם כרתו ברית, אותה ברית שאבא שלי המליץ עליה, המאפשרת אושר שלם, מגבילה את הציפיות, ממיתה את החלומות, אבל בתמורה מעניקה שלווה גדולה, האם כך היה גם עלי לנהוג, ושוב אני מתקוממת, לא, דרככן לא דרכי, חייכן לא חיי, ונדמה שאני מכריזה בחשאי על תחרות סמויה שמתחילה הערב ביני לבינן, בין דרכי לדרכן, הרי השנה רק התחילה, עוד ניפגש כאן כולנו בחנוכה ובפסח, בפורים ובשבועות, נראה איפה אהיה אני ואיפה אתן, ובינתיים אני מבחינה שהסתיים הטקס המייגע, וכבר מוגש הכיבוד, הילדים עוברים בינינו כמלצרים זעירים, מגישים ריבועי אבטיחים קמחיים של שלהי הקיץ, חלות מתוקות זרועות צימוקים, ואחת הנשים קמה על רגליה, מיתמרת דקה וגמישה במכנסי ג׳ינס צמודים וגופייה לבנה, שערה ארוך וחלק, פעוט יפהפה בזרועותיה, והיא אומרת, נבוכה ונלהבת, תקשיבו, היום בלילה אנחנו עושים מסיבה, כל מי שרוצה מוזמן.

לכבוד מה המסיבה? מישהו שואל, והיא מביטה בבעלה ומצטחקת, כחולקת איתו סוד, סומק קל פורח בלחייה, סתם, מתחשק לנו לחגוג, היא אומרת ומוסרת את כתובתם, יהיה הרבה יין, מוסיקה טובה, כדאי לכם, ובעלה נעמד לצידה, גם הוא נערי ויפה תואר, כשידו על כתפיה הוא מסביר לכל המתעניינים איך להגיע, וכבר נוצרת התקהלות עליזה סביב אושרם, כן, בטח שנבוא, למה לא, אם רק נמצא סידור לילדים, להביא משהו, יש לי עוגה מדהימה, איזו פנייה אמרת, ראשונה אחרי הכיכר, שמאלה או ימינה, ואני

מרחיקה מהם את מבטי, בוהה בלהבות הדקות של נרות השבת הרועדות ברוח הערב, כמו זוג עיניים צהבהבות מזקנה ומחולי, זדוניות, חורשות מזימות.

ברכוני לשלום, מלאכי השלום מלאכי עליון, הם מזמזמים בפיות מלאים חלה מתוקה, צאתכם לשלום, מלאכי השלום מלאכי עליון, וכבר הם מנערים את שמיכותיהם ומקפלים, מי בקיפול מדויק ומי בגיבוב פרוע, אוספים את תרמיליהם, ילדיהם, כלביהם, עגלות התינוקות שלהם, ומתפזרים בחיפזון, כעננים שהניסה הרוח, מתכנסים במכוניות או פוסעים ברגליים קלות אל בתיהם, אל ארוחות השבת שלהם, אל המסיבות שלהם, ההרגלים שלהם. אלה יסעדו אצל סבא וסבתא ואלה אצל חברים ואלה יזמינו לביתם, וילדיהם, חבריו לעתיד של גילי, יערכו נלהבים את השולחן, נהנים מן התכונה, ואילו אנחנו מתקדמים לאט באור הדועך, אל סוף השבוע הראשון שלנו בנפרד, אל חיינו החדשים, המפוצלים, ואני יודעת שבקרוב כבר יהיה כל זה מובן מאליו, ומה שייראה בלתי־נתפש הוא דווקא העבר המשותף שלנו, וגילי כבר כמעט שלא יזכור איך זה היה, כשהיינו משפחה אמיתית. רק עוד עשר שנים ישיגו ימי הפירוד את ימי חיינו יחד, אבל כבר הרבה קודם־לכן הם יהפכו לאגדה, היה־היה לנו בית אחד, לפני שנים רבות, ומקרר אחד, ושולחן אוכל אחד, והיינו חוזרים בטבעיות אל ביתנו, ללא תכנון מוקדם, אז עם מי הוא יהיה עכשיו, איתי או איתך, ועם מי מחר, ומתח חדש לא מוכר לי מטפס לאיטו מן הקרסול אל המצח לקראת ההגעה הביתה, כמו היינו צפויים לניתוח השכם בבוקר, וכבר נשלמו ההכנות, נאמרו האזהרות, התבהרו הסיכויים, ובכל־זאת אותו גורם זעיר לא ידוע הולך ומשתלט על התודעה, והספקות זוקפים ראש, אולי עדיף לא לנתח, אולי תחלוף המחלה מעצמה, אולי עולות תלאות הריפוי על תלאות החולי.

נשענת על מקל שמצאתי בדרך אני פוסעת לאט, כך אפסע בזקנתי, ללא כל עתיד לפני, ורק נכס אחד יהיה לי, שכל־כך חסר

עכשיו, והוא נכס הידיעה, מראשו של התל כלפי מטה אשקיף על הימים האלה שעברו מן העולם, ואז אדע אם הכרח היה כל זה, או מותרות, אם לטובה היה כל זה, או לרעה. גילי ואמנון הולכים ומתרחקים ואני צופה בהם, כפוסעת במקרה מאחורי אב גבה קומה המרכיב את בנו על כתפיו, ואין לצידם אמא, האִם היא ממתינה להם בבית, טורחת על ארוחת הערב, ותיכף תקבל את פניהם בנשיקה, או שמא נלקחה מהם באכזריות, נחטפה על־ידי תאונה קטלנית, מחלה ממארת, ואולי מרצונה עזבה, למצוא לה חיים חדשים, להפר את חוקי הטבע, לחזור להיות נערה.

כשהייתי נערה לא היה לי ילד. בלעדיו הייתי נופלת אל החשיכה, שוחה כל הלילה בנהרות מסוכסכים, חלוקי אבנים בגבי, מתעוררת בבוקר חבולה, מול מדורת השמיים העשנה, בלעדיו הייתי בורחת אל הפרדסים, משאירה מאחורי את פניו של אבי המכחילים מכעס, גערותיו מנסרות את גופת עלומי, והייתי מוצאת שם ענף יבש וחופרת באדמה, נדמה שאם אחפור מספיק עמוק אגלה שם בית, והוא יהיה ביתי, עצמות נערה אמצא שם, והיא תהיה אחותי.

אבא, בוא נחכה לאמא, אני שומעת את גילי פועה, רואה את אמנון נעצר באי־רצון, כובש את פניו במדרכה, מתכופף ופורק את הילד מעל כתפיו, וכשאני מגיעה אליהם גילי מושיט לי את ידו ולאמנון את ידו השנייה והוא אומר, אתם ההורים הכי טובים בעולם, יותר מכל ההורים האחרים, ואני מכווצת את כתפי באי־נוחות מול השבחים חסרי השחר, מנסה לאמוד את גודל הזעם המסתתר מאחוריהם. כן, הוא חוזר מול פרצופינו הקודרים, באמת, אני יודע שלפעמים אני מרגיז אותכם אבל תזכרו שאני אוהב אותכם הכי בעולם, ואתם עושים בשבילי כל־כך הרבה, ואני משתיקה אותו בקוצר־רוח כבוש, מתקשה לשמוע מפיו אפילו מלה אחת נוספת, הרי עדיף שהיה מקלל אותנו קללות נמרצות, חובט בנו באגרופיו, וכך אנחנו מתנהלים בשתיקה, גופו הצר מעביר בעל־כורחו זרמים של איבה בינינו, על פנינו חולפות משפחות ארוכות החוזרות

מבתי־הכנסת, בושמי הנשים מתערבבים בקולות הילדים, באמצע הכביש הם פוסעים, מפנים את הדרך בזעף למכוניות הבודדות, כי אפילו בכביש הראשי תנועת המכוניות מתמעטת, דומה שהעיר משתתקת סוף סוף, כתינוק הנרגע מבכיו, ורק נשימותיו החטופות, יפחות פתאומיות לחות, עוד מזכירות את צערו שחלף.

מותניו הדקים של הילד מצטמררים ברוח הערב, ואני מצמידה אותו אלי, על הרכסים במזרח החשוף נדלקים האורות זה אחר זה, צבעוניים כסוכריות מציצה, סוכריות לימון ותפוז, ענבים ופטל, אור סמיך מוטל על החומות, כמגיח מבטן האדמה, מחדד את הצלבים המזדקרים מעל צריחי הכנסיות, כאותם צלבי עץ מאיימים שנעצו הרומאים על הגבעות סביב העיר הנצורה, להבעית את המורדים, להמחיש להם מה יעלה בגורלם אם לא ייכנעו, מקדש מלך עיר מלוכה, קומי צאי מתוך ההפיכה, רב לך שֶׁבת בעמק הבכא, והוא יחמול עלייך חמלה.

וכבר דלת חדר המדרגות נפתחת לפנינו וגילי גורר את שנינו אחריו כעגלה קטנה ועיקשת המושכת בעקבותיה את הסוסים, אבל אני מזדרזת לומר בקול תקיף, כקולה של מורתו החדשה, אבא לא עולה איתנו, גילי, הוא הולך עכשיו, מחר הוא יבוא לקחת אותך לכמה שעות, ולהפתעתי אמנון לא מתווכח, בפנים קפואים הוא גוחן מעליו, מנשק אותו על קודקודו ומסתלק בריצה כמעט, בלי לומר דבר, לא מספיק לשמוע את בכיו הפתאומי, העולה במעלה המדרגות, את מבוכת הדלת הנפתחת אל הבית הריק, את אנקת שעות הערב הכבדות, בכי מר ובוגר ונחמץ ונואש, כישיש המבכה את חייו שלא עלו יפה.

איך צָמח בקרבי הערב לב אבן כבד ואטום, איך מול צערו אני מתקשחת, הודפת את דמעותיו, השליחים השקופים שלו המבקשים עבורו רחמים, מגמדת את כאבו, לרגע נתקפתי חולשה שם בין המשפחות, תחת מעטה השבת, אבל כאן בבית התחזקתי, ואני מאמצת אל ליבי את ההחלטה, התינוקת החדשה שלי, שכולה תקווה,

הרי לא אל אמנון אני מתגעגעת כשגילי אוסף את דמעותיו ונרדם סוף סוף, לא אותו הייתי רוצה כאן לצידי עכשיו, את שטף דיבורו הקדחתני, קנטוריו המעיקים, המכסים על היזקקות. כמו נערה שנשארה לבדה בבית אני חוגגת את חירותי הפתאומית, איש לא פונה אלי בדברים, איש לא זקוק לי, איש לא עוקב אחר מעשי, נוכחותי אינה מעוררת מהומה כזאת בלב הזולת, ואני מזהירה את עצמי, אל תתפתי להאמין לשקרי המשפחות, ולא לאותן בריתות מלאכותיות, אל תיבהלי מנבואות הזעם, כמה פשוטה ונעימה החירות הביתית הזו, נדמה לי שהבית הוא פרדס מבושם וחמים, משובץ פרחי בר צנועים, והפעם לא אחזור, אפילו אם אשמע את הורי מחפשים אחרי, מתחננים, הפעם לא אחזור.

שרועה באפיסת כוחות מסופקת על הספה, כאילו חזרתי ממסע מפרך שבסופו עלייה בדרגה, מקשיבה לדומייה העולה מן הרחוב, כמעט אפשר לשמוע את העלים הניתקים מענפיהם ומעופפים לאט לאט עד שצונחים על המדרכות, מקשיבה למלמולי השינה של גילי, לשברי המזמורים המהבהבים בזיכרוני, ברכוני לשלום, מלאכי השלום, מדי פעם נשמע צלצול הטלפון, רחש ההודעות המוקלטות הנערמות זו על זו ככריות שערמתי תחת רגלי, הודעות המתוות בקולות מתוחים את מסלול העיוועים הסהרורי של אמנון, ואני שומעת אותן באי־רצון, לא, אני לא כאן, אני לא לרשותכם, לא תוכלו לעשות בי כרצונכם הלילה, כי אין הלילה הזה ככל הלילות.

אלה, תעני לי, אני יודע שאת בבית. אמנון היה אצלי עכשיו והוא ממש על הקרשים. את חייבת להתקשר אליו, אני חושש שהוא מסוגל לפגוע בעצמו. תאמיני לי, לא הייתי אומר לך סתם. אני מכיר אותו מגיל שש ולא ראיתי אותו אף פעם במצב כזה. תחשבי טוב טוב מה את עושה, בכל־זאת, הוא האבא של הילד שלך. את רוצה שהילד שלך יישאר בלי אבא? לדעתי את חייבת לתת לו עוד הזדמנות, אחרת את עלולה להצטער על זה.

אלה, זה שוב גבי, חבל שאת לא עונה. אני מבטיח לך שהוא

יעשה מאמץ. אני יודע שלא קל לך איתו אבל הוא באמת אוהב אותך. אולי תנסו טיפול זוגי, מה יש לך להפסיד. את חייבת בשביל גילי לדעת שעשית הכול, אחרת זה יציק לך כל החיים.

אלה, זאת טליה, אמנון יצא מכאן הרגע, הוא ביקש שאני אדבר איתך. בחיי שאני ממש דואגת לו, למרות שאני מהצד שלך. הוא שבור לגמרי, את חייבת לחכות עם הפרידה הזאת, תתקשרי כשתשמעי אותי, נשיקות.

וכשאינני עונה נשארים קולותיהם סביבי, מנקרים בשלוותי, בין הקירות הם מתעופפים, עיקשים וקודרים, וכבר אינני לבדי בבית כפי שרציתי, בעל־כורחי אני מארחת את גבי, בעל־כורחי מארחת את טליה, שומעת את טענותיהם ולא עונה, יְרֵאה מן הרגע שבו יחלחלו, שבו יהפוך קולם לקולי, ונדמה שרק תשובה אחת יש לי בשבילם אבל דווקא היא אינה יכולה להיאמר: כשהייתי ילדה לא היה לי בעל, לבדי הייתי נושמת, לבדי צונחת אל תוך מערות הספרים העשנות, לבדי יחפה על דרך העפר הלוהטת, לבדי על הגדר הרטובה בלילה מעונן, מוקפת פרחי יסמין צהובים, נטולי ריח.

שלום אלה, מדברת מיכל, אמא של יותם מהבית־ספר. יותם מזמין את גילי לבוא אליו מחר בבוקר. אם עוד קשה לך ללכת אנחנו יכולים לקחת אותו. תתקשרי.

אלה, אני צריכה לדבר איתך דחוף. אני אנסה לקפוץ אלייך יותר מאוחר, אחרי שאבא ישכב לישון. יש לי משהו חשוב להגיד לך.

אבל כשהייתי ילדה לא היה לי בעל, איך שכחת אמא, לך היה בעל ולי לא, וזה היה כמעט ההבדל היחיד בינינו, כי גם את רצית להיות ילדה, כורעת תחת כובד אישיותו היית בורחת איתי לפרדס, מצטרפת אל משחק המחבואים הבודד שלי, כי אני עוד יכולתי לפעמים להסתתר מפניו ואת לא, ושם היית פורשת לפני את שורת עלבונותייך, הופכת אותי לשופטת במשפט שדה שערכנו לו מאחורי גבו, ענותך מיללת כתן בין העצים, מה יכולתי להציע לך, אהדה

מיידית, קלת משקל ותוקף, ממש כמו שהצעת את לי, ותמיד בגניבה, ותמיד במחיר כבד.

ואכן היא מגיעה, מתפרצת פנימה בלי להקיש בדלת, כאילו ביתי הוא ביתה, חיי הם חייה, עטופה במעיל למרות שהחורף רחוק עדיין, מדיפה ריח עז של צלי עוף מתובל, זה מול זו ישבו ולעסו לאיטם, הוא מדבר והיא מקשיבה, ממלאה את צלחתו ומהנהנת, ומתחת למעיל היא לבושה מכנסי צמר הדוקים על כובד ירכיה, וסוודר עבה חסר טעם שסרגה לי לפני שנים רבות. את רואה, היא מתפארת, אני לא זורקת כלום, את זוכרת איך סרגתי לך את הסוודר הזה? זה לקח לי חודשים, ואני מביטה בשילוב הצבעים הגס, ירוק זית ולצידו אדום ואחריו פס צהוב, כך היית שולחת אותי למסיבות הכיתה, ואני האמנתי לך שהוא היפה בסוודרים, שאני היפה בבנות, ורק לזרועותייך יכולתי לחזור, כובשת את פני בשרוולים הרחבים המגוחכים, רק אותי אף אחד לא הזמין לרקוד, רק איתי אף אחד לא דיבר, ואת היית מנחמת אותי ומתנבאת, חכי ותראי, עוד יאהבו אותך עד שיגעון.

תראי איך הוא שמור יפה, היא מתפארת, אולי את רוצה אותו בחזרה? הוא תמיד עשה לך אור בפנים, ואני אומרת, חס וחלילה, לא מניחה לשרוולים הרחבים להתקרב אלי בכלל, מתיישבת מולה על הספה, בוחנת בדכדוך את דמותה הנלעגת, אשה כבדה מדי בבגדים ישנים שאינם מתאימים לעונה, שאינם מתאימים לגילה, אז מה רצית להגיד לי?

אבא סיפר לי על השיחה שלכם, היא נאנחת, ואני קוטעת אותה מיד, שיחה? ממתי קוראים לזה שיחה? זאת היתה התראה, או יותר נכון הספד, והיא אומרת, טוב, אלה, את מכירה את אבא שלך, הוא תמיד בטוח שהוא צודק ואת זה לא תשני, בעיקר שהוא בדרך־כלל צודק, אבל אני כבר לא יכולה להאזין בשוויון־נפש למליצות המוכרות, מספיק כבר עם הפולחן אישיות הזה, אני גוערת בה, את יודעת בכלל על מה את מדברת, את יודעת בכלל מה הוא אמר לי

אתמול? והיא נאנחת, נו טוב, את יודעת איך הוא, הוא קצת קיצוני, הוא לוקח הכול קשה, אבל זה מרוב דאגה, הוא דואג לך ולילד.

אני לא קונה את הסיסמאות האלה, הוא דואג רק לעצמו, אני אומרת, אני לא מתכוונת לדבר איתו יותר לא על זה ולא על שום דבר אחר, אני כבר לא בת שש־עשרה שהוא יכול להגיד לי מה לעשות, אני אביא את גילי אליכם כרגיל אבל איתו אני לא מדברת, והיא משפילה את עיניה, ידיה ממוללות את הצמר המרופט, אז תשמעי, אלה, זה מה שבאתי להגיד לך, זה לא כל־כך פשוט, את לא תוכלי להביא את גילי אלינו בזמן הקרוב, הוא לא רוצה לראות אותו.

מה זאת אומרת לא רוצה לראות אותו, אני נרעשת, הוא הנכד שלו, הוא זקוק לו עכשיו יותר מתמיד, הוא זקוק לתמיכה שלכם, והיא מתפתלת, זה לא שהוא לא רוצה, הוא אומר שהוא לא מסוגל, קשה לו לעמוד בצער של הילד, הוא חושש לגרום לו נזק, דווקא מרוב שהוא דואג לו, אל תשפטי אותו, אלה, זה לא הוגן, ואני נושפת בפרצופה, לא לשפוט אותו? פעם לא היית מגִנה עליו בלהט כזה, פעם אהבת לשמוע ממני כמה הוא לא בסדר, כשהוא פגע בך, ועכשיו כשהוא פוגע בי אני צריכה לקבל את זה, ואת עוד לצידו?

אני לא לגמרי לצידו, היא ממלמלת, הוא דרש ממני להבטיח לו שגם אני לא אראה אתכם, אבל אל תדאגי, אני אבוא אלייך כשהוא בחוץ לארץ, מזל שהוא נוסע כל־כך הרבה, או כשהוא ישן. אבל כשהוא ישן גם גילי כבר ישן, אני מוחה, מה זה הטירוף הזה, את רוצה להגיד לי שהבטחת לו? והיא אומרת, לא היתה לי ברירה, את יודעת איך הוא כשהוא רוצה משהו, אי־אפשר להתנגד לו, אבל אני אבוא אלייך בלי שהוא ידע, אני אגיד שאני הולכת לקניות, ואני אבוא הנה לראות את גילי, מזל שאנחנו גרות קרוב, היא מתעודדת, אבל אני לא, מסוחררת מזעם אני נעמדת מולה, אני לא צריכה את הביקורים החשאיים שלך, מה אני בשבילך, מאהב שאפשר לראות אותו רק כשהבעל איננו? את קולטת בכלל מה את אומרת לי? אני

לא יכולה להבין את זה, אם הוא באמת דואג לילד אז למה הוא לא מסוגל לעזור לו, גילי כל־כך קשור אליו, הוא צריך עכשיו להיות מקור של יציבות בשביל הילד שהבית שלו מתפרק, מה זה משנה אם קשה לו, שיתגבר, והיא אומרת, אז הוא מזדהה איתו כנראה יותר מדי, הוא כרגע לא יכול לעזור לו, אבל אל תתרגשי כל־כך, תוך כמה שבועות הוא יירגע, והכול יהיה בסדר.

עוד כמה שבועות אני לא אדע מי אתם בכלל, אני צועקת, וגם גילי ישכח אתכם לגמרי, את יודעת איך זה אצל ילדים, יש להם זיכרון קצר, תלכי מפה עכשיו, אני לא מוכנה לראות אותך בתנאים כאלה, רק אם תבואי הנה בגלוי אני אסכים להכניס אותך הביתה, והיא קמה מבוהלת, מתעטפת במעילה המיותר, את מגזימה, אלה, לא חשבתי שתגיבי ככה, את מגזימה בדיוק כמוהו, לכן היה לכם כל־כך קשה יחד, היא גונחת, כי אתם כל־כך דומים, ואני צועקת, דומים? חס וחלילה, איך את יכולה להגיד שאני דומה לו? את לא רואה שהוא לא בן־אדם בכלל, שהוא לא אנושי?

הוא אבא שלך, היא אומרת, כאילו זו אשמתי ואחריותי, כאילו אני בחרתי בו ולא היא, אני מקווה שתשני את דעתך, אלה, את לא צריכה להעניש אותי בגללו, ואני אומרת, אבל מה שהוא עושה הרבה יותר גרוע, הוא מעניש את הילד שלי בגללי, ואת זה את כן מקבלת, נראה אותך מתייצבת מולו פעם אחת כמו שצריך, מה יצא לך מכל הוויתורים שוויתרת לו כל השנים? רק ויתורים נוספים, נראה אותך עומדת מולו ואומרת, זה גם הבית שלי וגילי מוזמן הנה בכל רגע שירצה, ואם לך זה לא מתאים תסתלק מכאן אתה, נראה אותָך.

אני מתייצבת מולו בדרך שלי, היא אומרת בקול רפה, ואני נוהמת, בדרך שלך? לבוא הנה מאחורי הגב שלו? זה לא נקרא התמודדות, את נותנת לו לרמוס אותך, איך את לא רואה את זה, אני על הרבה פחות מזה מתגרשת מאמנון, מרוב פחד להיות כמוך אני מתגרשת ממנו, והיא מעווה מולי את פניה המלאים, הבצקיים,

אוחזת בבטנה כאילו היא כואבת, צמתה הדקיקה כזנב עכבר מקיפה את ראשה בתסרוקת מיושנת, עיקשת, אני מקווה שיש לך סיבות טובות יותר לגירושים שלך, אלה, רק תזכרי שאין חיים משותפים בלי ויתורים.

באמת? אני מלגלגת, על מה הוא מוותר בדיוק? הוא בחיים לא ויתר על כלום, והיא אומרת, הוא ויתר על אשה מבריקה כמוהו, הוא העדיף אשה שתטפל בו על פני אשה שתהיה שווה לו, אל תחשבי שאני לא ערה לזה, ולפעמים אני אפילו מרחמת עליו בגלל הוויתור הזה, ואת יודעת, בעיני זאת אהבה, היא מותחת את כתפיה בהתרסה, בדור שלך אהבה הפכה למשהו ששוקלים במאזניים, חפץ עובר לסוחר, הוא לא מתחשב בי אז אני אפסיק לאהוב אותו ואוהב מישהו אחר שכן מתחשב, בדור שלי זה לא היה ככה, אצלנו אהבה זה גורל, משהו שאי־אפשר להתווכח איתו, ואני מנידה בראשי לעומתה, נחרדת שוב להיווכח בגודל גאוותה לנוכח ההישג הגמדי, הזכות לשרת את הפרופסור, לדאוג למזונו ולניקיון בגדיו, גאווה שאף הולכת ומתחזקת עם השנים.

כשהיא מתקרבת אלי ומנסה לנשק אותי על לחיי אני נרתעת בזריזות שסיגלתי לי כלפי מגעה, והיא נאנחת, אז לילה טוב לך, אני מקווה שתשני את דעתך, ואני אומרת, רק כשהוא ישנה את דעתו אני אשנה את דעתי, לא רגע אחד קודם, ואני נועלת בחיפזון את הדלת אחריה, בוהה מבעד לעינית אל החושך בחדר המדרגות, שומעת אותה מגששת, מחפשת את מתג החשמל עד שהיא מוותרת, יורדת במדרגות בחשיכה, וכשהיא הולכת נותר על הכורסה יצור שעיר שצבעיו דוחים, האם בכוונה הכשילה אותי אז או בתום לב, ואני אוספת אל חיקי את הסוודר שריח שמן טיגון עכור עולה ממנו, וריח זִקנתה מהול בריחות נעורי, מוציאה מספריים מן המגירה וגוזרת אותו לאט לאט, מבתרת אותו לרצועות צמר צבעוניות, הצונחות על הרצפה ומכסות אותה כמחלפות שיער שנתלשו מהראש.

פרק רביעי

את גלימת יגונו הטרי הוא משליך מאחורי גבו כשמוגשת לו ההזמנה הנחשקת, ישר למיטה, כמו מתנה שהפיה הניחה מתחת לכרית לרגל נפילת שן חלב, יותם מזמין אותך אליו, אני מבשרת לו ברגע שעיניו נפקחות, ומיד חיוכו משתאה, באמת? היום? נעמד במיטתו ומחבק אותי, רגליו היחפות על גרונה של הלביאה המתנועעת תחתיו, גוו הדק והמוצק נצמד לגופי, ראשו החמים על כתפי, שערותיו מלטפות את לחיי, ודומה שחיק רך ונעים עוטף את שני הגופים הנלפתים זה בזה. האם יש עלי אדמות קרבה שלמה ומוחלטת יותר מליפוף הבוקר הזה, כשהוא עולה אלי מן השינה, מתנודד בזרועותי כמטפס על סולם חבלים צר, מהביל ומתמסר כתינוק, ריסיו עוטים דוק צהבהב כחלמון שנקרש, פניו רגועים, אין זכר לבכיו הכבד מאמש, לטענותיו הגואות, ואנחנו מתלבשים מהר, כי יותם כבר מחכה, קודם הוא התקשר, כשישנת, פעמיים, אני מנופפת בשמו כמו היה כרטיס הכניסה לכיתה החדשה, לחיבת הילדים, ערובה לתחילתה של שגרה מבורכת, עסוק יהיה בחברים נלהבים ולא יקפיד על היעדרו של אביו, על היעלמות סבו וסבתו. העליצות הנחרצת שלו מעודדת אותי כשאנחנו יוצאים אל בוקר הסתיו הזוהר, עננים חיוורים מפליגים בשמיים כסירות מפרש קלילות, ונדמה שגם אנחנו מפרשית קטנה ונחושה שנועדה לשני אנשים בלבד, כשהיינו שלושה התנודדנו, התהפכנו, ועכשיו בלעדיו קל לנו, אמא וילד, ילד ואמא, מה פשוט מזה.

אַת כבר כמעט לא צולעת, הוא מתפעל, חג סביבי כפרפר, זה בגלל שנתתי לך נשיקה בפצע, אני בטוח שיהיה לי כיף אצל יותם, הוא משכנע את עצמו בקלות, הכי כיף בעולם, אבל את תישארי איתי שם עד שאני אתרגל, נכון? ואני אומרת, זה לא כל־כך נוח לי, אני בקושי מכירה את ההורים שלו, אבל הוא לא מניח לספק להטריד אותו, מדלג מבניין לבניין, אולי זה הבית שאנחנו מחפשים, אולי זה, מבטו משוטט על פני בנייני האבן הכבדים, פשוטי הגזרה, כמה מהם חובשים כובע רעפים גנדרני על קודקודם, אך רובם שטוחי גג, אפורים. הקיץ הארוך עשה שמות בצמחייה העירונית הדלה, מחק את הצבעים מן הרחוב כציור שדהה, אפילו המתקנים בגן המשחקים שלפנינו איבדו את צבעם, מגלשה ושתי נדנדות, פיסת דשא תלושה, ממש מול הגן, היא אמרה, ואכן בית דירות מהודר חולש עליו, נראה שרק לאחרונה שוחזר, שכן הוא עתיק וחדיש באותה מידה, לבניו בוהקות בשמש, מרפסות צרות וארוכות נשלפות ממנו אל הרחוב, ולמעלה במרפסת העליונה עומד יצור זעיר וידידותי המנופף בידו וצועק, גילי, אני כאן.

אולי כבר תעלה לבד, אני מנסה את מזלי, אי־נוחות תוקפת אותי מול הבניין המפואר, לנוכח הרחוב המתמסר לשבת, מכל עבר פוסעים אנשים בבגדי חג וסידור בידם, חוזרים מן התפילה בבתי־הכנסת, נדמה שאלה בדיוק אותן הדמויות שראינו אתמול בדרכנו הביתה, מסתבר שאין צורך לחפש את השבת, השבת רודפת אותנו, דביקה וטורדנית, כאורחת שמצפים לבואה אך עד מהרה מואסים בה. לא נוח לי להפריע להם עכשיו, אני משדלת אותו, נזכרת במבטו המסויג של הגבר שישב מאחוריה על השמיכה ועיסה את עורפה, הם הזמינו אותך, לא אותי, אני בקושי מכירה אותם, אבל גילי מתעקש ואני עולה בעקבותיו, רק לכמה דקות, אני מודיעה לו, כשגבו נעלם בעיקול המדרגות. נדמה לי שאני שומעת את צעדיו של יותם מקפצים לקראתו, נושמים ונושפים, ופתאום גוף גדול נשמט מלמעלה, חולף על פני במהירות, מתרסק בקול נפץ על רצפת

השיש מתחתינו, ואני נבעתת, מה זה היה, אבל אז נשמע צחוקם המשותף, אנחנו זורקים שקיות עם מים, גילי מצטרף בגאווה לתעלול, אבל אני מתקשה להירגע, מראה החפץ הבהיר, הגדול כתינוק, שחלף על פני, ממהר אל אובדנו, אינו מרפה ממני ואני משביעה אותם, אל תתכופפו מעל המעקה, שלא תיפלו בעצמכם, תיכנסו כבר הביתה, זה ממש מסוכן המשחק הזה, ואני נכנסת בעקבותיהם בדלת הפתוחה לרווחה, בלי לצלצל בפעמון, כאילו זה ביתי ואלה שני ילדי, ביתי היפה הריק מאנשים. על אף השיעול המנומס שאני משמיעה לבשר על נוכחותי שום דלת אינה נפתחת לעברי, דלת חדרו של יותם דווקא נסגרת בטריקה, כשגילי בתוכו, אבל מיד הוא מגיח משם ומזכיר, אמא, עוד אל תלכי תני לי להתרגל, ואני ממהרת בעקבות קולו, יותם, איפה ההורים שלך? והוא אומר, הם עוד ישנים, ואני עומדת אובדת עצות בפתח הסלון, סוקרת במורת־רוח את הדירה המטופחת. ספת עור חומה ניצבת ינוחה על רצפת העץ, שטיח פרסי רחב ידיים נפרש לצידה, ועליו כיסא נדנדה עתיק למראה, על הקיר תלויות עבודות צילום כהות, ביניהן מראה גדולה במסגרת פיתוחים המשקפת את פני המוטרדים, ללא איפור, בשיער פרוע, אורחת לא קרואה.

קערת פירות ארמנית שעיטוריה שחורים מונחת על שולחן האוכל, בתוכה שפע אגסים ארגמניים, סדוקים, כמפוסלים בחרס, ואני לא מתאפקת ושולחת את ידי אל אחד מהם, לבדוק אם הוא אמיתי, מגעו נוקשה וצונן, ואני מציצה סביבי לוודא שאיש אינו צופה בי ואז מנסה לנגוס, מכינה את שיני לנוקשותו של החרס, אבל להפתעתי הוא עסיסי ורך, פרץ של מתיקות מפתיעה ממלא את חלל הפה, ואני נוגסת שוב, מתהלכת בין הרהיטים. ובכן, כך הם חיים, אלה העקבות שיותירו אחריהם, אלה החפצים שיימצאו לכודים בין חורבות הבית אם יתמוטט עכשיו, שוב עלי לדובב את הממצא החומרי הדומם, לשחזר בעזרתו את אופי הדיירים ומעמדם, כניצבת מול בית מגורים חפור באדמה, מנסה לבחון האם חיי שגרה משקפת התמונה שלפני או מהפך.

נדמה שנשמעת חריקת דלת בהיפתחה ואני כבר מכינה חיוך ידידותי המיועד למיכל, בולעת במהירות את הטרף הלעוס למחצה, אבל למרבה המבוכה לא היא מגיחה אלי מתוך שנתה אלא גבר כחוש ומנומנם, שערו החלק סתור, לבוש בחולצת טריקו שחורה ובתחתוני בוקסר אדומים כאגסים, מנוקדים בנקודות לבנות, והם גדולים ממידתו, כנער שמדד את תחתוני אביו, צועד לעברי צעידה קצובה, מיכאנית, זקוף ומתוח ואחוז בשרעפיו כחולה ירח, ובעיניים עצומות כמעט, מבלי להבחין בי, הוא נכנס לשירותים הצופים אל הסלון מן המסדרון, עומד ומשתין בריכוז, קילוח שתן מגומגם וקרוע בדלת פתוחה לרווחה, ואני איני יכולה לנתק את מבטי, נועצת את שיני באגס כדי לא לפרוץ בצחוק, רואה אותו לתדהמתי מכופף את ברכיו וגוהר מעל האסלה כחתול המתכוון לשתות ממימיה, ראשו מתעכב מעליה, נע מצד לצד כמפקפק בממצאים, ואז הוא מזדקף, יוצא משם בלי להוריד את המים ומתקדם אל המטבח, לוחץ על מתג הקומקום ומביט סביבו ביסודיות כמוודא שדבר אינו חסר ורק אז הוא מבחין בי.

אלמלא הייתי גועה לפתע בצחוק נבוך, פרוע, אולי עוד לא היה מבחין אבל אני לא מצליחה להתאפק, נשענת על הקיר ופולטת את הצחוק שנכבש זמן רב מדי עד שהוא מכאיב, ניגר מגרוני כעיסה שלא נבלעה, והוא ניצב מולי מופתע, פניו נוקשים כמגולפים בעץ ועורו מחוספס, ידו מלטפת בהיסח־הדעת את חזהו המתוח מתחת לחולצה, ואני מרימה את האגס האדום מולו כאילו זוהי כוסית יין ואני שותה לחייו. יופי של אגסים יש לכם, אני מסננת, הייתי בטוחה שהם לא אמיתיים, והוא בוחן אותי בחשד, אנחנו מכירים? הוא שואל בקול קר, המדגיש שאינו משועשע כמוני, ואני אומרת, לא ממש, אני אמא של גילי, מיכל הזמינה את גילי לשחק עם יותם, כנראה הקדמנו, אני מצטערת שהבכתי אותך, אני מוסיפה, גל הצחוק מתחדש והפעם אני נכנעת לו, בראי שממול אני רואה את פי נפער, עמוק ואדום ומנוקד בשיניים, אבל הוא עומד במריו, לא מצטרף

לצחוקי, מטלטל את ראשו לאחור בתנועה סוסית. יכולת לפחות להגיד משהו, בוקר טוב למשל, הוא רוטן, להזהיר אותי שאני לא לבד, לא היה לי מושג שצופים בי, ומיד הוא ממהר לשירותים, מוריד בחיפזון את המים, ונדמה שגם הם צוחקים לו, מגרגרים מולו בתרועה, ואני אומרת, לא צפיתי בך, פשוט הייתי כאן, אני מצטערת, בוא נשכח מזה, רק תגיד לי מה חיפשת באסלה, והוא אומר, עקבות דם, ואני מתפלאה, עקבות דם? למה? והוא אומר, סתם הרגל כזה, של אנשים עם מטען גנטי בעייתי.

ומצאת? אני שואלת, מודאגת לפתע, והוא עונה, לא, לשמחתי לא מצאתי, אבל מחר בבוקר אני מתכוון שוב לבדוק, את מוזמנת לבוא לצפות, ורק אז הוא מואיל סוף סוף לחייך חיוך זהיר, איטי, המפציע קודם בעיניו, המתרככות מעט. רוצה קפה? הוא שואל, אם את כבר כאן, תשתי משהו, ואני ממהרת לומר, לא, תודה, אני חייבת ללכת, נראה לי שגילי כבר לא צריך אותי כאן, אבל הוא מתעקש, נעשה ידידותי יותר מרגע לרגע, חכי, הקפה כבר מוכן, הוא מוזג את המים הרותחים המשחירים במהירות לספלי חרס, אדי קפה חריף ממלאים את החלל בינינו, ואני כמובן מתפתה, מתיישבת אל הבר במטבח החדיש, המעוצב בטוב טעם אמיד, מתבוננת שוב, הפעם ברשות, בתמונות שעל הקירות, בפתקאות שעל המקרר, כדי לא להציץ בו עצמו, המתחיל כנראה ליהנות ממופע החשפנות שנכפה עליו, מתהלך זקוף בתחתוניו, מוזג קפה, מניח על הבר הביתי סוכר וחלב בכלים ארמניים תואמים, קערת עוגיות שוקולד בצורת כוכבים, ואני פוזלת בחשש אל המסדרון, תיכף היא תגיח משם, תראה את בעלה יושב מולי בתחתוניו, מה היא עלולה לחשוב.

אולי תלבש משהו, אני מציעה לגבר שאינני יודעת את שמו, מה מיכל תחשוב, והוא מגחך, חושף את שיניו הרבועות היפות, להביך אותי לא היתה לך בעיה, עכשיו תהיי את נבוכה, ואני נענית לאתגר, מה אכפת לי בעצם, זאת בעיה שלו, לא שלי, ובכל־זאת אני מאחלת לה שינה עמוקה וממושכת, מנסה להקשיב לרחשי הבית,

לרגע נדמה לי שקול בכי רפה עולה מאחד החדרים, מבעבע מאחורי המולת הילדים, ואני מציצה במארחי בשאלה, אבל הוא מתעלם ממבטי, מרוכז בעוגיות השוקולד הוא טובל עוגייה אחר עוגייה בקפה ומזדרז להגיש אותה אל פיו לפני שתתפורר אל הספל, ובכל־זאת הן חומקות בין אצבעותיו, נספגות בקפה הרותח והוא נאלץ להסתפק בשברי כוכבים, אינו פותח בשיחה וגם אני לא, עוקבת בעניין אחר משחקו עם העוגיות.

תאכלי משהו, הוא מאיץ בי, ואני אומרת, אני לא רעבה, והוא שואל, רוצה משהו אחר, רוצה עוד אגס? ואני מנידה בראשי, בין אצבעותי עוד מסתתר משום־מה האגס הנגוס שלקחתי בלי רשות, חמים ודביק בתוך אגרופי הקמוץ, ואני מחפשת הזדמנות להיפטר ממנו ולא מוצאת, וגם נושא לשיחה אני לא מצליחה למצוא, וגם הוא לא, ואולי במכוון אינו מנסה לפתח שיחה אלא מסתפק במחוות הבסיסיות ביותר, כמו היה כל זה כבר מאחורינו, כמו היינו זוג המתנער משנתו בשתיקה נינוחה. מדי פעם עוד ניתזים מפי קילוחי צחוק דקים, בלתי־נשלטים, ואז הוא מניח את העוגייה ומביט בי בספק חיוך, המשנה לחלוטין את ארשת פניו, ונדמה שהפכנו שותפים למעשה קונדס משעשע להפליא, ממש כמו גילי ויותם שזרקו שקית מים אל חדר המדרגות, ואני משתפת פעולה בנינוחות מפתיעה, לא מטריחה אותו בשאלות נימוס למרות שהייתי שמחה למעט מידע, סוקרת את גופו הכחוש, מנסה להסתפק בגלוי לעין, בכתפיו המתוחות, ירכיו החשופות הנעריות, פניו המוארכים, הנוקשים כחטובים בעץ, שני הקמטים החרוצים לאורך לחייו, עיניו השקועות, המרוחקות זו מזו, גבות כבדות מצֵלות עליהן, שפתיו מלאות וכהות, ואם היה מנשק אותי עכשיו הייתי נבלעת בחלל ערב ומענג והייתי שוכחת לרגע את הר הדאגות הרובץ עלי גם כשאינני מרגישה בו, הר געש המאיים עלי ועל בני. השפתיים שלו יכסו את שפתי כשמיכה בחורף, מרגיעות ומספקות, ואני בוהה בהן ממשיכות ומתעסקות בעוגיות, מעולם לא ראיתי שפתיים כל־כך

חיוניות, רבות הבעה, מעולם לא הכרתי את המשאלה הזו, להיות מנושקת לפתע, נשיקה מקרית לחלוטין שלא נועדה לי, כמו לעלות על המסלול הלא נכון, ובכל־זאת להמשיך בנסיעה. פתאום הוא חדל מלעיסתו ומביט בי, מלקק את אצבעותיו שקצותיהן חומים, עיניו מוקפות סהרונים כהים כענני גשם ומתוכן בוקע מבטו עמוק ויסודי, כמחפש עקבות דם על פני, והוא שואל, הכול בסדר אצלך? ואני מנסה לחייך, למה אתה שואל? והוא אומר, כי את נראית מודאגת, ובמקום לענות אני לוקחת מפית בידי הפנויה ומוחה את העיניים שכבר נענות לדמעות, הכול בסדר, אני מבקשת לומר, הצחוק הישן והבכי החדש מתערבבים בפי בשילוב בלתי־אפשרי של מתיקות ומליחות, ואני מהדקת את שפתי לעצור את האנחה שכבר נמתחת בגרוני, אבל לא משם היא בוקעת, שוב אותו צליל רפה, כבוש, משוטט בין חדרי הבית.

אתה שומע משהו? אולי אחד הילדים בוכה? אני שואלת בזהירות, והוא אומר, לא, אני לא שומע כלום, אבל קולו כבר איבד את נינוחותו, המלים מתגלגלות משפתיו במהירות, סתמיות במכוון, מלים שנועדו לטשטש את הצליל הברור, היית אתמול בקבלת שבת? אני לא זוכר אותך, אה, נכון, אתם הגעתם מאוחר, איזה טקס מאולץ זה היה, זה תמיד חוזר על עצמו, למה אי־אפשר פעם אחת להפתיע, עברתי כבר מספיק טקסים כאלה עם הילדה הגדולה, זה ילד ראשון שלך, גילי? הוא שואל, ואני אומרת, כן, ראשון ואחרון. עד כדי כך זה רע? הוא מגחך, ואני אומרת, להיפך, עד כדי כך זה טוב, והוא אומר, לא הבנתי אותך, ואז נשמעת חריקת דלת בהיפתחה, ושנינו נועצים מבט בפתח המסדרון, על פניו ציפייה חשדנית כאילו עוד אשה זרה עתידה להתגלות שם, אבל הנה הם מתפרצים מהחדר כנחשול, ילדינו, ושוב אני משתאה על הדמיון ביניהם, האם גם הוא מבחין בכך, דמיון כללי לא מוגדר, שאינו נמצא בפרטים. אבא, אפשר שוקו, יותם מצייץ, אפשר עוגיות? ואביו מושך אותו אליו ומחבק אותו, אפשר קודם נשיקה? עוד לא קיבלתי שום נשיקה הבוקר.

כקופיף זריז מטפס בנו על ברכיו ומנשק את צווארו, שם העור מדולדל מעט, ובאותו זמן נצמדות השפתיים היפות המלאות שטעמן עוגיות וקפה אל מצחו של הילד, נצמדות אליו בנשיקה קולנית, ראוותנית, אבל העיניים מביטות בי, ואני מעבירה את לשוני על שפתי, צמרמורת נעימה מפרפרת בתוכי כמו זיכרון רך, נשכח, של אהבה מוקדמת, לא כפי שהיתה אלא כפי שיכלה להיות. אבא, הנשיקות שלך מדי רטובות, יותם מתפתל, נחלץ בהנאה מהחיבוק, חוטף את צלחת העוגיות ומושיט לגילי, תיקח, זה אני ואמא שלי עשינו ביחד, אבל גילי לא מושיט את ידו, רק עכשיו אני מבחינה שעיניו בוחנות אותי במבט בוגר ופגוע, המזכיר את מבטו של אמנון בשבועות האחרונים, והוא אומר, אני לא רעב, למרות שמעולם לא סירב לעוגייה, ויותם אוחז בזרועו, בוא כבר, בוא נחזור לחדר, אבל גילי נצמד אלי לפתע, מניח את ראשו על ברכי וממלמל, אני רוצה הביתה.

הביתה? יותם מופתע, אבל רק עכשיו באת אלי, הוא מוחה, עוד לא הספקנו כלום, בוא נשחק במחשב, בוא נדביק קלפים בחוברת, מה שיש לי כפול אני נותן לך, אבל גילי ממאן, עליצותו נטשה אותו בבת־אחת כנשמה היוצאת מן הגוף והוא מרוקן, רופס, נכה רוח. עוד מעט אבא שלי בא אלי, הוא מנסה לתרץ, אני רוצה לחכות לו בבית, ויותם אומר, אז מה, אתה תראה את אבא שלך אחר־כך, וגילי מסביר בעוגמה, אבל אבא שלי כבר לא גר איתנו, אחר־כך הוא כבר לא יהיה שם כי אמא שלי לא מרשה לו להישאר, ולפתע כל העיניים פונות אלי, גם אלה הכהות, המוקפות טבעות שחורות, ויותם מסתכל עלי ברתיעה כאילו ראה מפלצת, למה את לא מרשה לו להישאר? הוא שואל, ואני מנסה לחייך, זה לא שאני לא מרשה לו, יש לנו סידור כזה, אבל זאת ממש לא בעיה, גילי, אני מבטיחה לך שתראה את אבא היום, אני אתקשר אליו עכשיו ואגיד לו לבוא יותר מאוחר, אבל דומה שגילי כבר נלכד ברוחו הרעה, אפילו האיום שיותם משלח בו לא ישיב את הנעשה, אז אני לא אזמין אותך יותר לבוא אלי, אני יהיה ברוגז איתך לתמיד.

הי, איך אתה מתנהג? אביו מתערב מיד, אתה לא רואה שקשה לו, ככה עוזרים לחבר? ויותם כבר מייבב, פגוע מהגערה שניחתה עליו עוד טרם יבשו הנשיקות על מצחו, וגילי פורץ גם הוא בבכי, מאוכזב מעצמו, חושש מתוצאות החלטתו הפתאומית, שטרפה את הקלפים, שערערה את מעמדו אצל החבר החדש הנחשק, נציג הכיתה כולה, ואני נושמת בכבדות מול שני הראשים המושפלים המייבבים ככלבלבים, נדמה שבבת־אחת נחסמה דרכי, אבל אין זה מחסום דרכים רגיל, שאורותיו מהבהבים, אלא ילד קטן, גובהו כמטר ומשקלו כעשרים וחמישה קילוגרם, השוכב שרוע על הכביש כדי שלא אוכל להתקדם וגל של טינה שוטף אותי, לא תכריח אותי להישאר עם אבא שלך, לא תכריח אותי לוותר על הכול למענך, לחזור אל החיים שמאסתי בהם, אבל מיד הופכת הטינה לרחמים, באיזו ערגה הוא מביט בחברו המכונס שוב בזרועות אביו, באיזו קנאה, כאילו מעולם לא היה לו אבא.

כמו אותה שקית מים מלאה עד להתפקע אנחנו מידרדרים במדרגות, מתנפצים אל הרצפה, האם המים השפוכים שאנחנו דורכים עליהם עכשיו ברגלינו יוכלו לטפס שוב במעלה המדרגות, לזחול מחדש אל הברז, כך לא נוכל אנחנו לעבור שוב בדלת ההיא, דלת פלדה גבוהה במיוחד, כמו היו דייריה נפילים, וכשאנחנו פוסעים חפויי ראש מתחת הבניין נשמע קול נפץ ושקית נוספת מתרסקת לרגלינו כברכת שלום נזעמת. נדמה לי שאני שומעת קול גערה אבל אני לא מרימה את פני, מרוכזת בקודקודו הפרוע של גילי המושך באפו בהתרסה, מכאיב במכוון לידי האוחזת בידו, שלא אשכח לרגע את אומללותו, ממנה הצליח להגיח לשעה קלה בלבד.

מן החלונות בוקעים קולות נקישת המזלגות בצלחות, שברי שיחה שקטה, צהלת ילדים, ארוחת בוקר מאוחרת הנמתחת מחלון לחלון וריחותיה מתערבבים, ריח החביתה והסלט והלחם הקלוי והקפה, ואני חושבת על כוס הקפה המלאה כמעט שהשארתי מאחורי, ושוב שוטף אותי הזעם, איך אתה מתנהג, תגיד לי, בסוף תישאר

בלי חברים, יותם כל־כך חיכה לך, הוא כל־כך רצה להתיידד איתך ואתה אכזבת אותו, זה ממש לא מתאים לך להתנהג ככה, ודומה שהוא רק חיכה לנזיפה כדי להשיב ביללה קורעת לב, המפֵרה את שלוות הרחוב, אני רוצה את אבא, אַת הבטחת אתמול שאבא יבוא בבוקר, לא אכפת לי מיותם, לא אכפת לי ממך, אני רוצה רק את אבא, ואני קומצת את אצבעותי לאגרוף זועם, רק אז אני מבחינה שבכף ידי עוד חבויה שארית האגס האדום, ובמקום להשליך אותה לפח הקרוב אני תוחבת אותה לפי, לועסת בהתמכרות. טעם הצחוק שצחקתי והקפה שלא הספקתי לשתות והשאלה שלא השבתי עליה כראוי, והעוגיות שלא טעמתי והנשיקה שלא נושקתי ממלאים את פי במקום מלות הרגעה לבני הממרר בבכי, ואני הופכת בפי את שלד האגס המתפורר, מסרבת להיפרד ממנו גם כשאנחנו נכנסים הביתה, אשר קול גברי מוכר מהדהד בו וגילי צועק, אבא! רץ אל המטבח ופותח משום־מה את המקרר, כאילו משם יגיח אליו אביו, אבל אין זה קולו של אמנון, מן המשיבון המהבהב בוקע קולו של גבי, מאריך כדרכו, מקליט את הודעתו המפורטת ומתוך סופם של הדברים אפשר לנחש את ראשיתם.

בכל אופן, אלה, אם תשמעי ממנו תודיעי לי מיד כי אני ממש מודאג, הוא אמר שהוא יוצא לסיבוב אבל לא חזר כל הלילה ובנייד שלו אין תשובה, ואתמול הוא היה ממש על הקרשים, אמרתי לך, הוא אמר שאין לו בשביל מה לחיות וכל מיני דיבורים כאלה שבחיים לא שמעתי ממנו, ואני מרימה באי־רצון את השפופרת, היי, גבי, הרגע נכנסתי הביתה, מה קורה?

קורה מה שחששתי שיקרה, הוא רוטן, הבחור התפרק לגמרי, את מכירה אותו, הוא רגיל שהכול בא לו בקלות, בחיים לא עזבה אותו בחורה, בחיים הוא לא נכשל בשום דבר, אז עכשיו הוא נשבר, אין לו כלים להתמודד.

הוא היה בסדר אתמול, התרשמתי שהוא מתאושש, אני אומרת, מסרבת להשתתף בחגיגת הנכאים, שגבי, על אף דאגתו הכנה, נהנה

ממנה בעליל, אבל הוא ממהר לבטל את דברי, איזה מתאושש, הוא ניסה להחזיק את עצמו, בשביל גילי, אבל אצלי הוא ישב כמו מת חי, לא אכל ולא דיבר, רק בכה כמו ילד קטן, תאמיני לי שאני לא סתם דואג, אני מכיר אותו מגיל שש, אני מכיר אותו הרבה יותר טוב ממך, ואני משתדלת לא להיגרר הפעם לתחרות הזו איתו, תחרות הנמשכת שנים, ללא הכרעה, ניסית אצל אורי ותמי? אני שואלת, או אולי אצל מיכאל? והוא אומר, בטח שניסיתי, ניסיתי בכל מקום אפשרי.

אז איפה הוא יכול להיות, הבהלה כבר מתחילה לקרקר מתוך גרוני, לשמחתו הרבה של גבי, סוף סוף את קולטת שהמצב רציני, הוא צוהל, מה חשבת? שהוא יגיד לך יפה שלום וילך לדרכו וישתקם וימשיך להיות אבא נפלא לגילי? את לא יודעת איפה את חיה, הוא לא בחור חזק כמו שהוא עושה רושם, מבפנים הוא כמו נייר, נקרע בן־רגע, אני יודע את זה שנים ולכן הבלגתי על הרבה מחדלים שלו, זה בדיוק מה שאת היית צריכה לעשות, ניסיתי להגיד לך את זה אבל לא היה עם מי לדבר.

הגזמת, גבי, אני מנסה לשוות תקיפות לקולי, אתה אומר שהייתי צריכה להישאר איתו עד סוף החיים מתוך רחמים או פחד שהוא יישבר? אתה חושב שעם זה הוא היה יכול לחיות?

כן, הוא עונה בביטחון, עם זה הוא היה חי לא רע בכלל, ותאמיני לי שגם את, זה עדיף על כל מה שמחכה לך בחוץ. דחוף לך פתאום להיכנס לשוק הפנויים־פנויות? אין לך מושג מה הולך שם, איזה מופרעים את עלולה לפגוש, אמנון לעומתם ייראה לך כמו מציאה היסטרית, למה לא תחסכי לעצמך את התלאות האלה, תני לו לחזור וגמרנו, ובואי נתפלל שזה לא מאוחר מדי, שהוא עוד לא עשה לעצמו שום דבר.

אבל אתה פשוט לא מבין, אני מתעקשת משום־מה להסביר לו את עמדתי, אין לי שום עניין להכיר עכשיו מישהו אחר, אני לא מחפשת בעל חדש, אני רוצה להיות לבד, והוא מאנפף בגסות, נדמה

לך, אין אשה שלא רוצה בסופו של דבר לחיות עם מישהו, אין בחורה בגילך שלא רוצה להספיק לעשות עוד ילד, אני לא קונה את זה, אבל זה גם לא משנה. כרגע אסור לך לעזוב אותו, את התחתנת איתו מרצונך החופשי, אף אחד לא הכריח אותך, ההיפך, אם מישהו כאן לחץ זה דווקא את עליו, הוא משרבב עקיצה, וחתונה זה לא צחוק, וילד משותף זה בטח לא צחוק.

איפה אתה חי, תגיד לי, אני מתקוממת, תמיד אפשר להיפרד, אנחנו לא קתולים כאן, אתה בעצמך התגרשת, למה לך מותר ולי אסור, כי אתה גבר ואני אשה? והוא עונה מיד, לא, כי אני ידעתי שהתוצאות של הגירושים שלי יהיו נסבלות, ושלך לא, ברור לי שאמנון לא יעמוד בזה ואת תשאי באחריות, קודם כול כלפי הילד שלך, ואני מתנשמת בכבדות, די, גבי, אל תאיים עלי, תן לי לנסות לברר איפה הוא ואני תיכף אחזור אליך, אבל במקום להתנפל על הטלפון אני כושלת אל המיטה, מלוּוה בסחרחורת עזה, ורק כשאני משתרעת על המצעים הסתורים שלא מזמן עזבתי אני נזכרת בילד, לרגע שכחתי מקיומו, כאילו השארתי אותו עליז ומתרונן בבית חברו, ואני מתרוממת בכבדות ורואה אותו כורע מעל המשיבון, כנראה הצליח ללחוץ על הכפתור ולהשמיע לעצמו את השיחה המוקלטת, שלא נועדה לאוזניו, וכבר מאוחר מדי לעצור את חילופי הדברים המתנהלים מחדש, בקולות חרישיים הפעם, ואני שומעת שוב את קולו של גבי, את קולי שלי, אמנון לא יעמוד בזה ואת תשאי באחריות, קודם כול כלפי הילד שלך, די, גבי, אל תאיים עלי, תן לי לנסות לברר איפה הוא ואני תיכף אחזור אליך, שיחה שרק הרגע התקיימה וכבר היא נשמעת כמסמך היסטורי־משפטי, עדות מרשיעה בבית־דין של מעלה, ואז הוא מזדקף ומתקדם לעברי בצעדים רעועים, אמא אני עייף, הוא פועה, אפשר לישון איתך? ואני אומרת, בטח, מתוק שלי, מותחת לקראתו את זרוע השמיכה, בוא ננוח שנינו ונירגע קצת, והוא נשכב לצידי בסנדליו, בבגדיו, מפנה אלי את גבו ולהפתעתי בן־רגע הוא נרדם.

לעולם לא אשבע מתווי הפנים האלה, יצור זעיר ותקיף, גור קצוץ ציפורניים, כאילו זה עתה נולד אני בוחנת את איבריו, השילוב הכושל הזמני בינינו מונצח לעד על פניו, האם עד עולם יתקוטטו עיניו הדומות לעיני עם שפתיו הדומות לשפתיו של אמנון, ילד גירושים חדש, שאפילו איבריו מסומנים. רק לי הוא דומה, היה אמנון מדגיש בכל הזדמנות, הוא לא דומה לך בכלל, את רק הפונדקאית, בחיי, תראי אותו, מביט בו בסיפוק כמו היה שלוחה שלו עלי אדמות, ובאותה מידה התקשה להתמודד עם אישיותו הנפרדת שהלכה ונתבררה. איזה בכיין הוא, היה מתמרמר, אני לא הייתי בכיין, זה כבר ממך, היה נרתע, פוסל אותו בבת־אחת פסילה גמורה, אני בגילו כבר קראתי וכתבתי, היה מודיע, אני לא מבין איך הוא לא קולט את זה, נע בין גאווה מוחלטת להסתייגות מוחלטת, בעוד גילי נאחז בי בחשש, יודע כמה בת־חלוף היא התהילה.

אמנון, הוא לא אתה, לטוב ולרע, תשלים עם זה כבר, הייתי מנסה לדבר על ליבו, שלא יטלטל אותו כך מקוטב לקוטב, תקבל אותו כמו שהוא, והוא מיד מתקיף, מי שמדבר, את הרי לא מסוגלת לקבל אותי כמו שאני, מה את מטיפה לי מוסר, ואני אומרת, זה בכלל לא דומה, עם ילדים זה אחרת לגמרי. את ממש לא עוזרת לו כשאת מגוננת עליו כל הזמן, זה בטוח, את מוותרת לו יותר מדי, היה מטיח בי, מגדלת אותו כאילו הוא איזה נסיך, ככה לא מכינים ילד לחיים, ואני אומרת, אבל ככה בדיוק גידלו אותך, אולי אתה פשוט מקנא שנולד פה עוד נסיך, והוא נוחר בבוז, תחסכי ממני את התיאוריות שלך, מפנה אלי את עורפו המגולח, אולי עדיף שנגדל אותו בנפרד, היה מציע ביהירות, זה ממש לא בריא בשבילו כל החיכוכים האלה, ואני אומרת, אין בעיה, בוא ניפרד, אבל המלים מתפוגגות במהירות באין תוקף של כוונה מאחוריהן, דומה שלא נאמרו, עד שהבשילה הכוונה כמעט באין רואים, הצטרפה אל המלים והפכה אותן ברורות ונוקבות כקני רובים, מכוונות אליו, כן, אין בעיה, בוא ניפרד, והוא נמלט על נפשו, מסתתר מפניהן.

אתה שומע, גבי, אני לא אשתף פעולה עם התעלולים שלו, הרי זה בדיוק מה שהוא רוצה, שהדאגה שלי תחזיר אותו הביתה, כמו נער מתבגר שמנסה לכופף את ההורים. אל מה הוא יחזור, אל התנצחות שאין לה סוף, אל חיכוכים קוצניים, הרי עם דעיכת האהבה הגדולה צומחת לעיתים ידידות, שהיא אפילו נדירה ויקרה מן האהבה, אבל אצלנו דווקא יריבות צמחה על החורבות, יריבות מרה, קטנונית וקנטרנית, כמו שני אחים שאינם חדלים להתקוטט. האומנם אל גבי אני מדברת עכשיו, לא את פניו אני רואה מולי אלא פני נער גבה קומה ויפה תואר, עיניו ירוקות שחומות כעלי שלכת, נקודת חן על לחיו החלבית, שפתיו רגישות, אל גילי שיגדל אני מדברת עכשיו, אל הנער שיֵשב מולי בעוד שנים לא רבות, בן יחיד להוריו, נער שחייו התפצלו בשנתו השישית, והוא מנסה לפענח את דברי הימים של משפחתו הקצרה, והלוא רק לפניו אני עתידה לתת את הדין.

על מיטת נישואינו אני נעה מצד לצד, נזהרת שלא להעיר את הילד, וילון הפשתן הכהה מתבדר ברוח הצהריים, מכסה ומגלה את האור, ונדמה שאצבע הפכפכה אוחזת במתג החשמל השמימי, מכבה ומדליקה אותו לסירוגין, עד שכואבות העיניים. שַחרורים כתומי מקור נאספים בצווחה על ענפי הברוש המאפיר מול החלון, מחודש לחודש מתמעטים העלים הירוקים בעלוותו, ומתרבות התולעים הנוברות בענפיו, מנקבות בהם חורים זעירים, צריך יהיה לכרות אותו לקראת החורף, נדמה שהפעם כבר לא יעמוד בעוצמת הרוחות. איך התכסה לבן בחורף שעבר, מתנודד נוקשה ומופתע מול החלון, נדמה היה שעוד רגע יקרוס תחתיו מן העומס, ישר על מיטתנו, יצליף בנו בענפיו הקפואים, זועם וקנאי, איך זה שאתם עוד חיים ואני כבר מת.

מתהפכת על בטני מפני זעפו של העץ, רעב עמוק מקרקר ממנה, תיכף תישלח יד חמדנית מתוך גרוני לקטוף לה דבר־מה להשביע את רעבונה, ואני נזכרת בעוגיות הכוכבים שנלעסו בתאוותנות מול

עיני, הלוואי והיו כאן לצידי העוגיות הללו, ואיתן השפתיים שלא הרפו מהן, ממצמצות ומתלקקות, ושפתי משתרבבות אליהן עכשיו, נמתחות ונמשכות, הולכות ומתעבות, כל פני הם שפתיים רעבות, איך נישק בהתגרות את מצחו של בנו, מודד אותי במבטו, ואני מצטחקת בשקט מתחת לשמיכה כנערה הנוצרת לה סוד נסער שאינו בר־מימוש אבל גם אין לו כל צורך להתממש, סוד סבלני, שאינו זקוק לשותפים, ואני גוהרת על גילי הישן ומנשקת את מצחו נשיקה רכה, רטובה, ממושכת.

ממש מעל ראשו, כבועת זיכרון העולה מתודעתו, מתנוססת תמונה ממוסגרת, ואני מציצה בה ותולשת אותה מהקיר, המסמר הרעוע שבו נאחזה נושר מיד אחריה על לחיו של גילי, מפזר אבקת סיד על פניו, ואני נושפת עליהם, בוחנת את התמונה במורת־רוח, והיא מצידה משלחת בי שלושה פרצופים מחייכים, כשלוש אצבעות מאשימות, הוכחה מטרידה לכך שעוד יכלו להיות לנו רגעים של אושר, והם לא רחוקים כל־כך. הנה אנחנו מצטופפים תחת מטרייה שחורה מנוקדת פתיתי שלג, אמנון מתכופף במאמץ, אוחז במטרייה כמסוכך עלינו, כובע שחור על ראשו כרעמת שיער, מבליט את עיניו הבהירות, גילי יושב על ברכי, לחייו בורקות, פיו מלא שלג, ואני, יש להודות, זו אכן אני, מחייכת בסיפוק בין שני הגברים שלי, כף ידי בכפפה אדומה על זרועו של אמנון, משקפי שמש לעיני, לא, איש לא היה מנחש, אין דבר בתמונה העשוי להעיד על קיצה המתקרב של השלישייה הזו, איך ירדנו לחצר בבוקר הלבן המפתיע, נדבקים באושרו של הילד, מבקשים מאחד השכנים לצלם אותנו, טורחים למסגר את התמונה ולתלותה, טועים לחשוב שאת השלג יש להנציח בשעה שאנחנו, אנחנו היינו כאן בני החלוף.

כן, היו ימים, והם לא רחוקים כל־כך, שרק לכך התאוויתי, להיות שלושה, שלושה בבית, שלושה במכונית, שלושה באווירון, כמה מוגנת הרגשתי בין שני אהובי, כילדה קטנה בין אביה ואמה, תישאר איתנו, אל תלך, הייתי מפצירה, ואמנון היה משתמט, עזבי, יש לי

עבודה, או טלפון דחוף, או פגישה, קודם נהיה שניים, היה רוטן, שכחת כבר מה זה להיות זוג. ובכל־זאת כמה טבעית, מובנת מאליה, היתה השלישייה הזו הנטועה בשלג, היושבת במכונית הנוסעת, המסבה לארוחת ערב, ואילו מהיום והלאה כל פגישה שלנו בשלושה תהיה נוגה כאזכרה, וגם כשיחלפו השנים והכאב יתעמעם די יהיה במלה אחת רגילה בתכלית, במבט שגרתי אחד כדי להזכיר, היום זה היום המאה, המאתיים, החמש מאות, לקבורתה.

בבת־אחת שום דבר אינו תמים, לא שנתו של ילד ולא מבטו של גבר זר המשתתף אילם בצער לא לו, ולא עוגיות מתמוססות בקפה ולא טלפון שאינו עונה, הכול נעשה מזרה אימה או מושך ללא נשוא והחיים החדשים מסנוורים את עיני בבוהק בלתי־נסבל לרגע אחד ובמשנהו חשוכים ומפחידים כיער עד. הנה אנחנו פוסעים בין העצים, ארוכים הם ודקיקים כחניתות, מחפשים חלקת קבר לטמון בה את אהבתנו, לפני שירד הערב, שלא להלין את המת. באצבעותינו הערומות אנחנו חופרים באדמה התחוחה, היכן יימצא לה מקום, מי יֵדע מהן מידותיה, האם עצומה היתה בגודלה, כפי שהאמנתי בחודשים הראשונים, מלוא היער לא יכיל אותה, או זעירה ומכווצת כפי שדימיתי בחודשים האחרונים, אהבה שנתבלתה, אהבה שחלתה, גופתה כגופת אדם שבימיו הטובים היה חסון ותמיר ואילו כשהוא נישא אל קברו מעל האלונקה הוא זעיר כציפור וכל מקורביו משתוממים, האומנם זה הוא, כיצד נצטמצמו ממדיו בחודשי המחלה הארוכים. עוד מעט תבלע אותה האדמה, אבל אנחנו נגזר עלינו לבנות את בית חיינו החדשים ממש מעל חלקת הקבר הטרייה, כתושבי אותה עיר שנחרבה ברעש אדמה או במלחמה, אשר שבו והקימו יישוב חדש על שרידי יישובם שחרב וחוזר חלילה עד שצמח שם ברבות השנים תל עתיקות שמדרונותיו תלולים. מבלי משים נדרוך עליה ברגלינו, בקיץ נדרוך עליה בסנדלים ובחורף בנעליים כבדות, נפרוש עליה שטיחים חדשים, נניח עליה רהיטים, ורק מדי פעם ניזכר ונתחלחל, גווייה תחת יסודות ביתנו.

צמרמורת צוננת של ערב סתיו מעירה אותי מתנומה, תנומתו הקודרת של זה ששמע בשורה רעה, השמיכה מהודקת סביב גופו של גילי ואני רועדת מקור בבגדי, אבל איברי עוד ישנים, איך אקום על רגלי ואמשוך שמיכה מן הארון, ושוב אני מתבוננת בעץ המת, האפור כעשן, אולי יואיל הוא לקרוס עלי ולכסות אותי בענפיו, חסד אחרון נעשה זה לזו לפרידה, לפני בוא החורף הכבד והמכביד, ושוב אני נרדמת, חובקת את ענפיו היבשים, ומתוך דמדומי היום המוזר הנכה הזה, היום שחיוכו קפא בטרם הבשיל, בוקע שוב מתוך המשיבון קולו של גבי, היריב הוותיק שלי, שכבר שנים מסית את אמנון נגדי, מנסה להלהיב אותו בסיפורים על חיי הרווקות העליזים. אלה, הוא נעלם, הוא לא נמצא בשום מקום שאני יכול לחשוב עליו, אף אחד לא שמע ממנו, והנייד לא זמין, את חייבת לחשוב ביחד איתי לאן הוא היה יכול ללכת, אחרת אני מתקשר למשטרה, ורק אז אני קמה מן המיטה, הרפיון המנומנם מתפוגג באחת ובמקומו משתלטת עלי עירנות קדחתנית, הלב בועט בחזי כברכי עובר שרירי, ואני מתהלכת בחדרים כמחפשת סימן ועדות, עוברת על שמות החברים בפנקס, מחייגת בחיפזון, ללא מחשבה, מביכה את עצמי בשיחות מיותרות, רק כדי למחוק מהרשימה שם אחרי שם, להישאר בלי קצה חוט.

איפה אתה. אפילו יקירי לא אקרא לך כי הלב שהיית יקר לו נסגר בפניך, ואהוב נעורי לא אקרא לך כי היו לי אהובים לפניך, ובעלי לא אקרא לך כי מאסתי במלה הזאת, ואבי בני לא אקרא לך כי בתואר הזה לא חשקת, וכל שאר מלות החיבוב והקניין מונחות בינינו כצעצועים סרי טעם בכוננית של ילד שבגר, לא נשארו לנו מלים ולא נשארו לנו רגשות רכים, רק זיכרונות אהבה דהויים ומוכתמים כמפות לאחר סעודת החג.

עשר שנים חיינו יחד ונדמה שמשנה לשנה התמעטו המלים, כמו ילד פגוע שבמקום לרכוש שפה הולך ומאבד אותה, לחרדתם האיומה של הוריו, והברות שעוד עלו על שפתינו בשנה הראשונה

נמחקו בשנה השלישית ונדמה שכשנולד התינוק נשאבו אליו כל המלים הטובות, כל מלות החמדה וההתפעלות נאספו במיטתו הקטנה ומיטתנו שלנו התרוקנה, ואת החלל שנוצר מיהרו למלא גדודי המלים המרות, חמושות בכלי נשק כאותם גמדים היוצאים למלחמה. על מה נלחמנו. נדמה שהמלים נלחמו עבורנו בעוד אנחנו טרודים במשימות היום־יום שהפך מכביד יותר ויותר. ממש כמו במלחמות העמים, על חופש ועל עצמאות, על שטחים ועל שוויון, על שליטה ועל הכרה, וסביבנו מתווכים בעלי אינטרסים מגוונים, וילד אחד חרד.

איפה אתה, אמנון, רק שמך נשאר לבדו, ללא תוספות החיבה והתואר, השם שאהבתי תמיד, שלא אני נתתי לך ולכן גם לא אוכל לגזול ממך בהעלם אהבתי, שם של בן מלך תאוותן והפכפך, ואני כמעט אמרתי אז, כשהצגת את עצמך בפני, ולי קוראים תמר, כל־כך רציתי להיות גם אני בת מלך, אחות למחצה, לחבר אותך אלי בסיפור עתיק, שסופו מר, אבל רק את תחילתו המושכת ראיתי אז בדמיוני, ויהי אחרי־כן ולאבשלום בן דויד אחות יפה ושמה תמר ויאהבה אמנון בן דויד. הסרת לכבודי את משקפי השמש והעיניים הכחולות שלך נצנצו מתוך השיזפון, התכופפת אלי והושטת לי יד גרומה ענקית ושאלת, את כאן עם הכיתה? והבנתי שאתה חושב שאני תלמידה בתיכון עדיין, ותיקנתי אותך בהנאה, איזה כיתה, אני כבר בסוף הב.א, ורק אז הבחנתי שחולצתך האפורה הצמודה לעורך אינה אלא אבק, וכשהוספת להביט בי התעלמתי, מקישה על רובדי העפר במקוש שבידי, כמתדפקת על דלת, מטר אחד מתחת לפני האדמה, אלפי שנים מתחת להווה שלנו, בית קטן אמצא שם והוא יהיה ביתי, עצמות נערה אמצא שם והיא תהיה אחותי.

יושבת לבטח בתוך ריבוע החפירה שדופנותיו מצופים שקי חול כשוחות בזמן מלחמה, הוספתי להבריש את העפר בחריצות מופגנת, רואה אותך מתהלך מהורהר בין הריבועים, ממדיך משרים ביטחון על האתר כולו, מכנסי הג׳ינס שלך גזורים ברישול על שוקיך, חוטים

דקים משתלשלים מהם כציציות, ואז חזרת אלי בצעדים מהירים, מצביע עלי בסיפוק, כפותר תעלומה, עכשיו אני יודע איפה ראיתי אותך, את מצוירת על הקיר בתֶרָה, באתר המינוֹאי, קוראים לך הפריזאית, ואני שאלתי, איפה? ואתה אמרת, בתרה, זה השם העתיק של סנטוריני, האי שהתפוצץ, לא היית שם? השתמרו שם ציורי קיר יפים להפליא, ולהפתעתי שלפת שקופית מכיסך ואני בחנתי אותה מול האור, רואה את מבטי קבוע ביהירות בפנים חיוורים, הדורים, זה לא יאומן, מלמלת, מתכופף אלי שוב ומביט בפני, את כבר קיימת ארבעת אלפים שנה.

אולי לשם הוא חזר, אל תל יזרעאל ההרוס והפגוע, אל המתחם המלכותי המוקף בחפיר עמוק, המשקיף על עמקי הצפון העשירים שעריהם עלו בלהבות זו אחר זו, בית שאן, תענך, מגידו, הותירו לנו שכבת חורבן קשה הקושרת אותן זו לזו. אולי לשם הוא חזר, אל האתר שחרב אך שנים ספורות לאחר שהוקם, ומעולם לא השיב לעצמו את חשיבותו משכבר, אל ריבועי החפירה המכוסים בעפר, כמה שקט שם בלילה, שקט ומסוכן, ואני נאחזת בקיר, רואה לנגד עיני את גופו העטוף חליפת אבק מכף רגל ועד ראש, מוטל דומם וקר במעמקי החפיר כבמערת קבורה עתיקה, כמה מעט אנחנו משאירים אחרינו, והחיזיון הנורא מטלטל אותי בעוצמה עד שנדמה לי שמותני נשברים, ואני מנסה שוב ושוב לחייג אליו, משאירה לו הודעות רכות, תתקשר ברגע שתשמע אותי, אני דואגת לך, לא חשבתי שתגיב כל־כך קשה, חשבתי שהצעד הזה נכון לשנינו, הרי כל־כך הרבה פעמים איימת עלי בפרידה, לא התכוונתי לגרום לך צער, ומרגע לרגע מתחוור לי שאולי אין זה תעלול, שאולי זו רק תחילתו של האסון שאבא שלי ניבא, ומרגע לרגע אני מבינה שרק דבר אחד נדרש ממני, והוא הקשה ביותר אך גם הקל ביותר, והוא הנאצל ביותר אך גם הנפסד ביותר, ההגיוני ביותר והמופרך ביותר, נדרש ממני לוותר, כי מדובר בדיני נפשות, כי האסון ודאי והאושר מוטל בספק, לוותר כמו שוויתרו או יוותרו האמהות שישבו על

השמיכות ושרו ברכוני לשלום מלאכי השלום, לוותר כמו שוויתרו האמהות שלנו, לוותר ללא ערעור כי זהו פסק־דינו של שופט עליון, אל תקשו לבבכם כמריבה, כיום מסה במדבר, ואז אני עומדת זקופה, בדום רציני ומתוח כאילו אני ניצבת על במה בטקס זיכרון, כל העיניים נשואות אלי, וברקע כבר נשמעת צפירה קורעת לב, מותחת את הייסורים לכבל אינסופי, ואני מדקלמת בקול רם את הנדר, מול צמרת העץ המת האפור כעשן, מול הילד הישן והרוק ניגר מפיו, אני, אלה מילר, בת דויד ושרה גושן, מתחייבת בזאת, לפני אלוהים ואדם, עצים ואבנים, שאם רק ישוב אמנון בריא ושלם, אניח לו לחזור לביתנו, ואקבל אותו קבלה שלמה ואחיה איתו כאשתו כל זמן שירצה, מתחייבת להשליך מאחורי גבי ולגנוז ללא היסוס את כוונות הפרידה ולא להעלות זאת שוב לעולם, לא על דעתי ולא על דל שפתי.

פרק חמישי

האומנם לצידו אני יושבת עכשיו, בדירת החדר הדחוסה בה התגורר אז, קוראת בהתעוררות את דוח החפירה ההולך ונכתב, על הממצאים הקיראמיים שהתגלו בשכבת החורבן של תל יזרעאל, זהים לקראמיקה של עיר הארמונות במגידו, שברי חרסים שאין ערוך לחשיבותם, המוכיחים כי ממלכת הזוהר המפוארת של דויד ושלמה לא היתה אלא ממלכה שבטית זעירה, שהרי לא שלמה בנה את הערים הללו אלא מלכי בית עומרי, והוא מחייך אלי את חיוכו הפתוח, אולי אני אספר איך מצאתי שם אותך, הוא אומר, את התגלית הכי חשובה שלי, ציור קיר מינוֹאי שקם לתחייה בארץ ישראל, אשה בת ארבעת אלפים שנה.

אל תענה, אני לוחשת כשהטלפון מצלצל ליד המיטה, והוא מציע, אולי תעני את, מקרב את המכשיר לאוזני, אמנון לא בבית, אני מודיעה בעליזות לקול הנשי הנואש המבקש אותו, אין לי מושג מתי הוא יחזור, אבל הצלצול נמשך גם לאחר שהשיחה מסתיימת, מטלטל אותי אל מציאות הבוקר הזה, אמנון לא בבית, אין לי מושג מתי הוא יחזור, ואני מזנקת מהמיטה וחוטפת את הטלפון, מזהה באכזבה את קולו של גבי, והוא אומר בנימה מסתורית, חנוק מגאווה, כאילו זכה בעיטור על עוז רוחו ומסירות נפשו, הכול בסדר, אלה, קיבלתי ממנו אות חיים.

תודה לאל, אני מתנשפת בהקלה, איפה הוא? וגבי מגרגר

בהתנשאות, חוגג את יתרונו עלי, לא משנה, הוא ביקש להשאיר את זה בינינו, רק רציתי שתדעי שהוא בסדר, ואני מזדרזת להקניט אותו, אתה רואה, ההיסטריה שלך היתה כרגיל מוגזמת, והוא רוטן, כשאוהבים מישהו דואגים לו, כנראה שכחת כבר מה זה, ואני אומרת, ואתה שכחת שאמנון אוהב בעיקר את עצמו והוא האחרון שיפגע בעצמו.

די, אלה, הוא נאנח, אין לי כוח להתווכח איתך על הבוקר, לשמחתך את נפרדת עכשיו גם ממני, האשה הבאה שלו כבר תצטרך לסבול אותי, לא את, ואני שואלת בשוויון־נפש מדומה, מנסה להצניע את צליפת הסקרנות, מה, כבר יש לו מישהי? וגבי מגחך, לא אמרתי, רק אמרתי שכשאת נפרדת ממנו את נפרדת גם ממני, ועל זה אף אחד מאיתנו לא מצטער, ואני משתדלת לרכך את קולי, למרות החשק העז לסיים את השיחה, הדומה כל־כך לשיחותינו הקודמות ועם זאת שונה להבהיל. גבי תקשיב, אני חייבת לדעת איפה הוא, לפחות את מספר הטלפון, הנייד שלו לא זמין, וגילי רוצה לדבר איתו, והוא שוב מתנשא, מתענג בעליל על כל מלה, מותק, הייתי נותן לך ברצון אבל אמנון ביקש במפורש לא לתת לך, הוא לא רוצה לדבר איתך, מה אני יכול לעשות, יש גבול להשפעה שלי עליו.

הגזמת, גבי, אני רוטנת, יש לו כאן ילד, גילי מתגעגע אליו, כל הבוקר הוא ניסה להתקשר אליו, וגבי פולט אנחה מתחסדת, מה אני אגיד לך, אלה, היית צריכה לחשוב על זה קודם, אי־אפשר גם להעיף את האבא לכל הרוחות וגם לצפות שהוא יתפקד כמו שעון עם הילד. לא נראה לי שתוכלי לבנות על אמנון בזמן הקרוב, אבל הרי תמיד אמרת שאת מגדלת את גילי לבד, אז מה ההבדל בעצם, את כבר רגילה לזה, ואני נושפת לתוך השפופרת, סכסכן עלוב, מה לא עשית כדי לקלקל לנו, ולפני שאשמע אותו מצטחק בהנאה אני מנתקת, מועכת את השפופרת לתוך מושבה כדי למחוק כל זכר לשיחה, אבל הנה היא ממשיכה בין שתי אוזני, מפזרת בחלל הראש

מלוא החופן סיכות נעצים ומחטים. הוא לא רוצה שתדעי איפה הוא, הוא לא רוצה לדבר איתך ולא עם גילי, זה נאמר, זה קרה ואין דרך חזרה. זאת היא הפרידה, זו לשונה ואלה צליליה, זאת היא הפרידה, מתוכננת אך בלתי־צפויה, גוף שחדל ממאבקו בקול דממה דקה, מערכות שקרסו, מיתר שפקע, שדה שהוצת, זה קרה ואין דרך חזרה, אין צורך בשבועת האמונים המאוחרת שלך, אין צורך בנדרייך, בטלים הם ומבוטלים לא שרירין ולא קיימין.

היכן היא ההקלה, מנין תבוא. ככוס שנשברה מיד עם פתיחת האריזה קרסה ההקלה המובטחת, רסיסיה פזורים סביב, חדים ודוקרים, מנצנצים ברשעות, ואני פוסעת ביניהם על בהונות, אוספת כמדי בוקר את הדובים המוטלים על השטיח, משליכה אותם אל המיטה שהתרוקנה משנתו הרעה של הילד. מרגע לרגע ניתקות התנועות מגופי, זרועותי מרחפות בחלל החדר, אוחזות בחיות הפרווה, ואני עצמי נשענת על הקיר, נשימתי לוהטת, נדמה שגפרור בוער הוטל לתוכי ולשונות האש משתוללות בבטני כאילו באר נפט חבויה בה, הנה לך, לוחשות הלשונות, קיבלת מה שרצית, את חופשייה, הוא בריא ושלם והוא לא יציק לך יותר, השער פתוח, המחסום הוסר, למה אינך עוברת.

בליל מבעבע של רגשות סותרים אני בוחשת באצבעותי, אפילו כפפה אין בידי להגן על העור, בידיים ערומות מעל הקדירה הרותחת, כמכשפה מן האגדות הרוקחת נזיד תרעלה, ולמי מיועד הנזיד, לך ולבנך הקטן. האומנם אני נידונה לעמוד בפנים לוהטים מעל הקדירה, לחכות להכרעה, והרי בקרוב תעלה העיסה היוקדת על גדותיה ותציף את הבית, תהפוך אותו לאוסף מאובן של חפצים, תקפיא את הרגע הזה, מכל הרגעים, זה הרגע בו נלכדתי בין הרגשות הסותרים, בלי דעת חציתי את הגבול ומיד נלכדתי, זה הרגע שהגדיר מחדש את הקושי, הקושי המעליב, הבלתי־נתפש, לזהות את הרגש האמיתי, וכשאני סוקרת בעיניים נמסות מחום את סלון ביתנו המוכר, הספה האפורה שנראתה משומשת גם ביום שנקנתה, שתי כורסאות

הקנבס הקלות הצופות בה בתשישות, כאילו שיחת סלון יגעה מתנהלת ביניהן, ושוב המדפים שהתרוקנו, כעיניו החלולות של שלד, נדמה לי שיותר מכול מתלקח בי הגעגוע, לא אל אמנון עצמו ואל רצף חיינו שנקטע, אלא אל הרגשות הפשוטים שליוו אותנו, רעב שניתן להשביעו, צמא שניתן להרוותו, עייפות שניתן להפיגה, אהבה שניתן לממשה, וכילדה שהאמינו לשקריה אני מתהלכת נרגזת בין הרהיטים, צונחת על הספה, בועטת בפרצופי הכריות העוינות לי בענני אבק מתגרה.

הוא רק מעניש אותך, אני מנסה להתנחם, מתוך כעס ועלבון הוא מתרחק, מתאמץ להעצים את נוכחותו דווקא על־ידי ההיעדרות, אבל ברור שאם תרצי הוא יחזור, זה עדיין תלוי רק בך, אבל נימת קולו הטעונה של גבי אינה מניחה לי, נצנוץ נוכחותה של אשה חדשה, איך זה בסוף שבוע אחד צצה אשה חדשה, פעמון אזהרה כבד מדנדן בין הרקות, זה קרה, איבדתי שליטה על חייו וחוקי המשחק השתנו. זה קרה, לטוב ולרע, זה אמיתי, לא עוד שיחת חברות נסערת, לא עוד מריבה מוכרת, לא עוד דמיונות מפתים, שחרור מענג, מול הר הברכה מתנשא לו הר הקללה, כמה סמוכים הם זה לזה, כמה קשה להבדיל ביניהם.

אפילו המים הקרים מתלהטים על עורי במקלחת, ידי בוערות, הלשון צורבת בחלל הפה כלפיד, ואני שותה מהמים הניתכים על ראשי מותשים מדרך ארוכה, שומעת את הטלפון מתעורר לחיים בצלצול עיקש, מלווה בדפיקות בדלת, המהומה הפנימית עוטה לפתע לבוש חיצוני, מבטיח יותר, הטומן בכיסיו אפשרות של שינוי לטובה, ואני מזנקת מהמקלחת, השיער הרטוב דולף על השמלה הנצמדת לגופי, מתעלמת מהטלפון ורצה אל הדלת, טיפות המים מתאדות על עורי, התוסס בציפייה מסוכסכת לראותו עומד בפתח.

מה יהיה איתך, אלה, מתי תלמדי לענות לטלפון, הוא מקנטר אותי, כהרגלו, הטלפון הנייד צמוד עדיין לאוזנו, מאותת את צלילי הסירוב שלי, ניסיתי להודיע לך שאני בדרך, אבל את כרגיל לא

עונה, אולי עדיף ככה, אחרת לא היית פותחת לי, הוא מגחך, נכנס מיד פנימה, גופו הקצר המעובה עטוף כתמיד בחליפת עורכי דין כהה, שערו הדליל מסורק לאחור ומאובן בג'ל, לחייו מדיפות ריח צורב של מי גילוח, שיניו הבולטות מגיחות מבעד לעווית חיוכו, והוא סוקר את הסלון במבט חטטני, מלגלג, כאילו כל מה שעבר עלי מאז שיחתנו, על הכורסאות והספות, גלוי בפניו. מבטו משתהה על ירכי החשופות, לא רע, הוא מעיר, למי שאוהב מידות קטנות, אולי בכל־זאת תצליחי למצוא לך מישהו, ואני מצננת במאמץ את קולי, מה אתה עושה כאן, גבי, לא זכור לי שהזמנתי אותך, והוא מנופף מולי במפתח מוכר, המנצנץ כתכשיט גנוב בין אצבעותיו, זה בסדר, מותק, את לא צריכה לארח אותי, אמנון נתן לי מפתח, ואני מנסה לחטוף אותו מידיו, תן לי את המפתח, הוא שלי, והוא אומר, תירגעי, אני כאן בשליחות אמנון, הדירה הזאת שייכת גם לו, אני עשיתי לכם את החוזה כשקניתם אותה, זוכרת?

היא שייכת גם לו אבל בטח לא לך, אני מסננת, מה אתה מחפש כאן, והוא משיב בהנאה, אמנון ביקש שאביא לו כמה דברים, את מתכוונת לעזור לי למצוא אותם, או שאני אסתדר לבד, ואני אומרת, תעוף מכאן, גבי, אם הוא רוצה לקחת משהו שיבוא בעצמו, והוא מגחך, מה קרה, מותק, את כבר מתגעגעת אליו, כל־כך מהר?

ממש לא, אני אומרת, אני פשוט מעדיפה לראות אותו מאשר אותך, והוא מתעלם ממני ומתקדם בגנדרנות אל חדר השינה, פותח לרווחה את דלתות הארון, הוא צריך כמה סוודרים, ומכנסיים ארוכים, כבר מתחיל להיות קריר בערב, הוא מפרט, איפה את שמה את בגדי החורף, כאן? כפות ידיו המנומשות, ידיים משרדיות חיוורות, מחטטות במגרת התחתונים שלי, את צריכה גרדרובה חדשה, אלינקה, הוא מודיע בצער מעושה, לא נעים לי להגיד לך אבל בשוק הבשר צריך להשקיע, אף אחד לא יתקרב אלייך עם דבר כזה, הוא מנופף מולי בתחתונים ירקרקים דהויים, מתפוררים כמעט, ואני חשה את הסומק מתפשט על פני כאילו סטרו לי, תסתלק מכאן,

סוטה, תעיף את הידיים שלך מהארון שלי, אבל הוא ממשיך לחטט, ביקשתי שתעזרי לי, הוא מיתמם, שולף חזייה אפורה מכביסות ומטלטל אותה מולי כחכה, אין לי ברירה אלא להסתדר בעצמי.

תסתלק מכאן, אני הודפת אותו, תצא מהחדר הזה, אני כבר אביא לך, והוא אומר, אין בעיה, אני אחכה בסלון, מושיט לי פתקה צהובה מקומטת, מאלה שהייתי מוצאת לפעמים בכיסיו של אמנון, בכתב־ידו המרושל, הנוטה מטה, כרשימה שגרתית לקראת יציאה לחפירה, שני סוודרים, מכנסי ג׳ינס, מכנסי קורדרוי, ז׳קט, שמיכת פיקה, משליכה הכול על הספה שם הוא יושב מרוצה ומשועשע, תיקח את זה ותסתלק, ואם עוד פעם תבוא הנה אני אחליף את המנעול.

תאמיני לי שזה לא תענוג בשבילי, הוא אומר, יש לי תענוגות יותר גדולים מאשר לראות אותך, אבל את יודעת שאצלי חברות זה מעל לכול, רק עכשיו אמנון מתחיל להעריך את זה, הוא מתייהר, תתני לי שקית או שאני אחפש בעצמי, ואני שולפת שקית מהמגרה ומוֹשיטה לו, אז איפה הוא, כאן בעיר? אני מנסה לברר באדישות מעושה ולהפתעתי אפילו זוכה לתשובה, כן, הוא לא רחוק מכאן, למסור לו משהו?

תמסור לו שיש לו ילד, אני רוטנת, גילי צריך אותו, כדאי שיֵראה את עצמו בקרוב, והוא אומר, אל תדאגי, אני אטפל בזה, קולו רך במפתיע, וכשאני מציצה בו בסקרנות אני רואה שעיניו מפזזות על גופי, חסרות מנוחה, חיוכו מתרחב, משתרע על פניו המנומשים, מבטו מוכר לי היטב אבל לא התנועה המתלווה אליו, כי ביד אחת הוא דוחק אותי אל הקיר, מפשיל באצבעו את כתפיית השמלה, הנענית לו בקלות מרגיזה, חושפת את השד המכווץ ממבוכה. לא רע, הוא שוב מעיר, יש לך שדיים של נערה, ואני מנסה להדוף אותו, נדהמת מן ההעזה, מה אתה חושב שאתה עושה, תעיף את הידיים שלך, והוא לא מרפה מכתפי, תירגעי, אני לא עושה כלום, אני רק מסתכל. בעיניים מצומצמות, כשמאי המעריך רכוש, הוא

בוחן אותי, ואני מחזירה במהירות את הכתפייה הבוגדנית למקומה, תסתלק מכאן, איך אתה מעז, היצריות הגסה שלו אמנם לא מפתיעה אותי אבל לראשונה היא מכוּונת כלפי, כמו מעולם לא היה חברו הטוב של בעלי, כמו מעולם לא הייתי אשת חברו, והוא נושף על פני אוויר מזגנים מחניק, מי את חושבת שאת, תגידי לי, את עוד תתחנני שאני אגע בך, החיים שלך השתנו, מותק, את לא קולטת.

אני מעדיפה להיות נזירה רק לא להתקרב אליך, אני מסננת, והוא מרפה ממני ואוסף בידו את השקית, תשמעי טוב מה שאני אומר לך, את עוד תתחנני שאני אגע בך, ממהר אל הדלת בהליכתו הגנדרנית, ואני קוראת אחריו, חכה עד שאני אספר לאמנון מה עשית. למה את חושבת שזה יעניין את אמנון? הוא שואל ביובש מבלי להפנות אלי את מבטו, נבלע במורד המדרגות, משאיר אותי מכווצת מבחילה, אוחזת בבטני כאילו אכלתי תבשיל מקולקל, וכשאני עוקבת בגניבה אחר צעדיו מבעד לחלון, לוודא שהוא אכן מסתלק, אני רואה אותו נכנס למכונית המהודרת שלו, שם מחכה לו מישהי במושב הקדמי, בטח עוד אחת מהמתמחות שלו במשרד שהוא מנסה לפתות, ואני מאמצת את עיני, לא, זה דווקא גבר הפעם, ארוך וכפוף במושב הקדמי יושב שם אמנון, מלווה את כניסתו בחיוך גולמני, שולח את ידיו אל השקית שהוצאתי מהמגרה ומניח אותה על ברכיו.

אור סנוורים כסוף מכסה על עיני כשאני מגששת אחר הטלפון, אני חייבת לעצור אותם לפני שיתרחקו, כמו היו צמד גנבים הלוקחים איתם חפץ נדיר השייך לי, נדמה שאת אמנון אני מתכוונת לבקש אבל כשגבי עונה בקולו המאנפף אני שומעת את עצמי אומרת, שכחת כאן משהו, גבי, והוא מופתע, מה שכחתי, ואני אומרת, יש עוד שקית. באמת, הוא מתפלא, מכסה לרגע על השפופרת ואז אומר, או־קיי אני כבר בא, ומיד אני רואה את המכונית חודרת שוב אל הרחוב בהילוך אחורי זהיר, חונה נוטה על צידה על המדרכה מול הבית, תחת עצי הצפצפה, והוא מגיח ממנה בארשת חשיבות,

מלווה במבטו של אמנון, החובק בידיו את השקית, למה לא תישא את מבטך אל הבית שהיה ביתך, אל החלון הגדול שאהבת, תעקוב אחר ענפי הקיסוס המטפסים על קירותיו, רק לפני שבועיים גזמת במזמרה את הענפים העיקשים, הדביקים, והחלון גדל וגדל עד שכל הרחוב נשקף ממנו, צר ומתפתל כערוץ נחל חרב.

איפה היא? הוא שואל, אגלי זיעה חשדניים מתנועעים על שפתו העליונה, ואני מיתממת, מי? והוא אומר, אין לי כוח למשחקים שלך, אלה, איפה השקית? ואני מחייכת אליו, שומטת בתנועה בלתי־נראית את הכתפייה הדקה, תנועה שאינה שלי, אין עוד שקית, גבי, ורק אז מתפשטת על פניו הבנה גאה, אבל מבטו ספקני, שפתיו רוטטות בעצבנות, ואני מתגרה בו, מה קרה, נבהלת פתאום? והוא לוחש בקול צרוד, ממך? ממש לא. בלפיתה חטופה, כחושש להתחרט, הוא מצמיד אותי אליו, תופס בשערי הרטוב עדיין ושולח לשון בשרנית אל חלל פי הניחר ואני נשענת על אדן החלון, מלכסנת מבט אל המכונית ואל היושב בתוכה, נדמה לי שהוא מציץ בשעונו באי־שקט, סוקר מוטרד את הבניין, אולי יחליט לעלות, ייכנס בדלת הפתוחה לרווחה אל ביתו, בשעה שחברו ילקק את צווארי בלשונו המחוספסת כלשון חתול, ישלח יד קפוצה בין רגלי, בא לך עלי מותק, ואני לא עונה, עיני צמודות אל הדמות הכפופה, גופי נוטה לאחור, תיכף אפול מן החלון כילדה שנשארה לבד בבית ושכחה להיזהר, אצנח בחבטה על גג המכונית הלוהט, אחריד את יושביה. תמיד ידעתי שבא לך עלי, הוא ממלמל, ואני מהנהנת ברפיון, אובך מפחיד ומושך מכסה אותי אבל עדיין אני מהופנטת אל המכונית, הבל המנוע שלה מרגיע אותי מעט, כנשימותיו של אמנון לצידי בלילה, ואני מנסה להתאים את נשימותי לנשימותיה, רגלי משתלשלת על הקיר החיצוני של הבניין, אם היה סנדל על רגלי הייתי שומטת אותו, כסימן חיים אחרון שמשליך החטוף מבעד למכונית, להקל על החיפושים אחריו.

הוא מרפה מפני השרוטים מנשיקות הזיפים שלו, ידיו מתעסקות

בחגורת מכנסיו, עיניו פונות אלי, כמצפות לווידוי נרגש, להודאה נכנעת, ורק אז הוא מבחין במבטי, מה את מחפשת שם למטה, הוא לוחש, אוחז בחוזקה בסנטרי ומכוון את פני אליו, מביט בעיניים קמות במכוניתו כמו הופתע לראותה שם, כתמים אדומים מתפשטים על לחייו, משחקת איתי משחקים, זה מה שאת עושה? ובבת־אחת הוא אוסף את ידיו, מתנשם בכבדות, עיניו מתרוצצות על פני, תיזהרי ממני, אלה, איתי לא משחקים מִשחקים, את תשלמי על זה ביוקר, והוא מתרחק ממני בצעד מהיר, מנגב בידו את הזיעה מפניו, וכמו נמלך בדעתו הוא חוזר, תוחב שוב את ידו בין רגלי כמסמן טריטוריה, ולוחש בגרון ניחר, אני עוד אחזור אלייך, אבל זה יהיה בזמן שאני אבחר, לא את, כשאף אחד לא מחכה לי למטה. כשפניו מכוונים אלי באיום הוא יוצא מביתי, בהליכה מתוחה לאחור, ואני אפילו לא טורחת לענות, מסבה את עיני ממנו וממשיכה לצפות במכונית, רואה אותו נבלע במהירות בחלל הממוזג הספוג בהבל פיו של אמנון, ולהפתעתי הם משתהים, נדמה שדין ודברים מתפתחים שם ביניהם, מלווים בתנועות ידיים חדות, ואני עוקבת בדבקות אחר ההתרחשויות, מקווה לראות את גופו הארוך של אמנון נחלץ משם בסלידה אבל לאכזבתי אני מבחינה בזרועו של גבי הנשלחת אל הכתפיים שלצידו בטפיחת עידוד, האם הם פורצים בצחוק, שִׁכמותיהם מיטלטלות, כשהמכונית גולשת לאיטה מן המדרכה ומתרחקת, משאירה אותי חשופה ודוממת מול קרני השמש החדות.

זוג מוזר היינו, כמעט מביך. הוא גבוה וכפוף, גמלוני מעט, גופו המגושם תזזיתי ומפוזר, כגוף של מתבגר שהחמיץ את הרגע הנכון לחדול מגדילתו, ואני שנעצרתי מוקדם מדי, דומה שתקלה פגעה במנגנון ולא אפשרה לו לסיים את משימתו, ונשארתי בניגוד למקובל נמוכה מאמי, צרת ירכיים ושטוחת שדיים, אשה רק למחצה, מתוחה כמתחזה החוששת להיתפש, ונדמה היה לעיתים שכל אחד מאיתנו נועד להבליט את מגרעתו של זולתו, להגחיך אותה, שהרי לידו נראיתי נמוכה שבעתיים, לידי הוא נראה מגודל יותר, כיערנו זה

את זו במראנו, אילצנו זה את זו להתאמץ, אני שצווארי נמתח אליו, הוא שנאלץ להתכופף אלי. בהתחלה היה דווקא השוני מלהיב כאילו בני גזע אחר לחלוטין אנחנו, נציגי שבטים זרים שהתאחדו, אבל עם השנים נעשה מכביד. הוא אהב להתגרות בי בסיפורים על החברה הקודמת שלו, שהיתה גבוהה כמעט כמוהו, רק פעם אחת ראיתי אותה, כשבאנו לחתונתה, וכשאני נזכרת בה עכשיו, מנסה לשחזר את מראיה, נותרת רק צללית ארוכה ומטושטשת, והמבט התמה שלבשו עיניה מתוך פני הכלה המאופרים כשניגשנו אליה אחרי החופה, כמסרבת להאמין שהוא נוכח בחתונתה כאורח ולא כחתן.

לא מזמן אמנון סיפר שפגש אותה במקרה ברחוב, עופרה המסכנה, תמיד היה קורא לה, עופרה המסכנה, בעלה עזב את הבית, השאיר אותה לבד עם שני ילדים, ועכשיו כשאני מונחת באפיסת כוחות על אדן החלון, רגלי משתלשלת מטה, אני מבינה שזה הפתרון היחיד, התשובה היחידה לשאלה שניצתה הבוקר ועשנהּ ממלא את הבית, איך השלים בסוף שבוע אחד עם הפרידה, איך בבת־אחת ויתר עלי, שהרי ברור שוויתר, גבי לא היה מעז לגעת בי בקצה אצבעו אלמלא ידע שאני מוּתרת. כיצד הותרתי, הרי ללא אשה לא היה מרפה ממני בקלות כזו, והלוא שום אשה חדשה לא יכלה להיצמד אליו בסוף שבוע אחד, רק עופרה המסכנה שקלטה את הפליט אמנון המסכן, והצליחה כהרף־עין להזכיר לו את עוצמת אהבתה, נאמנותה האינסופית ומסירותה.

כך אפוא מתארגן לו העולם מחדש, אמנון עם עופרה המסכנה, אני עם גילי המסכן, שני זוגות חסרי תקווה שהתפצלו מזוג חסר תקווה אחד, ומי יודע אם יש בכוחי להשיב את הסדר הישן על כנו, ואם אני אמנם רוצה בכך, ואני מותחת את רגלי היחפה לאורך החלון, בקצהו ניצבת אדנית הפלסטיק שקיבלנו לנישואינו, פורחת בפריחת גרניום עיקשת, ואני שולחת אליה את רגלי ובועטת בה, דוחפת אותה שוב ושוב עד שהיא צונחת כבדה והמומה על המדרכה

למטה, מקיאה את אדמתה בדיוק במקום בו חנתה המכונית, בו פרצו שניהם בצחוק, חובקים זה את כתפי זה.

על אדן החלון הרחב אני משתרעת, כשמיכת פוך שהוצאה לאוורור לקראת החורף, נדמה שהרוח הקלה ביותר תשמוט אותי למטה אבל שום משב רוח אינו מתקרב אלי, מתחתי מתנהלת לה שגרה, בהבזקים קצרים של חיי זולת מקוטעים אשר תמיד נראים פשוטים יותר מכפי שהם באמת, המצעד החוזר על עצמו של תינוק המוסע בעגלתו, זוג פוסע לאיטו, אשה שבה מקניות, שקיות בידיה, תלמידי תיכון בחבורה קולנית, חתול אפור מתקרב בצעד זהיר אל האדנית השוכבת על צידה, מרחרח בקפדנות את עפרה, וכשהוא מוצא אותה ראויה לצרכיו הוא חופר גומה צנועה, מתקמר ומפיק מקרבו גללים המתכסים במהירות, ואני מפנה את מבטי אל הסלון, שוב הכורסאות הקלות הפונות אל הספה, צעצועים פזורים על שטיח הכותנה הכתום שהבאנו פעם מסיני, על הקיר ממול תמונתה של הפריזאית, פניה חיוורים ושפתיה אדומות, שׂערה הכהה עשוי בתסרוקת מוקפדת, מבטה יהיר וסנטרה נחוש, אשה רחוקה, אצילית, מה לי ולה, ולרגע נדמה שאם אשכב שם מספיק זמן בשביתת מחאה פרטית ישוב הכול לקדמותו, ובצהריים תיפתח הדלת ואמנון יעבור בה, יסיר את גילי מכתפיו כפורק תרמיל, ואני אחבוק בזרועותי את הילד המלהג, אקשיב בשקיקה לסיפוריו, ושוב תאחז בי התשוקה המאושרת להיענות לכל משוגותיו, למלא את כל משאלותיו.

כל שעות אחר הצהריים נשחק יחד, ואני אמציא עבורו שעשועים חדשים, אזלול ביחד איתו ממתקים, ואמנון יציץ בנו מהצד בעצלות מרירה, את בעצמך ילדה קטנה, הוא יפטיר, עוד לא התבגרת, תגידי תודה שעשיתי לך צעצוע, יסנוט בי כדרכו, ואני אשתיק אותו מיד, שגילי לא ישאף בנחיריו הרגישים את אבק הקנאה, ורק כשיֵצא מהבית לעיסוקיו אנשום לרווחה, וכך יתנהל לו היום הזה במסלולו המוכר, שאפילו עכשיו אין ביכולתי לייפות אותו, שהרי גם אם הצלחנו להימנע מחיכוכים עד בוא הלילה, עד שהיה הילד נרדם

סוף סוף אחרי אין־ספור טקסי גירוש שדים והשבעות, הייתי אני ממהרת לשכב לישון, ואמנון מוחה, מה קורה לך, בואי שבי איתי קצת, ובלי לחכות לתשובה כבר תוקף, בשביל גילי יש לך כוח, בשביל המחקרים המיותרים שלך יש לך כוח, בשביל כל העולם יש לך כוח, רק בשבילי את תמיד עייפה.

כנראה שאתה מעייף יותר מהכול, אני עונה מיד, אז מה אתה רוצה ממני, אבל הוא לא מניח לי, נשרך אחרי לחדר השינה בהליכתו הכבדה, את שכחת כבר מה זאת אינטימיות, הוא מודיע לי בעודי פושטת את בגדי, אל תתפלאי אם אני אשלים את החסר מחוץ לבית, אַת הפכת את הבית הזה למשפחתון, אנחנו משפחה, לא משפחתון, משפחה מבוססת על זוג, את זוכרת בכלל מה זה זוג? בעל ואשה שעושים אהבה, שנוסעים רק שניהם לכמה ימים, שמתעניינים אחד בשני, לא רק באופן פונקציונלי של חלוקת תפקידים, מתי לאחרונה גילית איזה עניין אמיתי בחיים שלי?

תפסיק להטיף לי מוסר, אני מהסה אותו בקול צונן, אתה הרי לא מצפה שכל החיים אני אקשיב להרצאות שלך כמו אמא שלי לאבא שלי, תתפלא אבל אני מעוניינת בהדדיות, כשתתחיל להתעניין בי אני אתעניין בך, גם לי מותר להפסיק להתאמץ, שנים התאמצתי ולא יצא מזה כלום, וכשהוא פושט את בגדיו לצידי אני בוהה בו בהשתוממות, איך איבד גופו את כוח המשיכה העז שהקרין פעם, איך הפך לפקעת של טענות ותביעות, הבוקעות מכל איבר מאיבריו, ואני מתכסה בשמיכה עד צוווארי, שלא יעלה בדעתו לגעת בי, ולצידי משתרעת גם השאלה ההולכת וגדלה ומתפתחת כבעל־חיים הניזון היטב, האומנם כך ייראו חיי, האומנם בכך רציתי, לנהל סיפור אהבה עם ילד קטן לצד גבר אנוכי ומריר, לחזות מדי יום בהשבתת שמחתנו, בבעיטה רשלנית הוא משבית אותה, כמעט בהיסח־הדעת.

ובבוקר הוא נרגן, עיניו מקדמות באיבה את היום החדש, מדליק את הרדיו ושומע חדשות בקולי קולות, חדשות קשות, מבהילות,

למרות שאני חוזרת ומבקשת, תחסוך את זה מגילי, זה לא בשביל ילדים, אחר־כך אתה מתפלא שיש לו סיוטים בלילה. לפעמים הוא מאיץ בו בגסות, בוא כבר, כמה זמן לוקח לך להתלבש, אני אצא בלעדיך, ולפעמים מתעכב ומעכב אותו בשיחת טלפון ממושכת, כשגילי כבר ממתין ליד הדלת, שפתיו רוטטות בעצבנות בשל האיחור ההולך וגדל, וכך כשאני מקיפה יום שלם מחיינו הקודמים, כהקפת כדור הארץ את עצמו, הקפה שתחילתה ספק וסופה הסתייגות עמוקה, אני מנסה להתחזק, להעניק תוקף מחודש להחלטה שכבר אין לשנותה, תני לזה זמן, אני משדלת את עצמי, אל תישברי כל־כך מהר, זכותך לצפות ליותר, זכותך לשנות את חייך, השער פתוח המחסום הוסר, למה אינך עוברת.

תני לזה זמן, אני ממלמלת בקול מול המחשב המהבהב בחדר השינה, קוראת שוב את דוּחות החפירה שלא השתתפתי בה, הדוחות האחרונים שכתב הארכיאולוג היווני בטרם מצא את מותו באחד החדרים שחפר, שם בתֶרָה, באי השבור, מצרף בבלי דעת את אסונו לאסונם של המינואים, הד קלוש אך קטלני לאותו רעש אדמה ששינה את פני העולם הקדום.

תני לזה זמן, אני משננת בדרכי לבית־הספר, מגיעה קצרת נשימה, באיחור קל, לשמחתי השער פתוח והשומר כנראה כבר פרש, ילדים בודדים עוד מקרקרים בחצר כאפרוחים עזובים, אבל גילי לא ביניהם, ואני שואלת את המורה, איפה הילד שלי? והיא מפטירה, הוא בחוץ, לא? חותכת בסכין דקה תפוחים ירוקים חמוצים, ואני לוקחת לי פרוסת תפוח, יוצאת שוב לחצר, מרחוק אני מבחינה בו יושב על גל אבנים בפינת החצר, מקל ארוך בידו והוא חורט בו באדמה היבשה, ואני רצה אליו, הי, מתוק שלי, סוף סוף מצאתי אותך, בוא נלך הביתה, אבל כשהוא מרים אלי את ראשו אני רואה שזה ילד אחר, שפניו בוגרים וצרים על עורפו הדק, שפתיו קלופות מעט, ואני שואלת, יותם, איפה גילי? והוא עונה בטינה, אני לא יודע, אני לא חבר שלו כבר. נדמה שעל מצחו עוד מוטבעים סימני

הנשיקות הכהות של שבת בבוקר, נשיקות הכוכבים של אביו, ואני עומדת בחצר וצועקת, גילי, איפה אתה? והוא לא עונה, ושוב העלטה הצונחת עלי בבת־אחת, גילי איפה אתה, אולי יצא לחכות לי ברחוב ומישהו פיתה אותו ללכת אחריו, אולי הלך לאיבוד, נעלם בהמולת איסוף הילדים.

כמה זוגות עיניים מודאגות של אמהות עוקבות אחרי, מנסות להציע הצעות, אני מזהה ביניהן את מיכל אבל לא מתעכבת לידה, בלב הולם אני חוזרת אל המורה, איפה הילד שלי? והיא מרפה סוף סוף מן התפוחים, יוצאת לחצר כשהסכין עוד בידה, גלעד, היא צועקת, מניפה את הסכין באוויר, הפחד והאשמה ניכרים כבר בכל תנועותיה, אולי הוא בשירותים, היא מציעה, אולי הוא הלך עם חבר, ואני מטיחה בה, עוד אין לו כאן אף חבר, כאילו גם זו אשמתה, ובשירותים בדקתי.

לאיטן פורשות האמהות מן החצר, אוחזות היטב בילדיהן כבקמיעות מקודשים, ורק מיכל עומדת מהססת ליד הדלת, יותם לצידה, מפגין חוסר עניין במתרחש, אדיש לגורלו של הילד שאכזב אותו, והיא אומרת, אל תדאגי, אלה, הבית־ספר מגודר, ויש שומר, הוא לא היה יכול לצאת בלי שיבחינו, ומיד היא מתנצלת, אני חייבת לאסוף את מאיה מהחוג, אני אתקשר אלייך אחר־כך, ורק אני והמורה נשארות בחצר, בלי שום ילד לטפל בו, להציע לו תפוחים, לקנח את חוטמו, להשגיח שלא ייפול מהנדנדה, ואני ניצבת שם בפה יבש, בידיים מזיעות, מביטה סביבי לגלות עקבות, מאזינה לכל רחש, ונדמה שברחבי החצר העזובה והריקה מילדים מהדהד קולו של אבי, רם ונישא ומאיים כקול אלוהים בגן העדן, הוא לא ישרוד, הוא ייכחד.

איפה השומר, היא ממלמלת, שפתיה רועדות על פניה התפוחים ככרית, ואנחנו רצות אל השער הפתוח לרווחה, מביטות בשיחי גן העורבים, האפלים גם באור הצהריים, ואני יודעת שדמיונות הזוועה שלה כבר מתחרים בשלי, יוסף, בוא מהר, היא צועקת, ואני אומרת,

הוא כבר הלך, אין לך מה לקרוא לו, צריך להתקשר למשטרה, אבל הנה הוא צץ, מתקדם אלינו כבד ומיוזע, נעלם לנו ילד, היא מייבבת אליו, והוא מביט בי בפקפוק, שלך הילד? ואני מהנהנת, רזה עם תלתלים חומים ארוכים, הוא לבש חולצה אדומה עם מספר על הגב, והוא אומר, אני מכיר ילד שלך, הוא הלך מזמן, עם אבא שלו.

עם אבא שלו? אני מתנשפת, איך אתה יודע שזה אבא שלו? והוא אומר, אני מכיר כולם כאן, אבא שלו גבוה, לקח אותו על כתפיים, ואני כובשת צווחה של אושר, כן, זה אמנון, תמיד הוא מרכיב אותו על הכתפיים, אני מספרת למורה בהתעוררות, מנסה לחפות בחביבות יתר על המהומה שחוללתי. תודה לך, יוסף, תודה ששמת לב, אני לוחצת אסירת תודה את ידו של השומר, והוא אומר, אתה לחזור הביתה לטפל תינוק, מנופף מולי אצבע מאשימה, ואני מתרחקת ממנו במהירות, הוא מבלבל אותי עם מישהי אחרת, אני מנסה להסביר למורה, והיא אוחזת בכתפי, תסלחי לי, כנראה הייתי עסוקה במשהו ולא שמתי לב, הם לא הודיעו לי שהם הולכים. תגידי לבעלך שזה לא בסדר, היא הופכת בזריזות מפתיעה מננזפת לנוזפת, מה זה לוקחים ילד לפני הזמן ולא מודיעים, ואני מוכנה לשאת עכשיו כל נזיפה העיקר שגילי בריא ושלם, מבטיחה לה שזה לא יקרה יותר, מתנצלת בחיפזון ומסתלקת משם, נמלטת מן החצר הדוממת שאווירה מדיף עדיין את ריח הילדים, זיעתם ונפיחותיהם, הבל פיהם בצחוקם ובצעקתם, ריח הממתקים הנצחיים הנגרסים בין שיניהם, ריח קנוניות עתיקות ועלבונות קדומים המתחדשים מדי יום, דומה שבין המתקנים מתהלך גם עלבון ילדותי שלי, ועליו מצמיח גילי את שלו, כעיוור המרכיב על גבו את הפיסח.

מבוהלת עדיין אני צונחת על הדשא בגן העורבים, האסון שלא התרחש הולך ומתעצם, משתלט על התודעה כאזהרה אחרונה, כאילו הבשורה הטובה העצימה דווקא את זו הרעה, הפכה אותה לממשית, והעובדה שניצל הפעם רק מפחיתה את סיכוייו להינצל בפעם הבאה, כאותה פרה רעת מראה הבולעת את הפרה טובת המראה ולא נודע

כי באה אל קרבה, ואני מלטפת בידי את שׂערו הדליל של הדשא, המזכיר לי לרגע את שערותיו של אמנון בטרם החל לגלחן, עם הולדת הילד, כמבקש להתחרות בתואם המושלם של גולגולתו, וכשאני שוכבת שם מוקפת בפיסות דשא דהויות נדמה לי שהגן המוכר שינה לחלוטין את פניו, המישור המתון הפך למדרון תלול כבעקבות רעש אדמה, אם לא איאחז היטב באניצי הדשא הקצוצים אידרדר בגלגול אינסופי מטה מטה, אל הבריכה העתיקה שבקצהו המזרחי, מלווה בקרקור מטיל האימה של העורבים. כך אפוא נראים החיים החדשים שזימנתי לי בקוצר־רוח כזה, מישור צר ומתוח כחבל, מבעבע אדי גופרית הצובעים בצהוב את האדמה החרוכה, ומשם ואילך אורב המדרון, הלוואי ויכולתי לדובב את מַקורם המעוקל של העורבים, האם ראיתם כאן יצור מגודל בעל שני ראשים, זה מעל זה, חיה כפולת גולגולת הפוסעת בצעדים רחבים, האם תוכלו לספר לי לאן הלכו. למה לא תתעופפו לפני, תראו לי את הדרך, ואני אפסע חרישית בעקבותיהם, צל צהריים מצומצם אהיה, זנבה המושפל של החיה הדו־ראשית, וכשאני מזדקפת לאיטי אני יודעת שהעורבים אינם יראים מפנַי עוד, קרקור לעגני ילווה את צעדי, קרעי קור, רוק ירקרק, רקיקה מתקררת, ואלה ממלאים את פי כשאינני מוצאת אותם, ואינני שומעת אותם, פולשת לסמטאות צרות, מציצה בגינות, נוקשת בלשוני ליד פחי אשפה, כאילו חתול אובד אני מחפשת, וכך אני מוצאת את עצמי בשעת הצהריים האביכה, כשקירות האבן הכבדים פולטים חום מרתיע כקרינה מסוכנת, מול שער ביתה של דינה.

האם שוב אבוא אליה בלי הזמנה, אתפרץ אל שגרת חייה הבודדים, הסדורים, שאין בהם שמחה גדולה ולא צער גדול, כמטילה אבן אל מים עומדים, ואני נזכרת איך זרחה פתאום על גג הבית השכן, שׂער הנחושת שלה מפיץ אור, שפתיה המשוחות בשפתון חום כהה פולטות בהנאה את העשן, והיא מותחת את ידיה בתנועות התעמלות מסתוריות, כמסבנת את גופה מבלי לגעת בו, ואז היתה

מכבה את הסיגריה בעציץ ונכנסת לחדר שנבנה בחיפזון על הגג, מבנה לא חוקי רעוע, ומיד היתה דמות מתגלה שם, נוקשת בדלת בבהילות ונבלעת בחדר, וכעבור כשעה יוצאת, ומישהו אחר נכנס, רובם אנשים צעירים, לא מבוגרים בהרבה מהנערה שהייתי אז, ואני הייתי עוקבת אחר הבאים וההולכים, ובמיוחד חיכיתי לה, שתצא שוב ותמתח את גופה המלא מול השמש. כמה חברים יש לאשה הזאת, הייתי מתפלאה, כל־כך הרבה אורחים באים אליה, זה אחר זה, ופעם אף הבעתי את פליאתי באוזני אמא שלי, כשתלינו יחד כביסה על הגג, והיא גיחכה ואמרה, אלה לא חברים, אלה מטופלים, היא פסיכולוגית, והמידע החדש הסעיר את דמיוני עוד יותר, והייתי מרחרחת את אדי הכביסה ומדמה שכך הם יוצאים ממנה, באים בבגדים מוכתמים ויוצאים נקיים, ריחניים, וכל זה קורה כל־כך קרוב אלי, בעיות סבוכות כל־כך נידונות שם, ממש כמו הקשר שנוצר בשערי, העולה ותופח מקודקודי כגידול, ודימיתי אותה יושבת מאחורי, מסרק חד שיניים בידה והיא מסרקת אותי לאט, בעדינות, יום אחרי יום, עד שתתיר אותו, מדמיינת איך אחצה בקפיצה מרהיבה את המרחק בין שני הגגות, אקיש גם אני על דלתה ואומר: כשהייתי ילדה לא היו לי אמא ואבא.

ודווקא היתה זו היא שפנתה אלי, לאחר שניסתה שוב ושוב להדליק סיגריה, והגפרורים כבו זה אחר זה ברוח החזקה, עד האחרון שבהם, ואני צפיתי בעניין במאבקה, נשענת על המעקה, ושמעתי אותה שואלת, יש לך אש? ומהר לפני שתמצא פתרון אחר נכנסתי הביתה והבאתי מצית והשלכתי אליה, זורקת בכל כוחי, פוגעת בכתפה, והיא נופפה לי לתודה, והצליחה ללא מאמץ להבעיר את הסיגריה, ובעיני היה זה אות שהמפגש בינינו יעלה יפה. בת כמה את? היא שאלה ואני אמרתי שש־עשרה, ולשמחתי היא לא אמרה, כמו כולם, חשבתי שאת בקושי בת שתים־עשרה, אלא שאלה, רוצה לעשות איתי התעמלות? וכך, עם הסיגריה בפה, שער הנחושת הנוקשה כמעט לא מתנועע, החלה בתרגילים שלה מולי ואני בין

חבלי הכביסה מחקה את תנועותיה, מתכופפת ומציירת את גופי ללא מגע, וכך המשכתי לארוב להפסקות הקצרות שלה, למדתי מתי עוזב המטופל האחרון, וערב אחד אזרתי עוז ודילגתי במדרגות, יורדת בריצה את עשרות המדרגות שלנו, עולה בריצה את עשרות המדרגות שלה, רגע לפני שתנעל את הדלת, תכבה את האור הקלוש מעל הכניסה, ותלך אל ביתה האמיתי.

קרה משהו? היא שאלה, ואני הצצתי מעבר לגבה אל הגג שלנו, נדהמת מהיפוך נקודת המבט, כמו היה זה חציו השני של כדור הארץ, וראיתי את אמא שלי יוצאת עם קערת הכביסה, תמיד הקפידה לתלות קודם כול את שלו, את גרביו, תחתוניו, הפיג׳מה שלו, חולצות הכותנה, מותחת אותם היטב בידיה, ורק אז התפנתה לשלנו, מערבבת את גרבי עם גרביה, מחזירה לארוני זוגות בלתי־אפשריים, ומרוב מבוכה הצבעתי על המראה הזה, כאילו שם חבוי סיפורי, אשה כבדת גוף תולה כביסה על גג ביתה בחשיכה היורדת.

פעמים רבות באתי לביתה בלי הודעה מוקדמת אבל עכשיו אני מהססת, כל־כך התרחקנו לאחרונה, האם נוכחותו הכבדה של אמנון דחקה אותה מחיי או דווקא גופו הקל של גילי, ואולי זו אני שלא היטבתי לחבר אותה אל חיי הבוגרים, מסתפקת בביקורים קצרים, בשיחות טלפון חטופות, מעדיפה להשאיר אותה שם, לצד הורי, תלויים בין שני הגגות ככביסה שנשכחה על החבל אחרי נטישת הדיירים. בלב כבד אני סוקרת את דיירי המרפסת הקטנה שלה, צמחייה נסערת, מפונקת, שלוחת רסן, המרצפות מכוסות נשורת טרייה של כוכבי יסמין לבנים, מפיצים ריח מכאיב, מזכירים לי את הגרניום הוותיק, הנאמן, שהשלכתי מאדן החלון, איך אסביר לגילי את היעדרו, האם יש טעם בכלל לצלצל בפעמון, ברור שאיננה בבית באמצע היום, וגם אם תהיה איך תוכל לעזור לי עכשיו, כמה קל היה אז בעצם לעמוד לצידה על הגג, כשהחיים רק הנצו.

לשונות יערה דקיקות מסתירות את פעמון הדלת ואני מגששת אחריו, מופתעת מן הצלצול הממושך שהשמעתי בלי להתכוון, והרי

איננה בבית, אבל פניה נפתחים אלי, אלינקה, איזה הפתעה, טוב לראות אותך, קרה משהו? שערות שיבה עבות חורצות את קסדת הנחושת שזוהרה הועם, זרועותיה החשופות הנשלחות אלי מלאות משהיו, אבל בעיניה מרצדת עדיין הלהבה הנבונה, האנושית, שקידמה את פני בלילה ההוא ואני נופלת על צווארה, נאנקת בין זרועותיה, מַגירה עליה ריר של מלים רטובות, אני כל־כך מבולבלת, דינה, אני לא מבינה מה קורה לי פתאום, הייתי בטוחה שאני לא רוצה אותו יותר, אבל ברגע שזה נעשה אמיתי אני נבהלת, כל החודשים האחרונים רציתי רק להוציא אותו מהחיים שלי, ועכשיו כשהוא התנתק ממני בבת־אחת אני ממש בפאניקה, פתאום נדמה לי שזה הוא שעזב אותי ולא אני אותו, ואני מתחרטת על הכול, כמו איזה ילדה מפונקת שלקחו אותה יותר מדי ברצינות.

זה בכלל לא פינוק, אלינקה, היא אומרת, אוחזת בזרועי ומוליכה אותי בנחת אל הספה, זה לגמרי טבעי וצפוי, מה שאת מתארת, פרידה מעוררת פחד קמאי, בלי קשר בכלל לשאלה אם היא מוצדקת. את חייבת להירגע, הפחד הוא יועץ גרוע, תנסי לא להיבהל מהבהלה, תביני שזה טבעי, וזה לא מעיד לא על מה שהיה ולא על מה שיהיה, זה פשוט לוקח זמן, תני לזה זמן, תהיי סבלנית, היא אומרת, דיבורה מהורהר ואיטי כממחיש את כוונתה.

אני לא נבהלת מהבהלה, אני מנסה לתקן אותה, אני נבהלת מהאפשרות שאולי טעיתי, כולם מסביבי שופטים אותי כל הזמן, עד שגם אני איבדתי את הביטחון, אני מנסה להיזכר למה רציתי כל־כך להיפרד ופתאום זה נראה לי קלוש, בכלל לא משכנע, בדיוק כמו שכולם אמרו לי, אז מה אם הוא קצת מנדנד, בגלל זה מפרקים משפחה?

תראי, היא אומרת, יושבת נינוחה מולי, ברור שמשהו מאוד חזק דחף אותך לצעד הזה, ולכן זו לא יכולה להיות טעות, זו היתה הבחירה שלך, גם אם את מתקשה לעמוד מאחוריה, הרבה פעמים הסיבות האמיתיות לפרידה מתבררות רק בדיעבד, כשאנחנו יכולים

להרשות לעצמנו לדעת אותן, בדיוק כמו הסיבות האמיתיות להתקשרות.

אבל אני לא יכולה לחיות עם הספקות האלה, אני אומרת, ואם בדיעבד אני אגלה דווקא שטעיתי, מה אני אעשה? תגידי לי את מה את חושבת, את הרי מטפלת במקרים כאלה, גם את חשבת שאנחנו לא מתאימים, שאנחנו צריכים להיפרד? האמת שהרגשתי שאת מנסה להגיד לי את זה, ולא כל־כך רציתי לשמוע, אני מנסה לתחוב מלים לפיה, הנראה לפתע ערום ללא השפתון הנחושתי, חיוור כאיבר מוצנע שנחשף לעין כול, וכמו חשה בכך היא ממהרת אל המראָה הקטנה במסדרון, מורחת שכבה עבה על שפתיה, בתנועות מיומנות שתמיד ניסיתי לחקות מול המראָה בביתנו, כשעיניה של אמי עוקבות אחרי בתוכחה מתמדת, אפשר לחשוב שאין לך אמא שאת כרוכה אחרי הבחורה הזאת.

זה לא מה שניסיתי להגיד לך בשנים האחרונות, היא אומרת בזהירות, ניסיתי לדבר איתך על ההתמסרות שלך לילד ועל ההשלכות שלה, ואת באמת לא רצית לשמוע. אני חושבת שקרה לך מה שקורה להרבה אמהות, אתן שוקעות בהתמזגות מושלמת עם התינוק שלכן, והתואַם המוחלט הזה מאפיל על הקשר עם הבעל, במידה רבה מייתר אותו, וככל שהוא חש מיותר הוא נעשה קנאי ונרגן. אני מנסה לעבוד על זה עם המטופלות שלי, כי יש כאן טרגדיה משולשת, טרגדיה של הבעל שירד מגדולתו, של הילד שאבא שלו מתרחק ממנו, ובעיקר שלכן, שבוחרות לתת את הכול דווקא לאדם שהכי ברור שיעזוב אתכן, בונות דווקא על מי שהנטישה שלו ודאית.

אני לא הרחקתי את אמנון לא ממני ולא מגילי, את טועה לגמרי, אני מתקוממת לנוכח התיאור המסולף, האומנם את חיי שלי היא מתארת, הרי כל־כך רציתי שנהיה שלישייה, שנעשה דברים ביחד, רציתי אותו לצידנו כל הזמן, זה הוא שתמיד השתמט, אין לך מושג כמה זה פגע בי.

אבל איזה תפקיד הועדת לו בשלישייה הזאת? היא שואלת, אם

תבדקי את עצמך תראי שמדובר בתפקיד משני, את רצית אותו ברקע, כתוספת לאושר העיקרי, בעוד הוא זה שהפסיד, שבעצם נשאר לבד, אבל אני לא מנסה להגן עליו, רק לאשר שאכן ראיתי את הקושי שלכם להפוך מזוג למשפחה, אני בהחלט מבינה גם את הפגיעה שלך, אני מבינה שלא הרגשת נאהבת, כי אצלו הבעלות השתלטה על האהבה. גם זה אופייני להרבה גברים במצבים כאלה, התנהגות בעלתנית שמורידה אותך לדרגת אובייקט, ברור ששניכם השתקפתם רע מאוד במראות שהצבתם זה מול זו.

אז את אומרת שצדקתי, נכון? אני דוחקת בה, היו לי סיבות טובות לעזוב אותו, זאת לא היתה סתם גחמה פרועה, נכון? נדמה שאם רק אקבל את אישורה אצליח להירגע, להשיב את עצמי אל המסלול שתכננתי לילות ארוכים, של חיים חופשיים, נינוחים, ללא מריבות, ללא הקרינה העוינת, והיא נאנחת, תקשיבי, גם מאחורי הגחמות הכי פרועות מסתתרים מניעים עמוקים, ברור שלא היית מאושרת איתו בשנים האחרונות, אבל ברור גם שצפויות לך עוד הרבה תנודות. פרידה היא אחת הטראומות הכי חזקות שיש, ואת חייבת להיות סבלנית, הרי בחרת במקצוע שדורש הרבה סבלנות, לא? תנסי גם לנתק את עצמך מהמהלכים שלו, אין טעם למשוך את מאבקי הכוח של הנישואים אל תוך הפרידה, ואני שותה בשקיקה את דבריה כמו הייתי עוד אחד מן הצמחים שהיא משקה, מציצה בדירה הקטנה שלא ביקרתי בה חודשים, עמוסה לעייפה חפצי נוי זעירים, אוספי מיניאטורות מרהיבים ומיותרים, עציצים פורחים ומפות רקומות, האם זה מה שצפוי גם לי בסופן של כל הטלטלות האלה, להזדקן לבד, כשביקוריו של גילי הולכים ומתמעטים וחיות החרסינה מתרבות על המדפים. אני חייבת לחזור לקליניקה, היא אומרת, בואי נדבר בערב, בינתיים תנסי להירגע, רק כשהדברים ישקעו תוכלי לראות את התמונה במלואה, תהיי סבלנית, תני לזה זמן, משביעות המלים שלה את צעדי, כשיר לכת קצבי, תני לזה זמן.

ליד הדלת רגלי נתקלות בחשיכה בעצם נוקשה ואני מתפלאה,

מה הניחו לי שם, לא הזמנתי שום משלוח, וכשאני נכנסת בדילוג מגושם ומדליקה את האור אני מזהה את האדנית, אדנית הפלסטיק ששרדה במפתיע את הנפילה ובתוכה נאספה האדמה ונשתלו מחדש הפרחים, כמה מהם מדולדלים, שבורי זרועות דקיקות, ואני גוררת אותה פנימה, נרגשת כאילו קיבלתי מתנה רבת משמעות, שאפילו לא שיערתי כמה רציתי בה. מי טרח לרפא את ההריסות, אני מנסה לפענח את המחווה המסתורית, מי ניסה להעביר לי מסר, ומהו המסר, הרי כשהרצון מיטשטש נאחזים בכל סימן, וכתשובה מהירה לשאלתי אני שומעת צעדים דוהרים במדרגות, שועטים כצעדי סייח, פסיעותיו המשמחות של גילי, ובעקבותיו בוודאי אמנון, זה הוא, זו היתה דרכו לומר לי לא להשליך את מה שאפשר עוד להציל, ואני אשיב במחווה זהירה משלי ואזמין אותו להישאר לארוחת הערב, ואני מחבקת את הילד ונושאת את עיני אל האוויר הריק החלול מאחורי כתפיו.

איפה אבא? אני שואלת, והוא עונה ללא רגש, כמדקלם דקלום שהיה עליו ללמוד בעל־פה, אבא הלך, הוא חיכה מלמטה לראות אותי נכנס, הוא מיהר, ואני מביטה בפרחים החבולים, השתמטותו ממני פוגעת פחות כשהיא מלווה במחווה סמלית כל־כך, אל תזרקי את העבר, ביקש לומר לי, שהרי עליו אנחנו נטועים, וממנו נצמח, ואני מנשקת את שדה התלתלים שעל ראשו של הילד הנצמד למותני, תודה, גילילי, תודה שהבאתם את האדנית, עזרת לאבא לשתול את הפרחים? והוא מתפלא, איזה פרחים? לא שתלנו שום פרחים, ואני כמעט מנסה לשדל אותו, מה זאת אומרת, גילי, אתם לא מצאתם את האדנית שנפלה למטה? לא הבאתם אותה הביתה מהמדרכה? והוא אומר, לא, מה פתאום, האכזבה הבוטה שלי מדכדכת אותו מיד.

אז מי עשה את זה? אני ממשיכה וחוקרת, והוא מביט באדנית המונחת שלא כדרך הטבע על רצפת הסלון, אני לא יודע, ומיד מתלונן, נרגז על ששִׂמחתי אליו אינה שלמה, אני רעב, אני רוצה שתכיני לי אוכל, ואני נאנחת, מה אתה רוצה לאכול? והוא שואל, מה יש לאכול? אני רוצה הרבה אוכל, וברור לי שאין זה אלא רעבונו

לראות אותי טורחת למענו, ולראשונה אין לי עניין להשתתף בהעמדת הפנים הטקסית שלנו, למנות לפניו בכובד־ראש את כל האפשרויות, שרובן מיותרות, חביתה או ביצייה, טוסט עם גבינה צהובה, סלט, דייסה. אתה יודע בדיוק כמוני מה יש, אני אומרת בקוצר־רוח, תגיד מה אתה רוצה, והוא שולח אלי מבט לח, נכלולי, אם תרגיזי אותי אני יעבור לגור אצל אבא, עוד שבוע תהיה לו דירה חדשה ויהיה לי שם חדר, ואני מביטה בו נדהמת, משתאה על המהירות בה סיגל לעצמו בן־יום את תמרוני ילדי הגרושים, המציאות מקדימה אותי באלף צעדים, דוהרת קדימה כמכונית מרוץ, שורקת על פני בדרכה.

גילי, אל תאיים עלי, אני מתרה בו בקול חלוש, זאת לא החלטה שלך עם מי אתה גר, והוא שוב מדקלם, אבא אמר לי שעוד שבוע יהיה לו בית יפה עם מקרר שלא מרעיש ולי יהיה שם חדר ענקי עם צעצועים חדשים, הוא מותח את זרועותיו לצדדים להמחיש לי את גודל החדר, ואני עומדת מולו אובדת עצות, האם עלי להשתתף בשמחתו על הבשורה הנפלאה, לברך אותו על ביתו החדש, שנים האמנתי שנוכחותו של אמנון היא שמעיקה עלינו ועכשיו נראה שדווקא קיומו בנפרד תוקע טריז בינינו, מפריע לנו להתנהל בשלווה בתחנות הערב הזה, ארוחת ערב ואמבטיה, סיפור ונשיקה, ודומה שדווקא על־ידי היעדרותו הבוטה, המוחלטת, עולה בידו להעצים את קיומו, להיות נוכח בכל החדרים כל הזמן, קולו רם, מחאתו חריפה.

תני לזה זמן, תני לזה זמן, אני ממלמלת, נשענת על אדן החלון, צופה נסערת בתנועת המכוניות, נדמה שכולן שחורות ומבריקות כמו זו שחנתה כאן הבוקר, ובכולן יושבים גבי ואמנון במושב הקדמי, חובקים זה את זה וצוחקים, האם אי־פעם אוכל לעמוד ליד החלון הזה מבלי להתחלחל ממה שאירע כאן הבוקר, הנשימות הצורבות על צווארי, החרחור הקצוב של המכונית, דממת היושב בתוכה, אבל במעמקי הזיכרון הנרתע מעצמו אני מזהה גם קצה של ריגוש שלהבו חד ובוהק, כמו להב הסכין שאחזה המורה בידה.

פרק שישי

אבל מהו הזמן. חומר נטול צורה הוא הזמן כרוח רפאים, מצטמק ותופח, נדחס ומתפוגג, מקדים ומשתהה, לכאורה ניתן לחלוקה לשניות ודקות, שעות וימים אך כמה שונה השלם הזה מסכום חלקיו. מיהו הזמן. עמוד ענן מתעתע הוא הזמן, תרופה שהכזיבה הוא הזמן, נחל של בכי כבוש, מטר אבנים הוא הזמן, סקילה מתמשכת, נוכל ערמומי הוא הזמן, רמאי מאחז עיניים, שודד דרכים נועז, מה אספר על הזמן הזה שגזל ממני מדי יום עוד ועוד נכסים, את ברכת השגרה המובנת מאליה, את פשטות הימים החוזרים על עצמם כתפילה, את חמדת הלילות הכבדים משינה כאדמה שחורה דשנה, את חסד התרת הספקות, ואפילו את בני היחיד הוא מנסה לפתות, שולח אליו את ידיו החזקות, המלאות סוכריות רעל נוצצות, להרחיק אותו מעלי.

האם לכך התכוון אבי, האם על הסתלקותו של גילי הקודם התריע ועליה קונן, כי אכן גילי חדש מתהלך בינינו, שאינו דומה כלל לילד אהבתי, ונדמה כי מכל מהלומות הגעגועים המכות בי השכם והערב דווקא זו המכאיבה ביותר. פרי אהבה הוא היה ובהיעלם האהבה כמש גם הפרי, קילף מעליו את עורו הניחוחי הקטיפתי, ומתוך נשל העור הרך בקע לנגד עיני ילד אחר, קוצני, עוקצני, קשה עורף, ילד ריב ומדון, מתאגרף דק אגרופים אך נחוש, חד עין ומהיר לשון. תוך ימים ספורים נַדַמו השאלות, הבקשות והתחינות ודומה שנחתה

השלמה מרה על ביתנו, יבשה ופסקנית, ואותה דווקא קיבל בהכנעה, באטימות לב כמעט, אבא לא גר כאן יותר, ואני שחששתי כל־כך מהפצרות ותחנונים משתאה לנוכח הסתגלנות המהירה שהפגין, לא שידל אותו לעלות ולא אותי לרדת, לא ניסה לקרב אותנו בתואנות שווא, לא דיבר על ליבי ולא על לב אביו, בוגר ופקוח עיניים השלים עם רוע הגזירה כאילו מיום לידתו נערך דווקא לכך. שקט וממושמע נפרד מאביו בפתח הבניין, צייתן ושפל רוח עלה בערב עם ילקוטו על כתפיו, כחוזר מיום לימודים ארוך, בקול יציב סיפר לחבריו, אבא שלי גר בבית אחר, ההורים שלי נפרדו, כאילו כך התנהלו הדברים מימי בראשית, כמו מעולם לא היינו משפחה.

האומנם משפחה היינו. ככל שמתרחקת מחיי המלה הזו היא מציקה לי יותר, שולחת אלי זרועות צבת הולכות ומתארכות, נוכחת דווקא בהיעדרה. חמש אותיותיה צרות על ליבי להכניעו כקיסוס החונק את גזע העץ, דביקות וארסיות, אי־אפשר להימלט מהן, ולא רק מהן, מכל בנותיהן ואחיותיהן. דומה שהאויבות המרות ביותר שלי הפכו המלים, לא רגעי הבדידות, הספקות, הזיכרונות, דווקא המלים הנפוצות ביותר הפכו מסוכנות: אמא. אבא. משפחה. בית. אחיות ואחים. חופשה וטיול. כמה מאיימים נעשו הסיפורים שלפני השינה שכמעט בכולם, מעשה שטן, מופיעים ההורים המקיפים את הילד על רקע חייהם המשותפים. אמא במטבח ואבא בסלון, אמא שותה קפה ואבא קורא עיתון, יחד הם במיטה בשנתם, אחת היא מיטתם, וברקע אח או אחות, כלב או חתול, ואף פעם אין זה העיקר אבל עבורי אין מעיק מזה וכשאני מקריאה לו את הנדושים שבמשפטים קולי מפרפר בחשש, שמא עלולות המלים הללו להעיר אותו מתרדמת ההשלמה שלו, להזכיר לו את מה שהיה לו ואבד.

אפילו עבודות היצירה התמימות מאיימות עלי. הנה הוא חוזר גאה מבית־הספר ובידו שלט צבעוני שהכין במו ידיו לדלת חדר השינה. החדר של אמא ואבא, כתוב שם באותיות דפוס רעועות, תלויות על בלימה, כמרחפות בחלל, ואני מנסה לחייך, איזה שלט

מקסים, והוא אומר, תתלי אותו אמא, למה את לא תולה אותו, ואני כמעט אומרת, איפה, יקירי הקטן, איפה אתלה אותו, האם לא הבחנת שכבר אין חדר כזה אצלנו בבית? ובכל־זאת חושקת את שפתי ומצמידה אותו לדלת, והרי זו הונאה מוחלטת ובאוזני מי אמחה, וכל לילה כשאני נכנסת לחדר השינה אני נתקלת בתרמית, נאבקת בדחף לתלוש את השלט מן הדלת, או לפחות לקחת צבעים מהקלמר שלו ולתקן את הנוסח, פעם היה זה החדר של אמא ואבא. היית צריך לעשות שני שלטים נפרדים, החדר של אבא והחדר של אמא, לא העזתי לומר לו, ואילו הוא עצמו אינו מבחין בצרימה, גאה ביצירתו כמו היתה ציור מופשט, לא מחייב, גיבוב אותיות ריק מתוכן, עומד על זכותו להיות ככל הילדים.

מה זה, אין שם בכיתה עוד ילדי גרושים, אני מתפלאה, אבל נוכחת שבניגוד לנתוני הסטטיסטיקה המתפרסמים מדי פעם בעיתונים, ובניגוד לרושם שנוצר אצלי כל השנים, אין עוד בסביבה אפילו ילד אחד נוסף שהוריו נפרדו. כשאני מלווה אותו לבתי חבריו החדשים ההולכים ומתרבים בקלילות מפתיעה, אני מנסה לברר מיד בכניסה את המצב המשפחתי, מפטפטת עם האם בעודי משמיעה קריאות התפעלות מעיצוב הבית, המאפשרות לי לשוטט בו כדי לעמוד על סגולותיו הכמוסות, ואני מציצה סביבי בזריזות, מחפשת עקבות של גבר. לפעמים זהו זוג סנדלים המוטל בפינת הסלון, ז'קט על המתלה בכניסה, לפעמים זהו ריח מי גילוח, או אותה קרינה ערטילאית, הניכרת בעיקר בהיעדרה, של ביטחון והגנה. לפעמים הן עצמן מדקלמות, בעלי בעבודה, בעלי בחו"ל, בעלי במילואים, ולפעמים מופיע למורת־רוחי הבעל עצמו, בעיצומם של גישושי ההיכרות, ואני ממהרת להסתלק, ללא בעלת־ברית אחת אפילו בין האמהות, ובכל בית אני רואה על דלת חדר השינה את השלט הצבעוני, החדר של אמא ואבא, אבל רק אצלי האותיות נרתעות מפני השקר. וכך אני נודדת בעקבות בני מדירה לדירה, בוחנת מקרוב את המשפחות שראיתי לראשונה בקבלת השבת, מנסה

להעריך מה סיכויי הזוגות הללו לשרוד, תתגרשו כבר, אני ממלמלת, מה פשר הדבקות הזאת אחד בשני, תתגרשו קצת, מה אכפת לכם, שיהיה לגילי חבר לצרה, שלא יהיה כל־כך יוצא דופן, מתקשה לשאת את המחשבה שלכל הילדים הללו, גבוהים ונמוכים, בהירים וכהים, שקטים וקולניים, מוזנחים ומטופחים, יש מה שלילד שלי כבר אין, יש להם משפחה.

אבל מהי המשפחה. שותפות ארוכת ימים המבוססת על אמון או על אימה, על מסורות משותפות מן העבר, צרכים משותפים בהווה, תקוות לעתיד, יחידה החולקת כתובת אחת, מקרר אחד, מכונת כביסה אחת, חשבון בנק, תוכניות לנסיעה לחופשה, זכויות וחובות, אמונות ודעות, ואם אמנם זה הכול, ואם זה אכן כל מה שהיה לנו, מדוע דווקא הפרטים הללו מזעזעים אותי כל־כך, כמו מדובר במשאת־נפש שאין שנייה לה, כאילו זו פסגת השאיפות עלי אדמות, ותוך שבועות ספורים אני רואה איך כל מה שקצתי בו, כל מה שהיה לי לזרא, הולך ונבנה בתוכי לבנה אחר לבנה כמחוז חפץ רם ונישא, אקרופוליס מלכותי אדיר ממדים ופאר, הבנוי אבני גזית מסותתות להפליא, כותרות עמודיו מעוטרות ולוחיות שנהב מגולפות משובצות בקירותיו.

כי ככל שגילי משלים בנחישות עם הפרידה כך אני מתחלחלת ממנה, מתעוררת בלילות המומה, דומה שהמיטה כולה, על הכריות והשמיכות וקפיצי המזרן, עונה בהדהוד רם למחאות הלב המשתולל, המתקומם, המשלח את עורקיו לכל עבר כאיברי פעוֹט בהתפרצות זעם נוראה — קברתי משפחה. אני בעצמי לבדי לכבודי קברתי משפחה. ונכון שהיתה זו משפחה שהצמיחה יותר קשיים מילדים, יותר מריבות מלילות חשק, יותר אכזבות משמחות, אך האומנם זוהי עילה מספקת, כי הסיפורים שלפני השינה מסכנים אותי ולא אותו, השלט שעל הדלת מאיים עלי ולא עליו, המדפים הריקים מזדקרים לעיני ולא לעיניו, הוא בסדר, אבא, הוא בסדר גמור, הוא לא ייכחד, אבל מה איתי.

כנגד פרידתנו שנכפתה עליו הוא אינו מתקומם, אבל כנגד כל כפייה אחרת הוא מוחה בעוצמה, בעקשנות לא מוכרת לי, שנולדה בסתיו הזה, שש שנים אחריו. מסרב לקום בבוקר, מסרב להתרחץ, מסרב לשכב לישון, לסדר את החדר. עם החברים החדשים המרבים לבקרו הוא עליז וצוהל אבל ברגע שחבריו מסתלקים הוא מפנה אלי פנים זועפים, ואני מציצה בו בהיסוס, חוששת לעורר את זעמו, והרי בימים ההם, ימי המשפחה, הייתי מחכה בקוצר־רוח שיבואו כבר הורי החבר הקטן ויאספו אותו כדי שנספיק אנחנו לשחק ולשוחח לפני השינה. ברגע שהיתה נסגרת הדלת מאחורי הילד שבדרך־כלל היה נשלף מביתנו מתייפח, בועט בסרבנות בזרועות אמו, היה ילדי שלי מחבק את מותני ובקול הציפור הצייצני והמאושר שלו, קולו של יונק הדבש, היה מגולל באריכות מצחיקה את עלילותיו, מושך בידי ומוליך אותי אל השטיח לשחק איתו, או אל הספה לשבת על ברכי, או אל התיק להוציא משם ציור שצייר ואני שבויה בקסמו, מתמכרת ללהג הצלול, לנביעה האינסופית של המעיין החבוי בתוכי, שעל קיומו לא ידעתי, לא מתאווה לשום דבר אחר, רק עוד ועוד מן הקִרבה הזו שאין שלמה ממנה. כל מלה שיהגו שפתיו אהובה עלי ללא נשוא, צחוקו העמוק, לשונו הוורודה כסוכרייה, הרוק שבפיו, נקודת החן שעל לחיו, ועכשיו כשהוא מפנה אלי פנים זועפים אני ממלאה בשתיקה את האמבטיה, תוהה מה עתיד להשתייר מסיפור האהבה הזה שלא העליתי בדעתי שיהיה לו סוף, שאמור היה להימשך כך או אחרת כל ימי חיי.

בבקרים הוא מתעורר עייף ונזעם, משפשף את עיניו הדביקות מקורי השינה, מציץ סביבו במורת־רוח כמחפש תואנה לריב. תתלבש, גילילי, אני מאיצה בו, מניחה את הבגדים על מיטתו, והוא מעווה את פניו, רוצה דווקא את מה שלבש אתמול, שולף את בגדיו המלוכלכים מסל הכביסה, מסרב לסרק את תלתליו ההולכים ומסתבכים, מסרב לאכול. מה לשים לך בסנדוויץ'? אני שואלת והוא מתלונן, נמאס לי מהשאלות האלה, זאת השאלה הכי מעצבנת

בעולם, ואני אומרת, מה כל־כך מעצבן בזה, פשוט תגיד מה אתה רוצה, גבינה צהובה, ממרח בוטנים, שוקולד? והוא מצטווח, למה את רבה איתי, את רק רוצה לריב איתי. מה פתאום לריב, אני מתגוננת, אני רק שואלת מה לשים לך בסנדוויץ׳, והוא ממלמל, לא אכפת לי, מה שאת רוצה, אבל כשאנחנו כבר עומדים ליד הדלת הוא בודק בתיקו, שולף את השקית המלאה ומשליך על הרצפה, לא רוצה עם גבינה, הוא מייבב, רוצה עם שוקולד, ואני מכינה בחיפזון סנדוויץ׳ חדש, יודעת שגורלו יהיה דומה, ולבסוף מחליטה לוותר על השאלה, מכינה לו שניים מדי בוקר, משתדלת לעקוף את העימות, אבל מיד צץ יש מאין הבא אחריו.

על כל דבר אפשר להתעמת, מסתבר, ודומה שבשבועות הראשונים לפרידה רבנו יותר משרבנו כל ימי חייו, כמו בחר לקחת על עצמו את תפקידו של אביו, לשמר את מכסת המריבות שהתקבעה בין הקירות הללו, ואני דימיתי לי שלווה. כשהיינו מגששים את דרכנו בבקרים בין גערותיו של אמנון, כשהיינו מתנהלים על השטיח אחר הצהריים מול מבטיו, כשהדי הוויכוחים היו חודרים אל האמבטיה הכבדה מאדים, שם היה גילי יושב בין צעצועיו, מוקף קצף לבן, שַׁלווה בלעדיו דימיתי והנה נשארו המריבות, נתגלגלו בגלגול חדש, וגם המתח נשאר, אלא שהוא אף כבד יותר כי רק ביני לבינו הוא מתחלק, רק את אהבתנו שלנו הוא מכריע.

האומנם אהבה. מתחת לאבני הגוויל הכבדות של חרטה ואשמה, אבל וגעגועים, עלבון ואכזבה, קשה לזהות את האהבה, אפילו את זו הפשוטה לכאורה, הטבעית מכולן לכאורה, אהבת האם. הנכס הזה שקידשתי כמעט, שהמם אותי בעוצמתו, שעטף אותי כאפוד מגן בשש השנים האחרונות וחצץ ביני לבין שאר העולם, אפילו ביני לבין אמנון, הולך ונשמט מידי, כי כשאנחנו מלקקים ארטיק על מדרגות הבית אין טעמו מתוק כשהיה, וכשאנחנו משחקים יחד בחצר אני כבר לא שקועה בכך כפי שהייתי, כבר לא מביטה בו בהתפעלות ובפליאה, מחכה למוצא פיו. בשיעמום קודר אני מציצה

בשעון, מתי תגיע כבר שעת השינה שלו, מתי אוכל להתייחד עם צערי, הרחק מעיניו הבוחנות, וכמעט אני מבינה שהאהבה הזו שלִבלבה בינינו, מרהיבה בעוצמתה, אינה מתקיימת בשניים, לצד שלישי היא זקוקה, וללא נוכחותו של אמנון, ללא מבטיו רבי המשמעות, התרוקנה מתוכנה והפכה לרגש חובה שגרתי של אם כלפי ילדהּ, שלעיתים הוא נעים ונלבב ולעיתים הוא מטריד ומעייף. מסתבר שדווקא נוכחותו של אמנון העצימה את אהבתי לגילי, הפיחה בה חיים, האם היתה זו התגרות, כמעט כמו הצורך שלי לראותו מבעד לחלון, כשחברו הטוב לצידי, האם רציתי להוכיח לאמנון עד כמה אני יכולה לאהוב, אבל לא אותו, או שמא ניסיתי להוליך אליו דרך הילד אהבה פשוטה וחמה, שדווקא לו היתה מיועדת, אבל לא עלה בידי להעניק לו אותה ישירות.

בתדהמה אני עוקבת אחר התהפוכות, נדהמת מאי־יכולתי לחזות את הנולד, המומה מול ההיסדקות המהירה של תשתית חיי, וכבר אינני יודעת אם גילי הוא זה שהקדים להשתנות ובעקבותיו אני, או שמא חש עוד לפנַי שאבדתי לו ולכן מתנכר לי, ואולי אלה תהליכים מקבילים ואף צפויים, ורק אני לא צפיתי, אבל הזמן, נוכל ערמומי, עקב אחרי וצחק, תני לזה זמן, היא אמרה, תרופה שהכזיבה הוא הזמן, סקילה מתמשכת.

תפסיקי להעניש את עצמך, היא אומרת עכשיו, מרוב אשמה את לא נותנת לעצמך הזדמנות להתאושש, אמרתי לך, כוח חזק דחף אותך לצעד הזה, אל תתכחשי לו כל־כך מהר, תני לדברים לשקוע, את עוד תפרחי, אני מבטיחה לך. לקראת הפרידה הִכחשת את כל הטוב שהיה ביניכם, ועכשיו זה מציף אותך, אלה תנודות צפויות, תנסי לא להתמסר להן, תהיי סבלנית, ואני מקשיבה לה בפיזור־נפש, משתוקקת כבר לסיים את השיחה, איתה ועם כל שאר המתקשרים והמתעניינים, ואפילו אין זו גאווה המונעת ממני לספר כמה עמוק הדכדוך, כמה גדולה החרטה, אלא חוסר התוחלת האורב בכל שיחה המתנהלת בחלל האטום של הצער שלי, כמעט כמו

לדבר עם עצמי, אפילו את השפתיים אני מתקשה להניע, מהנהנת בפה סגור כמעט, ממציאה תירוצים כדי לקצר, גילי קורא לי, אני ממלמלת גם כשאינו בבית, אני חייבת לגשת אליו.

לרגעים דומה שרק דבר אחד אני מוכנה לשמוע, רק שיזכירו לי כמה רע היה לנו, שיספרו לי כמה לא התאמנו זה לזו, כמה מדוכאים נראינו במסיבה ההיא, איך רבנו בפיקניק ההוא, וגילי התחנן שנפסיק ואפילו לא שמענו, איך כולם הרגישו במתח בינינו, איך כולם ידעו שזו רק שאלה של זמן, אבל גם כשנאמרות מדי פעם המלים הנכונות אני מקשיבה להן בפקפוק, בטינה הולכת וגוברת, מה אתם יודעים בכלל, אין לכם מושג מה באמת היה בינינו, אף אחד מבחוץ לא יכול לדעת מי היינו, כי אני רק עם אדם אחד רוצה לדבר על ימי המשפחה שלנו, לבוא אליו ערב אחד לדירה ששכר, שאפילו אינני יודעת היכן היא, שם יש חדר גדול ויפה מלא בצעצועים חדשים, להיצמד אל גופו הארוך הגמלוני ולומר, סלח לי, אהובי, כי טעיתי.

ואת הערב הזה אני מתכננת בלילות כשאני מתעוררת בלב הולם, ובבקרים כשחמסין סמיך של סתיו מכסה על עיני באצבעות דביקות, כשואל, נחשי מי זה, ובשעות הארוכות מול המחשב כשאני מנסה לסיים את המחקר על תֶּרָה, ובשעות אחר הצהריים בגני המשחקים, מפטפטת שיחות סרק עם אמהות ומתכננת, הערב אבוא אליו, הוא לא יוכל לעמוד בפני, אבטיח לו שאשתנה, שרק עכשיו למדתי לדעת עד כמה אני קשורה אליו ואוהבת אותו, אבטיח לו שהכול ישתנה, שכל מה שחסר לו יתמלא, שכל ערב אשב לצידו על הספה ואקרא את מאמריו וכל לילה אשכב איתו, שאקבל אותו כמו שהוא ולא אריב איתו יותר לעולם. אתה תיתן לי משפחה ואני אתן לך אשה, אני מנסחת את פרטי העסקה, שנראית לי עכשיו מושלמת לכל הצדדים, מעולם לא היתה עסקה טובה מזו עלי אדמות, ולרגעים אני נלהבת כאילו כבר בא הכול על מקומו בשלום, מדמיינת את שיבתו הביתה, כמובן שאעזור לו לארוז, להחזיר את מעט החפצים שלקח, להניח את ספריו במדפים, את בגדיו בארון, וכשגילי יתעורר

בבוקר אביו כבר יהיה בבית, כמו פעם, והחודש הזה של הפרידה יתהלך בינינו כאות אזהרה, כעמוד ענן, עד שלא נזדקק לו יותר, כל־כך נהיה מאושרים.

המומה מן האושר הצפוי לי אני מושכת בחוטמי, מנערת מעלי את טיפות ההזיה הנוצצות ככלב היוצא מן המים, פוסעת מחדש בשביליה המצומקים של המציאות, ומרוב שאני משתוקקת לכך, ומרוב שאני נאחזת בכך, אני חוששת להעמיד את כוחי במבחן, מחכה לשעת הכושר, לזמן הנכון, למקום הנכון, ונדמה שעד עולם אחכה כי את אמנון האמיתי, על גופו הגמלוני, החיוך המפולש היפה שלו, לא ראיתי מאז אותו יום שישי, אחרי קבלת השבת, כשגילי משך אותנו אחריו כעגלה קטנה ועיקשת ואני אמרתי בקול תקיף, כקולה של מורתו החדשה, אבא לא עולה איתנו, גילי, הוא הולך עכשיו, מחר הוא יבוא לקחת אותך לכמה שעות. בגסות נאמרו המלים, באטימות לב, ברוע, ומאז הוא מתחמק ממני, אוסף את גילי מבית־הספר, מלווה אותו רק עד המדרגה הראשונה, מעביר דרכו מסרים ברורים כמו היה יונת דואר, אבא ייקח אותי השבוע ביום ראשון ולא בשני, ביום רביעי ולא בחמישי, ואני תוהה, עד מתי יוכל להתחמק, עד קבלת השבת הבאה בבית־הספר, עד יום ההולדת הבא של הילד, ואולי מעבר לכך, עד בר־המצווה שלו, עד יום גיוסו לצבא, עד יום נישואיו, ואולי לנצח יתחמק, ואני לנצח אהסס, חוששת להיתקל בסירוב, אבל יום אחד גילי מודיע בגאווה בשובו הביתה, אבא מוסר שביום שישי הוא ייקח אותי מהבית־ספר ואני אישן אצלו, המיטה שהוא קנה לי הגיעה כבר, ואז אני יודעת שזה הלילה הנכון, דווקא כשגילי ישן בחדר הסמוך, פיו פעור, רוקו ניגר על הכרית החדשה, שנתו משוועת למשפחה יציבה, לא יוכל לסרב לי.

איפה בדיוק הדירה של אבא? אני שואלת בקול מתקתק, אגבי, היא רחוקה מכאן? וגילי אומר, לא ממש רחוקה ולא ממש קרובה, נוסעים קצת באוטו, ואני שואלת, איך נראה הרחוב? והוא אומר,

מין רחוב כזה רגיל, כמו כאן, עם עצים ובתים, ואני מציעה, אולי תנסה לקרוא את השם של הרחוב, תגיד לי איזה אותיות יש בו, והוא מוחה, אבל עוד קשה לי לקרוא, וכבר אני ממציאה עבורו משחק חדש, חידון נושא פרסים, ואנחנו יוצאים לטיולים ארוכים בשכונה, כשהוא מנסה לפענח את שמות הרחובות, ואני מפרשת לו כמיטב יכולתי, מאמנת אותו בקריאה והתמצאות בשטח, והוא נהנה אמנם מהמשחק אבל לא טורח ליישם אותו בביקורו הבא אצל אביו, ואני כבר אובדת עצות, הרי כדי להפוך את לבו עלי לעמוד מולו, ולפתע נדמה שזה בלתי־אפשרי. עם חברינו המשותפים ניתק כל קשר, ואת גבי כמובן לא אשאל, והנייד לעולם אינו זמין, האם אנסה לברר במזכירות בית־הספר את כתובתו של בני, אבל גם כשאני מעֵזה בתירוץ קלוש לבקש את רשימת תלמידי הכיתה, אני מוצאת שם רק כתובת אחת, ואני ניצבת נבוכה מול המכשול המוזר בתוכנית שהקדשתי לה שעות, שהרי ידעתי היטב מה אומר ומה אלבש, ידעתי את כל פרטי הטקס, מלבד את המקום שבו הוא עתיד להתקיים, ובכל־זאת אין בדעתי לוותר ואני מחליטה לנקוט בצעד החריג והתמוה לאין שיעור, ועם זאת כנראה בלתי־נמנע, לעקוב אחריהם בצהרי יום השישי, כשאמנון לוקח את בנו אל ביתו החדש, אל השבת הראשונה שלהם בלעדי.

במכונית הקטנה של דינה אני יושבת בראש מורכן, במשקפי שמש וכובע קש בהיר, ליד שער בית־הספר, מלפני ומאחורי ממתינות כמה מכוניות ריקות, שיתמלאו בקרוב ברננת הילדים החוזרים נלהבים ומיוזעים אל חיק המשפחה. זה אחר זה מגיעים ההורים, רובם כבר מוכרים לי, אפילו ביקרתי בביתם והתפעלתי מעיצובו, מיעוטם עדיין זרים. הנה קרן היפה שהזמינה את כולם למסיבה אחרי קבלת השבת, בשמלה קצרה, חושפת רגליים שזופות, בעלה ממהר אחריה, מניח יד על כתפה, והקנאה ניצתת מיד, מפצחת זרדים בתוכי, והנה מיכל פוסעת לאיטה, באי־חשק, פניה מודאגים בזמן האחרון, אבל אנחנו בקושי מדברות, יותם איבד כנראה את

אמונו בחבר החדש ההפכפך, וגילי מצא לו בקלות חברים אחרים, ואני מניחה את מצחי על ההגה כאילו תנומה אחזה בי, מלכסנת מבט אל ההמולה המוכרת ועם זאת זרה לי לפתע של צוהרי יום שישי. זה אחר זה הם נפלטים בעד השער הפתוח לרווחה, נהר שוצף צבעוני של ילדים והורים, ילקוטים ושיחות חולין, ורק אביו של גילי לא מגיע, שוב הוא מאחר, כהרגלו, ואולי בכלל שכח, מזל שאני כאן, אבל איך אקדם את תוכניתי בלעדיו. לחרדתי מתחילות המכוניות להתמעט, רק שלא אשאר כאן יחידה, כי אז לבטח יבחינו בי, ואני מציצה סביבי במתח, בוא כבר, איפה אתה, עוד ועוד דאגות צצות לפתע, ואם לא יבוא לבד, ואם אראה לצידו את עופרה המסכנה, כמעט חודש חיכיתי, ארבעה שבועות תמימים חלפו מאז הפרידה, ואולי איחרתי את המועד, ואולי בכלל הקדים, אולי הם כבר מזמן בדירה ששכר, וגילי מקפץ ברגליים יחפות על מיטתו החדשה, אבל הנה הוא מגיע, המכונית האדומה מתקדמת במהירות ועוצרת ממש מאחורי, כמעט משפשפת את קצה מכוניתה של דינה, והוא יוצא ממנה בכבדות ומנער את איבריו, מציץ בשעון, מעביר את ידו בתנועה מוכרת על ראשו, שם מזדקרים להפתעתי אניצים דהויים כקרעי הדשא בגן העורבים. ארבעה שבועות לא ראיתי אותו וליבי יוצא אליו, כמה יקר הוא ומוכר, חינני בגמלוניות שלו, מכנסיו עמוקי הכיסים תלויים על גופו ברפיון, נראה שרזה מעט, וחזותו נערית כבימים ההם, והוא חולף על פני בהליכתו הזהירה, כפי שהיה פוסע בין ריבועי החפירה, ממדיו משרים ביטחון על האתר הפצוע, ואני הייתי מברישה ביסודיות את העפר, מציצה בו בהיחבא, מתפללת שייגש אלי שוב, שיסיר לכבודי את משקפי השמש, שיקרא לי הפריזאית.

הנה הוא כבר ממהר לשוב, הילד על כתפיו, כדרכו לא בזבז רגע מיותר בשיחה עם הורים או מורים, תיזהר בשער, אני כמעט צועקת כשראשו של גילי מתקרב אל קורת הברזל אבל הוא מתכופף בדיוק בזמן, תסמכי עלי, היה אומר, למה את לא סומכת עלי, ואני מציצה

בהם מתחת לכובע הקש, אלה שני הגברים שלי, זוהי כל המשפחה שלי, אצבעותיו הגדולות אוחזות בקרסוליו של הילד, מכסות את שוקיו, ידיו של גילי על ראשו, משתעשעות בשערות הדשא החדשות, ונדמה שכאשר הוא מרכיב את ילדי על כתפיו הוא אוחז גם בי, הרי זה הילד שהלבשתי הבוקר, אלה הבגדים שכיבסתי לו, זה הילקוט שקניתי לו, השרוכים שקשרתי, כולו שלי הילד וכשהוא רוכב בטבעיות כזו על כתפיך גם אני שם, לצידו, האינך חש במשקלי, כי עודי שלך, ואתה שלי, כי הילד הזה הוא שלנו ואנחנו שלו, וכמעט אני מזנקת לקראתם, מתיישבת בטבעיות לצידו במכונית האדומה, אבל מיד אני קופאת על מקומי, לא כך, אסור לי להסתכן במֶחטפים כאלה העלולים להסתיים במפח־נפש, אני חייבת להמתין לערב, לפעול על־פי התוכנית, ואני נושמת נשימות עמוקות, מכינה את עצמי למעקב כשהם נכנסים למכונית, חוגרים את חגורות הבטיחות. מעולם לא נהגתי כך ואין לי מושג כיצד תתבצע המשימה, מה אעשה אם יפרידו מכוניות בינינו ואאבד אותם, ומה אעשה אם לא יפרידו והוא יזהה אותי, ואני מהדקת את כובע הקש על ראשי ומתניעה, יוצאת לדרך מיד אחריהם, מתפללת שלא תתארך, האפשרות שיחמקו ממני ויותירו אותי ללא קצה חוט של יכולת לממש את תוכניתי בסוף השבוע הארוך והחלול הזה מפחידה אותי כל־כך שאני כמעט נצמדת לאחוריים האדומים, רמזור אחרי רמזור, כשהוא מאותת אני מאותתת, כשהוא פונה אני פונה, לרגע מנצנץ אלי חיוך רחב מבעד למראָה במכוניתו ונשמתי נעתקת עד שאני מבינה, אל הילד הוא מחייך, אל הילד שאפילו קצה קודקודו אינו מבצבץ מבעד למושב האחורי עד שנדמה שהמכונית ריקה, וכשהוא מאֵט ברחוב סואן ומוכר גם אני מחייכת, כמה מתאים לו בעצם לחזור על עקבותיו, הייתי צריכה לנחש, ברחוב הזה גר לפני עשר שנים, בדירת חדר דחוסה, לכאן הזמין אותי לקרוא את דוח החפירה ההולך ונכתב, על הממצאים הקיראמיים שהתגלו בשכבת החורבן של תל יזרעאל. כשהוא חונה אני עוקפת אותו ועוצרת במרחק

סביר, עוקבת במראָה אחר יציאתם מן המכונית, וכשהם נבלעים בבניין קטן אני מסתובבת וחולפת על פניו באיטיות, משננת ליתר ביטחון את המספר, למרות שאפילו אם ארצה לא אשכח אותו, ולא את בניין האבן המטופח ששני דקלים גוצים במפתיע ניצבים כצמד שומרים חמושים ליד פתחו.

איחוד המשפחות המתקרב שופך על ביתנו זוהר רך ואני מכניסה בהתלהבות את המוצרים למקרר, בירה בשבילו ויין אדום בשבילי ומיץ מנגו לילד וחלה מתוקה וגבינות ופירות, כאילו מסיבה עתידה להיערך כאן הלילה, כאילו אין זה סוף השבוע הראשון שלי בלעדיהם אלא האחרון לימי הפרידה. סיפור עליז וצבעוני מספר לי המקרר, מספרים ארונות המטבח, המצעים הנקיים שאני פורשת על המיטות, כן, גם אני עושה מסיבה הלילה, ממש כמו קרן היפה, אלא שלא את כל ההורים אני מזמינה כמוה אלא רק אבא אחד, שבחרתי בו מחדש. לכבוד מה המסיבה, מישהו שאל והיא ענתה בחיוך נבוך, סומק קל פורח בלחייה, סתם, מתחשק לנו לחגוג, ואני מודה שגם פרטי המסיבה שלי אינם ברורים לי עדיין, אפילו לא היכן תתקיים, האם נעיר את גילי באמצע הלילה ונחזור הביתה שלושתנו, או שמא אישן איתם שם ובבוקר נחזור, ואולי בעצם תיערך המסיבה בביתו ולשם עלי להגיע עם כל המצרכים, אבל אני לא מניחה לדקויות הללו להטריד אותי, מתהלכת בבית נסערת, גופי שכמו נבקע לשניים בתאונה נוראה הולך ומתאחה, נדמה לי שהקירות משתתפים בשמחתי, מרקידים את התמונות, הרהיטים נערכים לקלוט את המגורש שישוב כמנצח, את שבר המשפחה שריחף בחלל ככוכב שביט שאיבד את דרכו, מאיים על יציבות כדור הארץ, והנה יחזור הלילה למסלולו, לכורסתו, לשולחן העבודה שלו, למיטתו, לביתו.

פרק שביעי

אֶלָה, אל תעשי את זה, היא פולטת במהירות כשאני עומדת מאחורי גבה הנטוי, מטלטלת בידי את מפתחות מכוניתה כמו היו פעמונים המפיקים צלילי חג. מעל סבך העציצים היא גוהרת במרפסת הקטנה, תולשת עלים יבשים, ואני אומרת, ממתי את תבוסתנית כזאת, דינה, לא מתאים לך, והיא מזדקפת ומכוונת אלי את מבטה המדויק, זה פשוט לא נראה לי נכון, להפתיע אותו ככה, כשהוא בפירוש לא רוצה לראות אותך, ואני מתקוממת, את עם משחקי הכבוד המיושנים שלך, את לא מבינה את המצב, הרי אני עזבתי אותו, הוא התחנן שנישאר יחד, אז מה רע בזה שאני מודה שטעיתי.

אבל את עוד בכלל לא יודעת אם טעית, היא אומרת, לוקחת מידי את המפתחות בידיים חומות מאדמה, דחוף לך להחזיר אותו אלייך ואת מתעלמת מכל מה שהביא לפרידה הזאת, חשבת בכלל מה יהיה שבוע או חודש אחרי שהוא יחזור? הרי במציאות לא השתנה שום דבר, אמנון לא נעשה אדם נוח או מתחשב יותר, וגם את לא השתנית, תקשיבי לי, אלה, את עדיין מבולבלת, וזה טבעי, במצבים כאלה של משבר אנחנו מוצפים ברגשות חולפים, לוקח המון זמן לזהות רגש אמיתי.

נראה לך שזה לא אמיתי, מה שאני מרגישה? אני קוטעת אותה, את ממש טועה, והיא אומרת, ברור שאת מרגישה את הצורך בו, אבל השאלה מה מסתתר מאחורי הצורך הזה, פחד, אשמה, עלבון,

השאלה אם באמת צמחה אצלך נכונות לקבל את אמנון קבלה שלמה הפעם, או שזו שוב אשליה, עוד הפוגה במאבקי הכוח שלכם. אין לך מושג כמה הרגשות עלולים להטעות, המערכת הרגשית שלנו היא כמו נשף מסכות, רק במרחק הזמן אפשר להתחיל להבין מי התחפש למה.

את ממש לא מעודכנת, דינה, אני מתעקשת, אין כאן שום בלבול, אני בטוחה לגמרי שאני רוצה אותו בחזרה, והיא אומרת, אבל לפני חודש היית בטוחה לגמרי שאת לא רוצה אותו יותר, אז מה השתנה מאז, בעצם, זה שהוא בניגוד לציפיות מסתדר בלעדייך? נניח שהוא היה ממשיך לשדל אותך לחזור, גם אז היית רוצה אותו?

אולי זה היה לוקח יותר זמן, אני עונה בזהירות, אולי הייתי צריכה את המרחק ממנו כדי להבין כמה הוא יקר לי, והיא אומרת, ואולי את פשוט רוצה את מה שאין לך, נראה לי שאת עוד לא מאוזנת, את נפגעת מההתנכרות שלו, את מפחדת לאבד אותו, הכי נוח לך עכשיו להחזיר את המצב לקדמותו, אבל אין אצלך שום התמודדות אמיתית עם מה שהיה ביניכם, תני לזה עוד כמה חודשים לפני שאת עושה מהפכה נוספת בחיים של שלושה אנשים, ואני אומרת, את לא מציאותית, דינה, זאת הבעיה שלך, עוד כמה חודשים אני אאבד אותו לגמרי, הוא יתרגל לחיות בלעדי ואולי אפילו למישהי אחרת, גם ככה נראה לי שחיכיתי יותר מדי, מי יודע אם הוא לא חזר כבר לחברה הקודמת שלו.

דומה שהיא נסוגה מפני אל המטבח עז הצבעים שלה, דורכת מהורהרת על אריחי קרמיקה כתומים, המטפסים על הקירות כשרכים, תאכלי משהו, נהיית ממש שדופה, היא אומרת, עיניה סוקרות בדאגה את גופי העטוף בשמלה צרה בצבע יין, ואני מניחה יד על גרוני, כמנסה להרחיק סכין הנצמדת אליו, קשה לי לבלוע בזמן האחרון, יש לך אולי סוכרייה?

לא, אבל יש לי עוגה, היא שולפת מהמקרר תבנית עגולה ובתוכה עוגת שוקולד מצופה שכבת קרם עבה, פורסת לי פרוסה נדיבה,

ואני מסתפקת בקרם, מלקקת אותו לאט בכפית קטנה, מתעלמת מאי־הנחת שהשתלטה על פניה. לכבוד מי אפית, סתם ככה בשבילך? אני שואלת, כל־כך מוזר זה נראה לי פתאום, שאשה גרה לבד בבית עם עוגה, והיא עונה, יש לי אורחים מחר לארוחת צהריים, את מוזמנת גם, ואני אומרת, תודה, מחר בטח נעביר את החפצים שלו הביתה, אני לא יודעת אם יהיה לנו זמן, והיא נאנחת, מצדדת אלי מבט ספקני, אלינקה, למקרה שהדברים לא יסתדרו כמו שאת חושבת, תדעי שיש לך תוכנית למחר בצהריים. באמת תודה, אני אומרת, קולי מתנשא מעט על ההזמנה, מה לי ולמפגשים המאולצים נטולי הנחמה שהיא מארגנת לידידיה נטולי המשפחות, אני לא מעלה בדעתי בכלל שזה לא יסתדר, אני מתייהרת, הרי הוא אוהב אותי, זה בטח לא עבר לו בחודש אחד, את מדברת כאילו הוא זה שעזב אותי.

בשלב מסוים זה כבר לא משנה מי עזב את מי, היא מעירה, אלא מי הסתגל יותר בקלות למצב החדש, ואני נושפת בביטול, משתוקקת לסיים כבר את השיחה המעיקה, אמנון יסתגל? הוא כזה שמרן, אפילו הדירה ששכר היא ברחוב שפעם גר בו, הוא ממש לא אוהב חידושים. זה שהוא מתנכר לי עכשיו עדיין לא אומר שהוא לא רוצה לחזור, אולי דווקא להפך, הוא פשוט פגוע, הוא חושש להביע רצון אבל אם זה יבוא ממני הוא יהיה מאושר, את תראי. שוב היא נאנחת, ידיה עוטפות את צלעותיה כאילו אחז בה משב קור פתאומי, טוב, אני מקווה בשבילך שאת צודקת, האמת שאני לא יודעת מה לאחל לך, ואני אומרת, מה השאלה בכלל, תאחלי לי הצלחה, והיא מחייכת בהסתייגות, אבל מה שבעינייך הצלחה הוא לא הצלחה בעיני, ואני מנשקת אותה על לחיה הפריכה, המרשרשת תחת שפתי כעלה יבש, די, דינה, אל תהיי קטנונית כזאת, והיא אומרת, בהצלחה, אלינקה, עיניה החומות המוקפות נימי דם דקות עוקבות אחרי בדאגה כשאני מתרחקת, כמו עיניה של אמי שליוו אותי בלילות שישי למסיבות הכיתה, מהן הייתי חוזרת מושפלת אל זרועותיה המנחמות.

כמה זה מלהיב ומוזר, שאני דורכת עכשיו על עקבותי שלי, בני עשר השנים, עקבות צרים, ממהרים, מפקפקים במזלם הטוב, מתקשים להאמין שהוא אכן רוצה בי, הגבר המגודל, היהיר, שניהל ביד רמה את החפירה, ממוקד וקצר־רוח, ועם זאת משבי חום פתאומיים נובעים ממנו, משרים עלי רוגע עילאי, ודווקא אותי הזמין אליו, לקרוא את דוח החפירה ההולך ונכתב, להעיר את הערותי, ואני מתעכבת רגע ליד הבניין בו גר אז בדירת חדר דחוסה, מלאה ספרים, חרסים, תחריטים קודרים של נופי ירושלים ממאות קודמות, מלאה בקסמו המחוספס, הבוטה, איך היה מגרגר בצחוקו כחתול למשמע ההערות שלי, אַת בכלל לא ארכיאולוגית, היה מגחך בפליאה, רק אגדות מעניינות אותך, מה את עושה בחוג שלנו בכלל, ובאותם הימים נשמעו הדברים כשבח נדיר. אני חייב לקחת אותך לתֶרָה, היה אומר, תבואי איתי? ואני מהנהנת באושר, עד קצה העולם אבוא איתך, עד בטן האדמה ארד בעקבותיך, מתיישבת על ברכיו ומציצה אסירת תודה בעיניו המרהיבות, מלטפת את כפות ידיו, כמו באמת הייתי מונחת אלפי שנים מתחת לשכבות אדמה, מכוסה אבן געשית, עד שבאו הידיים הגדולות האלה וחילצו אותי משם.

מכוניות מועטות חולפות על פני בלילה ההולך ומצטנן, הולך ומתעבה, אחת מהן מאטה מולי ונדמה שיד מנופפת לי לשלום אבל אני לא מנסה לזהות, משיבה בתנועה אגבית, למי שזה לא יהיה, שקועה בקולות המתעופפים בעד החלונות הפתוחים כלהקת ציפורים אל הרחוב, ואני מרשה לעצמי לצרף את קולי לברכת המזון למרות שלא השתתפתי בסעודה, שיר המעלות בשוב ה׳ את שיבת ציון היינו כחולמים, אז יימלא שחוק פינו ולשוננו רינה, הולכת לאיטי ומזמרת, סוף סוף הסתלקו החגים שניתכו עלי השנה כמעמסה כבדה, חגים ללא הורים, ללא משפחה, בשיפולי הבתים הגבוהים, בחצרות המשותפות, נותרו עוד כמה סוכות רעועות, שנבנו בחיפזון ועדיין לא פורקו, שמיכותיהן הלחות מן הטל מפיצות ריח סתיו עמוק, ענפי תמר נבולים, ואני מציצה באחת הסוכות הריקות,

שרשראות הנייר שנגזרו והודבקו בקפידה מרשרשות ברוח, כמה מהן מוטלות לרגלי, חוליות חוליות. מתי זה היה, לפני שנה או שנתיים, כשגילי הפציר בנו לבנות סוכה במרפסת ואמנון סירב, אבל אני לא ויתרתי, מטפסת על המעקה, מותחת את גופי הקצר, מנסה להקיף את המרפסת בסדינים, בעוד הוא רובץ על הספה וקורא, אדיש למאמצי, וכל החג לא דיברנו, שבעה ימים תמימים, וגם כשהתפייסנו לבסוף איבד הפיוס את טעמו, מר היה כמו המריבה עצמה. מעולם לא שאלתי אותו למה בעצם סירב, מה הקשה עליו כל־כך לשמח את הילד, אולי אנסה לברר זאת הלילה, ללא תלונה או האשמה, אומר לו, כל־כך קצרה וחטופה ההזדמנות שקיבלנו לגרום לו אושר, לבנות עבורו סוכה ולחזות בשמחתו, הרי עוד יבואו ימים שאושרו לא יהיה תלוי בנו כלל, האם זו אני שניצבתי אז בינך לבינו, עוקצנית כענפי הלולב שסירבת לנענע.

בין שני זקיפי הדקלים אני עוברת בגניבה, שמא יושיטו אלי זרוע דוקרנית ויחסמו את דרכי, בוחנת את תיבות הדואר בחדר המדרגות, הנה שמו מודפס באותיות רבועות על נייר לבן, מסגרת שחורה מקיפה אותן כאילו בישרו על פטירתו, ואני רואה בהקלה ששום שם נשי אינו נטפל לשמו ובכל־זאת תקיפותן של האותיות מעיקה עלי, בהעידה על עומק כוונתו להשתקע, על קיום שאינו רופף וזמני כפי שקיוויתי, לנצח יהיה שם, כמו המת בארץ המתים, ואני מתעכבת מול שמו, סוקרת את אותיותיו, משננת שוב את הדברים שיש בפי אליו, אף שעדיין אני מאמינה שלא אזדקק לכך, שברגע שיראה את פני יקרנו פניו ולא יהיה לנו צורך במלים.

אני מצמידה את אוזני אל דלת העץ הנושאת את שמו, בקומה השנייה, שם זהה לחלוטין מופיע גם על דלת ביתנו, באותיות מסולסלות לצד שמי, ונדמה שמערכה ניטשת בדממה בין שתי הדלתות הללו, למי שייך אמנון מילר, מערכה שתוכרע הלילה. מוסיקה חרישית מסתננת החוצה עם סדק האור הצר שבין הדלת לרצפה, ואני מזהה בהקלה דיסק שקניתי לו, צלילי גיטרה קטועים,

הפכפכים, המלווים את נבילת המוסיקה הקלאסית, האין זו הזמנה, האין זה אות שהוא מחכה לי, ואני נוקשת בשקט, כדי לא להעיר את הילד, כבר מאוחר, הוא בוודאי ישן, אבל אין קול ואין תנועה מאחורי הדלת, אולי נרדמו שניהם, בקלות אני יכולה לראות אותם שרועים זה לצד זה, גילי שוכב כתמיד על גבו, אמנון כתמיד על בטנו, כמו היו, למרות ממדיהם השונים, שני צדדים של אותה מטבע, ושוב אני נוקשת, לנגד עיני עוברות בסך כל התקלות האפשריות, שעד כה לא טרחתי להתכונן אליהן. אולי שניהם ישנים ולא אצליח להעירם, אולי אעיר את שניהם ונוכחותו של גילי תשבש הכול, אולי יש לו אורחים, או גרוע מזה, אורחת, למרות שגילי מעולם לא דיווח על דמות נשית לצידו, ואני פוסעת פסיעות זעירות עצבניות לאחור ולצדדים, להפיג את המתח, ושוב אני נוקשת, מזהה סוף סוף גרירת רגליים מנומנמת, והוא אינו שואל מי שם, אולי מצפה לביקור אחר, כי כשמוטל אור הבית על פני הוא נרתע וממלמל, אלה, מה את עושה כאן, אבל אין התפעלות בקולו ולא השתוממות נלהבת אלא פליאה עניינית וצוננת, מה מעשייך בבית שאינו ביתך ואיש לא הזמין אותך אליו.

אמנון, אני נושאת את פני אליו, גובהו המופרז מפתיע אותי, וצווארי נמתח לעומתו בחריקה, בתנועה לא נוחה שכבר שכחתי, חודרת בעקבותיו אל הבית כי הוא נסוג מפני, אמנון, אנחנו חייבים לדבר, והוא חושק את שפתיו עד שהן נעלמות כמעט במרחבי פניו הגדולים, שיניו הקדמיות מועכות את שפתו התחתונה, עיניו מתחמקות מעיני.

לדבר? על מה? הוא שואל, כאילו מעולם לא דיברנו על מאומה, ועצם האפשרות מפליאה אותו, ואני אומרת, עלינו, על הפרידה שלנו, על הילד שלנו, והוא מתיישב בשתיקה ליד שולחן אוכל עגול הניצב בפינת הסלון, מציע לי לשבת מולו במקום בו ישב גילי לפני זמן קצר כפי הנראה, כי צלחתו עוד מונחת לפני, שיירים קרים של פסטה וסלט ירקות פזורים עליה, קלח תירס מכורסם

למחצה, מתחתיהם מציץ אלי פרצופו המודאג של פו הדוב המפרכס מתחת לבלון נפוח, ואני מתבוננת סביבי בזריזות, כפי שהורגלתי להתבונן בבתי חבריו של גילי, לאסוף כמה שיותר נתונים, להסיק כמה שיותר מסקנות מן התרבות החומרית המתגלה לעיני, אלא שהפעם מקבל המחקר המזדמן הזה חשיבות עליונה ודחיפות ואני סוקרת בחשדנות ובפליאה את נעימותה של הדירה הקטנה המשקיפה על המנזר הזוהר בלילה כמטאור ענק שאך זה צנח על פני האדמה, את הרהיטים החדשים שקנה, שטיח חבל גס, ספה בהירה בצבע חול ושתי כורסאות נצרים, את מכשירי החשמל וכלי המטבח, איך הצליח בשבועות ספורים להכין בית של ממש לו ולגילי, הוא שמעולם לא נטל חלק לצידי באילוצי המציאות, שמעולם לא הטריד את עצמו בסוגיות של עיצוב או ריהוט, שמעולם לא קנה כוס ולא צלחת, תמיד אמר, יש מספיק, משאיר אותי להתלבט בחנויות, ועוד מגנה אותי בשובי על בזבוז הזמן והכסף.

כל־כך יפה כאן, אמנון, אני מציינת בתרעומת, זה אתה בחרת הכול? והוא מודה בחיוך זהיר, כמעט מתנצל, כן, ראיתי שזה לא כל־כך מסובך, הקדשתי לזה כמה ימים מרוכזים וסידרתי הכול, היה לי חשוב לתת לגילי הרגשה של בית, שהוא יוכל להביא חברים, להרגיש כאן נוח, ואז הוא קם וניגש אל המטבח הפתוח, מוזג לי מים בכוס זכוכית גבוהה כחלחלה, ואני שותה בשקיקה, דומה שאפילו למים כאן טעם אחר, צלול ונקי כמי מעיין.

תראה לי את החדר של גילי, אני מבקשת בקול חמצמץ, מתקשה להתפעל מהישגיו, והוא מוליך אותי בגאווה לאורך המסדרון, בדרך אנחנו חולפים על פני חדר שינה קטן, וילון חרוזים מתנדנד בפתחו במקום דלת, משמיע אוושה חרישית, ואני מציצה בזעף במיטה הזוגית שקנה לעצמו, המכוסה בכיסוי מיטה רקום, ומיד ניצבת בפתחו של חדר ענק ויפה, אפילו יפה יותר משגילי תיאר, מנורת לילה שופכת אור רך על הקירות הצבועים צבע חיטה זהוב, רצפתו מכוסה בשטיח נעים למגע, ועליו מפוזרות משפחות חדשות של

דובים אשר צצו יש מאין, שהרי משלנו לא נגרע דבר, ובפינת החדר מיטת עץ ועליה פרושים מצעים חדשים ועליהם שוכב ילד, שערו החום מבריק ושופע ולחייו סמוקות ושפתיו העדינות מופשלות ברפיון. על גבו הוא שוכב, ידיו מונפות מעלה, מכוסה בשמיכה דקה ועליה מצוירים נחילי כוכבים, פניו צחים וחינניים ונשימתו רגועה ואני גוחנת ומנשקת אותו על לחיו, מנסה לשאוף אל קרבי את האוויר החמים הננשף בין שפתיו הבקועות מעט מן היובש.

דמעה בודדה צונחת מעיני אל הלחי החלבית כי המראה המפתה הזה של ילד יפה ומושלם למראה הישן לו בשלווה בחדר יפה ומושלם למראה מבעית אותי לפתע, מעורר חשד עז, שמא מחפים כאן על משהו שכלל אינו כשורה, ואני גוהרת שוב ומרחרחת אותו, במקום ריח גופו המוכר, ריח גלידת וניל חמה, נמסה בשמש, עולה ממנו ריח שבבי עץ צבועים בצבע טרי, כאילו ניטלה נשמתו ובלעדיה הפך לבובת עץ עשויה ביד אמן, כפיל זהה לחלוטין, ואני ממששת את פניו, מגעו רך כתמיד, ובכל־זאת אי־שקט גדול מטלטל אותי, מה זה בכלל החדר הזה, מה זה הבית הזה, המטופח בהרבה מביתנו, הילד שלי לא שייך לכאן, לתצוגת הרהיטים הזו, הוא שייך לי, לבית שבו נולד וגדל, מה הוא מנסה לעשות, לקנות את ליבו ברהיטים ובצעצועים, עד שישכח את ביתו האמיתי, את אמו האמיתית. הנה הוא מראה לי בגאווה את הארון החדש, המלא בבגדים שקנה לו, מקופלים בדייקנות זה מעל זה כמו בחנות, אפילו מעיל כבר קנה, מכין את ילדו לחורף, ואני מנסה שלא להחמיץ פנים, מעולם לא הלכת איתי לקנות לו בגדים בחילופי העונות, תמיד היו לך עיסוקים יותר חשובים, אני בלאו הכי לא מבין בזה, היית משתמט, ועכשיו בלעדי הכול נעשה אפשרי, למה לצידי לא יכולת להשתנות.

אוויר צונן מתגנב מתחת לשמלה, מפיץ ניחוח דחוס של עונה חדשה, מעורר ערגה עמומה, זיכרון של חיים נקיים בראשיתם, חיים שיש בהם סדר, האם גם אתה חש בהם ומצטמרר, גופך הגדול לצידי, מוכר לעייפה אך אסור במגע, כגופו של ילד שבגר בן־לילה, ואִמו

הרגילה לגפפו נאלצת למשוך את ידיה ממנו כאילו איבריו בוערים. יחד אנחנו נטועים ליד מיטתו, כהורים מודאגים מעל מיטת ילדם החולה, פיו נפער בספק פיהוק ספק חיוך סהרורי, ואני מבחינה בחלל זעיר הנפרם בירכתי פיו, מתחת לשפתו התחתונה. נפלה לו שן, אני לוחשת, המומה מכך שלא הייתי שותפה למאורע, אפילו חוט העצב האחרון המחבר את השן אל מושבה בגד בי, והוא אומר, אה, כן, כשאכלנו ארוחת ערב, מצאנו אותה בין השיניים של התירס, מושיט לי קופסת גפרורים המונחת למרגלות המיטה ובה נחה השן הזעירה, שעכשיו כשהתנתקה מפיו נראית מצהיבה ומוכתמת כאילו נשמטה מחניכיו הריקות של ישיש ולא מפיו הרענן של ילד.

הנה זרועותיו נמתחות, נדמה שהן נשלחות אלי לחיבוק ישנוני ואני מתכופפת אליו, עפעפיו רוטטים, ריסיו מפרפרים, אל תתעורר, יקירי, לא עכשיו, מבטו של אמנון מסמן לי להתרחק משם, ואני חוזרת בצייתנות אל מקומי ליד השולחן העגול, אל כוס המים שכבר אינה מצפה לי, זבוב ירקרק נלכד בה, מכה בכנפיו, ושוב אני סוקרת את הסלון המטופח, בעוינות הולכת וגוברת, נחרצות הרהיטים מתגרה בי, כמו תקיפותו של השלט על תיבת הדואר שלו, אנחנו כאן על־מנת להישאר, אומרות הכורסאות, את היא הנידפת ואנחנו הקבועות, וכבר אני מנסה לעקוף את המכשול, להציע פתרונות יצירתיים, אולי בעצם נעבור כולנו לכאן, נתחיל דווקא כאן את חיינו החדשים, אמנם הדירה קטנה מדירתנו אבל נסתדר, וכבר אני מדמיינת אותנו אוכלים בתיאבון סביב השולחן הערוך בכלים החדשים שקנה, שותים מן המים הצלולים כמימי מעיין, ישנים שינה עמוקה על מיטתו הטרייה, מה רע בזה בעצם, מחר אעביר הנה את המחשב שלי וכמה בגדים ואצטרף אליהם, וכבר אני שומעת את קולו הנלהב של גילי מראה לי את נפלאות ביתנו החדש, אבל למה קולו מתרסק, אני מתנערת, שבבים של בכי ניתזים מחדרו שבקצה המסדרון ואני ממהרת לשם אבל אמנון מסמן לי להתרחק, בתנועה גסה, כמו הייתי כלב שוטה.

זה בסדר, חמוד שלי, אני שומעת אותו לוחש בקול חם, אני כאן איתך, וגילי פועה, אני רוצה להיות איתך בסלון, אני עוד לא רגיל לישון כאן, וליבי יוצא אליו, גם אני כאן איתך, ילד, אני מבקשת להוסיף, אבל הדרך אליו חסומה, ואמנון ממהר לעברי, זה לא טוב שהוא יראה אותך כאן, זה יבלבל אותו, הוא לוחש, סוקר בעיניים נרגזות את החללים הפתוחים, מחפש פתרון, ואני רוצה לומר, מה זה כבר משנה, הרי התקופה הזאת מאחורינו, אבל לפי שעה אני חייבת להישמע לו, כמה הוא מתוח, כאילו עליו להחביא יהודייה נרדפת מפני פורעים צמאי דם.

תיכנסי לשירותים, הוא מסנן נסער, תנעלי את הדלת, אסור שהוא ידע שאת כאן, זה ממש לא בריא בשבילו, ואני מצייתת בזעם, מתיישבת על מכסה האסלה וננעלת בחדרון הצר, ומיד כבה האור בפסקנות, כמו בקולנוע, כשהסרט מתחיל, אבל רק הקולות מגיעים אלי, בעוד המראות, מראה הילד הניצב בפיג׳מה קצרה על רגליו הדקות ומייבב, יגון נוטף מעיניו, כאילו עד עולם לא תהיה לו תקומה, המראות מוקרנים על לוח ליבי המתנודד אנה ואנה. אני רוצה לסלון, הוא מתחנן, אני אישן בסלון על הספה, בבקשה אבא, אני עוד לא רגיל לחדר שלי, אני רוצה להיות איתך, ואמנון אומר, אני אשב לידך בחדר שלך, אל תדאג אני אהיה איתך עד שתירדם. אבל אני לא יכול להירדם במיטה הזאת, היא קשה מדי, הוא מייבב, ואמנון אומר, היא בדיוק כמו המיטה שיש לך אצל אמא, היא פשוט חדשה, זה הכול, וגילי מתעקש, אני רוצה את המיטה שלי, כשאני ישן אצלך תביא לי את המיטה שלי מהבית, ואמנון מסביר בסבלנות, אבל זה בלתי־אפשרי, תראה שאתה תתרגל, מחר בבוקר תרגיש יותר טוב.

אני רוצה מים, תובע הילד, ואחר־כך נזכר, אני עוד רעב, אני רוצה לאכול, והנה מגיעה הבקשה שכל־כך חיכיתי לה, באיוולתי, אני רוצה את אמא, ואני מתפתלת על מכסה האסלה, מה פשוט מזה, אהובי הקטן, אמא כאן, רק לסובב את המפתח במנעול ולהגיח

אליו כמו פיה מן האגדות הבאה להגשים את הגדולה במשאלות. איך יזהרו פניו, איך ייבשו דמעותיו, איך ימלא חיוכו את הבית, וכמעט שאני מפרה את הוראות המארח ומגיחה ממחבואי אבל ברגע האחרון נרתעת, הרי זה לא ערב רגיל, זהו ערב שתוכנן בקפידה על־מנת להשיג מטרה נעלה, אסור לי להחמיץ את ההזדמנות בגלל צעד פזיז אחד.

הנה טופפות רגליו היחפות במסדרון, רק תשתה מים ותחזור מיד למיטה, אמנון מתחיל לאבד את סבלנותו, וגילי צווח בתמורה, אני רוצה את אמא, אני רוצה להתקשר לאמא, ואביו פולט ביובש, אז תתקשר, ואני בצינוק שלי, חדרון צר וחשוך, מדיף ריח חריף של חומרי חיטוי, שומעת אותו מחייג לביתנו הריק, מצפה לתשובה, אמא, זה אני, הוא מתאמץ לדבר אל המשיבון בקולו הבוגר ביותר, אני רוצה להגיד לך משהו, קשה לי להירדם, אולי את יכולה להביא לי את המזרון שלי, ואני מצטנפת על האסלה, פני נמעכים בין ברכי, לך לישון כבר, אני ממלמלת, ותן לי לסדר כאן את העניינים, כמה זמן עוד יימשך העינוי הזה, אבל מסתבר שהעיקר עוד לפנינו כי הנה נשמע שוב קולו הדקיק, אבא, אני צריך פיפי, ואני נתקפת שמחה פראית לאידו של אמנון, איך לא צפית את זה, מה תעשה עכשיו, אבל להפתעתי הוא מתעשת במהירות, השירותים תפוסים, הוא מודיע בקור־רוח, בוא תשתין בעציץ במרפסת, וגילי מתקרב אל הדלת ומנסה לפתוח אותה, אני שומעת את ידו מלפפת בתימהון את הידית העולה ויורדת, אז למה יש שם חושך? הוא שואל, ואמנון עונה, כי הנורה בדיוק נשרפה.

אז מי נמצא שם? מוסיף הילד ושואל, בקולו פליאה וחשש, ואמנון אומר, מישהי, אשה שאתה לא מכיר, היא תיכף הולכת, וגילי פועה, אני רוצה לראות אותה, ואז פוקעת סבלנותו של אביו והוא גוער בו, מספיק כבר לנדנד, תיכנס למיטה ודי, ולהפתעתי הגערה פועלת את פעולתה ועד מהרה חוזר השקט אל הדירה, שקט טעון, מאיים, המחיה מחדש את ההברות המתות: מישהי, אשה שאתה

לא מכיר, היא תיכף הולכת, והן מבעיתות אותי כחוזות את עתידי. זה מה שהוא זומם, שמעתי את האכזריות בקולו, את השמחה לאידי, כל השנים קינא בקשר שלנו ועכשיו הוא מתכוון לפתות אותו במתנות ופינוקים עד שישכח אותי, איך הגעתי לכך, תוך שבועות ספורים, להפוך מן האם המסורה המעריצה הנאהבת, למישהי, אשה שאתה לא מכיר, איך הופכת הפרידה את קרבי חיינו, עד שהנסיבות השגרתיות ביותר, הטבעיות ביותר, היות שלושתנו יחד ביום שישי בערב, תחת קורת גג אחת, הופכות לרצף בלתי־נסבל של שיבושים מצמררים, ודומה שהמשימה שנטלתי על עצמי נעשית אפילו חיונית יותר מרגע לרגע, שהרי אני קרעתי את הקרע ואני חייבת לאחות אותו הלילה.

כעבור דקות ספורות נשמעת נקישה רפה על הדלת, ואני פותחת אותה בזהירות, יוצאת רצוצה מכלאי, שׂערי ובגדי ספוגים בריח חומרי החיטוי והוא שולח אלי מבט מזהיר ומאשים, אצבעו על שפתיו, שלא אשמיע הגה, ואני חוזרת על קצות אצבעותי למקומי ליד השולחן, בוהה בלב כבד בצלחתו של גילי, קלח התירס הנגוס למחצה חושף לעומתי עשרות שיניים קטנות מצהיבות כמו זו החבויה בקופסת הגפרורים, כמו כל השיניים שינשרו מפיו בלעדי. מן הנאום המשכנע שהכנתי נותרו רק שיירים קרים חסרי טעם אבל אין לי ברירה אלא להחיות אותם, לתבל אותם מחדש, אחרת זה הגורל המצפה לי, לגדל את בני מבעד לדלת בית־השימוש הנעולה, להפוך להיות מישהי, אשה שהוא לא מכיר, שתיכף הולכת.

אמנון, תקשיב, אני לוחשת, מנסה להתעלם באצילות מכל מה שאירע כאן, אין לך מושג כמה אני מצטערת על מה שעשיתי, ברור לי עכשיו שזאת היתה טעות, אני רוצה שתחזור הביתה, שנחזור להיות משפחה, אתה צדקת, לא ידעתי להעריך את מה שהיה לי, לא הבנתי מה אני עושה, אני מתחננת שתסלח לי, אני בטוחה שלא תצטער, יש לנו כל־כך הרבה מה להרוויח, תראה מה האלטרנטיבה, שאני צריכה להסתתר מהילד שלי, שאני צריכה להיפרד ממנו

פעמיים בשבוע, אבל מיד אני מזכירה לעצמי להתרכז בנו ולא בגילי, הוא הרי מעוניין להיות גם בן־זוג, לא רק אבא, זה מה שחזר ואמר כל השנים. לרגע אני משתתקת ומציצה בפניו, שאינן מופנות אלי כי אם אל החלון הגדול הפונה אל המנזר המואר באור צהבהב, אפו הישר המחוטב, שפתיו הצרות, עיני התכלת המרהיבות שלו מרוכזים במבנה העתיק כאילו משם בוקע קולי, ואני מניחה בזהירות את ידי על ידו, אמנון, אתה חסר לי, אני רוצה לחיות איתך כל החיים שלי, ידי הצרה כסוסת הציפורניים אינה מצליחה לכסות על אצבעותיו העבות, ובכל־זאת באיזו עדינות אחזו אצבעותיו בחרסים. לחרדתי הוא מושך את ידו בתנועה חדה, כמו היה מגעי מטמא, ואומר במהירות, מבלי להביט בי, תקשיבי, אלה, למזלך אני אהיה עדיין איתך יותר משהיית את איתי, כשאני ניסיתי לשדל אותך לחכות עם הפרידה הזאת סילקת אותי מהדרך שלך כאילו אני מטרד, מפגע תברואתי, אז אני לא אעשה לך את זה כי היית אשתי ותמיד תהיי אמא של הבן שלי, אבל אני אשאל אותך שאלה אחת, מי את חושבת שאת, מה את חושבת לעצמך?

אני לא מבינה את השאלה שלך, אני עונה, יודעת כבר שהשיחה לא תתנהל בכיוון הרצוי לי אבל עדיין מקווה לסוף טוב, והוא אומר, ואני לא מבין את הביקור הזה שלך, מה, את באמת מאמינה שאני איזה חייל שוקולד במשחקים שלך? שתוכלי להרחיק אותי ולקרב אותי מתי שנוח לך? כשסילקת אותי מהחיים שלך לא חשבת עלי, וגם עכשיו כשאת מנסה להחזיר אותי את לא חושבת עלי, רק על עצמך.

אמנון, אל תתחסד, אני מוחה, אף אחד לא נפרד למען זולתו או חוזר למען זולתו, לא מדובר על גמילות חסדים בחיי נישואים, והוא אומר, אני לא מדבר איתך על גמילות חסדים אלא על מינימום של התחשבות, את מצפה שכל העולם יתנהל לפי מצבי־הרוח המשתנים שלך, אם נמאסתי עלייך את חייבת להיפטר ממני מיד, אם אני חסר לך את חייבת להחזיר אותי מיד, את עושה ניסויים

בבני־אדם, מתי תתבגרי, ואני נאנחת, מרכינה את ראשי נזופה, אתה צודק, אני כל־כך מצטערת, והוא מנופף בזרועו, אני לא צריך את ההתנצלות שלך, לי זה כבר לא יועיל, אני כבר במקום אחר לגמרי, אבל את אפילו לא מבחינה בזה, ואני שומעת את קולי מפרכס, מה זאת אומרת, באיזה מקום אתה?

אני כאן, הוא מחווה בידו על הספה והכורסאות, כאילו היה נגר וזו הנגרייה שלו, נוח לי כאן בשקט שלי, כל מה שקרה בינינו בשנים האחרונות מרט את העצבים שלי, הרגשתי שאת מתרחקת והייתי מאוים ולכן הגבתי בתוקפנות, הרגשתי שהבסיס שלנו מתערער, שמתחת לתלונות הבלתי־פוסקות שלך מסתתר פשוט רצון להיפטר ממני, לא היה לי סיכוי לרַצות אותך, הפסקתי לעניין אותך כבן־זוג, רצית בי רק כאבא לילד שלך, וגם זה רק בתנאים שלך. את מסוגלת אולי להתאהב אבל לא לאהוב, ברגע שאת מתאכזבת האהבה שלך מצטננת, מהביקורת המתמדת שלך נושב קור מקפיא, את בדיוק כמו אבא שלך, כל־כך סבלת ממנו ועכשיו את כמוהו, אז נכון שאני מלא חסרונות אבל אהבתי אותך ולצערי זה לא היה הדדי. עכשיו אחרי שהתגברתי על הזעזוע אני מרגיש שאני מבריא, הקשר שלי עם גילי השתפר, טוב לי להיות איתו בלעדייך, טוב לי להיות עם עצמי בלעדייך, בלי להרגיש שכל דבר שאני עושה נבחן ונכנס לרשימה שחורה של חטאים, אני מצטער, אלה, אבל זאת האמת, נגמלתי, נגמלתי ממך.

אבל אמנון, אני לא מציעה לך לחזור למה שהיה, אני אומרת בנדיבות, מבליגה בקושי על התמונה המסולפת ששרטט, ברור שאנחנו צריכים לתקן הרבה דברים בקשר שלנו, אבל עדיין יש לנו אהבה בבית, אתה בעצמך אמרת, ועל אהבה לא מוותרים בקלות כזאת, עדיף להשקיע מאמץ בתיקון מאשר בפרידה. אז אני חוזר בי ממה שאמרתי, הוא נאנח, זאת כבר מזמן לא אהבה, אלא הרגל רע, אני לא מאמין ביחסים האלה יותר, בסופו של דבר את צדקת, גם אם הדרך שלך היתה מקוממת, זה נגמר בינינו, זה נגמר לפני שנים,

מבטו הכחול מרפרף לרגע על פני, ומיד שב אל החלון, ואני מקשיבה לו בפקפוק, מתקשה להאמין בסופיותם של הדברים, הרי גם להתחתן לא רצית, אני נזכרת, גם להרות את גילי לא רצית, יש זמן, היית אומר, בשביל מה אנחנו צריכים את החותמת הרשמית הזאת, בשביל מה אנחנו צריכים את העול הזה, בואי ניהנה קודם אחד מהשני, אבל תמיד בסוף נעתרת לי, באנחה סלחנית, פטרונית, ואני שיכורה מכוחי עליך, כאילו הצלחתי לאלף בעל־חיים ענק, הגדול ממני כפליים, מינוטאורוס אימתני, שור שקרניו מצופות זהב, וגם עכשיו תיעתר, רק אמצא את צירוף המלים הנכון, כצירוף המספרים בכספת המלאה אצעדות עגילים וצמידים, תכשיטי הלנה מטרויה הממתינים רק לי.

אני מבינה שנפגעת ואני כל־כך מצטערת, אני לוחשת בקול רך, אבל אל תיתן לפגיעה הזאת להשתלט עליך, אני מבטיחה לך שאני אעשה הכול כדי שזה יצליח, אני מאמינה שנוכל להיות מאושרים כמו שהיינו פעם, אבל הוא מחייך במרירות, מניד בראשו, די, אלה, אל תבטיחי הבטחות שאת לא יכולה לקיים, אני מכיר אותך, למדתי כבר שכל מה שאת אומרת נכון רק לאותו רגע, אני לא סומך עלייך יותר, ברור לי שלא אותי את רוצה עכשיו, את רוצה למלא את המשבצת הריקה בחיים שלך, ואני המועמד הכי סביר כי הייתי שם, אבל זה לא אישי. את רוצה משפחה, ביטחון, את לא רוצה אותי, על כל מה שיש בי, על כל מה שמייחד אותי, הרי ממני את מסתייגת, שכחת כבר? שכחת שהסגנון שלי בוטה מדי, שאני אגואיסט, אטום, שתלטן, גס רוח, קנאי? אז אני לא שכחתי, ואין לי עניין לחזור לזה, בכל מה שקשור לילד אהיה תמיד שותף שלך, אבל בכל עניין אחר את לא קיימת בשבילי יותר, ואני מתנשמת בכבדות, בית החזה שלי משותק ממועקה, לראשונה עולה בדעתי אפשרות הסירוב המוחלט והיא נוגחת בי, ואני קמה מתנודדת לעברו, מנסה לשבת על ברכיו החשופות, לחבק את עורפו, את ריחו המוכר, ריח סבון ואבק.

אהוב שלי, אני לוחשת באוזנו, אין לך מושג כמה אתה טועה, אני מתגעגעת אליך, אני לא רוצה אף אחד אחר, אני יודעת שהזנחתי את היחסים שלנו, הייתי שקועה בגילי יותר מדי, זה קורה להרבה נשים, יותר קל לאהוב ילד מתוק מאשר גבר נרגן, אבל זאת היתה אשליה, החיים השלמים שלי הם רק איתך, אנחנו הבסיס של המשפחה הזאת, אבל הוא מניד בראשו בתקיפות כאילו שמע שמועה בלתי־נסבלת, מסיר את ידי מכתפו, אני רואה את הדברים אחרת עכשיו, אלה, אני חושב שהפרידה הזאת היתה בלתי־נמנעת, החיים ביחד הכניסו את שנינו לתסכול מתמיד, הוצאנו את הרע אחד מהשני, אני לא מאמין שזה יכול להשתנות בזמן כל־כך קצר, אין לי שום עניין לחזור לזה, טוב לי בלעדייך, מבחינתי זה סופי. קומי עכשיו, הוא אומר, תלכי הביתה, אני מנסה לשקם את עצמי ואני מבקש ממך לא להפריע לי, ואני קמה מעל ברכיו הקשות וכושלת אל הספה, צונחת עליה וממררת בבכי, מכתימה את הריפוד הבהיר בדמעותי, שיני נוקשות וגופי מפרפר, חולה אני פתאום, חולה אנושה, ואין מי שיטפל בי, רק בובת עץ קטנה בדמות ילד בן שש, ואמנון מתקרב אלי בזהירות, כמו הייתי חפץ חשוד שהונח בביתו, חולצתו השחורה שכפתוריה פתוחים חושפת את חזהו המוצק, האדמדם, ואני שולחת אליו את זרועותי, בוא שב לידי, אבל הוא ניצב על רגליו הכבדות, אני מבקש שתלכי, הוא אומר בשקט, את מקשה עלי ועל עצמך, אני בטוח שתתגברי, יש לך יותר כוחות משאַת יודעת, אני בטוח שעוד תקימי משפחה חדשה אם רק תרצי, תסתכלי קדימה, אין לך ברירה, זה מה שאני עושה, ואני מתייפחת, מכה באגרופי על הספה, לא, אני לא אסתכל קדימה רק אחורה, אני לא רוצה משפחה חדשה, רק את המשפחה שלנו אני רוצה, אותך ואת גילי, איך אתה יכול להיות נוקשה כל־כך, בלי לחשוב עליו.

גם את לא חשבת עליו לפני חודש, כשאני התחננתי לפנייך, הוא אומר ביובש, ואני ממלמלת, אז מה, אז בגלל זה תעניש את כולנו? והוא אומר, אני כבר לא רואה בזה עונש, אני מאמין שזה

צעד נכון בשבילנו, שנינו נבלנו בתוך הקשר הזה, וזה בטוח השפיע גם על גילי, עכשיו יש לכולנו הזדמנות להבריא, ואפילו אם אושר גדול לא מחכה לנו לפחות יהיה לנו שקט, זה כל מה שאני צריך עכשיו, והוא מושיט לי את ידו ואני מנסה למשוך אותו אלי אבל הוא חזק ממני, מצליח להעמיד אותי על רגלי למרות רצוני, תלכי עכשיו, אלה, תלכי הביתה, אין לנו סיכוי, זה מת בינינו, מת לתמיד.

זה בגלל עופרה? אני מעִזה ושואלת, שאלה שלא נכללה בנאום האצילי שהכנתי, והוא מבטל מיד, מה פתאום, אלה, אני לא כמוך, אני לא מחפש מיד ממלא מקום, ואני ממלמלת, על מה אתה מדבר, תמונה עכורה מתנפצת מול עיני, קרני שמש לוהטות על אדן החלון, ריחו הצורב של גבי, לשונו המחוספסת כלשון חתול, אם שמעת משהו מהחבר שלך תדע לך שהכול שקרים, אני מזדרזת לומר, הוא כל השנים ניסה לסכסך בינינו, והוא קוטע אותי, הוא לא חבר שלי יותר, ואני לא מעוניין לדבר על זה, אני מבקש שתלכי עכשיו, לפני שאומר לך דברים שאצטער עליהם.

תן לי רק לנשק את גילי, אני מבקשת, והוא מסרב, בשום אופן לא, אני לא רוצה שהוא יתעורר ויתחיל לעשות בעיות עוד פעם, אני אחזיר אותו אלייך מחר בערב, את חייבת להתאושש עד אז, לא כדאי שהוא יראה אותך ככה, וליד הדלת אני שוב נצמדת אליו והפעם הוא נעתר, כורך את זרועותיו סביבי, תהיי חזקה, הוא אומר, קולו חם ומעודד, תראי שיהיה בסדר, אני מכיר אותך, את נבהלת מהר אבל גם מתאוששת מהר, כאילו הוא אחי שמעולם לא היה לי, כאילו הוא ידיד נפש, אב הרחמן, ואני נשענת על המשקוף, נפרדת מן הדירה שכבר הייתי מוכנה להשתקע בה לצמיתות. אולי רק אישן פה הלילה על הספה, ואלך מוקדם בבוקר, אני מנסה ניסיון אחרון, קשה לי להיות לבד עכשיו, והוא נאנח, בשום אופן לא, גילי עלול להתעורר ולראות אותך, זה יבלבל אותו, תלכי עכשיו, ובתנועה נחושה הוא הודף אותי, מדליק את האור בחדר המדרגות וסוגר בפני את הדלת אל חייו החדשים, ואני מידרדרת במורד המדרגות,

רגלי העץ שצמחו תחת רגלי נושאות בקושי את משקל הצער והאכזבה, מתעכבת שוב מול תיבת הדואר שלו, שלט יהיר מתגרה בי שם, מוקף במסגרת שחורה, אמנון מילר, ואני שולחת את ידי ותולשת אותו מעל התיבה, קורעת את הנייר הנוקשה לקרעים קטנים, שלא יישאר לו זכר.

איך יֵדעו הרגליים לצעוד, הברכיים להתכופף ולהתיישר, היד לאחוז במעקה, איך יֵדע הלב להתכווץ ולהתרחב, איך יֵדע הדם לזרום כנהר של בכי כבוש, איך יֵדעו הריאות להכיל את האוויר השחור האורב לי בחוץ, ואני עוברת מתנודדת בין זקיפי הדקלים, כמו שני המגדלים בחזית המקדש הכנעני במגידו הם ניצבים, כגַלעד למקדש שחרב ולא שוקם, בעוד העיר סביבו נבנית ונהרסת עשרות פעמים. קרעי הנייר נשמטים מידי זה אחר זה כשאני צועדת לאט, פסיעותי הקודמות פוגשות את פסיעותי הבאות ודומה שעוד עשור חלף, רק לפני שעה היה חותם של תקווה מוטבע עליהן, ועכשיו נמחקה התקווה ומה נותר בלעדיה, צעדים ריקים, חסרי ממשות. אם רק הייתי שומעת בקולו של אבי בבוקר ההוא, חוזרת אליו וכורתת איתו ברית עולם, היינו עכשיו רובצים נינוחים בביתנו כשגילי ישן בחדרו, על מיטתו היחידה, ומחר היינו נוסעים לפיקניק בהרים עם טליה ובעלה, מחפשים חצבים וסִתווניות להראות לילדים, וגילי היה מקפץ על הסלעים חסר דאגות עם יואב, לא שונה מאחרים, לא עוד יוצא דופן. מפסיעה לפסיעה גדלה הטעות ותופחת, כאסון שממדיו מתבררים רק בחלוף הזמן, העדינות שנהג בי הערב לעומת הגסות שנהגתי אני בו, נעימותה של הדירה, רכותו של השטיח, המאמץ שעשה למען הילד, יכולתו המפתיעה להשתנות, כל זה רק מחזק ומעצים את הטעות שעשיתי, שעד סוף חיי לא אשתחרר מתוצאותיה, כאותה התפרצות געשית שהדהדה עד הקוטב הצפוני ועד סין.

האם אבוא אליהם עכשיו, אעיר אותם משנתם ואצעק באוזניהם: תצילו אותי, אמא ואבא, תראו מה עשיתי, ממש כמו במסיבת יום

ההולדת שלי כשהייתי בת חמש, והם ערכו שולחן גדול בחצר, מכוסה במפה לבנה, וערמו עליו ממתקים. רק פעם בשנה הרשו לי לאכול ממתקים, רק ביום ההולדת, ואני ישבתי שם נרגשת וחיכיתי לחברי שיגיעו, מתקרבת בעל־כורחי אל השולחן כאילו נלכדתי בפלצור, הלב התינוקי מרשרש בהתרגשות, בוחנת בעיני את הצלחות המפתות, שולחת את ידי וממששת עד שהסוכר נדבק לאצבעות, נוטלת עוגייה בצורת פרח שבליבה ריבה אדומה ומקרבת אותה לאפי, ואחר־כך לפי, והמתיקות האסורה מתסיסה את הדם, עד שבבת־אחת תקף אותי בולמוס, ולא יכולתי להתאפק, שולחת את ידי לכאן ולכאן, דומה שעשרות זוגות ידיים צמחו לי לפתע, עשרות פיות הנוגסים ולועסים ומוצצים ובולעים ויורקים, קוביות שוקולד כבדות ושחומות וּפלים אוורירריים וסוכריות טופי גמישות, נחשי גומי ופלחי מרמלדה, עד שהצלחות התרוקנו כמעט ולמרגלות השולחן נערם הלכלוך, ניירות עטיפה קרועים, שיירים נגוסים למחצה, ואז שלחתי אצבעות מטונפות אל עוגת יום ההולדת ההדורה, עוגת שוקולד תפוחה מצופה בסוכריות לבנות, וגם בה נגסתי וגם אותה הִשחתי, וכשהגיעו הילדים מצאו אותי מתבוססת בקיאי מתחת השולחן, פני מוצפים דמעות בצבעי מאכל זולים, מאובקים באבק ממתקים, תצילו אותי, אמא ואבא, תראו מה עשיתי, הרסתי את יום ההולדת שלי, שנה שלמה חיכיתי לו ותראו מה עשיתי.

רק כשחולפים על פני גבר ואשה שקועים בשיחה ערה אני מבחינה כמה ריק הרחוב, בוהה בהם מוטרדת, הוא גבוה וכפוף מעט, היא נמוכה ודקה, דוחפים מולי עגלה כפולה, מאחוריהם משתרך ילד בגילו של בננו, תראה אותנו, אמנון, הנה אנחנו, ממשיכים להתקיים במקביל, להוליד ילדים, ואני מכסה בידי על עיני, הנה גם המראות חברו נגדי בעקבות המלים, כל מראה מקרי שאראה מעתה ועד עולם ישלוף מולי ציפורני חתול מעוקלות, כל מה שנמחק מחיי כממצאים הנמחקים בחפירה ורק תיעוד כתוב או

מצולם נותר מהם יהפוך למראה מסוכן, זוגות שלובי זרוע, נשים בהריון, הורים וילדיהם, ואני מפנה את מבטי אל הכביש, מכונית מהודרת חולפת על פני בנסיעה איטית, מעוררת בי לרגע תחושה לא נוחה ונעלמת, כמו האור הנמוג בחלונות, השירה הגוועת סביב השולחנות שהתרוקנו, אנשים נפרדים בתודה ממארחיהם, הנה נגמר עוד ערב, אבל בשבילי אין זה עוד ערב כי זהו הערב שבו נכזבה תוחלתי, זו שנאחזתי בה בשבועות האחרונים, זו שפסעה מאחורי ודחפה את גבי הממאן מיום ליום בעלייה התלולה, במסע הזה שכבר איבדתי בו עניין וטעם, בטרם הגעתי אפילו עד מחציתו.

בברכיים כושלות אני מטפסת במדרגות ביתי, מה לי ולבית הזה, שם אני רוצה לגור, בדירתו היפה המשקיפה על המנזר, שם אני רוצה לישון, על המיטה המכוסה בבד רקום, מאחורי וילון החרוזים, ובבוקר ינצנצו החרוזים באור השמש כשגילי יעמוד מולם, יסיט אותם כלא מאמין למראה הנגלה לעיניו, המראה שלא יראה עוד לעולם, אמא ואבא במיטה אחת, שוכבים זה לצד זה, עיניהם עצומות, בדיוק כפי שמבשר השלט שהכין במו ידיו, החדר של אמא ואבא. כמה משומשת נראית הדירה, מוכתמת, דוויה, גוף שניטלה ממנו תמצית נשמתו, כבר אין היא נראית כמו בית, אלא כבית־יתומים, בית־מחסה לחסרי כול, שבהיותם חסרי כול לא יוטרדו ממראה המקום בו הם נמצאים, שהרי זה דיור זמני גם אם עתיד הוא להימשך כל ימי חייהם, ואני מכבה במהירות את האור, פושטת את שמלתי ונופלת למיטה, תשושה ועירנית ובעיקר חסרת תקווה, מהי התקווה הזו שבדרך־כלל אין היא מורגשת, כאותם איברים שכל עוד תפקודם תקין איש אינו ער לקיומם, ורק חסרונה מתנפץ בתודעה בגלים של הדף.

זעם אין סופי ממלא את המיטה, נמתח מקצה העולם ועד קצהו, נדמה ששור זועם נוהם מתחת המזרן ועד מהרה יישא על גבו את המיטה, את הרחוב, את העיר כולה, אל האבדון יישא את כולנו, ואני אינני חוששת כפי שחששו תושביה הקדומים של תרה מן השור

המשתולל בבטן האדמה, רק שיזדקף כבר, מגורה ונורא, שינער את סדר העולם שנעשה בלתי־מתקבל על הדעת, איך הגענו לידי כך, שאני כאן לבד בביתי בערב שבת כמו הייתי ערירית, כמו מעולם לא היתה לי משפחה, והם שם בלעדי, אב ובנו היחיד, איך התעוותה המציאות, שינתה את פניה פתאום, כאשה בריאה ונאה שלפתע השחית שיתוק פתאומי את פניה, איך האמנתי לכל סיפורי הגירושים הקלילים ששמעתי בחצי אוזן, תמימה ונלהבת, איך לא הבנתי שמדובר בזעזוע שאפרו מכסה את עין השמש חודשים ארוכים.

והנה מתגלגל לאוזני הצליל המוכר המרגיע של סיבוב המפתח בדלת, חריקת הצירים המהוסה כדי לא להעיר אותי, כך היה נכנס בלילות ואני שהתקשיתי להירדם בלעדיו הייתי שומעת ומיד נרדמת, וגם עכשיו אני מתפתה להיאחז בחריקה הנעימה ולשקוע בשינה החסרה לי כל־כך, עד שפרפורי השמחה מתקדמים בניתורים פראיים מקצות אצבעותי אל שורשי שערי, הוא הגיע, הוא לא עמד בפני, הוא התרצה כמו תמיד, רק ניסה להקשות עלי מעט שלא יהיה ליבי גס בו, הוא עזב את דירתו החדשה ואת רהיטיו הנוחים וחזר אל ביתו, ואני מזנקת מן המיטה וממהרת אל הפתח, ידי נשלחות לפני, בוחשות בחושך הסמיך המאושר. אמנון, זה אתה, נכון? אני שואלת בזהירות, אבל הוא לא עונה לי, עומד כפוף ליד הדלת כמו קופל לשניים באריזה הדוקה, כל־כך עבה וקצר הוא נראה, ואני אומרת, אמנון, אני כל־כך שמחה שבאת, ידעתי שאתה לא מתכוון למה שאמרת, אני מבטיחה לך שלא תתחרט, הכול ישתנה בינינו, ואז עולה מן הצללית הצמודה לדלת קול סדוק ומאנפף, נמוך ומרתיע, זה לא אמנון, סתומה שכמוך, מצבך כנראה חמור אם את כבר לא מבחינה בינינו, ואני לוחצת מיד על המתג ומדליקה את האור, כדי לראות את גופו הגס של גבי, בחליפה כהה מקומטת, זיפים שחורים מטפסים כנמלים על לחייו, עיניו ארגמניות, ואני סוקרת אותו המומה לחלוטין מנוכחותו, מפלישתו אל ביתי, ממי שהוא וממי שאינו, גרוני ניחר מחרפת הזעם וחריפותו.

איך אתה מעז, איך אתה מעז, אני נוהמת מולו, והוא סוקר אותי בעיני הדם שלו, מתנשם בכבדות, הבל פיו ספוג אלכוהול, הזהרתי אותך שאני אחזור בזמן שיתאים לי לגמור איתך את החשבון, הוא חורק, אני רואה שחיכית לי, עיניו סוקרות בלגלוג את בגדי התחתונים, ואני מסננת, תסתלק מכאן מיד אחרת אני קוראת למשטרה, בטלפון אחד הולכת לך הקריירה, תיזהר ממני. למה אני יודע שלא תעשי את זה, הוא מגחך בשלווה, ואני אומרת, כי אתה שחצן עלוב, עוד רגע אתה נשאר בלי משרד ובעיקר בלי מתמחות, עוף מכאן ותשאיר לי את המפתח, והוא נשען על הדלת, מודד אותי במבטו, אל תדאגי, אלינקה, אני אסתלק בסוף, אבל לא לפני שאני אלמד אותך לקח שלא תשכחי בחיים.

כבובת עץ שאיבריה התפזרו סביב אני שרועה על רצפת הבית, הברגים המצמידים אותם זה אל זה נשמטו, היכן הילד שיבוא ויסדר את צעצועיו לפני שיעלה על משכבו, רצית לשכב עם אמנון הלילה, אה, זה מה שרצית, הוא פולט את צחוקו החמוץ בחלל פי, אז עכשיו יש לך אותי, כל מה שרצית לעשות איתו תעשי איתי, ואני מנסה לשרוט את עורפו בציפורני האכולות, הודפת את פניו המתקרבים אלי, בחלומות שלך אתה תחליף את אמנון בשבילי, אתה בסך הכול הפח זבל של אמנון, וגם לזה הוא כבר לא זקוק.

גם לך הוא לא זקוק יותר, אחרת לא היית כאן עכשיו, הוא מגחך, ראיתי אותך יוצאת מהבניין שלו אחרי שהוא זרק אותך, ואני נזכרת במכונית שחלפה על פני בנסיעה איטית, עקבת אחרי, סוטה, אבל קולי קבור במעמקי גרוני, מה זה משנה בעצם, הוא עקב אחרי, אני עקבתי אחרי אמנון, שנינו אבודים, אבודים, כמו שני השלדים שנמצאו מעל נִקבת המים במגידו אנחנו אבודים, רגליו הקצרות נדחקות בין רגלי, כשאני שרועה תחתיו על הרצפה החשופה, מגעה קר ונוקשה כמו מכסה האסלה בדירתו של אמנון, נדמה שכל רצפת הבית היא מכסה אסלה דקיק, בקרוב ייסדק תחת משקלנו וכל צחנת העיר, עברה ועתידה, תעלה בנחירי.

תגידי אמנון, הוא מאנפף באוזני, תגידי אמנון אני רוצה אותך, ואני רואה את המלים מתנודדות כסירות שבורות בנהר הבכי היבש הניגר מגרוני, אמנון אני רוצה אותך, המלים נאמרו ומרגע שנאמרו כבר לא משנה מי אמרן, ואל מי היו מכוונות, כנשמות תועות ירחפו מגלגול לגלגול, מחפשות את תיקונן. תגידי אמנון תחזור אלי, אני אעשה הכול רק תחזור אלי, ידו ממששת את דופנות גופי ואני משתנקת, אמנון תחזור אלי, אמנון תסלח לי, אני אעשה הכול רק תסלח לי, נדמה שאצבעותיו כבר משוטטות בחלל הבטן ההמום, פורעות את סדר האיברים, רק ניתוח יוציא אותן מתוכי. תסתכלי עלי, הוא מחרחר, אני רוצה שתסתכלי עלי, אני רוצה שתתחנני שאני אשכב איתך, ואני ממלמלת, תשכב איתי אמנון, כי מתוך פניו קורנים אלי לרגע פניו של העבר, אבל בבת־אחת הוא מרפה ממני ומזדקף, זה לא משכנע, מותק, הוא ניצב מעלי בפנים נעווים, פיו פעור, את יודעת מה, לא בא לי עלייך, למה שאני אסתפק בשאריות של אמנון, ואני קמה מתנשמת מן הרצפה, כל איברי מייבבים, סחרחורת מבהילה מקיפה אותי ואני נשענת על הקיר, מביטה בו רוכס את מכנסיו באצבעות רועדות, רק תני לי להגיד לך משהו לפני שאני הולך, הוא אומר במאמץ, דיבורו כבד, מתלעלע, אַת הרסת את הקשר היחיד שהיה לי בחיים, אין לי אשה אין לי ילדים אין לי חברים אמיתיים, רק חבר אחד היה לי מגיל שש ואת הפלת אותי במלכודת וגרמת לו לנתק איתי את היחסים, אני לא אסלח לך על זה לעולם. הנחמה היחידה שלי היא שגם את איבדת אותו בדיוק בגלל זה, אבל זאת נחמה קטנה מדי, והוא תוחב את ידו לכיסו ומוציא משם את המפתח, משליך אותו על הרצפה בין כפות רגלי, קחי אותו, אלה, אני לא צריך אותו יותר.

כאדם מול עונשו אני ניצבת מולו, העונש הזה שלפעמים הוא מלאך המוות ולפעמים הוא חרב מתהפכת ולפעמים הוא שור בקרני זהב, העונש הזה שתמיד הוא לא קרוא ותמיד מלווה הופעתו בהקלה איומה, מבחילה, וכך גם ניצב הוא מולי, בפנים נעווים, שנינו

שותפים לפשע, שנינו ניצולים בעל־כורחם, גזר־דין זהה נגזר עלינו, אנשים אחים אנחנו הלילה, מגורשים מן העיר כפליטים באישון לילה, כמצורעים, הוא ראוי לי ואני לו. ברגליים רפות אני פוסעת אל המקרר, מוציאה משם את בקבוק היין שקניתי לכבוד שיבתו של אמנון, חולצת את הפקק בקלות מפתיעה, ומוזגת לשתי הכוסיות העמוקות שניצבו על השולחן מבעוד מועד, עומדות על רגלן הדקיקה כאנפה ששקעה בשינה כבדה, רגע לפני בוא הציידים.

פרק שמיני

בן־לילה נעלמה ממלכת הפלאים בלב הים התיכון, מותירה אחריה אגדה מסתורית, ארמון מסחרר בתפארתו, בן מאות חדרים, על ציורי הקיר המרהיבים שלו, קונכיות, תמנונים ודולפינים, כרובים מכונפים, קרני שור, דמויות מצוירות המלוות את האורחים מחדר לחדר, אלות חשופות חזה ומתעמלים שריריים וביניהם הפריזאית, ששׂערה מקושט בתכשיטים ומבטה יהיר.

אור השמש הובל בתעלות אל הארמון הענק, המשוכלל ביותר בעולם הקדום, מאיר את עמודי ארז הלבנון הצבועים אדום, שכותרותיהם כפתורים שחורים, את מעשי הפיתוחים המופלאים בשנהב ובאבני חן, את כדי הזיתים והיין הגבוהים מקומת אדם, וכל הפאר הזה עוצר הנשימה נבנה דווקא על נקודת התורפה של כדור הארץ, וכל הפאר הזה בן־לילה נעלם, כוסה בעשרות מטר של אבן טוף, כי באמצע האלף השני לפני ספירת הנוצרים התרחש אסון הטבע הנורא ביותר בתולדות האנושות המתועדות, כי בלב הים התיכון נקרע לגזרים האי תֶרָה בעוצמה שלא ידע העולם.

כמויות בל ייאמנו של אפר וולקני זינקו מן ההר שהפך ללוע פעור, קובר תחתיו תרבות קדומה מפותחת להפליא, מותיר אחריו צוקים תלולים עשֵׁנים, חיוך טרשי עגום בלב הים, מותיר אחריו כמיהה נואשת לשמש שלא תֵראה את פניה שנים ארוכות, עד כדי מהפכה דתית של ממש בציוויליזציות רחוקות כמצרים, שם הועלה

אתן, אל השמש העולה, לדרגת אל יחיד, כי ענני אפר וולקני כיסו את עין השמש שנה אחר שנה, שבעה חורפים תמימים.

זה יהיה גם סופן של המעצמות הגדולות של תקופת הברונזה המאוחרת, מצרים וממלכת החיתים, ובמקומן יצוצו עממים קטנים, אדום מואב ועמון, ישראל ויהודה, שייאלצו להתמודד עם התפוררות המסגרות, עם האלימות המתפשטת, עם אלפי העקורים הנודדים בדרכי הים והיבשה בחיפוש אחר בית חדש, עם ידה הקפוצה והקרה של תקופת הברזל.

כי אלה יהיו מעתה פני הדברים: מדי פעם הוא יעבור מתחת למשקוף הצבוע בירוק זית, כפוף ומרושל, על כתפיו מקנן ילד, יביט ללא צער בבית שהשאיר מאחוריו, בשרידי משפחתו הנשברת, יחליף איתי מלים בודדות, מנומסות, יתאם את הסידור לימים הקרובים, ינשק את גילי על מצחו, יפרע את שערותיו, ותמיד יגיע בזמן ותמיד יעמוד בדיבורו, ותמיד יפזר בבית את חיוכו המפולש ותמיד יותיר אחריו פליאה עמוקה, נרגזת, כיצד נולד לו פתאום במרחק של כמה רחובות מכאן אמנון חדש, מסויג ונעים הליכות, צונן ומנומס, מתחשב אחראי ואמין, כיצד בקע פתאום, בגיל לא צעיר, באמצע חייו, מתוך קליפתו של אמנון המתלהם, חם המזג, ההפכפך, קצר־הרוח.

האומנם אלה יהיו מעתה פני הדברים, בימים ההולכים ומצטמצמים לקראת חורף שאין לו סוף, כמו זה הבא בעקבות צמרמורות אדמה, כשאני הולכת ונחלשת, הולכת ומתרחקת מן החיים. כשאני מגיעה מדי פעם למשרדי רשות העתיקות לאסוף דואר, ניגשת לספרייה המפיצה ריח עמום של אבק ודבש, פוגשת בעל־כורחי פנים מוכרים, דומה שפער בלתי־ניתן לגישור הולך ונמתח ביני לבין החיים. מה קורה לך, את רזה כמו שלד, כבר אפשר להציג אותך כאן במוזיאון, אומרים לי עמיתי, ואני מחייכת בשיניים נוקשות, כן, זה כנראה הפתרון, לעכל בהתמדה את איברי הפנימיים במקום לאכול, שהרי אפילו ממתקים מרתיעים אותי, כמו אז אחרי

מסיבת יום ההולדת, כשלא יכולתי לשאת מראה ממתק שנה תמימה, עד יום ההולדת הבא.

כן, זה כנראה הפתרון, להצטמק להתכווץ להתמזער להתגמד להצטמצם עד שאהיה שוב תינוקת, הומייה הברות סתומות, בועטת ברגליים רכות, ואבי ואמי יקחו אותי תחת חסותם, ידאגו לכל מחסורי, כפי שהצליחו לעשות רק בשנותי הראשונות, ודומה שזוהי הפליאה המאפילה אפילו על קודמתה, כיצד התגלגלה מתוך האם המסורה הסבלנית והשלמה שהייתי ילדה אומללה ובודדה, מתוחה נרגזת וחולה. חולשה קשה מפרידה ביני לבין החיים, סחרחורות שחורות מפרידות ביני לבין החיים, בחילה סמיכה, ודומה שהגשר היחיד שעוד מחבר ביני לבינם, הילד, הולך ומתמסמס אף הוא ככנפי שעווה בשמש, כי הנה באו ימים, שאינני מצליחה אפילו לקום מן המיטה ואז אני מבקשת מאמנון בקול חפוי שייקח את גילי אליו ליום נוסף והוא נענה ברצון, בתרועת ניצחון סמויה. הנה האמת יוצאת לאור, אומר קולו, והיא מחממת לב, עכשיו בשעת מבחן אנחנו נוכחים לדעת מי ההורה הטוב בינינו, שש שנים התנשאת עלי, ועכשיו בשעה אחת של קושי שהבאת על עצמך במו ידייך, את מפסיקה לתפקד, מאבדת עניין בילד, ואני שנחשבתי לאב המזניח, האנוכי, אני הוא היציב משנינו, רק עלי, מסתבר, אפשר לסמוך, ואני סופגת בדממה את עקיצותיו הסמויות, זו רק תקופה כזאת, אני מנסה להתנחם, תוך זמן קצר אתאושש והכול יחזור לקדמותו. שוב אביט בו בהתפעלות, אקשיב בשקיקה לסיפוריו, שוב נשב על השטיח ונבנה ארמונות משוכללים, רק תעבור התקופה הזאת, הרי היא לא תימשך לנצח, וגילי אפילו בקושי מבחין, כמדומה, ככל שאני נעשית יותר בודדה כך מקפיד הוא להקיף את עצמו בחברים, כמעט מדי יום מצטרף אליו ילד נוסף, ואני נושמת לרווחה, ההמולה הכפולה מאפשרת לי להתבדל ממנו, לא להתייצב מולו בשעות אחר הצהריים החשוכות כשהאוויר צר ונוקשה מקור, ואחרי שעוזב החבר מתמלאת האמבטיה במהירות, וכבר ממתינה המיטה שתאחז בו עד הבוקר, אחרי סיפור

שהולך ומתקצר, כמו שעות האור בעונה הזו, וכך אני מתחמקת ממנו יום אחר יום, מן הקִרבה שהיתה בינינו, מן האהבה השלמה הבטוחה והמספקת שהאפילה בזוהרה וברכותה על כל האהבות שידעתי, המתוחות, המסוכסכות.

אחרי שהוא נרדם אני מפנה במהירות את כלי ארוחת הערב, בולעת את השאריות מצלחתו, שארית הביצה הקשה, הפיתה, ולאחר היסוס קל גם מצלחתו של החבר, שהרי המקרר ריק כמעט, ירקות עתיקי יומין מתכסים כפור דביק בירכתי המגרה, מוצרי החלב מחמיצים, מדי ערב אני מחליטה שמחר כבר אלך לחנות, אמלא את המקרר כמו פעם, אבל לבסוף מצליחה להפיק עוד ארוחת ערב אחת מן המוצרים המועטים שנותרו, ואני מביטה סביבי בפליאה נרגזת, באדנית ההולכת ונובלת, פרחיה שמוטים, בתפוחים המרקיבים בקערת הפירות, בברז הדולף, אפילו החתולים שהיו מתגנבים הנה לפעמים לחפש שאריות מזון חדלו להגיע, כאילו ננטש הבית, באופן כל־כך לא צפוי ולא מובן הביאה הפרידה מאמנון את הקץ על כל צורות החיים בבית הזה.

לא, לא פיללתי שאלה יהיו מעתה פני הדברים, מדי פעם עוד מבזיקים מולי החיים שדימיתי לחיות, חיים שלווים ורגועים מאין כמותם, בימים אכתוב את המחקר ואחר הצהריים אשחק עם גילי ובלילות אהיה לבד, ואם אי־פעם יתעורר בי עניין בגבר אוכל לממש אותו בקלות, חופשייה ולא ערירית, חופשייה עם ילד, האין זה המצב המשפחתי הנחשק ביותר, אבל כשאני מתפתלת מול המחשב בבקרים, מנסה לתעד את אסון הטבע הנורא ביותר בעולם העתיק, רק סיפורנו שלנו עולה מתוך הפרסקאות העתיקים שנשתמרו באורח מפליא כל־כך, איך קרא לי הפריזאית, שולף מכיסו את השקופית, בואי תראי, הוא אמר, אַת משם, מתֶרָה, מלפני ארבעת אלפים שנה, זה לא יאומן, ואני בחנתי את השקופית מול האור, רואה את מבטי קבוע ביהירות בפנים חיוורים, הדורים, שפתי משוחות באדום עז, שערי מקושט בתכשיטים.

היא היתה כנראה כוהנת, הוא אמר, אבל החוקרים כינו אותה הפריזאית, בגלל התסרוקת והאיפור, איזה טיפשים, אפשר לחשוב שבעולם העתיק לא התקשטו, והוא שלח את ידו אל סנטרי והסיט את פני לכאן ולכאן, מציץ לסירוגין בי ובשקופית, ואני נזכרת איך אמר לי באותו ערב, כשטיילנו לראשונה באתר הפעור הפולט את חום היום כגוף במחלתו, את סתם מתחזה, את בכלל לא ארכיאולוגית אמיתית, רק סיפורים מעניינים אותך, ועכשיו כשאני מנסה להלביש את הממצאים בחליפה מדעית אני נוכחת עד כמה צדק, רק הסיפורים, רק הסיפור שלנו, שתחילתו בתל יזרעאל וסופו בעיר ירושלים, עשר שנים מאוחר יותר, בדירה בת שלושה חדרים, באחת השכונות הישנות, וכשאני הולכת ומצמצמת את האתר שלנו נדמה לי שריבוע החפירה האחרון שאת ממצאיו עלי לתעד בצילום ובציור, במדידה ובשרטוט, נמצא דווקא שם, בחדרו של גילי, במיטתו, שם כיסו איבריו את איברי בפעם האחרונה, ולשם אני חוזרת בבקרים, רועדת מקור, מנסה לזמן אלי את גופו הרותח, כי ככל שחולפים הימים מתעדן הזיכרון, עד שנדמה לרגעים שדווקא שם התעלתה אהבתנו במעלות של זיכוך וייחוד, דווקא שם נצרפו גופותינו בעוצמה שאין דומה לה, עוצמת עלבונו ודאבון ליבו, עוצמת סרבנותי ועיקשותי ותאוות הנקם שלי, וכשאני נצמדת אל חיות הפרווה המתות, מציצה בעיניה האטומות של הלביאה, מוגדלות האישונים, אני יודעת שאלה הן עיני שלי שהתבוננו בו, ביקר לי מכול, במבטי זכוכית יבשים וריקים, ואני מנסה להשיב אותו אל המיטה, לבדות סוף אחר ליום ההוא, האחרון בימי המשפחה.

מתחת לשמיכת הפוך של גילי שריח שתן קלוש עולה ממנה אני נענית לגופו, מנסה להחיות עונג עתיק הקבור בין איברי ועלי רק לאתרו, ברגע שאניח עליו את ידי ייעתר לי, הגוף המוכר הופך למבוך ענק כארמונו של מינוס בקנוסוס, שם חי המינוטאורוס האימתני, חציו שור חציו אדם, שאהב קורבנות צעירים, נערים ונערות, ואז נופלת עלי לרגעים תרדמת סוכר שרוף, ממנה אני

מזנקת בבהלה, צריך לאסוף את הילד, ואני מביטה בשעון ועברו רק עשר דקות, זמן חטוף, קצר כל־כך, לעומת שעות הערוּת הארוכות החושפות מולי מלתעות סגולות, ריריות, ובהזיות ההולכות ומשתלטות עלי כבדמדומי מחלה נדמה לי ששם הם אהובי, שם היא משפחתי, בחדר הסמוך, ממש מעבר לקיר, הנה אני שומעת את קולותיהם הנינוחים, כמימים ימימה, אבא, אני רעב, מה להכין לך, פיתה עם שוקולד, אולי תאכל משהו בריא יותר, פרי או סלט, לא, אני רוצה פיתה עם שוקולד, אבא, תראה מה ציירתי, איזה יופי, חמוד שלי, אבא, איפה אמא, היא ישנה, היא לא מרגישה טוב, מתי היא תבריא, עוד מעט, מחר היא בטח תרגיש יותר טוב.

היכן הוא המחר הזה המובטח, שכנפיו נחבטות מעלי ואיני מצליחה לאחוז בהן, יום אחד ארוך ניצב בפני כסולם שראשו בשמיים ואין לו מחר, יום אחד ארוך שבו עלי להביא את גילי לבית־הספר ולאסוף אותו משם עשרות פעמים, להכין עשרות ארוחות ערב, למלא עשרות אמבטיות, לכתוב עשרות עמודים, לחסום את הצער שעות על שעות בפקק נוקשה בגרוני שלא יינתז משם כמשקה מוגז מן הבקבוק, ולחכות ללילה, לא על־מנת לישון אלא על־מנת להפסיק להעמיד פנים, אבל כשאני מקדימה לעלות על משכבי בלילות משתרע לצידי יצור תובעני ואלים, מרסס כתובות נאצה על קירות הלב. פתיל השינה הדק נקרע שוב ושוב, קצותיו נרתעים זה מזה, ואני שוכבת ערה, המיטה הופכת לשדה קרב של זיכרונות, הזיכרונות הטובים נלחמים ברעים כשני גלדיאטורים שריריים, ואני מוצאת את עצמי מייחלת למפלתם של הטובים, מעודדת את הזיכרונות הרעים, ההולכים ומתנדפים למרות רצוני, עד שנדמה לי שרק שלווה וברכה מילאו את ימינו.

אֵלָה, זה לא יסתדר מאליו, את חייבת עזרה, דינה אומרת, יש לי מישהו שירשום לך תרופה ותוך חודש את חוזרת לעצמך, רק תגידי אני קובעת לך תור, אבל אני מסרבת מיד, מה פתאום תרופה, אני לא חולה, אני פשוט בהלם ממה שעשיתי. את לא בהלם את בדיכאון,

היא אומרת, וזה לא פלא, פרידה היא אחת הטראומות הכי חזקות שיש, יש לה עוצמה של אבל בלי הלגיטימציה שלו, את צריכה להתחיל טיפול או לקחת כדורים, ורצוי גם זה וגם זה, לפחות לחודשים הקרובים, ואני מוחה, מה פתאום כדורים, הם הרי לא ישנו את המציאות, הם לא יחזירו לי את המשפחה שלי, אם הייתי סתם מדוכאת בלי סיבה הייתי צריכה טיפול, אבל הרי יש לי סיבה טובה לדיכאון, מה שמוכיח שאני לגמרי נורמלית. תמצאי לי כדור שיחזיר את המצב לקדמותו אני בולעת מיד חבילה שלמה, אני מבטיחה לה, אבל מאחר שאת הטעות שעשיתי אי־אפשר לתקן מה זה יעזור לי, והיא נאנחת, את כזאת פרימיטיבית, אלה, התרופות האלה לא ישנו את המציאות אבל יעזרו לך להתמודד איתה, זה בדיוק מה שאת צריכה עכשיו, אמרתי לך כמה פעמים, אני בכלל לא בטוחה שעשית טעות, ובסתר ליבך גם את לא בטוחה.

לא עשיתי טעות? איך את יכולה להגיד את זה, אני מזדעזעת מול דברי הכפירה המפורשים, תראי מה היה לי ומה יש לי עכשיו, היתה לי משפחה, היה לי בן־זוג שאהב אותי, היה לילד שלי בית מסודר, תראי איך אני מתפרקת בלי המסגרת הזאת, לא היה לי מושג כמה היא חיונית בשבילי. שוב את נסחפת, היא רוטנת, אני מכירה את המיתוסים האלה שנבנים בזמן של משבר, ככל שמתרחקים מההתרחשות היא יותר קסומה, תיכף תספרי לי שהייתם מלך ומלכה וגרתם בארמון, ואני קוטעת אותה, תסבירי לי איך הייתי עיוורת כל־כך, איך לא צפיתי שזה יקרה לי, מילא שאדם לא מכיר את זולתו, אבל ככה שלא יכיר את עצמו? אני לא יכולה להשלים עם זה, הייתי בטוחה שאני הולכת להיות מאושרת בלעדיו, ליהנות מכל רגע של החופש שלי, ותראי מה קורה.

אני מודה שגם אני מופתעת מעוצמת התגובה שלך, היא אומרת בזהירות, מתיישבת על קצה מיטתי, אבל תפסיקי לגנות את עצמך, אלה דברים שקשה לצפות, מי יודע על איזה מוקד של צער ראשוני ביותר דרכת, נפלת לאיזה בור שתמיד היה שם גם אם לא ידעת על

קיומו, מי יודע על מה באמת את מתאבלת עכשיו. אני מתאבלת על המשפחה שלי, אני אומרת, מה כל־כך מוזר בזה, למה צריך לחפש סיבות רחוקות כשיש סיבות קרובות? והיא אומרת, הנפש לא מבחינה בין קרוב ורחוק, כדאי לך לבחון את מה שעובר עלייך במבט רחב יותר, זה מה שהייתי מנסה לעשות איתך אם היית אצלי בטיפול, ואני שואלת, נתקלת פעם במקרה כזה, של מישהי שיזמה את הפרידה ואחר־כך היתה לה נפילה כזאת?

בטח שנתקלתי, היא אומרת, ויותר מפעם אחת, אבל זה בדרך־כלל מצב זמני, שלא מעיד לא על העבר ולא על העתיד, זה לא אומר שתתחרטי כל חייך, זה אפילו לא אומר שיש על מה להתחרט, אלא רק שאת מתמודדת עכשיו עם כוחות עתיקים ועמוקים, כמו מחלה שקיננה שנים והתפרצה פתאום, ולכן את צריכה עזרה, את חייבת את זה לילד שלך, אין לי ספק שהוא קולט יותר ממה שאת יודעת. נראה לי שהוא בכלל לא מבחין במצב שלי, אני אומרת, אין לך מושג כמה אני משתדלת, אני מעמידה פנים לידו כל הזמן, והיא מגחכת, אז אולי גם הוא מעמיד פנים, את חושבת שהוא קונה את החיוכים המאולצים שלך, שהוא לא רואה מה עובר עלייך, מה אומרות העיניים שלך? ילדים מבינים הכול, אלה, תתעוררי כבר, את חייבת להתחיל לטפל בעצמך בשביל הילד.

הילד. לרגעים אני שוכחת את שמו ובליבי קוראת לו כך, הילד, הילד היקר, הנשכח מלב, צילו של הילד המפואר שהיה לי, גַלעד לברית שהיתה ואיננה עוד. לרגעים אני מדמה אותו צוהל לעומתי כבימי תינוקותו המהבילים, אך רק עלה ממנו כשעִרסלתי אותו בחיקי, דומה שחותלנו שנינו ביריעות צמר גפן מתוק, מותכים זה אל נזקקותו של זה, עולים על גדותינו ברגשת הלב, מה באמת מבין הילד, שקיבל בהשלמה את כל התהפוכות מלבד אחת, וכלפיה הוא מתקומם, וכנגדה הוא מוחה, בכל אונו ועיקשותו ויגונו, עד שנדמה שכל מה שהיה לו ואבד, כל געגועיו ומאווייו, שרידי עולמו היציב, פיגומי ביטחונו, מתנקזים דווקא לשם, אל דירת הגג המצופה

בספרים, שחלונותיה מקומרים ותקרותיה גבוהות, המשקיפה על גגות רעפים בגוני אדמה ויין.

אמא, אני רוצה לסבא וסבתא, הוא פועה כמעט מדי לילה, כתפילה לפני השינה, מזמן לא הייתי שם, אפילו בחגים לא הלכנו אליהם, ואני מתחמקת, השבוע אי־אפשר, סבא בחוץ לארץ, סבתא חולה, אולי בשבוע הבא, והוא מיטיב ממני לזכור את התירוצים הקלושים, סבא חזר כבר? הוא שואל כעבור כמה ימים, סבתא כבר הבריאה? ואני מתקשה להבין את כוונתו, אה, כן, אני נזכרת, כלומר לא, הוא עוד פעם נסע, היא עוד פעם חולה, בחורף האנשים המבוגרים חולים כל הזמן. אבל בחורף שעבר היא לא היתה חולה, הוא מוחה במבט חשדני, היא היתה לוקחת אותי פעם בשבוע מהגן ומכינה לי מרק עוף, וסבא היה מלמד אותי שח, איזה כיף זה היה, פעם אפילו ניצחתי אותו, הוא מתרפק על ההיסטוריה הקצרה שלו, אני רוצה שמחר היא תיקח אותי מהבית־ספר, ואני אומרת, מחר אי־אפשר, אולי בשבוע הבא, מקללת בדממה את שניהם, זוג ממותות חסר לב, למה לא הודעתי לו שהם מתו בכלל, נכחדו, כמו שציפו ממנו, אז לפחות לא היה מציק ושואל, הם כבר עוד פעם חיים? הם כבר יצאו מהקבר? אבל ברור לי שקולו התמֵה המיותם הוא קולי שלי, שהרי אין יום שאני לא חושבת עליהם, מתכננת איך אבוא לשם בוקר אחד, אפתח את הדלת בלי לצלצל בפעמון, אתפרץ אל חדרו, הנה אני, אבא, שבתי להיות הילדה הטובה שלך, ניסיתי לחזור אל אמנון והוא לא הסכים, רציתי לכרות איתו ברית והוא סירב, נראה אותך עכשיו מזמין גם אותו לפגישה, מבהיל גם אותו בנבואות הזעם שלך כמו שהבהלת אותי עד שנדמה שלעולם לא אתאושש מהן, תספר לו עד כמה האסון ודאי והאושר מוטל בספק, תספר לו על גורלו של הילד, על הנושים האכזריים של הנפש. שבריר של תקווה נואלת משוטט סביבי כקרן שמש תועה, הוא יוכל לתקן הכול, אם רק ירצה, אם רק ישתכנע שכוונותי טהורות, אבל כשאני עוברת מדי פעם ליד ביתם אני נסה על נפשי כאילו קנים של רובי ציד

מכוונים אלי מן החלונות ומיד תיפתח לעברי אש קרה, ממוקדת.

בחצי הדרך בין ביתנו לבין בית־הספר נמצא ביתם, וכשאני חוזרת עם גילי אחר הצהריים אני מקפידה לבחור ברחוב עוקף, שלא יבחין בקרבתם, שלא יכביד עלי במשאלות שאין ביכולתי להגשים, מצעידה אותו סחור סחור, כמו שמבלבלים חטופים, אם הייתי יכולה לקשור רטייה על עיניו לא הייתי מהססת, אבל באחד הימים כשאנחנו יוצאים מבית־הספר, ילקוטו על שכמי, ידו בידי, סוטרות על פנינו טיפות גשם אפורות מלוכסנות משמיים שחשכו לפתע, ואני מזרזת אותו, בוחרת בדרך הקצרה, ואנחנו מתקרבים בריצה אל הרחוב שלהם וכבר לא אכפת לי, ואפילו תקווה מתעוררת, הולכת ומתחזקת כמו הגשם, אולי היום זה יקרה, אולי הם יעמדו ליד החלון ויראו אותנו חולפים למטה בריצה, אולי גילי יבחין בביתם ויפציר בי לעלות ולא תהיה לי ברירה אלא להיענות.

כשאנחנו מתקרבים לבניין אני מובילה אותו לפני כפיתיון, מאִטה את צעדי וממתינה להפצרותיו, אבל הוא פניו כבושות בקרקע, מספר לי איך רב עם יותם, איזה ילד מפגר זה, הוא רוטן, בחיים אני לא בא אליו יותר, כל היום רק מלשין ומתבכיין, ואני נזכרת בבכי הכבוש שבקע מאחד החדרים, בזוהר הבוקר ההוא שנשבר בבת־אחת, ודומה שמאז השמש לא זרחה, אבל הנה הוא נושא את פניו ואני רואה אותם הולכים ונוהרים, החיוורון הירקרק שלו קורן לפתע, כשהוא אומר, אמא, זה הבית של סבא וסבתא, נכון? ואני מיתממת, כן, אנחנו תמיד עוברים כאן, זה בדרך שלנו, והוא מושך את זרועי, אמא, אנחנו באים אליהם, אפילו אם סבתא חולה, לא מעניין אותי כלום, אני לא מוותר, ואני נעתרת באנחה מעושה, הרי בלעדיו לא הייתי מעִזה לעלות לשם, מחזיקה אותו לפני כבן־ערובה בחדר המדרגות, ככרטיס הכניסה שלי לבית הורי, והרי כשהייתי ילדה לא היה לי ילד, ערירית התהלכתי ביניהם.

סבתא סבתא, זה אני, הוא צועק נלהב, מכה בדלת באגרופיו הקטנים, נוקשים וחומים כאגוזים, פותח אותה בעצמו ודוהר כסייח

במסדרון, והיא יוצאת אליו מן המטבח, גילי, איזו הפתעה, היא ממלמלת, שׂערה הלבן פרוע, פניה חצויים, שמחתה למראנו נגועה בחשש מפני תגובתו של אבי הספון בחדר העבודה שלו. אני כל־כך שמח שהבראת כבר, סבתא, גילי מתרפק על מותניה, והיא מתפלאה, הבראתי? מזמן לא הייתי חולה, וכשהוא מביט בי בפליאה חשדנית אני אפילו לא טורחת לתקן את הרושם בהעוויות לעברה, הרי זו הקטנה בבעיותינו ברגע זה. את נראית נורא, אלינקה, היא מחבקת אותי בחשש, אַת שלד מהלך, וגילי מרותק לדבריה, עצם היותי ילדה של מישהו מעורר בו תמיד תימהון והתפעלות, גירוי מענג ומרגיז, והוא מכריז, אז תעשי לה אוכל, היא הילדה שלך, ואמי אומרת, כן, בואו למטבח, ובינתיים לוחשת באוזני, אני מקווה שאבא לא יכעס, הוא אמר שקשה לו לראות את הילד, ואני מסננת, אל תעיזי לחזור על המלים האלה, מתי תבינו שהילד חשוב כאן ולא אתם, גילי סובל מהניתוק הזה, אתם על הקשיים שלכם תתגברו, אתם כאן המבוגרים, והיא שוב מתחילה, אותי את לא צריכה לשכנע, אלינקה, הבעיה זה הוא, אבא שלך, ואני אומרת, תני לי לפתור את הבעיה הזאת, אני כבר אדבר איתו.

שוב פיק הברכיים הזה, מורך הלב מול גבו המרוכז, העטוף בסוודר אפור מחוספס כטיח, נטוע ללא תנועה מול המחשב, אצבעותיו מרחפות מעל מקשי המקלדת, מן הסתם מלטש את הרצאתו החדשה שיישא באחד הכנסים הרבים שהוא מוזמן אליהם, לצידו קערת זכוכית ובה תפוח קלוף חתוך לפרוסות, מדי שעה היא קולפת לו תפוח חדש, גם אם לא נגע בקודמו, ואני סוגרת מאחורי את הדלת בטריקה קולנית ורק אז הוא מסתובב אלי, פני הברונזה שלו מתעוררים לאיטם לחיים, והוא מניע את כפות רגליו הגרובות בגרבי צמר עבים כנעליים סרוגות של פעוט שאינו הולך עדיין ומתקדם על כיסאו לעברי. אֱלָה, הוא אומר במלרע קפדני, מסיר את משקפי הקריאה המוזהבים ומשסה בי את עיניו הצוננות, שצבען כצבע הבדיל, ומגען כמגעו, מסויג כאל המנֵער את חוצנו מן העולם

שברא ברגע שזה לא סר למרותו, ראה את רזוני, אבא, ראה את חיוורוני, שמע את זעקת עצמותי מתחת לעורי, את שוועת איברי הנאכלים, להקת עכברים חדרה לגופי ומכרסמת אותו מבפנים, נמלים חופרות בו מחילות צרות וחדות כמחטים. מה שלום גלעד? הוא שואל, מסיט את מבטו כמו אינו יכול לשאת את מראי, ואני אומרת, הוא מתגעגע אליכם, הניתוק הזה קשה לו, ואבי מצטדק בקול רפה, גם לי זה קשה, את יודעת, רק משום שהוא יקר לי כל־כך העדפתי שלא לראות אותו, זה ברור לך, נכון? זה לא חלילה מתוך אדישות או אטימות לב, ואני שותקת, משהה את האישור שלי שנעשה חיוני עבורו לפתע.

הרגשתי שלא אוכל לעמוד בצערו, הוא מתפתל, ושהתגובה הקשה הלא נשלטת שלי רק תחמיר את מצבו, חששתי לגרום לו נזק, אַת מבינה, אבל אני יכול למנות לך את הימים שלא ראיתי אותו, שישים ושישה יום, הוא מכריז, מדגיש את געגועיו שלו, כאילו בו מדובר, ואני מעדיפה הפעם לעקוף את העימות, זה שולי כרגע, אני אומרת, זה לא מה שחשוב, מול עיני מתפתל הדקל ברוח החזקה כחולה נפילה, גזעו הדק מתעוות, בלוריתו רטובה ופרועה, כמה השתנינו שנינו מאז השיחה ההיא הרובצת בחלל החדר, כבדה ומתכתית.

את יודעת שרק מתוך דאגה לכם ניסיתי להזהיר אותך, הוא ממשיך, מרוכז כתמיד בעצמו, בטוהר הנשק שלו, כאילו הוא גיבורה הטראגי של הפרשה העגומה הזו, ואני מהנהנת מולו בקוצר־רוח, מחכה שיסתיים כבר נאום ההגנה הזה ואוכל סוף סוף להשמיע את דברי. כשאמרתי לך שאני חושש ממה שצפוי לילד זו היתה כמובן רק אזהרה מרחיקת לכת, הוא מוסיף, כדי שתשקלי את מעשייך, זו לא היתה תחזית מדויקת, גם אם השתמשתי במלים ברורות, ואני מביטה בו חנוקה ונרעשת, זה מה שמטריד אותך כרגע, שהתחזית שלך לא היתה מדויקת, והוא ממשיך כמנחש את מחשבותי, כמובן שאני מאוד שמח שהוא מתגבר, בעיקר עכשיו כשהגזירה נגזרה ואין מה לעשות יותר.

אבא, תקשיב לי רגע, אני קוטעת אותו, אחרת ימשיך לנצח, מטיף ומתפתל, מוחה ומזהיר, עד קץ הימים, אני צריכה את העזרה שלך, רק אתה תוכל לעזור לי עכשיו, אתה צדקת, הלוואי והייתי שומעת אז בקולך, אבל הבנתי את זה מאוחר מדי, הפרידה הזאת היא אסון בשבילי, אתה חייב לעזור לי להחזיר את אמנון, והוא מניד בראשו, אני? הוא פולט בהצטנעות חסודה, איך אני יכול לעזור? ידו מחליקה על בלוריתו הסמיכה, ואני אומרת, תמיד היתה לך השפעה על אמנון, אתה חייב לדבר איתו על מה שעלול לקרות לגילי, על הברית שאנחנו צריכים לכרות, כל מה שאמרת לי אז תגיד עכשיו לו, כל נבואות הזעם שלך, כל התחזיות השחורות.

אבל אם עלייך זה לא השפיע, איך זה ישפיע עליו, הוא תוהה ברגשות מעורבים, גאה על חשיבותו אך מסתייג מן המשימה, ואני אומרת, זה השפיע אבל באיחור, אתה חייב לנסות, והוא נאנח, כפות רגליו בגרבי הצמר מתחככות זו בזו, אני חושש שכבר אין בכך טעם, אֱלָה, צריך להכות בברזל כשהוא עוד חם, לכן זימנתי אותך אז לשיחה דחופה, בשלב הזה אני חושש שהוא כבר הצטנן. איך אתה יודע בכלל, אני מתפלאה, והוא אומר, פגשתי את אמנון באוניברסיטה לפני כמה ימים, הוא אמר לי שהפרידה היטיבה איתו ואני מודה שכך גם התרשמתי בעצמי, הוא נראה רגוע יותר, הוא סיפר שהקשר שלו עם גילי השתפר, אני לא חושב שיש טעם לנסות לדבר איתו עכשיו, זה מאוחר מדי, ואני שומעת בחרדה הולכת וגוברת את דבריו הפסקניים, את נשמת אפה האחרונה של תקוותי, אבי הכל יכול, שכל חיי עמד מנגד, אבל אם פעם אחת יהיה לצידי דבר לא יעמוד בפנינו.

אתה חייב לעזור לי, אני מתייפחת, מתנפלת על המיטה המוצעת בקפידה, למרות שיש שני חדרים ריקים בבית הם מעדיפים לישון בחדר העבודה, אתה חייב לעזור לי, עשיתי כל מה שאמרת, הבטחתי לו שהכול ישתנה, התחננתי לפניו לחזור אלי והוא סירב, אתה רואה זה הוא אשם, הוא זה שהרס את המשפחה, זה לא רק אני כמו שחשבת,

והוא מתבונן בי ברתיעה גלויה, התפרצות כזו מעולם לא נשמעה בביתנו, מעולם לא התהלכו על המרצפות הללו רגשות חשופים כל־כך בעירומם המביך. אני לא חושב שזה הזמן לחפש אשמים, הוא אומר בקרירות, ואני מתעקשת, זה כן הזמן, אתה חייב להגיד לי שזאת כבר לא אשמתי, רק אז אולי אוכל להתאושש, והוא נאנח, רגליו מניעות את הכיסא לעברי לאט ובחשש, את יודעת שאני איש מדע, הוא אומר, אני לא מסוגל להפריח מלים חסרות בסיס, ברור שאם יש כאן אשמה או מוטב לומר אחריות היא בוודאי משותפת, אבל בעיקר ברור שכל זה לא משנה עכשיו, אלה, זה אבוד, תם ונשלם, מרגע שהבנת שאי־אפשר לתקן את המעוות את חייבת לחשוב על העתיד, לא על העבר, ואני לא מרפה, רק תגיד שזה לא בגללי, תגיד שזה היה קורה בלאו הכי, והוא מטלטל את רגלו בעצבנות, אין טעם בדיבורים האלה, זה לא יועיל.

אז מה יועיל, אני מייבבת, והוא אומר, יועיל לך מאוד להפסיק להתעסק בזה ולסיים כבר את המחקר שלך לפני שאת חוזרת לשטח, דרך אגב פגשתי בכנס האחרון איזה ארכיאולוג שסיפר לי שהקשר בין תֶּרָה ליציאת מצרים נחשב עכשיו מאוד לא מדעי, אין שום חוקר רציני שמאמין שיציאת מצרים התרחשה בכלל, אני ממליץ לך לבדוק שוב את המסקנות שלך, למה תמיד את חייבת ללכת נגד הזרם, ואני עוצמת את עיני, מקשיבה לקולו הנלהב, המספר באריכות כיצד התפעל אותו ארכיאולוג מהרצאתו שלו דווקא, והוא לא היחיד כמובן, ואיך בו במקום הוזמן לשלושה כנסים נוספים, וככל שהוא מוסיף ומדבר אני הולכת ומתכסה שכבת כפור סמיכה, קור חד דוקר את איברי למרות שהחדר מוסק, גם אם אֶפַּח את נשמתי כאן על מיטתם בזה הרגע לא יבחין בכך ולא יחדל מדיבורו, במעורפל אני שומעת את קולו הרם החובט בקירות, את מלמולי ההנאה של גילי האוכל במטבח, את נהמת הרוח החולפת כבשורה רעה מבית לבית.

תביא לי שמיכה, אני לוחשת בשיניים נוקשות, והוא משתתק

סוף סוף, סליחה? אמרת סליחה? ואני לוחשת, שמיכה, אני רוצה שמיכה, והוא עדיין לא מבין, רק את תוכלי לסלוח לעצמך, הוא פוסק, אין לך מה לבקש סליחה ממני, ואני אומרת, ביקשתי שמיכה, אבא, והוא פורץ בצחוק מאולץ, אה, לא הבנתי אותך, שרה, הוא מרעים בקולו, תביאי שמיכה לאלה, ומיד היא מתייצבת בפתח כחדרנית זריזה, מאחוריה מבצבץ ראשו של גילי. סבא, הנה אני! הוא מכריז בטקסיות תמימה על נוכחותו, ואבי פורש אליו את זרועותיו, קם סוף סוף מכיסאו, כמה גדלת, חמוד, אתה עוד זוכר לשחק שח? בטח שאני זוכר, גילי צוהל, בוא נשחק, תראה שאני אנצח אותך, הוא מתרברב, ליבו עולה על גדותיו משמחת הפגישה, ואמא שלי פורשת עלי שמיכה אדומה משובצת, דאגתה הבוטה מכבידה במקום להרגיע. מה קרה? היא חוקרת, את נראית לי חולה, מתי היית לאחרונה אצל רופא, כמה פעמים אמרתי לך לעשות בדיקות דם, מתי כבר תשמעי בקולי, והיא מניחה יד על מצחי ומקימה קול צעקה כאילו נכוותה, את רותחת, אלינקה, דויד, תראה היא רותחת, ואני מנסה להזדקף, גל של בחילה מטלטל אותי, תביאי קערה, אני לוחשת אבל היא לא מספיקה, כי נדמה שכל מה שלא הבאתי אל פי במשך שישים ושישה יום מטפס במהירות במעלה גרוני וניתז בקילוח מר על מיטתם, וכל מה שלא העזתי לומר במשך שלושים ושש שנים ניתך בחום הגבוה והופך לעיסת הברות חמוצה וצמיגה.

שרה, היא מקיאה, הוא מצטווח, כמו היתה זו אכן להקת עכברים המזנקת מתוך גרוני, ואמא שלי רוטנת, נו מה, היא לא שומרת על עצמה, היא אף פעם לא שמרה על עצמה, תצאו תצאו מפה שניכם, היא מניסה אותם אל הסלון, תוחבת קערת כביסה בין זרועותי, מאוחר מדי, אמא, את לא רואה שמאוחר מדי, הנזק כבר נעשה, המזרן שלכם יחמיץ תחת גופכם חודשים ארוכים, הכסתות יפיצו את ריח פנימיותי אל תוך שנתכם. את עוד פעם יצאת בלי מעיל ונרטבת לגמרי, היא מתלוננת, מחליקה על מצחי בידיה השמנוניות,

תמיד היית ככה, מוכנה לסבול מקור העיקר להיראות יפה, כמה פעמים הזכרתי לך להתלבש חם, כדרכה אינה מדברת אלי אלא אל הנערה שהייתי, ואני נישאת על גלי הבחילה הריקים, נחשולי ענק שקופים ויבשים כזכוכית, מתפתלת מעל הקערה, בכוונה השארתי אצלך את הסוודר ההוא שסרגתי לך, היא ממשיכה, אני בטוחה שלא לבשת אותו אפילו פעם אחת, הוא לא מספיק יפה בשבילך, תמיד העיקר היופי, ומה עם הבריאות, היא מקוננת, עדיף להיות פחות יפה ויותר זהירה, תראי חברות שלך שהיו פחות מוצלחות ממך והן נשואות באושר עם שלושה ילדים, ואת מה, נשארת עם ילד אחד ובלי בעל.

ראשי כבר צונח כבד ורפה אל תוך הקערה, פטפוטיה הקודרים מזמזמים סביבי כענן ברחשים ביום חמסין, אבל היא לא תניח לעיני להיעצם, את צריכה להתרחץ, היא מלהגת, ובינתיים אני אחליף כאן את המצעים, בואי למקלחת, והיא אוחזת במותני הנשברים וגוררת אותי אחריה, מפשיטה אותי בחדר האמבטיה המרווח המצופה חרסינה לבנה, עיניה מציצות בי בסקרנות גלויה, תראי אותך, כמו נערה, היא מציינת בתרעומת, את לא גדלת מגיל שתים־עשרה. למרות שהזִקנה צמצמה את קומתה היא עדיין גבוהה בהרבה ממני, ואני רועדת מקור תחת מבטה, מנסה להסתיר את מערומי, מה את מתפלאה, אמא, הרי שתינו יודעות את האמת, רק בגללו לא גדלתי, שכחת כמה היה מבועת מאותות הנשיות הראשונים, שכחת מה עולל לחזייה הראשונה שלי, שהשארתי בטעות במקלחת, איך רדף אחרי בצעקות ברחבי הבית מנופף בה בידו, אני לא מרשה לך ללבוש בגדים מופקרים כאלה! ולבסוף השליך אותה דרך החלון, את חזיית המלמלה השחורה, שכל־כך הייתי גאה בה, ואת חיכית לחשיכה ואז יצאת על בהונות לחפש אותה בין העצים, אבל היא לא היתה שם כבר, נערה אחרת מדדה אותה מול הראי, פטורה מן האשמה והמועקה, ולמחרת הבאת לי נכלמת חזייה חדשה, פשוטה למראה, כמו הבנת גם את שאין במה להתגאות.

כמה נחרד מנוכחותה של אשה צעירה בבית, כמה תיעב את ניצני הנשיות, מנפץ ומנתץ אותם כנביאי השם את פסלוני עשתורת, ואני משותקת מאימה הפסקתי לגדול, מאז גיל שתים־עשרה לא גבהתי ולא התעגלתי, נערה מזדקנת תחת מי הברז החמים, תחת ריבוע הסבון שהיא מגישה לי, סבון כביסה חום מחוספס, ריח נפט עולה ממנו, שנותר כמדומה עוד מהימים ההם, וכשאני יוצאת מהמקלחת עטופה במגבת היא מושיטה לי כתונת לילה הזכורה לי במעומעם, כתונת פסים צבעונית שלבשתי בנעורי, דבר אינה זורקת, עבור מי תשמור את המזכרות העגומות הללו, ומעליה היא מניחה על כתפי בתרועת ניצחון סוודר צמר כבד, בצבעי ירוק זית, אדום וצהוב, מדיף ריח עז של צלי עוף מתובל, ואני בוהה בו מותשת מכדי להתפלא, האומנם הצטרפו גזרי הסוודר ההוא זה אל זה, כמכתב שהודבק בשמיים וחזר במפתיע אל שולחו.

את בסדר? גילי שואל ללא דאגה כשאני נכנסת לסלון בתלבושתי המוזרה, נראה שמחלתי רק מגבירה את עליצותו, שכן כבר הבין והעריך את שפע האפשרויות הצפונות במצב החדש, ואין בכוונתו לוותר עליהן בקלות. אנחנו ישנים כאן בלילה, הוא מצייץ באוזני, עולה על גדותיו מהתרגשות, סבתא אמרה שאנחנו ישנים כאן, אם את לא מבריאה, הוא מתרה בי בחומרה, את עוד לא מבריאה, נכון? ואני מודדת את כלאי החדש ישן במורת־רוח, נראה איך אני ארגיש, אבל הוא מתעקש, אינו מוכן לשאת את אי־הוודאות, תגידי שאנחנו ישנים כאן, מה אכפת לך, רק לילה אחד, וגם אני מתעקשת, אני עוד לא בטוחה, למה אתה חייב לדעת מראש. כי ככה אני רוצה, הוא כבר מייבב, ואז היא נכנסת לחדר וקוטעת בתקיפות את הוויכוח, מה השאלה, ברור שאתם נשארים כאן, אם היה אמנון בבית זה משהו אחר, אבל עכשיו כשאת לבד, איך תוכלי לטפל ככה בילד, ומי יטפל בך עד שתבריאי? הדור הזה שלכם, היא מתלוננת, חושב שהוא כל יכול, אמהות חושבות שהן יכולות גם לפרנס וגם לגדל ילד וגם לטפל בעצמן, והן שוכחות את כל הצרות שיש בעולם, מה

עם מחלות, ומה עם חלילה תאונות ובעיות שלא נדע, איך אפשר להסתדר בלי בעל בבית במצבים כאלה אלוהים יודע, בלי אבא לילדים, ואני מנסה להשתיק אותה בכיווץ השפתיים, לסמן בעיני על גילי המקשיב לדבריה בדאגה, והיא כדרכה אינה מבינה, את צריכה שוב להקיא? היא מזניקה את גופה הכבד וחוזרת מיד עם הקערה, מניחה אותה על ירכי, והילד שפניו נפלו מטפס על ברכי בחיוך קודר, גאה בתעלול שהגה הוא מתיישב בשיכול ברכיים בתוך קערת הכביסה המצפה לנחשול חדש.

מיטת נעורי נמתחת בחריקה צורמת, פורשת את כנפיה להכיל את שנינו, לא קרוב מדי שהוא לא יידבק ממך, אמי מזהירה בחומרה, ואני צונחת על המצעים הלבנים הצחיחים, מעולם לא פרח בהם פרח, לא זהר בהם צבע עליז, וגילי נדחק בעליצות לתוך בגדי הינקות שלו שעוד נשתמרו שם, איך גדלתי, הוא מזמר, מצביע בגאווה על ברכיו המבצבצות ממכנסי פיג'מה שפעם הגיעו עד קרסוליו, מחלתי הופכת עבורו לחגיגה מתמשכת, מענגת, ואני מביטה בו משתוממת, איך אינו מבחין בקדרות המְעיקה של כל תנועה בבית הזה, איך אינו רואה שנקלע לבית האסורים, צהלתו הצורמת, ריקודיו המגוחכים, כהתפרצות אושר פראי בעיצומו של טקס אשכבה, והם טרודים סביבנו, חודשים התנכרו לנו ולפתע השתלטה נוכחותנו על הבית, מפֵרה את סדריו.

מדוכדכת אני בוהה בחדר נעורי שהפך במהירות לספרייה נוספת, מחסן לספריו הפחות נחשקים, כמה קשה היה לי להסתגל אל החדר הזה, הארוך והצר כמסדרון, הפונה אל הכביש הראשי, ותוך שנים ספורות עזבתי אותו לטובת מעונות הסטודנטים ההומים אדם, שריח תנורי נפט ישנים עולה מהם בחורף ובקיץ ריחות זיעה וייחום. כמה קשה היה להיפרד מבית ילדותי הישן, השקוע באדמה כאונייה בלב ים, בכל כוחי ניסיתי להתנגד למעבר העירה, אבל כמה כוח היה לי, הרי הקריירה של אבא היתה תמיד יותר חשובה מגחמות של נערה מתבגרת. את תסתגלי, אמרו לי בביטול, מה הבעיה לשנות קצת

בגילך, תוך חודש יהיו לך חברים חדשים על רמה, לא כמו הילדים הכפריים האלה, ותלכי לתיכון רציני סוף סוף ותלמדי כמו שצריך, אבל אני שמעתי את דבריהם בזעם, אלה לא הילדים, אלה העצים, הדשאים הקצורים שריחם נישא, אלה הריחות, פריחת ההדרים המהבילה, היערה המלפפת את החלונות בסורגי בושם, אלה הצבעים, מרצפות השלכת המוארות המרשרשות תחת רגלי, גביעי ההיביסקוס המפשילים שפתיים אדומות, הבאתם אותי למקום בלי ריחות, הייתי מתלוננת, בקושי יש הבדל בין עונה לעונה, מקום בלי צבעים, רק גוונים של אבנים אטומות, אבל אבא קיבל משרה באוניברסיטה והעיר האירה לו פנים, ואמא הסתחררה מכל החנויות ובתי־הקפה ואני שפעם הייתי הולכת לבית־הספר יחפה על משעולים של זהב, למדתי למדוד ברגלי את יריעות האספלט הנוקשה, להחליף אוטובוס באוטובוס, בדרכי אל התיכון היוקרתי שם היו הרבה תלמידים בולטים, לא כמו בתיכון האזורי שלי שכולם ידעו שרק אני, וכמה קשה היה להתרכז בלימודים ולהכיר חברים חדשים, כשראשי היה צונח כבד על השולחן, כי בבית החדש בעיר החדשה ישנה שכחתי איך ישנים.

נחרות המכוניות המאמצות את שריריהן בעלייה תחת חלוני, נדידתן הנואשת של חבורות רעשניות המחפשות בילוי, יבבות האזעקות, הצופרים, שברי שיחות ניחרות, צחוקים צורמים, שוועת העיר העולה השמימה ההולכת ומתגברת דווקא בלילות היתה מנסרת באוזני, מעצימה את הגעגועים ללילות הכפר הנרקמים בעדנה, כשרק ציפורים מבולבלות מנקרות מדי פעם בשמיכת העלטה, צמרות היו רוחשות, לוחשות זו לזו שמועות רחוקות, ירוקות, כורעות תחת הנטל המסתורי של עלוותן, הממטרות היו מחוללות את ריקודן השקוף, מצננות את האוויר הלח הכבד, חתולים מיוחמים היו נוהמים תחת חלוני, חותרים שעות על שעות אל תענוגם הקצר, המתסכל, וכל הקולות הללו נענעו את עריסת שנתי הטובה הנה והנה. משעות הערב הייתי מלכסנת מבטים חרדים אל המיטה

בחדרי החדש, כאל מכשיר עינויים המתקין את עצמו לפעולה, ובלילה אורבת בדריכות לפעמי העייפות הראשונים ואז מצטנפת בחשש בין הסדינים, ותוך כמה דקות היתה הלאות השברירית נסה על נפשה מפני ההמולה וכל גופי היה פועם כאילו בכל אחד מאיברי קבוע לב הולם ונמרץ, לב בשורש כף היד ולב בקרסול ולב בין הרקות, ומבעד לתריסי הברזל הסתערו הקולות כמו היתה העיר שדה ענק שבחסות החשכה נחרש כולו, מתהפך על קרעיו וקרביו, וכל הבניינים נחרבים זה אחר זה ועם שחר נבנים מחדש בחיפזון קולני, ובבקרים הייתי יושבת בכיתה נידפת, עיני אדומות ומצומצמות מעייפות, לחיי נשמטות על השולחן כאילו זו הנוחה בכריות ושום קול, לא המולת הכיתה וגערות המורים וצלצולי הפעמון, לא הצליח להעיר אותי.

גם הלילה אני שוכבת קפואה ועירנית בין השמיכות, כנחבאת מפני מבקשי נפשי, גילי נצמד אלי למרות האזהרות, שולח לעברי מדי פעם ברך מחוספסת, פושק את שפתיו במלמול סתום ואני נדרכת לפענח את ההמיה הבוקעת מעולמו ההולך ונסגר בפני. מן המסדרון נשמעת גרירת רגליים איטיות הנה והנה, כמה ממושכות הן ההכנות לשינה, כאילו לנשף הם נערכים שם, כמה רב המתח, החלפת את כל המצעים? הוא שואל, והיא משיבה בקוצר־רוח, באחד מאותם התקפי מרד חולפים הזכורים לי היטב, מְריים הניחר של המשועבדים עד צוואר, כבר אמרתי לך שכן, אתה לא סומך עלי אז תחליף בעצמך, והוא מסנן בארסיות, למה את לא יכולה לענות תשובה ברורה בלי תלונה, והיא רוטנת, כי כבר אמרתי לך פעמיים, והוא אומר, זה לא היה פעמיים, את רואה שאי־אפשר לסמוך עלייך, תמיד את מגזימה. החלפת גם את הסדין וגם את הציפה? הוא שוב מוודא, והיא אומרת, הסדין היה נקי, היא הקיאה על כיסוי המיטה, הציפה התלכלכה והסדין לא. הוא בכלל לא נראה לי נקי, אבא שלי קובל, צריך להחליף גם את הסדין, זה מה שאני מנסה להגיד לך, והיא מתעצבנת, אבל הוא לגמרי נקי, מה אתה רוצה ממני, ואני

שומעת את דלתות הארון נפתחות בחריקה, אני רוצה שתחליפי את כל המצעים, הוא דורש, אני לא יכול לישון במיטה לא נקייה, ואם אני לא אישן אני לא אספיק לכתוב את ההרצאה. אז תחליף בעצמך, היא נרגנת בעודה מפשיטה בזעם את המזרן, הרי תמיד תעשה לבסוף כדבריו, והוא נוהם, אפשר לחשוב מה אני כבר מבקש ממך, ואני מכסה על אוזני בכפות ידי, יודעת שזו רק ההתחלה, דבר לא השתנה מאז, הדי המריבה המתקרבת כסופה, נושאת בכנפיה את כל המריבות שקדמו לה, שהיו טוענות את גופי הקטן באימה, האם זו תהיה המריבה שתרסק את משפחתנו, שתחצה את חיי, האם עכשיו ייפרדו, האם מחר בבוקר, ואני נזכרת איך הייתי משביעה את אמנון בשנותינו הראשונות, כשיהיו לנו ילדים אף פעם לא נריב, בוא נגמור את כל מכסת המריבות שלנו לפני שנעשה ילדים, אבל בסוף דווקא אנחנו נפרדנו ולא הם, האם הצלתי את גילי מלילות ביעותים כשהכיתי בגרזן על משפחתנו הקצרה, או שמא עד עולם יתגעגע לקולות הנזעמים המעידים בוודאות כי שני אנשים מצויים סמוך לחדרו, תחת קורת גג אחת, והוריו הם.

בשארית כוחותי אני חוזרת בבוקר לביתי, עצמותי מצטמררות מתחת לעורי, לעולם לא אבריא אצלכם, אני מסרבת להפצרותיה, איך אני אבריא בלי לישון, אבל את גילי היא תאסוף מבית־הספר, ואולי אפילו יישאר אצלם עוד לילה, עד שאתאושש, כך שוחחו ביניהם על ההתאוששות שלי כאילו זו רק שאלה של זמן, כך מנסה גם אני לומר לעצמי, בימים הבאים, שרועה באפיסת כוחות על המיטה, אבל לרגעים אני נזכרת שאפשר גם לא להתאושש, יש אפשרות כזו ויש אנשים כאלה, שלא התאוששו, והם הולכים וניתקים מן העולם המתפקד, שהיה עד לא מזמן ביתם שלהם, וסופם שיילקחו למוסדות מיוחדים, ושם תיבלע זעקתם בין הקירות, תחומה ומבודדת, פן תפריע להתנהלותו התקינה של עולמם הקודם, ונדמה לי שאני רואה את הנפש שלי מפרפרת בין שתי הרשויות, לזה כבר אינה שייכת ולאחר עדיין לא נענתה, יצור כלאיים אכזרי, ספינקס

שלוח רסן. לו רק יכולתי להיפטר ממנה, לחנוק אותה במסתרים, לו רק יכולתי לחיות בלי נפש, הרי בלי רגל אפשר לחיות ובלי רֶחם ואפילו בלי כִליה, והנה זה מעכשיו חלומי הגדול, לעקור את הנפש הזו המשתוללת בתוכי ללא שליטה, לשלוף אותה מקרבי שהרי היא ממאירה, כל השנים התחזתה לבריאה ודווקא עכשיו כשאני זקוקה לה חלתה, ואני מתהפכת על משכבי בבית הדומם, המחשב כבוי כבר ימים על ימים, על המשיבון נאספות הודעות ונמחקות מבלי שנשמעו, מחבלת תחבולות לשעות אחר הצהריים, ממי אבקש היום לקחת את הילד, רק לא להגיע לבית־הספר, לעמוד מול האמהות כשאני כבר לא אם, שהרי מרגע שהפסקתי להיות אשתו של אמנון הפסקתי להיות אם, שמרטפית משתמטת נעשיתי, חסרת אחריות, פורקת עול, אז היום אמנון ומחר אמא שלי ואחר־כך אמא של גיא, של רונן, של איתמר, בסוף הוא כבר לא יזהה אותי, איך אמר לו אמנון אותו לילה בעודי סגורה בשירותים, מישהי, אשה שאתה לא מכיר, שתיכף הולכת.

שוב ושוב אני גוררת את רגלי בבית המתרוקן, אתמול הוא לקח את אחרוני חפציו, הסיר מן הקירות את נופי ירושלים הקדומים, העדויות לחיינו המשותפים הולכות ומתמעטות, עוד מעט אשאר ללא הוכחות, איש לא יאמין שפעם חיו כאן שלושה אנשים. כל־כך הרבה מקום מתפנה בבית, על מדפי הספרים, בארונות הבגדים, על הכיור באמבטיה, אפילו הדובים נודדים לאיטם אל החדר הגדול היפה, בקרוב ייעלם גם גילי מכאן, ואיש לא יאמין שפעם היה כאן ילד, ואז אשאר רק עם המעט שהוא באמת שלי, ומי יודע מהו בכלל. כמה מדומה היה הכול, כמה נייד וארעי, היזהרו, אני מבקשת לומר לפוסעים תחת חלוני, אל תשלו את עצמכם, בעצם אין לכם כלום, לא היה לכם כלום לא יהיה לכם כלום, רק נפש חולה ובועטת, בקרוב תגלו שזה רכושכם היחיד, ובו דווקא אין לכם צורך.

מדי פעם נדמה לי שכוחותי חוזרים אלי בטפטוף דליל ואני מחליטה לבלות עם הילד את שעות אחר הצהריים, מתכוננת

למשימה כל הבוקר כמו למבחן, מתכננת לאן אקח אותו ומה נעשה וכיצד אצליח להסתיר ממנו את מצבי, ואני מתלבשת ומתאפרת, חיוך העצמות היבש שלי חורק מול פני במראָה, אבל הנה הוא רץ אלי בפתח החצר, אמא, אפשר לבוא לרונן? ואני מנסה להתנגד, אולי היום נעשה משהו ביחד, בוא נלך לסרט, או לגן משחקים, והוא מעווה את פניו כאילו הצעתי לו עונש, אוף, אמא, תמיד את מקלקלת, קבעתי כבר עם רונן, ואני מביטה בו מתרחק, תזזיתי ונמרץ, כל־כך שונה מהילד שהיה לי, הענוג והחולמני. הנה קרן, אִמו היפה של רונן, פותחת לפניהם את דלת הג׳יפ המהודר, והם מזנקים פנימה, מנופפים לי באדיבות ואני פוסעת בשארית כוחותי אל גן העורבים, צונחת על סלע רטוב, הענפים סביבי נמוכים וכהים כשיחים הצומחים מן הדשא, ואני מוצאת לי מקל קטן וחופרת באדמה, המפיצה ריח פרווה חמימה כחיית בר, מחלצת ממעמקיה ענפים לחים, חלוקי אבנים, שברי זכוכיות, וכבר תלולית עפר לח מתקמרת לצידי, כמו הייתי חפרפרת, בית חרב אמצא שם והוא יהיה ביתי, עצמות נערה אמצא שם והיא תהיה אחותי.

לחיי נצמדת אל הסלע הקר, תיכף יוטבע עליו דיוקני, כדיוקנו של הקוף האפריקני הקטן שנחקק על סלע בחופה המזרחי של תֶּרָה, כמה נדהמו החוקרים לגלות כי לא היה זה ציור אלא שלד הקוף עצמו, שגולגולתו נשברה ברעש האדמה, והוא מכוסה בשכבה וולקנית עבה, ואני עוצמת את עיני, מנסה למשוך שמיכה על גופי, וכבר לא משנה לי מה תכיל, אבני טוף הקלות ממים, נשימות כלבים מלחיתים, כוכבי שמיים עירוניים חמוצים כלימון, אדמה המפיצה ריח פרווה חמימה, ואפילו אינני יודעת איך אמצא את עצמי לבסוף מול ביתה של דינה, מתדפקת על דלתה רטובה ורועדת מקור.

אֶלָה, סוף סוף, היא מתנפלת עלי, את יודעת כמה הודעות השארתי לך? את שומעת בכלל הודעות? השבוע עברתי אצלך פעמיים, למה את לא פותחת? וכשהיא מרחיקה אותי מעליה להביט בי היא פולטת זעקה כאילו ראתה רוח רפאים, אלינקה, תראי אותך,

אלוהים ישמור, ומיד היא ממהרת אל הטלפון, עכשיו אני קובעת לך תור אצל הידיד שלי הפסיכיאטר שירשום לך כדורים, לא מעניין אותי כלום, בכוח אני אקח אותך לשם, ואני שומעת אותה מתלהמת מבעד לדלת הסגורה, מתאמצת כנראה לשכנע אותו בדחיפות הפגישה, וכשהיא יוצאת מהחדר היא מנופפת לעומתי במפתחות המכונית, לובשת את מעילה, עכשיו אנחנו הולכות אליו, הוא הסכים לראות אותך מיד, אני לא מתכוונת לתת לך להתחמק.

מה זה משנה, דינה, לאן הולכים. פעם הלכתי לשם ומחר אלך לכאן, ראיתי רופא כזה וכזה, לקחתי תרופה כזאת וכזאת, נסעתי לארצות רחוקות וקרובות, פגשתי אנשים כאלה וכאלה, לבשתי חליפות מכנסיים ושמלות ערב, השתתפתי בחפירות ופרסמתי מאמרים, את חושבת שזה יושיע אותי עכשיו, את חושבת שמשהו מכל מעשינו, מכל הישגינו שאנחנו עמלים עליהם שנים על שנים מצטבר בכלל ונאסף, את חושבת שיש דבר עלי אדמות שיוכל להציל אותנו מפני זעמו של השור הנוהם בבטן האדמה, בואי איתי לְתֶרָה ותראי איך התאבנו החיים ברגע אחד, כשגרמי־מדרגות נחצו לשניים, כשנגרים ונפחים שמטו את כלי העבודה שלהם ומעולם לא חזרו אליהם, שיירי מזון נותרו בסירים כשנסו מבתיהם, לא לוקחים עימם דבר, ולא רחוק משם, בכרתים, במקדש שקירותיו התמוטטו, תראי מזבח ועליו נער עקוד וחרב בחזהו, ניסיון נואש אחרון לפייס את האלים, אז אסע איתך ואחזור איתך אבל באי השבור שלי רגל אדם לא תדרוך ואת חורבותיו איש לא יכונן ואת חיי איש לא ישיב לי.

אדים סגולים עוטפים את המכונית שלא מזמן נהגתי בה דרוכה במשימתי הדחופה, כובע קש על ראשי ותקווה אווילית על פני, החורף הקדים השנה ורק אני יודעת כמה ארוך יהיה, כי שבע שנים תמימות לא תזרח השמש על ירושלים. דינה נוהגת בשתיקה, מפלסת לנו דרך ברחובות העמוסים, עיניה מצומצמות, פניה אומרים חשיבות עצמית, כמו עלה בידה ללכוד פושע מסוכן והיא מזדרזת להסגיר אותו לידי

החוק. מדי פעם היא מציצה בי כמוודאת שאין בכוונתי להימלט, לפתוח את חגורת הבטיחות ולזנק החוצה, כמה היא מגוחכת, האינה מבינה שזה כבר היינו־הך בשבילי היכן אהיה, את מי אפגוש, מה ייאמר לי, אילו תרופות אבלע, שהרי בינתיים התגלה לי דבר־מה, ואולי היה זה הסוד האחרון שגילו המינואים במנוסתם החפוזה, כשהדמויות שהותירו אחריהם על קירות הארמון בקנוסוס ועל קירות הבתים באקרוטירי עוקבות אחריהם בפליאה יהירה, אותם פרסקאות בוהקים ומסוגננים, המעידים על תרבות רגישה ומתוחכמת מאין כמותה, שנמחתה באסונה של תרה ונחשפה רק אלפי שנים מאוחר יותר. האם כשנמלטו משם, מלווים בפאר שיצרו במו ידיהם, השיגו לרגע עד כמה תפלה ומופקרת היא המציאות לעומת חיקוייה, לעומת תיעודה המדוקדק, האם התנחמו בכך או שהתמלאו זעם, קנאה נוראה בדמויות המצוירות, באותיות העתידות להתפענח לאט ובקושי.

כשאנחנו יוצאות מן המכונית היא אוחזת בזרועי, מובילה אותי בתקיפות ברחוב הסואן, בין המכוניות החושפות שיניים זו לעומת זו בנהמה עמומה, יושבת לצידי בחדר ההמתנה, ריח פרחי המרפסת שלה עולה משערותיה, ידה חובקת במתח את כתפי, כמו אם ובתה לפני הבדיקה הראשונה אצל רופא הנשים. אל תסתירי ממנו כלום, תספרי לו בדיוק מה את מרגישה, היא מתרה בי, אני מכירה אותך, את מסוגלת לשכנע שהכול בסדר אצלך, תבטיחי לי שלא תעמידי פנים, זה לא צחוק, אלה, את חייבת לקבל עזרה, ואני מהנהנת בעייפות, הרי גם אם הייתי רוצה להעמיד פנים לא הייתי מסוגלת, על הקיר ממול אני מזהה כרזה מוכרת של אחד המוזיאונים שביקרתי בהם לא פעם, תצלומה של אותה כתובת תלת־לשונית ידועה המכונה אבן רוֹזֶטָה, בעזרתה פוענחו סודותיה של מצרים העתיקה, כלבֵנה על פתח מערת קסמים היתה מונחת, מחביאה מאחוריה פלאים מתים, ואני בוהה דוממת באבן הסגלגלה עד שנפתחת דלת ודינה מובילה אותי בתקיפות במסדרון, מותירה אותי בפתח החדר ומיד חוזרת למקומה.

הוא מחווה בידו על הכורסה הממתינה לי ומתיישב מולי, ואני צונחת עליה מופתעת, יֵצר נשי קדום גורם לי להחליק בחופזה על שערותי הפרועות, להדק אל גווי את הסוודר, אבל גם כך לא יזהה אותי, גם אני לא הייתי מזהה את עצמי, האם הוא זוכר בכלל את האשה שעמדה יום אחד בפתח ביתו היפה, נוגסת ברעבתנות באגס אדום כיין, משקיפה משועשעת על אחוריו כשהוא עומד ומשתין, האם אני זוכרת אותה בכלל, ולפתע נדמה לי שזֵכר הבוקר ההוא מפיח בי נצנוץ דל של חיים, כמשואה על קצה הר רחוק, הבוקר האחרון לקיומי דאז, החופשי, הנועז, המלא ציפייה.

אנחנו מכירים? הוא שואל, בוהה בי מוטרד, ממש כמו אז, וכמו אז אני עונה, לא ממש, ושפתיו שלִקלקו את כוכבי השוקולד המתפוררים נפתחות אלי בחיוך, ידו נשלחת מבלי משים אל רוכסן מכנסיו, לוודא שהפעם הוא לבוש, זאת את, הוא מכוון מולי אצבע מאשימה, אני זוכר אותך, היית אצלנו בבית, את אמא של גילי, ואני מחייכת בעוגמה, הייתי אמא של גילי, עכשיו אני כבר לא אמא, אני כבר לא קיימת, זרם של דמעות קרות שוטף את החיוך ואני מוחה אותן בשרוולי הסוודר, מתעלמת מקופסת ממחטות הנייר הניצבת בינינו, על שולחן זכוכית קר ומהודר. אני מבין, הוא אומר בעדינות, דינה תיארה לי את המצב שלך, אני כמובן ממליץ על פסיכותרפיה, אבל כדאי במקביל לנסות טיפול תרופתי, אני חושש שלא אוכל לטפל בך בעצמי, אבל בינתיים אתן לך מרשם בתור עזרה ראשונה ואפנה אותך למישהו אחר להמשך הטיפול, בסדר? והוא מביט בי בחמלה ובהיסוס, כאילו ראה חתול גוסס בצד הדרך והוא תוהה אם ניתן בכלל עדיין להצילו.

את בוכה הרבה? הוא שואל, עיניו השחורות השקועות משוטטות על פני, כמחפשות עקבות דם, את חשה הקלה אחרי הבכי או שזה בכי ללא נחמה, את נהנית מדברים שנהנית בעבר, את בכלל נהנית ממשהו, יש לך יכולת ריכוז, יש לך מחשבות אובדניות, את סובלת מאשמה, ירדת במשקל לאחרונה, יש לך נדודי שינה, יש לך רגישות

לתרופות, מתי הפעם האחרונה שהרגשת טוב? ואני משיבה ברפיון, וילונות השיפון הסגולים מפיצים בחדר אור שחר רך ועיני נעצמות לאיטן, נדמה שדווקא כאן הייתי יכולה להירדם סוף סוף, מולו, על כורסת העור הנוחה, ורק על השאלה האחרונה אני מתעכבת לרגע, כשמתחוורת לי התשובה שלא תינתן, בביתךָ, בבוקר השבת ההוא, בתחילת הסתיו, זו היתה הפעם האחרונה שהרגשתי טוב.

ההקלה לא תהיה מיידית, הוא אומר, משרבט במהירות את שם התרופה על פיסת נייר, ואולי יהיו תופעות לוואי בימים הראשונים, אבל תוך שלושה שבועות אני מעריך שהמצב שלך ישתפר, התרופה הזאת חותכת את הקצוות של הרגש, אני מאמין שהיא תעזור לך, והוא מושיט לי את המרשם, תתחילי כבר היום, הוא ממליץ, חבל להתענות סתם, ואם יש בעיה תתקשרי אלי, יש לך את המספר בבית, והוא מוסיף בחופזה את מספרו בקליניקה, להמשך הטיפול אני אפנה אותך למישהו אחר, אבל בואי ננסה קודם כול את הכימיה, לפעמים אין ברירה. ננסה, הוא אומר בלשון רבים, כמו מדובר בבעיה משותפת, וכשאני קמה ונוטלת מידיו את פיסת הנייר נדמה לי שאני מעבירה אליו דבר־מה בתמורה, שידי אינן ריקות, את הנפש המיותרת אני מניחה בין זרועותיו, את יצור הכלאיים המרתיע, והוא עומד מולי ומנענע אותה בחיקו עד שהיא משתתקת ובכיה נרגע.

פרק תשיעי

את הכדורים אני קונה כבר באותו ערב, מבקשת מהרוקחת המופתעת שתארוז לי את החפיסה באריזת מתנה, והיא בוחנת בפקפוק אותי ואת התרופה המומלצת ואת חתימת הרופא, ונראה שהיא עצמה, אם היו שואלים אותה, היתה רושמת עבורי משהו אחר לגמרי. אריזת מתנה? זה לא מקובל כאן, היא מסננת, אבל מצליחה למצוא נייר עטיפה מוזהב וסרט אדום, ידיה מתעסקות במלאכה באי־רצון, ואני מניחה את החבילה הקטנה המפתה על השידה ליד מיטתי ולא פותחת, מביטה בה לפני שעיני נעצמות ומיד כשהן נפקחות, נהנית להיתקל בה במקרה, כאילו קיבלתי מתנה נדירה והיא מצפה לי בסבלנות. נוכחותה לצד המיטה מרגיעה אותי, חבילה צרה ומעודנת, דומה שזוג עגילי זהב או עדיליון נחים בתוכה, מוכנים להמתין גם אלפי שנים, כתכשיטי טרויה שנצנצו במעמקי אדמת אסיה הקטנה בעוד העולם המערבי כולו מאמין שמדובר באגדות חסרות בסיס.

לא ידעתי שהכדורים האלה עובדים כל־כך מהר, דינה מתפלאה כשהיא באה כעבור כמה ימים, סיר מרק בידה האחת ועוגה בשנייה, זה אמור לקחת שלושה שבועות, לא? ואני מיד מקדירה את פני כדי לא לספק הסברים, גם לא לעצמי, מה פשר ההקלה המרחפת סביבי לפתע, קלושה ועמומה אבל בהחלט ודאית, האם זהו עצם הידיעה שיש בנמצא תרופה והיא בהישג יד, שניתן לאלף את הצער, להפוך את התן המיילל לכלבלב ממושמע, או שמא הגעתי כבר ללא ידיעתי

עד לסלע האם, לשכבת היסוד ממנה אפשר רק לעלות, ואולי זהו זֵכר הבוקר ההוא שניעור בתוכי, מציב מולי מחדש אפשרות קיום נשכחת, שגם אם לעולם לא תכסה על האובדן תוכל לשרוד לצידו, ואם היא אפשרית הרי שהטעות אינה יכולה להיות מוחלטת, וגם הצער אינו יכול להיות מוחלט, ונדמה שאל תוך החדר החשוך לחלוטין בו כלאתי את עצמי שבועות על שבועות, הצליח לחדור בגניבה קמצוץ של אור, ועדיין אין בו כדי להאיר את מרחבי החדר אבל לפחות ניתן להבחין בין חושך לחושך, בין חשכת השחר לחשכת הצהריים לחשכת הלילה, ובתוך שפך האור הדל הזה אני מנסה לאמץ את עיני, לזהות חפצים דוממים, גוני קול, תווי פנים, להתקיים.

להתקיים בתוך הסתירות המתעופפות סביבי כציפורים נודדות, הנה היא הלהקה העושה את דרכה אל ארצות החום ובשוליה משתרכות כמה ציפורים מודאגות, מַבטן התועה מופנה לאחור. אני היא הלהקה ואני גם שוליה התועים, שהרי גם אם עכשיו רע כל־כך, אין זה מעיד על כך שקודם היה טוב יותר, ולא על כך שלא יהיה טוב בעתיד, שהרי הצער אינו מעיד בהכרח על חרטה, והחרטה אינה מעידה על טעות, והטעות אינה מעידה על העתיד, והעתיד, גם אם לא יצדיק את המעשה, אינו מעיד על העבר, בדיוק כמו ההווה, שהרי הבדידות שלי עכשיו אינה מעידה על כך שלא הייתי בודדה בנישואי, האשמה שאני כורעת תחתיה אינה מעידה על החטא, והשבר הגדול אינו מעיד על השלם. דומה שהוודאות השחורה הרצחנית שקברה אותי תחתיה שבועות על שבועות מרפה מעט את אחיזתה, מאפשרת לי לפגוש רגעים אחרים, הרחוקים אמנם מאוד מן החירות הזוהרת שראיתי בעיני רוחי אבל יש בהם לעיתים סיפוק צנוע של התכווצות החרטה, כגידול שממדיו מצטמצמים, שאמנם אינו מוחק את זכר המחלה ואימתה אבל מעורר תקווה קלושה להבראה, ולו גם זמנית, להפוגה קלה במטחים הצפופים של עינויי הנפש.

מן הוודאות השטנית של הטעות תחתיה קרסתי נותרה עכשיו שאלה, ולעיתים היא נשאלת בזדון ולעיתים בחשש ולעיתים בצער, ואני מבינה שהשאלה הזו לא תפסיק להישאל עד יומי האחרון, גם אם שפתיה ינועו וקולה לא יישמע, ובמותי אוריש אותה לבני היחיד, האומנם נכון עשיתי שקמתי יום אחד וקרעתי לגזרים את משפחתנו, האומנם ראוי היה המעשה, האומנם לטובה היה, האומנם היה עלי לאחל לעצמי יותר ממה שהיה לי, אם אמנם אי־פעם יהיה לי יותר ממה שהיה לי, אם אמנם אני יודעת בכלל מה היה לי, דומה כי גם לשם כך נדרשות שנים ארוכות, לדעת אל נכון אם היו נישואינו משובשים וחסרי תקווה כפי שסברתי טרם הפרידה, או נפלאים ונדירים כפי שנראו בעיני אחריה, האם שגגה היתה זו, או הכרח, והרי רק בסוף חיי אוכל למנות ולסכם, כך וכך ימי צער ותסכול, לעומת כך וכך ימי אושר, ודומה שכל חיי מעתה ואילך יאבדו את חירותם הטבעית להיות חיים שיש בהם טוב ורע, ויצטמצמו לאיסוף נתונים בלתי־פוסק, לתרגיל מתמטי כמעט, כל רגע של סיפוק ייִמנה בעמודה אחת, וכל רגע של מפח־נפש בשנייה, והטבלאות הללו ירצדו לנגד עיני מתגרות ומעיקות, שהרי יותר ויותר מתחוורת לי מורכבותם של החישובים כי הנה לנגד עיני הולך העבר ומשתנה, עירני בהרבה מן ההווה, רב תהפוכות, ואני מנסה לאחוז בו, לכוון אליו אלומת אור, לנסות לראותו כפי שהיה, את נישואינו כפי שהיו, את משפחתנו כפי שהיתה, לפני שהפכה לקדושה מכוחו של האובדן.

כמה הפכפך הוא העבר. כאדם שנתקלים בו ברחוב ללא הרף, והנה יום אחד הוא מתנכר וביום השני מסביר פנים, יום אחד הוא מטופח ונאה למראה וביום השני מזוהם ודוחה, אבל אני ככל שהוא יותר מתנכר אני יותר מרוצה, ככל שעולה בידי להטיל בו רפש אני נרגעת, נדמה שרק בסילוקו מדרכי אוכל למצוא מנוחה אבל איך אסלק אותו. הבית הזה הוא העבר, הילד הזה הוא העבר, אני עצמי שייכת עדיין לעבר, הגבר הזה שנכנס הנה מדי פעם הוא העבר, ואני עוקבת אחריו בדריכות, לרגעים נדמה שאצלו המפתח, אצלו

נחבאת התשובה, ואם פניו או קולו או מחוותיו מרתיעים אותי אני נושמת לרווחה באותה הקלה מאושרת של התרת הספקות, ואם עיניו היפות זוהרות בפניו וחיוכו נעים אני מתמלאת זעם, וכך ככל שהוא יותר ידידותי אני יותר עוינת, וככל שהוא יותר עוין אני יותר ידידותית, שהרי בתהליך המורכב והמעיק של איסוף הנתונים וחריצת המשפט לא נותר מקום למחוות טבעיות, לרגשות פשוטים, כי כל מלה מיועדת למיון, כל מחווה היא נתון כבד משקל, בכתב האישום או ההגנה שכל חיי יוקדשו להכנתו. אפילו גילי עצמו מגויס בעל־כורחו למשימה, גם בו אני מחפשת סימנים, כל תכונה שהנחיל לו אביו, כל הבעה, נאלצת להיות מסווגת, ושלא כדרך הטבע אני עטה דווקא על החולשות כמוצאת שלל רב, כי אולי זו ההוכחה החסרה לי, שאכן היה עלי לעשות את המעשה.

בצעדים זהירים אני מתהלכת בבית, חוששת להזיז חפצים, לטשטש עדויות, כאילו אתר עתיק הוא שחרב וננטש מיושביו ומוטל עלי להציע את הפרשנות, מה היה הגורם להרס המוחלט, ההיתה זו שריפה, מלחמה, פלישה, רעש אדמה, התייבשות מקור מים, שינוי תנאי אקלים, האם אסון טבע פגע בו או יד אדם, מנסה לשחזר את השתלשלות הדברים בסדר הפוך להצטברות השכבות בתל, לדובב את החפצים הדוממים, נתונים המשיחים לפי תומם כמטבע ברונזה שנשמטה ואבדה, מכוסה תחמוצת ירוקה, חרסים מנופצים, לדלות מתוכם את דברי ימי משפחתנו, וכל הזמן אני חוששת שאיחרתי את המועד, הרי רק פעם אחת ניתן לחפור באתר, ואני בפזיזות נהגתי, פיניתי בחיפזון את העפר שאין ערוך לחשיבותו, מבלי לסנן, מבלי לתעד, שום חופר בעתיד לא יוכל לאמת או להזים את הנתונים או את פירושם, לא כל שכן אני עצמי, שכן השרידים הוסרו לעד. העוד אפשר בכלל לעשות חתך בשוליו של תל אהבתנו הנטוש, ואני נזכרת איך היה אמנון אוסף את כולנו בסוף היום, ניצב לפני שולחן ארוך וצר, פלג גופו העליון חשוף, מכנסי הג׳ינס שלו גזורים ברישול, חוטים לבנים ודקים כציציות משתלשלים מהם, ואנחנו

היינו עולים מן הריבועים הקטנים כחדרי ילדים, העפר הופך את כולנו דומים זה לזה, מניחים בפינה את כלי החפירה ומתיישבים סביבו, והוא היה מנתח במהירות את הממצאים, מניח את החשובים שבהם במגרה ואת האחרים משליך לדלי, ותמיד היה אומר בסוף, מצביע על מחיצת העפר שבין הריבועים, שם נראית הצטברות השכבות, תראו כמה צרה השכבה הזו המייצגת תרבות שלמה, תראו כמה מעט אנחנו משאירים אחרינו, ובשעות אחר הצהריים החשוכות של החורף הזה, כשגילי משחק בחדרו עם אחד מחבריו, אני יושבת מול המחשב, על ברכי ניירות ומפות ותצלומים ומאמרים, כמה מעט השארת אחריך, אמנון, אני כותבת, כמה מעט השאירה אחריה משפחתנו בת עשר השנים, ומדי פעם אני נעמדת מול החלון, ענפי הקיסוס שצמחו במהירות משתרגים מולי עיקשים ושריריים, והפליאה על העבר מתפשטת בבית, נוגה ומתמשכת כמו סלסולי החזן אשר שוב מתאמן כבר לקראת החגים, מיום כיפורים זה עד יום כיפורים הבא.

מדי פעם מפריעות אותה קריאות הטלפון, נקישות בדלת, כל מיני מכרים נוטלים חירות לעצמם לבקר אותי, סוף סוף אפשר לבוא הנה, הם אומרים, כשאמנון היה כאן תמיד הרגשנו שאנחנו מפריעים, ואני מצביעה בהתנצלות על המחשב המהבהב שיעיד שאינני פנויה, שהרי רוב השיחות אינן מתקרבות כלל אל מוקד הבעירה, מטען מיותר הן על הנפש הפריכה, ועם הביקורים צצות להן ההצעות, אֱלָה, יש לי מישהו בשבילך, הרי לא עזבת את אמנון בשביל להישאר לבד, חבל עלייך, אַת נמקה ככה בבית מול המחשב, תצאי קצת, תכירי אנשים, מה יש לך להפסיד, ואני מסרבת, זה לא מתאים לי עכשיו, אני לא מחפשת בן־זוג, רק המחשבה על המאמץ הכרוך בהיכרות חדשה מעוררת בי חלחלה.

את סתם מענישה את עצמך, אומרים לי, אם תסבלי זה לא יחזיר אותו, אבל אני מאז הלילה ההוא לא מנסה להחזיר אותו, לא באופן גלוי ולא באופן סמוי, שנינו איננו מזכירים את הלילה ההוא כמו

היה פרי באושים של דמיוננו. כשהוא מביא את הילד אנחנו מקצרים בדברינו, כשני שותפים בעל־כורחם לניהול מפעל, התלויים זה בזה לצורך קיומו ושגשוגו, אך שומרים בקנאות על פרטיותם, ואני אינני מגלה כל עניין בחייו החדשים ולהפתעתי אין זו מראית עין. רק העבר מעסיק אותי וכל אורחותיו בהווה תפקידם לשקף אך ורק את העבר, כשהטפל והעיקר שווים בחשיבותם, לבושו, גינוניו, ריחו, אבהותו, הגינותו, נדיבותו, במבט מפותל ומעוות אני בוחנת אותו, מוצאת את עצמי מקווה שיאכזב אותי, רק כדי לשפוך אור עכור על שנות חיינו המשותפות, אבל מעבר לכך הפך העניין שלי בו יבש ומוגבל, מדעי כמעט, כמו אין הוא כבר בן אנוש חי ונושם, אלא ממצא נייד ורב ערך, נתון מהלך שביכולתו לשפוך אור על המחקר שאני עורכת עכשיו, מחקר הממומן בחלבי ובדמי.

דרוכה אני עוקבת אחר מהלכיו, חרדה להחמיץ מידע, האם הוא בודד בדירתו היפה המשקיפה על המנזר, האם הוא מבשל לעצמו, חורך כתמיד את קרקעית הסיר, מה הוא עושה בימים הפנויים, האם הוא נפגש עם נשים, האם הוא מתקלח עדיין במים קרים, האם הוא מתלבש בלי להתנגב, האם סיים את המאמר על מפעל המים הכנעני שהתחלנו לכתוב יחד, למי הוא מספר את סיפורי השגרה הנזעמים שלו, האם הוא ישן לבד על המיטה המכוסה בבד רקום, האם ידו נשלחת מאליה בלילות לחפש את גופי, אך דומה כי כל השאלות הללו איבדו את זיקתן אל חיי הנוכחיים, ורק כלפי העבר עליהן לתת דין וחשבון, כי רק את העבר אני בוחנת, ורק הוא יחרוץ את דיני.

ומתוך השכבות ההן אני מגיחה מדי פעם כממעמקי חפירה, מכוסה גלימת אבק סמיך, שולחת רגל מהססת אל מפתני הבתים הנפתחים בפני, אל החיים שהתנהלו מאז ומעולם מסביבי ואני לא הבחנתי, החיים ללא משפחה, דבוקות של אנשים זרים, ללא קרבת דם, ללא ילד משותף, ללא מגורים משותפים, שיוצרים לעצמם תחליפי משפחות, בדידות נתקלת בבדידות ומכפילה את עצמה,

וזה מה שמציעים לי החיים החדשים, זה מה שמציעה לי דינה, זה מה שמציעות לי השבתות הסגרירִיות, זה מה שאני מתקשה לקבל. במקום המשולש האטום כמעט, המוכר לפרטי פרטיו, אמא אבא וילד, שמדי פעם מאמץ אליו כמה נספחים לשעות ספורות ומיד שומט אותם באנחת רווחה חרישית, מזדמן עֵרב־רב של גברים ונשים, חלקם צעירים ממני וחלקם מבוגרים, חלקם מעולם לא הקימו משפחה וחלקם כבר פירקו אותה, והם טורחים על ארוחות ימי שישי וערבי חג, מנסים להפיג את הבדידות שאצל כמה מהם היא זמנית ואצל אחרים נצחית, וכשאני באה בקהלם אני נצמדת בדרך־כלל אל דינה, בוחנת אותה ואת חבריה בעיניים מדוכדכות, איזה תחליף דהה למשפחה שהיתה לי, לנוחוּת הדבשית עם ילד ובעל, למרחב הטבעי המספק את צורכי עצמו, שאינו זקוק כמעט להזנה מבחוץ.

בואי מחר, היא אומרת בקולה הנמרץ, אומרים שיהיה שלג, אני עושה חמין, ואני שואלת בחשש, את בטוחה, בטוח יהיה שלג? והיא אומרת, ככה שמעתי, אז תבואי? ואני מתלוננת, למה דווקא מחר כשגילי אצל אמנון, בקושי פעם בשנה יורד כאן שלג ובסוף זה יוצא בדיוק בשבת שהוא לא איתי, אנחנו מחכים לשלג הזה שנה שלמה. אז מה הבעיה, היא מתפלאה, תשמחי בשבילו שהוא ייהנה מהשלג, ואני מתקשה להסביר, אבל אני לא אראה אותו נהנה, אני אפסיד את זה, והיא מגחכת, הוא קיים גם כשאת לא רואה אותו, למה נדמה לך שבלעדייך הקיום שלו לא ממשי, ואני אומרת, זה הקיום שלי שלא ממשי, זה הקיום של השלג שלא ממשי.

תני לו ליהנות בלעדייך, היא אומרת, ההנאה שלו תקפה גם אם את לא שם, אל תהיי שתלטנית כזאת, גם על מזג האוויר את רוצה לשלוט, אז את באה מחר? ואני שואלת, אמרו כמה ימים הוא יימשך? הוא חייב להימשך עוד יום, אבל בעצם היום השני הוא פחות מלהיב, וגם השלג כבר מלוכלך, אני מהרהרת בקול, והיא מאיצה בי, אני מחכה לתשובה, אֵלָה, ואני אומרת, אז אני אודיע לך מחר, איך אני יכולה להתחייב עכשיו, אולי אמנון יסכים שאני אבוא אליהם ונשחק

בשלג ביחד, והיא אומרת, את צריכה להתחייב עכשיו, כי אם את באה אני אזמין מישהו שכדאי לך להכיר.

גם את מתעסקת בשידוכים, אני מתפלאה, ממש לא מתאים לך, את אמורה לדעת שאני לא בשלה לזה, והיא אומרת, אולי, אבל אפשר לעזור לך להבשיל, ואני שואלת, מי זה בכלל? והיא אומרת, הוא אח של חברה שלי, טייס, גרוש, מתעניין בארכיאולוגיה, בגלל זה חשבתי עלייך, ואני אומרת, אבל אני כבר לא מתעניינת בארכיאולוגיה, אני סתם מתחזה, והיא פוסקת, די, אלה, תפסיקי להיות שלילית, את באה מחר באחת.

מדי כמה דקות אני יוצאת למרפסת ובוחנת באיבה חשדנית את השמיים, האומנם מחביאים הם בכרסם את הפתיתים הצחורים הנחשקים שהפכו בבת־אחת לאיום על שלוותי, על ממשותי, חכו לילה אחד, אני מבקשת, תתאפקו קצת, עד מוצאי שבת, תנו לי את העונג להושיב אותו על אדן החלון ולצפות באבקת הקסמים שלכם ניגרת בין אצבעותיו, לרדת איתו לחצר שתשנה את פניה, יחד נפלס את דרכנו בין הענפים הנשברים, כמו היינו פוסעים לעבר ארמון קדום, בשבילים שרגל אדם לא דרכה בם, תלתליו עטופים בכובע צמר עבה, לחייו קורנות מהתרגשות, קולו נוסק כפעמון, ואפילו בלילה אני מזדקפת מדי פעם ומציצה בחלון, כזקיף על משמרתו, וכשנשקפת אלי אפלה לילית שגרתית אני נרגעת, נרדמת שוב בתחושה שתפילותי נענו, אבל כשאני מתעוררת לבסוף בשעת בוקר מאוחרת אל דממה חשודה, נדהמת, כמו זו המשתררת אחרי ביצוע פשע, מתגרים בי סדקי התריס בפסי אור מסנוור ואני מבינה שלמרות כל מאמצי הצודקים והכנים לא הצלחתי לעצור את השלג.

אל תבואי, זה יבלבל אותו, קולו של אמנון אדיב אך פסקני, אנחנו תיכף יוצאים החוצה לשחק כדורגל בשלג, הוא במצב־רוח נהדר, לא כדאי לבלבל אותו, ואני לא מתווכחת, מניחה את השפופרת על כנה, המלים הברורות מקפיאות את עורי, ואני מושכת את התריס באצבעות נעלבות, עוצמתה של היפעה הודפת אותי

לאחור, נהרה בוגדנית שפוכה על שפתי העיר החיוורות, הנפשקות אלי בחיוך קרחוני.

כשהייתי ילדה לא היה לי ילד. לבדי הייתי מוטלת מעונה לעונה, כמו היו אלה תחנות בפארק שעשועים קסום, צבעי השלכת רודפים את ריחות הפריחה, עננים נושפים עשן סמיך אל עין השמש, אדים לוהטים מבושמים עולים מבטן האדמה, רוחות מלפפות את גזעי העצים, כל חורף מאפיל על קודמו, כל קיץ עוקץ את קודמו, מרותקת הייתי עוקבת אחר משחקי העונות, כארבעה גורי חתולים היו מזנקות זו על זו, נמלטות זו מפני זו, ואני בתווך, מדמה שרק עבורי נועדו שעשועיהן, להפיג את בדידותי.

במורד הרחוב מקפצים גמדים עליזים, עגלגלים ככדורים במעיליהם התפוחים, כובעיהם וכפפותיהם, מתיישבים בחבטה על שקיות ניילון ומחליקים ברגליים פשוטות לפנים, ואני מסבה את עיני מהם, חסרונו של גילי צורב ומעיק, כמה הייתי רוצה להחליק לצידו במורד התלול, לשמוע אותו זועק מעונג, מגשים את המאוויים שטיפח שנה תמימה. נרגנת אני מתהלכת בבית, בוחנת את המראה מכל החלונות, כמה מרעיש המראה המוכר בלבושו החדש, המתעתע, אך ככל שהוא מרהיב יותר כך ההחמצה מציקה יותר, אם היה כאן היה רץ מחלון לחלון, קריאות ההתפעלות שלו מציירות ענני אדים על השמשות, תראי תראי, היה צועק, זה הכי יפה בעולם, היה מכריז בידענות, כאילו בחן כבר את כל המראות כולם, ואני חוזרת מאוכזבת למיטה, על הקיר מעל ראשי עוד מתנוססת תמונתנו, מצטופפים תחת מטרייה שחורה, איך חוללו סביבנו פתיתי שלג דאשתקד את מחולם החירש, מחול פרידה היה זה, ואיש לא ידע.

נדמה לי שקוראים בשמי מבעד לחלון באנחה חרישית ואני מזדקפת מופתעת, האומנם זה הברוש המת חורק לעומתי, ראשו המעוטר כמעט נוגע בקיר הבית, ולרגע נדמה שהוא מלבלב, פרחי שלג צחורים כיסמין מקשטים את ענפיו היבשים, תוך שעות ספורות הפך זוהר כשקדייה, מנצנץ כעץ חג המולד, ואני מרותקת למראה

המפליא, תחייתו של העץ, ואפילו היא זמנית, אפילו היא מדומה, מעוררת בי תשוקה עמומה נשכחת, לא תשוקה לגבר אלא לחיים עצמם, ואני עוקבת אחר מעוף הניצנים הבוהקים, כשיכורים הם מסתחררים סביבו, חלקם נלכדים בענפיו וחלקם צונחים למרגלותיו, נושאים ברכה נסתרת השלוחה אלי מן השמיים, והיופי הזה הטהור מתדפק על חלוני, אינו תובע ממני דבר וגם אני איני תובעת דבר ממנו. כן, למה שלא אפרח גם אני לכמה שעות, ולפתע מציפה אותי חמדת ההנאה הראשונית שאינה קשובה לאיש, מבהילה באנוכיותה, עזה בעוצמתה, מול החלון הפתוח אני מצחקקת כנערה נסערת, המעלה בעיני רוחה שוב ושוב את קסם מלות האהבה הראשונות, את יפעתו של הרגע ההוא בו הבינה שיש מענה לכיסופיה, ואני נשענת על אדן החלון, אוויר סמיך מסתלסל סביבי, כוכבים נופלים על ראשי בהמוניהם, מיליוני שמיכות נקרעו בשמיים ונוצותיהן מכסות אותי, כמו את העצים הנשירים העוטים גלימת מלכות דקה, זֵכר לעליהם, ואז אני לוקחת מן השידה את המתנה הממתינה לי, את חפיסת הכדורים העטופה בנייר אריזה מוזהב, קשורה בסרט אדום, משליכה אותה אל זרועותיו של הברוש, כזר פרחים שזורקת הכלה טרם צאתה לדרכה החדשה, מעניקה את מתנתי יקרת הערך לעץ המלבלב אחרי מותו, מתנה תמורת מתנה.

לפני שנים הוא קנה לי סוודר לבן ואני החזרתי לו חיוך עקמומי, מה פתאום לבן, אני מדי חיוורת בשביל ללבוש לבן, אבל עכשיו אחרי מקלחת חמה ממושכת אני מחפשת אותו בארון, עוטה על עצמי כהסוואה את צבע השלג, ואת השפתיים אני צובעת באדום עז, מפזרת את השיער המבריק מן החפיפה, לא הבחנתי כמה צמח בחודשים האחרונים, מגיע כמעט עד מותני, ונרגשת כילדה הרואה שלג לראשונה בחייה אני יוצאת אל העיר הבוהקת, אל יופיו קצר הימים של הפלא הזה, כיופיה של אהבה חדשה. פסיעותי מצלקות את המעטה הרך עדיין, וכשאני מביטה לאחור אני מופתעת לראות באיזו מהירות מגלידה הצלקת, מתכסה בלובן טרי, ואני ממשיכה

בדרכי, חולפת על פני אם צעירה הגוררת ילד מייבב בעקבותיה, קר לי, הוא בוכה, האצבעות שלי קפואות, והיא גוערת בו, בטח שקר לך, אמרתי לך ללבוש כפפות, למה לא לבשת כפפות, מבטה הטרוד מרפרף עלי ונדמה שהיא מקנאה בי על שאני פנויה כל־כך, מרוכזת בהנאתי שלי, כן, זה מותר, זה אפילו אפשרי, גילי נהנה שם ואני כאן, להבות לבנות נמתחות ביני לבינו כמשׂוּאות על ראשי ההרים.

כשאני מגיעה לביתה, פרועת שיער ומשולהבת מן ההליכה, הסעודה כבר בעיצומה, ריח עשיר בשרני של חמין שבושל על פתילייה כל הלילה מקדם את פני, ואדי היין מן הכוסיות המלאות, וריחות הגוף והבשמים ומי הגילוח, מותכים בחמימות ההסקה בבית הסגור, ודינה מחבקת אותי, לבושה בסוודר שחור ארוך כשמלה, עיניה החומות סוקרות אותי בהפתעה, נימי דם דקיקים על לחייה כעורקי העלים, כמה את יפה היום, היא אומרת, ומיד מוסיפה בהתנצלות, הוא עוד לא הגיע, הוא צריך להגיע כל רגע, ואני מתקשה להבין את כוונתה, עזבי, שכחתי מזה בכלל, אני אומרת, הרי הרבה יותר נוח לי ככה, לשבת בין זרים נטולי פניות, שאינם בוחנים אותי, ללעוס את התבשיל המהביל, ללגום ללא מתח מהיין.

לא תאמיני, הם שמים פסטו בחמין, קובל מישהו ברצינות גמורה באוזני דינה, גבר לא צעיר שכרסו נושקת לשולחן ועיניו מתרוצצות באי־שקט, מחפשות אהדה, אנשים השתגעו לגמרי היום, מקלקלים כל דבר טוב, מה רע בחמין מסורתי, כמו שצריך, למה להוסיף פסטו, הוא זועק, למה? כאילו ניסו להתנקש בחייו, וזו שיושבת לצידו, אשתו מן הסתם, מזדרזת להסתייג ממנו, אני דווקא אוהבת פסטו, היא מעידה על עצמה בכנות, הוא כזה שמרן, היא מוסיפה, והוא מיד גוער בה, אבל את לא מבינה כלום, גם אני אוהב פסטו, אבל לא בחמין, לא עם כל דבר.

עוצמת הרגשות המושקעת בשיחת הפסטו מדגדגת את נחירי, ואני מכסה בידי על פי להסתיר את הצחוק, מביטה בהערכה במאמציה של דינה לשנות את הנושא, אבל מר פסטו לא מתכוון

להרפות, כולנו נאלצים עכשיו לשפוט בינו לבין אשתו, ונדמה שלא תנוח דעתו עד שלא תיווכח היא עצמה בטעותה הנוראה, מה רע בקצת שמרנות? הוא זועק, היא חושבת שאם תיגרר אחרי כל אופנה היא תהיה צעירה יותר, היא רוצה לעשות רושם על הילדים, אני בניגוד לך שופט כל דבר לגופו, פסטו עם פסטה אני אוהב, פסטו עם חמין לא, הוא פוסק, ואני מזנקת מכיסאי, רצה אל חדר האמבטיה ושם משתנקת מצחוק, עיניה של האשה הגברת פסטו עוקבות אחרי, עלבון עתיק שוכן שם, כזה המצמיח קנטרנות מעיקה. מאוחר יותר היא תאמר לו, זה היה מעליב, איך שדיברת אלי, והוא יאמר, את נעלבת? אני נעלבתי, תמיד את סותרת אותי, עולה לך בדם להסכים איתי על משהו, כמה מוכרת לי שיחתם, כאילו כל חיי ניהלתי אותה ועכשיו אני פטורה ממנה לפתע.

כשאני חוזרת אל השולחן הגדול הם מדברים על ירושלים, בהתרגשות פחותה בהרבה, היא רוצה לעזוב את העיר, הגבר מתלונן, עד שהתרגלתי לעיר הזאת היא רוצה פתאום לעבור לתל אביב, וזו שיושבת לצידי, חברה ותיקה של דינה שכבר פגשתי לא פעם, אומרת, זה לא כל־כך פשוט, אני ניסיתי כמה פעמים לעזוב את ירושלים ולא הצלחתי, תמיד חזרתי הנה, זאת העיר הכי מעניינת בעולם, ודינה אומרת, אולי בשבילך, כי את מסתכלת עליה בעיניים של צלמת, בשביל אנשים רגילים זה יכול להיות מעיק, מה יש לנו כאן בכלל? עוני, טרור, התחרדות.

מה יש לנו כאן? מזדרז הגבר שמולי לסתור את דבריה, כל ההיסטוריה של העם היהודי מקופלת כאן מתחת הרגליים שלנו, דויד המלך שלט מכאן על כל ישראל, שלמה בנה כאן את בית המקדש הראשון, ואני מעירה בשקט, זה לא מדויק, ושוב הוא נזעק, איך לא מדויק? זה כתוב בתנ"ך! ואני מגחכת, איזה מין טיעון זה, התנ"ך הוא לא בדיוק מסמך היסטורי, כל החפירות בירושלים לא הצליחו להוכיח שהיתה כאן ממלכה גדולה בתקופת דויד ושלמה, ההיפך, אפילו חרסים פשוטים התגלו בכמות קטנה יחסית.

אז מה את מנסה להגיד, שדויד ושלמה לא היו קיימים? הוא גוער בי, ואני אומרת, הם דווקא היו קיימים, כנראה, בית דויד הרי מוזכר בכתובת מתל דן, אבל הממלכה המיתולוגית שלהם לא היתה קיימת, ירושלים בזמנם לא היתה עיר ארמונות מפוארת אלא כפר הררי קטן ונידח. אז למה בעצם נוצר המיתוס הזה של הממלכה הגדולה? דינה שואלת, ואני אומרת, כמו שמיתוסים נוצרים בדרך־כלל, כדי לספק צרכים נפשיים, לעורר תקווה לתור זהב אגדי, שפעם כבר היה, או כדי לשרת חזונות מאוחרים יותר, והוא ממלא את כוסו בזעף, זה הכול קשקוש, הוא רוטן, ממתי חוסר הוכחות זה הוכחה? אתם הארכיאולוגים חסרי דמיון, מחר תמצאו את ארמון דויד ותחזרו בכם מכל התיאוריות החדשות, אולי ממש מתחת הבית הזה מסתתרת ההוכחה שאתם מחפשים, ואני מחייכת אליו בסלחנות, עיקשותו נוגעת לליבי, מזכירה לי את עיקשותי שלי בנוגע לתֶרָה.

בכל אופן, אני עם העיר הזאת גמרתי, אומרת אשתו, זאת עיר למזוכיסטים, ודינה מעירה, ברור, כל הארץ הזאת היא ארץ של מזוכיסטים, והוא מוחה, יש לנו ברירה, תגידי לי, איזה ברירה יש לנו, יש לך לאן ללכת? ואשתו שוב בוחנת אותו בדכדוך, כנראה שלא, כנראה שאין לנו לאן ללכת, ומתחשק לי לומר לה, גם אם אין לך לאן ללכת, את יכולה ללכת ממנו בזה הרגע ממש, השאלה היא לא לאן תלכי אלא האם את יכולה להישאר. צלצול טלפון עיקש קוטע את השיחה, הוא תקוע בשער הגיא, מסכן, דינה אומרת, אוחזת עדיין בשפופרת, עיניה מכוונות אלי, כמו מדובר בחתני, הכביש לירושלים נחסם, ואני מושכת בכתפי, עדיף כך, אוכל בקרוב לפרוש, בבלי דעת התרגלתי כנראה לבדידות ושיחות הסרק שלהם מעיקות עלי, ואני מנסה להתעלם מדבריהם, להאזין רק לצניחתם החרישית של נטיפי השמיים, וכשדינה מוזגת לספלים תה נענע רותח אני קמה מכיסאי, גם אם אין לך לאן ללכת את יכולה ללכת בזה הרגע ממש.

אפשר לתת לו את המספר שלך? דינה שואלת כשהיא מלווה

אותי לדלת, הרי השלג הזה ייפסק מתי שהוא, ואני אומרת, בסדר, אם זה כל־כך חשוב לך, העיקר שאת משחררת אותי עכשיו, תגידי, מאיפה הבאת את הזוג הזה? והיא מחייכת, ביחד הם באמת בלתי־נסבלים אבל כל אחד מהם בנפרד הוא בסדר גמור, מדי פעם צריך להביא איזה זוג נשוי כדי שניווכח כמה טוב מצבנו, היא לוחשת, ואני נאלצת להסכים איתה לרגע מתוק ומשחרר, מדלגת החוצה ברגל קלה, יוצאת בשמחה אל העיר המושמצת, המקבלת אותי בשוויון נפש צונן, כאומרת, אמנם לא הגנת עלי מספיק אבל ממילא אינני זקוקה להגנתך. כשאני מביטה בצריחי הכנסיות הבודדים, בקימורי ההרים שקווי המתאר שלהם הולכים ומיטשטשים בשל הבנייה החדשה, הגסה, אני נזכרת כמה זרה הרגשתי בעיר הזו, דומה שעדיין אני נוטרת לה טינה, להוטה להשתתף בחפירות החושפות את כלימתה, מקפידה להתייחס אליה כאל מושא למחקר, כאל אוסף סבוך ומתעתע של נתונים, ללא אהבה אמיתית.

בבתים המוסקים ממלאים אנשים את כרסם, נחים מן החידוש שבקרוב יהפוך למכביד, מכוניות בודדות מפלסות את דרכן בכבישים שהשתנו לבלי הכר, ואני לבדי כמעט ברחובות, חוצה גן משחקים שמתקניו החווירו, זה הגן שמול ביתם, אני מזהה לפתע, מפנה את מבטי אל הבניין המהודר, המרפסת בקומה האחרונה ריקה עכשיו, שום ילד לא משליך בעדה שקיות ניילון נפוחות ממים. כמה פעמים הצעתי לגילי בקול מפתה, מה עם יותם, אולי תזמין אותו אלינו, והוא נהם, לא, הוא לא חבר שלי כבר, והמשיך כממתיק סוד, החבורה שלנו נגד החבורה שלהם, אנחנו מכסחים אותם, ואני ניסיתי להסתיר את האכזבה, הרי דרכו קיוויתי להתוודע אליהם, ושוב אני חושבת על הבוקר ההוא, מראה הגבר הנבוך בתחתוני הארגמן המנוקדים, מביט בי במבט נרגז, חשוף, ההולך ומתרכך, הולך ומשלים עם קיומי, חי בזיכרוני הרבה יותר מאשר החזות הבטוחה המקצועית הלבושה היטב שהציג בקליניקה שלו, ואני עומדת מול ביתו, בוודאי חם שם עכשיו ונעים, מבעד לחלונות

מלבינות הצמרות, בקערת החרס התחלפו כבר האגסים בפירות הדר, האם הוא יושב על כיסא הבר הגבוה, טובל עוגיות בקפה, או אולי על כיסא הנדנדה, שמיכה מונחת על ברכיו, מעיין בעיתון או בספר, ואולי יצא לבדו לטייל בשלג, אולי אתקל בו עכשיו, עושה את דרכו חזרה הביתה, ושוב יביט בי וישאל, אנחנו מכירים? ואני אענה, לא ממש, אבל אפסע בשקט לצידו, ושנינו נראה בעיני רוחנו ערים אחרות, חיים אחרים. האם זה הוא שם בקצה הרחוב, צעיף מכסה את פניו, לא, הרי פרי דמיוני הוא, כמו גם המבט המשתתף שראיתי בעיניו, ואף שרגלי כבר צורבות מן הקור אני ניצבת עדיין ליד ביתו, מנסה לאמץ את אוזני, האם גם עכשיו משוטט שם הבכי החנוק המתמשך, האם את אנחת כאבה הסתום של משפחה זרה שמעתי אז, או שמא היה זה קולי שלי.

פרק עשירי

אֱלָה שלום, הוא אומר, נימת קולו בהולה, תובענית, זה רמי רגב, אני מצטער שלא הגעתי לארוחה בשבת, הכביש היה חסום, מבחינתי אפשר לקבוע למחר, ואני מתפלאה ביני לביני, מה פשר הדחיפות, הוא הרי התקיים בלעדי עד עכשיו, מה גורם לו להסתער עלי בלהיטות כזו כאילו נשארתי האשה הפנויה היחידה בעולם, ואני מהססת, נדמה שברגע שאסכים אמצא את עצמי מסומנת אפילו בעיני עצמי בתווית השחוקה, המרופטת, של אשה המחפשת בעל, חפץ המחפש קונה.

מחר אני לא יכולה, אני אומרת לבסוף, אולי מחרתיים, והוא מיד גומל לי, מחרתיים אני לא יכול, רק אחרי מחרתיים, ונדמה שאפשר להמשיך כך לנצח, הוא ידבק בימים הזוגיים ואני בנותרים, אבל כבר הוא מנסה כיוון אחר, בדיוק קראתי מאמר שפרסמת בכתב־העת הזה שלכם, הוא מעניין אבל מופרך לגמרי, אני חולק עלייך לחלוטין.

מי אתה שתחלוק עלי, מה אתה בכלל מבין בזה, אני מתקוממת בדממה, ובכל־זאת העקיצה פועלת את פעולתה, שהרי מי שמפרסמת מאמרים מופרכים לא תרשה לעצמה להחמיץ גבר המואיל לפגוש אותה, למרות שהוא חולק עליה לחלוטין, ואנחנו קובעים לאחרי מחרתיים, בבית־הקפה הסמוך לביתי, וככל שמתקרב המועד גדלה המועקה. האם זו רק תחילתה של מסכת נלעגת רצופה אכזבות והשפלות, האם לכך הועדתי את עצמי כשעזבתי את אמנון,

ואני מנסה להתעודד, עדיף להתנסות בכך דווקא כשאינני להוטה, מה כבר יכול להיות, לכל היותר אשתעמם קצת, ואחזור הביתה מוקדם, ובכל־זאת כשאני מתלבשת לקראת הפגישה ניטלת ממני שלוותי השברירית ואני עוקבת אחר דמותי המתחדדת במראָה במבטים של גינוי, בשביל מה את צריכה את זה, נאלצת להודות שאני מתקשה לוותר על הסיכוי הקלוש אמנם להתאהב בטייס הגרוש שהוא גם ארכיאולוג חובב, לעורר את אהבתו, למצוא באמצעותו את ההוכחה הניצחת לכך שהיה עלי לעזוב את אמנון, אותה הוכחה שתתיר באחת את הספקות ותהפוך אותי לאדם שלם, גם אם עד עולם אשאר שברו של הכלי המייצג את הכלי השלם, האומנם שווים הם בערכם כפי שחזרנו ושָנינו, יש לייחס חשיבות מדעית שווה לכל חפץ מעשה ידי אדם, בין אם הוא שלם ובין אם נותר ממנו רק שבר.

נניח היה יושב לפני עכשיו אמנון מילר, האם הייתי רוצה בו, האם ליבי המוגף היה ניעור אליו, מניח לו לשוטט בחדריו, האם גם הוא מתנסה במפגשים מעין אלה ואיך הוא מציג את עצמו, איך יציג את קץ נישואיו, האם יאמר, אשתי איבדה עניין בי אחרי שנולד הילד, נעשיתי מובן מאליו בשבילה, וזוגות זוגות של עיניים מאופרות נפערות מולו בפליאה, באמת? איך אפשר לאבד בך עניין, מה הבעיה להיות גם אשה וגם אם? בשבילנו לעולם לא תהיה מובן מאליו, מבטיחות לו בוודאי עיניהן המשתדלות, ואולי בכלל ימסור גרסה שונה לגמרי, אולי יספר שהוא זה שמיצה את נישואינו, כדי לא לעורר ולו פקפוק קל בלב האשה היושבת מולו. עשר שנים זה מספיק, הוא יאמר, לא יכולתי לראות את עצמי מזדקן איתה, וגם על כך יזכה למבטים אוהדים, הזמנה ענוגה להזדקן דווקא איתן, והוא יפליא בתיאור הישגיו המקצועיים, יזמין את המובחרות שבהן להצטרף אליו לשטח, ללבוש בגדי עבודה וליטול בידיהן פטישים ומכושים, ובתום הפגישה ייקח אותן אל דירתו היפה, מבעד לווילון החרוזים יצעיד אותן אל המיטה המכוסה בבד רקום.

האם הייתי יכולה להיות אחת מהן, אילו הייתי פוגשת אותו היום, ולא לפני עשר שנים, נסערת מהעניין שגילה בי, עיוורת למחצה, אותו העיוורון בדיוק הנחוץ להתאהבות, האם אני מסוגלת עדיין לעיוורון כזה, כי בלעדיו איך אפשר היה להתאהב בגבר המגושם, המחוספס, רע המזג, ועם זאת שובה לב באותה קדחתנות עירנית המטלטלת אותו ללא הרף, האם הוא עולה או נופל מכל הגברים שאני עתידה לפגוש בבתי־הקפה השונים ברחבי העיר, האם הוא עולה או נופל מן הטייס המתקדם אלי עכשיו, מציץ בשעונו, ואני מזהה אותו לפי הסימן שמסר לי, אני תמיד במכנסיים קצרים, הוא התפאר, ובכך הרי אין מקום לטעות, בעונה זו של השנה, הוא בוודאי היחיד בעיר הזו המסתובב במעיל טייסים כחול ובמכנסיים קצרים, חושף רגליים שריריות ודקות, המסתיימות בנעלי טיפוס הרים כבדות, ואני מחליטה להתעלם מן המוזרות, ולא לשאול בפליאה מתפעלת, איך לא קר לך? כאילו גם אני וכל מכרי מסתובבים כך בחורף הירושלמי.

מראה רגליו הערומות בהצהרה בוטה מעורר בי מיד אי־נוחות, כמו אולצתי לחזות בהוויה גופנית שלא התכוונתי כלל להיחשף אליה, ואני בוחנת אותן בפקפוק, כנראה נמנה עם אותם יחידי סגולה החשים בני בית בעולם, וכבר ברור לי שבכל דירה הוא פותח את המקרר בלי לבקש רשות ומחטט בקרביו, שולף ספר מן המדף ומציץ בו, וגם עם נשים הוא בוודאי ישיר ובוטה. היי, אלה, אני מת מרעב, הוא מכריז בטבעיות ופושט את מעילו, כמו הייתי אמו ויש לי עניין בל יתואר בהזנתו, ורק אז אני מתפנה להביט בפניו, האם הם נופלים או עולים על פניו של אמנון, ואני נאלצת להודות שאמנון נראה צעיר ממנו, ופניו יפים יותר בעיני מפניו של זה, שרזונם אינו נעים, ותוויהם חדים ודרוכים, זעים בעירנות חריפה, ללא תואַם מספיק בין תנועות העיניים, השפתיים, הנחיריים, כתזמורת ללא מנצח.

מזמן את כאן, הוא מתעניין, אבל לפני שאני מספיקה להצהיר שכרגע הגעתי עולה על שפתיו שאלה דחופה יותר, את מריחה

משהו? ואני אומרת, שום דבר מיוחד, למה? מיד נדמה לי שלא התרחצתי היטב, והוא אומר, יש כאן ריח מוזר, אולי נעבור שולחן, ואני קמה באי־חשק, הבחירה שלי בבית־הקפה הזה כבר עומדת לבדיקה קפדנית, צועדת אחריו אל שולחן פינתי מבודד, תיקי ומעילי בידי, הדלת כבר קוראת לי לצאת בעדה אל החופש, אבל אני מתיישבת מולו בצייתנות, עוקבת אחר תנועות נחיריו. כאן קצת יותר טוב, הוא פוסק, עדיין לא לגמרי מרוצה, ורק אז הוא מתפנה לבחון אותי ואני משפילה את עיני אל התפריט, מי יודע מול מי אני ניצבת עכשיו, מי האשה שעלי להתחרות בה למרות רצוני, שפתי מול שפתיה, עיני מול עיניה, שדי מול שדיה, ואני מזמינה רק כוסית יין אדום, למרות רעבוני, איך אוכל להתפנות ללעיסה נינוחה כשאני יושבת מול נחיריו חסרי המנוחה, עיניו הבולשות. עדיף לקצר את הפגישה ולאכול בבית, אני מחליטה, אבל מסתבר שתוכניותיו שונות משלי, והוא מוכן להזמין כל מנה בתפריט, אם כדי להשביע רעב עז או כדי להאריך את הפגישה, רצונו מנצח את רצוני, ומסתבר שאני עתידה להישאר ברעבוני וגם לחזות בו לועס, שעות על שעות, מרק וסלט וסטייק מדמם, נא, הוא זועק לעבר אחוריה המתרחקים של המלצרית, אני אוהב נא, ניביו החדים נחשפים בזעקתו כאילו בעצמו יקרע את נתח הבשר המדמם מגוף החיה.

לאחר שכילה את תאוותו בתפריט הוא מחזיר אלי את אישוניו הזעירים, אז מה את מספרת, הוא מנסה סוף סוף חיוך ידידותי, ולא מחכה לתשובה, חשבתי שאת נראית אחרת, הוא כבר משתף אותי בציפיותיו הכמוסות, יצא לי לפגוש כמה ארכיאולוגיות, כולן כאלה נמרצות, מחוספסות, את דווקא עדינה, הוא מציין כמעט בתרעומת, תיכף יאמר לי גם הוא, אַת ציור קיר, ואני שואלת בצינה, אז במה אתה מתעניין בעצם, בארכיאולוגיה או בארכיאולוגיות?

גם וגם, הוא צוחק בהנאה כאילו החמאתי לו, אני אוהב את השילוב, הרי חפירה זאת פעולה מאוד אירוטית, לא שמת לב? ואני אומרת, חפירה זאת פעולה הרסנית, רק בדיעבד אפשר לדעת אם

היתה לה הצדקה, אני רוצה לקוות שהאירוטיקה פחות הרסנית ממנה, או שאולי במקרה שלך דווקא כן, ואני לוגמת בהתנשאות מהיין, מתבוננת סביבי בשיעמום מופגן. המאמר הזה שלך, הוא מנסה שוב, ואני קוטעת אותו, פרסמתי הרבה מאמרים, לאיזה בדיוק אתה מתכוון? והוא אומר, על יציאת מצרים, אני ממש לא מבין אותך, איך את יכולה להתעלם מהעובדה שלא נמצאה לכל הסיפור הזה אפילו ראיה אחת? ואני אומרת, אני מכירה בעל פה את כל הטענות האלה, הרי גם אני לא מאמינה שמדובר באמת היסטורית מוחלטת, אני רק טוענת שם שאי־אפשר להתעלם מעדויות מצריות על אסון טבע גדול, שמתיישבות עם תופעות שמוזכרות במקורות שלנו.

אני לא השתכנעתי מהעדויות האלה, הוא רוטן, מה הקשר בכלל? ואני אומרת, ארכיאולוגיה היא לא מדע מדויק, יש הרבה מקום לפרשנות, הכי קל היום להגיד שהכול אגדות, אבל קשה לי להאמין שזיכרון של מאורע היסטורי דרמטי כל־כך יהיה לחלוטין פרי הדמיון. בואו של המרק קוטע לרווחתי את חילופי הדברים, והוא מסתער עליו בלהיטות וכצפוי גם ממנו אינו מרוצה, הם בישלו את הברוקולי יותר מדי, הוא קובל, אם מבשלים ברוקולי יותר מדי הוא נהיה רק כמו סמרטוט, הוא מבשר בחומרה למלצרית, והיא מתנצלת, באמת? אף אחד לא התלונן עד עכשיו. יש לי חך רגיש, הוא מודיע, והיא כבר אובדת עצות, תרצה להזמין משהו אחר אולי? היא מנסה, והוא שואל, יש משהו שאתם מתמחים בו? והיא אומרת, יש לנו שף מצוין, ככה לפחות חשבנו עד עכשיו, והוא נוחר בבוז, אני אחכה לסטייק ולסלט, רק אל תשכחי לזכות אותי על המרק, והיא שולחת אלי מבט משתתף ונמלטת מן הלקוח הבעייתי, הלוואי ויכולתי לעשות כמוה, אני מוכנה לשרת כאן את כל הלקוחות במקומה, אם היא תשב מולו במקומי, ואני שותקת במורת־רוח, לוגמת גמיעות קצרות, עצבניות.

אז את גרושה טרייה? הוא שואל, כאילו גם אני מאכל המוצע לו ועליו לבחון את טריותו, ואני עונה בקור, אפילו לא גרושה עדיין,

נפרדתי מבעלי רק לפני כמה חודשים, והוא אומר, בעלך זה הארכיאולוג ההוא, אמנון מילר, לא? שמעתי עליו, איך זה לחיות עם עוד ארכיאולוג? ואני מקצרת, יש לזה יתרונות וחסרונות. כנראה החסרונות עלו על היתרונות, הוא מעיר, מרוצה מהאבחנה, ואני מהנהנת, אולי, ומה איתך, כמה זמן אתה גרוש? והוא אומר, כבר הרבה שנים, התחתנתי בגיל צעיר, נישואי בוסר, מאז אני מחפש, ואני מהנהנת בשתיקה, איך תמצא באמת, אם כל מאכל לא טעים לך וכל ריח לא נעים לך.

סוף סוף מצטרף הסטייק אל שולחננו הדומם, והוא זולל ברעבתנות, לא מספיק נא אבל בהחלט סביר, הוא מבשר לי במאור פנים כאילו הייתי מודאגת, בקיבוץ היו מכריחים אותנו לגמור מהצלחת, הוא מוסיף במעין התנצלות, האוכל היה מזעזע, מאז אני מאוד מקפיד על מה שאני מכניס לפה, ואני בוהה בו מותשת, לכי תתאהבי, איך אפשר להתאהב בגיל הזה כשהעיניים פקוחות לרווחה והלב מנהל פנקסים כרואה חשבון חרוץ. דומה שההתאהבות, כמו השינה, הולכות ומתרחקות ככל שמתעמקים בהן, איך אוכל להירדם, שאלתי בנעורי, איך אוכל להתאהב, אני שואלת עכשיו, כשחבורה קולנית מתיישבת מאחורי גבי, אינני רואה אותם אך המולתם העליזה מציפה את שולחננו, שמחת יום הולדת משפחתית, מסתבר, והוא מעקם את חוטמו, מה זה הרעש הזה, אולי נעבור מקום, אני לא שומע את עצמי, הוא מתמרמר, ואני מסתכלת סביבי, בית־הקפה כבר מלא לחלוטין, לאן בדיוק נעבור, רק בכניסה, ליד המאבטח, נותר שולחן פנוי אחד, שם כולם חוששים לשבת, אפילו הטייס האמיץ שמולי.

אין ברירה, הוא אומר, אני אבקש מהם להיות קצת יותר בשקט, חוצפה כזאת, אפשר לחשוב, בסך־הכול יום הולדת, מה יש פה לחגוג בכלל, ולמרבה המבוכה אני רואה אותו קם בזריזות, מותח מעט את מכנסיו הקצרים המגוהצים, ניגש אל שכנינו לשולחן ואומר, תסלחו לי, אנחנו כאן בפגישה מאוד חשובה, אכפת לכם להיות

בשקט, ואני שומעת קול נמוך עונה לו בנימוס לגלגני, מאוד נשתדל, אבל זה קצת קשה עם הילדים, קול מוכר, קול שכבר שמעתי, יותר מפעם אחת, אנחנו מכירים? הוא שאל, אנחנו מכירים? ואני מטה בגניבה את פני, מצדדת מבט אל המשפחה, שני הורים ושני ילדים, יום הולדת שמח למשפחת שפר, תלתלי המנגו של האשה, האסופים בסיכה מוזהבת, פניו הרציניים של הילד, שתמיד מזכיר לי את גילי, יופיה הבובתי של הילדה, והוא עצמו, על שפתיו הבשרניות שבלעו בשקיקה את העוגיות, עיניו השחורות שטבעות כהות מכפילות אותן, וגבות סמיכות מצֵלות עליהן, הוא עצמו שהעניק לי מתנה נדירה מאין כמותה ואפילו אינו יודע, לא, איננו מכירים, לעולם לא נכיר, האם יש משהו שהייתי רוצה בו יותר מאשר להכיר אותך.

שוב הריח הזה, רוטן בן־זוגי בלחש, כמו היינו שנינו יחד נגד שאר העולם, דווקא קודם היה בסדר, זה כנראה מהם, ואני מרכינה את ראשי, רק שלא יבחינו בי, מנסה להתרכז בשיחתם, לגלות של מי יום ההולדת, קולותיהם מגיעים אלי נינוחים, מעוררי קנאה. אבא אני רוצה לשבת עליך, אני שומעת את יותם מכריז, ומיכל אומרת, אבל איך אבא יאכל, זה יפריע לו, אתה כבר לא תינוק, אתה בן שש היום, ואביו אומר, זה בסדר, בוא מתוק שלי, ואני לא מעֵזה להציץ בהם אבל בעיני רוחי אני רואה איך מגששות השפתיים הכהות המלאות על מצחו הגבוה של הילד הדומה כל־כך לגילי, ובכל־זאת כמה שונות נסיבות חייו. כיצד תחגוג משפחתנו שלנו הקרועה את יום הולדתו הבא, את כל ימי ההולדת הבאים, האם תיערכנה שתי חגיגות נפרדות, שמחה כפולה, כלומר חצויה, או שמא נצליח להתאחד לערב מתוח אחד, כמצטופפים סביב שלהבתו של גפרור אחרון, ערב אחד שגם אם יעלה יפה יותיר אחריו עוגמת־נפש.

תיכף סבא וסבתא יבואו, מיכל אומרת, בואו נחכה להם ואז נזמין, ויותם מצטווח באושר, מותר לי להזמין מה שאני רוצה כי יש לי יום הולדת היום, ולך לא, הוא מתגרה באחותו, והיא מיד עונה לו, אתה סתם תינוק, מה אתה משוויץ, לי היו יותר ימי הולדת

מאשר לך, ושוב קולו המתון של אביהם מרגיע את ניצני המריבה, ואני מזמינה לי כוסית נוספת, וכל אותו זמן ממשיך שכני לשולחן לספר לי בפרטי פרטים על מסעותיו בעולם. יש לנו הרבה מה ללמוד מהיפנים האלה, הוא מתלהב, מסתבר שזה עתה שב מיפן, האסתטיקה שלהם זה משהו בלתי־רגיל, ממש דת חדשה, את צריכה לראות איך הם גוזמים עץ, עשרה גננים על עץ אחד, ואני מהנהנת באדישות, מקשיבה רק להם, לא מעִזה להסב את פני כדי לא להיראות בהשפלתי, הרי כל־כך קל לזהות את זוגות הפגישה העיוורת, טליה ואני היינו משתעשעות בכך לפעמים, אבל לחרדתי נשמעת לפתע קריאה עליזה, המלווה מן הסתם בהצבעה בלתי־מנומסת בעליל, תראו, הנה אמא של גילי, ואני נאלצת להסב לעברם את פני המופתעים כביכול, ואפילו מגדילה לעשות וניגשת אליהם, שלום, לא זיהיתי אתכם, אני מצייצת, ראשי סחרחר מן היין ואצבעותי נאחזות בשולחנם כטופרי ציפור.

יש לי היום יום הולדת, יותם מכריז, ואני שוב מעמידה פנים מופתעים, באמת? איזה יופי, מזל טוב לך, והוא ממשיך ושואל, למה גילי כבר לא חבר שלי? ואני מלהגת ללא מחשבה, בטח שהוא חבר שלך, רק אתמול הוא אמר לי שהוא רוצה שתבוא אליו, ומיכל אומרת, יופי, אז אני אתקשר אלייך השבוע ונקבע, ומיד היא מתנצלת על חוסר הנימוס, סליחה, אֵלָה, זה בעלי, עודד, אתם לא מכירים, ואנחנו לוחצים ידיים בדממה, בחיוך מאופק, איש מאיתנו לא טורח לעדכן את הנוכחים, כשותפים חרישיים לדבר עבירה. עיניו פונות אלי בשאלה עמומה, ואני נטועה על מקומי, לופתת את מסעד כיסאו, משתוקקת להסתפח אליהם, לזכות באימוץ לערב אחד, אבל אז מתחדשת ההמולה כי הסבא והסבתא מגיעים אל השולחן, המתמלא נשיקות ואיחולים, ואני ממלמלת שלום רפה וחוזרת מתנודדת למקומי.

צלחתו של בן זוגי הזמני כבר ריקה כמעט, שלוליות זעירות של דם צלוי מנמרות אותה, והוא מתלבט באשר לקינוח, עוגת גבינה או שוקולד, או שמא גבינה ושוקולד יחד, למה לא ליהנות מכל העולמות,

ואני קוטעת את ההתלבטות הרת הגורל, נראה לי שכדאי להסתלק מכאן, אני מזהירה אותו בלחש, הם רק מתחילים את היום־הולדת, זה יהיה ממש קולני, הם הזמינו עוד המון אנשים. אה, כן? הוא מופתע ומוחמא מן ההתחשבות בצרכיו החריגים, אז בואי נלך למקום אחר, הוא מציע, יש איזה פאב נחמד בסביבה? ואני מעיפה מבט מודגש בשעון, תראה כמה מאוחר, אני נזעקת, איך הזמן עבר, אני חייבת לשחרר את הבייבי־סיטר, והוא מציץ בי בחשד, אבל קבענו להיום כי הילד שלך אצל האבא, ואני מופתעת שהוא זוכר, היינו צריכים להחליף את הימים, אני משקרת, והוא מקדיר את פניו, נראה שלא קיבל תמורה למאמציו, זמן הנסיעה הנה עדיין עולה על זמן הפגישה שהוקצב לו, והוא מעסיק את מוחו בתחבולות כיצד להפיק את מלוא התועלת מטִרחתו ולשנות את מהלך הערב הזה.

החשבון אכן מגיע מהר, כפי שביקשתי, אבל מוגש דווקא לי, שהזמנתי רק יין, ואני מעיינת בו במבוכה, מצפה שהיושב מולי יושיט כבר את ידו וייטול אחריות על מעלליו, עשר שנים של חיי נישואים השכיחו ממני את הכללים המקובלים, שאולי גם השתנו מאז, ואני מוציאה באיטיות את הארנק, מחכה שיעשה כמוני, אבל הוא מתמהמה עדיין. הם זיכו אותי על המרק? הוא שואל בעניין, כאילו זה כל מה שהזמין, ואני מהנהנת, מוציאה מארנקי שטר גדול, והוא מניח לי להיפרד מכספי, כמצפה ממני לפצות אותו על הטרחה, מניח למלצרית לקחת את המגש הקטן, להחזיר לי את העודף המועט שמיד יעבור לרשותה, ואני משתוממת, האומנם אלה הם הכללים החדשים, שהנשים משלמות גם אם אינן אוכלות, לא נראה שאוכל להרשות לעצמי פגישות תכופות כאלה, אבל יותר דחוף לי להיפטר ממנו, ולכך אין מחיר, סכום כפול הייתי מוכנה לשלם ובלבד שיסתלק, האומנם יש בדעתו להסתלק, כזוג אנחנו קמים מן השולחן, מפיצים טינה ותיקה, חולפים במהירות על פני המשפחה החוגגת השקועה באכילה ובשיחה, דומה שאיש מהם אינו מבחין בחיוך הפרידה הרפה שהשארתי אחרי.

את גרה כאן בסביבה? אני אקפיץ אותך, הוא מציע כשאנחנו יוצאים אל הלילה המעורפל, החלקלק, אבל אני מתחמקת מיד, תודה, אני מעדיפה ללכת ברגל, אני פולטת ביובש, היה מאוד נחמד, נדבר, והוא תופש בזרועי, חכי רגע, הוא מוחה, תפסיקי להתייחס אלי כמו אל ילד מפגר, אני יודע שלא היה לך נחמד, אני יודע שלא נדבר, תפסיקי להעמיד פנים, ואני מושכת את זרועי מופתעת, לראשונה מאז נפגשנו אני מישירה אליו מבט גלוי, תקשיב, זה באמת לא קשור אליך, אני פשוט לא בנויה לפגישות האלה עכשיו, זה מוקדם בשבילי, אמרתי את זה לדינה והיא בכל־זאת התעקשה, אני ממש מצטערת. גם אני מצטער, הוא אומר, פניו סמוכים לפני, חבל לי שאת לא נותנת שום סיכוי, את בכלל לא משתתפת במה שקורה, את לא מעִזה להכניס את הרגל למים, את לא אוכלת, לא מדברת, לא תורמת לפגישה שום דבר אמיתי, נדמה לך שככה את מנצחת במשחק אבל את טועה, את בכלל לא משחקת, ואני מביטה בו נבוכה, למה בדיוק ציפית, איזה דבר אמיתי יש לי להגיד לך?

למשל, שאני צריך לשלם על הסטייק שאכלתי, הוא אומר, היה לך יותר קל לשלם בעצמך מאשר להגיד לי משפט אחד ישיר, אל תחשבי שלא שמתי לב, קחי, הוא אומר, מוציא מארנקו שטר ומושיט לי, אני פותח את עצמי בפנייך כמו שאני, על הטוב ועל הרע, ואת נועלת את עצמך, מה את מסתירה, תגידי לי, כנראה יש לך כל־כך הרבה מה להסתיר שאת לא פותחת אפילו סדק, ואני מתגוננת מיד, אני לא מסתירה כלום, פשוט לא מתאימות לי הפגישות האלה. איפה את חיה, תגידי לי, את חושבת שלי זה מתאים? הוא שואל במרירות, את חושבת שמישהו נהנה מזה? זה עינוי לכולם, ובכל־זאת אנחנו ממשיכים, לא רוצים עוד לוותר על הסיכוי הקטן, שאולי הפעם זה יהיה הדבר הנכון, שיצדיק את כל התלאות שעברנו. את לא הדבר הנכון בשבילי, אלה, ובכל־זאת אכפת לי ממך, ואני אומר לך, את רק בתחילת הדרך, והדרך הזאת נעשית פחות ופחות נעימה. את צריכה לדעת לקראת מה את הולכת, את צריכה להשתתף במשחק

כי זה הסיכוי היחיד שלך להגיע לקשר, אני יודע שלא מצאתי חן בעינייך, אבל יכול להיות שכל מי שתפגשי יהיה גרוע ממני, אני למשל מתגעגע כל פעם לדייט הקודם, אז יאללה, הוא מתנער, לילה טוב לך, וכבר הוא מתרחק ממני, מהדס על רגליו הדקיקות, נבלע בג׳יפ שחור החונה על המדרכה, חוסם כמעט את פתח בית־הקפה.

נבוכה ומופתעת אני עוקבת אחריו, מקמטת בבלי דעת את השטר שתחב בידי, האם לקרוא לו לחזור, לנסות להתחיל את הפגישה מחדש, לא, לא לכך נועד הערב הזה, ואני מתיישבת על חומת האבן הרטובה בעברו השני של הכביש, מול בית־הקפה, בדיוק מול שולחן יום־ההולדת, כצופה בסרט אילם אני עוקבת אחריהם, נדודי הניצחון של יותם מברכי אביו אל ברכי סבו וסבתו, פניה של אחותו המתכרכמים מקנאה, הדברים שנאמרו לי זה עתה צונחים לרגלי, שרירים ונכוחים, מציקים כגירוד, אבל לא בהם אני שקועה עכשיו, תוחבת את ידי בכיסי המעיל ומתכוונת למצות עד תום את ההזדמנות העגומה שנקרתה בדרכי, לעקוב אחר אורחותיה של משפחה שלמה, כמו שרואים ביום מוצלח בגן החיות, לא חרסים אני בוחנת עכשיו אלא בני־אדם, שיתכלו הרבה לפני הכלים המשמשים אותם בסעודתם.

הסבתא המטופחת בתסרוקת קארֶה כסופה, הסב המגושם מעט, ארשת פניו נינוחה, לפי צבעיהם אלה הוריה של מיכל, והיכן הוריו שלו, האם הוא יתום, ובעיקר אני עוקבת אחריו, אחר צדודיתו הנוקשה ועם זאת שבירה למראה, הנה הוא מבחין בתסכולה של בתו ומציע לה את ברכיו, איזו גאווה מתגרה קורנת מפניה כשהיא חבוקה בזרועותיו, כאילו הוכתרה, שפתיו הכהות על שֵׂער הדבש האסוף בפקעת על קודקודה, הנה היא לוחשת דבר־מה באוזנו ושניהם מחייכים, סודות של ילדה יפה בסוודר סגול, תנו גם לי לשמוע, קנאה ילדותית תוקפת אותי לפתע כמו הייתי בגילה, לא באשתו אני מקנאה למרבה המבוכה אלא בבתו, כי בעודי מתבוננת בהוויה הזו המשוחררת, בה ילדות מחבקות בטבעיות את אבותיהן, אני חשה לפתע הדף עז של החמצה, המאפילה לחלוטין על כאב

פירוק המשפחה, על כאב ימי ההולדת הבאים של גילי. כאבי הפרטי מן הימים טרם היה לי ילד פוער מולי בור ענק, כאילו לכך אני נזקקת עכשיו, לא לבן־זוג, לא למשפחה שלמה, אלא לאב שיציע לי את ברכיו, ואני קמה ומשוטטת על רגלי הנוקשות מקור לאורך המדרכה, בין ערימות השלג שהפך לאשפה חלקלקה, מחפשת זוויות חדשות. עיני מתמקדות הפעם במיכל, השיער האסוף מדגיש את חיטובי פניה הנאים שכבדו לאחרונה, היא נראית מבוגרת מעט מבעלה, רזונו מדגיש את מלאותה, ידיה מתעסקות בצלחתו של יותם, מן הסתם חותכת את השניצל לריבועים, ככל האמהות, הנה היא פונה בדברים אל בעלה, מה היא אומרת לו, מדוע אינו עונה לה, זה מול זו הם יושבים, הכיסא שפינתה הילדה מפריד ביניהם ואיש לא ממלא אותו, אבל הנה הוא משיב לה והיא מחייכת אליו חיוך קצר, משרבבת את שפתיה לעומתו, מזלג גדוש במאכל שאינני מזהה מובל מצלחתו אל פיה, והיא לועסת בזהירות, מהנהנת בראשה, מאשרת כנראה את איכות התבשיל, ומה דעתכם רבותי על פסטו בחמין, האם גם אתם הייתם נרעשים להיתקל פתאום בפסטו בחמין?

אחד מהם כנראה אינו מרוצה כי הנה הצלחות מחליפות בעלים, היא תעכל כל הלילה את מנתו והוא את מנתה, על אותה המיטה, אל אותה האסלה תתגלגל הפסולת, האם זהו האות לחיי נישואים מוצלחים, כמה גאווה היתה בקולה כשהציגה בפני את בעלה, אתם לא מכירים, היא קבעה, תתפלאי, לא הכול את יודעת. איבה פתאומית מתעוררת בי כלפי החיזיון הזה בו אני צופה בשקיקה, כל־כך מסתורי ובלתי־נתפש הוא בעיני, כמו הייתי עוברת אורח ממחוזות רחוקים, החוקרת את אורחות הילידים, והנה תגלית מדהימה, דומה שהם מסודרים משפחות משפחות, ואני שעד לפני חודשים מעטים חייתי בדיוק כמותם בוהה בפליאה בתופעה. מה מחבר בין שני זרים עד כדי הפיכתם למשפחה, מה מחזיק אותם יחד, מה הם יודעים זה על זו ומה לעולם לא יֵדעו, מה גורע ביניהם ומה מלבלב, מה מונע ממנו לעזוב עכשיו את השולחן העמוס

ולהצטרף אלי, לשבת כאן לצידי על החומה הרטובה כשני נוודים חסרי כול, מה יכול ללמוד אודותיהם הזר המציץ בחלון, האם מי שהיה רואה אותנו בבית־הקפה הזה רק לפני כמה חודשים, כשחזרתי מהכנס האחרון והמקרר היה ריק והחלטנו לאכול בחוץ, וגילי לקח איתו את המתנה שאך זה הוצאתי עבורו מן המזוודה, היה מעלה בדעתו שהמשפחה הזו הנכנסת לבית־הקפה, האבא המסורבל גבה הקומה והאמא שראשה מגיע בקושי לכתפיו, והילד העדין החובק בזרועותיו מכונית מרוץ אדומה, שהמשפחה הזו עומדת לעבור מן העולם? לא, איש לא היה מנחש שהאם קטנת הקומה, ששערה שחור ופניה לבנים ושפתיה צבועות אדום, מודיעה בזה הרגע לאב היושב מולה, בעוד הילד משחק במכוניתו החדשה, שַלט רחוק בידיו והוא לוחץ על כפתוריו בהנאה, שיכור משליטתו המוחלטת על מהלכיה, שגמלה בליבה ההחלטה לעזוב אותו, דווקא בימים האלה כשהיתה רחוקה משניהם, החלטה חמורה ונחרצת, אומללה ומטלטלת, עליה היא עתידה להתחרט כעבור זמן לא רב.

את צוחקת עלי, הוא אמר, לא יכול להיות שאת רצינית, מלווה את דבריו בשיעול יבש, ואני התנפלתי עליו, למה לא יכול להיות, כי זה לא נוח לך? אז תדע לך שלי זה נוח מאוד, אין לך מושג כמה היה לי טוב בלעדיך בחוץ לארץ, אפילו לרגע לא התגעגעתי אליך, אני רוצה חופש, אמנון, חופש ממך, והוא אמר, תגידי את נורמלית, נוסעת לך לשבוע ובגלל שלא התגעגעת את מחליטה להיפרד? זאת לא החלטה שעושים מהיום למחר, מה בדיוק קרה שם, תגידי לי, התאהבת שם במישהו?

התאהבתי? גיחכתי לעומתו בהתנשאות, אני לא זקוקה להתאהבות בשביל להיפרד ממך, אני לא צריכה שום גבר שיחכה לי, אתה בכלל לא קולט שמספיק רע לי איתך בשביל להיפרד, פשוט נמאס לי ממך, נמאס לי מהמריבות שלנו, אין לי עניין לחיות ככה יותר, והוא מניד בראשו באי־אמון נדהם, את זה בוודאי אפשר היה לראות מבעד לחלון, את השתגעת לגמרי, אלה, אני לא מוכן

לזה, אני לא אתן לך להרוס לנו את החיים, ומה עם גילי, תגידי לי, חשבת עליו בכלל? עוקב במבטו אחר הילד המסיע את מכוניתו ברחבי בית־הקפה, צהלות השמחה שלו מתפתלות כלשונות אש בין השולחנות, ואני אמרתי, מה עם גילי? טוב שנזכרת בגילי, אתה חושב שלשמוע אותנו רבים זה בריא בשבילו, לספוג את העוינות שלנו זה בריא בשבילו? אז תדע לך שזה רעל, אנחנו מרעילים את עצמנו ואת הילד, והגיע הזמן לשים לזה סוף, אני רוצה שהילד שלי ינשום אוויר בריא, אני לא רוצה שהוא יחיה בפחד מהמריבה הבאה כמו שאני חייתי, אז אם הדרך היחידה היא להפריד בינינו זה מה שנעשה, אתה לא רואה שאין לנו ברירה?

אין לך מושג על מה את מדברת, הוא אמר, אני עברתי את זה עם הורי, אני בניגוד לך יודע מה זה גירושים, ואני אומר לך שצריך לנסות כל דבר לפני שמחליטים להיפרד, ואני סיננתי, אין לי מושג על מה אני מדברת? בטח, זה מה שאתה תמיד אומר, גם כשהתחלתי לחקור את הסיפור של תֶּרָה אמרת שאין לי מושג על מה אני מדברת ועכשיו מזמינים אותי לכל כנס בעולם להרצות על זה, והוא עיווה את פניו, זה עדיין לא אומר שהתזה המגוחכת שלך שווה משהו, בעיני היא עדיין קשקוש, אבל אין לי שום בעיה עם זה, תמשיכי לפתח את האגדות שלך, אם זה גורם לך עונג ומביא לך תהילה, אבל את תוכניות הגירושים שלך אני מציע לך לגנוז מיד. פתאום דחוף לה להתגרש, הוא פנה לקהל דמיוני, אולי למי שישב אז כמוני עכשיו על החומה הזו, שאבניה פלטו חום יבש של תחילת הקיץ, פתאום דחוף לילדה המפונקת להתגרש, משעמם לה בחיים, לא נוח לה לשמוע ביקורת, אז היא החליטה להתגרש קצת וכל הבעיות שלה ייפתרו.

תנמיך קצת את הקול שלך, לחשתי, אתה רוצה שהילד ישמע? והוא הכריז בלעג, אה, אז את מתכוונת לעשות את זה בלי שהילד יֵדע? מאוד מתוחכם, אלה, באמת מהלך מבריק, ואני אמרתי, תודה רבה לך, אחרי שניישב את הכול בינינו נספר לילד, תן לו עכשיו ליהנות מהמתנה שלו, והוא הטיח את כוס הקפה המלאה על השולחן,

האם מי שישב בחוץ יכול היה לשמוע את קול החבטה, לראות איך ניתז הקפה הרותח על זרועו החשופה, איך נופף מולי באצבעו העבה שעוררה בי סלידה, מקרב אותה אל פני, אני מזהיר אותך שהצעד הזה הוא בלתי־הפיך, ממש כמו חפירה ארכיאולוגית, אם את עוד זוכרת בכלל מה זה, את הרי רואה יותר שדות תעופה מֵחפירות. אם תשברי את המשפחה שלנו לא תוכלי לעולם להדביק אותה מחדש, גם אם לא יהיה דבר בעולם שתרצי יותר מזה, ולמרות שישבתי אז לצידו דומה שלא הצלחתי לשמוע את דבריו, כפי שאינני שומעת עכשיו את צליליה של החגיגה הגוועת, מבעד לחלון זכוכית השקפתי עליו, עוקבת בתמיהה אחר אצבעו המתנופפת מולי, ובכל־זאת למראית עין עוד נהגנו כמשפחה, כי כשהגיע החשבון לא הבטנו זה בזו בהיסוס, מי ישלוף ראשון את ארנקו, וכשיצאנו לא התלבטנו מי מלווה את מי, אלא חזרנו יחד הביתה, ובדרך, ממש במקום בו אני עומדת עכשיו, נשמטה מכונית המרוץ החדשה מידיו של גילי והחלה להידרדר במורד הרחוב, בגאווה גלויה, כמו היתה מכונית אמיתית ככל שאר המכוניות בכביש, ואמנון צעק, מה קורה לך, אתה לא מסוגל לשמור על המתנות שקונים לך? בחיים לא תקבל יותר אף מתנה! וגילי געה בבכי, פיו פעור לרווחה ושיני החלב שלו מרעידות בחניכיו. מתחבטים על קצה המדרכה ליווינו במתח את מסע הבלהות של מכונית הצעצוע האדומה, של נהג הפלסטיק שקסדה על ראשו וחיוך החלטי על פניו, ממתינים לרגע שהכביש יתפנה ממכוניות ונוכל לחלץ אותה, מוכנים כמעט לקפח את חיינו ובלבד שתינצל, גילי בועט ברגליו וצורח, המתנה שלי, אני רוצה את המתנה שלי, בעוד היא שועטת במורד במהירות, לא מבחינה באוטובוס המתקדם לעברה, מטיחה עצמה בעליזות אל גלגליו, חיוך הפלסטיק המעוך של הנהג, צערי העולה על גדותיו, גערותיו של אמנון, בכיו של הילד, איך נאחז בשלט המיותם שנותר בידיו, לוחץ שוב ושוב על כפתוריו כמנסה לשחזר את שיכרון הכוח, את עונג השליטה המוחלטת שחווה אך לפני כמה דקות, את אושרו החטוף.

פרק אחד־עשר

כנף של מטוס נעוצה באדמה כאֵת חפירה אימתני, מנצנצת בזוהר השקיעה המוקדמת, מעוררת את הפחד הקמאי מפני השהייה באוויר, לצידה מוטלים בשורה ארוכה מטוסים קטועי גפיים, נכלמים כמו מעולם לא פילחו בגאון את השמיים. אם היה כאן עכשיו לידי הייתי אומרת לו, תראה, בית־חולים של מטוסים, והמלים היו צוללות בעיניו, משתקפות מהן בירוק השחום שלו, אותן עיניים יש לנו, הוא מתגאה, דמיוננו היחיד. עדיין אנחנו על אותה כברת אדמה, הוא ואני, ועוד רגע כבר לא, דמותו, הזעירה ממילא, תתכווץ מול עיני כאישוני חתול, נניח היה עומד כאן למרגלות המטוס ומנופף לי בידו לשלום עם ההמראה, תוך רגע אחד כבר לא הייתי רואה את ידו, ולא אותו עצמו, אני עולה השמיימה והוא נותר נטוע על פני האדמה ממנה ניתקתי, כפות רגליו הקטנות בנעלי התעמלות מהשנה שעברה, ציפורניו הפרועות ננעצות בגרביו, והמרחק הולך ונמתח, הולך ונפער.

מתחתַי עוד פרושה שפלת החוף כשמיכה צרה, עשויה טלאים, ממתינה למהלומה, העיר הנשענת על הים נראית לפתע מסודרת להפליא, מהוקצעת בצורות גיאומטריות שרק מן השחקים ניתן להבחין בהן, מצעד של מכוניות מתקדם תחתי בסדר מופתי, מאיים, מלמעלה אין שומעים את הצפירות, הקללות, המוסיקה הסואנת, שברי השיחות, דוממות כבמסע הלוויה שאין לו סוף מתקדמות

המכוניות הזעירות, תראה, בבת־אחת טורף ענן אפלולי את אורות העיר, מוליך את ציפור הכסף הכבדה אל הים, כמה חטופה הפרידה.

מתחת כפות רגלי הנעולות במגפיים נוהם המנוע, כביר ואימתני, חיית טרף כלואה בירכתיו, וכל הזמן לצידי הכנף הכסופה, מזכירה לי את תאומתה, ההיא הנטועה באדמה. צללי הרוח מתנפצים אל גופה הקר, אם היה כאן היה אומר, תראי, אונייה של עננים שטה בשמיים, בואי נקפוץ מהאווירון ונפליג באונייה, העיקר שלא ניפרד, הוא היה אומר, תראי, הכול התהפך, אני יותר גבוה מהעננים, וקולו העדין היה נרעד ממועקת הניצחון המכביד, המיותר.

את בסדר? רוכנת אלי דיילת צעירה, שערה השחור אסוף ועיניה מאופרות בכבדות, ואני מרימה את ראשי, אפשר לקבל כוס מים? בחילה סמיכה נאספת סביב גרוני כצווארון הדוק מדי, והיא טורחת מעלי, מציעה לי פרוסת לימון, פחית קולה, תינוקת של הדיילות נעשיתי, הצעירות ממני לפחות בעשר שנים, והמסירות הקלילה, הרשמית שלהן נוגעת לליבי כאילו היתה אישית. בגילן הייתי כשנישאתי לאמנון, גאה כל־כך בהישג, להצמיד אלי את הרווק הלא צעיר, הסרבן, המתהלך במסדרונות האוניברסיטה מוקף תלמידות שוקקות, האומנם הייתי יותר גאה מאשר מאוהבת, הוא איש קשה, אמא שלי היתה נדה בראשה מדי פעם, כמו אבא שלך, ואני הייתי מתקוממת, איך את יכולה בכלל להשוות ביניהם, אמנון הרבה יותר חם, הרבה פחות אנוכי, והיא היתה שואלת, באמת? מניעה בראשה בספקנות הנה והנה.

דובוני קצפת רכים מסתערים על דופנות המטוס, פילוני קצפת, ארנבוני קצפת הולכים ומוורידים, את בשרם הספוגי הוא מבתר בהתקדמו, מטשטש את ההבדל בין ארץ לארץ, בין הר לענן, בין שינה לעירות, בין ילדות לבגרות, ונדמה שהחבל הקושר ביני לבין חיי שנותרו שם, חבל דמי בשרני מפותל הולך ונמתח מלוא רוחב השמיים, תיכף יפקע בתרועת אימה אל הרגע שבו כבר כמעט היינו־הך, הנה ניתקתי מחיי, חיי ניתקו ממני, כפי שניתק הים מן היבשה.

גבר צעיר לועס לצידי את ארוחת הערב, פניו חלקים כפני נער, שערו ארוך ושופע, לא החלפנו אפילו מלה אחת ובכל־זאת דומה שקרבה נוצרה בינינו משום שאותם מאכלים בדיוק אנחנו לועסים, נקניק, סלמון קר מעושן, לחמנייה מתוקה, ובפיותינו אותו טעם בדיוק, ואפילו הידיעה כי אותה קרבה מפוקפקת משותפת לכל עשרות נוסעי המטוס אינה מפריכה את התחושה. כשהוא לוגם מן היין הוא מרים את כוסו לעברי בתנועה קלה ואני משיבה לו במצמוץ מופתע, פעם, כשהייתי בגילן של הדיילות, היה די בתנועה כזו כדי להצית אותו תהליך ניסי בו דוהרים סוסי הדמיון ומשיגים את המציאות, מאצילים על הצעיר ארוך השיער את מלוא הקסם שהייתי זקוקה לו, אבל עכשיו, נניח היה פונה אלי בדברים, מה הייתי אומרת לו, האם אני פנויה, מיהו הכובל אותי בכבלי נאמנות מאוחרת, מיותרת, האם זה הילד, האם זה העבר, האם יש בכלל דרך חזרה אל הקיום ההוא, להיות נערה רציתי, לחזור להיות נערה, חיוך מר מלגלג עולה על שפתי, והנה הוא מבחין בו ומחייך אלי, מעל היבשה השחורה המסתורית הרובצת תחתינו, מתנשמת כחיה.

נפלה לך מהשמיים הנסיעה הזאת, דינה אמרה, תתאווררי קצת, תפגשי אנשים, ואני בכלל שכחתי שהיא מתקרבת, לפני זמן רב כל־כך נקבעו המועדים, הודפסה התוכנייה, הוזמן המלון, לעולם יפתיע אותי מהלכו של הזמן, כמחרשה ענקית הוא מתקדם, גורס סלעים בדרכו, בולע הרים, מקיא יבשות, הצער הכבד ביותר לא יעצור אותו, האושר הפרוע ביותר לא יחסום את נתיבו, ואני זוכרת שאמרתי אז לאמנון, אולי ניסע שלושתנו, והוא ענה בחמיצות, אולי ניסע שנינו, והנה אני נוסעת לבדי, כמו שיהיה תמיד מעתה, וגם הגעגועים שינו את צורתם כאותם ענני פרווה הנמעכים אל החלון. לא עוד הכמיהה אל הפעוט הרך המתרפק ללא סייג, שנוכחותו משרה עלי שלווה עילאית, אלא לילד שכבר ממילא אינו קרוב כשהיה, ילד שאת מראה חדרו החדש אינני זוכרת, שמחצית מצעצועיו אינה מוכרת לי, שמחצית מחייו הופרדה מחיי והיא

מרחפת מעל ראשו כהילה דוקרנית, וכשאני מתכופפת לנשקו עלי להרחיק אותה כמו שמרחיקים זבוב או צרעה, ואפילו כשהוא ישן במיטתו, כמימים ימימה, או יושב באמבטיה מוקף הררי קצף, או משחק על השטיח בסלון, מלווה אותו ההוויה הזו עליה אין לי שליטה, שתהיה לעד זרה לי, שאהיה לעד זרה בתוכה, ואולי לכן תוקפים אותי הגעגועים בחריפות כזו מעל המגש הריק של ארוחת הערב, משום שברור לי לפתע כי מה שבאמת חסר לי לא יושלם עם שובי, שהרי תמיד אתגעגע אליו, אל הילד שהיה לפני פרידתנו, רך יותר, מלאכי יותר, תמים יותר, מוגן יותר, מאושר יותר.

בעקבות השמש אנחנו דולקים הערב, כפרשים שלא יתעייפו לעולם, מלווים שקיעה שאין לה סוף, דומה שאלפי כבשים טובעות בים תחת רגלינו, והן מפרפרות, הולכות ומכחילות, צמרן המסולסל סופג לאיטו את צבע הים ומליחותו. תראה, הייתי אומרת לו, מִדבר השמיים מתלקח, ורק הירח שצץ פתאום בחלון יש מאין, מפתיע ביציבותו, נראה בדיוק כמו על פני האדמה, כמו במרפסת שלנו בירושלים, ואני יודעת שעינני הכבשים הכחלחלים מסתירים לי עכשיו את תֶרָה, את האי החלול, שצורתו צורת סהרון, שהתפרץ בלב הים, מזעזע את העולם העתיק, והדיו מגיעים עד מצרים הרחוקה, שוטף ערים ואיים, קובר תחתיו את ממלכת הפלאים בלב הים התיכון, ארמון מסחרר בתפארתו, בן מאות חדרים, על ציורי הקיר המרהיבים שלו, קונכיות תמנונים ודולפינים, כרובים מכונפים, דמויות מצוירות המלוות את האורחים מחדר לחדר, וביניהם הפריזאית, על מבטה הקר, היהיר, כמו ידעה שתשתמר אלפי שנים.

בואי איתי לתרה, הוא אמר, אני חייב להראות לך את אקרוטירי, ואת הארמון בקנוסוס ראית? ובאותו רגע ידעתי, כי מיד אחרי נישואינו ניסע לשם, לפומפיי החדשה, אבל לא יכולתי לדעת כי בעוד הוא יתהלך על המצוקים השחורים נלהב מיופיו המעוות של האי, אהיה אני מבועתת מטביעת ידו הקשה של הטבע, מסימני האסון הניכרים בכל מקום, ממראה קרעיו של האי הפזורים ברחבי

הים כאיברי גוף קטועים, כשהאין נוכח בהרבה מן היש. לוע הר הגעש שנעלם כליל והוצף במימי הים, צלליהם האפורים של זרמי הלבה, יריעות הבזלת האדירות המכסות את שכבת הטוף, אדי הגופרית הפורצים אל פני השטח וצובעים בצהוב את האדמה, ויותר מכל אלה החרידה אותי עיקשותם הקודרת של החיים הנאחזים בציפורניים שלופות בשרידי היבשה, מערות המגורים שנחפרו באֵפר הגעשי הרך, והעיר אקרוטירי, בחלקו הדרומי של האי, העיר המינואית הקדומה שקפאה ביום האסון, ללא שלד אדם בתוכה, הייתכן שחשו בסכנה המתקרבת ונמלטו על נפשם, וכשעמדתי שם מול קברו של הארכיאולוג היווני שחשף את שרידי העיר ונקבר בתוכה שקעתי ביגון כאילו היה אבי, בעוד בעלי החדש מניד בראשו בזעף, נדהם ופגוע מהתפרצותו התמוהה של האבל דווקא בשעה הזו.

בלילה הם נראים כמוסכי ענק, שדות התעופה, דומים להפליא זה לזה, מבוכים אפורים ספקנים, משקיפים במורת־רוח על הפרצופים הגודשים אותם, האוחזים במזוודותיהם בדבקות כאילו כל אוצרות תבל טמונים בהם. גם אני גוררת אחרי מזוודה קלה, עוטה על פני הבעה רשמית, כשאני מבחינה בגבר נמוך קומה המניף בידו שלט ועליו שמי כבמעין הפגנת יחיד שקטה, ולרגע אני מתפתה להתעלם ממנו ומן השם המכביד שהוא מנופף בו, שכבר אינו שמי, אלה מילר, לחלוף על פניו בצעדים שווי־נפש, לחדור לבדי אל העיר, ללא כל מלווה שעלי להאיר לו פנים. לשמחתי גם הוא אינו נוטה לנהל שיחה, די בחיוך זהיר, בטקס הקבוע של נטילת המזוודה מידי, וכבר אני במכונית האוספת את באי הכנס המתקבצים דווקא לכאן מכל קצוות תבל, לדון במאורע שהשלכותיו על חיינו כיום חסרות משמעות לחלוטין, שהתרחש אלפי מילים מכאן, ואולי אף מעולם לא התרחש כלל.

תמיד הייתי מזדרזת להתקשר אליו, מודיעה שאמנם הגעתי, מתארת את קורותי, שואלת על הילד, מה הוא אכל, מתי נרדם,

קושרת מחדש את החבל שנפרם מעט, מלפפת בו שוב את שלושתנו, אבל עכשיו איש לא ממתין לדיווחי, ואני מניחה את בגדי בארון, בוחנת את החדר הזעיר, המחופה עץ אורן זהוב. פתחת כבר את התריס? אמנון היה שואל מיד, תפתחי ותספרי לי מה את רואה, סקרנותו בוערת תמיד למקומות חדשים, ואילו היא, היה לועג באוזני חברים, מצביע עלי בלגלוג, היא נסעה פעם לכנס באיטליה ושלושה ימים לא פתחה את התריס בחדר, לא עניין אותה בכלל מה רואים מהחלון, אז הנה אני פותחת לכבודך את תריסי הברזל הירוקים, בוא ואספר לך מה אני רואה.

ברחבה שמול הקתדרלה הגותית המולה בלתי־פוסקת, למרות השעה המאוחרת, שונה כל־כך מאווירת הנכאים ברחובות ירושלים. האם זהו יום חג? מסתבר שלא, אלה החיים. מלאך צחור כנפיים, שגלימתו הארוכה מסתירה זוג קביים המכפילים את קומתו, מתהלך ברחבה, גבוה כל־כך עד שקצה קודקודו כמעט נושק לחלוני, פניו מסוידים בלבן, עיניו רגועות, מקרינות שלווה וסיפוק. נדמה שבאמת ובתמים הוא מאמין במלאכותו, ורק משום כך הוא מבקש להדביק באמונתו את התיירים הרבים הנמשכים אליו, מצטלמים בשקיקה תחת כנפיו. אם היה כאן הילד היה מתרוצץ סביבו ככלבלב, ממשש אותו, מבקש ממנו משאלה, שיעלה מיד לשמיים ויסדר שם משהו עבורו, האם היה מבקש שישיב לו את מכונית המרוץ האדומה, האם היה מבקש שישיב לו את חייו הקודמים.

במרכז הרחבה ניצבים על ספסל שני פסלים כהי עור, גבר ואשה שהבעתם קפואה ועיניהם עצומות, ברגע שמוגשת להם מטבע הם נעורים לחיים, כבדרך נס, מושיטים את ידיהם, קדים קידה עמוקה, אסירת תודה, שפתותיהם נמתחות בחיוך, אבל ראה כמה קצרים הם החיים שמעניק המטבע, הנה שוב הם מייצבים את עמידתם, פניהם מתאבנים, מבטם מתקבע. מאחוריהם ניצבת הקתדרלה במלוא יופיה הלילי, קימוריה מוארים כמעשה רקמה נדיר, שנרקם במשך מאות בשנים, כיצד יכולה האבן להיות כל־כך רכה, רכה כבד, כגלימת

קטיפה מלכותית הפרושה על כתפי העיר, שולחת צריחים אל השמיים, והיונים, תראה את היונים המרחפות זרחניות בין הצלבים, אור החשמל נלכד בגופן והן מפיצות אותו בשמי החושך כמו היו גופי תאורה מכונפים, איטיות וחולמניות הן מרחפות, כשקועות בשינה עמוקה, דומה שתיכף יפלו, דומה שמי שיפלו על ראשו יבורך לעולם.

למחרת אני ניצבת מול חזיתות הבתים הפרועות, המעוגלות, גמישות כמו גלי הים שאינם רחוקים משם, שרויות בתנועה מתמדת, דומה שאני עשויה מאבן ואילו הן רכות ככסתות, אני נטועה על מקומי ואילו הן נודדות, דומה שהכול אפשרי, האם זהו הסוד שמנסה העיר ללחוש באוזני, האם אני אוהבת את הלחש הזה, האם אני אוהבת את ברצלונה, האם ברצלונה אוהבת אותי, ונראה שבימים המועטים האלה התשובה היא כן, אני והעיר הזו, בזמן הזה, אוהבות זו את זו.

כשכולם הולכים לראות את המשפחה הקדושה אני נשארת בחדר, מתכוננת להרצאה, אבל כשהם חוזרים אני עושה את דרכי לשם כמעט בגניבה, אל היכל הכפרה הבלתי־גמור, שספק אם תושלם בנייתו בימי חיי, ואפילו לא בימי חייו של גילי, מותחת את צווארי מול האבנים הזורמות כמפלים מן השמיים, הצומחות כעצים מן האדמה, מול תמונות המשפחה הקדושה, במרכזה תמיד האם והילד, הילד ואמו, המסורת הפשוטה ביותר, שאינה נזקקת לראיות. גאודי שנא קווים ישרים, מסבירה מדריכה לצידי בקול עייף, בטבע אין קווים ישרים, הוא התבסס רק על צורות מהטבע, ומיד היא מספרת על מותו של האדריכל, שנדרס ממש כאן על־ידי חשמלית בעודו צועד לאחור, אוחז בתוכניות הבנייה של הקתדרלה שתהפוך תוך ימים ספורים לקברו, ומסתכל על מגדליה, ישיש אלמוני בלבוש מרושל, רק אחרי יומיים זיהו אותו. כאן הוא קבור, מסתבר, בקריפטה שבמעמקי הקתדרלה, כמו אותו ארכיאולוג יווני בתֶרָה, האין חשיפתו של מבנה דומה בעצם לבנייתו, וכמו אז אני נאנחת מול המראֶה, אלא שהפעם לא אמנון מניד בראשו לצידי אלא מאות

תיירים קולניים. למה הם מתאמצים כל־כך להשלים את הבנייה, אומר מישהו מאחורי בעברית, צריך היה להשאיר אותה לא גמורה, כמו סמל לכל מה שאנחנו לא מצליחים לגמור בחיים שלנו, ואני מחפשת בעיני את הדובר, שנבלע כבר בין ההמונים, אוחז בידו של ילד קטן, אם היה כאן גילי אולי היה אומר, גאודי ממשיך לבנות את הארמון הזה מהשמיים, בלילה, כשאף אחד לא רואה.

רק לפני כמה חודשים נפגשנו בכנס אחר, בעיר אחרת, מול נהר אפרורי, כמו קרקס נודד אנחנו מיטלטלים עם מרכולתנו שכמעט אינה מתחדשת, ודומה שבין שתי הנסיעות הללו מקופל זמן חיי אדם, מעוברות לזקנה, וחוזר חלילה, מזקנה לעוברות, ואני מתפלאה שאצל עמיתי לא השתנה דבר, נינוחים הם מפצחים את קליפת הביצה בארוחת הבוקר באולם התת־קרקעי, המסויד צהוב, או עומדים בתורים ארוכים לחביתות בצירופים שונים, בשלווה הם דורשים בשלומו של אמנון, רובם מכירים אותו היטב, הרי בעבר היה הוא מרבה בנסיעות אבל בשנים האחרונות ההזמנות פחתו והפרסומים מתמהמהים. בתחילה התפלאו לראות את שמי בתוכנייה ולא את שמו, אותי עצמי ולא אותו, מבטיהם חיפשו את דמותו לצידי, ודומה שפליאתם היתה הד לפליאתי שלי, איך התהפכו הדברים, הרי כשהכרנו היה הוא בשיאו ואני בתחילת דרכי, האומנם שם החלו חיינו להיטלטל, בתֶרָה, ואני לא מספרת דבר על פרידתנו, נוח לי באיפוק המנומס, המתאים למזג האוויר, כשאיש לא מזדרז להדק את ההיכרות הרופפת, ורק ביום האחרון, אחרי ההרצאה, כשהמזוודה כבר ארוזה, הופכת הזרות לקרבה, הגישוש המתון הופך לקושי להיפרד, ואנחנו יוצאים להפלגה בגשם, מתרחקים מן העיר הססגונית, שגבה הפונה אל הים האפיר בבת־אחת, שבים ופוסעים בשדרות הרחבות ההדורות, מפלסים את דרכנו בין המנגנים השונים, מקבצי הנדבות, מוכרי הפרחים המציעים רומנטיקה זולה, ושוב הצער הזה על עירי שלי, שאבניה לא למדו עדיין את סוד הרכות, שלעולם לא תזכה לפיזור־נפש שמח כזה.

גם בטיסה חזרה אני מחמיצה את תרה, את חיוכה הצר, השבור, מתעוררת בחטף, מכל עבר נשמעות נחירות, עשרות אנשים שרועים על מושביהם בשעת צהריים זו כמו מעולם לא חשקו בדבר, שעונים זה על זה מעל הים הזוהר הזהוב. בחורה צנומה כהה מנמנמת לצידי, פניה מכוונים אלי בריכוז אבל עיניה עצומות, ראש גבר בתספורת קצוצה נח על ברכיה, כמו שתו בעצה אחת מכוס התרעלה הם שרועים, מתים ומאוהבים, האם יתעוררו לחיים אם אושיט להם מטבע. גם אנחנו היינו חוזרים כך הביתה מנסיעותינו, נהנים לפחות מן הנינוחות המאפשרת לנו להשתמש בגופו של הזולת ככרית, כמזרן, כמשענת, הגוף הזה שכבר אינו מפתה ואינו מפתיע, לפחות הוא נוח לשימוש, ובכל־זאת בשנים האחרונות היתה מלווה את שיבתנו חמיצות של אכזבה, רוגז קל וטינה, שוב כשלנו, לא הצלחנו להבעיר אש בגחלים הקרות שהצטברו בינינו, לא הצלחנו לפורר את החומה, בשביל זה נפרדנו מהילד, בזבזנו כסף וזמן, בשביל לריב באיסטנבול, בברלין, ברומא?

באותה פתאומיות שהיא נעלמת כך היא מתגלה, שפלת החוף הצרה, המשובצת, מוארת באור קיצי בוהק, הנראה מוזר אפילו בחלק זה של העולם, אלא אם כן חלפו שלושה חודשים ולא שלושה ימים מאז נסעתי, והעונות התחלפו בינתיים, וכבר חרכה השמש את השדות וקרעה את חליפותיהם הירוקות, וכשאני מביטה בהתרגשות מוזרה במרחבים ההולכים ומצטללים נדמה לרגע שעוד אפשר לבחור, שעוד אפשר להניח את הרגל באופן אחר בתכלית על פני האדמה, שהרי אשליה של תמורה מלווה דרך קבע את השיבה, של רוגע, ביטחון ואמון, מטוסים ממריאים בזמן ונוחתים בשלום, משימות מבוצעות על הצד הטוב ביותר, מכרים חדשים מצטרפים לחיי, ונדמה שהשמיים כבר אינם מפחידים ולפיכך גם האדמה השרועה תחתיהם פחות מאיימת.

תחושת רווחה והקלה, מלווה בשוויון־נפש רך, משחרר, שאריות של התרגשות, כל אלה ליוו אותי גם אז, כשחזרתי מהנסיעה הקודמת

לפני חודשים ספורים, בשורת הפרידה כבר מטפסת במעלות גרוני, ועכשיו אני חוזרת ללא בשורה, רק סקרנות רעננה מתחילה לבצבץ מבעד לקפלים הקודרים של החודשים האחרונים, מה מחכה לי בעצם, מה מחכה לחיי. אחוזי תנומה אנחנו נפלטים מן המטוס, מתנודדים מעט על עומדנו, רטט המנוע נצרב בכפות הרגליים, מלווה אותנו במסלול המוכר, ולהפתעתי דווקא נוח לי שאיש לא ממתין לי הפעם באולם מקבלי הפנים, תמיד היו עומדים כאן, סחוטים מן המאמץ להגיע בזמן, גילי על כתפי אביו מפחיד בגובהו, מנופפים לי מרובי זרועות כתמנון, שמחת המפגש מתפוגגת מהר ומיד מתעורר המתח, כששניהם מנסים ללכוד את תשומת־ליבי ואני כבר מותשת, מנסה לפצות את גילי על ההיעדרות, לפצות את אמנון על ששוב הוזמנתי אני לכנס ולא הוא, להמעיט בחשיבות האירוע, להסתיר את שמחתי השלמה למראה הילד לעומת ההסתייגות ממנו.

נוח לי הפעם להסתגל לאיטי, להגמיש את הגעגועים, שעכשיו כבר אינם מכבידים כלל, לא, אין זו בדידות אלא חירות, ובמונית אני מתקשרת לאמנון, קולו שמאז הפרידה מאופק ורשמי, והוא אומר בפליאה קלה, אֵלָה, חזרת, כאילו נסעתי למקום שלא שבים ממנו, ואינו שואל כמו פעם איך היתה ההרצאה ואת מי פגשתי, ומה ראו מהחלון, שנינו חוסכים במלים כמו היה מחירן רב ולא נוכל לעמוד בו.

תביא את גילי אלי או שאני אאסוף אותו ממך? אני שואלת, אני עוד שעה בבית, קניתי לו מכונית מירוץ עם שַלט כמו ההיא שנדרסה, אני מוסיפה בגאווה, כאילו גיליתי נוסחת קסמים המשיבה דברים על כנם, והוא אומר, אבל הוא לא כאן עכשיו, הוא אצל יותם, חשבתי שתגיעי יותר מאוחר ואני הרי מלמד היום, הוא מוסיף, הם גרים לא רחוק ממך, תאספי אותו משם, ואני קוטעת אותו מופתעת, כן אני יודעת איפה הם גרים, אז אני אקח אותו משם עוד מעט. אם תקדימי מדי הוא לא ירצה ללכת משם, אמנון אומר, תקחי אותו בערב, כרגיל, ואני מתעלמת מהצעתו, שואלת בזהירות, הסתדרתם טוב,

שניכם? כמו היו עדיין שני הגברים שלי, והוא עונה, תמיד אנחנו מסתדרים טוב, ואינו מוסיף, בלעדייך, ואני משלימה את המלה החסרה, בלעדייך, מסיימת במהירות את השיחה, מוסרת לנהג כתובת חדשה כאילו עברתי דירה בינתיים, ושם אני גרה, בבניין המהודר, המשוחזר, מול גן המשחקים, שם ארד מהמונית עם מזוודת הגלגלים הקלה שלי, בתוכה ממתינה מכונית מרוץ אדומה מבריקה, תאומתה של ההיא שנדרסה בעליצות כזו, כמקריבה את עצמה למען מטרה נעלה.

מוזר, כל־כך שידלתי אותו לבקר שוב את יותם, והוא סירב, ודווקא בלעדי זה קורה, והמחשבה על הגבר הזקוף שפניו מגולפים בנוקשות ועיניו שקועות, הנמצא ברגע זה ממש תחת קורת גג אחת עם הילד שלי, מעוררת בי התרגשות נעימה, המתמזגת עם שמחת השיבה אל גילי, ועוצמת המראות שחדרו אל גלגל העין, ובעיקר אותה הקלה נפעמת כאילו זה עתה נחלצתי מן השבי, אֲבל חרטה וצער היו שובַי, והנה ניצלתי רגע של הסחת־דעת וחמקתי מהם, מאמצת זהות בדויה, תחפושת משכנעת, בתקווה שלעולם לא יעלו על עקבותי.

לעולם הם לא יוריקו באמת, ההרים הללו, תמיד יהיה ירוקם קלוש כאחיזת עיניים, חיוור, מגומגם, מדי חורף מצטווים הצמחים לכסות את צלקות השריפות מהקיץ, וברגע שהם משלימים את משימתם ניצתת האש מחדש, ואני פותחת את החלון, החשכה החמימה מבלבלת, רוח שרבית מוטחת בפנַי המופתעים, אם קיץ עכשיו מדוע הקדימה השמש לשקוע, ואם כבר החשיך בשעה כזו מדוע חם כל־כך, דומה שדבר־מה השתבש בחוקיות המוכרת, שיבוש מלהיב דווקא, ההופך את הנסיעה בכביש ההררי להרפתקה. כמה נידחת היתה ירושלים, הדרך אליה לעד תשמר את נידחותה, האם ידעו אל נכון כל הנשבעים בשמה כמה צנועה היתה בגודלה, אך לא במאווייה, עיר שוק מזרחית דלה השקועה בדמיונות שווא, מבודדת מאחורי חומות ושערים, מוקפת כפרים דלילים של רועים

נוודים, מדרונות תלולים מסולעים, מטפחת בסתר עלילות גבורה ובחירה.

ליד גן המשחקים אני יוצאת מן המונית, לבושה בחליפה הרשמית אותה לבשתי אמש להרצאה, חצאית חומה קצרה וחולצת משי לבנה ומעליה ז'קט תואם, עד הבוקר ישבנו בפאב שעל החוף ומשם מיהרתי לשדה התעופה ולא הספקתי להחליף בגדים, כמו תיירת הדורה וזרה אני חוצה את הכביש, אורחת לרגע מארץ רחוקה, שהשאירה כאן פיקדון יקר ומיד תאסוף אותו ותסתלק, וכשאני מטפסת במדרגות השיש הרחבות, מנסה להסדיר את נשימתי, את תסרוקתי, הולכת המשאלה ומתחדדת, לראות אותו, לראות את העיניים השחורות הפורחות מתחת לגבות הסמיכות, את השפתיים רבות ההבעה, להיראות לפניו כפי שאני עכשיו.

קולות צורמים מתפרצים לפתע אל חדר המדרגות המטופח, הולכים ומתעצמים ככל שאני מתקרבת אל דלתם, האומנם משם הם בוקעים, אני מתקשה להאמין, מהדירה היפה המעוצבת עם רצפת העץ הזהובה וספת העור וקערת האגסים האדומים, ואני מתקרבת בשקט, דלת פלדה גבוהה מפרידה ביני לבינם, ועליה אני נוקשת בחוזקה אבל הם לא שומעים, איך ישמעו כשהם מתיזים מֵרֵרה קולנית זה בזו, סופת רעמים משתוללת בתוך הבית, ואני נוקשת שוב, מנסה גם את הפעמון, ושוב לא נענית. מתח קר דוקרני מעפיל מכפות רגלי, מלפף את גופי כגדר תיל, כמו הייתי ילדה ואלה הורי הרבים בחדרם מוקדם בבוקר, האם ייפרדו לתמיד הפעם, ואני ממתינה באימה לרגע שתמיד מגיע, צעקה אחרונה מוטחת ואבי יוצא מן הבית בטריקת דלת עזה, ואז היא רצה אלי, פולשת פרועת שיער למיטתי, מתייפחת בזרועותי.

כמו הייתי ילדתם, לכודה בתוך החידלון, זה שלי וזה שלהם, אני מנסה לצוד מלים בודדות, נתחים מדממים של זעם ועלבון, אני לא מאמינה לך, אני שומעת את קולה של מיכל, רם כל־כך כאילו נצעק היישר לתוך אוזני, גס במפתיע, אני יודעת שאתה משקר, אני

לא מאמינה לך לאף מלה, ואז עונה לה קולו, מאופק אמנם אבל קר וארסי, נמאס לי מהחשדנות הפתולוגית שלך, את שומעת? נמאס לי, אני לא מוכן לחיות ככה, את חונקת אותי, והיא צורחת, אז תסתלק מכאן אם נמאס לך ממני, אני לא רוצה לראות אותך יותר, אתה הבטחת לי שזה לא יקרה עוד פעם, הבטחת לי, והוא מסנן, את כל ההבטחות שלי קיימתי, מה עוד את רוצה ממני? אני לא אחראי למה שמסתובב בראש המופרע שלך. אהה, זה הכול בראש שלי? אתה רוצה לעשות ממני מטורפת? זה מה שאתה רוצה? אז תדע לך שזה לא ילך הפעם, יש לי הוכחות, ואני מסמיקה פתאום כאילו הואשמתי, לחיי מתלהטות, מול דלת הפלדה הצבועה באפור אני מתלבטת, חוששת פן תיפתח פתאום בחמת זעם ואז אתגלה, מרגלת שפלה, סיפוק מביך על פניה, שמחה לאידם של כל הזוגות הנראים מאושרים מבעד לחלון בית־הקפה, כפי שנראינו אנחנו, ואני יורדת בשקט במדרגות, נושאת את המזוודה בידי שלא תשמיע קול, נשענת על הגדר החיה בכניסה לבית, שוקלת את צעדי.

מה אעשה, אולי אחכה כמה דקות ואז אתקשר לשם, את צלצול הטלפון הם בוודאי ישמעו, ועד שאעלה שוב יעטו הבעה נינוחה על פניהם, אני חייבת לחלץ את גילי משם, מרגע שהוקם המחסום התלקחו מחדש הגעגועים אליו, ואיתם כעס על הזוג הזר כמעט שמונע ממני להתאחד עם בני. מה הוא עושה עכשיו, האם הוא יושב מכווץ בחדרו של יותם והם מאזינים במתח, או אולי הניחו מול עיניהם סרט וידאו קולני, כמו שהיינו אנחנו עושים, מהממים את הילד מול המסך כדי שנוכל למצות את המריבה, ולרגע מתחלף הכעס ברחמים עליזים, אז הוא בוגד בה, מסכנה, והיא חונקת אותו, שזו האשמה כללית מדי מכדי שאוכל להזדהות איתה כרגע, הצד שלה יותר מזמין, יותר אמין, ובעיקר אני מרגישה נוחות פתאומית דווקא בצד שלי, נטול המשפחה. מי צריך את מהומת החיים המשותפים, עליה אני משקיפה לפתע בהתנשאות טרייה, סחי של עלבונות גלויים וסמויים, אוסף של פשעים זעירים נגד האנושות,

כמה נעים שאין לי עם מי לריב, ואני מוציאה מהתיק את הטלפון הנייד, עודד ומיכל שפר, אני מבקשת במודיעין, טועמת בלשוני את השמות היציבים, המכובדים, מה להם ולחרפות המוטחות ברגע זה ממש בחלל הדירה, בקול רם כל־כך המכסה על צלצול הטלפון, שאיש אינו עונה לו.

מכשול בלתי־צפוי קם בינינו, ילד, מתי כבר אראה אותך, האם אתה מבוהל, האם אתה עצוב, האם אתה מופתע לגלות שלא רק אצלנו, שבכל בית משוטט לו הכישלון כתלתלי אבק, ואני מחייגת שוב, לא ארפה עד שיענו, אבל אז נשמעת חבטת דלת הנטרקת בעוצמה ואני מושכת את המזוודה אחרי אל השיחים, מצפה שם בדממה, עד שאני רואה את דמותו הצרה נפלטת בצעדים מהירים מן הבניין, כאילו רודפים אחריו, אבל ברחוב עצמו הוא משתהה, בוהה נכחו, עיניו מוגדלות בטבעות המקיפות אותן, שפתיו חשוקות, לבוש בסוודר צמר אפור ומכנסי קורדרוי בהירים, ועל גבו תרמיל גדול, ואני מסתכלת עליו ושומעת את עצמי אומרת, עודד, ובאותו רגע אני משגיחה שזוהי הפעם הראשונה שאני קוראת לו בשמו.

מבטו המפוזר, התועה, מתמקד בצעדי הנחלצים מן המחבוא, כמה ענפים קוצניים נצמדו לשערי, ואני תולשת אותם במבוכה, עליתי אליכם עכשיו לקחת את גילי, אני מנסה להסביר, לא שמעתם אותי אבל אני שמעתי אתכם, והוא מעווה את פניו, מוחה זיעה ממצחו, האומנם ידיו רועדות, אני לא יכול לסבול את זה יותר, הוא אומר בחיפזון, ממלט את המלים כחושש להתחרט, זה כל יום נעשה יותר גרוע, ואני מתקרבת אליו, מופתעת מפתיחותו, לאן אתה הולך? אני שואלת, והוא אומר, עוד לא החלטתי, ואני מפתיעה גם את עצמי, משולהבת עדיין מזוהר זרותה של העיר, זרותו שלו, זרותי שלי בחיי, רוצה לשתות איתי משהו? אני שואלת, ולהפתעתי הוא אומר, כן, למה לא.

למה לא? כמה וכמה טעמים יכולתי למנות באוזניך למה לא, אבל באותה שעה היה רק הכֵּן בינינו, וכך אנחנו צועדים, זה לצד זו,

כזוג היוצא למסע ארוך, לאחר שעות של אריזה קפדנית, היא גוררת מזוודה והוא נושא תרמיל, ואיש לא היה מאמין שכלל איננו מכירים, שהמזוודה שלי לא פגשה מעולם את התרמיל שלך.

נשב בקנקן, אני מציעה כשאנחנו עומדים מול הכביש הסואן, והוא שוב אומר, כן, למה לא, דומה שברגע מקרי אחד הפקיד את גורלו בידי, וגם אם הייתי אומרת, ניסע להודו, או נעשה אהבה, או נתחתן, הוא היה אומר, כן, למה לא, ואם לא לי היה אומר זאת לאדם אחר, אלא שאני זו שארבה לו למטה, פני הם הפנים הראשונים שראה כשיצא מביתו, ואנחנו חוצים את הכביש ונכנסים לבית־הקפה השכונתי ששנינו מיטיבים להכיר. כאן מבעד לחלון השקפתי עליכם בליל יום ההולדת, כאן בערה קנאתי לאורך הכביש הרטוב בין ערימות השלג המפויח, התפתלה על שפת המדרכה כלשון של אש, ואני מוליכה אותו בכוונה אל השולחן הפינתי שם ישבו אז, משפחה שלמה, כמו שרואים לפעמים ביום מוצלח בגן החיות, אריה לביאה ושני גוריהם, חשופים למבטים סקרניים, וכשהוא מתיישב מולי נבוך ונסער עם התרמיל על גבו כחטוטרת אני קמה ומסירה אותו מעל כתפיו כמו שאני מסירה את ילקוט בית־הספר מעל גבו הדק של גילי, מושכת אותו לאורך זרועותיו ומניחה אותו לצד המזוודה שלי ולהפתעתי הוא כבד ונוקשה, ואני שואלת, מה יש לך שם, אבנים? והוא אומר, אלבומים, ואני מתחילה לצחוק, זה מה שלקחת איתך, אלבומים? לא בגדים להחלפה ומברשת שיניים? ולשמחתי הוא מצטרף לצחוקי, זאת היתה החלטה ספונטנית, לא היה לי מושג מה לוקחים כשעוזבים את הבית, הסתכלתי מסביב וחשבתי מה אני אוהב כאן בכלל, מה הייתי מציל משריפה.

תראה לי אותם, אני מבקשת, והוא שואל, זה באמת מעניין אותך, או שאת חוששת שלא יהיה לנו על מה לדבר? ואני מודה, גם וגם, והוא שולח את ידו אל התרמיל ומוציא משם חמישה כרכים עבים, כחמישה חומשי תורה, ועורם אותם על השולחן בינינו, וכשניגשת המלצרית אנחנו מעיפים מבט מהיר בתפריט, מול עיניה הבוחנות,

כמותה אני מחכה לשמוע מה יזמין, נדמה שזה יכתיב את אופי הפגישה, וכשהוא מזמין ויסקי כפול וצלחת טוסטים בממרחים שונים אני נאנחת בהקלה, זו אמנם לא העסקית המומלצת בכל שעות היום, המבטיחה פגישה ארוכה יותר, אבל גם לא אספרסו קצר. תתחלקי איתי בטוסטים? הוא שואל, כשאני מזמינה רק משקה, ואני מהנהנת מיד, כמו מעולם לא הוצעה לי הצעה נדיבה מזו, להתחלק איתו בטוסטים, במי הלימון הקרים, בוויסקי הכפול ובצער המשולש, בחשש, בזעזוע, באובדן, להתחלק איתו! להיות חלק ממנו, חלק מחייו, לחלק את חיי שלי לעיניו, לפרוס אותם נתחים נתחים, גם אם היית מזמין את הסטייק המדמם הייתי מתחלקת איתך, גם אם לא היית מזמין דבר, הייתי מתחלקת איתך באַין, באור היקרות המכוון אל פנינו, בחישוק הזרחני הלוכד שני אנשים זרים כמעט באלומה אחת, מעדן את תנועותיהם, מחליק את עורם, מרכך את שערם, מזרים בדמם שיקוי ממכר של כיסופים נדיבים, שוקקים, הופך כל מלה שגרתית היוצאת מפיהם למלת צופן, המסתירה תחתיה את הנפלא ברגשות, וכשאני מביטה בו, בגבר הכחוש היושב מולי בסוודר אפור, שערותיו מכסות על מצחו, פניו חיוורים ונסערים, אני יודעת שזהו הזמן היקר הקצר שבו הנוראים שבווידויים יישמעו כהזמנה לאושר, הקשות שבמחלות יצטיירו כתענוג צרוף, זהו הזמן הקצר שבו מכניעה הבדיה בקלות מפתיעה את מרפקי המציאות, הזמן ששעה אחת בבית־קפה מרופט נראית כאצבע אלוהים, ורק אל הזמנים הללו ראוי להתגעגע כי הם בלבד יאצילו על שארית חיינו נוגה עמום של קדושה, שהרי אם פעם אחת אירע יוכל הנס הזה לשוב ולהתרחש, בהיר, מטלטל, מדויק כפגיעה ישירה, נושא בתוכו את כל מטען החסד המיועד לנו.

הוא פותח בהיסוס את האלבום הראשון, כריכת העור הנוקשה שלו כמעט מתפוררת למגעו, ומראה לי באצבע דקה תמונה מאולצת של חתן וכלה ביום כלולותיהם, פניה של הכלה פשוטים ותמימים, למרות מאמציה הניכרים אינה יפה ואף לא חיננית, ואילו הגבר

בהיר, יפה תואר, חיוך לגלגני חוצה את פניו, נוטה באלכסון לא נעים, הפער ביניהם זועק עד שנדמה שכל תינוק היה מבחין בו. הוריך? אני שואלת, והוא מהנהן בשתיקה, ואני שואלת, הם עוד חיים? והוא אומר, חיים? הם אף פעם לא חיו, ואני מביטה בו בתמיהה, חוששת לחצות את הקווים מהתעניינות לחטטנות, עוקבת אחר הבעותיו כשהוא מתעמק בתמונה כאילו שנים רבות לא נתקל בה, תראי, הם כל־כך צעירים כאן, הוא אומר לבסוף, עוד אין להם מושג מה מחכה להם.

מה חיכה להם? אני שואלת בזהירות, והוא אומר, גיהינום, הוא ציפה שהיא תטפל בו, היא לא ידעה בכלל שהוא חולה, ואני שואלת, חולה במה? והוא אומר, בנפש, ואני מקשה, חולה ממש? הוא היה מאושפז? והוא אומר, כן, בטח, יוצא ונכנס, ואני ממשיכה לעקוב בתמיהה אחר תמונותיהם העגומות, לכאורה מה לי ולהם, הרי הוא עצמו עדיין זר לי לחלוטין, ובכל־זאת אני נמשכת לסיפורם כמו היה בו כדי לשפוך אור על סיפורי שלי.

הנה האב באירוע משפחתי, מנצנץ בחיוורונו הצונן, ילדון יפה תואר בחולצה לבנה ומכנסיים כהים נשען על ברכיו ומתייפח, ואני שואלת, זה אתה? למה בכית? והוא מחייך, זה היה העיסוק העיקרי שלי בימים ההם, הבכי, ואני מביטה בפנים העדינים, האגרוף הקטן המסתיר את העין, הפה הנוטה מטה ביבבה שכמעט מגיעה לאוזני. למה? אני שואלת, והוא חוזר, למה? מציץ שוב בתמונתו, כמצפה מהפעוט לתשובה מעודכנת אבל מיד הוא מפרט, קולו מונוטוני, דומה שכבר סיפר זאת עשרות פעמים, מה עוד יכולתי לעשות, אבא שלי בכלל לא תפקד, אמא שלי דאגה איכשהו לצרכים הפיסיים אבל רגשית לא היתה פנויה אלינו, אני חושב שהיא פחדה שגם אנחנו לא בסדר, אני ואחותי, היא היתה חשדנית כלפינו כי הדם שלו זרם לנו בעורקים.

מה זאת אומרת, אני מקשה, היא לא טיפלה בכם? והוא אומר, בקושי, היא פחדה להיקשר אלינו, מבחינתה היינו נגועים, היינו

חלק מהמלכודת שהוא והמשפחה שלו טמנו לה, בחורה מזרחית פשוטה, שלא היה לה מושג לְמה היא נכנסת, אני כבר לא מאשים אותה, הוא מזדרז להוסיף, היום אני מסוגל להבין כמה היא סבלה, אבל אז זה היה קשה, לא היה לנו במי להיאחז, את רואה, כאן הוא כבר אחרי כמה אשפוזים, אי־אפשר להכיר אותו, ואני מתבוננת בלסת הכבדה, המבט הדועך, מבעד לחולצה ניכרת כרס רופסת, דבר לא נשאר מיופיו, והנה שוב בנו שבגר מעט מביט בו בדאגה, בעיניים יבשות הפעם, מרוכז רק בו, כהה כאמו ונאה כאביו.

איך אתה מסתכל עליו, אני אומרת, כאילו אתה הרופא שלו, והוא אומר, כן, לא היתה לי ברירה, למדתי לזהות את המצב הרגשי שלו, מתי צריך להיזהר ממנו, מתי צריך לישון בעיניים פקוחות, כשהוא היה במיטבו לא היה מקסים ממנו, אבל כשהיה מתמוטט זאת היתה סכנת נפשות, איזה תופת, הוא נאנח, ידו על מצחו, כאילו משם נפלט עכשיו, התרמיל על כתפיו, ולא מביתו שלו, שם חי עם אשתו וילדיו. תראי, הוא אומר בהתעוררות, מזרז אותי כמו מדובר במראה חולף, ציפור על אדן החלון, מבט של תינוק, זאת התמונה האחרונה שלו, ואני מביטה בצער בפנים שהושחתו, דווקא בתמונה האחרונה ניכרת בהם חיוניות מפתיעה המזכירה את התמונה הראשונה. ממה הוא מת? אני שואלת, והוא אומר, ממחלה של אנשים נורמליים דווקא, מסרטן, הוא היה כל־כך גאה כשאבחנו אותו, כאילו זאת ההוכחה שהוא כמו כולם, כשהוא גילה שהשיגעון לא מגן עליו מהמוות הוא היה מוכן לוותר על השיגעון, אבל זה כבר היה מאוחר מדי.

אז בגללו אתה מחפש עקבות דם, אני מעירה, לנגד עיני אני רואה אותו כורע, גבו מקומר כחתול המתכוון לשתות ממימי האסלה, והוא אומר, כנראה, ובגללו גם נעשיתי מטפל, למרות שאותו לא הצלחתי להציל, וכל אותו הזמן אנחנו שותים ויסקי עם קרח, ומכרסמים פרוסות לחם קלוי בממרחים שונים, מעל צלחת חרס אחת, ואצבעותינו המשומנות המתובלות בתבלינים נוגעות בדפים

הישנים וכמעט זו בזו, ואני מקשיבה לקולו המדוד המתון, לשונו מסתבכת מדי פעם בין שיניו בליקוי דיבור חינני, שפתיו מעצבות את המלים באיטיות, כאוחז מכחול בפיו ומצייר, מותחות את האותיות הסופיות, כמתקשות להיפרד מן המלה. אין זה שטף הדיבור הקודח של אמנון אלא זרימה אחרת, ציורית ורכה, אליה אני מצטרפת ללא כל היסוס, שואלת מדי פעם שאלה קצרה וזוכה לתשובה ארוכה, ואני מבינה שרק על המשפחה ההיא הוא מעוניין לדבר, ורק את תמונותיה יראה לי בדקדקנות כזו, לא על משפחתו הנוכחית, לא על מה שהתרחש לאוזני רק לפני שעה קלה, אבל אני לא מקפידה, כי הפעם ברור לי עד כמה יקר הזמן וקצר, יקר וקצר, אני משננת כשהוא קם לשירותים ואני מחכה בקוצר־רוח לשובו, מה אכפת לי על מה נדבר ובלבד שאנחנו כאן, יחד, מוארים באור יקרות המכוון אל פנינו, מעדן את תנועותינו, מחליק על עורנו, נוסך בדמנו שיקוי ממכר של כיסופים נדיבים, שוקקים, הופך כל מלה היוצאת מפינו למלת צופן, המסתירה תחתיה את הנפלא ברגשות, וכשהוא שב ומתיישב מולי נאנקת פתאום יריעת הפלסטיק השקופה הפרושה מעל חצר בית־הקפה, כי גשם שוטף ניתך בבת־אחת, השרב החורפי החריג נשבר מעל ראשינו, ועודד נושא את פניו מעל האלבומים, מתבונן סביבו מופתע, לא לקחתי מעיל, הוא נזכר, מעניין מה זה אומר, שעזבתי את הבית באמצע החורף בלי מעיל.

אולי זה אומר שעזבת על־מנת לחזור, אני מציעה, והוא מביט בי בעיון כמחפש את התשובה על פני, לא, הוא נאנח, ואנחתו מותחת את המלה הקצרה עד שהיא מתפשטת על שפתיו ככתם יין על מפה, אני לא אחזור, ואני מתקרבת אליו, ידי כמעט נוגעת בשרוול האפור, ריח ביתי צובט לב של אבקת כביסה עולה ממנו, תקשיב, עודד, אני אומרת בחיפזון, זה ממש מגוחך שאני אתן לך עצות, אנחנו בכלל לא מכירים, ואתה כאן הפסיכיאטר, אבל אני חייבת להזהיר אותך, אולי אני כאן בכלל רק כדי להזהיר אותך, אין לך מושג כמה זה קשה לפרק משפחה, עד שלא עוברים את זה לא

מבינים כלום, זה מזעזע את כל היסודות, זה משאיר אותך המום מצער, תאמין לי, אני עברתי את זה עכשיו, אני לא ממליצה לאף אחד לעשות את זה, אלא אם כן יש לך סיבות ממש מוצדקות, והוא מהנהן בראשו גם אחרי שאני משתתקת, מה זה לטעמך סיבות ממש מוצדקות? הוא שואל בעניין, ואני תוהה אם אותי הוא מבקש לבחון או את עצמו.

אם היחסים כל־כך קשים שזה פוגע בילדים, אני אומרת, אם ברור לך שעשית כל מאמץ להציל את הקשר, אם אתם אומללים יחד ואין לכם רגע אחד טוב במשך שנים, או אם יש לך קשר משמעותי עם אשה אחרת, ואתה משוכנע שאיתה זה יהיה שונה, אלה שאלות שצריכות להיבחן לאורך זמן, די זה ממש מגוחך, אני משתתקת במבוכה, תראה אותי, מחלקת עצות לפסיכיאטרים, והוא מחייך בזהירות, אל תטעי, אלה, זו לא את מגוחכת, זה אני כאן המגוחך, ואז הוא מקרב את הכוס אל שפתיו, לוגם לאיטו ומשהה את החריפות בפיו, כמודד את ריכוזה, טוב, הוא אומר, אני מתרשם שיש לי סיבות מוצדקות, גם לשיטתך, ואני משפילה מיד את מבטי, כנראה זו הסיבה האחרונה שמניתי, יש לו מישהי והוא עוזב בשבילה, מיכל צודקת, הוא בוגד בה, ולרגע נדמה לי שגם בי הוא בוגד, באותה שלהבת שבערה בינינו על השולחן הפינתי, באותה צמרמורת מתוקה המלחכת את העור. עוד מעט יחזיר את חמשת אלבומיו העתיקים לתרמילו וילך אליה ויקים איתה משפחה חדשה, ואולי אפילו אזכה לראותה לצידו במסיבת הסיום של כיתה א׳, אם לא לפני־כן, בסדר הפסח הכיתתי, והוא עוקב בעניין אחר שקיעתי, איפה היית בעצם? הוא שואל, ואני אומרת, בכנס בברצלונה, והוא שואל, כנס של ארכיאולוגים? מה היה הנושא? ואני מתפלאה שהוא יודע עלי יותר ממה שהזדמן לי לספר. יציאת מצרים, אני אומרת, והוא מצטט מן ההגדה, סיפרתם ביציאת מצרים עד קריאת שמע של שחרית, ואני מגחכת, כן, משהו כזה, צריבה של החמצה מלהיטה את פני ואני מתקשה להביט בו, משפילה את עיני אל צלחת החרס

הכחולה, כמה פרחי פלפל אדום מעטרים אותה, מדגישים את ריקנותה, אי־הידיעה מענה אותי, איך אגיע לידי הבנה ברורה יותר של מצבו.

זה קורה לכם הרבה, מריבות כאלה? אני מנסה בעקיפין, והוא שוב מפתיע בגילוי־הלב שלו, הרבה יותר מדי, כל פעם מתעורר אצלה השד הזה, והיא מחליטה שיש לי מישהי, ועושה סצינות קשות אפילו ליד הילדים, שלא תדעי, הוא נאנח, ואני כבר לא מצליחה להתאפק, למרות שאני חוששת מן התשובה הברורה שתבקע מבין שפתיו. אז יש לך מישהי או לא? אני שואלת בקול רפה, כמעט בלתי־נשמע, והוא אומר, זה אצלך הטלפון מצלצל כל הזמן או בשולחן ליד? ואני מחטטת בתיק, שם מזדעק הטלפון הנייד בציוץ ציפורים מתמשך, עשר שיחות שלא נענו, הוא מדווח ביובש, ומיד מצטווח שוב, ואני שומעת את קולו של אמנון, הפעם כבר לא שווה־נפש אלא תוקפני ומאשים, כקולו שלפני הפרידה, תגידי, מה קורה לך, איפה את? את יודעת מה השעה? גילי מחכה לך כבר שעות אצל יותם, ואני מגמגמת, אבל אמרת לי לא לבוא מיד, והוא אומר, נכון, אבל כבר עשר בלילה, ואת לא בבית ולא עונה לטלפון והילד מחכה, חשבתי שאת להוטה לראות אותו, הוא עוקץ, נהנה לתקוע סיכה בבלון האמהוּת המתגרה שניפחתי לנגד עיניו שנים על שנים.

ברור שאני להוטה לראות אותו, אני מזדרזת לומר, אבל צץ משהו דחוף ושכחתי להסתכל בשעון, אני כבר הולכת לשם, אני מוסיפה ומנתקת, מביטה בעודד מדוכדכת, שכחתי לגמרי שגילי עוד אצלכם, אני מספרת לו, לא שמתי לב שכל־כך מאוחר, אני חייבת לרוץ לקחת אותו, תראה מה קורה, אני יושבת איתך במקום איתו, והוא אצלכם בבית במקומך, ואני קמה באי־רצון, הערבוב של שברי משפחותינו על צלחת החרס הכחולה מכמיר את הלב, רגלי כבדות כמו ניטלה מהן יכולת התנועה, איך הולכים? אני שואלת, והוא עונה ברצינות, קודם רגל אחת ואז הרגל השנייה,

ואני אוספת את המזוודה, למסור משהו בבית? אני שואלת, והוא מחייך, תנשקי את יותם בשמי.

איך אני אנשק אותו בשמך, אני מקשה, בשביל זה אתה צריך לנשק אותי קודם, והוא מזדקף ומושך אותי אליו, מסיר את השיער מעל מצחי ומצמיד את שפתיו החמות בתנועה שכבר הכרתי, כמטביע עליו חותם, קעקוע של זמן קצר ויקר, ונדמה שכל גופי נבלע בנשיקתו, ואני נאחזת בגוו המאופק, משתוקקת להישאר איתו שם עד שיכבו האורות, עד שייסגר הקפה, סטירת ההחמצה מסחררת אותי, כמה קצר ויקר היה הערב הזה וכמה לעולם לא יחזור. תיכף יאסוף את אלבומיו הקודרים וילך לדרכו והקסם יישכח ויפוג, לעולם לא יהיה שוב מבולבל ופגיע כל־כך, לעולם לא יזדקק כך לאוזן זרה, אם רק הייתי יכולה להעמיד פנים שעוד לא חזרתי בכלל, שהטיסה נדחתה, להישאר איתו הלילה, לפני שיתחיל את חייו החדשים בלעדי, ואני בוהה בו כשהוא מתיישב ולוגם לגימה אחרונה, אתה לא חוזר לשם? אני שואלת, והוא אומר, לא, פיו נותר פתוח בזווית מגרה, חושף כתם לשון בשרנית.

לאן תלך? אני שואלת, והוא אומר, אני אסתדר, אל תדאגי, וכמעט אני מתוודה, לעצמי אני דואגת, לא לך, מהדקת את אגרופי סביב ידית המזוודה, פרקי האצבעות הנוקשים משמיעים חריקה של מחאה, לילה טוב, אני מנסה לומר בקול יציב, והוא מביט בי מלמטה למעלה ומהנהן בשתיקה, כמה הוא יפה בחיטוביו הברורים, הטבעות השחורות סביב עיניו כגומות אדמה המקיפות את הפרחים, ואז אני ניתקת ממנו ויוצאת אל הלילה השואג, הגשם מסתער עלי בחמת זעם ותוך רגע אני רטובה לחלוטין, ללא מטרייה וללא מעיל, ואיתו מחלחלים מבעד לבגדי האכזבה והתסכול, למה לא יכולתי למצות את הערב הזה, רק עוד כמה שעות. המזוודה הנגררת אחרי מתמלאת מים, דומה שכבר הכפילה את משקלה, מתנה רטובה אביא לילדי הקטן הלילה, מתנה משומשת, עשרות טיפות גשם כבר שיחקו בה לפניו, ואני מנסה לעצור מונית, למרות המרחק הקצר, אבל

המוניות מתעלמות מידי המושטת, הגשם מצליף על גגות הפח שלהן וממנו הן נמלטות כעדר חיות ענקיות, עיניהן הצהובות עיוורות.

כשאני מגיעה לבניין הגבוה, שיני נוקשות מן הצניחה הפתאומית של מעלות החום, מטפסת שוב על מדרגות השיש, רובצת דממה מעיקה בחדר המדרגות ונקישתי נשמעת מיד, דלת הדירה נפתחת במהירות הפעם, ופניה של מיכל נגלים אלי מרים ונפולים, עפעפיה נפוחים ועורה מרופט אבל למרות העניין הרב אני לא מתעכבת על מראיה כי מאחוריה על ספת העור יושב בשילוב ידיים ילד ארוך איברים, פניו עדינים ונוגים כפני נסיך גולה, העלבון שעל פניו הוא אחיו הצעיר של העלבון שעל פניה, שני קורבנות של פגישה שהתמשכה יתר על המידה, שלא צריכה היתה להתקיים. כשאני ממהרת אליו לחבקו הוא משפיל את עיניו, דמעות מתגלגלות מהן באיטיות על לחייו, ומיכל אומרת בקול טעון, כמנסה להסביר, הוא נורא דאג לך, לא הצלחנו להשיג אותך, יותם כבר נרדם מזמן, היא מוסיפה משום־מה, ואני מקיפה אותו בזרועותי, הרי לא אוכל אפילו לומר להגנתי שהייתי כאן כבר, לפני כמה שעות, מיד אחרי הנחיתה.

סליחה, אני ממש מצטערת, אני אומרת להם, היתה לי פגישת עבודה דחופה ולא שמתי לב לשעה, התגעגעתי אליך כל־כך, גילילי, אני מכריזה, אבל שניהם בוהים בי בפקפוק, ואני ממהרת להיפרד ממנה ויורדת איתו במדרגות, ילקוט בית־הספר שלו מיטלטל על שכמי הרטוב, וכל הדרך הביתה אני מבקשת את סליחתו, מספרת לו כמה התגעגעתי אליו, מפליאה בתיאור מכונית המרוץ האדומה שקניתי לו, אפילו יותר גדולה מהקודמת, אבל הוא מסרב לאחוז בידי המושטת. ברחובות הסוערים אנחנו צועדים, בכבישים אפורים ספוגי מים כמזרנים ישנים, כל אחד שקוע ברוגזו, מדי פעם נסדקים השמיים בלהב אורו של ברק עז, המאיר את פני הנסיך הגולה שלו, פנים שהתארכו לפתע, איבדו את חינם הילדותי, בכל פינה אורבת לנו שלולית אבל אני כבר חדלה להזהיר אותו, נדמה שבכוונה הוא

מטביע בהן את רגליו הקטנות בנעלי ההתעמלות מהשנה שעברה.

אני רוצה לישון עכשיו, אמא, הוא אומר כשאנחנו מגיעים הביתה, מסרב להתרחץ, מסרב אפילו לפתוח את המתנה, למרות הפצרותי, ואני עוזרת לו לפשוט את בגדיו הלחים, אצבעותי הנוקשות מן הקור צורבות את עורו, הטינה על ההזדמנות שהוחמצה הולכת ותופחת, ממדיה מאפילים על ממדיו, וכשהוא כבר במיטתו, מכוסה בשמיכה עד צווארו, נשלח אלי שוב המבט המרשיע, והוא אומר בשקט, כמקבל עליו את הדין, חשבתי שהחלטת לעזוב אותי כמו שעזבת את אבא.

פרק שנים־עשר

איך העלית בדעתך שתהיי זו את, דווקא את מכל הנשים, שתציע לו בית תחת ביתו, שתציע לו אהבה תחת אהבת אשתו, ילד תחת ילדיו שלו, דווקא את שהינך אשה למחצה, את שהחרבת את ביתך ולא השגת דבר בתמורה, את שהובלת אליו חלושה וחולה, מה יש בידך להציע לו, כשעיניו השחורות פורחות בפניו באור חשיכה עמום, שקט ומרגיע. הערב הכָּרוּת שלנו, בו צנחו מעלות החום בבת־אחת, הצלחת המשותפת שלנו, צלחת חרס כחולה, פרוסות הלחם הקלוי בממרחים השונים, חצילים מוצרלה וטחינה, הוא העדיף את החצילים, את חייבת לטעום, הוא אמר. השולחן שלנו, הגשם שלנו, שנאסף על יריעת הפלסטיק המתוחה מעל ראשינו וכמעט נגע בשערותינו, כמו היינו מתחת לפני הים, הזמן שלנו, המועט המועט הזה שחלקנו יחד, ערב אחד בלבד, אחד ויחיד, שלא מצא את סופו הנכון, מלווה אותי זוהר ומתפורר, כמתנה שניתנה לי ומיד נלקחה, כמו המכונית האדומה של גילי שנדרסה לנגד עיניו ביום שקיבל אותה, וזה כל מה שאני מבקשת להשיב עכשיו לרשותי, את המשכו של הערב ההוא, את מה שכמעט היה בידי, ואני רואה אותנו יושבים שם עד שעת הסגירה, יריעת הפלסטיק הכבדה מהגשם נאנקת מעל ראשינו, רואה אותנו יוצאים משם יחד, שתויים מעט, מנותקים מכל הֶקשר, האם הייתי מציעה לו לבוא איתי לביתי, האם הייתי מספרת לו על מקווה הצער שנאסף בתוכי, מיטלטל איתי

באשר אלך, מטביע בתוכו את ספר חיי, מוחק את אותיותיו זו אחר זו, ובסִפרי היה הכול מתפוגג, הכול היה נעשה כדאי, לא לחינם סבלתי, וכשהיית מקשיב לי הייתי יודעת שההקשבה שלך היא עומק ההבנה, וההבנה שלך היא גודל הסליחה והמחילה לה אני מייחלת, והרי לא לך חטאתי ובכל־זאת נדמה שבידך למחול.

הוא היה יושב על הכורסה ואני על הספה, מכוסה בשמיכת צמר, כל הלילה כולו, זה הלילה שלא נועד לשינה ולא נועד לנשיקות ולא נועד להתעלסות אלא למלים, ויִללת זה הלילה שלא היה, שנכרת באיבו, שהמתין לנו עד הבוקר כמו ארמון המואר בחשכה, שהותיר בידי רק קסם חמקמק, מלווה אותי בשוכבי ובקומי, ואת שרידיו האבודים אני מנסה לחשוף, לאתר את רישומו בפנים שישבו מולי, חיוורים ונסערים. מדי בוקר כשאני מביאה את גילי לכיתתו ומדי צהריים כשאני אוספת אותו אני נכנסת דרוכה אל חצר בית־הספר, מחפשת את פניו בין פני ההורים המתגודדים ליד השער בניגוד להוראות הבטיחות, עיני צרה בימים של אמנון שאולי דווקא הוא זוכה לראותו, דווקא הוא שאינו זקוק לכך ואינו מעריך את הזכות שנפלה בחלקו, וגם את תלתליה שלה אני מחפשת, מוכנה להסתפק בהם בלית־ברירה, ללמוד מהבעת פניה מה מתרחש בחייו, וגם אותה איני רואה, וגם את הילד, כאילו נכחדו כולם, כאילו בדיתי אותם מליבי. היכן הם, לאן נעלמו שלושתם, האם עזבו את העיר באישון לילה, האם נסעו כבר למחרת היום לחופשה פתאומית, נואשת, לשקם את יחסיהם, ואולי זו בכלל אני שמחמיצה אותם תמיד ברגע אחד. כשאני נכנסת לכיתה אני מחפשת קודם כול את יותם, עיני מרפרפות על פניו של בני, מחפשות לשווא את הילד הדומה לו, ורק אז שבות אליו באכזבה, חיוך רפה מנסה לטשטש אותה, מה שלומך, ילד שלי, איך היה לך היום.

מה עם יותם, מזמן לא ראיתי אותו, אני שואלת כבדרך אגב כעבור כמה ימים, וגילי אומר, יותם? הוא חולה, ואני מתנפלת ברעבתנות על המידע החדש, מנסה לפרש את משמעותו. אולי

תתקשר אליו לראות מה שלומו, אני מציעה והוא פולט בזעף, אחר־כך, ולא מתקשר, ואני מתפלאה, כמה זמן נמשכת מחלת חורף של ילד, מתי כבר יבריא, למה לא מטפלים בו כמו שצריך, ממשיכה לחפש בדריכות, מדי בוקר ומדי צהריים, ורק כעבור שבוע אני מבחינה בשניהם על הנדנדה בחצר, חותרים בפראות קולנית, קדימה ואחורה, זה מול זה, אד עולה מפיותיהם, ושׂמחתי למראה יותם עולה על שמחתי למראה בני, הנה השריד היחיד שהצלחתי לאתר, והרי ערכו של השבר כערך הכלי השלם אותו הוא מייצג.

נרגשת אני מתקרבת אליהם ובולשת בפניו, מחפשת בהם את פני אביו, את המתרחש בביתו, האם חזר אליהם, האם חי עם אשה אחרת, ובמידה מסוימת אני נטולת פניות, שהרי אין לי אפילו משאלה ברורה, שתי האפשרויות גרועות מבחינתי באותה מידה, אבל לא מבחינתו. בצימאון אני מביטה בו, עיני אביו השחורות קבועות בפניו, מדגישות את חיוורונו, ואני שואלת, מה שלומך, חמוד, הבראת? והוא אומר, כן, אבל עכשיו אמא חולה, ואני שותה בשקיקה את הבשורה, מה אתה אומר, אמא חולה אז תיכף אבא יבוא, יעבור בשער הירוק שפרחים מצוירים עליו, יתקדם לעברנו, ליד הנדנדה נתאחד, וליתר ביטחון אני מזדרזת לגשש, ומה שלום אבא, הוא בריא? ויותם אומר, כן, אבא בריא, ואני מציעה מיד, רוצה לבוא אלינו? ולשמחתי גילי מצטרף להזמנה, כן, תבוא אלי, עוד לא היית בבית שלי אצל אמא, כאילו נולד בשני בתים הוא כבר שולט במונחים, ויותם נדבק בקלות בהתלהבותו, יש, אני בא אליך.

כשאנחנו נכנסים אל הכיתה אני מכסה בצעיף את החיוך השועלי הנמתח על שפתי, מעמיסה על כתפי את שני הילקוטים, מושיטה את ידי לשני הילדים המקפצים סביבי, לועסים את מחצית הסנדוויץ׳ עם השוקולד המחולק להם בצאתם, שפתותיהם משחירות, לחייהם מתכסות פירורים, וליד השער אנחנו עומדים ומחכים לו, לקבל את רשותו, אולי אפילו להזמין אותו להצטרף אלינו, אקח אותך אל ביתי, הילדים ישחקו בחדר ואנחנו נשב במטבח, אמא ואבא לכל

דבר, שני השברים יהפכו לשלם, למשך אחר צהריים אחד. בוא כבר, למה אתה מתמהמה, אני מאיצה בו בשקט, הכנתי לך משפחה, מה עוד אתה צריך, ציפייה כבדה עוצרת את נשמת הרחוב, האספלט השחור ממתין לצעדיו, ואני בוהה במתח בעוברים ושבים, מי מהם יהפוך ברגע מבורך להיות הוא, והנה עוצרת לידינו מכונית כסופה ואני מביטה בדריכות בדלת הנפתחת, אבל זו אשה, אשה לא צעירה בתסרוקת מוקפדת, שערה צבוע בדיוק בצבע מכוניתה, מוכרת לי מעט אבל אני מתעלמת ממנה שהרי אינה הוא, ובואה הוודאי אינו סותר את בואו, אבל אז היא ניגשת אל יותם, לאכזבתי הרבה, ואני שומעת אותו מתרעם, סבתא, למה באת, אני הולך אל גילי. גם אני מציצה במורת־רוח בפניה המטופחים, הזכורים לי במעומעם מחגיגת יום ההולדת בבית־הקפה, והיא פונה אלי, הוא בא אליכם? היא מוודאת בהקלה, מרוצה כנראה שאחר הצהריים שלה מתפנה, ואני אומרת, כן, זה בסדר?

בסדר גמור, היא אומרת, ואף מנדבת מידע מיותר, מיכל חולה, ואני משתוקקת לשאול על עודד אבל לא מצליחה לנסח שאלה שתישמע טבעית, אולי אנסה לברר מי יבוא לקחת את הילד בערב, ואני שואלת באדיבות, להסביר לך איפה אנחנו גרים? והיא אומרת, אני עוד לא יודעת אם אוכל לאסוף אותו, תני לי את מספר הטלפון, והיא רושמת אותו בחיפזון על גב פנקס הצ'קים שלה, נבלעת בסיפוק במכוניתה. אתם צריכים הסעה? היא נזכרת פתאום, ואני אומרת, כן, למה לא, למרות שהבית קרוב, אולי בכל־זאת אצליח להפיק משהו מן הנסיעה הקצרה, ואנחנו נדחקים למכונית, כמו שנדחקנו למכוניתה של בתה בתחילת השנה, היא נוהגת בשלווה אבל המצמוץ בעיניה עצבני, לועסת מסטיק בחריקת לסת, אין ספק שהיא מוטרדת, איך אברר ממה בדיוק.

אז מה יש למיכל, שפעת? אני מתעניינת בנימוס, והיא עונה, משהו כזה, היא כנראה נדבקה מיותם, ונאנחת אנחה סתומה, ומיד מגבירה את קולו של הרדיו, כי התחילו חדשות, ואני מקשיבה בפיזור

נפש לדיווחים הקודרים, לצערי הנסיעה לא העלתה דבר, וכבר הגענו הביתה, ואני מצביעה על המרפסת שלנו, הפונה אל הרחוב, את רואה, כאן אנחנו גרים, מקווה לשמוע אותה אומרת, זה בסדר, אבא שלו כבר יאסוף אותו, אבל היא רושמת לעצמה בצייתנות את מספר הבית, נפטרת מאיתנו בהקלה גלויה וממשיכה בדרכה, ואני מאיצה בהם להיכנס הביתה, עוזרת להם לפשוט את המעילים ולחלוץ את המגפיים, מציעה להם שוקו חם. נעים לי לטפל בשניהם כאילו שניהם בני, אחים תאומים, וכשאנחנו לוגמים מן המשקה המתוק אני מתבוננת ביותם, קרבתו ממחישה את הגעגוע אל אביו, יוצקת לו צורה, שהרי מזרעו נוצר, בין זרועותיו גדל, ודומה שאינטימיות גופנית מתהווה בינינו עכשיו מאחורי גבו, ללא ידיעתו, מאחר שאני מארחת את בנו, מאכילה ומשקה אותו, מלטפת את שערותיו לתימהונו של גילי, מנסה לשאוב ממנו מידע נוסף.

מה שלום אחותך, אני מגששת, היא גם חולה? והוא אומר, לא, היא בריאה, ואני שואלת, ואבא, מה עם אבא? בכוונה לא ממקדת את השאלה, והוא אומר, אבא בריא, יותר מזה לא אצליח לחלץ מפיו, כנראה, לשונו מלחלחת את שפתיו הבקועות, גלידי עור קלוף תלויים עליהן, על פניו רצינות תהומית מבדחת מעט, וגילי מאיץ בו, בוא נשחק, אמא קנתה לי מכונית עם שַלט, וכבר הם מסיעים אותה ברחבי הבית, עורמים מכשולים בדרכה, צוחקים בזדון לקשייה, ואני עוקבת אחר מאמציה העיוורים של המכונית, חיוך הפלסטיק המצמרר של הנהג, אחר צחוקם המתגלגל בין החדרים. נוכחותו של הילד החדש כובשת את הבית, בני שלי נראה בעיני שגרתי וצפוי לעומת בנו, שכל תנועה מתנועותיו מתמלאת משמעות כי נגזרה מתנועתו של אביו, תנועות נוקשות מעט, עצורות, ואני עומדת מול החלון הגדול, מול האור המועט הנס על נפשו מפני החושך, מאזינה למנגינה פנימית ההולכת ומסתלסלת, למה אינו בא, הרי כמעט אשתו אני עכשיו, מטפלת בבנו כאילו היה בני, למה אינו מנצל את ההזדמנות. האם הוא עדיין שם, יושב בכורסתו הנוחה

מול וילונות השיפון הסגולים המרחפים מעל החלונות, מהנהן בהשתתפות כשפיו פתוח מעט, כמקשיב בשפתיו ולא באוזניו, מחלק מרשמים לנפשות מעונות ומתעלם מנפשי שלי, ואני מחליטה להתקשר לשם, את המספר הרי נתן לי אז, משרבט אותו בחיפזון על גבי המרשם, אומֵר לו שיש לו כאן פיקדון, שיבוא בעצמו לקחתו, ואני מחייגת במהירות לפני שאתחרט, אבל קול צונן של מזכירה נענה לקולי, ד"ר שפר עסוק, היא אומרת, תשאירי שם וטלפון והוא יחזור אלייך, ואני מנתקת מיד, אולי יותר מאוחר יענה בעצמו, אם אשאיר את שמי אצטרך לחכות שיתקשר, ובכך אין לי עניין, שהרי לשנות את המציאות אני מבקשת, לא להמתין בסבלנות לשינוי.

העובדה שבנו מתארח בביתי, למרות שהוא עצמו כל־כך לא נגיש, מעניקה לי יתרון מיידי, שהרי כבן־ערובה הוא בידי, שבוי בביתי, נניח היה נופל עכשיו ונפצע, הרי מיד יכולתי להזעיק את אביו אפילו באמצע פגישה, או אם היה חומו עולה פתאום, או אפילו אם היתה קטטה פורצת ביניהם ויותם היה מבקש לחזור לביתו, ואני נכנסת לחדר, שם הם יושבים זה מול זה על השטיח, משחקים בבובות הפליי־מוֹבִּיל הקטנות, אחי אחי, פועות הבובות זו לעומת זו בקולותיהם שלהם, ואני שואלת, יותם, יש לאבא טלפון נייד? והוא אומר כן, בטח, ואני אומרת, יופי, אתה זוכר את המספר?

בטח שאני זוכר, הוא מתרברב, מה הבעיה לזכור, ואני מזדרזת להביא עט ופיסת נייר, אבל אז הוא מסתבך לפתע, ביטחונו מתערער במהירות, פיו ממלמל ספרות מהוססות, סימן שאלה בקצותיהן, כאילו המספר בעצם ידוע לי ואני בוחנת אותו, אני קצת מתבלבל עם המספר של הבית, הוא מודה במבוכה, ואני מנסה ליילד את הספרות התועות מפיו ללא הצלחה, עד שאני מניחה לו, מנסה להסתיר את אכזבתי.

בשביל מה את צריכה את המספר, אמא? גילי שולח אלי את מבטו החד, ואני אומרת, כשיותם ירצה ללכת, לא כדאי להפריע לאמא שלו, נכון? ויותם מוחה, אבל אני עוד לא הולך, ואני מזדרזת

לומר, בטח שלא, רק שאלתי ליתר ביטחון, מניחה להם לשוב ולהפוך לבובות פלסטיק זעירות, חוזרת אל מקלדת המחשב הממתינה לי, אבל אותה דחיפות חגיגית אינה מרפה ממני, ציפייה נערמת סביבי, איזו עילה אוכל לייצר כדי להזעיק אותו, אולי אֶבדה שינוי פתאומי בתוכניות, סליחה, אנחנו חייבים לצאת עכשיו, האם תוכל לקחת את הילד, ובכל־זאת אם כבר באת שב איתי רגע, אולי נקבע למחר. החלון האפלולי המכוסה אדים מרתק אותי יותר ממסך המחשב, ואני בוהה בו מעורפלת, חום ההסקה מלפף את האיברים ואני מניחה את ראשי על השולחן ועוצמת עיניים, מאזינה לקולותיהם העמומים מעבר לקיר, נדמה לי שמישהו תוחב לפי פירות זעירים ואני לועסת לאט, פטל ודובדבנים ואוכמניות סגולות, ניחוחם של יערות צוננים, סלסילות נצרים, סיפורי בדים, המתיקות מתפשטת בחלל הפה ההולך ומתמלא, איך אענה לקריאות הנשמעות סביבי, אני חייבת לבלוע את העיסה הדביקה, אבל הגרון המכווץ שכח כיצד מבצעים את הפשוטה בפעולות, ואז אני מתנערת, מרימה את ראשי ורואה אותם עומדים מולי ואני ממלמלת, מה קורה, הכול בסדר?

אנחנו רוצים לעשות אמבטיה ביחד, גילי מכריז חגיגית, ואני מביטה בשעון, כבר אחרי שבע, כנראה נרדמתי, מוזר שאיש מן ההורים לא בא ולא מתקשר, שכחו שעשו ילד, אבל לפי שעה אני עוד זכאית ליהנות מכך, ממלאה את האמבטיה ועוזרת להם להתפשט, בוחנת בסתר את העירום המאופק המתוח של הילד הזר, צלעותיו הבולטות, קרבתו הגופנית אלי מעצימה את הגעגוע, בכל מקום בבית פוגעת בי תשוקה נשכנית, תבוא עכשיו, כל אחד ינגב את ילדו, כל אחד ילטף את ילדו ומאחורי גבם נגניב בסתר מגעים חדשים לגמרי, שונים לחלוטין מכל אלה שהכרתי עד כה, כי אחרי שבר גדול יבואו, ולכן תהיה בהם נחמה.

תבוא עכשיו, אל תמנע את עצמך ממני, הרי הערב הגדוע שלנו מחפש מדי לילה את קצהו, מתהלך ברחובות, מציץ בחלונות, מנסה לחבר בינינו, ועכשיו כשאני עוטפת במגבת את כתפיו של בנך

בתוך האדים הסמיכים המטשטשים את הראייה נדמה שכאן אתה לצידי, אצבעותיך פוגשות את אצבעותי, כי אלה אנחנו המתעטפים במגבות רכות, יחד שקענו עד צוואר במים החמים, הגשם מרשרש על התקרה מעלינו, מזמר את זמרתו המסתורית ואנחנו בתוך המים כטובלים במעיינות מרפא, אפילו עוד לא שכבנו, אפילו עוד לא התנשקנו, רק מלים השטנו בין איי הקצף, כי אני מבקשת לשמוע את קולך אומר לי את כל המלים, לא מחסיר אפילו מלה אחת, הקול הכבוש, המדוד, ליקוי הדיבור החינני, האותיות הסופיות הנמתחות כמתקשות להיפרד, ורק אחרי שייאמרו כל המלים תשאל אותי אם אני מוכנה, וכשתשכב איתי אבכה מרוב צער על כל השנים שלא שכבת איתי ומרוב שמחה על כל השנים שעוד תשכב איתי וכל אותו זמן ינומו ילדינו את שנתם מיטה מול מיטה כאחים תאומים.

מה קרה, למה את בוכה? גילי שואל מבוהל, ואני מתנערת מיד, סתם, נזכרתי במשהו, והוא שואל, במשהו עצוב? ואני מוחה את עיני במגבת שלו, לא, דווקא במשהו שמח, והוא מתפלא, אז למה את בוכה אם זה שמח? ואני להוטה לשתף אותו, את שניהם, באושר החדש שבדיתי מליבי, רועה אותם בעליזות מן האמבטיה אל החדר, לפעמים העיניים דומעות מרוב התרגשות, מרוב שמחה, זה לא קורה לכם? וגילי מכריז, לי לא, וחברו מהדהד אחריו, גם לי לא, ואחר־כך מוסיף, חזהו הצר מתנפח מגאווה, אבא שלי בכה משמחה כשנולדתי, וגילי מיד מקנא, איך אתה יודע? ויותם אומר, הוא סיפר לי, ואני גם זוכר.

אי־אפשר לזכור דבר כזה, מבטל גילי הקפדן את דבריו, נכון, אמא? ואני אומרת, לפעמים מספרים לך משהו באופן כל־כך חי שנדמה לך שאתה זוכר, ובליבי אני פונה אל יותם ומוסיפה, גם אני רוצה לראות את אבא שלך בוכה משמחה, זה מה שאני רוצה, אם לא אכפת לך, וההתרגשות הולכת ותופחת בחלל הבית, תיכף הוא יגיע, כבר מאוחר, זה הזמן לאסוף ילדים לביתם, תיכף תישמע

הדפיקה בדלת, באמצע ארוחת הערב הוא ייכנס, יראה כמה יפה אני מטפלת בבנו, כמה ריחנית החביתה שהכנתי להם, כמה טרי הסלט, יחכה לו עד שיסיים את ארוחתו, יבטיח לי לחזור אחר־כך, אבל הנה אני כבר מפנה את הכלים והוא אינו מגיע ואני מחליטה להתקשר שוב לקליניקה, כבר אחרי שמונה, אומַר למזכירה שזה אינו סובל דיחוי, שזה קשור בבנו של הדוקטור, אני לא סתם מטופלת טרחנית, אני מופקדת על בנו הקטן של הדוקטור, זה שבכה בלידתו, אבל לאכזבתי אין תשובה, קולה המוקלט של המזכירה מציע באדיבות להשאיר הודעות במשיבון, ומפח־הנפש שלי מתעצם, הוא לא יבוא, ככל שאר הערבים ייחתם הערב הזה, ברפיון מאוכזב.

רשרוש עמום מבהיל אותי אל הדלת ואכן דמות עטופה במעיל וכובע מתגלה מבעד לעינית ולרגע איני מזהה אותה מרוב שהיא עטופה ונדמה שהיא יכולה להיות כל אחד, כל אמא, כל אבא, כל סבתא, ואני פותחת את הדלת נרגשת ובמקום קולו המיוחד המיוחל נשמע שיעול לח, ואני זועקת, מיכל, למה יצאת מהבית? את חולה! כל־כך הרבה אכזבה ותרעומת נשמעות בקולי עד שהיא מחייכת אלי במבוכה, מופתעת מעוצמת רגשותי. לא היתה ברירה, היא אומרת, ואני ממשיכה לגעור בה, זעמי הולך וגואה, זה לא בסדר, הייתי יכולה להביא לך אותו, זה לא בסדר שאת יוצאת ככה, ונראה שדאגתי נוגעת לליבה ומלחלחת את עיניה, אין אלה דמעות שמחה, מן הסתם, והיא אומרת, את יודעת איך זה, מרגע שאת אמא אין לך כבר אפשרות להיות חולה.

אז בשביל זה יש אבא, לא? אני מנסה שוב את מזלי, הפעם אצלה, והיא נאנחת, עודד בעבודה, וזוג המלים השגרתי הזה סוטר בעוז בפרצופי, עודד בעבודה, כמה ביטחון וסדר יש בצירוף המוכר, בעלי בעבודה, אבא בעבודה, ובבת־אחת אני נתקפת איבה כלפיו, לא עשית את זה, פחדן מוג לב, הצלחתי לעצור אותך, למה אף אחד לא הצליח לעצור אותי, ובכל־זאת אני מציצה בפקפוק בפניה, מה היא מסתירה תחת המלים הללו, חוסר התחשבות במצבה או שמא קרע

ממשי. הנה היא מסירה את כובע הצמר שלה ותלתליה שאיבדו את גמישותם צונחים סביב ראשה כחבלים, עיניה מצומצמות ואפה סמוק, מנזלת או מבכי מתמשך, מיהו שבכה שם באותו בוקר שבת, ההיתה זו היא, בהתקף קנאה קודם, האם גם אז נמלט מבכיה, מטיל את מימיו בקדרות בשירותי האורחים, גם אז ארבתי לו בלי דעת. לא, אין אין אלה פניה שהכרתי, ארשתם שונה לחלוטין, ואני מציעה לה, בואי שבי קצת, אם כבר באת עד הנה, אני אכין לך תה עם לימון, ובינתיים תספרי לי מה באמת קורה בחיים שלך, אני מוסיפה בדממה, אבל היא מסויגת, תודה, אלה, פעם אחרת, אני חייבת לחזור למיטה. בוא, יותמון, היא מאיצה בבנה בעייפות, באותו הדכדוך האמהי המוכר לי כל־כך, הרי כך בדיוק קטפתי אני את גילי בערב מבתי חברים אחרי הפרידה, מדקלמת באוזניו את המלים המוכרות בלי להרגיש דבר, חלולה וחסרת חיים כדחליל, ואני מוסרת בידיה את תיקו של בנה, מציעה לעזור לה עד שתבריא. אני אשמח לקחת אותו גם מחר, הם מסתדרים נהדר, אני אומרת, מתקשה לוותר על הפיתיון, והיא נאנחת, תודה, נראה מה קורה איתנו מחר, סדר העדיפויות שלה שונה בעליל משלי, ואני מחליקה על שערו של יותם, מנסה לשמר את המגע, לילה טוב, חמוד, וכשנסגרת הדלת אחריהם שולח אלי גילי את מבטו הנוקב ומעיר, אני רואה שאת ממש אוהבת את יותם. כן, אני מיתממת, הוא ילד נחמד, זה נעים לארח אותו, והוא אומר, נכון, אבל מבטו לא מניח לי, ואני מושיבה אותו על ברכי, ידי סביב מותניו, בבת־אחת התרוקן הבית מן הציפייה שהפיחה בו חיים דוחקים כל־כך, בלכתו לקח הילד החדש את כל התקוות שתליתי בנוכחותו כאן והנה נשארנו שנינו, שבר של משפחה, כנף נעוצה באדמה.

כמה חיכיתי פעם לרגע הזה בו תיסגר הדלת מאחורי הגורמים הזרים שחדרו לטריטוריה שלנו, חבר או חברה ואחד מהוריהם, כמה אהבתי להושיב אותו על קצה ברכי כשפניו היקרים מולי, לשמוע את צפצופי סיפוריו המקוטעים על אירועי היום, ללוות אותם

בנשיקות על הגבות, על הריסים, על העפעפיים, האם היה כל זה תעתוע, חסד הנובע מחסך שאינו קשור בו כלל, ועכשיו הוא מכוון כולו לדמות אחרת, והילד הזה שעל ברכי כבר אינו מושא לנחשול רווי וקורן של רגשות עזים, אלא לשילוב הזה שהכרתי רק מפי השמועה, של חובה עייפה ומסירות עמלנית, המתעלה רק באירועים מיוחדים, כמו מחלה חלילה, או רגע נדיר של קרבה. האם נגזר על בני בשנותיו הראשונות למלא בבלי דעת את החסר, לפצות ולנחם, כל מה שלא מצאתי באביו התגשם בו, ועכשיו כשמשתלטים גורמים זרים על חלקת הנפש הפנויה סדר חדש מסתמן והאמת יוצאת לאור, הרי הוא ילד, לא ישועה שמימית, לא השתקפות קורנת, לא מַענם הנאמן של כוחות האהבה שלא באו על סיפוקם, והנה הוא נצמד אלי, מניח את ראשו על כתפי, אני מתגעגע לאבא, הוא מייבב פתאום, נמאס לי לגור בשני בתים, כשאני אצלך אני מתגעגע לאבא וכשאני אצל אבא אני מתגעגע אלייך.

נשימתי נעתקת לרגע ואני המומה מדבריו, שבועות רבים כל־כך חלפו בהשלמה דוממת, ללא כל מחאה מצידו, עד שטעיתי לחשוב שהסתגלותו שלמה, ואני מחבקת את גוו המרעיד, נמאס לו, והוא צודק, הרי הוא זה שחייו נחצו, הוא זה שנודד מבית לבית, בעוד אני נשארתי כאן, מתעורר בבוקר ולא יודע היכן הוא, מסתגל כל כמה ימים לסביבה אחרת, והלוא זו רק ההתחלה, אולי עוד ייאלץ להסתגל לבני זוג חדשים, לאחים למחצה, קורבן חסר ישע של ההרפתקה הנפוצה כל־כך, שאת מחירה הכבד ביותר משלמים הרכים ביותר, ואני משעינה את ראשי על כתפו, לחיי כבר לחות, והוא שואל, את עוד פעם בוכה מרוב שמחה? ואני לוחשת, לא, ילד שלי, אני לא בוכה משמחה, והוא אומר, גם אני לא, וכבר דמעותינו מתערבבות, דמעותיו מתגנבות לעיני ודמעותי לעיניו והלוא דומות עינינו, אי־אפשר להבדיל ביניהן. הנה הוא קם מעל ברכי וכושל אל הטלפון, אני מתקשר לאבא, הוא מצייץ, אני רוצה שהוא יבוא עכשיו להגיד לי לילה טוב, ואני עוקבת אחר אצבעותיו הקטנות

המסתבכות מעל המקשים, יוצרות במאמץ את הצלצול שנשמע עכשיו בביתו השני, מרקד בין חרוזי הווילון הצבעוני, מרחף בין הרהיטים הבהירים, שם מנסים להיבנות חיים חדשים מתוך שברי משפחתנו.

אבא? נשמע קולו הגבוה, המתרסק מיד כדי להמחיש את מלוא ממדי אומללותו, אני מתגעגע אליך אני רוצה לראות אותך, ונראה שהקול שמולו אינו ממהר להתרצות, מסביר לו בנוקשות את דרך העולם, יש ימים של אמא וימים של אבא, לא צריך לערבב ביניהם, אבל הוא מצידו אינו ממהר לוותר, אז רק היום, אבא, רק תגיד לי לילה טוב, לא, לא בטלפון, אני רוצה לראות אותך, אני רוצה שתיתן לי נשיקת לילה טוב, ואני מקשיבה מיוסרת לוויכוח המתנהל ביניהם, ושוב מתנשא מולי הר האשמה והצער, ושוב נדמה שרק דבר אחד יכול לעצור את ההתפרצות, רק אם תימצא ההוכחה, תעלה ותפרח ותלבלב מתוך חיי החדשים, ההוכחה שלא לחינם מתקרב אלי הילדון הדומע ומושיט לי את הטלפון, אבא רוצה אותך, הוא ממלמל נזוף.

מה קורה שם אצלכם, גוערת בי השפופרת, את לא מסוגלת להרגיע אותו? הגיע הזמן שתתחילי לשים לו גבולות, מרגע שהוא נולד אני מתריע על זה, אסור להיכנע לסחטנות שלו, הוא מרגיש אצלך חולשה ומתחיל לעשות מניפולציות, עובדה שאצלי זה לא קורה, צריך לגמור עם זה מיד כשזה מתחיל, למענו קודם כול, אני לא מתכוון להגיע עכשיו, אלה, תנסי להשתלט על המצב, תפסיקי לרחם עליו זה רק מזיק לו, ואני לוחשת, תירגע, מה הוא כבר ביקש ממך, אם לא נוח לך אל תבוא, רק תפסיק לעטוף את העצלנות שלך בתיאוריות לוחמניות, ולרגע נדמה שדבר לא השתנה, כל־כך מוכרים לי חילופי הדברים הללו, כל־כך הרבה פעמים ניצבתי מתנודדת תחת שפך דבריו, ואני מניחה את השפופרת, מהומה מרגיזה מתחוללת בחלל האוזן כאילו בעל־חיים זעיר חדר לשם ואינו מוצא את הפתח, התזכורת הפתאומית מעיקה אך גם משחררת, בשקפה תמונה נאמנה יותר של העבר, וגם אם אין בה משום מענה לילדון

המאוכזב השב ומייבב בזרועותי אותי עצמי היא מרגיעה מעט, אולי ככלות הכול לא היתה פרידתנו גחמה מוחלטת, האם זהו הסימן הראשון, האות הראשונה בהוכחה החסרה לי.

על גג הבית נאסף הגשם כמו על גבי יריעת הפלסטיק, הטיפות הצוננות מקפצות זו אל זרועותיה של זו ואני שרועה תחתיהן, נדמה שהתקרה שקופה ובעדה נגלים אלי השמיים הסוערים, מלחמה מתנהלת מעל ראשי הלילה, על פיצוצי רעמיה והבזקי ברקיה כטילים הנשלחים מבסיסם, עננים שחורים ועמוסים ככלי שריון מתקדמים בכבדות, דבר לא יעצור בעדם, כשדה קרב שמימי שלא יירגע לעולם, רק ינדוד ממקום למקום, בבואה נאמנה של המתרחש על פני האדמה, ואני מכסה את ראשי בכרית, זו הכרית של אמנון שעדיין משמרת את ריח עורפו הכבד, אם היה כאן עכשיו לידי האם הייתי מרגישה מוגנת יותר ומה היה מחירה של ההגנה הזו, והאם היה בה ממש, לא, לא אותו הייתי רוצה עכשיו לצידי, לא אליו מכוונת הכמיהה הדחופה, ככוונת של כלי נשק סטתה לפתע ואל אדם אחר היא פונה. היכן נמצא עכשיו התרמיל שלו המלא באלבומים, היכן נמצאות עיניו שצבען כצבע ענן מלא גשם, כאות חיים מקבר עתיק עולה התשוקה ממעמקים, היכן הוא עכשיו, האם הוא שוכב לצד אשתו המתעטשת, או לצד אשה אחרת, ואולי גם הוא בודד, מחפש כמוני את סופו של הלילה ההוא.

אשרי המוותר על הידיעה, זה שאינו משליך את כל יהבו על הבשר והדם, על הזולת, והרי מיהו הזולת הזה, כמעט פרי דמיונך הוא, מתוך מחסורך בראת אותו כפי שבראת את בנך, מתוך מחסורך יצא ואל מחסורך ישוב ואותו לא ימלא, שהרי כך נגזר, כך רועמות באוזני רוחות הלילה הרעות, המתנפצות אל התריס המוגף כגלי הים אל המזח, שוב ושוב מנסות את מזלן, לא מוותרות, ואולי גם אני כמותן, לא ממהרת לוותר, לא ממהרת להיזהר, רוח של לילה מר, מנסה לפרוק את מטענה הזועם על תריסים וצמרות, דוּדי שמש ועמודי חשמל, אוי למי שייקרה בדרכה הלילה.

פרק שלושה־עשר

כן, זה המקום, דווקא כאן מעל הצומת הסואן הוא מחלק את תרופותיו המפתות כהזיה, את מבטי ההשתתפות הכבושים שלו, מהנהן אל היושבים מולו כשפיו פתוח מעט, כמקשיב בשפתיו ולא באוזניו, מעל עשן האוטובוסים וצפירות הנהגים, דווקא במקום בו אי־אפשר להשתהות, במקום בו העיר חושפת את ניביה החדים והנפשות מתרוצצות כארנבות על מעברי החציה העמוסים, שם אמצא אותו כי אין לי ברירה, כי הגיעה השעה לברר מה נותר מן הלילה ההוא, מה נותר מחישוק האור המכושף שהסתלסל סביבנו, ואני הודפת את הדלת הפתוחה למחצה, שלושה שמות רשומים עליה ביובש וביניהם שמו, כמו היה זה מפעל לפיקוח הנפש. בפנים רשמיים אני ניגשת אל המזכירה החולשת על חדר הקבלה הריק מאדם, אני חייבת לראות את ד"ר שפר, אני מודיעה לה בקול תקיף, אבל היא אינה מתרשמת, קבעת פגישה? היא מציצה ביומן הגדול המונח לפניה, ואני אומרת, לא, אבל אבד לי המרשם שקיבלתי ממנו, אני צריכה מרשם חדש, והיא נושפת בשיעמום, כאילו כך אומרים כולם, ואין זה התירוץ הפרטי שלי שהמצאתי במאמץ, לאחר שעות של מחשבה.

תלתליה הבהירים מציפים את פניה ולרגע נדמה שזו מיכל, כפי שנראתה בצעירותה, צחה ובובתית, אולי זו בכלל האשה החדשה שלו, אולי למענה עזב את הבית, כמו היה רכושה היא שומרת עליו

מפני, מציצה בשעונה, עוד כמה דקות הוא מתפנה, היא מודה באי־חשק, תני לי את השם שלך ואני אכנס אליו, ואני מכתיבה לה את שמי, פורשת אל אחת הכורסאות הסמוכה לדלת, ודאות קרבתו מטלטלת אותי, מכבידה על הנשימה, הוא שם, בקצה המסדרון, הוא בהישג יד, עד כה רק המקריות הפגישה בינינו, המקריות שהיתה מתואמת כל־כך כאילו תוכננה בקפידה, ואילו כל הניסיונות וההשתדלויות, כל המאמצים שעשיתי לשחזר אותה לא עלו יפה.

קולות מצמררים של מקדחת שיניים משתלטים על חדר המדרגות של הבניין הישן, שהפך לעת זקנה לבניין משרדים ובלילה הוא בוודאי ריק ומאיים, ואני חושקת את שפתי, עוקבת באיבה אחר המזכירה, כמלכה בארמונה היא מתנהלת, תיכף תעכס אל חדרו, שמי מופקד בידיה, אלה מילר היא תגיד לו, צריכה מרשם חדש, האם הוא יזהה בכלל את שמי, האם יבין את כוונתי הנסתרת ויֵצא אלי, או יורה לה להזמין אותי להיכנס, ואני אחלוף על פניה גאה ונסערת, אתיישב מולו על כורסת העור מול וילונות השיפון הסגולים, רק עליך אני חושבת מאז, אומַר לו, החיים שלי מחכים לשלך, ואני מנסה להיזכר בחדרו, הרי לא הייתי פנויה אז לראות דבר, רק אור סגלגל עמום של נחמה, את מבטו אני זוכרת, חומל ומתחלחל, כעומד מול חתול דרוס, חתול היקר לליבו, גם אם אינו שייך לו. על הקיר מול עיני תצלומה המוכר של האבן האפורה, המוארכת, אבן הרוזטה, כתב ההיירוגליפים המצרי לצד היוונית העתיקה, אלפי שנים המתינה לפיענוח, תרבות עתיקה ועשירה מאין כמותה מציצה מאחוריה, מיהו שתלה אותה כאן, מול עיני הממתינים, המייחלים לפענח את אותיות הנפש הסתומות, מחפשים סימנים חוזרים, והרי דומה יותר נפשנו ללוחות הכתב המינואי דווקא, אותו צופן שפוענח לבסוף מתוך עצמו בלבד.

בקצה המסדרון נפתחת דלת אבל איש לא יוצא אל חדר הקבלה, כנראה פתח נסתר יש שם, לשמור על פרטיות המטופלים, והנה היא עושה את דרכה אליו באיטיות מכוונת, בחצאית צמודה וחולצת

צמר המדגישה שדיים כבדים, האם אני שומעת את קולו, האם אני שומעת את צחוקו, נדמה לי שקוראים בשמי ואני מזדקפת, אבל אלה קולות מקריים מחדר המדרגות, אנחת הרווחה של היוצאים מטיפול שיניים. למה היא מתעכבת שם, למה אינו שולח אותה לקרוא לי, למה אינו יוצא אלי, ואני משפילה את עיני, הדריכות מכווצת את האיברים, כמו הייתי ממתינה לתוצאות בדיקה גורלית, הנה מגפיה המחודדים מתקדמים לעברי בנקישה מבשרת רע והיא ניצבת מולי, מושיטה לי פיסת נייר, ואני שואלת בקול חלוש, מה זה? והיא עונה, זה מה שביקשת, מרשם, ואני נוטלת ממנה את פיסת הנייר, אבל זה לא מספיק, אני מוחה, אני חייבת לראות אותו.

זה בלתי־אפשרי כרגע, היא אומרת, ביקשת מרשם קיבלת מרשם, אם את רוצה לדבר איתו תשאירי שם וטלפון והוא יחזור אלייך, ואני מנסה להסוות את העלבון, בוחנת בעיון את פיסת הנייר, אולי בתחתית הדף רשם לי כמה מלים או ספרות, את מספר הנייד שלו למשל, אבל שום תוספת אינה מתגלה לעיני, רק שמי ושם התרופה זה לצד זה באותיות ארוכות נוטות מעט על צידן, כאילו נועדנו זו לזו, האם זו אי־הבנה או כוונת מכֻוון, רמז ברור לכך שאינו פנוי, שאינו מעוניין.

אמרת לו שאני מחכה כאן? אני שואלת, והיא עונה באדישות, ברור שאמרתי, ממהרת אל הטלפון המצטלצל, ואני נמלטת במהירות מן הבניין, פיסת הנייר בידי, שוב אני בוחנת אותה, סחרחורת סמיכה מערפלת את הראייה ואני נשענת על גזע אורן הנטוע במרכז הכיכר כחץ שנורה משמיים, חיי שהתרוקנו מחדש מחוללים לנגד עיני בעירומם הדוחה, כילדה שעלבו בה אני מקללת בקול, מכה בעץ באגרופי, מקלפת בזעם את גלידי עורו היבש, שקועה במפח־הנפש שלי אני מתעלמת מצעדים המתעכבים לידי, עד שידיים אוחזות בכתפי וקול נמוך מבודח רוחש באוזני, מה זה, איך את מדברת?

נבוכה אני מרפה מגזע העץ ונושאת את פני אליו, אצבעותי הדביקות מן השׂרף נוגעות בפליאה בפניו, צחוקו מסתלסל בתוך

שערי, אִכזבתי אותָך, מה? ואני שקופה כטיפת גשם, בוהה בו ובפיסת הנייר, מי מהם אמיתי, הרי הם סותרים זה את זה, למה עשית לי את זה? אני שואלת, למרות שזה לא חשוב עכשיו, לגמרי לא חשוב, והוא לוחש אל שערי, כדי להפתיע אותך, איך נרגיש שמחה בלי צער, הבל פיו מצמרר את אוזני, ואני מביטה בו, עורו נוקשה ומחוספס כקליפת העץ, פניו צרים משזכרתי, שפתיו רועדות מעט או אולי אלה שפתי שלי, צמודים אנחנו עומדים באמצע הצומת, ידי ממששות את חולצתו הדקה ההולכת ונרטבת.

עוד אין לך מעיל? אני שואלת והוא אומר, יש לי, ירדתי רק לרגע לראות אותך, אני חייב לחזור למשרד, תיכף נכנסים אלי, ואני לא מרפה ממנו, מתי ניפגש? אני שואלת, מקדימה את המאוחר כאילו הוא כבר שלי, אבל גם קולו כקולי, דחוף, נלהב, אני עסוק עד שבע, הוא אומר, איפה את בערב? ואני אומרת, איפה שתגיד, אני יכולה לחכות לך כאן, או בבית־קפה, או בבית, איפה שתגיד, והוא שואל, את לבד היום? ואני עונה, אני לא לבד, אני איתך.

אז תחכי לי בבית, הוא אומר, אני אבוא אלייך, נוטל את ידי בידיו הקרות לפרידה, ואני אומרת, אבל אין לך את הכתובת שלי, והוא אומר, יש לי, יש לי כל מה שצריך בשביל לבוא אלייך, וכבר הוא איננו, נבלע באותה דלת סתרים ממנה הגיח, מותיר אותי המומה באמצע הכיכר, מעולם לא התגשמה משאלתי באופן כל־כך מוחלט, מעולם לא התנהלו הדברים בחיי בשלמות כזו, ואני נצמדת אסירת תודה אל גזע העץ הדביק, מנסה למשוך אותו אלי, כאילו תיכף נצא שנינו בריקוד פרוע, נחצה את הכיכר, נדלג בין המכוניות הממתינות ברמזורים, נקיש על השמשות המוגפות ונעווה את פנינו בלעג, אנו שחוקי המציאות כבר לא חלים עלינו.

ואז אני חושבת, אולי כאן אשאר, עד שבע, ליד גזע העץ, שהרי הוא העד היחיד לנס שהתחולל במקום הזה, אחכה לו בגשם הדק כמחטי האורן לוודא שלא ישכח את הבטחתו, כאן אשאר כי כאן זה קרה, ואם אעז להתרחק יפוג הקסם ותתגלה האמת, מליבי הזיתי,

מדמיוני בדיתי, האם דבר כלשהו באמת מתנהל כך עלי אדמות, מזנק מעל הגבוהה שבציפיות, כאילו כמוני חיכה ימים על ימים להזדמנות הזאת, ומסתבר שכתובתי ידועה לו, כמו שהופתעתי לגלות שעיסוקי ידוע לו, האם באיזה אופן הייתי גם אני נוכחת בחייו מאז הבוקר ההוא, בסוף הקיץ, והאפשרות הזו מעוררת בי צמרמורת נעימה, ואני מצמידה את פני אל גזע העץ, רבבות לשונות שׂרף דביקות מלחכות את לחיי, מושחות אותן בריח חי, חריף.

תנועת המכוניות סביב הכיכר נראית בעיני לפתע טקסית ורבת הוד, כמעגלים המקיפים את הכלה ביום כלולותיה, הצפירות נלהבות כקריאות שמחה, הרמזורים זוהרים כתאורה צבעונית, עוברי האורח נרגשים כמוזמנים הנוהרים אל הכיכר מכל רחבי העיר, והאורן הזקן הנוטה על צידו גאה ומקושט כמו היה השושבין המאושר שלי, ואני נושאת את עיני אל צמרתו הרחוקה, טיפות הגשם המושחלות על המחטים מנצנצות בצבעי הדמדומים כפנינים אפלות שנִשלו מלב ים. בגמיעות עמוקות אני בולעת את האוויר המפויח, כאילו מעדן נישואי הוא, כמה עז האושר, את כל הספקות ביטל באבחה חדה, ונדמה לי שעכשיו, באחר הצהריים הארגמני הסואן הזה, שדמדומיו היפהפים מתפוגגים בחיפזון, אני לראשונה בחיי באמת מוכנה לו.

אבל ככל שאני מתרחקת מגזע העץ הנוטה על צידו, מזירת ההתרחשות העל־טבעית, הולכים ומתגנבים לאוזני קולות אחרים, כי בעוד אני מדלגת מחנות לחנות לאורך הכביש הראשי, קונה את הוויסקי ששתינו אז יחד, בבית־הקפה, עוגיות שוקולד ולחם שיפון, ובצל ופטריות ושמנת מתוקה למרק, רק מרק אכין, כדי לא להפגין מאמץ מוגזם, וככל שהשקיות שבידי הולכות ומתרבות, כך אני מתקשה להתעלם מעדת החשדות המלווה את צעדי ביללה תובענית כחתולי רחוב מורעבים שריח מאכל עולה באפם. איך זה יכול להיות קל כל־כך, משהו כאן מפוקפק, לא מתקבל על הדעת, ובעל־כורחי אני נזכרת בצעקות הניחרות שקידמו את פני ליד דלת ביתם, הבטחת שזה לא יקרה יותר, היא צעקה, אני לא מאמינה לך לאף מלה, יש לי

הוכחות, ואני נעמדת על מקומי, מניחה את השקיות על המדרכה, תיכף יהיו למרמס העוברים והשבים, כן, זו כנראה האמת, הוא כנראה נמנה עם הגברים האלה, שמעוניינים כמעט בכל אשה ללילה או שניים, ואני נפלתי לידיו בקלות כזו, למה שלא ינצל את ההזדמנות, הרי אני לא גרועה מאחרות, ואני אוספת בזעף את השקיות וממשיכה ללכת, בבת־אחת נעשו כבדות מנשוא, יש לי כל מה שצריך בשביל לבוא אלייך, הוא לחש לתוך אוזני, מה כבר צריך, בעצם, כמה שעות פנויות, כמה איברים פנויים, בעוד אני כבר מוכנה לאמץ את הילד שלו הוא מתכנן לו בילוי קרוב לבית, ומיד אחר־כך יחזור לדירתו המעוצבת ואפילו יספיק לתת לבנו נשיקת לילה טוב על מצחו החלק, ואני מחליטה לנסות לברר אצל דינה, זה יותר דחוף מהמרק, שאשתו תבשל לו מרק, תטביע בסיר הלוהט את חיידקי החורף שלה. עד כה לא העזתי לשתף אותה וגם עכשיו עלי לעשות זאת בזהירות, כבדרך אגב, דינה אינה ממהרת להתחלק בנכסיה המועטים, ולפני שאני פורקת את השקיות אני כבר מחייגת אליה, מה נשמע, אני שואלת בקלילות, והיא אומרת, הרגע הגעתי מהעבודה, אני הרוגה, ואני מזדרזת לספר, תנחשי את מי פגשתי עכשיו ברחוב במקרה, ובלי לחכות לניחוש אני אומרת, את הפסיכיאטר שלך.

הוא לא הפסיכיאטר שלי, היא מיד מתקנת, הוא מכר שלי, והוא פסיכיאטר, יש הבדל, ואני אומרת, הוא היה נורא נחמד אלי, והיא אומרת, כן, למה לא, הוא אדם נחמד סך הכול, לא נפוח כמו רוב הקולגות שלו, ואני מנסה לגשש, תגידי, נראה לך שהוא בענייני נשים? והיא עונה בצינה, מה זאת אומרת? הוא בטח לא בענייני גברים, ואני אומרת, די, אל תיתממי, הוא מתחיל עם כל אחת? והיא מהססת לרגע, למה, הוא ניסה להתחיל איתך? ואני אומרת, לא, לא ממש, הוא פשוט היה נחמד אלי, מבינה כבר שהשיחה לא תיפתח באמת, ואני לא היחידה כאן שמסתירה משהו, ואז היא אומרת, אלה, אל תחלמי על זה אפילו, לא איתו, אני לא מייעצת לך להתקרב אליו, ואני נבהלת, אבל למה, תגידי לי למה.

אני לא יכולה לפרט, היא נאנחת, תסתפקי בזה שהוא נשוי, פשוט תתרחקי ממנו, וברור לי שלא אשמע ממנה יותר בשלב זה, וגם על המעט ששמעתי אני כבר מתחרטת, בשביל מה הייתי צריכה את זה, יכולתי להיות מאושרת עכשיו אלמלא עירבתי אותה, דומה שהוגשה לי ארוחת מלכים ולפני שהספקתי לטעום אומרים לי, אל תגעי היא מורעלת, אבל אני רוצה את המעדנים האלה גם אם אתייסר אחר־כך, שונאת את מי שמנע אותם ממני גם אם הציל את חיי, וכבר אני מפנה אליה את חשדותי, ממתי היא נגד גברים נשואים, מאז שאני מכירה אותה היו לה כמעט רק גברים נשואים, אולי היא בכלל מקנאה, בעניינים האלה תמיד היתה צרת עין, ובין שני הקטבים אני מתנהלת, לחשוד בו או לחשוד בה, ובינתיים נרמסת ערוגת האושר שפרחה סביבי לרגע, לא גידרתי אותה בגדר, לא הגנתי עליה מספיק. האם האושר פוקד רק את המאמינים בו ומן המפקפקים הוא מסתיר את פניו, האם הוא כאל תובעני, הדורש אמונה שלמה והתמסרות תמימה ללא כל הוכחה לקיומו, אל נוקם ונוטר, קנאי ומהיר חמה, ואני משתרעת על הספה במעילי הרטוב, מותשת מן הטלטלות אני עוצמת את עיני, תיכף אקום ואכין את המרק, ואתקלח ואתלבש ואתבשם, ופשוט אבדוק הכול בעצמי, לא כל־כך מהר אוותר עליו, לא כל־כך מהר אוותר, אני משננת, ונדמה שגם היד הנוקשת בדלת משננת איתי את ההברות, חוזרת אחרי בעיקשות, לא מהר אוותר, עד שאני מתנערת, מציצה בבהלה בשעון, כבר שבע וחצי, במקום להתכונן לקראתו נרדמתי, תרדמת דמדומים תמהונית הצמידה אותי לספה, והנה הדפיקות כבר גוועו, החמצתי אותו בשנתי, ועכשיו איך אמצא אותו, ואני יורדת בריצה במדרגות, פרועה ומנומנמת במעיל הלח עדיין, קורי שינה בעיני, חריצי ריפוד הספה המחוספס מוטבעים על לחיי, מדביקה אותו בכניסה לבניין, ואני אוחזת במעילו והוא מסתובב אלי, פניו חתומים, מאובנים, עד שנדמה שאין זה הוא, אל זר גמור נטפלתי, אבל מיד הן מתגמשות לעומתי ואני ממלמלת, לא שמעתי אותך, כנראה נרדמתי, מניחה

את לחיי על כתפו, מוכנה להמשיך בשינה העיקשת, הדביקה כשֶׂרף, לאסוף אותו אל תוך שנתי.

חשבתי שנבהלת, הוא לוחש באוזני, ואני שואלת, ממה? והוא אומר, ממני, ואני מזדרזת לשאול, למה, יש לי סיבה להיבהל? והוא מחייך, אני לא יודע, תלוי את מי תשאלי, כאילו נהירות לו מחשבותי הכמוסות, ואני מושכת בזרועו, בוא נעלה, דומה שאני ישנה עדיין, וחוקי השינה הגמישים חלים על צעדינו, וכשאנחנו נכנסים הביתה אני מצביעה נכלמת על המצרכים המנמרים את רצפת המטבח, התכוונתי להכין מרק, התכוונתי לעשות אמבטיה, ופתאום נרדמתי, זה אף פעם לא קרה לי, בדרך־כלל לוקח לי שעות להירדם, והוא מביט סביבו באיטיות, כחורט את המראה בזיכרונו, עיניו מכילות את דברי ימי אחר הצהריים הזה, את דברי ימי הבית הזה, והוא אומר, לכי תעשי אמבטיה, אני כבר אכין את המרק, ואני משתאה, באמת, אתה בטוח? כאילו מעולם לא הוצעה לי הצעה נדיבה מזו.

תארי לעצמך, הוא צוחק, אנחנו מדברים על מרק פטריות? ואני מתפלאה, איך ידעת? מביטה בו בהתפעלות כמו היה היצור המופלא ביותר שנתקלתי בו מעודי, והוא מחווה בידו על הסלסילות הקטנות המכוסות ניילון שקוף מתוח, לא קשה לנחש, זה רק בשבילנו או שהזמנת עוד אורחים? הוא מתעניין, ואני אומרת, בשבילנו, אין לי עניין להתחלק בך עם אף אחד, אתה בטוח שתסתדר?

כשאני פוסעת בחדרים המוכרים לעייפה נדמה ששטיח רך נפרש על המרצפות תחת רגלי היחפות, חמים כפרוות חיה שליבה עוד פועם, האומנם זה ביתי, רוח פלאית מנשבת בו, כשאני פותחת את ברז המים, ונחשול חם ניתז על ידי, כשאני פושטת את בגדי בחדר השינה, האומנם זה גופי, עור חדש עוטף אותו, קורן ורגיש למגע, האומנם אלה פני, נדמה שציור הקיר העתיק נצבע בצבעים עזים, עיניה של הפריזאית נמלאות חיוּת, לחייה בורקות, ובעוד האמבטיה מתמלאת בתרועה מבשרת טוב אני חוזרת אליו למטבח, עטופה במגבת כבטוגה עתיקה, רואה אותו מוזג לעצמו מהוויסקי, מרים

את הכוס לעברי, תצטרפי אלי לכוסית? הוא שואל, ואני עונה בשאלה, תצטרף אלי לאמבטיה? והוא מחייך, מניד בראשו בשתיקה.

למה? אני שואלת, והוא מתקרב אלי, עיניו סוקרות את כתפי החשופות, את אצבעותי האוחזות במגבת, אני לא אצטרף אלייך, הוא אומר, כי אז תחשבי שבאתי לשכב איתך, ואני לא בשביל זה באתי, ואני שואלת, אז בשביל מה באת? והוא אומר, בשביל לבשל לך מרק, מפנה אלי את גבו ומחלץ מהארון הנכון את הסיר הנכון, כמיטיב להכיר את כל צפונות הבית, אפילו יותר מאמנון שתמיד היה מתבלבל, איפה החבאת את המחבת, איפה שמת את הקערה הכחולה, היה מתלונן, אי־אפשר למצוא כאן כלום.

כמה מוזר לראותו עומד במטבח הצר והארוך, שאין בו חלון, רגליו נטועות בבטחה בין המצרכים, ממלא מים בסיר, ונדמה לרגע שזה לצד זה הם עומדים, אמנון מניח רגל על רגל באי־רצון מופגן, גבו כפוף מעל השיש הנמוך למידותיו, מי מהם זר לי יותר, הגבר הזה שאינני מכירה, או אמנון שהיה מוכר לעייפה והשתנה כל־כך, ואני משאירה אותו שם ושוקעת באמבטיה, איברי מתפזרים במים, נרגשים כפעוטות העולצים במשחק מענג, נדמה שצהלות השמחה של ילדינו הקטנים עוד משתכשכות בין הדפנות, ואני מצרפת את צהלות השמחה הדוממות שלי, משיטה אותן סביבי כברווזים, כבועות קצף, אבל כשאני נזכרת ביותם רוחי נעכרת לפתע, הרי זה אביו עומד עכשיו במטבח הצר, אביו שבכה בלידתו. מה את מנסה לעשות, לאמלל עוד ילד, להחריב עוד משפחה, לא מספיק לך מה שעוללת עד כה, את חייבת לברר את מצבו, אם הוא חזר הביתה תשלחי אותו לדרכו, בלי לטעום מהמרק, בלי לטעום מקסמו, ואני אומרת בקול רפה, עודד, בוא רגע, ולהפתעתי הוא עונה מיד, כאילו ניצב כל הזמן ליד הדלת, וכבר הוא נכנס, דמותו מכוסה רשת אפרורית של אדים, הכוסית עוד בידו, לא יעזור לך כלום, הוא מגחך, אמרתי לך שאני לא מצטרף, את בטוחה שאת כאן בכלל? אני לא רואה אותך, ואז הוא פותח את החלון, המראה מתבהר

במהירות והוא מביט בי ומתלונן, יותר מדי קצף, לא רואים כלום, יש לך גם גוף שמה או רק ראש?

עודד, אני חייבת לשאול אותך משהו, אני אומרת, והוא מחייך, אם את חייבת אז תשאלי, קולו מבודח עדיין, רק מהר כי אני קצת עסוק, ואני אומרת, אני מפחדת לשאול, אולי תעזור לי. ממה את מפחדת, מהשאלה או מהתשובה, הוא מתעניין, ואני אומרת, מהתשובה, כמובן, והוא מתבונן בי בעיניו הכהות הנראות תמיד גדולות משהן באמת, אני יכול לתאר לעצמי מה מטריד אותך, הוא אומר, לשונו מושכת בהטעמה את סופי המלים, אז התשובה היא לא, אני לא חי בבית יותר, עזבתי את הבית לתמיד, באותו לילה, ואני מרוב הקלה מטביעה את ראשי באמבטיה ועוצמת את עיני, וכשאני פוקחת אותן הוא כבר לא שם, מן החלון נושף אלי אוויר צונן, יבש, ואני נוזפת בעצמי, איך את יכולה לשמוח על מצוקתה של אשה אחרת, שאת אפילו מכירה, של ילד שאת אפילו מחבבת, ובכל־זאת עצם הידיעה שהמעשה נעשה מסחררת אותי ואני מתנגבת במהירות, לובשת שמלת קטיפה שחורה ארוכה, שהפכה בשנים האחרונות לשמלת בית, שהרי באורח מפליא נוצרה כאן אווירה ביתית, ריחות הטיגון הבוקעים מן המטבח, רחשי חיתוך וערבוב, חריקת סוליות הנעליים על המרצפות, זמזום נוכחותו של זולת המתהלך בבית, רחשים ששכחתי מקיומם, והם פשוטים ומרגיעים כחיוך שנשלח אלייך ברחוב זר בעיר זרה.

לצאת מחדר השינה בשיער רטוב ולמצוא אותו במטבח, בוחש בסיר המבעבע, מעילו מונח על מסעד הכורסה לצד מעילי, צדודיתו השבירה, המוארכת, מופנית אלי, ריסיו מושפלים מעל הסיר, האומנם אפשר להתאהב כך ללא הקדמות, אהבה חדשה לגמרי ועם זאת מדויקת כשחזור, בוקעת בשלה מעומק הנשמה כמו מאז ומעולם נחבאה שם והמתינה רק לו, ואני נעמדת לצידו, מבטו מעביר בי רעד, והוא שולח את ידו ונוטל קווצת שיער נוטפת מים, מכניס לפיו ומוצץ בין שפתיו, חולצתו פתוחה מעט, סבך שיער אפור כעשן

מבצבץ מתוכה. רעבה? הוא שואל, שערותי צונחות מפיו, נאכל? ואני מוקסמת מן הטבעיות בה הוא מתנדב לארח אותי בביתי שלי, כאילו חש שלי עצמי לא נוח עדיין לארח כאן גבר זר, שאני רגילה לגדל כאן ילד, להאכיל משפחה קטנה, ואני מקרבת את חוטמי אסירת תודה אל הסיר המבעבע אולם ריח מוזר וחריף עולה ממנו, שונה מן הריח שציפיתי לו, העדין המתקתק מעט של פטריות בשמנת, ואני מציצה בתמיהה בפטריות הצפות בשלמותן על פני המים, רגלן מונפת אל על, לצידן משייטות עיסות לא מזוהות.

מה מתבשל כאן? אני שואלת, והוא אומר, מה זה משנה, העיקר שזה טעים, אני אף פעם לא מבשל לפי מתכון, הוא מתפאר, אני אוהב להמציא מתכונים בעצמי, מוזג לי בנדיבות מבקבוק הוויסקי שכבר ריק למחצה, האם שפך את תכולתו לסיר או הערה אותה אל קרבו, ואני שותה בחיפזון, כדי לא להיות הפיכחת היחידה בבית בערב הזה, מציצה בו בחשדנות מחודשת כשהוא שב ובוחש את המרק, מביט בו בהתפעלות כאב טרי בתינוקו, ואני עורכת את השולחן הקטן נבוכה מעט, שהרי איני רגילה בארוחות רומנטיות, בדרך־כלל היינו מניחים ברישול שלוש צלחות ושלוש כפות, אפילו ללא סכינים, ללא מפיות, ועכשיו אני מחפשת נרות, כנדרש, אבל רק נרות שבת אני מוצאת, מדליקה אותם ואפילו מברכת בכוונה שלמה, ברוך אתה ה׳ אלוהינו מלך העולם שציוונו על הדלקת נרות, למרות שזה יום חול, לא חג ולא מועד.

כשאני מוציאה חמאה מן המקרר אני מגלה לתימהוני שכל מיני פריטים שהיו על המדפים נעלמו, קערת שימורי טונה שמרחתי בסנדוויץ׳ של גילי בבוקר, קופסת טחינה, וכבר מעי מתהפכים, ואני שואלת, עודד, מה שמת במרק? והוא אומר, אני אף פעם לא מגלה, מגיש את המצקת אל פיו וממצמץ בהנאה, בחיים לא אכלת מרק כזה, אני מבטיח לך, וכבר אנחנו יושבים אל השולחן, הטבעיות של העמידה התחלפה בישיבה מתוחה מעט, טקסית, נרות השבת בינינו, שופכים אור דל על השולחן הריק כמעט, והוא מוזג לצלחתי,

ממתין בדריכות עד שאטעם, ואני לוגמת בזהירות, ערבוב בלתי־נסבל מתפרע בחך, טעם שאין דומה לו, והוא שואל, נו, איך זה? ואני מעווה את פני, זה מעניין, אני מנסה לומר, ומיד מתוודה, האמת שזה מחריד.

לא חשבתי שאת שמרנית כזאת, הוא פולט באכזבה, תפתחי את הראש לצירופים חדשים, ואני אומרת, אבל למה לי, מה רע בצירופים הישנים, מה רע במרק פטריות עם בצל ושמנת, והוא אומר, כי זה משעמם, ואני מיד מנסה שוב, אבל הצירוף הזה הוא בלתי־אפשרי בעליל, ואני מתבוננת בו, מגיש את הכף אל פיו בהתלהבות, שערו החלק צונח על מצחו, עצמות לחייו מודגשות בצללים כהים, גבר זר, אולי גם אנחנו כך, צירוף בלתי־אפשרי בעליל. במקומו הקבוע של אמנון הוא יושב, מול מאות המאכלים שעלו על שולחננו כל השנים, במאות ארוחות שונות, פשטידות, סלטים, שניצלים, סטייקים, חביתות, ואני חושבת על גילי ואמנון, יושבים זה מול זה בשעה הזו ממש ואוכלים ארוחת ערב בדירתם הקטנה, האם הוא אומר לו, אני מתגעגע לאמא, כשאני אצלך אני מתגעגע לאמא וכשאני אצל אמא אני מתגעגע אליך, וכשהוא אומר אמא הוא מתכוון אלי, אלי מכל הנשים בעולם. העיניים הצרות המוארכות של נרות השבת ביום חול מתנודדות בפקפוק, היכן היא ההוכחה, אני חייבת בדחיפות הוכחה שלא לחינם הפלתי על ראשו את הגעגוע הזה, ומיד אני מסתערת באומץ על המרק כאילו שם היא נחבאת, כאילו זו כוס התרעלה שעלי לבלוע כדי לזכות בהתרת הספקות, והוא עוקב אחרי בסיפוק, אמרתי לך שתאהבי את זה, הוא מתמוגג, לאמא שלי אף פעם לא היה זמן לבשל לנו, הוא מספר, בחורף היינו באים מבית־ספר מורעבים וקפואים, היינו שופכים לסיר את כל המקרר, מוסיפים מים ומבשלים, זה תמיד יצא טעים, ובבת־אחת אני מרגישה איך ליבי יוצא אליו, נפתח לרווחה אל מצוקתו העתיקה, האם רק כך אפשר להכיל את הזולת, מתוך הזדהות וחמלה, אמנון שגדל כנסיך מפונק מעולם לא עורר בי רגש כזה.

נסערת מהתגלית שבאה בהיסח־הדעת אני לוקחת מנה נוספת, והפעם זה כמעט טעים, מתוך הקערה נשקף אלי ילד עצוב במטבח ישן, אפלולי, עומד מול כיריים משומנות, עליהן מתבשלים מאכלים בעלי ריח מוזר, כי אמא עסוקה מכדי לבשל, אמא מטפלת באבא, ואני מציצה בו, מנסה להסתגל אל נוכחותו, אל השקט המתון המאופק שלו, הישיבה הזקופה, הפנים המהוקצעים, הכול בסדר? הוא שואל, מוחה את שפתיו במפית, והמלים הללו, הפשוטות במלים, מגיעות אלי מוזהבות ונדירות. כך בדיוק פנה אלי אז, בביתו, הכול בסדר אצלך, ואני אומרת, כן, ואצלך? והוא אומר, פחות או יותר, מבטו משוטט ברחבי הסלון, מתעכב על מדפי הספרים החלולים, ואני מלווה את מבטו כמו הייתי זרה כאן כמוהו, האם הוא נרתע מן הרישול, מגיבוב הרהיטים הסתמי, השונה כל־כך מביתו המטופח.

איפה אתה גר עכשיו בכלל? אני שואלת, והוא אומר, לפי שעה אני גר בקליניקה, ואני מתפלאה, באמת, בקליניקה? לא מדכא שם? והוא אומר, קצת, אבל זה כנראה מתאים למאזוכיזם שלי, ואני אומרת, לא חשבתי שאתה מאזוכיסט, והוא אומר, ברור, אחרת הייתי נהנה כל־כך מהמרק הזה? ואני צוחקת, הרי גם אם היה אומר, אני סאדיסט, אני פרנואיד, הייתי יוצאת מגדרי מרוב התלהבות. כל־כך הרבה שאלות אני רוצה להוסיף ולשאול אותו אבל בינתיים אני מביטה בו בשתיקה, לומדת את תנועותיו, כשאנחנו טובלים עוגיות שוקולד בקפה, שוב הוא הופך את הקפה שלו לעיסה סמיכה מתוקה, שוב אני נזכרת איך ישבתי אז מולו, על כיסא הבר הגבוה, שלד האגס האדום תוסס בידי, וכמיהה רעבה ונואשת מטפסת אט אט מן המעמקים כיללת תן, מתמזגת בקול הבכי הכבוש שעלה מאחד החדרים, ואני שואלת אותו, מי בכה בבוקר ההוא? והוא שואל, באיזה בוקר? ואני אומרת, כשהבאתי את גילי אליכם בפעם הראשונה, אתה זוכר, כשהפתעתי אותך בשירותים, והוא אומר, אם אני זוכר? זה לא בוקר שאפשר לשכוח, ואני אומרת, באמת, למה?

כי אז בעצם החלטתי שאני עוזב, הוא אומר, הבנתי שאין לי

ברירה, כל הלילה היא שיגעה אותי עם החשדות שלה, ובבוקר הבנתי שזה גמור, שאני ככה לא ממשיך, ואני שואלת, אבל למה היא חשדה בך, בגדת בה כל הזמן? וכל־כך הוא נפלא בעיני בחיטוביו הארוכים שגם אם יגיד כן אצדיק אותו מיד, לא אירתע, אבל לשמחתי הוא אומר, לא, לא כל הזמן, רק פעם אחת, אבל הכמות לא קובעת, מסתבר שפעם אחת יכולה להיות כל הזמן, הסיפור נמשך בראש שלה הרבה אחרי שהוא עבר מן העולם, ואני אומרת, תספר לי, והוא מחייך בשפתיים חתומות, ידו צובטת את סנטרו, מותירה עליו חתימה אדומה, אני לא רגיל לספר, את יודעת, אני רגיל שמספרים לי, מוזר שדווקא איתך זה מתהפך.

אולי כי אני רגילה לדבר עם אבנים, אני אומרת, והוא צוחק, אולי, אבל אני מרגיש קצת מגוחך, לדבר על עצמי, ואני שוב אומרת, תספר לי, מושכת אותו אל הספה, גם עליה הוא יושב זקוף ומתוח מעט. לפני כמה שנים התאהבתי כמעט בעל־כורחי במישהי שעבדתי איתה, הוא אומר, פסיכולוגית בבית־חולים לחולי נפש, היא היתה קטנה כמוך, היו לה שפתיים מצוירות כמו שלך, אצבעו בטעם שוקולד וקפה מחליקה על שפתי, רק השיער שלה היה שונה, הוא היה אדום, כשראיתי אותך אז אצלי בבית חשבתי לרגע שזאת היא, שהיא רק צבעה את השיער, הייתי המום, לא הרגשת? ואני אומרת, לא ממש, חשבתי שאתה נבוך מזה שמישהי צופה בך כשאתה משתין. לא, זה ממש לא הטריד אותי, הוא מחייך בביטול, זה אפילו מצא חן בעיני, בכלל, את מאוד מצאת חן בעיני, ואני מניחה את ידי על ידו, גם אתה בעיני, רציתי שתנשק אותי, והוא אומר, אני יודע, גם עכשיו את רוצה? ואני אומרת, מאוד, אצבעו עוברת שוב ושוב על שפתי, כמציירת אותן מחדש, נודדת בחלל הפה, מעוררת גירוי צובט, קצר־רוח.

אז תדמייני שאני מנשק אותך, הוא אומר, את מסוגלת? תראי איזה כוח יש למה שלא מתממש, ואני מתפלאה, אבל למה לי לדמיין כשאתה פה לידי, והוא אומר, כי ככה אני רוצה, ואני עוצמת עיניים,

אצבעו חולפת על שפתי, טבולה במשקה המתוק, כפי שמלחלחים ביין את שפתי התינוק לפני ברית המילה, ואני מנסה ללטף את פניו אבל הוא מצמיד את ידי לספה, לאט, הוא לוחש, יש לנו הרבה זמן, יותר ממה שאת יודעת, אני אוהב לעשות הכול בדרך שלי, לא לפי מתכון, את זוכרת? שפתיו מתקרבות אל שפתי, מרפרפות עליהן ומיד מתרחקות, מותירות דריכות רכה, ידי אסורות בידו בוויתור משתאה, למה הוא משהה את זה כל־כך, אנחנו כבר לא ילדים, כל־כך הרבה נשקנו ונושקנו, ועם זאת נדמה פתאום שכך צריך, בדיוק כך, נחפזנו מדי כל חיינו, מתנפלים על התשוקה ומכבים אותה בנשיפות גסות מדי, וכשהוא מניח עלי לבסוף את שפתיו נדמה לי שמעולם לא נושקתי, שפתי נעקרות מפני ונדמה שהן איבר מאיבריו, לא אני מניעה אותן, אלא מנגנון זר שאינו בשליטתי. טעמה הכמוס של גבריות עצורה, מחושבת, כובש את חלל הפה, ידו מרפרפת על חזי ואני שומעת את קולו, מה את רוצה עכשיו, מה את רוצה שאני אעשה לך, אל תעני לי, הוא מתרה בי מיד, רק תדמייני שזה קורה, אני רוצה לראות אותך מדמיינת את זה, ואני מנסה להוביל אלי את ידו, אבל היא ממאנת, בלי לגעת, הוא אומר, תראי לי שאת באמת סומכת עלי, תראי לי אותך, ונדמה שקולו העשיר דוחף אותי במעלה הר תלול, שומר מאחור בשתי ידיים חזקות שלא אמעד, מקדם אותי צעד אחר צעד, עד שאני מגיעה למקום הנחשק ביותר ממנו כבר אין לסגת, ואין חשש להידרדר לאחור, והעונג כבר ודאי, פונדק הדרכים נראה לעין, ושם האח המבוערת, הארוחה החמה, ועל מפתנו אני צונחת, מתנשמת, רפויה ושלמה כחרס שרופא, שמלתי מופשלת, רגלי פשוטות לפנים, כפותיהן מרטטות עדיין, ודווקא אז הוא מלטף אותי, כמרגיע ילדה בוכייה, ואולי באמת אני בוכה, בכי של פליאה עמוקה. מתוקה שלי, הוא לוחש, רואים עלייך שאף פעם לא אהבו אותך כמו שרצית באמת, אף אחד לא הבין כמה את עדינה, צריך לעטוף אותך בצמר גפן, ואני פוקחת את עיני אליו, רואה אותו יושב זקוף על קצה הספה, מבטו משוטט על פני, פיו פתוח בזווית

מגרה, מלות הקִרבה שאמר ממלאות את החדר, כאילו כבר היינו נאהבים הוא מדבר, כאילו הוא כבר מחויב לאושרי, לצרכי הנסתרים אפילו ממני וחשופים לפניו. הנה מתממשת במפתיע המשאלה העתיקה שהחיים כיסו במפולות עפר, להיות אהובה ומובנת, מובנת ואהובה, שני אלה יחדיו, שהרי אחד מהם אין בו די, ואני שולחת יד מהססת אל ירכו, מלווה באצבעותי את פסי הקורדרוי הדקים, כמה נדיבות המלים שיצאו מפיו, דומה שעל־פי צופן אחר לגמרי מתנהלים הדברים, לא של כיסוי והסתרה ומאבקי כוח אלא הרעפה של חסד וקבלה, ואני מותחת את השמלה על גופי, מניחה את ראשי על כתפו, אותו ריח נעים של אבקת כביסה נודף מצאוורונו, האם היא עדיין מכבסת את בגדיו.

לא סיפרת לי מה היה בסוף, אני נזכרת, והוא אומר, את היית שם בסוף, את שמעת הכול, ואני אומרת, לא, עם הפסיכולוגית ההיא, מה היה ביניכם, והוא אומר, אהבה שנחנקה, זה מה שהיה, חנקתי אותה במו ידי, כי יותם רק נולד, ורציתי שיגדל לתוך משפחה מסודרת, ומאיה היתה בקושי בת ארבע, ולא התאים לי להיות אבא של סופי שבוע, בקיצור, העדפתי את האבהות על פני האהבה, שמת לב שאלה אותן אותיות? ואני אומרת, נכון, לא הבחנתי בזה, ואיך מיכל גילתה? והוא אומר, רציתי כנראה שהקורבן הגדול שלי יזכה להכרה והייתי מספיק מטומטם לשתף בזה את מיכל, ומאז היא בעצם לא מפסיקה לחשוד בי.

איפה היא היום? אני שואלת, והוא אומר, התחתנה עם קנדי ומטפלת בבעיות הנפשיות של הקנדים בטורונטו, למה, גם את כבר דואגת? ואני אומרת, ממש לא, אתה עוד לא מספיק שלי בשביל שאתחיל לקנא לך, למרות שהייתי קצת מוטרדת מהמזכירה שלך, והוא מגחך, באמת? מה לי ולה בכלל, ואני מציצה בו, צדודיתו החדה עוד זרה לי לחלוטין, ומה לנו בכלל, מה לי ולך, מלבד זה שנקריתי בדרכך ברגע אחד עמוס במשמעות, מה לך ולי, מלבד זה שילדינו דומים כאחים, שכל אחד מאיתנו הוא שבר הנושא על גבו

את השלם, האם זה מספיק, האם זה יותר מדי, ושוב נטפלת אלי אימה עמומה, מכפות רגלי שרטטו מעונג, דרך שפתי שחוטבו באצבעותיו, עד שערותי שהחליק עליהן בתנועה אבהית, אהבה ואבהות, הוא אמר, ומה עם אימה ואימהות, גם אלה אותן אותיות. יופיו הצר המסוגף מעט מאיר את החדר כאורו של נר דועך, ונדמה שאני חייבת להזהיר אותו, אפילו אם יאבד לי, אולי לכן נקריתי בדרכו, כדי לספר לו את מה שלמדתי על בשרי, ואני שואלת, ומה יהיה עכשיו, עכשיו אתה כן מוכן להיות אבא של סופי שבוע? אמרתי לך כבר, זה כאב שלא מפסיק להתגלגל בגוף, והוא נאנח, אני יודע אבל אין לי ברירה, צריך להשלים עם זה שיש מצבים בלתי־פתירים, היא לא תשתנה, המצב לא ישתנה, אני מאמין שבסופו של דבר זה נכון גם בשבילה, ניסיתי הכול ואין מה לעשות יותר, גם מבחינת הילדים כבר הגיע הזמן לשים לזה סוף ברור, אני אשכור לי דירה קרוב אליהם ואשתדל לראות אותם כל יום, שתי האפשרויות גרועות ואני מקווה שזאת הפחות גרועה.

ומה עם מיכל, אני שואלת, היא לא מנסה להחזיר אותך? והוא אומר, ברור שהיא מנסה אבל אין לזה סיכוי, אני לא מסוגל, זה גם לא בריא בשבילה, אני באמת מאמין שהפרידה תרפא אותה, ואני מתפלאה, איך הפרידה תרפא אותה אם היא אוהבת אותך? היא תישבר לגמרי, מסכנה, והוא אומר, לפעמים כשהדבר שאתה כל־כך מפחד ממנו קורה זה משחרר אותך, ראיתי הרבה מקרים כאלה. קשה לי להאמין, אני אומרת, אבל גם אם זה יקרה זה עוד לא משחרר אותך, ברגע שאתה מבין שזה בלתי־הפיך הכול משתנה, אתה עומד מול ההריסות ואז מתחילה האימה הגדולה, שמת לב שאימה ואימהות זה אותן אותיות? ואני מוצאת את עצמי מספרת לו בפרטי פרטים על הלילה ההוא, ליל שישי זה היה, אחרי החגים, סוכות בודדות עוד נותרו בחצרות הבתים, איך צעדתי לביתו של אמנון נחושה בהחלטתי להחזיר אותו אלי, איך מצאתי את עצמי מסתתרת בבית־השימוש מפני הילד שלי, איך שמעתי את קולו מבעד לדלת

הסגורה ולא יכולתי להתגלות בפניו, איך שמעתי את אמנון אומר לו, מישהי, אשה שאתה לא מכיר, היא תיכף הולכת, איך חזרתי הביתה בשארית כוחותי, איך הגיע גבי במפתיע, איך הייתי איתו עד הבוקר, כאן על הספה הזו, מתפתלים כנחשים המכישים זה את זה, ונדמה שההשפלה הניגרת מן המלים הופכת בתהליך מופלא לפאר של סיפור עלילה קדום, הנה זו גבורתי, אלה ייסורי, אבל לא לחינם סבלתי אלא עבורך, למען תראה ותירא, כאֵלָה שהתייסרה למען בני־האדם אני חשה לפתע, פדתה אותם בדמה, רפאה אותם בחבּורתה, והוא מקשיב לי בעיניים עצומות, בפה פתוח, מהנהן בראשו מדי פעם, פניו מרוכזים כמנסה ללכוד צלילים קלושים. כך הוא בוודאי מקשיב כל היום למטופליו, מנסה לשמוע את הד דבריהם העמום, השונה לחלוטין מן ההברות הגלויות, ואני מתמכרת להקשבתו, לתחושת הגאולה שבמלים המפורשות, שמרגע שנאמרו ניתן לשלח אותן לדרכן, על איומיו של אבי אני מספרת לו, על אהבתי לגילי שהשתבשה, וככל שאני ממשיכה כך מתחוור לי שהצלחתי למנוע את אסונו שלו ולהעצים את שלי, אובדנו הולך ומתממש לנגד עיני ובכל־זאת אני ממשיכה, נאמנה לשליחותי, שלא יהיה דבר אשר כיחדתי.

הוא ממשיך להנהן גם אחרי שאני משתתקת, נבוכה משטף הדברים, כמו הייתי ישישה המעכבת זרים ברחוב ומטריחה אותם בסיפור חייה, רעד קל תוקף אותי ונדמה שלא נשאר כבר זכר לחוּמה של ההסקה שכבתה בחצות, ואז הוא פוקח את עיניו ובוחן אותי בעיון, כפי שהתבונן בתמונות האלבום הישן, אני שמעתי ממך סיפור אחר לגמרי, אלה, הוא אומר לבסוף, קולו סמכותי ושקט, לא סיפור של השפלה ואומללות אלא סיפור מאושר, מלא כוח, אני בטוח שלא היית מוותרת עליו בשום מחיר, ואני פוערת את עיני מולו, תגיד, איך אתה בכלל מטפל באנשים אם אתה לא מסוגל להבין דברים כל־כך פשוטים, לזה אתה קורא כוח, לזה אתה קורא אושר? זה היה הלילה הכי נורא בחיים שלי.

הכול תלוי בפרשנות, הוא צוחק, אני משתדל להאיר זוויות נסתרות, לא לקבל דברים כפשוטם, לפעמים אני קולע ולפעמים לא, אבל נדמה לי שאת בלילה ההוא לא רצית בכלל לחזור לבעלך, להיפך, באת לקבל ממנו את הסירוב הסופי, את גט הכריתות האמיתי שיאפשר לך להיות חופשייה, חופשייה מאשמה, חופשייה מאבא שלך שהטיל צל כבד על חייך, מהתלות הגדולה מדי בילד, את ידעת בעצם שכל זמן שאת חיה עם אמנון הקשר שלך עם הילד לא יוכל להבריא, כי היה לו תפקיד ברור במערכת הזוגית שלכם, ורק כשהזוגיות התפצלה נכנס אוויר בריא יותר ביניכם. אני מתרשם דווקא שידעת טוב מאוד מה את עושה כשעזבת את בעלך, זאת הידיעה הסמויה שמדריכה אותנו כמו כלב שמוליך את העיוור, זאת לא היתה החלטה אימפולסיבית, זאת היתה החלטה שקולה ואני בטוח שהיית עושה את הכול שוב, ואני בוחנת אותו בפקפוק כאילו יצא מדעתו, ובכל־זאת הפירוש החדשני שלו לדרמה של חיי קוסם לי, ואני שואלת, אז למה כל־כך התעניתי בעצם, למה זה היה כל־כך קשה?

הנפש מייצרת דרמות כדי להרגיש את החיוּת שלה, הוא אומר, ההיגיון של הנפש נפתל, הזמן שלה שונה משלנו, השפה שלה שונה מהשפה שלנו, הרבה פעמים קשה לנו להבין מה היא מבקשת, כמו שמתקשים להבין תינוק, לפעמים אני שומע אדם מדבר ולצידו ניצבת הנפש שלו ואומרת דברים שונים לגמרי, אני מנסה לתווך בינו לבינה. את יודעת, הוא מחייך אלי נבוך מעט, יש לי הרגל כזה, כשאני יושב מול מטופל, שזאת ממש מלה מגונה בעיני, דרך אגב, כשאני יושב מול בן־אדם, לנסות לראות בתוכו את הנפש שלו, כמו שרואים פנים בירח או בשמש, בעיני הקולגות שלי זה כמובן קשקוש אבל לי זה נותן לפעמים קצה חוט, ואני מקשיבה לו מוקסמת, ואיך נראית הנפש שלי, הצלחת לראות אותה?

בוודאי, הוא אומר, אחרת לא הייתי כאן, הנפש שלך בתנועה מתמדת, כמו וילון שמתנופף ברוח חזקה, וילון קטיפה שתלוי על

חלון גדול בחדר עתיק ויפה, ואני שואלת, זה טוב או רע? ציפיתי כנראה לדימוי יותר מחמיא, והוא אומר, בעיני זה מקסים, ואני מעירה, אבל הווילון נשאר תמיד באותו מקום, והוא אומר, נכון, זה השילוב שמקסים אותי, תנועה ויציבות, וככל שהוא מדבר כך אני משתאה על נדירותו, כאילו בהיסח־הדעת נתקלתי בקמיע יקר המציאות, לוחית כסף מרודד הנושאת בחריתה דקה פסוקים בכתב עברי קדום, כאותם קמיעות שנמצאו על הרכס שמדרום מערב לגיא בן הינום, לא רחוק מכאן, נדירות שחשתי בה במעומעם קודם־לכן אבל היא הולכת ומצטללת ככל שהוא מוסיף ומדבר. דומה שכל שיחה אחרת עלי אדמות הינה סוג של התגוששות דוקרנית מייגעת לעומת חילופי הדברים הללו, הרחוקים ועם זאת מוכרים לי, האומנם אלה היו הדברים שהשמיעו גברים לנשותיהם באותם ימים נידחים, פוסעים במסדרונות הזיותי, כשהייתי נערה, כשלא היה לי ילד. כמה אושר מסבים לי דבריו, כמה מושך הוא האושר, מעולם לא ייחסתי לו כוח משיכה כזה, הנה ביקשתי לי חירות וזכיתי באושר, ואחרי שטעמתי ממנו אין לי עניין בחירות, רק להשתעבד לו אני משתוקקת, ככוהנת בבית מקדשו, שפחה חרופה של האושר אני מבקשת להיות, זו שתחטוב עצים מבוקר עד לילה לשמור על אִשוֹ שלא תכבה לעולם ועד.

ואז הוא קם ומושיט לי את ידו, בואי אני אשכיב אותך לישון, הוא אומר, כבר מאוחר, ואני מוחה, עוד לא, תישאר עוד קצת, ממש כמו גילי כשהוא נדרש לעלות על משכבו, והוא אומר, אני חייב ללכת, יש לי מחר יום עמוס, ואני עוד רוצה לראות את הילדים בבוקר, אני בא בשש וחצי להעיר אותם, אני לא מוותר על הרגע הזה, לראות אותם לפני שהם רואים אותי, ואני שוב מקשה, עודד, איך תחזיק מעמד, אתה לא תחזיק מעמד בפרידה הזאת, כשמיכל תבין שזה סופי היא לא תיתן לך לבוא כל בוקר, אפילו לא יהיה לך מפתח לבית של הילדים שלך, אני הכרחתי את אמנון להחזיר לי את המפתח, מיכל תעשה בדיוק כמוני, למה אני מתעקשת כל־כך

לרפות את ידיו, והוא נאנח, טוב, הבנתי אותך, עכשיו תני לי לראות איך את הולכת לישון.

מה יש לראות, אני מתפלאה, אין לי טקסים מיוחדים, והוא מחייך, אני בטוח שיש לך, רק תבטיחי לי שתתעלמי ממני לגמרי, אל תעשי שום דבר לכבודי, את מסוגלת? ואני אומרת, להתעלם ממך? ממש לא, פושטת את השמלה מול עיניו, עומדת לפניו בתחתונים, שערותי צונחות על פלג הגוף העליון, האם ישלח את ידו ויסיט את קווצות השיער כמסיט וילון, אבל ההתעניינות שלו סבילה לחלוטין, ועם זאת מעמיקה ביותר, מאצילה הוד ומשמעות על פעולות השגרה הפשוטות משום שהוא עוקב אחריהן במבט רציני, מתוח מעט, כמו היה זה ריקוד מסובך שעליו לשנן את פרטיו. ככה אַת ישנה? הוא שואל, ואני מודה, לא, מה פתאום, והוא אומר, אז תראי לי איך את באמת הולכת לישון, אל תעשי שום דבר לכבודי, בסדר, תנסי להתעלם ממני, כאילו אני לא כאן.

שלושה דובוני לבד חומים תפורים על חזה הפיג'מה, וגילי היה מצביע עליהם ואומר, הנה את והנה אבא והנה אני, למרות ששלושתם באותו גודל בדיוק, ואני לובשת אותה נבוכה מעט ומצחצחת שיניים ושוטפת פנים ואוספת את השיער, מנסה להתעלם ממנו, אבל כל הזמן אני זוכרת את נוכחותו, שם הוא עומד נשען על המשקוף, הכוסית בידו, מרותק למעשי, שם הוא ממתין לי ליד דלת השירותים הסגורה כמו אב לבתו החולה, וכשאני יוצאת הוא מלווה אותי לחדר השינה, תני לי לראות איך את נרדמת, הוא מבקש, ואני נכנסת למיטה משתוממת עליו מעט, מפנה לו מקום לצידי אבל הוא מתיישב בזהירות על קצה המיטה, תני לי לראות אותך ישנה, ואני שואלת, מה זה, בחינת קבלה לאיזה כת סודית? והוא אומר, ממש לא, תני לי להכיר אותך בדרך שלי, ואני מביטה בו בפליאה סלחנית, העייפות ניכרת בפניו, תיכף ילך מכאן, מה הוא מחפש, והאם ימצא זאת כאן, הנה גם הערב הזה הולך ונשמט מידי, שוב ייעלם מחיי.

מתי אני אראה אותך? אני שואלת, והוא אומר, תישני, חמודה, מה שצריך לקרות יקרה, ואני מוחה, אבל אם אני אישן אני אפסיד אותך, והוא אומר, להיפך, ולא מפרש, ואני מתמתחת במיטה, קשה לי להירדם כשמסתכלים עלי, והוא לוחש, תעשי את זה בשבילי, חשוב לי לראות אותך נרדמת, ידיו מחליקות על שערי עד שעיני נעצמות, ואני מנסה להחזיק את הפה סגור, שלא ייפתח פתאום כמחילה מביכה, יפלוט ריח לא נעים, אבל הוא מדבר אלי בחום כאילו היה אבי, מלטף את פני הקפוצים, האם נשמת אפו החשופה של גילי תרתיע אותי, האם ריחו לא ינעם לי? אהובה כמו ילדי אני מרגישה מתחת לשמיכה, אהובה דווקא בגין הפרטים הקטנים ביותר, שלא שיערתי שיש בהם כדי לעורר אהבה, והנה עלים של רוגע נושרים מעלי, נערמים על השמיכה, ואני עוצמת עיניים אבל במקום החושך ניצת אור תחת עפעפי, אור אדום לוהט, שמש צהריים קיצית משוטטת בחדר באמצע הלילה, ואני פוקחת את עיני אבל החדר חשוך, ושוב ניצת האור כשאני עוצמת אותן, זר של שושנים בשלות בוער בין עפעפי, שפתי הפרחים מופשלות לנשיקת האש, עליהם האדומים הופכים במהירות לאֵפר הנשפך לכדים קטנים, כד אחד מכיל זר שלם. תראה, אני ממלמלת, כד אחד של אפר מספיק לזר שלם, אבל הוא כבר איננו על קצה המיטה, אולי הוא על הכיסא, ליד המחשב, האם זה הוא או ערימת בגדים שלבשה את צורת גופו בחסות החשכה, ובעצם מה זה משנה, גם אם הלך כבר הוא נוכח כאן, וברגע שזה היינו־הך עבורי אני נרדמת, אל תוך שנתה של ילדה יקרה אני שוקעת, ילדה שאביה אוהב לראות את פניה בבוקר לפני שתראה את פניו.

פרק ארבעה־עשר

על דופנותיו של הסיר הריק המבהיק מתעוותים פני, נמתחים לאורכו כסליל צר, ואני תוחבת את חוטמי למעמקיו, מחפשת לשווא עדות לריח ההוא, המוזר בריחות, מדוע מחה את עקבות הלילה ביסודיות כזו, שפך את שארית המרק לכיור, צחצח והבריק את הסיר כמראה, שטף את כלי הארוחה, ניקה את השולחן מפירורים, אפילו לקח את שקית האשפה איתו והניח חדשה בפח, כמחליף מצעים, ואני עומדת מוטרדת מול השיש, מה מניע אדם להעלים כל ראיה לנוכחותו, לא להשאיר אחריו זכר, ממה הוא חושש, מה הוא מבקש לומר, הרי אם היה הבית מתכסה עכשיו בעפר לא היתה נשארת כל עדות חומרית לארוחה האחרונה שעלתה על שולחנו, פרט לזו שבלב, האם זה מה שביקש לומר לי, רק אם תאמיני תזכרי, רק אם תזכרי תאמיני, ואולי דווקא ביקש לומר, לא היה דבר, מעולם לא עמדתי במטבחך הצר והארוך שאין בו חלון ובישלתי מרק, מעולם לא ישבתי לצידך על הספה מאזין לדברייך, מעולם לא ליוויתי אותך בדרכך אל השינה.

מה מניע אדם לחשוף מבלי להיחשף, ללטף מבלי להיות מלוטף, לענג מבלי להתענג, מה פשר המוזרויות הללו שהקסימו אותי אמש אבל היום הן משייטות בתוכי נפוחות כפטריות שצפו במרק, רגלן מונפת אל על, בין גושי הטחינה הנמסה והטונה המתפוררת, אוסף של טעמים שאינם מתיישבים זה עם זה, התפעלות וחשד, התרגשות

ורתיעה, אסירות תודה ותרעומת, ואני מתיישבת ליד המחשב, שום בגד אינו מונח על מסעד הכיסא, כנראה היה זה הוא שם אתמול, מביט בשנתי, מה הוא מחפש, האם את הדמיון לאשה שאהב פעם, את מראה פניה בשנתה, האם זהו פשר הקִרבה המהירה המפתיעה הזו, אהבתו כבר מוכנה, לכן היא ניגרת ממנו בקלות כזו ללא כל מאמץ מצידי, אבל מאידך לא לי היא מיועדת, לא שמי הוא הרשום עליה. בטעות לקחתי חבילה מהדואר השייכת למישהי אחרת, ובטעות פתחתי אותה ובטעות התענגתי עליה אבל היא אינה שלי ולעולם לא תהיה שלי, אשליה של קרבה יצרה הטעות הזו בשעה שאנחנו זרים, אנחנו מכירים? הוא שאל, את לא מכירה את בעלי, היא אמרה, לא, אני לא מכירה את בעלך, האם יש דבר שהייתי רוצה בו יותר מאשר להכיר אותו, ושוב אני נחבטת מצד לצד כווילון ברוח סערה, מול מסך המחשב המתכסה במלים.

אותה שעה כשהזדעזע האי תֶרָה ונקרע לגזרים נוצר גל הדף אדיר, המתנשא לגבהים שלא ייאמנו, עובר ללא הפרעה בים התיכון ומגיע עד חופי מצרים הרחוקה, שם שרויה השושלת השמונה־עשרה בחשכה מוחלטת. אבוי, הארץ סובבת כגלגל היוצר, הערים הרוסות, מצרים עילית חרבה, הכול חרב! הארמון נהפך בן־רגע, לו רק תחדל הארץ מן הרעש והמולה לא תהיה עוד, מצרים התחתית בוכייה, אבוי, נשמד כל מה שנראה עוד אתמול, האדמה נותרה שוממה כמו לאחר קציר הפשתים, כל החיות ליבן בוכה נאנק הבקר, בני נסיכים הושלכו לרחובות, אנחות מלאו את הארץ, אנחות קינה ומספד, הארץ אינה אור, אינה אור אלא חושך, שפחתו הנרצעת של האל אתן היא הארץ, של אל גלגל החמה, ההופך בחסות החשכה הוולקנית הכבדה לאל יחיד, מופשט, ללא דמות וצורה, כי הוא השמש עצמו, גלגל החמה עצמו בעוברו בשמיים, שהמלך פרעה אמנ־חותפ ששינה את שמו לאחנתן אימצו כאל יחיד, כופה על עמו מהפכה דתית עמוקה, פולחן קשה להבנה וקשה לסיגול. עיוורים יעמדו כוהני און על הצוק מול השמש העולה, משילים את נעליהם, מנסים

להסתיר את עיניהם בכפותיהם המורמות באותה תנועה מוכרת של ברכת הכוהנים, בעוד העם מתקשה לוותר על עולם מלא אלים, סוגד בסתר לפנתיאון הישן, המוכר.

מדי יום משתנה הדרך הזו, אין זה מזג האוויר המתחלף אלא צבעי הנפש, ההופכים את אותו רחוב עצמו לענן נרגש, למדרון חתחתים, לערוגה פורחת. אפילו רחוב אחד אי־אפשר להכיר באמת, מסתבר, שלא לדבר על אדם, ועכשיו בשעת הצהריים הזו הוא שקוף ושביר כאושרי, נדמה שצעד גס יפער בו סדק, שמבט מרוכז מדי ירעיד את אמות הסיפים, ואני פוסעת בזהירות, מאַטה את צעדי, מנסה לאחר היום, להגיע אחרי כל שאר האמהות, ליתר דיוק אחריה. הסקרנות שדחקה בי בשבועות האחרונים הפכה בן־לילה לרתיעה, אסור לי להיתקל בה היום, באפה האדום מבכי, בעיניה המובסות, בתלתליה שאיבדו את חיותם, אבל ככל שהתעכבתי לא היה בכך די, כי ליד השער הם עומדים שלושתם, אשה נאה במעיל צמר שחור ארוך, שערה בצבע המנגו, ושני ילדים, ראשו של האחד נתון בכובע צמר, והשני רץ לקראתי, משאלה תובענית תלויה כתמיד על לשונו, כטרף מפרפר בפיה של חיה. אמא, אפשר להישאר כאן עם יותם? אנחנו מחכים לך שתגידי אם את מרשה, אני רוצה שנעשה איתם פיקניק בדשא, תגידי כן, תגידי כן, ואני מביטה במיכל בשאלה זהירה, עיניה השקופות כמעט מנומרות נימים אדומות, כאגם שבוצע בו רצח, והיא שולחת אלי חיוך קלוש, כל־כך יפה היום בחוץ, חשבתי לשבת עם יותם כאן בדשא בינתיים, אולי תצטרפו אלינו, ואני אומרת, תודה, אנחנו קצת ממהרים, אנחנו מוזמנים להורי, אבל היא בוחנת אותי בפקפוק, הרי באוזניה כבר פלטתי פעם תירוץ אחר, לא פחות בדוי ומופרך.

בבקשה, אמא, גילי משדל אותי, אז אחר־כך נלך לסבא וסבתא, אני רוצה לשחק עם יותם בדשא, ואני מבינה שאין לי ברירה, שנגזר עלי לבלות את השעה הקרובה עם אשתו העזובה של הגבר שהתאהבתי בו ללא הקדמות, למרות כל החשדות והפקפוקים, ואני

מתוחה כאסיר נמלט הנאלץ לבלות אחר צהריים נינוח כביכול עם שוטר, וכל מלה שיאמר וכל תנועה שיעשה עלולות להסגיר אותו, אבל גם זהירות יתר תסגיר אותו ועם זאת אין לו ברירה, שהרי ההתחמקות תסכן אותו שבעתיים, ואני מנסה להזכיר לעצמי, הרי לא בגללי עזב אותה, במקרה הייתי שם, לאחר שהגזירה נגזרה, אין לי שום קשר לאסונה, אפילו ניסיתי לדבר על ליבו לחזור אליה, מה עוד יכולתי לעשות, האם היה עלי לוותר עליו לגמרי, הרי היא לא היתה מרוויחה ואני ודאי הייתי מפסידה, אם אפשר בכלל לסמן את הדברים בשלב זה במונחים של רווח והפסד. מי יודע, אולי דווקא היא תרוויח מן הפרידה ואני זו העתידה להפסיד, וכך אני משתרכת אחריהם ברחבי הגן, בין שברי הבקבוקים הפזורים על המדרכות, מנצנצים בשמש, בין הסלעים הרובצים צפופים בחיק הדשא כעדר חיות בהירות השקועות בשינה, בתעלות האבן הצרות המטויחות זורמים מי הגשמים, ואני נזכרת בגשם שנאסף מעל ראשינו הסמוכים זה לזה, על יריעת הפלסטיק השקופה, האם אוכל לוותר עליו, האם תבקש ממני לוותר עליו.

הנה היא מתיישבת תחת אחד מעצי הזית, מוציאה מסל הנצרים שבידה מפה משובצת ופורשת אותה, ובמרכזה מניחה פיתות שכרסן מלאה, וירקות חתוכים, ואפילו תרמוס של קפה ובקבוק מיץ וכוסות, ועוגיות שוקולד בצורת כוכבים המוכרות לי היטב, ובאורח פלא יש מספיק לכולם, הכמויות מדויקות להפליא. האם תכננה מראש פיקניק לארבעה אנשים, האם תכננה מראש להזמין אותנו, לא רק אני מחבלת תחבולות, מסתבר, לא רק עבורי הפך הגן הזה הרוחש עורבים וכלבים לזירת התרחשות סוערת ורבת תהפוכות, ואני מציצה בה באי־שקט גובר, היא כנראה יודעת, אולי הוא עצמו התוודה באוזניה הבוקר, ואולי עקבה אחריו אתמול כפי שעקבתי אני אחרי אמנון, ראתה אותו נכנס לביתי, והפיקניק הזה התמים למראה המאורגן בקפדנות מפליאה הופך בבת־אחת למלכודת מאיימת שאנחנו חייבים להיחלץ ממנה בדחיפות.

אולי בכל־זאת נלך כבר, גילי, אני מפצירה בו, סבא וסבתא מחכים, אבל הוא מתנגד בתוקף, נמשך אל המאכלים הנערמים על המפה, מושיט את ידו אל הפיתה ששניצל עבה מבצבץ ממנה, מדיף ריח ביתי מפתה, שם היא עמדה מול הכיריים במטבחה המרווח, הופכת שניצלים במחבת מצד לצד, בעוד הוא מתהלך במטבחי הצר והארוך שאין בו חלון, כוסית משקה בידו. אולי תתקשרי להורייך ותגידי שאתם מאחרים, היא מציעה בעורמה, ואני מתחמקת, לא, לא משנה, פשוט נעשה את זה קצר, והיא שואלת, קפה? ומיד מוסיפה בכנות הנוגעת לליבי, האמת שרציתי לדבר איתך על משהו, אבל לא כשאת ממהרת, ונשימתי כבר פוקעת ממתח, ואני ממלמלת, זה בסדר, אני לא ממהרת עד כדי כך. מתחת למעילה מבצבץ סריג פסים באדום ושחור, ומכנסיים שחורים, טעם טוב ניכר בבגדיה ומאמץ מכוון, האם אלי הוא מכוון, ידיה רועדות מעט כשהיא מוזגת לשתינו קפה, ועל המפה כבר מתפשט כתם חום ריחני.

אני לא יודעת מה קורה לי, היא נאנחת, הידיים שלי לא יציבות, ראית מה עשיתי ליותם אתמול? ואני אומרת, לא, מה עשית? והיא מושכת את כובע הצמר מעל ראשו, חושפת גולגולת מוארכת, בתספורת קצרצרה, לא אחידה. תמיד אני מספרת אותו, היא אומרת, יש לי ידיים טובות, אבל אתמול אני לא יודעת מה קרה לי, תראי איזה קרחות עשיתי לו, מסכן, ואני כמעט לא מקשיבה לתוכן הדברים, רק לנימה שהיא ידידותית ולא תוקפנית, משתפת ולא מאשימה, ויותם חוטף מידה את הכובע ומכסה את ראשו במהירות, רק עכשיו אני מבחינה כמה נסערים פניו, גם מעיניו שלו ניבטת אדמומית חשודה. זה בגלל שאת אמא מפגרת, הוא צועק, בגללך אני אצטרך ללבוש כובע עד הקיץ, אַת האמא הכי מעצבנת בעולם, וכשאני מבחינה בפגיעה המתפשטת על פניה כמו כתם הקפה על המפה אני ממהרת להגן עליה, יותם, כל אמא מעצבנת לפעמים, אתה יודע כמה פעמים ביום גילי מתעצבן עלי? אבל הוא לא משתכנע, אני בכלל לא רציתי להסתפר, הוא מייבב, היא הכריחה

אותי ועשתה לי תספורת מגעילה, וגילי ממהר להתגייס למאמץ התנחומים, זה בכלל לא מגעיל, הוא אומר ברוחב־לב, זה דווקא מתאים לך, ותראה שזה יגדל מהר, גם לי פעם עשו תספורת מגעילה, הוא מוסיף, סותר מבלי משים את דבריו הקודמים ושואב מכוח דמיונו מעשה שלא היה, כן, כן, הוא מדגיש מול מבטי המפקפקים, את בכלל לא ידעת כי הייתי אצל אבא, והוא לקח אותי למספרה ועשו לי קרחת ועד שחזרתי אלייך השיער שלי גדל.

מאמציו הכבירים להרגיע את חברו ממלאים אותי התפעלות נכלמת ואני אומרת, באמת? איך לא הבחנתי, ומיד אני מוסיפה, להצטער על תספורת זה ממש מיותר, השיער גדל כל־כך מהר, אבל נדמה שברור לכולנו, אפילו לילדים שאך זה מלאו להם שש שנים, שלא על תספורת אנחנו מדברים ביום הצלול הנעים סביב המפה המשובצת, ולא על השחתת מחלפותיו של הילד שראשו מכוסה בכובע כאילו היה חולה, ואני ממשיכה לפנות בדברי אל הילדים ולא אליה, ברור לי שהיא מצפה שיתרחקו כדי שנוכל לשוחח בחופשיות, אבל אני החוששת מדבריה מעדיפה שהם יישארו, יגוננו עלי מפני שיחת נפש מעיקה במקרה הטוב, ולכן אני מרעיפה עליהם שאלות, מתעניינת בכל מעשיהם, שאלות שגילי בדרך־כלל אינו טורח לענות עליהן אבל עכשיו כשיותם לצידו הם מתחרים מי ישיב תשובות מלאות יותר, את מי הם אוהבים בכיתה ואת מי הם שונאים, ומי המורה הכי נחמדה, ואיזה שיעור הכי מעניין, ועוד כהנה וכהנה זוטות, מתובלות בנגיסות מהירות, עד שגילי שקצרה רוחו כבר מושך את חברו אל מרחבי הדשא, ותוך רגע הם נעלמים, מותירים אחריהם פיתות נגוסות למחצה, כתמי מיץ דביקים, צהלות מתפרצות של חיות בר.

בשתיקה עגמומית היא עוקבת אחריהם, דווקא כשאני כבר מחכה למוצא פיה היא משתהה, ידיה ממוללות ענף רוזמרין שקטפה מאחד השיחים, עד שהיא נאנחת ואומרת, אני נורא דואגת ליותם, ואני שואלת, למה? מנקה ביסודיות את הפירורים ממכנסי, והיא עונה

במהירות, כנבהלת מן המלים, בעלי ואני כנראה נפרדים, רציתי לשאול אותך איך זה היה אצלכם, איך גילי קיבל את זה, כמה זמן לקח לו להתאושש, זה בסדר שאני שואלת? ואני אומרת, ברור שזה בסדר, אבל המלה המסייגת שהוסיפה היא המנקרת באוזני, כנראה, היא אמרה, כנראה, ודומה שאצבע ארוכה נשלחת אלינו כענפי עץ הזית הסמוך, מצביעה על שתינו ואומרת, את אל תמהרי להתעצב ואת אל תמהרי לשמוח.

הידיעה שבאופן מעוות תלוי אושרי באסונה, גם אם זה אושרי המדומה באסונה המדומה, מדביקה את לשוני לחיכי, ואני נאלמת דום, ראי, לרגע דמינו להגר ושרה נשות אברהם, כל אחת אוחזת בבנה, והנה אחת מהן תגורש היום אל המדבר, ושם תנדוד עד שתגווע כמעט ברעב ובצמא, אבל האצבע המופנית אלינו עודה מתנודדת, לא גמרה בדעתה מי משתינו המגורשת, ואני מסתכלת על ילדינו המנתרים בין תעלות המים, מרחוק הם נראים כשני עורבים במעיליהם הכהים, תיכף יפרשו כנפיים שחורות וירחפו מעלינו בקרקור קודר, מוטת כנפיהם מטילה צל כבד על המפה המשובצת, מפיהם הפעור תתגלגל הזעקה, זעקת הילדים שמשפחותיהם נבקעות לשניים, זעקת הנשים הננטשות, הגברים המושלכים מבתיהם, זעקת החפצים שיטולטלו ממקום למקום, זעקת האהבות שהשנים בילו אותן. אלה, אַת בסדר? היא שואלת, ואני מניחה יד על מצחי, חטפתי כזה כאב ראש, אני מצטערת, ומיד אני מוסיפה, אל תדאגי ליותם, הוא יהיה בסדר, גילי עבר את זה די בקלות, ברגע שהוא יבין שהוא לא מאבד אף אחד מההורים הוא יירגע.

צורם ומתכתי נשמע קולי באוזני, איך אפשר לסכם כך תהליך מורכב שבעצם בקושי החל, אבל אין ביכולתי עכשיו לגולל באוזניה כל מה שסיפרתי אמש לבעלה, אין ביכולתי להיענות למצוקתה, בעלת פניות אני בחייה, ידי אינן נקיות, וכל הזמן אני חושבת איך תתהפך בקרביה השיחה הזאת בעתיד, כשתתגלה האמת, ולכן עלי לקצר ככל שניתן, לא לנצל לצרכי את ההזדמנות שנפלה בחלקי,

לא להתפתות להציג שאלות בפניה, לא לנסות לשאוב מידע או להצליבו, והיא מביטה בי בגבות מורמות כמעכלת את דברי, האם נאמרו רק כדי להרגיעה, האומנם זה באמת כל־כך פשוט, בבלי דעת מסובבת על אצבעה את טבעת הנישואים העבה. איך סיפרתם לו שאתם נפרדים? היא שואלת, ואני מקמטת את מצחי בשתיקה כמנסה לדלות מזיכרוני את הפרט ההוא, עשינו את זה פשוט וקצר, אני אומרת לבסוף, את יודעת, הדברים הרגילים, תמיד נאהב אותך, תמיד נהיה הוריך, גם אם אנחנו לא חיים יחד יותר, הכי חשוב להקרין ביטחון, אני מדקלמת, בוחנת אותה בחשד, אולי היא מיתממת, אולי היא בכל־זאת יודעת מה קרה בינינו אתמול, ומנסה בדרכה העקיפה להרחיק אותי ממנו תוך שהיא משתפת אותי במצוקתה, לעורר בי אחוות נשים עתיקה, כדי שאמשוך את ידי מבעלה.

נראה שדברי המרגיעים אינם נוגעים אפילו בקצה חרדתה, והיא מוציאה מתיקה חפיסת סיגריות ומציתה לעצמה סיגריה באצבעות מתוחות, משתעלת קלות, איך, איך הוא יכול לעשות לנו את זה, היא נאנחת, מציצה סביבה לוודא שהילדים רחוקים, את חיה כמעט חמש־עשרה שנה עם מישהו, נדמה לך שאת מכירה אותו הכי טוב בעולם, כמו שאת מכירה את עצמך, ופתאום תראי מה קורה, היא אומרת, מחווה בזרועותיה על הגן ששמש חורפית מזהירה שוטפת אותו, פתאום הוא זה שהורס לך את החיים, כל השנים את דואגת למשפחה שלך, מפחדת ממחלות, מתאונות דרכים, מפיגועים, ובסוף דווקא מתוך המשפחה זה בא, האסון, דווקא ממנו, מהאבא של הילדים שלך.

אבל למה, למה הוא עשה את זה? אני לוחשת, מתאימה את קולי לקולה, והיא מטלטלת את ראשה, כמנסה לנער את הדמעות שנאספו בעיניה, למה? מהסיבה הכי בנאלית, יש לו מישהי אחרת, אחרי כל מה שעשיתי בשבילו, אחרי כל השנים שדחפתי אותו ללמוד, שפרנסתי אותו, מהרחוב אספתי אותו, תאמיני לי, כמו

שאוספים חתול מהפח זבל, וככה הוא גומל לי עכשיו, ואני מנידה בראשי באי־אמון מזדעזע, את בטוחה שיש לו מישהי? והיא מפנה את מבטה בתרעומת אל דמות מוכרת המתקרבת אלינו, חיוך רחב על פניה, קרן היפה, אמא של רונן, הצונחת לצידנו כמתמוטטת, איזה מזל שאתם פה, היא אומרת, אני מחכה שרונן יגמור את החוג, אני מפריעה לכם? ואני ממהרת לומר, לא, מה פתאום, המומה מהחשד הארסי שהתעורר מחדש, כעקרב שהדברתי במאמץ והנה הוא חי, מתקדם אלי בצבתות שלוחות. מהבגידה הכפולה שלו אני המומה, משברון־הלב שלה שיכולתי להציץ אל תוכו כאל בית חרב, משברון־הלב המחכה לי, ומיכל מוחה את עיניה במפית, מציעה לה בנימוס להתכבד אבל קרן מסרבת, אני לא יודעת מה קורה לי, היא מתלוננת, אין לי תיאבון בזמן האחרון, אני בקושי מצליחה להכניס משהו לפה, שערה הארוך נשפך על המפה, והיא אוספת אותו בידיים צנומות, רזונה נראה לפתע מוגזם, חולני, גון עורה צהבהב. את חייבת לבדוק את זה, מיכל אומרת, זה לא משהו שמזניחים, וקרן נאנחת, עזבי, זה יעבור בסוף, אני שונאת רופאים, ומיד מוסטת השיחה לענייני הכיתה, ואנחנו מדברות על האבטחה, האם השומר הקשיש אמנם מסוגל להגן על ילדינו, האם הגדר סביב בית־הספר גבוהה ועמידה מספיק.

שום אבטחה לא תועיל, מיכל אומרת, אם מישהו באמת מתכנן להיכנס פנימה לא נוכל למנוע את זה, צריך ללמוד לחיות עם הפחד, אין לנו ברירה, וקרן אומרת, בכל־זאת חייבים לעשות את המקסימום, אנחנו צריכים לממן עוד שומר או לשמור בעצמנו, את לא חושבת? היא פונה אלי, ואני אומרת, כן, חייבים לפחות שני שומרים, אנחנו במרכז העיר, מניחה להן להמשיך בשיחתן החלולה, מי ישמור על ילדינו מפנינו, מי ישמור עליהם מפני אבותיהם, אם הוא אכן רוצה לעזוב לא תוכלי למנוע ממנו, כמו שאיש לא הצליח למנוע ממני, שום אבטחה לא תועיל, ואני רואה את שפתיהן נעות אבל קולן לא נשמע כי שוב משתלטת הזעקה על גן העורבים הזהוב,

עמוקה ומחרישת אוזניים, דוהרת כאש משיפולי הדשא, ואני משפילה את מבטי אל המפה המוכתמת, שיירי הפיקניק פזורים עליה כשיירי שיחתנו. למי משניהם להאמין, האם אלה התקפי קנאה הזויים, כפי שאמר הוא, או אהובה אמיתית, כפי שטוענת היא, ואני יודעת שהדרך אל האמת חסומה, שתי הגרסאות הסותרות מונחות לפני ועלי לבחור באחת מהן ולשלם את מלוא המחיר, גם אם אין בידי נתונים מספיקים, ואני יודעת שעלי לקום ולאסוף את בני וללכת מכאן, השיחה הזו פגומה וגם היא תגלה זאת במהרה ותירתע ממני, ובכל־זאת אני מחכה שקרן תתרומם על רגליה הדקות במכנסי עור שחור מעל המרבץ שלנו, האם שוב תזמין אותנו למסיבה בביתה. סליחה שהפרעתי לכם, היא תתנצל בחן, ואנחנו נכחיש כמובן אבל בטרם תספיק להתרחק אשאל בהיסוס, את בטוחה שיש לו מישהי, הוא הודה בזה? והיא שוב תגיש את המפית אל עיניה, שפתיה הדקות רוטטות, אני לא צריכה שהוא יודה, הם הרי תמיד מכחישים, למה להם להודות? הנה, תראי את אמא שלי, כל השנים היא חשדה באבא שלי והוא הכחיש והכחיש, ניסה לשכנע אותה שהיא פסיכית והיא כבר כמעט האמינה לו, וגם כשהיא פעם תפסה אותו באמת הוא אמר לה שזאת היא שדחפה אותו לזה, מרוב שהיא פסיכית, ואני מקשיבה בהשתאות לדיבורה שנעשה קדחתני, מזכיר את צלילי המריבה ששמעתי מעבר לדלת. מיכל, את חייבת להבחין בין אבא שלך לבין הבעל שלך, אני מעֵזה לומר, מגִנה במפתיע על הבעל הבוגדני, אולי הסיפור בכלל לא דומה, ומיד אני משתתקת כי היא מגיבה בקרירות, נבוכה מגילוי־הלב המתפרץ שלה, והרי איננו חברות, כמעט איננו מכירות, ואנחנו בוחנות זו את זו בדממה חשדנית עד שקולות צורמים עולים באוזנינו, ושני ילדינו רצים לעברנו, מקל ארוך בידיהם, והם אוחזים בו בארבע ידיים עיקשות.

זה אני מצאתי, יותם צועק, זה המקל שלי, וגילי מייבב, אני גיליתי אותו לפניו, אני אמרתי לו, תראה איזה מקל גדול, ואנחנו מנסות להתעשת, להציע פתרון לבעיה, בטוח יש פה עוד מקל, אני

אומרת, לכו תחפשו עוד אחד, אנחנו נעזור לכם, אבל שניהם מסרבים, כל אחד חושש להיות הראשון שירפה מן השלל, ומיכל מאיימת, אם לא תסתדרו ביניכם אני אחרים לכם אותו, הוא לא יהיה של אף אחד, נשאיר אותו כאן וזהו, וכבר אנחנו מתפזרים בגן, עינינו מושפלות, אבל רק זרדים דקיקים אנחנו מצליחים למצוא, שאינם מהווים משקל נגד למטה המפואר. אז אולי הוא יהיה של שנינו, גילי מציע בהיסוס, כשאנחנו חוזרים אל המפה המשובצת בידיים ריקות, הוא יהיה מקל עם שני בתים, חלק מהזמן אצלי וחלק אצלך, כאילו שההורים שלו התרגשו, אבל יותם רוקע ברגליו ומצטווח, אני לא מסכים, הוא רק שלי, הוא יהיה רק בבית שלי, שפתיו הקלופות נבקעות כמעט בהימתחן, ואני מושכת את גילי הצידה, אולי תוותר לו, אני מפצירה בו, אחר־כך אני אסביר לך למה, תוותר לו ואני אקנה לך משהו בדרך הביתה, אבל הוא כצפוי ממאן, מנופף מולי באגרופיו, לא, אני לא מוכן, זה אני גיליתי.

די, אני לא שואלת אותך, אני גוערת בו, אני מחליטה כאן, ומיד אני גוררת אותו אחרי, מחייכת אליהם חיוך כוזב, יותם, גילי מוותר לך על המקל, אני מכריזה למרות המחאות הקולניות, ולמיכל אני אומרת, אני חייבת לרוץ, תחזיקי מעמד, עוד נדבר, והיא לוחשת, תודה, בפעם הבאה אני אדאג שיותם יוותר, ואני עונה לה בדממה, על מה את מדברת, איך תתקיים הפעם הבאה, כשאני כולי מלאה באהבה אל בעלך הבוגדני, כספוג טבול במים, וכשאנחנו מתרחקים אני מביטה לאחור בגניבה וחורטת את מראם בזיכרוני, עומדים אובדי עצות ליד המפה המשובצת כחסרי בית, בין שיירי המזון ושיירי המריבה, מקל גדול בידיהם.

בכיו של גילי משתרך אחרי באי־רצון הולך ומתגבר, נדמה שכל הרחוב מאזין לו, תריסים מורמים בתדהמה וחלונות נפתחים במורת־רוח, בכי נרגז ומתנשף, ניחר וממצה, כמעט נרגע והנה מתעורר מחדש, כשסיפרנו לו על הפרידה לא התייפח כך, ולא כשנפל מהנדנדה ופצע את שפתו ואפילו לא כשמכוניתו החדשה נדרסה

לנגד עיניו, דווקא אובדנו של מקל מקרי ומיותר שבוודאי כבר איבד את קסמו עם תום התחרות ומן הסתם יישכח בדשא, מעורר בו תעצומות צער בלתי־נסבלות, ואני גוררת אותו בכוח אחרי, נדמה לי שזרועי תפקע ממושבתה, מספיק, אני לא יכולה לשמוע את הבכי הזה, אני גוערת בו, והוא צווח, ואני לא יכול לשמוע את הצעקות שלך, את אמא רעה, בגללך הפסדתי את המקל שלי, אכפת לך מיותם ולא ממני.

מה פתאום, אני ממהרת להכחיש, פשוט ברור לי שהיום צריך לוותר ליותם, אני לא יכולה להגיד לך למה, והוא מייבב, אני יודע למה, אני יודע יותר טוב ממך, אז מה אם אבא שלו עזב את הבית, גם אבא שלי עזב את הבית ואף אחד לא ויתר לי על כלום, ואני שואבת בהפתעה את המידע החדש, איך אתה יודע שאבא שלו עזב את הבית? והוא אומר, ככה יותם אמר, שההורים שלו מתרגשים, כמו אתם, ושוב אני לא טורחת לתקן, מתגרשים, מסתורין נוסף משטה בי, מסתבר שיותם כבר יודע, הם כבר סיפרו לו, אז למה טרחה להתייעץ איתי איך לספר לילד, ואני מנסה להיזכר כיצד בדיוק נשאלה השאלה, איזו שיחה התנהלה בינינו בעצם, ההיתה זו שיחת נשים שגרתית על גורלן המשותף או מזימה מתוכננת היטב, האם בכוונה פיזרה סביבי זרעים של חשד, להדביק אותי כבר בשלב זה בקללה שהפרידה ביניהם.

מול פניה של שמש מידלדלת אנחנו מתקדמים, קרניה המצטננות במהירות נוגעות לפרידה בעורי ומגען כוזב ומצמרר, קולו הכעוס מלווה אותי, הוא לא ויתר לי אז למה שאני יוותר לו, תזכרי שאת קונה לי מתנה, הבטחת, אני עוד אקח לו את המקל, מה הוא חושב לעצמו, זה אני גיליתי, איזה ילד מפגר היותם הזה, אני לא חבר שלו בכלל, אני בכלל שונא אותו וגם את אבא שלו, ואני נעצרת מופתעת, מה, מה אמרת? והוא חוזר, אמרתי שאני שונא את אבא של יותם.

איך אתה יכול לשנוא בן־אדם שאתה לא מכיר, אני מתקוממת,

מה הוא עשה לך? והוא אומר, בטח שאני מכיר אותו, יותר ממך אני מכיר אותו, פעם אני הייתי אצלם והוא צעק ואמא של יותם בכתה, וגם זה לא יפה שהוא עוזב את הילד שלו, ואני אומרת, הוא לא עוזב את הילד שלו, הורים שמתגרשים לא עוזבים את הילדים שלהם, כמו שאבא ואני לא עזבנו אותך, נכון? והוא משהה בכוונה את תשובתו עד שהשאלה מתנדפת מאליה, עיניו בולשות ללא הרף בצידי המדרכה, מחפשות אחר מקל חדש.

מה יהיה על גבעול אהבתנו הרך, כל־כך רך שאפילו להישבר לא יוכל, רק להימעך בדממה, פולט מיץ ירקרק, תחת כל רגל, ואפילו היא רגל קטנה של ילד, בנעלי התעמלות מהשנה שעברה. גבעול דקיק כחוט, שאפילו ניצן עוד לא הצמיח, ננסי יותר מהדשא עליו ישבנו, ובכל־זאת נטוע בליבי, מַפרה את שיממונו, מפיג את עיצבונו, מפיץ זוהר רך של תקווה. איזו תקווה, הרי לעולם לא תהיה אהבתנו משענת עבה ובטוחה, אלא עיסה דביקה, מרמס לרגלי ילדי שלי, ילדיו שלו, בני־זוגנו הקודמים, ובעיקר לרגליה הגסות של האשמה, מה בכלל כוחה של אהבה מול יצורי המציאות התובעניים, מול העורבים הרעבים, אהבתם של גבר ואשה זרים כמעט, הגוררים אחריהם ברחובות הרטובים תרמיל ומזוודה, רסיסי משפחות עוינים.

פרק חמישה־עשר

אבל הנה הוא מדבר אלי וקולו מתנגן כברָכה, הנה הוא מביט בי ועיניו שופעות כהבטחה, הנה הוא נוגע בכתפי ונדמה שהידיים האלה יתירו בתבונה ובסבלנות את גדר התיל שהצבתי בפניו, גדר התיל הדוקרנית הניצבת בפני שנינו, אם קיימת אמנם ישות כזו, שנינו, ונראה שאכן היא קיימת, כי מיד אחרי שכבה האור בחדרו של גילי נשמעת דפיקה בדלת, והוא עומד שם במעילו השחור, בפניו העייפים המהוקצעים, בחיוכו העצור, בעמידתו הזקופה המתוחה, כולו שם בשבילי, מכף רגל ועד ראש, כמו היתה נוכחותו מובנת מאליה בביתי בערב הזה, בערבים הבאים, והוא אומר, חשבתי שהאור לא יכבה לעולם, מה את מקריאה לו לפני השינה, את מלחמה ושלום מהתחלה עד הסוף? בידו שתי מגשיות כסופות, ארוזות היטב, הבאתי אוכל מהבית־קפה, אכלת כבר? ואני אומרת, לא, חיכיתי לך, כי הרי גם אם לא העזתי לחכות חיכיתי, גם אם לא העזתי לקוות קיוויתי, ואנחנו יושבים זה לצד זו על הספה, שארית הוויסקי מאתמול נמזגת לכוסות, רוכנים מעל מגשיות האלומיניום החמות עדיין, נועצים בהן את מזלגות הפלסטיק שהביא איתו, כמו היה גם זה פיקניק בחיק הטבע, בבואה של הפיקניק הקודם, בחברת אשתו ובנו. האם שוב נזהר לא להשאיר סימן, ולכן הצטייד בכלים חד־פעמיים, האם יש חשיבות בכלל לפרטים הללו או רק למה שמתנהל מעבר להם, לאותה ודאות קורנת המתנשאת מעל ראשינו, מעל

המפגש שלנו המגשש את דרכו, ודאות מתרוננת, שאינה בהלימה עם סביבתה, כאדם הפוסע בין עיי חורבות ומזמר נעימות עליזות בחיוך סחרחר מאושֶר, וכל הזמן אני מנסה להזכיר לעצמי, אין לנו סיכוי, הקשיים רבים מדי, לבֵנים כבדות מדי נערמות על גופנו: ילדיו, אשתו, ילדי, הסמיכות הזו של כולנו בשכונה אחת, בכיתה אחת, אבל הידיעה הזו אינה מצליחה להפוך לתחושה שיש בה ממש, אלא אף סותרת בחריפות את הרגש, מרגע שהוא נכנס, של טבעיות מרגיעה ומעוררת, של דרך סלולה, שהאלים התוו עבורנו ולנו נותר רק ללכת בה, לשלוח את רגלינו לפנים, רגל אחר רגל.

זה כל פעם מפתיע אותי מחדש, הוא אומר, מוחה את שפתיו במפית, כמה אנשים קשורים לבעיות שלהם, הבחורה שהיתה אצלי עכשיו נפצעה קל לפני שנה בפיגוע, ומאז היא בקושי יוצאת מהבית, היא נמנעת כמעט מכל מה שיש לחיים להציע, אבל כשאני ממליץ לה על טיפול תרופתי היא מסרבת, אני מפחדת להשתנות, היא אומרת לי, אני מפחדת שהתרופות יהפכו אותי לאדם אחר, ואני שואלת, כמה זמן היא אצלך בטיפול? ואת תשובתו אני מתקשה לשמוע כי מלמול קולני בוקע פתאום מחדרו של גילי, ואני ממהרת לשם מתוחה, אולי בכלל לא נרדם עדיין, איך אסתיר מפניו את האורח, האם בשירותים אחביא אותו, אבל עיניו עצומות, שפתיו חשוקות ברוגזה, תשישות תהומית על פניו, כמו מאס בחיים, כנראה בשנתו מלמל, המלים כבר התפוגגו אבל הֶבלן משוטט בחדר, אולי אמר, אני שונא את אבא של יותם, אני שונא את אבא של יותם. איך תשנא אדם שאינך מכיר, איך תאהבי אדם שאינך מכירה, דבֵקה בפניו של בני אני מתקשה לפתע לחזור אל הסלון שם יושב גבר זר, שאינו אביו, אלא אביו של ילד אחר, עימו התקוטט אולי בזה הרגע בחלומו, מנסה למשוך את המקל מידיו, מה לי ולו, אסור לי להתמסר לקרינה הכוזבת הזו, אני חייבת לראות את התמונה כולה, על כל זוויותיה החדות, לפחות לפי שעה עלי להרחיק אותו, הכול טרי מדי וכואב בביתי ובביתו, את זה אומר לו עכשיו, בזה הרגע ממש, כשאחזור אל הסלון.

לפני שהוא מבחין בי אני רואה אותו מוחה שוב ושוב את פיו במפית שהביא עימו, אבל שפתיו מבריקות עדיין מרוטב הפסטה השמנוני והוא מביט בי בעיון כשאני מתיישבת לצידו, במבט שכבר הספקתי להכיר, מיומן, לא מופתע, ושואל, יש לך ספקות, אֱלָה? כדרכו אינו מתעכב על הקדמות, ואני נאנחת, אין לי ספקות לגביך, כל רגע אני רוצה אותך יותר, אבל ברור לי שזה בלתי־אפשרי בינתיים, זה מהר מדי, זה מסובך מדי, והוא אוחז בסנטרי ומרים את פני אליו, שפתיו מכסות על פי בתנועה פתאומית כמנסות לשאוב ממנו את מלות הפקפוק, לוחכות את שפתי שלא יוכלו עוד לדבר, מגעגן מר ושרירי, וכשהוא מרפה ממני אני מפשילה את ראשי על מסעד הספה, עיני לחות, אל תאמין לי, אני רוצה לומר, בבקשה אל תאמין לי, ואז הוא קם ואוסף את הכלים החד־פעמיים לתוך השקית בה הובאו הנה, שפתיו חשוקות, לובש בדממה את מעילו, ואני עוקבת אחריו המומה, רואה אותו נשמט בדממה מחיי, לא לכך התכוונתי, רציתי שידבר על ליבי, שישכנע אותי שזה אפשרי, ואני משיגה אותו ונשענת על הדלת, עודד, אל תלך, לא התכוונתי שתלך, אנחנו צריכים לדבר.

אין לנו מה לדבר, הוא אומר בשקט, שמעתי את מה שאמרת, אם זה בלתי־אפשרי בשבילך אז אין לי מה לחפש כאן, ואני מבוהלת מתגובתו, אבל אני רוצה לדבר איתך, אני רוצה לשמוע מה אתה חושב, והוא שוב מרים אליו את פני, מתעכב על כל נקבובית בעור, על כל כתם שמש מטריד, תקשיבי, הוא אומר, קולו דהוי, ליקוי הדיבור מתגבר וההברות מסתבכות בין שיניו, אין לי זמן למשחקים, אני רוצה אותך ואין לי בעיה להראות לך את זה, אני לא נבהל מהקשיים כי הם ממילא נמצאים בכל מקום, אם את רוצה לוותר אז בבקשה, אני אכבד את זה, אבל אל תתחילי לטלטל אותי עם הנדנדה הרגשית שלך.

זאת לא נדנדה, אני מוחה, אני רוצה אותך לא פחות, אם היינו רווקים בלי ילדים זה היה אחרת לגמרי, אבל אני לא יכולה לשחק

יותר את המשחק הכפול הזה עם מיכל, לראות כמה קשה לה, ולשמוע שיש לך מישהי, ולא לדעת אפילו אם הכוונה אלי או אל אשה אחרת, ואז הילדים שלנו מתחילים לריב על חתיכת מקל עלוב, ואז אתה בא ואני כל־כך רוצה שתישאר אבל יש לי כאן ילד שאסור שיראה אותך, ואנחנו בקושי מכירים וכבר העומס הזה, והוא מתקרב אלי, שולח את ידו אל ידית הדלת, בואי נוריד כמה עניינים מסדר היום, הוא אומר, עזבתי את מיכל בשבילי, לא בשביל אף אשה אחרת, גם אם לא אראה אותך יותר אני לא חוזר הביתה, כך שהיא לא תרוויח אם תחליטי לצאת מהתמונה. אני יודע שיהיה לה קשה ולי יהיה קשה ולילדים אבל אם משהו נכון הוא נכון, נקודה, אני לא מוכן לפתוח כל שאלה מחדש בכל רגע, אני יכול לתפקד רק אם יש איזה בסיס שהוא ברור לי, אחרת אני יוצא מדעתי, הבנת? הביתה אני לא חוזר, אם את רוצה לבדוק איתי מה יכול להיות בינינו למרות כל הקשיים אני אשמח, ואם לא אני אצטער, אבל בזה ייגמר הסיפור, אז תחשבי על זה טוב ותודיעי לי, והוא פותח בתנועה חדה את הדלת, משב אוויר קר ושחור חובט בגבי, ואני אומרת, חכה, אל תלך, אני מצטערת, בסך הכול רציתי לדבר איתך, ולהפתעתי הוא מתרצה מיד, בסדר, אני כבר חוזר.

לאן אתה הולך? אני שואלת, והוא אומר, לשפוך את הזבל, ואני מתפלאה, עכשיו, למה? והוא אומר, עזבי, זה שיגעון שלי, אני לא יכול להיות רגוע כשיש אשפה בבית, ואני שואלת, רק בלילה או גם ביום? מנסה לאמוד את גודל המוזרות, אבל הוא לא עונה, יורד עם השקית, ואני מצפה לו ליד הדלת הפתוחה, אצבעי על מתג החשמל, ממש כמו גילי הנוהג לחכות לי במעלה המדרגות, חושש להיות בבית בלעדי, סופר בקול רם עד חמישים והנה אני חוזרת, קצרת נשימה, אבל אני לא סופרת רק מתפללת בשקט שלא גרמתי נזק, וכשהוא חוזר הוא מסתכל עלי בחיוך, הבהלתי אותך, מה? וכשאני מודה בהנהון מתחטא הוא אומר, גם את הבהלת אותי, אני מבקש ממך, אל תגידי לי דברים שאת לא מתכוונת אליהם, אני מייחס

למלים חשיבות עצומה, ואני מהנהנת בצייתנות, ובכל־זאת מתפלאה, מנין קוצר־הרוח הזה כלפי נפתולי הנפש, דווקא אצלו, מביטה בו בפליאה כשהוא שוטף את ידיו מעל כיור המטבח, מסבן ומקציף כל אצבע. את רוצה שאני אשאר כאן, את בטוחה? הוא מוודא שוב, ואני אומרת, כן, אני בטוחה, והוא אומר, אז בואי למיטה, טוב? מנגב את ידיו באיטיות במגבת המטבח, שפתיו לחות, נחיריו מתרחבים מעט, זה בסדר הלילה, הוא שואל, הילד לא מתעורר? הילד, הוא אומר, כמו אינו זוכר את שמו, ואני אומרת, לא בשעות האלה, מושכת אותו אחרי במסדרון אל חדר השינה, בדרכנו אנחנו חולפים על פני חדרו השקט של הילד, ששלוש מנורות לילה דולקות בו באור נמוך כשלושה כוכבים בשמיים, ואני מציצה בחטף בפניו הנרגזים עדיין, כאילו שוב ושוב נגזל ממנו המקל שמצא.

אולי כדאי לנעול את הדלת, הוא מציע, ואני בוחנת בחשד את המפתח, בעצם מעולם לא השתמשנו בו, אמנון ואני, תמיד סמכנו על החשכה שתסתיר אותנו, ועל קולו שיקדים את צעדיו, אבל עכשיו האיום מטריד בהרבה ואני נועלת את דלת חדר השינה במפתח המופתע, מהלכו נוקשה וקולני ולרגע אני חוששת שלא יעלה בידו לסוֹב בחזרה אבל כבר טובע החשש ונעלם בים החמדה הרועד של הרגע, בהתרגשות הגואה של האיברים העתידים להיאהב. אור המחשב הכחלחל מאיר בעדינות את החדר ששני אנשים ישנו בו כמעט שבע שנים, אלפי לילות, אבל האנשים האלה דומה שהם זרים לי כפי שהם זרים לאורח שלי, זוג לא מוכר, אמנון ואלה, שעקר מכאן זה מכבר, בבהילות, כפי הנראה, שכן הותיר אחריו רהיטים, כלים, בגדים, תמונות, ואפילו ילד, ילד אמיתי, שישן בחדרו, לא מבחין שהתחלפו הדיירים, וכשיקום יתפנק בזרועותי כמו הייתי אמו האמיתית, למרות שאני מנוכרת לה לחלוטין, לאשה ששכבה במיטה הזו לילה אחר לילה, כמעט שבע שנים, דילגתי מעליה במעין קפיצת מוט מרהיבה משנות נעורי ועד היום הזה, ואני מודה לה על שהעמידה לרשותי את מיטתה הנוחה, את חדרה

המרווח, את המחשב שלה, מולו יושב עכשיו גבר ששפתי צורבות מנשיקתו, ושואל, אפשר לקרוא?

מצרים התחתית בוכייה, אבוי, נשמד כל מה שנראה עוד אתמול, האדמה נותרה שוממה כמו לאחר קציר פשתים, כל החיות ליבן בוכה נאנק הבקר, בני נסיכים הושלכו לרחובות, הוא קורא בקול תמה, מה זה, זה בכלל לא נראה כמו מחקר, זה את כתבת? ואני אומרת, מה פתאום, זה טקסט מתוך פפירוס שהתגלה במצרים, חיבר אותו חכם מצרי בשם איפואר, לא ברור אם הוא מתאר את העבר או חוזה את העתיד. מתי הוא חי, הוא מתעניין, ואני אומרת, כמו כל דבר בארכיאולוגיה יש על זה חילוקי־דעות, אני מנסה להוכיח קשר בין התופעות שהוא מתאר למכות מצרים, אבל רוב החוקרים מאמינים שמכות מצרים לא התרחשו בכלל, שהן בדיה ספרותית.

מה זה משנה בעצם מה היה באמת, הוא מקשה, בתחום שלי זאת שאלה שולית, זה כמעט לא משנה לי אם בן־אדם מספר סיפור אמיתי או פיקטיבי, מבחינתו זאת האמת, ואני אומרת, אצלנו משתדלים כביכול להגיע לאמת אובייקטיבית אבל בהרבה מקרים הגבול נשאר מטושטש, אני כנראה מנסה להוכיח משהו שלא ניתן להוכחה, והוא אומר, את יודעת שפרויד המשיל את הנפש לתל ארכיאולוגי, הוא ראה את עצמו כארכיאולוג של הנפש, היום טוענים שדווקא המוח האנושי בנוי כמו תל, השכבות שלו מסודרות בסדר הפוך, מהצעירה עד העתיקה, והוא מחליק בידו על גולגולתו, כמשרטט את דיוקנן של השכבות השונות, ואני משתרעת על המיטה מולו, מרחיקה את רגלי זו מזו, מניחה את ידי ביניהן, כמו הייתי ערומה, כי עיניו נודדות ממסך המחשב אל הצומת החבוי של הגוף, תמיד מתחבא שם איזה סוד אצלכן, הוא אומר, זה מקסים אותי שאתן לוקחות את הסוד הזה לכל מקום.

בוא אלי כבר, אני מושיטה את ידי לעברו, אבל הוא נותר זקוף על הכיסא מול מסך המחשב, חכי, הוא אומר, אל תתני לכל אחד לגעת בסוד שלך, ואני אומרת, אתה לא כל אחד, והוא מגחך, אבל

את לא מכירה אותי, את אפילו עוד לא יודעת אם יש לי מישהי אחרת, ואני אומרת, כרגע זה ממש לא משנה לי, בוא כבר, והוא מחליק באצבעותיו על המקלדת, את יודעת, היתה אצלנו בבית מגרת ממתקים, תמיד כשאבא שלי היה מתאשפז אמא שלי היתה ממלאה לנו את המגרה, ואני מחכה בדממה להמשך הסיפור, אבל הוא משתהה, עיניו בין רגלי, כשהייתי ילד חשבתי שזה מה שיש לכן שמה, מגרת ממתקים. דיבורו האיטי והמדוד מתנגן באוזני, מושך בחן את האותיות הסופיות, מאריך את המלים, הסוד הזה מחכה שיפענחו אותו, הוא אומר, בהתחלה הוא מחכה בשמחה ואחר־כך בצער ובסוף הוא מפסיק לחכות, ואז הוא קם מהכיסא ומתקרב אלי, מתיישב על קצה המיטה, מושך מעלי את המכנסיים, מתבונן בירכי הערומות, גביניו מכווצים, הקמטים שבין עיניו מעמיקים, כתייר המעיין במפה סבוכה לאחר שאיבד את דרכו.

החדר הנעול שחלונותיו מוגפים ואורו כחלחל מתמלא בנשימות כבדות, נדמה שכל איבר ואיבר מתנשם בנפרד, מתמסר בדרכו שלו לציפייה, אפילו התודעה הרגילה להתפזר, לנדוד בין רסיסי מחשבות דוקרניים כזכוכית, מרוכזת עכשיו בכמיהה העולה מירכתיה, וכשהוא נוגע בקצה אצבעו בכפות רגלי אני נרעדת, צביטה של עונג חריף פועמת תחת ידיו, העדינות המאיימת שלו, דווקא משום שהיא מחושבת כל־כך, השליטה העצמית המושכת. לאט, הוא לוחש, ראית כבר שאני לא מהמתנפלים, תדברי איתי, תספרי לי מה את אוהבת, ואני מתנשמת, אתה יודע יותר טוב ממני מה אני אוהבת, והוא לוחש, אבל אני רוצה לשמוע אותך אומרת את זה, ואני מהססת, נוגעת בפניו, עורו מחוספס, נוקשה למגע, סותר את דיבורו הרך, המלים פורחות מהראש במשק כנפיים עז, כציפורים הנמלטות מצמרת העץ המת.

תספרי לי מה הגוף שלך אוהב, הוא מבקש, תגלי לי את הסודות שלך, ואני שותקת עדיין, כמה קשה לבטא רצון ברור בנוגע למאוויי הגוף, כמה קשה להאמין שניתן באמת להיאהב, מצוקה נושנה

מטפסת במעלה הגרון, נדמה שאני רואה את עצמי מסתתרת בין העצים, חופרת במהירות באדמה באצבעות כסוסות ציפורניים, בגדי ושׂערי מתמלאים עפר, מחילה קטנה אני חופרת לעצמי, להתחבא בתוכה ולא לצאת לעולם. אל תתביישי ממני, הוא לוחש, אני רוצה לשמוע אותך, אמרתי לך כבר, אני מייחס חשיבות עצומה למלים, ואני שומעת את עצמי מדברת כפי שלא דיברתי מעולם, בקול שאינו קולי, מספרת את סיפורו של גוף אחד שיִכלה בעפר, גוף שגדילתו נעצרה, שיזקין לפני שיבשיל, והוא מטעה את רואיו, ונחמה עזה של חסד נעורים נשכח מציפה אותי, כמו היו בדיונות העבר מתממשים פתאום לנגד עיני הרבה אחרי שאיבדו את חיותם, ונדמה שאני שומעת את קליפת הבדידות העתיקה שלי נסדקת, הקליפה הזו ששמרה עלי תמיד גם מפני האהובים עלי, מפני נוכחותם ומפני אובדנם, נסדקת וקורסת כחומה, והעיר שכולה ארמון נותרת חשופה, בשעה שאורח זר פוסע בחדרים השמורים ביותר, מביט בציורי הקיר, קונכיות, תמנונים ודולפינים, כרובים מכונפים, אלות חשופות חזה ומתעמלים שריריים, ואני מלווה את צעדיו בעליצות חרֵדה, כמה מבהילה היא הפרידה מן הבדידות, כמה מרעישה, מקצה העולם ועד קצהו נשמע קולה.

שעה ארוכה הוא מניח את אוזנו על ירכי כמאזין, ידו מחליקה על עורי, אני מקווה שיש לך סבלנות, הוא לוחש לבסוף, כשדומייה נרגשת משתררת בחלל החדר, אני לא מתכוון לשכב איתך הלילה, ולפני שאני מספיקה לשאול מדוע הוא אומר, זה לא מתאים עכשיו, אנחנו לא לבד, מזכיר לי בדבריו את הילד שנשכח מעבר לקיר, אין לו חלק באהבתנו, בתענוגותינו, במזימה ההולכת ונרקמת בחסות שנתו הנרגזת.

מתי את לבד? הוא שואל, ואני אומרת, בסוף השבוע, כמה מבטיחות המלים הללו, סוף השבוע, אבל כמה רחוק הוא עדיין, והדרך אליו משובשת, לרגע נדמה שאינה לפי כוחותי, ועדיין הוא לבוש לגמרי, ריח אבקת הכביסה נודף ממנו, כאילו בגדיו מכובסים

עדיין בביתו, לצד בגדי ילדיו, שהרי ריח זהה לחלוטין נודף מבגדי בנו, ואני מנסה להתיר את כפתורי חולצתו, לרגע הוא נרתע אבל מניח לי לחשוף את חזהו הצר, המאופק, ואפילו באור הדל שמפיץ מסך המחשב אני מבחינה בצלקת גדולה החוצה את חזהו לשניים, לכל אורכו. מה זה? אני שואלת, והוא מתחמק, עזבי, זה לא חשוב עכשיו, ואני לא מרפה, אצבעי על העור המתוח, מה זה? אני שואלת שוב, והוא אומר, אבא שלי התקיף אותי פעם כשהייתי קטן, אני בקושי זוכר את זה, ואני מסתכלת בצלקת באימה, איך הוא עשה את זה, עם סכין? והוא מרחיק את ידי, מה זה משנה, אבא שלי עשה את זה בסכין, אבא שלך במלים, העיקר שלא נעשה את זה לילדים שלנו, ואני חושבת עליהם, על שלושת הילדים שלנו, כמו היו שלושתם ישנים עכשיו בחדר הסמוך, הילדה הבהירה שישבה על ברכיו גאה כאילו הוכתרה, ולצידה שני הבנים, האם לא עשינו זאת כבר, בדרכנו שלנו.

גופו ההולך ונחשף כהה במפתיע, סותר את גוֹן פניו, כאילו כל מה שנאמר לו במשך היום גורם לו להחוויר, ואני מביטה בחזה הצנום הפגוע שלו, בפנים הגדולים ביחס לכתפיים, באותה אי־התאמה בין ראשו לגופו, שגורמת לי דווקא הקלה משונה, ידיו נחות על שדי, בתנועה אחת יעוררו אותי מחדש, והידיעה הזו מספיקה כדי לשמר את הבעירה בירכתי הגוף, פלג גופו התחתון נתון עדיין במכנסיים, חגור בחגורת עור, מי יודע אילו צלקות מסתתרות שם. כשהוא משתתק לפתע, משתרע על גבו לצידי ועוצם את עיניו, כמו הכריעה אותו עייפות פתאומית, מוחלטת כעילפון, מרגע שהוסרה חולצתו, מופקר גופו למבטי ואני מנסה לתקוף אותו בעיני כפי שהורגלתי, לנצל כל הפוגה כדי לאסוף נתונים לקראת המערכה המתרגשת ובאה. למלים שלו כוח עצום, אבל כשהוא חדל מדיבורו המהפנט הוא כאחד האדם, פניו התקיפים מתרפטים כשעיניו עצומות, ואני מונה לעצמי בסיפוק את פגמיו, האומנם זו הדרך היחידה לחוש בעלת ערך, בִּמקום שקסמו יאציל עלי אני מאצילה עליו חסרונות

ופגמים כדי להרגיש בטוחה, כמו למשל הנחירה החדה הבוקעת מגרונו, דרך שפתיו הפשוקות שבלעו את שפתי, ואני בוחנת אותו באכזבה, מסתבר שהוא בדיוק כמו אמנון, כמו כל הגברים האלה הנרדמים מיד, בעוד הנשים מתהפכות על משכבן, מטפחות פגיעה קדמונית, ולמרות שאני נבהלת מעוצמת העוינות כלפי גבר שעשה לי אך טוב, אני מתקשה לעצור את הנביעה המרה.

כן, ברגע שהוא נרדם מתעוררת הזרות, ואיתה ניכור וחשד, גבר זר במיטתך, במיטה אליה מגיע ילדך לפנות בוקר, ושוב אני שומעת את קולו של גילי, אני שונא את אבא של יותם, אני שונא את אבא של יותם, האם הוא באמת ממלמל דבר־מה מבעד לסדקי שנתו, האם הוא קורא לי, ואני מחלצת את גופי מן המיטה וממהרת אל הדלת, אבל הרי הדלת ננעלה, לפני כמה שעות, למנוע מבוכה ואי־נעימות לכל הצדדים, ועכשיו עלי לסובב את המפתח, פעולה פשוטה מאין כמותה, בדיוק כפי שנעלתי אפתח, ואני אוחזת בו בחוזקה ומנסה להניעו אבל סיבובו נעצר, כאילו סיכה חדרה לחור המנעול והיא מונעת מהמפתח להשלים את מהלכו ואני מנסה שוב ולא מצליחה, בחצי הדרך הוא נעצר, מסרב לחזור על עקבותיו ומסרב להגיע ליעדו, ואני כורעת על ברכי מולו, נועצת את עיני בפתח הצר, אוזני כרויה במתח למתרחש מעבר לקיר. האם הוא התעורר, האם הוא קורא לי, לפנות בוקר מתפוררת שנתו והוא מנסה לפלוש למבצר מיטתי כאביר קטן, עז רוח, מה אעשה אם אמנם התעורר, איך אוכל לטפל בו מבעד לדלת הסגורה, להיות אמו דרך חור המנעול, ואני מביטה סביבי מנסה למצוא פתרון, אפילו טלפון אין לי בחדר, שום אביזר מועיל אין לי כאן מלבד גבר ישן, ששיבש את סדרי חיי בהצעתו החריגה, לנעול את הדלת שמעולם לא ננעלה, במפתח שמעולם לא נוסה, גבר שאינו שייך לבית ואינו מכיר את אורחותיו, שהופרו עכשיו באורח מסויט, כשביני לבין הילד שלי קם לפתע מכשול בלתי־עביר.

מה אעשה אם יקרא לי עכשיו, להביא לו כוס מים, לכסות אותו

בשמיכה, ללוות אותו לשירותים, מה אעשה אם יתדפק על הדלת, מה אומר לו כשיגלה שהיא נעולה, אולי אצליח להדריך אותו להתקשר לאביו, אבל לאמנון כבר אין מפתח, והרי דלת הבית נעולה מבפנים, רק פורץ מיומן יוכל לפתוח אותה, וגם את דלת חדר השינה, ואז נתגלה כאן שנינו למרבה המבוכה, ואני מפילה את עצמי על הרצפה הקרה, המומה מחוסר היכולת לגשת אל בני, שאינו מעלה בדעתו שקריאתו לא תיענה הלילה. האומנם מסוכסכת האמהות עם האהבה, האומנם אהבת האם, הקדומה והעזה שבאהבות, אינה סובלת תחרות, ואני העזתי לנסות הלילה שילוב בלתי־אפשרי, לאהוב גבר זר כשילדי בחדר הסמוך, וכבר הוגש החשבון, ואין לי מושג איך אפרע אותו, ואני מתחננת בדממה, תישן, מתוק שלי, אל תתעורר, רואה את ראשו קורן באפלה בין דובי הפרווה כמנורה רביעית, שולחת אצבעות רועדות אל המפתח, משביעה אותו בלחש, ושוב אינו זז, ואני מנסה לשמן את חור המנעול בקרם הידיים המונח על השולחן אבל המעצור מתגרה בי בעיקשותו. למה אני לא התעקשתי כשהציע לנעול את הדלת, ולמה הוא ישן בשלווה כזו כמו אינו אחראי לתקלה, איפה נשמע כדבר הזה, שאֵם לא תוכל לגשת אל בנה הקורא לה באמצע הלילה, ואני סוקרת בטינה את שנתו שוות־הנפש, לא מוגן הוא שרוע, חשוף לאיבתי, עירום מהמלים שלו המפיצות סביבו מסך עשן ריחני ומתוק כקטורת, האם אעיר אותו עכשיו כדי שיבעט בדלת עד שתיקרע לגזרים, וגילי שיתעורר כמובן מן הרעש יראה בתדהמה כיצד מבין ההריסות עולה ומגיח אביו השנוא של יותם, ואז נשמע בבירור הקול ממנו חששתי כל־כך, קול החשכה התינוקי שלו, כשהוא שוכח שעליו להעמיד פני בוגר. אמא, כבר בוקר? הוא פועה, כבר נגמר הלילה? תמיד הוא חושש פן ייקרה בדרכו פעם לילה שאין שום בוקר בקצהו, ואני עונה במהירות, מצמידה את שפתי לדלת, תישן, גילילי, עוד מעט יהיה בוקר, פעימות הלב בחזי מטלטלות את הגוף כולו, כגבעול בשעת סופה, ואני צונחת על המיטה, תירדם תירדם, אני ממלמלת,

תתעורר תתעורר, אני לוחשת באוזני עודד, והוא מזדקף מיד, ארשת פניו מסויגת, מה קרה? הוא שואל בקול חד, ואני לוחשת, גילי קורא לי, אני לא מצליחה לפתוח את הדלת, והוא מזנק מן המיטה, מתיישב על הכיסא מול המחשב, כמו בתחילת הערב, מכפתר במהירות את חולצתו, כמי שמיומן בתורת ההישרדות הוא מתעורר, חשדן ודרוך, שונה כל־כך מאמנון שהיה גונח על משכבו בפינוק, שוקע מיד בתנומה ארוכה של פרידה מהתנומה הקודמת.

עיניו סורקות את החדר, מתעכבות על פני, על פני החלונות המוגפים, סורקות את האווירה שהשתנתה מן הקצה אל הקצה, תלונה תלויה פתאום בינינו במקום שהיתה קודם־לכן קרבה משתוקקת, ואני לוחשת, מה נעשה, הוא כבר התעורר פעם אחת, הוא תיכף יקרא לי שוב. להפתעתי הוא מתלבש במהירות כאילו אינו מבין את דברי, כאילו תיכף עתיד הילד לפלוש לכאן בשעה שלא זו הסכנה, לצערי, איש לא ייכנס לחדר ואיש לא יֵצא ממנו, סגור החדר ומסוגר, נותק ממחזור החיים של הבית הזה, כקרון שניתק מן המסילה, וברכבת עצמה נשאר ילד קטן לבד, ילד בן שש, שאמו חשקה באהבה, ורק המלה עצמה כבר מעוררת בי גל של רתיעה, אין אהבה לאמהות, האם איזו אהבה גדולה ונסערת ככל שתהיה תצדיק את חרדתו של הילד הזה כשייווכח שנותר לבד ברכבת, ונדמה שעורי פוער את נקבוביותיו להקיא את העונג שנאסף בו, ושׂערי סומר בהכחשה נמרצת, ואני נאנחת, מה נעשה, מביטה באיבה בגבר היושב מכווץ מול המחשב, נדמה שהצלקת מושכת את כתפיו זו אל זו כשתי כנפיים, והחזה הולך ושוקע, הולך ונעלם.

תירגעי, הוא אומר, הפתרון ישנו, צריך רק למצוא אותו, מתבונן שוב בחדר שאין בו טלפון ולא מכשירים חדים, ולא אפשרות לצאת דרך חלון או מרפסת, רק מיטה ומחשב וארון, צל שקוף של קרבה, הד קלוש של גניחות הנאה, ולבסוף הוא מתעכב על המפתח הנעוץ בחור המנעול, ניגש אליו בזהירות, מחמם אותו מעט בין כפותיו כמפיג את חשדנותו, ובתנועה אגבית כמעט, מהירה, מטה אותו על

צידו ומסובב, כף ידו משלימה את המהלך ואחריה המפתח המופתע, שלא הספיק להתמרד.

הדלת פתוחה, אֵלָה, הוא מודיע ביובש, מחווה עליה בידו המושטת בטקסיות לעגנית, ואני פורצת החוצה במהירות, שמא שוב תינעל, גוהרת על מיטתו של גילי ומנשקת את מצחו, את פניו שנרגעו בינתיים, מטלית הקסמים של השינה מחתה את רוגזו, כמה דובים מושלכים על הרצפה למרגלותיו ואני מרימה אותם בזהירות כחוששת שמא עלולים גם הם להתעורר, מסדרת אותם לצידו, מפנה את מבטם אליו, כשומרי ראש, תישן, חמוד, אני ממלמלת אבל הרי הוא ישן, ואני מסתכלת על פתח החדר, עודד ניצב שם על המפתן, חוסם את האור הבא מן המסדרון, מסמן לי לצאת, כאילו החדר הזה הוא מחוץ לתחום עבורו, ואני ניגשת אליו, תודה, אני לוחשת נבוכה מעט, זה היה מפחיד, כל־כך נבהלתי.

כן, הוא מהנהן, סיפרת לעצמך סיפור מפחיד, ואני נדרכת מיד, מה זאת אומרת סיפרתי לעצמי, זאת היתה המציאות, הדלת לא נפתחה, היה שם מעצור, אתה לא מאמין לי? והוא מגחך, בטח שאני מאמין לך, כנראה היתה שם בעיה קטנה, השאלה מה עומד מאחוריה, ואני כבר מתגוננת, מה זאת אומרת, זה מנעול שלא השתמשו בו אף פעם, והוא אומר, כן, אבל עובדה שאני הצלחתי בלי קושי.

לאן בדיוק אתה חותר? אני שואלת בזעף, והוא אומר, זה ברור לגמרי, את לא רצית לפתוח את הדלת, לא רצית לצאת אל הילד שלך, המעצור לא היה בחור המנעול אלא אצלך בפנים, ואני מתקוממת, אצלי בפנים? מה פתאום, עובדה שניסיתי לפתוח את הדלת, עובדה שנבהלתי מזה כל־כך, והוא אומר, נכון, הפחדים הכי עמוקים שלנו הם מעצמנו, זה לא ברור לך? ואני שומעת את דבריו בתדהמה ובתרעומת, מה פתאום, עודד, אני לא מוכנה לקבל את הפרשנות המופרכת הזאת, אני לא רציתי לטפל בילד שלי? איך אתה יודע כל־כך טוב מה אני רוצה ומה אני לא רוצה, כמה אתה

בכלל מכיר אותי? והוא מגחך, אצבעותיו מרפרפות על פני, תירגעי, את לא צריכה לקבל שום פרשנות, בדרך־כלל אני לא בוחן את הקרובים אלי בצורה כזאת, וגם אם כן אני לא משתף אותם בהבחנות שלי, אבל הפעם לא היתה לי ברירה, זה היה שקוף מדי, ואת היית עיוורת מדי. טוב, הוא אומר, תסלחי לי על האנליזה הפרועה, אני מסתלק לפני שתסלקי אותי, חיוך דק, מסויג, עולה על שפתיו כשהוא פותח את הדלת במעילו השחור, מתחתיו חולצת הקורדרוי שכפתוריה רכוסים, ומתחתיה הצלקת הגדולה, שצורתה צורת קלשון.

פרק שישה־עשר

תתרחקי ממנו, אמא שלי היתה אומרת, כולם יודעים שהוא חולה, ואני הייתי מוחה, מה פתאום חולה, הוא נראה בריא לגמרי, והיא אומרת, תמימה שכמותך, זאת רק הפוגה במחלה שלו, מי יודע כמה זמן היא תימשך, אַת חדשה בכיתה הזאת ועוד לא יודעת, כולם מלבדך יודעים, הוא לא יחגוג יום הולדת שבע־עשרה, ואני מסרבת להאמין, הרי הוא חסון כל־כך, בבגדי הטניס הלבנים, תמיד הוא לפני אימון או אחריו, ותמיד הוא נראה רגוע, לא מודאג משום דבר, וכל הבנות מקיפות אותו, והוא בכלל הראשון שהבחין בי בכיתה החדשה, בפנֵי המעונים מנדודי שינה, הציע לי את קרבתו שלא שיערתי כמה רב ערכה, ובעקבותיו הלכו כל השאר, עד שהעיר הזרה המנוכרת הפכה את פניה אלי, וביום שישי אחד הוא התקשר, ההורים שלי נסעו לסוף שבוע, הוא אמר, אני לבד בבית, בואי אלי, תגידי להורייך שאת ישנה אצל דורית, ואני תיאמתי מיד עם דורית שגרה מולו, גם אז היה לב ליבו של החורף, השמיים התפוצצו מעל ראשי כשיצאתי מהבית, מלווה בתרעומת חשדנית, אני מקווה שאת לא הולכת לגלעד, היא אמרה, תמיד התעקשה לקרוא לו גלעד למרות שכולם קראו לו גילי, אני יודעת שזה מחמיא לך שהוא מעוניין בך, אבל תאמיני לי שזה רק בגלל שהוא חולה.

מה את רוצה ממני, אני הולכת לדורית, נהמתי לעברה, ותוך דקות ספורות נפרדתי מן הרחובות המיוחסים והגעתי אל השיכונים,

כל־כך הם דומים זה לזה שתמיד אני מתבלבלת, בין עצי הפרדס ליד ביתי הישן הבדלתי ביתר קלות. שרוולים ארוכים ריקים הצביעו לעברי בלעג, כיצורים חיים התלויים במהופך על חבלי הכביסה, קירות הבטון הדקים השחירו בסערה כעשויים אבני בזלת, והוא פתח לי את הדלת בלי חולצה, במכנסי טניס קצרים, כאילו כל בגדיו הם שנשכחו בחוץ בסערה, חזה הנער שלו חלק וזהוב, שערו נושק לכתפיו, נוטף טיפות מי המקלחת המידרדרות על עורו, עיניו מבריקות כעלים אחרי הגשם. כמה מרהיב היה, כמבקש לעצור את נשמת העולם בטרם ייטוש אותו, להותיר חותם בלתי־נשכח של פריחת נעורים, והוא הכין לנו שוקו חם סמיך כדייסה, והקריא לי סיפור שכתב, כל־כך יפה הוא כותב, וגם הכי טוב בלימודים, והכי טוב בספורט, והכי מקסים, וכולם אוהבים אותו ואף אחד לא יודע את מי הוא אוהב באמת, ואפילו אני לא יודעת אם אנחנו זוג, תמיד נותר משהו עמום בינינו, וכשאני מביטה בו אני מתמלאת ערגה אל נעוריו יפי התואר, המעידים עדות עקיפה על נעורי שלי המעורפלים, חסרי הממשות. הוא מבחין במבטי ומחייך אלי, את מיוחדת, אֱלָה, הוא אומר, את לא כמו כולם, החיים שלך לא יהיו רגילים, את תעשי משהו בעל ערך, ואני אומרת, מה פתאום אני, אתה זה שנועד לגדולות, בטח תכתוב רומן שכולם יעריצו ואני אקרא אותו ואתקשר אליך אבל אתה בכלל לא תזכור אותי, והוא מניע את ידו בביטול, מה אומרת תנועת ידך, למרות רצוני אני מחפשת סימנים, האם ידעת שלא תחגוג יום הולדת שבע־עשרה, למה התכוונת כשאמרת, רק האדמה תקרא את מה שאני כותב.

בלילה הוא מציע לי את מיטתה של אחותו הקטנה, שנסעה עם ההורים, את בערך בגודל שלה, הוא צוחק, רק שהיא בכיתה גימל, ואני מספרת לו על השדיים שלי שמפחדים לצמוח, בלילה בחושך אני מספרת לו הכול, החלל שבין שתי המיטות הולך ומתמלא, כמה אני בודדה מול הגערות, האיסורים, האיומים, איך אני חולמת על אח או אחות שיהיו לצידי, אולי אז אצליח לגדול, הלוואי ויכולתי

להישאר כאן תמיד, במיטה של אחותך, וכשהוא מגיח פתאום ממיטתו אני שואלת לאן, והוא אומר אלייך, הגוף הזהוב שלו מאיר בחשכה כנר גדול, זרחני, מנחם אותי בידיו השוקקות, האם זה טעמם של הנעורים, חמצמץ וקדחתני, מאכזב מראש. על מיטת אחותו בת התשע אנחנו מתפתלים, כבר התעלסת עם מישהו? הוא שואל, בשפה היפה שלו, ואני אומרת, לא, ואתה? והוא אומר, לא ממש, ואני לא יודעת מהו הממש אפילו, האם הצריבה הזו בין הירכיים היא הממש, ואני נרתעת, עוד לא, גילי, זה עוד מוקדם בשבילי, כי ללא הרף נשמעות באוזני האזהרות של אבי, אדם צריך שיהיו לו בלמים, אחרת הוא יתרסק, כמו מכונית שהבלמים שלה התקלקלו, זורע הרס סביבו.

אבל לי אין זמן, לי אין זמן, הוא לוחש, ואני שואלת, למה, חרדה דביקה מצמידה את איברי זה לזה, אבל הוא מתחמק, לא חשוב, לא חשוב עכשיו, איזה אחות מתוקה יש לי, הוא מתפעל, שׂערו הריחני מדגדג את פני, עורו חלק ומתוח כעומד להיקרע, ואני נבהלת מן הקרבה שאיני רגילה בה, בוא נישן, אח יפה שלי, והוא אומר, מה פתאום לישון, אסור לישון, ואז אני יודעת שזה יקרה הלילה, גם אם זה מוקדם מדי, כי מי שרצונו ברור תמיד ינצח את המהסס, ואני מחכה למלים אבל שומעת רק את הנשימות, כמו נותר לבד עם עצמו הוא מתנשף בשתיקה להוטה, מאכזבת, תן לי את המלים שיתנו משמעות לנשימותינו, שיפיגו את בדידותנו, אמור שאני אהובתך, האם עד עולם אצטרך לחפש סימנים.

מי מאיתנו מתייפח או שמא שנינו יחדיו, בלילה הקר ביותר בחורף ההוא, נאחזים זה בזו כמסתתרים מפני מבקשי נפשנו, עד שאנחנו נרדמים במיטה הצרה של אחותו ובבוקר מוקדם מעיר אותנו צלצול חד בפעמון הכניסה ובפתח עומדת אמא שלי והיא מסננת, מזלך שאבא לא יודע, מביטה נזעמת על גופי העטוף בחולצת הטריקו שלו הארוכה ככותונת, אם אבא יֵדע את גמורה, בואי מיד הביתה, וכמו חפץ דומם אני נאספת משם בחטף, לא מספיקה להיפרד, וכל

הדרך הביתה היא נוהגת בחריקת שן, מֵפֵרה את הברית היחידה הכרותה בינינו, הברית נגד אבא שלי. אני אספר לו אם זה לא ייפסק מיד, היא מאיימת, את יודעת שאני לא כמוהו, לי אין בעיה שתסתובבי עם בנים, אבל לא איתו, תאמיני לי שזה רק לטובתך, הבחור הזה חולה, ואני צועקת, מה עשית, מה עשית, הרי דווקא בגלל זה אני חייבת להספיק להיות איתו כמה שאפשר, תחזירי אותי מיד לשם, כמה עז הפיתוי לקפוץ מן המכונית הנוסעת, לחזור אליו ולשמוע דברי אהבה.

אני לא מוכנה שתיקשרי אליו, היא מסננת, תאמיני לי שאני יודעת על מה אני מדברת, אני לא מוכנה שתהיי אלמנה בגיל שש־עשרה, ולמחרת חיכיתי לו ליד השער בבוקר אבל הוא לא הגיע לבית־הספר, והמורה הודיעה שבשבת חלה הידרדרות פתאומית במצבו והוא הוטס לבית־חולים בשווייץ, וכל מי שיכול שיתרום כסף, להגיד להורים, ואנחנו נכתוב מכתבים, ואמא שלי תרמה ביד נדיבה, כאילו רק חיכתה להזדמנות הזו, והכסף נאסף והמכתבים נכתבו, אבל הנער היפה והמוכשר, גאוות משפחתו הקטנה, גאוות השכונה הענייה שבא ממנה, גאוות בית־הספר והכיתה, לא חזר מבית־החולים בשווייץ ולא זכה לחגוג את יום הולדתו השבעה־עשר, ואני שלא זכיתי להיות אלמנתו נדרתי שאם יהיה לי בן אקרא לו גלעד, ושאם הבעל שלי יסרב אני אעזוב אותו מיד, אבל אמנון לא סירב ובכל־זאת עזבתי אותו מאוחר יותר, ממניעים שונים לחלוטין.

אמא שלך צדקה, הוא אומר, ברור שהיא צדקה, את לא היית נוהגת בדיוק כמוה? היית נותנת לבת שלך להיכנס לקשר כזה? אני מבין את המשיכה שלך אל המין והמוות, כולנו בעצם חולמים לעשות אהבה ולמות, או לעשות אהבה ולחיות לנצח, שזה פחות או יותר אותו דבר, אבל אין ספק שאמא שלך מילאה את תפקידה, לא היתה לה ברירה אחרת, ואני אומרת, זה בפירוש לא נכון, אסור היה לה לחטוף אותי משם בצורה כזאת, בלי להיפרד ממנו, הכול נקטע

בצורה כל־כך טראגית, לא רק הטרגדיה הגדולה שלו, אלא זאת השולית שלי, את כל הנעורים שלי בזבזתי על זה, לנסות להבין אם הוא אהב אותי. הוא ביקש שיקברו את הסיפורים שלו ביחד איתו, ואני הייתי חולמת שאני חופרת באדמה ומגלה שם את הסיפורים, וקוראת בהם שאהב אותי, שנים אחר־כך לא יכולתי לעשות אהבה, אולי זה בכלל מה שהרג אותו, זה היה לילה קר כל־כך והוא הזיע, הזיעה התקררה לו על הגוף, אולי אם לא הייתי איתו שם זה לא היה קורה.

כן, הוא אומר, אין ספק שכעס יכול להרוג, ואני שואלת, איזה כעס, על אמא שלי? והוא אומר, לא, הכעס עליו, הרי הוא כפה את עצמו עלייך, את רצית אח ולא מאהב והוא שכב איתך ונטש, ואפילו לא סיפק את הצורך הנרקסיסטי שלך, מה הפלא שהענשת אותו, ואני מתחלחלת, אני הענשתי אותו? על מה אתה מדבר? והוא מגחך, תירגעי, אני מתכוון למישור הסמלי בלבד, מה קורה לך, כל פעם את נדהמת מחדש לגלות שיש לא מודע, אני מתחיל לחשוש שמי שמתעסק באבנים לא מבין בני־אדם. כן? ואני מתחילה לחשוש שאתה כופה על המציאות את הפרשנויות המשונות שלך ומחמיץ את המובן מאליו, איך אתה יכול להגיד דברים כאלה בלי לבדוק? אני מתלוננת בזעף, המתפוגג מיד מול חיוכו, ואז הוא אומר, את יודעת, אני לא הייתי מסכים להנצחה הזאת, לא הייתי נותן לך לקרוא לילד שלנו על שם הבחור הזה, ואני מופתעת, באמת, אבל למה? לאמנון זה בכלל לא הפריע, והוא אומר, זה היה מעיק עלי, הבחירה הזאת בעבר, שאין דרך להתחרות בו, יש משהו מתגרה מדי באהוב שמת בנעוריו, זה לא נראה לי בריא, לא לך ולא לילד ובטח לא לבן הזוג, ואני שוב מחמיצה אליו פנים, מתקשה להיווכח ביתרונו של אמנון עליו, אם אמנם זה יתרון, האומנם הִכתיבה הבחירה הזו את קורותינו.

יש לך עוד אהובים מתים במלאי? הוא מתעניין, ואני אומרת, לא, זה היחיד, והוא מגחך בהקלה, טוב, אז על זה לפחות לא נצטרך

לריב, אם יהיה לנו ילד, ואני עוצרת את נשימתי מולו, מול החלון המקושת, המשקיף על החומות, על מצודת דויד המכוסה ענני סערה שחורים, האם זה מה שאתה רואה דרכי, משפחה חדשה, מאוחרת, בשעה שאני רואה חזיונות נעורים, הרי לא ילד רציתי כשעזבתי את אמנון, ובכל־זאת אפשר לדמות לרגע שעל הרצפה למרגלות השולחן מונח לו תינוק קטן בסל־קל, והוא מנדנד את עצמו בעליצות כפי שנהג גילי, מסיע את עצמו ברחבי הבית, בתנועות הגו והרגליים, ולמרות שאין ממש בקיומו אי־אפשר להתעלם ממנו מאחר שנאמרה המלה, גם אם קולו לא יגיע לאוזני, וריחו לא יגיע לאפי. האם כך עוד נשב אי־פעם, מעובים בילדים חדשים וישנים, האם זו תהיה נחמתנו, האם זה יהיה מה שיביס אותנו, ואני צוחקת, כבר אתה מדבר על ילד? אפילו עוד לא שכבנו, והוא אומר, את צודקת וזה מחדל רציני, שיתוקן בשעות הקרובות, אני מבטיח לך, אולי כבר תגמרי מהצלחת ונוכל להסתלק מכאן, ואני נאנחת מול השאריות הצבעוניות של הדג והסלט, ותפוח האדמה המתוק, אולי תאכל את זה אתה, אני כבר לא רעבה.

אני מקווה שהתיאבון המיני שלך יותר גדול, הוא מגחך, מושך אליו את פני, זורע נשיקות מהירות על שפתי, כאילו המסעדה ריקה, כאילו לא צופות בנו עכשיו חומות העיר בעיני אבנים מעיקות, ונדמה שעצמותי מתרככות, דלתות נפתחות באוושה חרישית, מזמינה, הפעם לא אומר, זה מוקדם לי מדי, כי ברגע הזה רצונו הוא רצוני ורצוני הוא רצונו, וכשנצא משם בבהילות, מניחים את השטרות על השולחן בלי לחכות לעודף, אביט בחמלה בפני הסועדים המועטים, כמה אומללים הם נראים, מודאגים, בריאותם רופפת, ונדמה שיש לי בשורה מנחמת עבורם, בשורה שעשתה את דרכה אלי חודשים ארוכים. אל תפחדו, אומר להם, אל תפחדו מן התמורה כי שוב ושוב תיוולדו, שוב ושוב ייכתב סיפורכם, והחיים החדשים יאפילו על הישנים, תראו אותי, לא הייתם מאמינים איפה הייתי רק לפני זמן קצר, ואיפה אני עכשיו, לבושה בחליפת אהבה חדשה

במקום בלויי הסחבות שבקושי כיסו על מערומי, אהבה חדשה שנכתבה בתוכי שורה אחר שורה באותיות מסתורין עתיקות, ונדמה שעכשיו כשפניו קורנים מולי כמראָה מחמיאה מצטרפות האותיות זו לזו, בצהרי יום השישי הזה מול החומות כשקרני שמש חרדליות מנקבות את מסך העננים, מרמזות על קיומן של עונות אחרות האורבות במחסני השמיים ממתינות לתורן, מחביאות בחיקן את כל הצפוי לנו.

במגרש החניה מברכת אותו לשלום אשה צעירה, שערה האסוף מסורק בקפידה לאחור ודומה ששיני המסרק נעוצות עדיין בקרקפתה, מחייכת אליו חיוך רב משמעות, עיניה הגדולות המאופרות מלוות אותנו, ואני שואלת, מי זאת? והוא אומר, אין תגובה, ואני ממשיכה, מטופלת שלך? והוא אומר, אין תגובה, ואני מושכת בזרועו, טוב, רק תגיד שהיא לא מאהבת שלך, והוא רוטן, לא, היא לא מאהבת שלי, מה קורה לך, בסוף תהיי כמו מיכל, היית רוצה שאני אחשוד בכל גבר שאת אומרת לו שלום ברחוב? ואני אומרת, ממש לא, בחיי שבאמנון לא חשדתי בכלל אבל אותך אני לא מכירה מספיק, וכנראה הקנאה של מיכל מדבקת, ושוב אני נזכרת בשיחה שלנו מעל המפה המשובצת, כן, זה היה מכוון, היא ניסתה להפיץ סביבי את חיידקי הקנאה שלה, ואני משתדלת לא לחשוב עליה, כשאני נכנסת למכוניתו, על סוף השבוע הקודר המצפה לה, לבד עם שני הילדים, האם הזמינה את הוריה לארוחת הערב כדי לטשטש את היעדרו, להגדיל את המשפחה שהתכווצה.

הוא נוהג ברישול, מוטרד מעט, תבטיחי לא לשאול יותר שאלות כאלה, הוא מבקש, אני לא מוכן שתהיי כמו מיכל, ואני אומרת, בסדר, אני אשתדל, אבל בטח שאני אהיה לפעמים כמו מיכל ואתה תהיה כמו אמנון, זה לא יכול להיות אחרת, והוא אומר, אולי, אבל לנושא הזה אני מאוד רגיש, ואני בוחנת את צדודיתו, לָמה אינך רגיש, בעצם, אבל עדיין כל זה מעורר בי התפעלות סקרנית, כאילו צלמית עתיקה אני אוחזת בידי, פסל דמוי אדם, ואני מתרפקת עליו

עד שפניו מתרככים, כמה צונן היה הבוקר כשאמר, אלה? לא חשבתי שתתקשרי, ואני אמרתי, קבענו לסוף השבוע, לא? והוא נאנח, מה יהיה איתך, את לא מוכנה לשלם שום מחיר, איך תהיה לך מולדת אם לא תשלמי מיסים, ואני אמרתי, כל הזמן אני משלמת מיסים, אני רק לא רוצה להקריב את הילד שלי.

יצאת מדעתך, הוא גער בי, מי ביקש ממך להקריב את הילד שלך, וכשאמר הילד שלך היה צליל קולו לא נעים אבל אני התעלמתי, בוא ניפגש בצהריים, אתה מכיר את המסעדה החדשה מול החומות? ועכשיו אני אומרת, אתה לא בכיוון הנכון, צריך לפנות כאן שמאלה, והוא מחייך, מניח את ידו על ברכי, השאלה לאן רוצים להגיע, ואני אומרת, הביתה, לא? והוא אומר, הביתה של מי, אין לנו בית משותף, בואי תכירי את הבית שלי.

חשבתי שאתה גר בקליניקה, אני מופתעת, והוא מגחך, את ממש לא מעודכנת, ואני אומרת, אתה ממש לא מעדכן אותי, אבק של פגיעה עמומה צורב בעיני, הוא בונה את חייו, הוא חותם על חוזים, מעביר כספים, מתחייב על לוחות זמנים, טובל את רגליו בנהר שוצף של חיים בעוד אני מתפללת שלא הברחתי אותו לתמיד בלילה ההוא, מחכה במתח לסוף השבוע, נדמה שהדרך אל סוף השבוע הזה אינה לפי כוחותי, מקום מרוחק הוא, והדרך אליו משובשת, אושר גדול מובטח להולכים בה אבל מה גדול המאמץ. באיזו שעה בדיוק יתחיל האושר, בשעה שיופיע בביתי או בשעה שיופיע בגופי, או בשעה שאדמה לעצמי שכל זה אמנם מתרחש, אבל היכן יימצא האושר שלי הפרטי, שאינו טמון בכיסיו של גבר, מגיע איתו ונעלם בצאתו, אולי דווקא אותו עלי לחפש בסוף השבוע הזה, הרי כשהייתי ילדה לא היה לי בעל, אפילו ילד לא היה לי, לבדי הייתי ישנה במיטת יחיד צרה, מתעוררת לבדי, מול עיני השתנו השמיים, מכבים באורם הכחול את אש הזריחה שבערה בין המצעים.

בקצה של שׂדרת עצי חרוב גרומים, גפיהם מעוותות מזִקנה, פירותיהם שאין בהם חפץ מקיפים אותם כצל מתפורר, הוא מחנה

את מכוניתו, לא רחוק מביתי, לא רחוק מן הבית שעזב. הרחוב מוכר לי אבל הסמטה הדקיקה המתפצלת ממנו כענף שבור מגזע עץ אינה מוכרת, מעולם לא דרכתי במדרון התלול הזה, על טלאי האספלט האפורים, המפיצים תחושה של עזובה, כאילו אין הסמטה הזו אלא חצרו האחורית של רחוב מתנשא, ואינה ראויה למגורים, רק להליכה חפוזה, כשהשיפוע החד מזרז את הצעדים כמשב רוח בגב.

ראשיתו של חיוך בקצות שפתיו כשהוא הודף את דלת חדר המדרגות של בניין הבטון הישן, את דלת הדירה, ששמו אינו מתנוסס עליה עדיין, הנפתחת אל חלל לבן וחלול כמעט, ריח של סיד טרי שולט בו, מכביד על הנשימה. עוד לא הספקתי לקנות רהיטים, הוא אומר, רק שלשום הייתי כאן ומיד חתמתי, זאת הדירה הראשונה שראיתי, מוצאת חן בעינייך? קולו מהדהד בין הכתלים הצחורים, משווה לדבריו נופך חגיגי, מאולץ מעט, כמו היה נושא באוזני נאום, ואני פוסעת בחדרים, מספרם הולך וגדל, נדמה שכל חדר מוליד עוד חדר. היא ענקית, אני מציינת בהתפעלות חשדנית, בשביל מה אתה צריך כל־כך הרבה חדרים, והוא אומר, עדיף יותר מדי מאשר פחות מדי, לא? ואני אומרת, כן, אם זה אפשרי, ובכל־זאת אני תוהה אילו חיים הוא מדמיין לעצמו, הרי הוא כל היום בקליניקה, והילדים מן הסתם יגיעו פעם פעמיים בשבוע, האם הוא מנסה לרמוז לי משהו, לאותת שכבר לקח אותנו בחשבון, אותי ואת גילי, האם אני מתהלכת עכשיו בדירה שעתידה להיות ביתי, כאדם הפוסע בבלי דעת בשבילי עתידו.

של מי יהיה החדר הזה? אני מצביעה על חלל ריק לגמרי, מרובע ומרווח, מרפסת צרה נשלפת ממנו כמגרה שנותרה פתוחה, והוא אומר, מאיה כבר בחרה אותו, ויותם את זה שלידו, לשמחתי הם הצליחו לא לריב על החדרים, ושוב גרגרי הפגיעה בזוויות העיניים, הם היו כאן לפני, ילדיו, למה לא בעצם, הרי זה אמור להיות ביתם, ובכל־זאת למי מיועד החדר הנוסף, מעבר לחדר השינה, שם ניצבים

כבר מיטה זוגית וארון מראָה רחב, שהצצתי בו מופתעת, לא רגילה לראות את עצמי לצידו, מוקפת אוויר לבן. הוא אמנם לא גדול, החדר, אבל המסתורין סביבו גדול, וכשהוא בוחן אותו לצידי הוא שותק, על שפתיו מרצד שוב רמז של חיוך שאינו מתממש, נדמה שהוא מציץ בי בעניין, מצפה לשאלה, אבל אני ממהרת לסיים את הסיור המודרך רק למחצה, משתרעת על הספה הניצבת בודדה בסלון, בוחנת את המראה הנשקף מן החלונות, אורנים שגובהם מכביד על גזעם הכחוש, עצי אזדרכת שעצמותיהם חשופות, באביב יתכסו הענפים בעוללים ירוקים, ישנו את הווייתם, כבית המתמלא בצהלות ילדים, ונדמה שאין דבר שאני רוצה בו יותר מאשר להיות כאן איתו באביב, לראות איך העצים משנים את מצב־רוחם כמו לפי פקודה.

תתחדש, אני אומרת, והוא מהנהן בפיזור־נפש, מתיישב על הספה לצידי, נראה שגם הוא אינו חש בנוח מול הריקנות שעוד לא גמרה בדעתה במה תתמלא, האם גם הוא חושב עכשיו על הבית שעזב, על הכורסאות והספות והשטיחים והתמונות וקערת האגסים האדומים והפתקאות על המקרר וקולות הילדים והמיית הבכי העמום העולה מאחד החדרים. זה עוד קצת פתאומי בשבילי, הוא אומר כמתנצל, עשיתי הכול מהר, לפני שאתחרט, החודש הזה בקליניקה היה ארוך מדי, הייתי חייב כבר להחזיר לעצמי תחושה של בית, תמורת הבית שהיה לי. ואשה תמורת אשה? אני מציעה, והוא חוזר אחרי, מאריך כדרכו את המלים, אשה תמורת אשה, הוא אומר, אולי, זה מפריע לך? ואני עונה, לא ממש, כל זמן שזאת אני, והוא אומר, כן, זאת את, אני מאמין שזאת את, אבל עיניו תועות באי־שקט בין הקירות הריקים, כמו זה עתה הבחין שבלילה עיקלו הנושים את כל רכושו, ואני לוחשת, אז למה אתה לא שוכב איתי? והוא נפנה אלי כמתנער מהזיה, בטח שאני שוכב איתך, כל הזמן אני שוכב איתך, את לא מרגישה? והוא פותח באיטיות את כפתורי הסוודר הכתום הדק, מחייך אל החזה המתגלה, כפוגש בשמחה מכר ותיק.

אור היום יפה לך, הוא לוחש, את נראית רכה יותר ביום, ונדמה שמכנסי הג׳ינס גולשים מעלי מאליהם, בכוח רצונו של הגוף המוחמא המשתוקק להיחשף, כגופם של פעוטות שהבגדים כובלים אותם, ואפילו הוא נפרד מבגדיו בקלות מפתיעה, וכשהוא קם להשתין אני מלווה אותו במבטי, איך הוא עומד בתחתוניו שקוע במחשבות מול האסלה, ונדמה שאני משקיפה עליו כמו אז, ממפתן ביתו בבוקר השבת ההוא, כשילדינו משחקים בחדר הסמוך, והוא זר לי לגמרי, והנה הוא ניגש אלי חיוור ומשולהב, מושך את פני אליו ומלחך את שפתי, הרי זה מה שאמור היה להתרחש בבוקר ההוא והנה הוא מתרחש עכשיו, גם אם הקיץ הפך לחורף, ועלה אחד לא נותר על העצים הנשירים. חסד נדיר נקרה בדרכנו, לקבל הזדמנות שנייה, להפוך אסור למותר, וגל גבוה ולבן של אסירות תודה מניף אותי בזרועותיו לתוככי סוף השבוע הזה, כאילו ציון מקום הוא ולא ציון זמן, שם של אי מרוחק הוא, האי סופשבוע, שבניגוד לאי הילדים שם נותרו הילדים בלי הוריהם, באי שלנו נותרו ההורים ללא ילדיהם, לזמן קצוב, אמנם, להיזכר באותו קיום אנוכי מפונק, ואפילו דבריו של גילי, אני שונא את אבא של יותם, מאבדים את כוחם, משום שהגבר הנדיר הזה ששערו צונח בחן על מצחו ועיניו לחות אינו אבא של אף אחד בסוף השבוע הזה, הוא שייך לגופי המתמכר לתנועותיו, לאוזני המתאהבות בקולו, לשפתי הלופתות את שפתיו, לאצבעותי המדברות אל אצבעותיו, הוא שייך לגופי המתכחש לידיעה שאי־פעם כלא בתוכו יצור אנושי נוסף, חדש לגמרי, הערווה שכחה שאי־פעם עבר בה תינוק במאמץ ענקים אימתני, הפטמות המצטמררות אל לשונו שכחו שאי־פעם נמצצו בחניכיים ריקות, וחלב מתקתק נטף מהן, רק עונג מבקשים האיברים להפיק, אדים של עונג חם ומפעפע, אדי הכמיהה העתיקה המייללת מתוך האיברים, דנדון פעמוני השדיים ורחש העור הנאנח ונהמת החמדה.

זה לא מוקדם מדי בשבילך, אַת מספיק בטוחה בי כבר, הוא

לוחש, ואני מרעידה אל איברו המתקדם אלי, עונדת את עצמי סביבו כטבעת, מקדשת את שנינו זה לזו בתנועות הקצובות החותרות אל נקודה נעלמה כחלום יקר שהתפוגג עם היקיצה, כן, אני בטוחה בך, ולוּ רק משום ששאלת, וכשיגיע העונג, יתדפק בדלת כאורח אהוב, נושא סלים עמוסים בידיו, הוא יהיה כבד ואיטי, זהוב כיערת־דבש נמסה בשמש, ואנחנו נהיה רכים ודביקים כעשויים מבצק חם, בובות אדם אפויות, מהבילות, נתהפך על משכבנו חבוקים, שערותי בפיו ידיו על שכמותי פני בגומת צווארו, צונחים אל תנומת דמדומים שאינה שינה ואינה עירות אלא היזכרותו המשתהה המתחלחלת של הגוף באושרו, ומתוך ההיזכרות מוכפל העונג ומושלש עד שנדמה כי הגוף אינו יכול להכילו, והדירה אינה יכולה להכילו, ולא הסמטה הצרה התלולה ולא הרחוב ולא העיר כולה, הנאנקת תחת העונג, והנה מייללת בחלונות צפירת השבת, ולמרות שהיא מופקת ממכונה חשמלית נדמה שמתוך השמיים היא בוקעת, להשתתף בשמחת הקידושין, לצרף את ברכתה לברכת האבנים הרטובות, הענפים הקירחים, ואני יודעת שבכל יום שישי לפנות ערב כשאשמע את צפירת השבת אזכר ברגע הזה, והרגע הזה ייזכר בי, וגם אם לא יחזור עוד לעולם עצם הידיעה שהתרחש אי־פעם תלווה אותי כמו תפילה שמִלותיה נשכחו, ואני נשענת על מרפקי ומתבוננת בפניו, ונדמה שנוספה להם נימה נדירה הנהירה רק לנו, כמו גילינו לפתע קרבת דם חשאית, חוויית ילדות כמוסה, פניו הופכים מוכרים, כאילו לצידי הסתתר שם, חופר מחילה באדמת הפרדס, מחילה שתחביא את שנינו.

חשכה חורפית צוננת מכסה את אבני הבתים, את הצמרות הכבדות המאפילות, נדמה שפסי ההסקה הקבועים בקיר מתאמצים לשווא לחמם את הדירה הגדולה הריקה, שעוד אין בה חיים של ממש, וכשאני שולחת יד אל הסוודר המוטל למרגלות הספה הוא אוחז בזרועי, חכי, עוד אל תתלבשי, קם ומביא שמיכה מחדר השינה, שמיכה אוורירית אמנם אך נדמה שהאוויר התפור בתוכה לוהט,

והוא מהדק אותה אל גופי בטפיחות קלות כמכסה אותי בחול ים, מלטף בדממה את שׂערי ופורש אותו על הכרית, ובעצם עוד לא נאמר דבר ונדמה ששנינו חוששים ואף המלים עצמן חוששות שמא ישגו, שמא יטילו מום בקסמו של הערב היורד, המכסה את החלונות בווילונות סגולים הולכים ומתכהים.

בשתיקה אני עוקבת אחר צעדיו היחפים, איך הוא פותח את הברז וממלא מים בקומקום, מוציא עוגה מהשקית, סכין מהמגרה, צלחת מהארון, וכל תנועה נראית מופלאה מקודמתה, ואני, דומה שאיברי שכחו כיצד להתנועע, מוטלים לצידי משותקים מהפתעה, נכות מרצון קפצה עלי, כאילו התנועעתי מספיק, ועכשיו אין לי עניין בכך יותר, רק לשכב כך על הספה, בתנוחה מלכותית, כפי שפיסל אותי, ולראות כמה טוב יכול להיות. כמה טעימה תהיה העוגה, כמה ריחני הקפה, כמה מקסים הגבר הזה המטפל בי בטבעיות כזו, כמה עמוק הסיפוק שבאי־העשייה, דומה שחוקים חדשים ירדו על העולם, ויותר אין צורך להתאמץ, המנחות מגיעות זו אחר זו, בתהלוכה שאין לה סוף וכולה מחמדים, וכשהוא מניח את המגש על הספה לידי הוא אומר, מה יהיה, כבר לא תוכלי להתלונן שעוד לא שכבנו, ואני צוחקת, נראה לי שלעולם אני לא אתלונן יותר על כלום, אני אצטרך למצוא תוכן חדש לחיים שלי, והוא מגחך, למה, כל־כך הרבה התלוננת? ואני אומרת, בלי סוף.

על מה למשל? הוא שואל, מגיש לי את ספל הקפה החם ואני לוגמת במהירות, כמה טיפות נשמטו מן הספל והן זוחלות במורד סנטרי, נושרות על חזי והוא גוחן ואוסף אותן בלשונו, ואני נאנחת, מה זה משנה, מה הטעם בכלל לנסות להיזכר בחיי הקודמים שנראים לי עכשיו כמו משעול צר וחשוך, מלא בורות ומהמורות, משעול שכל ייעודו היה להוביל אותי אל הרגע הזה, אל הדירה הזו, אל הגבר הזה, ובפזיזות אופיינית אני מבטלת במחי יד את כל השנים שחייתי, כאילו לא היה בהם רגע ראוי אחד, כאילו שום חוט לא יימתח מחיי הקודמים אל חיי החדשים, שום זיקה, שום דמיון,

וביהירות של מי שניצל מאסון ונדמה לו שאושרו מובטח אני חוזרת ואומרת, מה זה משנה, יותר אני לא מתלוננת על כלום, והוא מציץ בי משועשע, להבטחות שנאמרות במיטה אין הרבה כיסוי, את יודעת, ידיו משחקות בשערותי, כילד המלטף שוב ושוב את פרוות החתול, מצפה לגרגור המרגיע.

צווחה חנוקה של ציפור מתמלטת בוקעת לפתע מבטן התיק שלי, מפתיעה אותי דווקא בהיותה מוכרת כל־כך, ואני מחטטת בתיק, רק אבדוק אם זה גילי, אבל גם כשאני מזהה מספר אחר על הצג אני עונה, שומעת את קולה המחוספס, החרד לָעד, איפה את, אלינקה, את כל היום לא בבית, אמא שלי מתמרמרת, ואני אומרת, אצל חברים, והיא שואלת, חברים של גילי? כמו כבר אין לי קיום משל עצמי, ואני משום־מה אומרת, כן, והיא שואלת, את זוכרת שקבענו שאתם אוכלים אצלנו היום, את והילד? ואני כמובן שכחתי, כנראה נעניתי בהיסח־הדעת, לא זוכרת אפילו שגילי בכלל לא איתי בסוף השבוע הזה. אז תבואו בשבע, היא אומרת, הכנתי לו פשטידה מתוקה שהוא אוהב, ואני מאשרת בקצרה, לא מעמידה אותה על טעותה ולא מעדכנת אותה בחידושים, נגררת אל תוך ההזמנה הנפערת מולי, כאילו גזירה היא ואין לי יכולת לבטלה, כי יותר ויותר מתגבר בי היצר להפתיע אותם הערב, להתגרות בהם באושרי החדש הבלתי־צפוי, להעמיד את הברכה שבורכתי כאן מול הקללה שקוללתי בבית ההוא.

עודד, יש לי תוכנית בשבילנו, אני מתרפקת עליו, אני מקווה שאין לך התנגדות, והוא מופתע, באמת? אני מקווה שזה לא כולל עוד אנשים, ואני אומרת, לא הרבה, רק שניים, זוג אחד, והוא מוחה, אֱלָה, את חייבת לשאול אותי לפני שאת קובעת, אני רואה כל־כך הרבה אנשים במשך השבוע, אני בסוף השבוע חייב להיות לבד, ואני אומרת, זה משהו ששכחתי שקבעתי, ועכשיו כבר אי־אפשר לבטל. נו, מילא, הוא נאנח, במה מדובר? מכוון אליו את סנטרי שכבר מורכן בעלבון, ואני אומרת, בהורי, אני רוצה שנלך להורי

לארוחת ערב, והוא נרתע, את לא חושבת שזה מוקדם מדי, להביא אותי כמו חתן חדש להורייך ביום שישי בערב? אבל אני מתעקשת, אם זה לא נראה לך מוקדם מדי לשכב איתי, זה גם לא מוקדם לבוא איתי להורי.

מה הקשר בכלל, הוא מתמרמר, מאיפה הבאת את המושגים הבורגניים האלה, את מי את מנסה להעניש, הם בכלל יודעים שאת לא באה לבד? ואני אומרת, ברור שהם יודעים, והוא מזדקף באי־רצון, תני לי לחשוב על זה, אני הולך להתקלח, גוו הצר מתנועע בנוקשות כאילו עלולה תנועה לא זהירה לנתק את התפרים העתיקים שבחזהו, ואני מתעטפת בשמיכה ונעמדת מול החלון, הרוח מטלטלת את הצמרות כמו היו עדר חיות עצומות ממדים, המתעוררות לחיים בלילה, מתקדמות לאיטן בחשכה, מחר כבר יהיו במקום אחר, ואני הופכת את פני ומתבוננת מן החלון אל החדר שספה בודדה ניצבת בו, נאחזת בקיר, מנסה להעביר לכאן בדמיוני את הרהיטים מביתי, קלי משקל הם, מרחפים באוויר, ספה ושתי כורסאות ושטיח כותנה כתום, ומדפי ספרים שחללים נוגים נפערו בהם כארובות עיניים, ובעקבותיהם מרחף לו ילד, עיניו בצבע השלכת, ידיו מלאות צעצועים זעירים הנשמטים במעופו, והרי כשהייתי ילדה לא היה לי בית, את הפרדס שליד ביתי אהבתי כמו היה ביתי, רק שם הייתי מוגנת, כשקרני השמש תפרו את קצות הענפים זה לזה בחוטי זהב מעל ראשי.

אני מודה שקשה לי לסרב לך, הוא אומר בשובו, חזהו השביר חשוף עדיין, ורוד מן הרחצה, מדיף ריח לוונדר רך, פלג גופו התחתון במכנסיים שחורים, והם גדולים ממידתו, ידיו מהדקות את החגורה למותניו, אבל זה ממש לא מתאים לי עכשיו, אל תיעלבי, תני לי להיות המאהב שלך בינתיים, עוד אל תעשי ממני חתן, ואני אומרת, בסדר, אין בעיה, אני אלך לבד, מזנקת ממקומי כאילו הרצפה תחת רגלי בוערת, מתקלחת במהירות בחדר האמבטיה המצופה אריחים כחלחלים, האדים שנגעו בגופו עוד לא התפוגגו והם משוטטים

סביבי, סביב העלבון ההולך ותופח, למרות שברור לי שהצדק איתו. מי צריך את זה בכלל, מנין הדחף הזה להתגרות בהורי, להניח להם למשש את תינוק האושר החדש, לצבוט את לחייו באצבעות הצוננות שלהם, ואני כבר מחליטה לוותר אבל כשאני חוזרת לסלון עטופה במגבת, הוא מצפה לי ליד הדלת לבוש בחולצת כותנה לבנה וז׳קט כהה, שׂערו הלח מסורק לאחור, כמו מדובר באירוע רשמי, הסתגלתי לרעיון בינתיים, הוא אומר, אם את מתעקשת כנראה שיש לך סיבות טובות.

תתני לי הנחיות, הוא מבקש כשאנחנו יוצאים, את רוצה שאני אעשה רושם טוב או רע? ואני אומרת, רושם רע, מה השאלה בכלל, והוא מהנהן ברצינות, טוב, אני אשתדל, מוסיף ומהנהן בכובד־ראש כאילו אחריות כבדה הוטלה על כתפיו, פוסע לצידי בשתיקה ברחובות הדוממים והכהים כתצלום ישן. קולות הערב, צבעיו וריחותיו, כלואים מאחורי החלונות המוגפים מפני הקור, החיים התפוגגו כערפל מן הרחובות ולפתע אין שם איש, האם יודעים כולם דבר־מה שלא הגיע לאוזנינו, האם היוצא מן הבית מסכן את נפשו, ושוב אני מגנה את עצמי על רעיון העוועים המיותר לכל הנוגעים בדבר, הנוכחים והנעדרים, נכספת כבר לשוב לדירה הריקה בה ידעתי אושר מלא. מדי פעם הוא מציץ בי שווה־נפש ומשועשע, צעדיו מדודים, ורק כשאנחנו עולים במדרגות המרוצפות אריחים אדומים משתנה הבעת פניו, כשאני מעזה להודות, הם בטח יהיו קצת מופתעים לראות אותך, הם חושבים שאני באה עם גילי.

זה לא בסדר, אלה, הוא רוטן, אמרת לי שהם יודעים, ואני מגחכת, אמרתי שהם יודעים שאני לא באה לבד, ככה בדיוק ניסחת את השאלה, גם אני מייחסת חשיבות למלים, לא רק אתה, והוא נאנח, אני מקווה שאת יודעת בכלל מה את עושה, לי אישית זה נראה מיותר, לצאת מהבית בקור הזה כדי להביך את הורייך, ואני נצמדת אליו ומנשקת את לחיו, ולפני שאני שולחת יד לצלצל בפעמון נפתחת הדלת ואבא שלי מתקדם אל המבוא החשוך, עיניו מושפלות

אל המקום בו אמור להימצא ראשו הקטן של גילי, והוא פורש את זרועותיו ואומר, מי בא לסבא? מי בא לשחק עם סבא שח?

אני, משיב לו עודד בקולו הנמוך, ואבי מזדקף מופתע, ידו נשלחת במהירות אל מתג החשמל, תוויו הנאים סתורים, אֶלָּה, הוא מתריע במלרע קפדני, חשבנו שאת באה עם גילי, מתעלם לחלוטין מהעומד לצידי, למרות שעיניו נעוצות בו, ואני מבשרת בעליצות, התוכניות השתנו ברגע האחרון, זה עודד, כאילו נולד לי בינתיים ילד חדש, ואבא שלי ממצמץ מולו במורת־רוח, מותח במאמץ את שפתיו לחיוך רחב מדי, החושף שיניים מאפירות. בבקשה, תיכנסו, הוא מתעשת ומחווה בזרועו בתנועה חגיגית, כמתיר לנו את הכניסה להיכל רב תפארת, ואמא שלי יוצאת מהמטבח לקראתנו, חלוק פלנל מרופט לגופה, רגליה בנעלי בית ישנות, שאינן משתלבות כלל עם המרצפות המסוגננות עליהן היא דורכת בכבדות, אלינקה, לא אמרת לי כלום, היא מודיעה לאוזניו של אבא שלי, להבהיר שלא היתה שותפה למזימה, שולחת אליו מבטים חיישניים, וכשהיא עומדת מולו אני שוב תוהה כיצד תצליח תמיד להיראות נמוכה ממנו, למרות שקומתה גבוהה מקומתו.

תסלחו לי רגע, היא מדדה בצעדי ברווז מבוהלים אל חדר השינה להחליף בגדים, ואבא שלי חוזר על הזמנתו, תיכנסו, תיכנסו, למרות שכבר נכנסנו, תשבו בבקשה, ואני מתיישבת במקומי ליד שולחן המטבח העגול, מציעה לעודד את כיסאו של גילי הסמוך אלי, עליו מונחת דרך קבע כרית רקומה להגבהה, והוא מתיישב בצייתנות על הכיסא המוגבה, לפניו מונחת צלחתו הריקה של הילד, שתי מפלצות צבעוניות מצוירות עליה להגברת התיאבון, כוס פלסטיק עם קשית לימין הצלחת, וסכו"ם גמדי לשמאלה, ואיש אינו טורח להחליף לו את הצלחת, גם לא אני, השקועה כבר בחרטה הולכת וגוברת על הדחף התמוה שלי. אוי, מה יהיה, אמי מזדרזת לשוב אל המטבח, לבושה בסוודר דהוי בצבע החלוק שפשטה, מלווה את צעדיה בקינה מתמשכת, עשיתי לו את האוכל שהוא הכי אוהב, מרק עוף ופשטידה

מתוקה עם צימוקים, כאילו היעדרותו של הילד הפעם היא סימן לבאות, נצחית ומוחלטת, ועד עולם יופיע כאן במקומו גבר חיוור וכחוש בז׳קט רשמי ועיניים שחורות צוננות.

במהירות חסרת נימוס, ללא כל גינונים והקדמות, היא מניחה על צלחתו של האורח הלא קרוא קערת פלסטיק קטנה ובתוכה מרק פושר, כמסרבת בתוקף להכיר בבגרותו, ואבא שלי מושיט בעצבנות את הקערה שלו, ואחריו אני, כנזקקים בבית־התמחוי, ולהפתעתי נדמה כי היחיד שחש בנוח סביב השולחן הוא דווקא עודד, האוחז בטבעיות בכף הזעירה כצעצוע, לוגם בשתיקה מן המרק, מתבונן במטבח הקטן ביחס לגודלה של הדירה, המשקף בבירור את הסתייגות בעלי הבית מן הגוף וצרכיו. מתחת השולחן אני מניחה את ידי על ברכו אבל הוא אינו מגיב, מי יודע מהן מחשבותיו, הרי גם עבורי הוא זר לפתע, לא רק עבורם, דומה שאספתי אותו לפני רגע ברחוב, כאושפיזין לסוכה שהקמתי, האם הוא נזכר בארוחות ליל שישי בחברת אשתו וילדיו והוריה שלה, האם תיכף יניח מידו את הכף הגמדית, ייפרד מאיתנו לשלום ויצטרף אליהם.

בדרך־כלל אנחנו אוכלים בסלון כשיש אורחים, אבא שלי מנסה לתקן את הרושם, חשבנו שנהיה בחוג המשפחה, ועודד אומר, זה בסדר גמור, מאוד נוח כאן, ואמא שלי ממשיכה בקול הבוכים שלה, אז איפה גילי? ואני עונה בקוצר־רוח, אצל אבא שלו, כל שבת שנייה הוא אצל אבא שלו, והיא אומרת, כן, אני יודעת, רק היה לי נדמה שגם בשבוע שעבר הוא היה שם, את בטוחה שלא התבלבלתם בשבתות? היא מציצה בטרוניה בעודד כמו היה הוא האשם בשיבוש, לדעתי אתם התבלבלתם, ואבא שלי קוטע אותה ופונה סוף סוף אל האורח, תזכיר לי מה שמך, ואני מזדרזת להשיב במקומו כאם מגוננת מדי, קוראים לו עודד, אבל הוא לא מרפה, דומה שגמר בדעתו לברר לאשורו מה טיב האיש ובעיקר מה טיב הקשר, והוא מניח את הכף מידו ושואל, אתם עובדים יחד? גם אתה עוסק בארכיאולוגיה? ועודד עונה בקצרה, במובן מסוים.

באיזה תחום בדיוק? אבי ממשיך ושואל, ועודד משיב, בתחום האנושי, אפשר לומר, ואבי מכריז, אהה, אתה מתכוון לד.נ.א, נכון? ארכיאולוגיה פורנזית, זה מאוד מעניין, וליתר ביטחון הוא מוודא, אז אתה מכיר גם את אמנון? ועודד מהנהן, כן, פחות או יותר, לרווחתו הרבה של אבי, ואני רואה את הרגיעה המשתררת על פניו, מרגע שהושג הרושם כי מדובר בעמית למקצוע, מעין ידיד משפחה, ולא במאהב או בן־זוג, כי למרות שהוא יודע היטב שנישואי הסתיימו, דומה שאין בו, בעצם בשניהם, כל נכונות לקבל אותי בלוויית בן־זוג חדש. לדידם עלי לכפר על חטאי בכך שאזדקן בודדה, אקדיש את חיי לטיפול בילד שגרמתי לו עוול, ומעבר לכך אין לי כל זכות לחיים משלי, ואת זה אני שומעת בצלילי הכפות הנוקשות בקערות, ואת זה שמעתי כל חיי בעצם, תמיד הופעת בן־זוג היתה כרוכה במועקה ובאשמה, כמו מדובר בבגידה שאין עליה כפרה, בגידה במחויבות העלומה כלפיהם, בתפקיד שהועידו לי, ועכשיו גם בילד שאיתו הם מזדהים כל־כך לפתע, אבל לפי שעה נראה שנחה דעתו של אבי, שהרי סקרנותו מוגבלת, ועיקרה הרושם שיותיר הוא עצמו על הזולת. די לו בתשובה העמומה כדי לתלות עליה כקולב את צרכיו שלו, שכן כל בדל חיים שמספק הזולת הוא רק הד קלוש לחייו שלו, וכל הישג של הזולת הוא בבואה מוקטנת להישגיו שלו, והוא כבר נושא דברים בקול רם, כדרכו, נוכחות האורח מדרבנת אותו.

חזרתי השבוע מכנס במכסיקו סיטי, הוא מכריז, על האנטישמיות החדשה, לא תאמינו איזה דברים נאמרו שם, דברים שאין הדעת סובלת, היהודים אשמים בשנאה כלפיהם משום שבעת ובעונה אחת הם גם שונים מדי וגם דומים מדי, גם חזקים מדי וגם חלשים מדי, חיים מדי ומתים מדי, בכל מקרה הם תמיד אחראים. אתם יודעים שכיום מתפשטת בכמה ארצות תופעה של אנטישמיות בלי יהודים? הדמות של היהודי כבר מתקיימת מאליה, בדיוק כמו שסארטר אמר, האנטישמי הוא שיצר את היהודי כדי להטיל עליו את הפחדים שלו

מעצמו, לא מהיהודים הוא מפחד אלא מעצמו, מהחירות שלו, מהבדידות שלו, ואני אמרתי להם, לכו תבדקו את עצמכם ביושר, רבותי, אולי גם אתם מפחדים מעצמכם, אולי גם אתם מפחדים משינוי, הוא מרעים בקולו, פונה אלינו בתוקפנות כמו היו אלה עמדותינו שלנו המעוררות בו חלחלה ושאט־נפש.

דויד, אתה לא אוכל, היא מתלוננת, אני רוצה כבר להגיש את הדג, והוא מפסיק לרגע את הרצאתו, גומע במהירות מן המרק שהצטנן, שוב חסר מלח, הוא פוסק, ממצמץ בשפתיו במורת־רוח, והיא מוחה, אבל בפעם שעברה אמרת שהמרק מלוח מדי, את זוכרת שהוא אמר, אלינקה? ולרגע שניהם תולים בי את עיניהם במתח, לצד מי אהיה הפעם, תפקידה היחיד של הבת היחידה שאף היא כמעט מיותרת, הרי אבא עסוק בענייניו ואמא עסוקה באבא. מה זה חשוב בכלל, אני מתלוננת, למה שאני אטרח לזכור את זה, למרות שאני זוכרת היטב שאכן כך היה, והוא אומר, לא היו דברים מעולם, את תמיד ממליחה פחות מדי, ומיד נזכר שיש בינינו אורח ופורץ בצחוק רם, מעושה, המרחיק מעליו את הוויכוח, והיא חוטפת בעלבון את הקערה המלאה למחצה, מניחה לפניו נתח דג סלמון ורוד עסיסי למראה, מנומר בכדורי פלפל שחור.

כמעט בלי עצמות, היא מכריזה בגאווה, כאילו היא עצמה פרשה רשת ודגה בעורמה ובזריזות את הדג המובחר, ומיד גם אני זוכה לנתח משלי, מעט קטן יותר, וגם צלחתה מתמלאת, ואז היא נוטלת את צלחתו של האורח ומניחה עליה פשטידת אטריות עגולה, אוי, אין מספיק דגים, היא סופקת את כפיה, תסלח לי, אוהד, הילד לא אוהב דגים אז עשיתי לו פשטידה, ואני מתקנת, עודד, ומיד מציעה לו את צלחתי, קח את הדג שלי, אני ממש לא רעבה, והוא מתבונן בנו משועשע, אין בעיה, אני אשמח לאכול פשטידה מתוקה, אמא שלי היתה מכינה כזאת בדיוק, בין אצבעותיו מחייך מיקי מאוס המצויר על סכו"ם הגמדים שלו, אבל הוא לועס בהנאה, משבח את הפשטידה, לא חסר סוכר? אמא שלי מוודאת לפני שהיא מעִזה

לאכול, והוא אומר, לא חסר כלום, מתעלם באצילות מטקס ההשפלה שזומן לו.

האנטישמיות החדשה מתחפשת לאנטי־לאומיות, אבי לא מרפה, מציגים אותנו כשריד ריאקציונרי לעבר שחלף, כאומה מאובנת המסתגרת מאחורי חומה ובריח, בלי להתחשב בסכנה המאיימת עלינו, מה עמדתך בסוגיה, הוא פונה אל עודד במפתיע, ולא מתוך סקרנות כנה לתהות על קנקנו אלא כדי להביכו, מציץ בי לרגע כמבקש להזכיר לי שתמיד יעלה בחריפותו על כל בן־זוג שיֵשב ליד השולחן הזה, והרי אין מקום לאיש סביב השולחן, מעולם לא היה, רק לקהל דומם ומעריץ. כמה חששתי מן הארוחות הללו, ערב אחרי ערב, מן המחנק המשתלט עלי מולו, שהרי אם הייתי מנסה להביע דעה שונה מדעתו היה מבטל את דברי בזעם, מוכן להכיר בי רק כבבואתו שלו, דומה שרק עם גילי יכולתי לשבת בשלווה אל שולחנם, מציבה אותו לפני כמגן אנושי רך, אבל האורח הלא קרוא אינו חרד לערכו כמוני וגם אינו נוטה לוויכוחים, מסתבר, אני חושב שמדובר כאן בזיקה בין גירוי לתגובה, הוא אומר בנחת, כשהצד המגיב נגוע ברגישות חולנית לגבי היסוד המגרה, אין ספק שזאת מחלה ללא תרופה, ושוב הוא מרוכז בפשטידה שלו ההולכת ונמוגה, המפלצות שבצלחת חושפות מרגע לרגע את מלוא פרצופן האמיתי, זו את מַקורה וזו את מלתעותיה, האם הוא מנסה לציית להנחיות שלי או שכך הוא תמיד בין זרים, מופנם, מסויג, לא מתחייב, לא מתמסר.

ובכל־זאת כבר אי־אפשר להתעלם מן המרכיב המסוכן ביותר באנטישמיות החדשה כי הוא רווח בחוגים אקדמיים, גם בציבור הישראלי, אבא שלי מתעקש, אפילו עם אמנון ואֵלָה היו לי כמה ויכוחים על זה, וכשהוא אומר אמנון ואלה שטף דיבורו נעצר במפתיע והוא מכחכח בגרונו, לוגם מים מכוסו, אני חושב שבלעתי עצם, הוא פונה אל אמי בקול מאשים, לא אמרת שאין בדג הזה עצמות? והיא מיד מתגוננת, אמרתי שכמעט אין עצמות, אני לא

יכולה להיות אחראית על כל עצם, ואני אומרת, אם בלעת זה כבר לא משנה, תשכח מזה, והוא לוגם מן המים בחשש, פיקת גרונו עולה ויורדת, אני חושב שהיא תקועה שם, הוא מודיע בקול נוגה, כאילו נגזר גורלו, שיעול עז מטלטל אותו, אבל כשהיא קמה וחובטת בכל כוחה על גבו הוא נרתע וגוער בה מזועזע, מה את עושה, שרה.

תיקח חתיכת לחם, עודד מציע בנדיבות, פוצה לראשונה את פיו ביוזמתו, זה יכול לעזור, ואמא שלי מזדרזת לבצוע מהחלה ולהושיט לו, כולנו צופים בו לועס בזהירות את העיסה הבהירה ובולע לבסוף, בליעה איטית מייסרת, ושוב הוא משתעל עד שעיניו דומעות ופני הבדיל החלקים שלו עוטים גוון כחלחל, והיא חגה סביבו מבוהלת, מה נעשה, דויד, תנסה עוד לחם, והוא רוטן בקול קלוש, קצר־רוח, כבר אכלתי חצי חלה, זה לא עוזר, והאובדן הזמני של קולו הרם הצלול מוחה מפניו את הבעתם היהירה שבעת הרצון, עיניו אדומות ולחות, אצבעו נשלחת אל גרונו ונרתעת בכאב. אולי נלך למיון, דוידי, אמא שלי מציעה, חייבים להוציא לך את זה, והוא מצטווח, אל תקראי לי דוידי, ואני לא הולך למיון, מרגע לרגע נחלש קולו כמו היו המיתרים המותשים לעייפה נקרעים זה אחר זה, ולהפתעתי אני רואה את עודד נחלץ בדחיפות מהכיסא המוגבה שלו, תנו לי לנסות, הוא אומר, יש לכם פנס ופינצטה? ואמא שלי מזדרזת להוציא את הציוד הנדרש מאחת המגרות, ומיד מושיטה לו, כסייעת צייתנית של רופא שיניים.

עיניו של אבי עוקבות בחשש אחר המתרחש, ברור שאינו שש להפקיר את גרונו בידי הזר, אבל פחות מזה הוא מעוניין לפקוד את חדר המיון, והוא מפשיל את ראשו לאחור בצייתנות ופוער את פיו, חושף את שיניו האפורות הארוכות, חניכיו הסגולות, לטאת לשונו הרוטטת, ועודד מכוון את אלומת אור הפנס לתוך פיו, מצמיד בתנועת זרוע מיומנת את ראשו למותניו ודוחק את לחייו כחושש מנשיכה, בעוד אמי ואני צופות במתח במחזה. לרגע נדמה שלפנינו פורץ אכזר המנסה לעקור מפיו של ישיש חסר ישע המביט בו

בפלצות את שיני הזהב שלו, אבל אז הוא אומר בקול מרגיע, אני חושב שאני רואה אותה, תשתדל לא לזוז. קחי את הפנס, הוא מפקיד בידי את האחריות לתאורה, ותוחב את אצבעותיו האוחזות בפינצטה לתוך פיו של אבי, ואני מביטה בהן ונזכרת שהאצבעות האלה נבלעו לפני זמן קצר בגופי שלי, והמחשבה על כך מעבירה בי רעד מענג, המשתקף בתנודות הפנס, בדיוק כשהוא מכריז, תפסתי אותה, כמו מדובר ביצור חי המסוגל לנוס על נפשו, ועל רקע גניחת הכאב והרווחה של אבי נשלפת העצם מן הלוע החרד ומוצגת לראווה, מפתיעה בממדיה, כממצא שאך זה התגלה, השופך אור חדש על תקופת חיים שעברה מן העולם.

כל הכבוד, אוהד, כל הכבוד, אמי סופקת את כפיה בהתרגשות, מתעקשת לסרס את שמו, ואבי מזדרז לייצב את ראשו על צווארו, להיטיב את בלוריתו, להסתיר את כלימת פיו, להשיב לעצמו את כבודו, שהתבסס בין השאר על התנערות מענייני הגוף, והוא מכחכח בגרונו לוודא שהמפגע אכן סולק, מביט באורח בהערכה מחודשת, כבסטודנט כושל שהפתיע לטובה. תודה רבה לך, באמת כל הכבוד, אני מאוד מודה לך, הוא מודיע, ומוסיף בהתפעלות, עשית את זה במיומנות, כאילו אתה רופא, ועודד מודה, כן, אני גם רופא, ואבי יוצא מגדרו, מה אתה אומר, רופא ארכיאולוג? זה צירוף נדיר, ועודד מתקן בצניעות, רופא פסיכיאטר, זה פחות נדיר.

לא אמרת שאתה ארכיאולוג? אבא שלי משתומם, ועודד עונה, לא בדיוק, אבל כנראה נוצר רושם כזה, ואבי זועק במלוא גרונו, אז למה, למה הסתרת את העיסוק האמיתי שלך? יש לי עניין רב בפסיכיאטריה! הוא כבר מקונן על כל ההרצאות האבודות שהיה יכול לשאת באוזני האורח השתקן, להדהים אותו בבקיאותו, במקוריותו, ועודד מחייך במבוכה מתוקה, האמת שאני משתדל לא לחשוף את זה, אנשים שיודעים שיושב ביניהם פסיכיאטר מתחילים להתנהג מוזר. באיזה מובן? אבא שלי מתעניין, מיד מוציא את עצמו מן הכלל, ועודד אומר, הם מפסיקים להיות טבעיים, כאילו אני

עלול לאשפז אותם בכפייה אם יהיו הם עצמם, הם בטוחים שכל מלה שלהם עוברת אבחון, בשעה שאני ממש לא מתעסק בזה בשעות הפנאי, ואבי פורץ שוב בצחוקו המאולץ, ובאופן נדיר היא מצטרפת אליו, מצביעה על צלחת הפלסטיק, נדמה שרק עכשיו הבחינה בה לראשונה, אוי, מה תחשוב עלינו, שנתַנו לך לאכול אוכל של ילדים, בצלחת של ילדים.

אני אחשוב שאתם אוהבים מאוד את הנכד שלכם, הוא אומר ברוך, מתבונן בה בעיניו הכהות, ואחר־כך בי, בואי, אֱלָה, אנחנו צריכים ללכת, והדרך שהוא אומר אנחנו, לאט ובהטעמה, מעוררת בי ריגוש פורח, פעמי התגשמותה של אותה כמיהה קדמונית לגבר המושיע שיחלץ אותי מן המלתעות הכפולות של הזוג הזה שבין שיניו נגרסתי, נודדת מפה לפה, האנחנו הזה אינו כולל אותם עוד, רק אותי ואותו, זוג חדש שאין לו שם משפחה משותף ולא דירה ולא ילד ובכל־זאת קוראים לו אנחנו, והמלה השגרתית הזו מוגשת לי משפתיו כמתנה יקרת המציאות.

כבר אתם הולכים? אבי שואל מאוכזב, מבכה בכנות את הסתלקותו המוקדמת של הקהל, ואני אומרת, כן, אנחנו ממהרים, נהנית לחזור על המלה, נהנית מהאכזבה שלו, אתה רואה, אף אחד לא מת, רק אתה כמעט, גילי חי ואני חיה, כפי שלא חייתי מעודי כי לא הנחת לי, דווקא אתה שנתת לי חיים מנעת אותם ממני, ואז הוא קם מכיסאו ומטלטל את ידו של עודד בהערכה, אני שוב מודה לך, הוא אומר, תיכנס אלי בהזדמנות, אשמח לשוחח איתך על העיסוק שלך, בדיוק קראתי מאמר מרתק שמטיל ספק ביכולת של אנשים להשתנות, אשמח לשמוע את עמדתך, הוא מוסיף באדיבות, תיכנס אלי פעם, מתעקש לפנות אליו בלשון יחיד, כמסרב להכיר באנחנו שלנו, ועודד מחייך אליו, תודה, אני אשתדל.

אגרופו הכהה והקר של הלילה מוטח בפני במפתיע כשאנחנו יוצאים, פנסי הרחוב כבו כבר למרות השעה המוקדמת, והירח חורץ בשמיים חריץ אור דקיק, ואני אוחזת בזרועו של עודד, מנסה להדק

את האנחנו, שמחה פראית מצמידה אותי אליו, כמו בזכותו נושעתי, בזכותו התפוגגה הקללה, שהרי מן הגרון הסגול הרירי הזה בקעה, בידיים מיומנות חילץ אותה עבורי, ואין זו בלבד הקללה שכוּוְנה לפני כמה חודשים אל ראשו של בני, אלא קללה קדומה בהרבה שקוללתי אני עם היוולדי, דווקא על־ידי זה שהעניק לי חיים. אסירת תודה אני מתרפקת עליו, מנשקת את צווארו הקר, את שפתיו שטעם הפשטידה המתוקה דבק בהן, וכל־כך אני להוטה לפתע להתמסר לו, להשתייך אליו באותה שייכות מוחלטת כאחד מאיבריו, מוכנה לגרור אותו אל אחת החצרות האחוריות, לפשוט את מעילי ולהשתרע תחת כיפת השמיים המשובצת כוכבים חיוורים, והוא מתנשם בהנאה, למה בחוץ בקור הזה, הוא ממלמל, בואי הביתה, והמלה הזאת, הביתה, מוגשת לי כמתנה נוספת, ואני פוסעת לצידו בשתיקה, ידי סביב מותניו, ריח לוונדר עמום עולה מעורו, מרמז על קרבת הגוף הצפויה, שהרי כל צעד נוסף מקרב אותנו הביתה, אל אותו ארמון המואר בחשכה.

אני שמח שהבאת אותי לשם, הוא אומר לבסוף, אחרי שכבר השלמתי עם שתיקתו, ואני שואלת, למה, והוא אומר, כי עכשיו אני אוהב אותך יותר, ואני אוחזת במשפט הזה שנאמר ביובש ומפרקת אותו לשני משפטים, אני אוהב אותך, אני אוהב אותך יותר, ודווקא הראשון, הבסיסי שביניהם, שמעולם לא נאמר, מלווה את צעדינו כהד, מרגיע במוחלטות שלו, שכן השני שנגזר ממנו נשמע מפוקפק מעט, כי אם אפשר לאהוב יותר אפשר גם לאהוב פחות, וכמה מפחיד זה עלול להיות, לאהוב פחות, להיאהב פחות, וכל־כך אני עסוקה בכך שאינני שואלת למה, וגם לא מקפידה על הכיוון, מה אכפת לי באיזו דרך הוא בוחר העיקר שנלך הביתה, אל האנחנו החדש המחכה לנו שם, נדמה שאוצר המלים המשותף שלנו זעיר כשל תינוק, אנחנו, הביתה, אני אוהב אותך, יותר, אבל אלה הן המלים המושלמות ביותר ששמעתי מעודי, אין לי צורך באחרות.

שלובי זרוע אנחנו צועדים ברחובות החשוכים, מתרגלים זה אל

ממדיו של זה, כתפו סמוכה אלי מכתפו של אמנון שהיתה מתנשאת מעלי כבדה ותוקפנית, גופו מצומצם יותר, מכונס, מכבד את גבולות הזולת, מקפיד על גבולותיו. נדמה שצעדיו מואטים לפתע כשהוא שואל בהיסוס, אכפת לך שנשב כאן קצת? ואני מביטה סביבי מופתעת, לא הבחנתי לאן הובילו אותי רגליו והנה נקלענו לגן המשחקים הקטן שמול ביתו הקודם, ואני שואלת, איך הגענו הנה בכלל? והוא אומר, הרגליים שלי התרגלו להגיע הנה, ואני מקבלת בחשדנות את ההסבר, מטפסת בעקבותיו על הקרוסלה הזעירה החורקת תחתינו, מופתעת לארח ילדים מבוגרים כל־כך בלילה קר כל־כך, וכמותו אני משקיפה על הבניין ממול, בניין האבן המהודר המשוחזר, שתריסיו מוגפים אבל אור החשמל הביתי ניגר בעדם, פסים פסים, כמו שורות ריקות של מחברת זהב.

מה אנחנו עושים כאן, עודד, אני מציצה בו באי־נוחות, חשבתי שהולכים הביתה, והוא אומר, עוד מעט נלך הביתה, אני צריך להישאר כאן קצת, ואני שואלת, לָמה, לְמה אתה מחכה? והוא אומר, אני מחכה שהילדים יירדמו, כל יום שישי אני יושב כאן קצת, עד שהם מכבים את האור, הוא מדווח בקול אגבי, כאילו אין מהלך טבעי מזה, ואני יושבת לצידו נבוכה וזועפת, שותפה בעל־כורחי לפולחן פרטי, מעיק, המעורר מתרדמתו את מכאובי שלי, התובע מיד את ליטרת הבשר שלו. אולי כשנסיים את עניננו כאן נסור לרחוב של אמנון, נשב על ספסל מול שני הדקלים החסונים נמוכי הקומה, נעקוב אחר נדידת חריצי האור ברחבי הבית, וכבר מטפסת התרעומת במעלה גרוני, למה הוא מכביד על הזמן הצעיר שלנו בטקסי הזיכרון שלו, למה אינו מפריד בין האהבה הטרייה לצער הטרי, ואני משפילה את מבטי אל רצפת המתכת החלודה, פעם באתי הנה עם גילי, וילד גדול ממנו סובב את הקרוסלה מהר מדי ובני הלכוד בתוכה הקיא לפתע, ממש כאן, לרגלינו, ומיד נמלטנו משם וחודשים לא חזרנו, חוששים שמא עננת הקיא עוד מרחפת מעל הגן, שמא נחרט שמו על רצפת הקרוסלה באותיות צחנה.

אֱלָה, הוא אומר, מניח יד קרה על ברכי, אל תדאגי, זה לא על חשבונך, ואני לוחשת, כן, אני יודעת, ובכל־זאת דקת הדומייה מול בית ילדיו מעוררת בי למרות רצוני זעם וטינה מפתיעים בעוצמתם. כל יום שישי אני יושב כאן קצת, הוא מסביר שוב, חשבתי לוותר על זה הפעם אבל אין סיבה בעצם, נכון? הוא שואל בדחיפות מפתיעה, תגידי לי שאת יכולה לעמוד בזה, ואני שואלת, במה, והוא אומר, בצער שלי, והמלים מזנקות מגרונו כמו הקיא של גילי, מאיימות לכסות את גופו השקוף של האנחנו שאך זה נולד, ואני לא מצליחה להבליג, מתבצרת בעלבון תובעני, חשבתי שהיית מאושר איתי היום, חשבתי שהיה לך טוב, אני רוטנת, והוא אוסף באכזבה את ידו מברכי, בטח שהיה לי טוב איתך, הוא אומר בקול עייף, אבל הגוף הזה שלנו הוא אכסניה להרבה דיירים, בקומה אחת האושר והסיפוק ובקומה אחרת הצער והאשמה, לא יכול להיות שאת לא מבינה את זה. ברור שאני מבינה, אני מזדרזת לומר, ובכל־זאת ביני לביני אני תוהה, האם זה נכון לילדים שלנו, להיות הכוס השבורה מתחת לחופה, זכר לחורבן, ואני קמה מעל המושב הצר הצונן, סוחטת אנחה חורקנית מן הקרוסלה הנוטה על צירה, בוא נלך, עודד, קר לי נורא, למרות שברור לי שעלי לשבת לצידו בהשלמה אצילית ולהוכיח לו את יכולת ההזדהות שלי אבל אני לא מצליחה, כפי שקופאות לעיתים הרגליים מול סכנה ודאית כך משתקת נוקשות מפתיעה את הרגש, והוא מביט בי מאוכזב, אבל הם עוד לא הלכו לישון, הוא מוחה, ואני נושאת את עיני אל המרפסת הגבוהה, אל מעקה הזכוכית השקוף הנראה כהיעדר מסוכן, אל התריסים המוגפים על ערב שבת ללא אבא.

אז מה, אני רוטנת, אתה הרי לא יכול להשכיב אותם לישון מלמטה, להקריא להם סיפור מלמטה, הם בכלל לא יודעים שאתה כאן, הנוכחות שלך לא מועילה להם, אתה לא רואה כמה שזה עקר? והוא אומר, אני עושה את זה בשבילי, לא בשבילם, אני תמיד מחכה כאן עד שהם מכבים את האור, ואני מוכיחה אותו בקוצר־רוח כבוש, עודד, בימים

שהם יהיו איתך תפצה אותם, אבל בימים שהם עם מיכל אתה חייב להתנתק, לבנות את החיים שלך, בשביל מה עזבת את הבית, בשביל להשקיף עליו מלמטה? זה מעוות לגמרי, מה שאתה עושה.

עזבתי את מיכל, לא את הילדים שלי, הוא מתגונן, הלוואי ויכולתי להיות איתם כל הזמן, ואני אומרת, ברור, למרות שגם זה מעליב אותי, אז מה אני בשבילו, תחליף עלוב לילדיו, ממלאת מקום זמנית, האם היה רוצה לבלות איתם גם אחר הצהריים הזה למשל במקום להיות איתי במיטה, ולמה אני לא מרגישה כמוהו, אפילו לרגע אחד לא חשתי היום בחסרונו של בני עד שהגענו הנה, האם הוא הורה טוב ממני. עודד, תקשיב, אני אומרת, גם למען הילדים שלך אתה חייב לבנות חיים בלעדיהם, הם צריכים אותך חזק ויציב, זה לא ברור לך? והוא נאנח, תעשי לי טובה, את מדקלמת קלישאות, הרי זה ממש לא מעניין אותך מה הם צריכים, את שקועה במה שאת צריכה, ואני אומרת, באמת? איזה שטויות, אני ממש לא צריכה ממך כלום, מצידי תבנה לך אוהל ותגור כאן על הדשא ותראה בדיוק מתי הם יוצאים ומתי הם חוזרים, רק אל תצפה ממני להיות איתך כאן, אני בניגוד לך מתכוונת לבנות את החיים שלי, גם לי יש ילד קטן ובכל־זאת לא עברתי לגור בגינה שלו, וכשאני פולטת את המלים ילד קטן מגיחה מגרוני יבבה צווחנית ואני מכסה על פי במבוכה הולכת וגוברת, כי נדמה שבכיו של גילי פורץ משם לפתע, מסוכן כשטף דם פתאומי, בכיים של לילות השבת במשפחה שנחצתה לשניים, בכיים של הנדודים שאין להם סוף מבית לבית מהורה להורה, הגעגוע המתמיד, ההסתגלות המכבידה, הבלבול הקל בבוקר, איפה אני, כשלפעמים הוא קורא לי אבא, הצעצוע החסר, הציור שהתחיל לצייר ונשאר בביתו השני, כל הפרטים הזעירים היוצרים אי־נוחות מתמדת ננעצים כסיכות בעורי הנוקשה מקור, ככל שהם יותר זעירים הם יותר חדים. איך הבאתי לו אתמול לבית של אמנון את האביר ששכח אצלי, כל־כך הוא רצה לשחק בו אחר הצהריים אבל עד שהגעתי לשם כבר נרדם, כתמי הדמעות על

לחייו, איך הוא מתבונן בקנאה בילדים הנאספים על־ידי שני הוריהם, איך הוא מתלבט בכל פעם כשהוא מביא עבודת יצירה מבית־הספר, איזה קיר תקשט, אצל אמא או אצל אבא, מנסה ככל יכולתו לשמור על איזון, כשאני אצלך אני מתגעגע לאבא, כשאני אצל אבא אני מתגעגע אלייך, ואני מתיישבת שוב על הספסל הצר, טומנת את פני בין ברכי, מתביישת בדמעות הסותרות את כל מה שניסיתי לומר, הדמעות המאוסות, האנוכיות, המתחננות, תאהב רק אותי תנחם רק אותי תפצה רק אותי, תוכיח לי שלא שגיתי.

הוא מניח את ידו על כתפי במאמץ איטי, כמו אינו משוכנע שאמנם הוא מעוניין לחבק אותי, אחרי שגיניתי בגסות יהירה את צערו ומיד אחר־כך שקעתי בשלי, שנעשה בבת־אחת יותר דחוף, יותר קולני, אבל כבר אין לי דרך לסגת, לא מן היהירות ולא מן הבכי, המפלט היחיד הוא דווקא להעצים אותו, להניח לו להתגלגל ברחבי העיר כמכונית ללא בלמים, זורעת הרס סביבה, וכך אני עושה, ובעצם כבר אין לי שליטה, כי לנגד עיני מתחלפות התמונות כדפים באלבום, ולא תמונות של צער דווקא אלא של אושר, אושר חרד, פריך, מתפורר בקלות. הנה אמנון ואני יושבים ליד מיטתו הלוהטת של גילי לפנות בוקר, הזיות חום מבהילות מיתמרות ממנה כאדים מסיר פתוח, והנה ידו של אמנון נשלחת אלי, מעל הגוף הפעוט המפרכס, משלבת את אצבעותיה באצבעותי, במגע נדיר שאינו תובע דבר, והנה אבי ואני עומדים מול חלון ראווה זוהר באור יקרות, והוא מצביע על שעון זהב יפהפה המעוצב כצמיד, את רוצה אותו, הוא שואל, את רוצה שאני אקנה לך אותו? ואני נדהמת מהצעתו, באמת, תקנה לי אותו? כל־כך נדירות מתנותיו, והוא נכנס לחנות בצעד נמרץ, מוציא מכיסו כסף מזומן, ואני פוסעת לצידו גאה וזקופה כמלכה ביום הכתרתה, מניעה באצילות את אמת ידי המוזהבת, ולמחרת נסעתי לים עם בן־זוג מזדמן, וכשחזרנו למכונית בערב, איברינו הלוהטים משמש כרוכים אלה באלה, מצאנו אותה פרוצה, ודבר לא נגנב מלבד השעון המעוצב כצמיד, כאילו

אבי בעצמו במו ידיו פרץ את המכונית לקחת בחזרה את מתנתו, שלא הייתי ראויה לה עוד, והנה תמונות נוספות מכסות על עיני, תמונות של אושר מאמלל, תמיד מאוים, תמיד קצר־מועד, מוטל בספק, וכמו נהג הפלסטיק הזעיר שחיוכו נמעך אני לא מצליחה לעצור, לא מצליחה למנוע את האסון, וכל הזמן אני יודעת שזה שלצידי כבר אינו איתי, שאיבדתי אותו, ידו הכבדה על גבי, מאובנת כמו קפאה זה מכבר, וגם על כך אני מתאבלת, וכשאני מנסה להציץ אליו מבעד לסדקי העפעפיים הנפוחים, אני רואה את עיניו נשואות בדבקות, באדיקות, אל חלונות ביתו, כמו היו כותל המזרח אליו הוא נושא את תפילתו, וכשהבכי הזה שכבר אינו בכיי אלא מין דיבוק שנכנס בי מתחיל להשתתק, הופך לנשימות פרועות כדופק לא סדיר, אני שומעת אותו לוחש דברי הרגעה כבושים די, די, מספיק ילדה שלי, הכול יהיה בסדר, תלכי כבר לישון, וברור לי שלא אלי מכוונים דבריו אלא אל בתו העולה עכשיו על משכבה, כי הנה האור כבה, שורות הזהב נמחקות בבת־אחת, והוא ממתין מעט ואז קם באנחה מעל הקרוסלה המגיבה מיד בסיבוב מקרטע, בואי, הוא אומר לי, הם כבר ישנים, כאילו אמורה הבשורה לנחם גם אותי, כאילו על כך בכיתי ועכשיו אין על מה לבכות, כי הם ישנים סוף סוף, מאיה ויותם.

אני נשארת כאן, חורק הקול בגרוני כחריקת הקרוסלה על צירה, ידי אוחזות להדגשה בהגה הזעיר המתנודד, והוא בוחן אותי בתמיהה, עיניו מתקשחות לנגד עיני, גבותיו מתקרבות זו אל זו, הקמט שביניהן מעמיק, חבָל, הוא מסנן, את מתנהגת כמו ילדה, תתבגרי, תתגברי, אין לך ברירה, ואני מנידה בראשי, אני נשארת כאן, רואה איך מתגבשת על פניו ההחלטה להרפות, לא לשדל אותי עוד. בסדר, הוא פולט, כרצונך, את יודעת איפה למצוא אותי, והפעם אינו קושר אותי אליו בנשיקה שרירית אלא יורד מן הקרוסלה ומפנה אלי את גבו, פוסע בין המתקנים הנטושים, חולף על פני סוס הפח החלוד, מגלשת האבן המכוסה בוץ, גורע מן הגן את נוכחותו בצעדים נוקשים, כפוסע על

רגליים תותבות, מבטו נעוץ בכביש, משאיר אותי יושבת מכווצת על הקרוסלה שקיאו של גילי הכתים אותה בשכבר הימים, משקיפה במקומו על הבית שעזב, רוב חדריו חשוכים, ורק הסלון מואר, או שמא זה המטבח. האם היא שוטפת עכשיו את כלי ארוחת הערב, שלוש צלחות, שלוש קערות, שלוש כוסות, וידיה הרגילות לארבע רועדות תחת זרם המים, ואני יודעת שעלי לקום וללכת משם אבל כובד בלתי־נתפש ממסמר אותי אל הספסל, כמו סוס הפח החלוד אני נטועה במקומי, על הקרוסלה העלובה החשופה לרוח ולגשם ולשמש ולמדרך רגלי הילדים, לקיאם ולזיעתם. בבוקר אִמָּצא שם על־ידי עוברים ושבים, חסרת בית מזן חדש, במעיל מהודר וארנק תפוח, מכוסה בשכבת כפור של השלמה יבשה, שהרי הכול היינו־הך, בין החיים הישנים שננעלו בפני לבין החיים החדשים שלא אוכל לחדור אליהם משתרע בדיוק הרִיק הסהרורי הזה של גן המשחקים הנטוש שאין בו חפץ. שום ילד לא יעלה בדעתו להתגנב אל הגן בלילה למלא אותו בצהלותיו, שום אם לא תשב עכשיו על הדשא הלח מתענגת על ילדה המשתעשע, ואני מכסה במעיל את ברכי הרטובות, ידי תופחות ומעקצצות בכיסים הצרים, הנעשים צפופים מרגע לרגע, התאבנות האיברים קשה להשגה כהתאבנות הלב, ובכל־זאת כמעט מנחמת היא הכניעה לאובדן השליטה, הוויתור הפראי על הסיכוי לאושר, את מי את מענישה, הוא שאל, ואני משתרעת על הספסל, תנומה דוקרנית חוטפת אותי, כמו בתיכון על מכתבת העץ, עד שהיתה יד פורעת את שערי, והייתי נושאת את פני אל עיניו המאירות של גילי הנער, אבל הפעם נדמה שתימשך לעד, בהיותה ממילא בלתי־אפשרית. לא אפקח את עיני גם כשיידלק האור בחדר המדרגות וזוג מבוגר יֵצא מן הבניין בהליכה איטית, קודרת, מה יהיה איתה, תתייפח האשה בקול מוכר לי, איך היא תחזיק מעמד, מה יהיה עם הילדים, איך הוא יכול ככה לקום וללכת, ולא אפקח את עיני גם כשיציפו קרניים זהובות את פני בסנוור חד, האומנם הגיע הבוקר, האומנם הגיע הקיץ, דילג מעל שרשרת העונות ובא להצהיל את הגן,

ונדמה שאני שומעת ילדים משחקים, ואחד מהם צועק, אמא, תעצרי את הקרוסלה, יש לי בחילה, ואני מתנערת בבהלה, השמש עוד לא זרחה אבל הירח מכוון לעברי אלומת אור מרוכזת, ירח מוזר, כפול, תאומי אור נמוכי קומה, עולים מן האדמה כמו נעמד העולם על ראשו, השמיים למטה והאדמה למעלה, ואני ממצמצת מולם עד שאני מבינה שאלה אורות מכונית דולקת המכוונים אלי, ורעש מנועה מזמזם באוזני, ואפילו הפחד לא גורם לי לקום על רגלי ולברוח משם, וגם כשהדלת נפתחת אני נשארת במקומי, וגם כשיוצאת משם צללית חשוכה ומתקדמת לעברי, וגם כשאני שומעת את קולו, בואי הביתה, אלה, אבל אני מניחה את ראשי על הגה הקרוסלה, משיגה בשארית תודעתי היגעה את העתיד להתרחש, איך ייאסף משם במאמץ נתח הבשר הקר שניטלה ממנו התחושה, ועימה התבונה והשליטה, האחריות והבגרות, ההיגיון והתקווה.

מבעד לדמדומיה הצורבים של התנומה שהתרסקה אני מנסה לעקוב אחר כיוון הנסיעה, האם ייקח אותי לביתי או לביתו, וההקלה החמה כשאני מזהה את הסמטה שלו, האומנם שמהּ סימטת הסליחות, בעיניים מצומצמות אני עוקבת אחריו, מעמידה פני ישנה כדי לא להתייצב מולו במלוא כלימתי, משתרכת אחריו בכבדות הזויה כחולת ירח, נכנסת בעקבותיו לדירה, מניחה לו להפשיט אותי בתנועות מיומנות, המעיל והסוודר והחולצה והחזייה והנעליים והגרביים והמכנסיים והתחתונים, כל־כך הרבה עטיפות ובכל־זאת קור שכזה. כשאני מונחת חסרת תנועה באמבטיה המלאה, ראשי כואב מן הבכי והשינה הטרופה, מן הרגש המתעורר מחדש במלוא עוצמת החרטה וההחמצה, שותה מן התה החם שהוא מגיש לי, רואה את מבטו הזהיר הנשלח אלי מדי פעם, כמחפש עצם בגרוני, ומבעד לגלי העונג של היותי מטופלת לפתע, כפי שלא הייתי מעודי, מטופלת באופן מושלם, כמעט מביך, דומה שאני מבינה לאיטי את גודל המחיר כי התנועות שהפשיטו אותי לפני זמן קצר לא היו תנועותיו של גבר המפשיט אשה אלא של אב המפשיט ילדה, או

רופא המפשיט חולה, וגם המבטים הנשלחים אל מערומי הם ענייניים, נטולי קרבה.

כשאני יוצאת מן המים רועדת עדיין מקור הוא משפשף את עורי במגבת, מלביש אותי בגופיית פלנל לבנה, וכל הזמן הזה אינו מדבר איתי, רק תנועות יעילות יש באמתחתו, כמו הייתי אסופית אילמת שקטף בצד הדרך כדי להציל את חייה, חתולת רחוב שרחמיו נכמרו עליה בלילה הקר אבל כשתעלה השמש ישלח אותה לדרכה, וגם אני איני אומרת דבר, נספגת במיטה שמזרנה חדש וקשיח, מתכסה בשמיכה, לוגמת משארית התה המתוק, עוקבת אחר התנועות המדודות שלו, האם כך טיפל באביו, באמו, באחותו, בשתיקה יעילה ונוגה, אינו מעז להתלונן, להביע מורת־רוח. רוצה עוד תה? הוא שואל ואני אומרת, לא, אני רוצה לדבר איתך, מושיטה את זרועי לעברו, והוא מתחמק, כדאי שתשתי עוד, נראה שהוא חושש מן הרגע שבו ייגמרו הפעולות הנחוצות, מה יעשה אז, האם ימליץ לי להיכנס שוב לאמבטיה, יפשיט וילביש אותי מחדש, ואני אומרת אל גבו המתרחק, תדבר איתי, עודד, והוא אומר, בואי נחכה עם הדיבורים, ואני שואלת, נחכה לְמה, והוא חוזר אלי עם הכוס המלאה, מתיישב על קצה המיטה, כחושש להידבק במחלתי. אני לא רוצה להיות נמהר, הוא אומר בשקט, אני לא רוצה להגיד לך דברים שאני אתחרט עליהם, אני צריך זמן לחשוב, ואני לוחשת, אִכזבתי אותך, אני כל־כך מצטערת, והוא אומר, כן, ואני אכזבתי אותך, אבל עזבי, לא נפתח כאן בית־דין של רגשות, את זכאית לשלך ואני לשלי, השאלה אם הם מתיישבים.

המיטה צחורה וצוננת, מוקפת קירות בוהקים, אופקים לבנים סובבים אותנו, דומה שבתוך ערבות השלג אנחנו מוטלים כחיילים שהובסו במערכה, מייחלים רק למוות מהיר. כרית קרח תחת ראשי, שמיכת כפור מכסה אותי, אפילו בגן השומם היה לי חם יותר מאשר כאן במיטתך, מה נעשה, עודד, עובּר זערורי שוכב בינינו ללא רוח חיים באפו, פג שלא הבשיל, כוכב נופל, שתיל שנתלש מאדמתו,

מה נעשה. תישני, הוא לוחש, כבר מאוחר, ואני קוברת את פני בצמרמורת השלג הרך, איך אישן כשאני מאבדת אותך, בזהירות אני חוצה את הגבול הלבן ביני לבינו, נלחצת אל גבו המופנה אלי, נוקשה כגל אבנים, תשכב איתי, עודד, והוא מסתובב אלי לאט, קצות ציפורניו מרפרפים על פני, משרטטים את קשת הגבות המתמוטטת, את פרפור השפתיים, אני לא מסוגל, הוא אומר, קולו מעליב ברכותו, כמשתתף בצערי, אני לא יכול גם להציל אותך וגם לשכב איתך, זה פשוט לא הולך ביחד, ואני מנסה לעצור את נחשול היגון החדש שכבר עושה את דרכו אל גרוני, יגון של פרידה מוקדמת, המתקדם אלי בנעימה איטית מכמירת לב, כהמנון ההולכים אחרי הארון. כל־כך מועט היה הכול, נמדד במשורה, מוחמץ מראש, על מה התאבלתי שם בגן מוכה הקרה, על העבר התאבלתי והנה מגיש גם העתיד את צווארו לשחיטה, למה לא יכולתי לשבת לצידו בדממה אצילית, הרי לא נגדי כוון צערו, מעין מבחן הוא עשה לי, ואני נכשלתי, כישלון חרוץ נכשלתי. מה כבר נדרש ממני, לגלות מעט הזדהות, הבנה, אהדה למצוקתו, לעומת פרידתנו הצפויה נראה לי כל זה עכשיו קל כל־כך, וכבר נפרשת לפני שממת העתיד בלעדיו, לילה לילה אשב על הקרוסלה מול בית ילדיו, אמתין לכיבוי האורות, כך יתקיים מעתה הקשר הסמוי בינינו, מסירותי תעלה על שלו, לא אפסח אפילו על ערב אחד, בימים המתארכים לאיטם לקראת הקיץ, אנהל רישום מדויק של שעת כיבוי האורות, ואולי מדי פעם אתקל בו, מתגנב לגן החשוך עם אשה חדשה, בוחן את יכולתה להתמודד עם צערו, עם מסירותו לילדיו. כמו בהקרנת בכורה חגיגית הן ישבו לצידו, ראשן החפוף הריחני על כתפו, צופות בעניין מעושה בנדידת האור, כל־כך קל המבחן, איך יכולתי להיכשל בו, אף אחת מלבדי לא היתה נכשלת, אבל הנה הופך הכעס על עצמי לכעס עליו, למה הוא לא יכול היה לוותר, בסוף השבוע הראשון שלנו יחד, למה התעקש לגרור אותי לטקס הפרטי הזה, משבית השמחה, העולה על גדותיו מרוב אשמה, ובין שני הכעסים הנוהמים זה מול זה נמחץ

הסיכוי שלנו, כתינוק הזה שרק נולד, שהוריו האוהבים מעכו אותו בשנתם, כבדים ועייפים, בטרם בא בבריתו של אברהם אבינו.

אני מצטערת, עודד, אני לוחשת אל הכרית, מתפלאה שקולי נשמע, והוא לוחש, גם אני, ואולי כלל אינו עונה לי שהרי הוא ישן, מוטל על גבו, עיניו היפות עצומות, פניו רפויים, כאילו רק בכוח החלטה עזה מצטופפים איבריו זה אל זה ועכשיו בשנתו עצמות לחייו נימוחות, עיניו מתרחקות זו מזו, כל אחת נוטה על צידה, מתכסה בעפעף שמוט, בעוד עיני שלי קרועות לרווחה בדירה הזרה, במיטה הזרה, לצד הגבר שלא אראה עוד, שייעלם מחיי בעוצמה פתאומית כפי שנכנס אליהם, וכדי להירדם אני משננת שוב ושוב אל תוך אוזני השלג של הכרית, כשהייתי ילדה לא היה לי אהוב.

ההסקה מתעוררת לפני, מפיצה חום עצל של בוקר שבת, ולרגע נדמה לי שאני בבית, וגילי משחק בסלון, ואמנון מכין קפה, גוער בו בשקט, אל תרעיש, תן לאמא לישון, כך בוודאי מתבלבל גילי מדי בוקר, כשהוא מנסה לזהות היכן הוא נמצא, ואני מרגע שזיהיתי היכן אני נזכרתי גם בפרידתנו הצפויה, ואני מחליטה לקבל את הדין בהשלמה גאה, לא להתחנן ולא לבקש על נפשי, וכשהוא נכנס לחדר עם המגש, ועליו ספלי קפה ופרוסות עוגה, אני מחייכת אליו באיפוק, מנסה לסרק באצבעותי את השיער הסורר. הוא כבר לבוש בבגדיו כעומד לצאת, סוודר גולף שחור ומכנסי ג׳ינס כחולים, שערו לח, לחייו שנאספו מחדש מדיפות ריח נעים, חיוורונו המודגש לאחר הגילוח, הכתמים הכהים העמוקים של עיניו, ליבי היוצא אליו, כך יכלו להיראות חיי החדשים, והוא מושיט לי את הכוס, את רוצה לדבר? הוא שואל, ואני לוגמת בשתיקה, מושכת בכתפי. יש לך משהו להגיד לי? הוא מאיץ בי, כמו מדובר במשאלתו האחרונה של הנידון למוות, שרק היא מעכבת את ביצוע גזר־הדין, וכשאני מתמידה בשתיקתי הוא אומר, טוב, אז תשמעי אותי, ידו על סנטרי, מכוונת את פני אליו, אני רוצה להציע לך משהו, אני לא בטוח שזה רעיון טוב אבל אין לי אחר, אני חושב שצריך לנסות את זה.

ציפורים החוצות את החלון משרטטות קו עופרת אפור בשמיים שהתבהרו ואני עוקבת אחר מעופן, מה תציע לי, מסיבת פרידה עגמומית במיטה, טיול קצר מאופק בשבת היפה להפתיע, שנינו נפסע אחרי הארון הריק, בואי לגור איתי, ואני לוחשת, לגור איתך, כאן? והוא אומר, כן, לא חסר כאן מקום, מחווה בידו על הקירות הלבנים המעידים בעדו, ואני מתנשמת בהקלה חשדנית, לרגע נדמה שאין בכוח הצעתו המפתיעה לבטל את הפרידה שנגזרה מראש, אלא רק לדחותה, עד שתהיה מאמללת יותר, קורעת לב יותר.

הִצלחת לבלבל אותי, אני אומרת בזהירות, מפקפקת ביני לביני בשיקול־הדעת שלו, חשבתי שאיבדתי אותך, כמעט תלונה נשמעת בקולי, על התחזית שלי שלא התגשמה, והוא אומר, אני יודע, גם אני. אז מה השתנה? אני שואלת, והוא אומר, הבנתי שאני צריך לתת לך יותר ביטחון, ואני צריך לקבל ממך יותר ביטחון, אולי מסגרת יותר ברורה תאפשר את זה, ואני מתנשמת, אבל זה מהר מדי, אנחנו עוד לא מכירים, והוא מחייך, שמעת על דרך יותר טובה להכיר?

אבל מה עם הילדים? אני מקשה, זה מוקדם מדי בשבילם, אנחנו לא יכולים לעשות ניסיונות על הגב שלהם, והוא אומר, זה לא מרתיע אותי, נעשה את זה בהדרגה, אם אנחנו נהיה שלמים הם יסתגלו, ואני מנסה את המלה הזאת, שלמים, אם נהיה שלמים, אם היינו שלמים אי־פעם, ונדמה לי שכל מיני שמועות רחוקות על אהבה ואושר הולכות ומתקרבות אלי, ואני אפילו לא משתוממת עד כמה מאוחר זה בא אלא כמה מוקדם, שהרי אפשר גם לעזוב את החיים מבלי לטעום את הטעם הזה, אושרך הוא אושרי, אושרי הוא אושרך, כן, למה שלא נהיה שלמים ככיכר לחם, כתמונה באלבום, כחרס שרופא, שלמים נהיה כשננסה להדביק את שברי משפחותינו, שלמים נהיה כשנקבץ את שיירי משאלותינו, שלמים נהיה בשוכבנו ובקומנו, שלמים בקיומנו הזמני הנתפש בטעות כנצח, שלמים בצערנו ובאשמתנו, בחורבננו ובבניינו.

פרק שבעה־עשר

עוד רגע אחד תיעצר תנועת המכוניות, הולכי הרגל יעמדו על מקומם זקופים כאילו צפירת זיכרון מרה כובשת את הבוקר הזה, המלצרית המתקדמת לעברנו נושאת מגש ועליו ספלי הקפה שהזמנו תתייצב לצידנו דוממת כבובת שעווה, והוא עצמו יקפא מולי בשפתיים חשוקות, בעיני תכלת בהירות ומלוטשות, כשאבשר לו את הבשורה, כשאומר לו, אמנון, יש לי בן־זוג חדש, אני עוברת לגור איתו, ולמרות שהפרידה שלנו שרירה וקיימת כבר חודשים ארוכים, נדמה שרק עכשיו היא אכן מתממשת, שרק עכשיו יצאה בת־קול מן השמיים ואמרה, פלונית בת פלוני לא מיועדת לזה אלא לזה, ועליה ליטול את כל אשר לה, את רהיטיה וכליה, בגדיה וספריה, ואת בנה יחידה אשר נולד לה אל ביתו אשר בסמטת הסליחות, ולא לחזור עוד לביתה לעולם.

ידיו הרחבות, הבשרניות, מחליקות על ראשו בתנועה מתוחה, לחייו מתנפחות כספוגים הבולעים מים, נדמה שגופו הולך ומתעצם מולי, מתמלא בשאריות של כעס נושן, תסכול וקנאה, עיניו מתעגלות בהבעת התימהון המוכרת לי כל־כך מפניו של גילי, אני לא מאמין, אלה, רק לפני כמה שבועות רצית לחזור אלי, היית מוכנה לעשות הכול כדי שנחזור, ועכשיו מתברר שכבר יש לך מישהו ואת עוד עוברת לגור איתו? מה זה צריך להיות?

מסך של זרות צונח מן התקרה, חוצה את שולחננו כרשת הצללה

כהה, מרחיק אותי ממנו, לבדי אני ניצבת מולו אבל נדמה שעל ברכי אהובי החדש אני יושבת ומבין זרועותיו אני מציצה על הגבר המבעבע, שתנועותיו גסות, חותמות האהבה החדשה מקשטות את גופי כתכשיטים שקנה לי אהובי לספר על אהבתו, כדי שכל עובר ושב יֵדע עליה, ואם כל עובר ושב, קל וחומר אמנון מילר, היושב מולי עכשיו, מנופף בזרועותיו, פיו מתמלא הברות מחוספסות.

זה לא היה לפני כמה שבועות, אמנון, אלא כמה חודשים, אני מזדרזת לומר, ואתה היית כל־כך חד־משמעי שהאפשרות הזאת נמחקה, וכל מה שקרה מאז זה כבר לא עניינך, אני מעדכנת אותך עכשיו רק בגלל גילי, וגם כדי שנלך סוף סוף לרבנות ונגמור את העניינים שלנו כמו שצריך. למרות רצוני אני מוצאת את עצמי מתגוננת, כמו תמיד במריבות שלנו, והרי כל־כך מנוסים אנחנו במריבות, את כולן טעמנו, את אלה המתלקחות בחטף ואלה הנרקמות לאיטן, אלה המסתיימות בפיוס ואלה המשתרכות בעקבותינו ללא מיצוי, מעלות צחנה כמים עומדים באגרטל, האם עוד נותרה בינינו קרבה מספקת לשם הזנת מריבה, ביני לבין הגבר המגושם בחולצת הפלנל המשובצת, שעיניו נרתעות ממבטי אבל שיניו הגדולות שחריצים דקים חורצים אותן לאורכן נחשפות מולי, אה, אז זה מה שדחוף לך עכשיו, הוא מסתער בתוקפנות על המידע, לגמור את העניינים שלנו, להיפטר ממני סופית, בשביל זה רצית להיפגש, ואני אומרת, ברור, לְמה ציפית בדיוק, שאני אתחנן לפניך לחזור אלי כמו אז, שתוכל שוב להשפיל אותי, לסגור אותי בבית־שימוש אולי, אתה לא רואה שאני כבר מזמן במקום אחר?

יש לך מושג בכלל מה עבר עלי בלילה ההוא, את יודעת כמה היה לי קשה לדחות אותך? הוא פורץ בדיבור מהיר, קודח, עשיתי את זה בשבילך, בשביל שנינו, ידעתי שאם נחזור במהירות כזאת שום דבר לא ישתנה, ושאני צריך לתת לך זמן, רציתי לוודא שאת באמת מתכוונת לזה, שאני יכול לסמוך על מה שאת אומרת, ואני מנידה את ראשי מולו בפקפוק, אני ממש לא מבינה מה אתה מנסה

להגיד לי, הרי לא השארת לי אז אפילו צל של ספק, אנחנו חיים בנפרד כבר כמה חודשים, כל אחד מאיתנו חופשי לבנות את החיים שלו, מה אתה אומר עכשיו, שאתה מחכה לי?

אני מחכה כבר הרבה זמן לראות אם היית רצינית באותו לילה, הוא אומר, אתמול כשהתקשרת הייתי בטוח שאת מתכוונת להציע לי לחזור אבל הפעם לא מפאניקה אלא מאהבה, תסלחי לי על הביטוי, עכשיו אני מבין שהייתי נאיבי, כמו תמיד, נתתי לך יותר מדי קרדיט, את לא התבגרת, את לא למדת כלום, אם במהירות כזאת את מפילה את עצמך על הגבר הראשון שמעוניין בך, ואפילו לא חושבת על הילד שלך, ואני נושמת בכבדות, משתדלת שלא להניח למלים הנורות מפיו לנקב את המסך החוצץ בינינו, אמנון, תקשיב, נכון שבהתחלה חשבתי שהפרידה שלנו מוטעית, אבל אתה לא רצית לחזור ועכשיו ברור לי שצדקת, היינו נתקלים בדיוק באותן הבעיות, אני לא מבינה מה אתה רוצה ממני אחרי שסירבת לי, איזה זכות יש לך להתלונן.

אני לא סירבתי, הוא נוהם, גוהר לעברי, זרועותיו שלובות על השולחן, מקרוב אני מבחינה בקצות השערות המבצבצות על ראשו, יוצרות כתמים מעוננים על קרחתו, אני אמרתי לך שאנחנו צריכים זמן, אני בזמן הזה לא נגעתי באף אשה אחרת, ואת כבר עוברת לגור עם מישהו? ואני מסננת בגרון ניחר, אבל אני לא ציפיתי ממך לשמור לי אמונים, חשבתי בכלל שאתה עם עופרה, מה אתה רוצה ממני, מה אתה אומר לי?

אני אומר לך שאם היית עכשיו מציעה לי לחזור הייתי שוקל את זה ברצינות, אבל אם את באמת עוברת לגור עם מישהו אני מוחק אותך אצלי לגמרי, זאת ההזדמנות האחרונה שלך, ואני ממלמלת, חשבתי שמזמן מחקת אותי, אני לא מאמינה לאף מלה שלך, אתה סתם רוצה לקלקל לי, אמנון, אל תעשה לי את זה. בשביל מה הזמנת אותי הנה בכלל, הוא רוטן, שפמפם של זיעה נאסף מעל שפתו העליונה המרטיטה בעצבנות, אנחנו לא ידידים של בתי־

קפה, מה רצית, שנתכנן ביחד איך לספר לגילי שאת מביאה לו אבא חדש? שנעשה פה משחקי סימולציה כשאני בתפקיד הילד? ואני אומרת, מה פתאום אבא חדש, אתה האבא שלו ואף אחד לא יתחרה בך, אם זה מה שמפריע לך אז אין לך מה לדאוג, והוא מוחה את הזיעה בידו, מותיר סימן אדום במורד הלחי, כל המהלך הזה מפריע לי, איך היית מרגישה אם הייתי מזמין אותך לארוחת בוקר והיית בטוחה שאני הולך להציע לך לחזור ואז הייתי מודיע לך שיש לי מישהי חדשה ואני עובר לגור איתה, זה לא היה מפריע לך? וכששפתיו מתנועעות מולי ושפתי מתנועעות מולו, חוזרות שוב ושוב על אותן הברות, נדמה שאני רואה אותנו לאורך השנים, נטועים זה מול זה פעורי פה, נטויי צוואר, משמיעים קולות צורמים, באתרים שונים ומגוונים, בחיק הטבע, בבתי־מלון, בבתי חברים, בדירותינו המתחלפות, מזדקנים תוך כדי מריבה, מתנפצים זה אל שונותו של זה, האם זה עברנו או עתידנו.

מספיק עם המניפולציות שלך, אני לוחשת, כי שתי נשים קשישות מתיישבות בשולחן הסמוך אלינו, מציצות בנו בעניין, לא היה לך שום יסוד להניח שאני רוצה לחזור, אני בטוחה גם שזה לא עלה בדעתך עד לפני חמש דקות, אתה פשוט רוצה להקשות עלי, אבל זה לא ילך לך, אני כל־כך בטוחה בקשר הזה שאפילו אתה לא תצליח לערער לי את הביטחון, והוא אומר, כן, עד כדי כך? מצאת את הגבר המושלם סוף סוף, גבר בלי חסרונות? אני מאוד מקווה בשבילו שזה המצב, כי הוא עוד לא יודע מה מחכה לו ברגע שתגלי שהוא לא כזה, הוא לא יכיר אותך יותר, אה? גם אני הייתי מושלם בעינייך בהתחלה, גם לי היו כמה חודשים של חסד, עד שהתחלת לרדת לחיי, את לא שונה בהרבה מאבא שלך, שלא יהיו לך אשליות, לאהוב את לא יודעת, האהבה שלך היא צמח חד־עונתי וגם זה בקושי.

קרן שמש חדה משוטטת על שולחננו, בין ספלי הקפה שהתקרר בטרם התפנינו ללגום ממנו, מתנודדת בין שנינו כמחפשת את

האשם, ממששת את פניו כאצבע של עיוור, מרצדת עצבנית מעין לעין, מלחי ללחי, האם את פיסת העור הזו אהבת, האם את העין הזו תרצי לראות יום יום עד שארית חייך, מצביעה על זרותנו שהגביהה בבת־אחת מעל שנות הקִרבה שלנו, האם זה בעלי, דומה שחציתי את הקווים ומן העמדה החדשה הוא זר ומרתיע, אוזני שהתרגלו לסגנון דיבורו המתון של עודד משתוממות מול ההתפרצות הגסה, מוגנת לכאורה מאחורי שקי החול של חיי החדשים אני מציצה בו בזהירות מבעד לחרכים, כצופה בקרב שכבר הוכרע אמנם אך עדיין הוא מסוכן, עדיין אפשר להיפגע בו מכדור תועה, אחרון.

אמנון, אני לא מוכנה לשמוע אותך יותר, אני לא ביקשתי ממך לחכות לי, חשבתי שכל זה כבר מאחורינו, תנסה להירגע, אנחנו חייבים לשמור על קשר סביר בשביל גילי, והוא נוהם בקול רם, בשביל גילי, בשביל גילי, נמאס לי לשמוע את המלים הצבועות האלה, כל־כך אכפת לך מגילי שאת מפרקת לו את המשפחה, ואחר־כך זה לא מספיק לך אז את גם עוברת דירה ועוד מביאה לו גבר חדש שהוא צריך להתמודד איתו, והכול במהירות הבזק לפני שתתחרטי, את קולטת מה את עושה בכלל, לפעמים אני חושב שאת פשוט לא נורמלית, את צריכה פסיכיאטר דחוף, אני אומר לך, ולפני שאני מספיקה לבשר לו שיש לי פסיכיאטר צמוד עכשיו, שיירגע, הוא קם בבת־אחת על רגליו, הודף את הכיסא לאחור, את יודעת מה, תעזבי אותי מכל התסבוכות האלה שאת מארגנת, תסתדרי בעצמך, אין לך מה לצפות לעזרה שלי יותר, לא עם גילי ולא עם הרבנות ולא עם שום דבר, שהחבר החדש שלך יעזור לך, והנה הוא אוסף את איבריו התוססים מזעם ומסתלק, נתקל בדרכו במלצרית המביאה אל שולחננו את ארוחת הבוקר הזוגית שהזמנו, חביתה מקושקשת וסלט ירוק, סלסילת לחמניות חמות ומבחר גבינות.

מוטרדת אני בוהה בתנועותיה של המלצרית, העורכת את

השולחן בקפידה לשני אנשים, מניחה מול כיסאו הריק את החביתה הריחנית, כוס מיץ התפוזים שאך זה נסחט, ואת הסכו"ם על מפית מקופלת, כאילו יבטיח הסדר המופתי את שובו, וגם אני מעמידה פני ממתינה, שותה בעצבנות מהקפה שהצטנן, בעודי מביטה החוצה בעד החלון. צל כבד נפרש על זוהרם של החיים החדשים, תולעת התגלתה בתפוח, נמלים בעוגה, ואני מנסה להתנחם, הוא סתם מדבר, הוא יירגע, גם אז כשנפרדנו הוא איים והשתולל ובסוף הכול עבר בשלום, מה הוא כבר מסוגל לעשות, הרי לא ייקח ממני את הילד, וגם לא ייעלם לו רק כדי להקשות עלי, וגם אם יעכב את הגט אני אסתדר, אבל מעבר לאיומים המפורשים נחשף לאיטו המורא הגדול מכולם, המענה מכולם, כמו פתח מחדש בדבריו הבוטים תיבת נגינה נשכחת, סובב את המפתח והנה הולכת ובוקעת ממנה מנגינה קודרת, מציקה, של פקפוקים וספקות.

של מי החביתה הזאת, יש לה בעלים? אני שומעת קול מחויך, ומיד נושאת את עיני בשמחה, היא היתה של בעלי דווקא אבל הוא ויתר עליה, כולה שלךְ, אני אומרת, קמה ומחבקת אותה, טליה, כמה טוב לראות אותך, התגעגעתי אלייך, והיא רוטנת בעלבון מודגש, מרוב שהוא מודגש כבר אינו מעיק, אני בכלל לא חברה שלך יותר, אחרי שאת חודשים לא מחזירה לי טלפון, אם לא אכפת לך אני אחסל את החביתה של אמנון ואסתלק, ואני אומרת, תאמיני לי שלא הייתי מסוגלת לדבר עם אף אחד, אין לך מושג מה עבר עלי, והיא שולחת אלי מבט בוחן מעל פיה הלועס בחיפזון, לפי איך שאת נראית, רק דברים טובים.

את טועה, אני אומרת, הטובים באו רק עכשיו, והיא מורחת גבינת שמנת על הלחמנייה בתשומת־לב, אז מה, התאהבת? ואני מעווה את פני בצחקוק נבוך, אין לך מושג עד כמה, זה לא אמיתי בכלל, זה יותר מדי טוב, והיא אומרת, את מדאיגה אותי, אֱלָה, זה נשמע רע, ואני מתלוננת, די, גם את רוצה לקלקל לי כמו אמנון? מה קורה לכם הבוקר, רואים בחורה מאושרת וישר מתחילים לקנא.

טוב, לא ציפית שאמנון ישתתף בשמחתך, היא אומרת, ואני נאנחת, חשבתי שזה לא ישנה לו כבר, והיא מגחכת, אני עכשיו מהצד שלו בכלל אז תיזהרי ממני, כשאת לא החזרת לי טלפונים התקשרתי אליו כל פעם שיואב רצה לפגוש את גילי, היינו אצלו כמה פעמים, גילי לא סיפר לך? ואני אומרת, לא, את יודעת איך הם בגיל הזה, לא מספרים כלום, ממהרת לחפות על המבוכה, שלא תבחין כמה גדול המרחק שנפער ביני לבין בני, מרחק של מחצית חייו הנסתרת ממני, שגם אם היה מנסה לשתף אותי במרכיביה לא הייתי משיגה, קל וחומר כשאינו חושף אפילו פרטים קטנים.

דווקא בילינו יפה, היא ממשיכה, ישירה ועניינית כדרכה, אין לך מושג כמה אמנון השתפר בלעדייך, ואני מעירה, כן, היה לי רושם כזה שהתפוגג הבוקר, סיפרתי לו שאני עוברת לגור עם מישהו וזה היה יותר מדי בשבילו, מיד חזר הפרצוף הקודם שלו, והיא מרפה מן הלחמנייה, בולעת במאמץ, אלה, את עוברת לגור עם גבר? ואני מגחכת, אז עם מי את רוצה שאני אגור, עם חתול? והיא אומרת, זה עדיף ללא ספק כרגע, כמה זמן אתם מכירים בכלל? ואני אומרת, לא הרבה, אבל הזמן לא קובע, ממתי הזמן קובע.

שוב את רצה מהר מדי, היא אומרת, קולה נסער, זה יופי שהתאהבת, אבל למה לגור ביחד, למה להכניס את גילי לתוך הסיפור הזה? גם לו יש ילדים? ואני אומרת, שניים, אבל יש להם אמא, לא נראה לי שהם ממש יגורו איתנו, והיא אומרת, אין לך מושג לְמה את נכנסת, זה הרבה יותר מסובך ממה שאת חושבת, יש לי חברה שעוברת עכשיו גיהינום עם גבר גרוש שיש לו שלושה ילדים שהיא לא סובלת, והם לא סובלים אותה, את חייבת לחכות לפני שאת מערבת את הילדים.

אבל אני בטוחה שאני אסתדר עם הילדים שלו, אני מוחה בקול רפה, את הילד אני מכירה כבר והוא מקסים, והילדה גם נראית חמודה, מה כבר יכול להיות, והיא אומרת, הכול יכול להיות, כשיש ילדים משני הצדדים, איך הוא מסתדר עם גילי, למשל? ואני אומרת,

הוא בקושי מכיר אותו אבל אני בטוחה שלא תהיה בעיה, ראיתי איך הוא עם הילד שלו, הוא אבא נפלא.

הוא אבא נפלא לילדים שלו, לא לשלך, זה כל ההבדל, היא לוגמת בחיפזון מהקפה של אמנון ומעווה את שפתיה, תקשיבי, אני בניגוד לאמנון כן רוצה שיצליח לכם, אבל אתם חייבים לעשות את זה בהדרגה, למה לא תתייעצו עם איש מקצוע? ואני אומרת, הוא בעצמו איש מקצוע, הוא פסיכיאטר, אני בטוחה שהוא הקדיש לזה הרבה מחשבה, והיא אומרת, זה בכלל לא מרגיע אותי שהוא פסיכיאטר, בחיים האישיים הם כאחד האדם ואפילו פחות מזה, מרוב שהם בטוחים שהם יודעים הכול, אל תסמכי עליו, תחשבי בעצמך, תחשבי מה זה יעשה לגילי לקבל פתאום שני אחים חורגים, ואני אומרת, אבל גילי חבר הכי טוב של הילד שלו, ככה הכרנו בכלל, והיא לא מתרשמת, אז מה, גילי היה החבר הכי טוב של יואב, את חושבת שאם הייתי מחר עוברת לגור עם אמנון זה היה קל להם? ממש לא.

אז זה הסיפור, התאהבת באמנון? אני מגחכת, והיא קמה בחיפזון, אני חייבת לרוץ, תשמרי על עצמך, היא מנשקת אותי, שערה השחור השופע נשפך על לחיי, אנחנו חייבות להמשיך את השיחה, אולי תבואי עם גילי אחר הצהריים? לא הייתם אצלנו חצי שנה, ואני אומרת, פעם אחרת, היום דווקא תכננו להפגיש את הילדים, אנחנו מנסים לביים התאהבות, והיא שוב מעווה את שפתיה, לביים התאהבות? זה לא נשמע טוב, את מדאיגה אותי, אלה, תבטיחי לי שתחשבי על מה שאמרתי, למרות שאני מכירה אותך כבר, זה אבוד.

תפקידנו לביים התאהבות, אני מספרת לכיסא שהתרוקן מולי שוב, התאהבות הדרגתית, טבעית, משפחתית. יש לנו קהל מצומצם, שלושה אנשים בסך הכול, כולם קטינים, רכים בשנים, והם אוהדים לכאורה אבל גם על סף העוינות, והם פזורי דעת לכאורה, אבל גם מרוכזים מאוד, רוחשי אמון אבל גם חשדניים, נינוחים אבל מפוחדים, עיניהם הצעירות קולטות את דקויות הזיוף, את הצרימות,

המבטים הגנובים, המאמץ והמתח, ובניגוד לקהל רגיל הם דרוכים, עצורי נשימה כמעט, כחיילים לפני הקרב, כי המחזה שאנחנו מעלים בפניהם אחר הצהריים הזה הוא סיפור חייהם שלהם, סיפור ילדותם המתנודדת, המתערערת, ועלילתו תחרוץ את גורלה.

הנה הם ישובים זה מול זה על נדנדת הצמיג בחצר, עולים ויורדים כמטוטלת, מלווים את התנועה בצווחות עונג חדות, קרני השמש הקרות מרצדות על מעיליהם ששוליהם מלוכלכים מבוץ, על לחייהם הסמוקות בסומק מוזר, כחלחל, כאילו אופרו. אמא, עוד לא, גילי צועק, תני לנו עוד קצת להתנדנד, ויותם מהדהד אחריו, עוד לא, עוד קצת, וליבי מתרחב לעומתם כמו היו שניהם ילדי, תאומים שילדתי, ובקול נרגש מדי, כמו מעולם לא אספתי ילד זר מבית־הספר, אני מכריזה, יותם, אתה בא אלינו, אבא שלך ביקש שנאסוף אותך היום, וכבר מבטו של גילי משוטט על פני, בעודו מותח את רגליו לחיזוק התנופה, וברור לי שקולי הנלהב לא נעלם מאוזניו, הוא שמקפיד על כל פרט. באמת? יותם מתפלא, אמא לא אמרה לי בבוקר, ואני מרגיעה אותו, אל תדאג, אבא שלך התקשר אלי עכשיו וביקש שניקח אותך אלינו, הוא יבוא אחר־כך, אחרי שיאסוף את מאיה מהחוג, ככה הוא אמר לי, אני ממהרת להוסיף, מנסה לטשטש את בקיאותי המופלגת בסדר היום שלו.

כגוף אחד הם נשמטים מן הנדנדה, אוספים את הילקוטים המושלכים בחצר, ואנחנו מפלסים את דרכנו בהמולת המסדרונות המחניקים, מתנהלים בין הריחות המסגלים לעצמם ממשות גופנית כמרפקים, ריח ממרח שוקולד ולחם אחיד ונפיחות נמרצות וגרביים לחים וזיעת אנשים קטנים הנאבקים על כבודם בכל רגע ורגע, ללא מנוחה. אני לוקחת את יותם, אני מודיעה למורה, והיא מחליקה על ראשיהם הנעלמים, יופי, חברים הכי טובים שני אלה, כמו אחים ממש, ואני מאשרת, כן, ממש כמו אחים, נדמה שכל מלה אגבית סופחת אליה משמעות מכרעת, מלים כבדות סובבות אותי בזמן האחרון, מעוברות, דווקא מפיות זרים הן בוקעות.

בדרך הביתה אני פוסעת מאחוריהם, מנסה להקשיב לשיחתם, צמודים הם מתנהלים, מראים זה לזה קלפים מקומטים שהם שולפים מכיסי המעיל, זה הכי שווה, איך השגת אותו, זה יש לי כפול, אולי נחליף, הם מצייצים כגוזלים רכים, תמימים, משפחה חדשה נבנית עבורכם ואינכם יודעים, זרדים ועלים וחוטים ופיסות בד נאספים סביבכם, כובלים אתכם זה אל זה ובטרם תבחינו בכך תילכדו. קניתי עוד שש חבילות, אני מספרת לגילי, שלוש לכל אחד, והוא מכריז, שמעת, היא קנתה לנו קלפים, ומיד מברר, קנית לפני או אחרי שאבא של יותם התקשר? מוודא שלא מדובר בשש חבילות שהיו מיועדות לו מלכתחילה, והוא זה שיָצא נפסד מן העסקה, ואני אומרת, בטח שאחרי, והוא עומד לרגע מהורהר, כמפקפק בדברי, ממולל בידיו את הקלפים, אני בכלל לא מכיר את אבא שלך, הוא סח ליותם, בטון נזפני מעט, ויותם ממהר להתגונן, כי הוא הרבה בעבודה, הוא כמעט לא בא לבית־ספר, גם אני לא רואה אותו הרבה, הוא מודה, אבל עכשיו אני יראה אותו יותר, הוא מנסה לעודד את עצמו ואת קהל שומעיו, כי הוא עבר לבית חדש, ואנחנו נהיה אצלו חצי הזמן.

מה זאת אומרת חצי הזמן, אני מעכלת בדממה את המידע החדש, שומעת את גילי מזדרז לאזן ביניהם, גם אני חצי הזמן אצל אבא שלי, נכון אמא? מצאו להם במה להתגאות, הישגיהם העלובים של ילדי הגרושים, ואני אומרת, כן, בערך, נזהרת מלסתור את דבריו, אבל השמועה על הסידור החדש שגונבה לאוזני במקרה מעסיקה אותי הרבה יותר, חצי הזמן? ומה עם הזמן שלנו? ואני מנסה לראשונה לדמות את אופיים של חיי היום יום הצפויים, האם הוא מקצץ בשעות העבודה כדי להיות עם ילדיו, או שמא הוא מסתמך על עזרתי, האם נהיה עם שלושת הילדים חצי הזמן או שנפריד ביניהם, חצי עם שלו וחצי עם שלי, ואף פעם לא לבד, וצליל קולה של טליה מהדהד מולי, זה הרבה יותר מסובך ממה שאת חושבת, אבל אני מזדרזת להשתיק אותה, אז מה אם הילד אמר, הוא הרי לא קובע, וגם אם כן, וגם אם יהיו קשיים, בכוח אהבתנו נתגבר, וכשאני חושבת על אהבתנו, על

האנחנו החדש המופתע הזה, נדמה שאור שמש חם ומבריא שוטף את חדרי ליבי המוגפים כחדר של חולה, שוטף ומנחם, למה לי להתעכב על דקויות כשאני רוצה בו כל־כך, כשבעצם אין לי ברירה.

תורידו נעליים בחוץ, שלא ייכנס בוץ הביתה, אני מזכירה להם כשאנחנו עולים במדרגות, נזכרת כמה נוח לדבר בלשון רבים, וגילי שנכנס ראשון מעיר, סידרת את הבית, אמא, לכבוד מה? ואני מחבקת אותו, לכבודכם, שיהיה לכם נעים, ולמרות שלא נחה דעתו הוא מרפה, מסתער מיד על חבילות הקלפים החדשות, מעניק ליותם שלוש חבילות בעפעוף של נדיבות מופלגת, וכבר הם משווים ומחליפים, ואני ממהרת אל חדר השינה, מתלבטת מה ללבוש, משהו פשוט וביתי שיהיה גם מחמיא, לא מרושל מדי אבל גם לא מאומץ, בוחרת לבסוף בסוודר אדום ומכנסי ג׳ינס מהוהים, עדיין לא מרוצה, האם לאסוף את השיער או לפזר, נדמה שמעולם לא התכוננתי כל־כך לפגישה איתו, הרי רוב פגישותינו היו מקריות להבהיל, והפעם הכול מתוכנן, מבוים, האם לחדש את האיפור או להסתפק בשייריו מהבוקר, וכשאני מנסה לאסוף את השיער בגומיית קטיפה אדומה, ומיד מתחרטת, אני תוהה עבור מי באמת מיועדות ההכנות הללו, האם עבור הגבר הזה שכבר ראה אותי בשנתי ובמערומי, או עבור בתו היפה בת העשר, האם אותה אני מבקשת להרשים בהופעתי כדי למצוא חן בעיניה או שמא ההיפך, כדי להתחרות בה לנגד עיניו, להאפיל עליה.

שוב ושוב הם מכים בידיהם הקטנות על השטיח, מעלים אדי אבק בנסותם להפוך את הקלפים, הנשכבים בצייתנות על גבם כתיקנים מתים, ואולי משום כך אני לא שומעת את צלצול הפעמון, וכשאני נושאת את עיני מן הספה עליה השתרעתי כבר חורקת הדלת בהיפתחה, והם נגלים מאחוריה, האב ובתו, שלובי זרוע, ומיד אני מתחרטת שלא אספתי את השיער, כי הנה שערה הבהיר מהודק בפקעת מושלמת, המשַווה בגרות ואצילות לפני החרסינה שלה, הבוחנים אותי במורת־רוח גלויה.

שלום לכולכם, הוא מכריז בטקסיות, קולו הנמוך נשמע לפתע

נלעג מעט, מעושה, ואני מזנקת לקראתם, שלום, איזה יופי שבאתם, כאילו מדובר בהפתעה, ושנינו ודאי היינו מגחכים זה על זו אלמלא היינו מתוחים כל־כך, נואשים כמעט, והוא מנסה לומר כבדרך אגב, אַת מכירה את מאיה? מצביע עליה משום־מה, ואני מנופפת לעברה, למרות שלידי היא עומדת, היי, אני אלה, והיא קוטעת ברטינה את הטקס המאולץ, אני יודעת, ראיתי אותך פעם בבית־קפה, ואני מזדרזת לומר, תנו לי את המעילים שלכם, והוא מנסה לפשוט את מעילו אבל ידה האוחזת בזרועו אינה מאפשרת. אבא, אני רוצה הביתה, היא נוהמת, יש לי שיעורים, והוא אומר, בואי נישאר כאן קצת, מתוקה שלי, אחר־כך תעשי שיעורים, אני בטוח שיותם עוד לא רוצה ללכת, ורק אז יותם מתפנה אליהם, מרפה מהקלפים ומקפץ אל אביו, אבא! הוא שואג כאילו לא נפגשו שבועות, אמא של גילי קנתה לי קלפים! ועודד צועק, איזה יופי, תתחדש! כמו מדובר ברכישה ענקית, חסרת תקדים, בעודו מתאמץ בינתיים לפשוט את מעילו, מנער לשם כך את ידה מזרועו, ידה הצרה, העדינה, הנעלבת, ואני רושמת לזכותי ניצחון ראשון קטן ומספק, חוטפת ממנו במהירות את המעיל, תולה אותו בקפידה על קולב בארון המעילים, כאילו לא יזדקק לו יותר בעתיד הנראה לעין.

תני לי גם את שלך, יהיה לך חם ככה, אני משדלת אותה, והיא פושטת את מעילה באנחה קולנית, חושפת את חליפת הריקוד התכולה המרהיבה שלה, גרביון לַייקְרָה זוהר ומעליו בגד באלט ארוך שרוולים, צמוד אל גופה הצר, איזה בגד מקסים, אני מחמיאה לה, והיא מחייכת ביהירות, אבא הביא לי מאמריקה. באמת? אני בוחנת אותו בהערכה, איזה כיף שיש ילדה, לא כמו הבנים האלה שלא נותנים להלביש אותם יפה, אני מלהגת, מנסה ליצור מראית עין של אחווה נשית, מקריבה לשם כך את גילי שלי שקם גם הוא מעל השטיח ונעמד לצידי, עיניו עוקבות בחשד אחר המתרחש, וכך אנחנו ניצבים בפתח הדירה, אני וילדי הקטן, ומולנו עודד וילדיו הקטנים, כשני מחנות האומדים בשתיקה זה את כוחו של זה.

אתם רעבים? אני ממהרת לשאול, יש עוגת שוקולד, ויש מרק ירקות, ואפשר להזמין פיצה, כמו הייתי בעלת מסעדה נידחת המסתערת על אורחים נדירים, ולשמחתי שני הבנים מריעים, פיצה! מלהיבים זה את זה, מטשטשים את הגבול החד הנמתח בינינו לרגע, ואני מזדרזת להעסיק את עצמי בהזמנה, אז איזה תוספות אתם רוצים, זיתים? פטריות? מה את מעדיפה, מאיה? והיא עונה בקור, אני לא רעבה. היא אוהבת עם תירס, עודד אומר, ואני שואלת, ואתה? נבוכה לרגע מן השאלה, האם אנחנו מכירים בכלל, את טעם עורך אני מכירה ולא את טעמך בפיצות, והוא אומר, לי זה לא משנה, וגילי צועק, אני עם זיתים, כחושש שמא אשכח דווקא את ההעדפה שלו, ויותם צועק אחריו, אני עם פטריות. אז אולי גם אני עם פטריות, שאני לא אקנא, גילי פולט בהיסוס, ביטחונו מתערער, ואני מתפלאה, למה שתקנא אם אתה מעדיף משהו אחר? והוא ממלמל, די, אל תגידי לי מה להרגיש, ולפתע עיניו מתלחלחות והוא מייבב, אני לא יודע איזה פיצה להזמין.

תזמין מה שאתה אוהב, זיתים, אני פוסקת, אבל הוא מתחבט, אני אקנא ביותם, אני רוצה שיותם גם ייקח זיתים, ואני נאנחת, האם יש בכלל עלי אדמות מבצע מסובך מהזמנת פיצה לחמישה אנשים המנסים להפוך למשפחה. מה הבעיה, גילי, אני גוערת בו, מה אכפת לך מה הוא אוכל, והוא נצמד אלי, גועה בבכי, אכפת לי, אכפת לי, הנזלת המבצבצת מנחיריו מתמלאת חיים ומתחילה לזחול לאיטה אל שפתיו, הדמעות הניגרות על לחייו אוספות בדרכן אבק שחור, עפעפיו מכסים על עיניו ומבעד לפיו הפעור, ששתי שיניים קדמיות חסרות בו, מציצים ניביו החדים כשיני ערפד. מעולם לא ראיתי אותו כך, מוזנח וחסר חן, כמו השתילו לי עיניים זרות, ואולי אינן זרות אלא הן עיניו של הגבר המתיישב בשתיקה על הספה, אצבעותיו היפות שרק אתמול נישקתי וליטפתי לכודות בין אצבעותיה של ילדה יהירה וזוהרת, המביטה בשאט־נפש גלוי בילדון המתייפח בזרועותי כמו חרב עליו עולמו.

יש לי רעיון, אני קוראת בעליצות מעושה, נזמין לך גם וגם, ואתה תטעם ותחליט, אני שולפת הצעה פזרנית, לא חינוכית בעליל, שאינה מניחה את דעתו, ורק גורמת ליותם להתריע, אם הוא שתיים אז גם אני, ואני מכריזה, מצוין, הבעיה נפתרה, לוקחת את הטלפון מותשת בעליל, מזמינה את הפיצה המשפחתית הגדולה ביותר, המגוונת ביותר, כדי להשביע את מאוויי כל הנוכחים, למרות שברור לי שאיש מאיתנו עוד לא רעב במיוחד, והמשולשים שייוותרו יעלו על אלה שייאכלו.

גילי, לך תשטוף פנים, תקנח את האף, אני אומרת בקוצר־רוח לאחר שהמשימה הושלמה, והוא פוסע נכלם אל חדר האמבטיה, חוזר מיד בפנים נוטפי מים, אך מלוכלכים כשהיו, כי בצידי פניו, לאורך הלחיים, מבצבצים הכתמים הכהים כאבק שטואטא מתחת למיטות, ואני נדה בראשי לעומתו אבל לא מלווה אותו שוב לשם לעזור לו לרוקן את אפו, חוששת להפקיר את הסלון למבטיהם רבי המשמעות, שלא יאותתו זה לזה בסימנים מוסכמים, ינצלו את ההזדמנות וייעלמו, הרי הם משפחה שלמה כמעט, משפחה שלמה שאינה זקוקה לתוספת, בוודאי לא לילדון תובעני ומפונק, עקשן ובכיין, אבל הנה יותם ניגש אליו, אל תדאג, גילי, אני אוכל מה שאתה, הוא מציע לפתע, בנדיבות מתוקה, אני גם אוכל עם זיתים, שלא תקנא, וגילי מייבב באושר, אז מה נעשה עם הפטריות שהזמינו לנו, ויותם מתקרב אליו ולוחש על אוזנו ושניהם פורצים בצחוק נכלולי, כזוג גורי שועלים הרוקמים מזימה, ואני מתבוננת ביותם אסירת תודה, ילד יקר, בעל־ברית יחיד כמעט, עולה בהרבה על אביו, כי למרות שמחתי הרבה לראותו יושב על הספה בביתי ובוחן את המתרחש בעיניים כהות, אני נאלצת להודות שלא עשה דבר להרגעת המהומה, ולא החליף עם גילי אפילו מלה אחת.

מה תשתה, עודד? אני שואלת, והוא עונה, משהו חריף, ואני מוזגת לו וודקה קפואה, את רוצה שוקו, מאיה? אני מרימה את קולי מן המטבח ולשמחתי היא מתרצה, מסירה בכך אולי את התנגדותה

הנחרצת לביקור הזה, ואני מגישה לה את הוודקה ולו את השוקו, פורצת בצחוק עצבני, איפה אהבתנו, עודד, האם אתה רואה אותה, האם אתה חש בה, כחתול שנבהל מזרים היא מסתתרת, אבל הזרים האלה ילדינו הם, עצמנו ובשרנו, ונדמה שאף אני כבר איני חשה בה ובעצם אני רוצה שתלכו, שתשאירו אותי לבד עם הילדון המפונק המנוזל, רק כשתלכו אשוב למצוא בו יופי, מתי תחשוף החיה שגידלנו את קצה זנבה, מתי תשמיע יללה עמומה שאוכל לנשום לרווחה, להאמין מחדש בקיומה. זקוף הוא יושב בפינת הספה, לגופו סוודר קשמיר לבן שמעולם לא ראיתי, המדגיש את תוויו המגולפים בדייקנות, את הקמטים לאורך לחייו כחריצים על גזע העץ, משקיף חיצוני האוסף נתונים בדממה, ארשת פניו קרה ומתנשאת כארשת פניה של בתו, האם גם אני התכערתי בעיניו כפי שהתכער גילי בעיני, האם גם אותי הוא רואה עכשיו מכוסה דמעות שחורות ונזלת ירוקה, כל־כך מהר אני מפקפקת בו, במלים האוהבות המבטיחות שלו, כמו היו אלה חרוזים זעירים בסל רשת מחורר שנשאתי, דבר לא נאסף, דבר לא נשמר.

מאיה, אולי את רוצה לשחק עם הבנים במחשב, או שאני אמצא לך איזה צעצוע, אני מציעה כשהם נבלעים בחדרו של גילי, משתוקקת להישאר איתו לבד, לגילי יש כמה ברביות, הוא לפעמים משחק איתן, אני מסגירה בחיפזון את סודו, העיקר שתתעסק במשהו, שתרפה כבר מידו של אביה, אבל היא מסרבת, לא, אני כבר לא אוהבת ברביות, ובמקום להרפות היא מגדילה לעשות ומתיישבת על ברכיו, זרועה נכרכת סביב צווארו, אבא, בוא נלך, יש לי שיעורים. אז אני אביא לך את התיק מהאוטו, הוא מציע, תעשי שיעורים כאן, והיא אומרת, אבל אני לא יכולה להתרכז כאן, אני רוצה הביתה, והוא מבטיח, עוד מעט נלך, יפה שלי, ידיו מלטפות בעדינות את פקעת הדבש של שׂערה, והרוך שלו כלפיה מעורר בי זעם דביק, עכור, רק לפני דקות ספורות נכנעתי אני לשיגיונותיו של בני, אבל כשאני ניצבת מולם אני מתקוממת, למה אינו משתיק אותה, למה

אינו אומר, אנחנו נשארים כאן ודי, אני מחליט כאן ולא אַת. נוכחותם בסלון ביתי מעיקה ומתנשאת, בשתיקה כפולה הם בוחנים את רהיטיו הפשוטים, את תמונת הפריזאית התלויה על הקיר מולם, דומה שאפילו היא ששרדה אלפי שנים על קירות הארמון בקנוסוס נמחקת תחת מבטם, ואני קמה בחטף ונכנסת לחדר השינה, הבגדים שמדדתי בטיפשותי מוטלים על המיטה בערבוביה ססגונית, מיותרת, מה חשבתי, כלום עשוי היפה בסריגים להאפיל על קרבת הדם, היא בתו, לעד תהיה בתו, בעוד אני ארעית בחייו כדירה ששכר בחיפזון, ואני לוקחת את גומיית הקטיפה האדומה ונעמדת מול הראי, מנסה ללכוד את כל השׂערות, שלא תישאר אפילו אחת מחוץ לגומייה, ובדיוק כשנדמה שאני מצליחה אני שומעת אותו מתקרב, אֱלָה, את כאן? והוא סוגר מאחוריו את הדלת ונשען עליה, מביט בי בתימהון. מה את עושה? הוא שואל, ואני מרפה מהגומייה ופושטת במהירות את הסוודר, נורא חם לי פתאום, אני מחליפה בגדים, אני פולטת, וכדי לאמת את דברי אני מוציאה מהארון חולצת טריקו קצרה, אבל לא לובשת אותה, עומדת מולו בשדיים חשופים, מתריסים, כאוחזת בנשקו האחרון של הנלחם על כבודו.

בואי הנה, הוא אומר, ידיו נשלחות אלי, ואני נאנחת לתוך פיו, תבוא אלי בלילה, עודד, כמה נחוצה לי לפתע קרבת גופו, דחופה כתרופה, הכרחית כהוכחה, והוא אומר, זה בלתי־אפשרי, הילדים ישנים אצלי, ואני מפצירה בו, אבל מאיה גדולה, היא יכולה להישאר קצת לבד עם יותם, והוא אומר, אבל זה הלילה הראשון שהם ישנים אצלי, אני לא רוצה להקשות עליהם.

אז אולי אני אבוא אליך, אני מתעקשת, אמא שלי תשמור על גילי, והוא אומר, עזבי, זה לא ילך היום, הם בטח יירדמו מאוחר, אבל אני לא מרפה, אז תבוא מחר לפני העבודה, והוא אומר, אני מתחיל בשמונה, זה לא ילך היום, בואי נחכה להזדמנות נוחה יותר, ואני מפנה אליו את גבי, בוהה בצמרת העץ המת, אור הפנס המצהיב מוטל על ענפיו היבשים והדקים כעצמות, אינך רוצה בי מספיק,

אינך רוצה בי עוד, תחושת הדחייה מכסה כצרעת את העור החשוף, ככל שגדל העלבון גדלה ההזדקקות. מה קורה לך, הוא שואל, ואני פונה אליו, אני לא מתכוונת לחכות להזדמנות נוחה, אני מטיחה בו, צריך ליצור את ההזדמנות, אם באמת רוצים, ואז אני כורעת על ברכי מולו ומתירה בחיפזון את רוכסן מכנסיו, מתעלמת מן הילדים שמעבר לקיר, פי נאחז בבשרו ואני שומעת אותו נאנח, די, אלה, זה לא מתאים עכשיו, אבל סיומה של אנחתו כבר מתמלא עונג, וכשנדמה שספקותיו הולכים ומוּתרים אני מרפה בבת־אחת ומזדקפת, עכשיו נראה אותך מחכה להזדמנות נוחה יותר, אני לוחשת, והוא מתנשם מולי, שפתיו מופשלות, באמת, אלה, לא מתאים לך, הוא נוזף בי בגרון ניחר, המניפולציות הנשיות הכי נמוכות, ואני כבר כבדה מחרדה, משקלו של היום הזה מכריע אותי, אתה פשוט לא מכיר אותי, אני לוחשת באוזניו, יש לי בשבילך עוד מניפולציה, אפילו יותר נמוכה, אם לא תבוא הלילה אז אל תבוא בכלל, ומיד אני לובשת בחיפזון את החולצה ויוצאת מהחדר, העלבון מתחלף בן־רגע בחרטה, מתיישבת על הכורסה בסלון ורק אז אני מבחינה בעיניה הבהירות המלוכסנות מעט כעיני אמה בוחנות אותי באי־שקט, איפה אבא שלי?

אני כאן, יפה שלי, אני שומעת את קולו, שוב מאוזן ורגוע, ההתנשמות הניחרת נעלמה כליל מגרונו, אנחנו כבר הולכים, מה קורה עם הפיצה? הוא פונה אלי בגערה, כמו הייתי האחראית לקצב המשלוחים, ואני מציצה בשעון, היא תיכף תגיע, עוד לא עברה חצי שעה, מנסה ללכוד את מבטו, לאותת לו התנצלות נכלמת, אבל הוא מתחמק ממני, מביט בציפייה בדלת, כאילו משם תבוא ישועתו, ואמנם היא מגיעה, פיצה חמה וריחנית, המכסה את שולחן הסלון, מקבצת את כולנו סביבה, ונדמה שיש בכוחה לאחד אותנו לזמן־מה, כפי שפוררה אותנו בתחילת הערב, כי גילי ויותם מתואמים להפליא, נוגסים במשולשי הזיתים, ואפילו מאיה נשברת לנוכח הריח המפתה ולוקחת את הנתח המיועד לה, המכוסה שיני

תירס מצהיבות, ועודד לועס באיטיות פיצה רגילה, עכשיו כשהילדים נינוחים גם הוא נראה מפויס יותר, ואני מוזגת לי וודקה וממלאה שוב את כוסו. כמו עדת חתולים מורעבת סביב צלחת המזון אנחנו מקיפים את השולחן, ולרגע נדמה שהכול כשורה בעצם, ואולי כך היה גם קודם אלא שכדרכי נבהלתי מהר מדי, ראיתי צל הרים כהרים, ומרוב שהזדרזתי לבַכות את קיצנו זירזתי את בוא הקץ, ואני רואה בהקלה שמאיה מתיישבת על השטיח ליד גילי ויותם, מפשירה לאיטה, מצטרפת כמעט בעל־כורחה לתעלול המסתורי, כשהם מוציאים מתיקם מספריים ומנסים לגזור בידיים לא אמונות את פיסות הפיצה שלא נאכלו, אנחנו מכינים אוכל לציפורים, הם מסבירים לה בלחישה קולנית, נפזר את זה במרפסת ונראה אותם באות.

מה אתם עושים, זה בזבוז, אפשר להקפיא את הפיצות לפעם אחרת, עודד גוער בהם, ואני משדלת אותו, עזוב, העיקר שהם נהנים, ונדמה ששנינו מופתעים מחילופי הדברים האלה, כמו היינו אמא ואבא במשפחה רגילה, החלוקים מעט בהשקפותיהם, ואני מסמנת לו בשפתי, בוא רגע, וחוזרת שוב לחדר השינה אבל הוא לא מצטרף אלי, ואני קוראת לו בקול רשמי, עודד, אתה יכול לבוא רגע? שהרי מפנייה גלויה קשה יותר להתעלם, בנוכחות הילדים.

מה עכשיו, הוא שואל, סוקר את פני בעייפות, יש לך עוד איומים בשבילי? והפעם אני זו שנשענת על הדלת, אני מצטערת, לא התכוונתי ברצינות, אני מבינה שאתה לא יכול לבוא היום, אני אחכה לך כמה שצריך, והוא נאנח, מביט בי בעיניים מצומצמות, את יודעת, אֶלָה, אולי אני באמת לא מכיר אותך, אולי אני גם לא מעוניין להכיר אותך, אבל ידו מחליקה על לחיי המתלהטת בליטוף מחוספס, אני מוכן לשכוח את מה שהיה כאן קודם, אבל אני מזהיר אותך, התרגילים האלה לא עובדים עלי, ואני ממלמלת, אני מצטערת, סליחה, ואז הוא שואל, אז איפה היינו? ונדמה לי שאני שומעת זיק של גירוי בקולו, ואני כורעת מולו בהקלה, כשוטחת

לפניו את תחינתי, אם זוהי עכשיו הדרך אליך זאת תהיה דרכי, ידיו מכוונות את ראשי, מהדקות אותו בתנועה מדויקת, מצחי נחבט שוב ושוב בבטנו הנוקשה, דומה שאדים עולים מגרוני כשאני מלקטת כציפור את השיירים שהותירו לי ילדיו.

הפעם הוא יוצא מהחדר לפני ואני ממהרת למקלחת, שוטפת פנים ומתיזה על עצמי בושם, וכשאני חוזרת לסלון הם כולם יושבים על השטיח מול לוח המונופול, וגילי לא יודע את נפשו מרוב שמחה, בואי כבר, אמא, מחכים רק לך, ומאיה ששכחה שיש לה שיעורים מסבירה את הכללים, אתם בקושי יודעים לקרוא אז ההורים יעזרו לכם, היא פוסקת, גילי עם אמא שלו ויותם עם אבא ואני לבד, ואנחנו שוקעים במשחק, מטילים שוב ושוב את הקוביות, נעים על גבי הלוח, צוברים רכוש מדומה, רחובות וערים שלמות, בתים ומלונות, קונים ומוכרים, וכבר עליצות מאושרת חובקת אותי, כן, זה אפשרי, כך נשב כולנו מדי ערב ונשחק ביחד, ובכל פעם שאביט בו אצטמרר כאילו רוח פלשה מתחת לבגדי, וכשהוא מושיט לי את קוביות המונופול ידו מתעכבת על ידי, מעוררת השתוקקות מפתיעה בעיצומה של עדנה משפחתית, ונדמה שמתנה כפולה קיבלתי הערב, כשאני מנשקת את עורפו של גילי החבוק בזרועותי, נלהב מן המשחק, בשעה שמבט חריף ומתגרה עוקב ללא הרף אחר תנועותי.

הרבה לפני שמוכרע המשחק הוא אומר, כבר מאוחר, נמשיך בפעם אחרת, וגילי שהצליח לצבור את הממון הרב ביותר מתחנן, עוד קצת, רק עוד קצת, ואני מנסה לפשר, אולי נשאיר את הכול ככה ובפעם הבאה נמשיך, אבל מאיה שנשארה כמעט ללא רכוש פוסקת, בפעם הבאה נתחיל משחק חדש, והמלים האלה הפכו לפתע מובנות מאליהן, אפילו לדידה, כן, תהיה עוד פעם, תהיה עוד פיצה, עוד משחק, עוד פגישה, גם אם בצאתם היא שבה להיות רשמית ושוות־נפש, כשהיא נוטלת מידי את מעילה, ואני מנסה לחייך אליו מעל ראשי שלושת הילדים, לילה טוב לכם, והוא אומר, לילה טוב גם לכם, שולח אלי נשיקה בתנועת שפתיו היפות, ובבת־אחת הבית

מתרוקן וגילי נצמד אלי ומחבק את מותני, סוף סוף נשארנו שנינו לבד, רק אני ואת.

חשבתי שנהנית איתם, אני מנסה להסתיר את האכזבה, והוא אומר, היה לי כיף עם יותם, אפילו אחותו די נחמדה, אבל עכשיו כיף לי איתך לבד, הוא מוסיף, מתעלם לחלוטין מאביהם, ואני אומרת, גם לי איתך, גילילי, תמימותו מרעידה את ליבי, הרי אינו מעלה בדעתו עד כמה נדירים יהיו הרגעים הללו, בעוד זמן לא רב יהפכו גם הם לזיכרון רחוק, וכשאנחנו מתנהלים בצעדים רכים בשבילי השגרה שלנו, אמבטיה חמה וסיפור בהמשכים, ופטפוטי לילה, דומה שאני שומעת כמעט בעל־כורחי את דנדון פעמוני הפרידה. עוד פרידה מתרגשת על ראשך, ילדוני, פרידה מן השגרה הזו, של שנינו בלבד, שנוצרה כאן בעמל רב בששת החודשים האחרונים, שגרתם של ניצולים המנסים לבנות יישוב חדש על הריסות יישובם שחרב, מלַבּנים לבני טיט בערוצי הנחלים הסמוכים, חוצבים אבני בנייה במחשופי הסלע, אוספים קורות עצים וקנים שנגדעו, לָעד יחווירו הישגיהם הצנועים מול זוהרו של העבר, ובכל־זאת נבנה כאן סדר כלשהו, פריך ומתוח אמנם, אך מוכר.

בלב כבד אני יושבת ליד מיטתו, שוב הוא בועט בשמיכה, פורש את זרועותיו, חולצת הפיג'מה הנמתחת על חזהו מגלה את דקות מותניו, שקע טבורו המוארך, צלעותיו הבולטות, נקודות־החן הפזורות על עורו ככוכבים בשמיים, פניו קורנים באורן של שלוש מנורות הלילה שלו, תלתליו השופעים צונחים לצידי לחייו, שוב הוא יפה, אמור לי אתה, ילד, האם עלי לוותר למענך על הסיכוי לאושר, למשפחה חדשה, וכשהוא נרדם אני מתקשרת לטליה, מופתעת שעוד זכור לי מספר הטלפון שלה. את טוענת שאני צריכה לחכות, אני גוערת בה, אבל כמה זמן בדיוק, עד שגילי ילך לצבא אולי? מי יודע מתי הזמן המתאים לשינויים כאלה, עכשיו הוא עוד מספיק צעיר להסתגל, ואם אני אחכה הקשר החדש עלול לדעוך. יש לי הזדמנות עכשיו לחיים חדשים באמת, טליה, אני מפחדת

להפסיד אותה, אולי זאת ההזדמנות האחרונה שלי, מי יודע, את חושבת שזה בריא בשבילו לגדול לבד עם אמא, בלי משפחה? אולי דווקא השינוי הזה יעשה לו טוב, אבל בעודי מקשיבה לה הדלת נפתחת ועודד ניצב שם, בסוודר הלבן, שוב ללא מעיל, ונוכחותו מעמעמת את המשפטים החדים שלה, נוטלת מהם את עוקצם. אני מפריע לך? הוא שואל בשקט ואני מושכת אותו אלי, ידיו כבר מתחת לבגדי, לדעתי את חייבת לחכות עם זה, היא ממשיכה בדבריה, זו לא שאלה של גיל אלא של נסיבות, תני לו להסתגל קודם כול לפרידה שלכם, אל תעמיסי עליו משפחה חדשה כל־כך מהר, את לא תפסידי כלום אם תחכי, להיפך, אם בגלל זה תאבדי את החבר החדש שלך סימן שזה לא היה רציני, כדאי גם שתבדקי יותר לעומק את הקשר הזה לפני שאת חושפת את גילי לדמויות חדשות, תחשבי רגע, אם זה לא יצליח, תצטרכי לעבור איתו פרידה נוספת, בשביל מה לך כל הכאב ראש הזה, למה כל־כך קשה לך לחכות שנה, ואת כל זה הוא שומע יחד איתי, עד שאני קוטעת אותה, טליה, אני חייבת לנתק, יש לי אורחים, נדבר מחר, והוא נוטל מידי את השפופרת השחורה, מביט בה בכובד־ראש. היא צודקת לכאורה בכל מלה, החברה הזאת שלך, הוא אומר לבסוף, אבל אני לא מאמין בהתייעצויות כאלה, אף אחד לא יודע יותר ממך מה נכון לך, תנסי להקשיב ללב שלך, לקול הפנימי, ואני שואלת, מה אתה עושה כאן בכלל, חשבתי שהלילה זה בלתי־אפשרי, והוא מחייך, יש לי חמישים דקות בשבילך, זה יספיק לך?

למה דווקא חמישים, אני תוהה, מציצה מיד בשעון, והוא עונה, כי אמרתי למאיה שיש לי פגישה דחופה עם מטופל שצריך עזרה ראשונה, ואני מתמלאת גאוות מנצחים נדיבה, אני באמת צריכה עזרה ראשונה, אני לוחשת באוזנו, אבל חשבתי שאתה לא נמשך לנשים שאתה צריך לטפל בהן, והוא מגחך, הכללים האלה לא חלים עלייך, מסתבר, כמו שהכללים של החברה שלך לא חלים עלינו, כך אני מקווה, בכל אופן, ואני מתרפקת עליו, אז באת לתת לי טיפול

דחוף? והוא אומר, כן, מה מציק לך בדיוק? ואני מכבה את האור ומושכת אותו אל השטיח, יש לי בעיה קטנה מקומית, ברגע שתשכב איתי היא תיפתר, והוא אומר, זה נשמע לי כמו סימפטום לבעיה יותר חמורה, אבל אני מאמין שגם אותה אוכל לפתור, אם רק תתני לי הזדמנות.

כלי המונופול שלא הספקתי לאסוף דוקרים בגבי, הבתים שבנינו והמלונות שהקמנו ברחובות שרכשנו, השטרות המדומים נצמדים לאחורי כשהוא עובר בשביל הצר המיועד לו בלבד, כסולל אותו שוב ושוב, וכשהוא יוצא אני מתחננת שישוב, מושכת אותו אלי בידי ובירכי, בלשוני ובשערותי, תבטיחי לי שתתני בי אמון, הוא לוחש, אני צריך את האמון שלך, ואני מבטיחה ומבטיחה, עוקבת אחר נדידת איברו ברחבי גופי כנדידת האור, מצית בעירה עזה ונעלם, מעורר מוקדים נסתרים של השתוקקות, ובכל מקום שהוא איננו הוא חסר, כיצד תכבה האש הזאת, מים רבים לא יכבו אותה, וכשאני מרעידה תחתיו מעל לוח המונופול הוא מזדקף בחיפזון, רוכס את מכנסיו בחשכה, אני מקווה שעזרתי לך, הוא לוחש, ואני מגחכת, לא ממש, לצערי, נראה לי שהבעיה רק החמירה, והוא צוחק, זאת בדיוק היתה הכוונה.

פרק שמונה־עשר

לא על קירות המקדשים המצריים ולא בכתובות הקברים ולא במגילות הפפירוס, לא מעל האדמה ולא מתחתיה, לא נזכר השם ישראל, בימי הממלכה החדשה, לא כאויב ולא כידיד, לא כשכן ולא כעם משועבד, ובכל־זאת אין ספק שיציאת ישראל ממצרים היא האירוע ההיסטורי הנוכֵח ביותר במקרא, בחוק בסיפור ובשירה, בדברי הנביאים ובמזמורי תהילים, ועדיין לא נמצאה כל הוכחה לסאגה הגדולה של הייסורים והישועה, של התחלה חדשה והזדמנות שנייה.

חפירות וסקרים ארכיאולוגיים חוזרים ונשנים לא הניבו אלא ראיות על דרך השלילה, לאורך הדלתא המזרחית, ולאורך חופי צפון סיני, בקדש ברנע ובעציון גבר, לא נמצאה הוכחה לשעבוד ולא הוכחה לישועה, ולא לנדודים במדבר, פרט לעדויות נסערות ועקיפות על אסונות טבע, מראֶה אני לךָ את הארץ הפוכה על פיה, השמש נסתרת ולא מאירה עוד לעין האדם, דמותה בשמיים כעין הירח, חרֵב יבַש נהר מצרים, רוח הדרום תנשב אל רוח הצפון.

האם שוב מתעלמת ההיסטוריה מתפקידם של איתני הטבע בהשתלשלות המאורעות, בשעה שנראה שהם אלה שזעזעו את העולם הקדום, לא יד אדם אלא תהפוכות טבע חוזרות ונשנות, המגמדות לחלוטין את עלילות הכובשים ותחבולות המדינאים, אבוי, הארץ סובבת כגלגל היוצר, הארמון נהפך בן־רגע, ראו, האש עלתה למרומים!

האומנם טלטל אסונה של תֶרָה את המעצמה החזקה בתבל, האומנם עד אליה הגיע בדמות גל גדול ונורא, מים שגובהם כגובה הר, הנע במהירות של ברק, עמודי ענן ואש, דם וחושך, מכה אחרי מכה, האומנם הקריבו הורים את בכוריהם כדי לפייס את האל, הרי עד היום תימצא שכבת אֵפר וולקני בקרקעית הנילוס, ועדיין נדרשת ההוכחה, שמפלתה של תרה בידי הטבע היא מפלתה של מצרים בידי אדם, היא ניצחונו הניסי של ישראל בידי אלוהיו, האומנם הניסיון לאמת את הנס משמעו כפירה בנס, ונדמה שכל זה שייך לחיַי הקודמים ואין לו נגיעה בחיים החדשים המסתמנים זהובים ובוהקים, כזוהר המזרח לפני עלות השמש, כשאורה כבר מסתמן באופק, ואיש לא יטעה בכך שהיא מתקרבת, איש לא יפקפק בהבטחתה.

באדישות יהירה אני מנסה לשחזר את סיפורה של תרה, כמו היה זה זיכרון ילדות כואב שמיציתי עד לזרא, מנסה להביא את הפרשה העגומה אל סיומה, כי אני קצתי בבקרים הללו מול המחשב, בדוחות החפירה היבשים, מתגעגעת כבר אל ריבועי העפר התחומים היטב, המדופנים בשקי חול כשוחות בזמן מלחמה, אל אותו עיסוק גשמי לחלוטין ועם זאת מופשט, אל כלי העבודה המרגיעים, אל האבק שאין לו סוף ונקישות המכושים ורעש הדחפורים וריח הטחב העולה מן האדמה, הנתקל באוויר הרענן הנופל מן השמיים. כל השנה הזאת חששתי להיקרא לחפירת הצלה ועכשיו אני מחכה בקוצר־רוח, כשהחורף הולך ונחלש, נתלש לאיטו מעל פני האדמה, נקרע לפיסות צרות, וביניהן מבצבץ לבלובם המהוסס עדיין, המחתרתי, של העצים הנשירים.

דריכות קרחתנית מלווה אותי בשבועות האחרונים של החורף, ודאותה של התמורה הנעה לעברי במהירות, ואין לי דרך לחמוק מפניה, וגם רצון אין לי לחמוק מפניה, שהרי הרעב העמום, הכוסס, צילה של כל התאהבות, הולך ומקבל צלם ברור של חיים יחד, של שייכות רשמית שאין לפקפק בה, של שעות פנאי מועטות שאין

צורך לחלוק אותן בין שני בתים, כי בינתיים אני מוצאת את עצמי עוברת מבית לבית כילדה שהוריה נפרדו, מתאימה את עצמי לנדודיו של גילי, לנדודי מאיה ויותם, אלה שבטי הנוודים של העת החדשה, ילדי הגרושים הרועים את עדרי הצעצועים שלהם בצהרי היום מבית לבית, מאמא לאבא וחוזר חלילה, ואני נדחקת פנימה בימים הפנויים ההולכים ומתמעטים, כי אמנון נעשה עסוק במיוחד לפתע, עסוק במפגיע, ומיכל, אפילו אותיות שמה מעוררות בי מועקה, מיכל סובלת ממיגרנות מדי יום ביומו כמעט, משתמטת מילדיה, ונראה כי בעצה אחת חברו נגדנו שתי המשענות הנוספות שעליהן נבנה בסיסם של ילדינו, ובין המטלות אנחנו מגששים בחיפזון אחר הקִרבה, מתלוננים מראש על הצורך להיפרד, ונדמה שכל יום ויום מטפס אל אותה נקודה מנצנצת של המפגש החטוף ומיד אחר־כך קורס, ורק המשאלה לקבץ את כל הניצוצות הללו דוחקת מרגע לרגע.

הדירה שלנו, הפשוטה והנוחה, נראית בעיני עכשיו כמחנה מעבר זמני, התריס בסלון התקלקל ואינני טורחת לתקן, הברז דולף, נורת ההלוגן נשרפה, ונדמה שאלה כבר לא טרדותי שלי, אלא של זה שיָגור כאן אחרי, כשגילי ואני נעבור סוף סוף לדירה הענקית הממתינה לנו, ושם יתאחדו כל הניצוצות, ושם לא איאלץ להיפרד ממנו אחרי הקרבה הגדולה ביותר, ושם לא אצטרך לבחור בין זמן איתו לזמן עם גילי, תחת קורת גג אחת ידורו שתי האהבות, טבעיות ונינוחות, וכך מתהווה לה משאלה שבניגוד לרוב המשאלות נראית קלה להגשמה, רק לעשות כבר את המעשה שנוכחותו מהדהדת בחלל, להזמין חברת הובלות, להעמיס את הספה והכורסאות, את הבגדים והכלים והספרים, ואת מיטתו של גילי ואת ארונו, ואפילו את אהיל המנורה, בשלמותו יעבור החדר, עד אחרון הצעצועים, כאילו נרדם הילד בביתו ובאורח פלא יתעורר בבוקר במקום אחר, מבלי לחוש בהבדל, ובכל־זאת אני מהססת, כאותו מפתח שנעצר באמצע התנועה, לא מצליח לחזור לאחור ולא להשלים את מהלכו.

בואי כבר, את מתישה אותנו עם הפקפוקים שלך, הוא אומר, כשכל אחד מאיתנו נמצא בדירתו, לצד ילדיו הישנים, ולמרות המרחק הקצר נשמע קולו דרך כבלי הטלפון חלש ועמום, יכולנו להיות עכשיו יחד, מה הטעם בכפילות הזאת. אל תדאגי כל־כך, הוא אומר, אני לא חושש מקשיים, רק מהדאגות שלך אני חושש, לְמה את מחכה, בעצם? וגם אני לא יודעת בדיוק לְמה אני מחכה, שהרי ברור לי שהמעשה ייעשה, ובכל־זאת המחשבה על המשאית שתחנה ליד ביתי מעוררת בי פעימות עמוקות של יגון, כמו היה זה מראה מעציב מאין כמותו.

הילדים עוד לא בשלים, אני אומרת, והוא מבטל את דברי, הם יבשילו תוך כדי, נמאס כבר מההצגות האלה שאנחנו עושים להם, שנינו שחקנים גרועים, צריך לקפוץ למים, הוא אומר, ההיסוסים האלה רק מזיקים, את מערערת לי את הביטחון, בסוף תשכנעי אותי שזה לא ילך, זה מה שאת רוצה, שאני אתחרט? ואני אומרת, לא מה פתאום, רק תן לי זמן, מתהלכת בבית ככלה הנסערת לקראת החיים החדשים הממתינים לה, אבל מתקשה להיפרד מילדותה, מבתוליה, מן ההוויה הזו המצומצמת שלי ושל גילי, כמו היה הוא משפחתי הגרעינית שמתוכה עלי לטפס בסולם חבלים מתנודד אל משפחה רחבה יותר.

רק חפצים אני שולחת לפני, סוודר וצעיף וכמה ספרים, שמפו וגרביים, ודומה שהם, בעלי רצון ברור משלהם, כבר יודעים את הדרך לשם ולא את הדרך חזרה, כאותו עורב שלא שב לתיבת נוח ועל כן נצבע בשחור. זה אחר זה הם נודדים, מוחבאים היטב בין חפציו, אבל אנחנו שנינו, גילי ואני, שייכים עדיין לכאן, לדירה אליה עברנו שבועות ספורים לפני שנולד, המשקיפה אל חצר פנימית צבעונית ומוגנת, אל עצי רימון העומדים עכשיו בעירומם החד אבל בקרוב יצמיחו עלים ואחריהם פרחי ארגמן כגביעים מלאים יין, שיהפכו לפירות שיבשילו בסתיו, יאירו את החצר כפנסים אדומים, יפתו להקות של ציפורים נודדות, המנקרות בהם עד שיהיו

חלולים מבפנים למרות שמבחוץ ייראו שלמים, לאכזבתו של הילד המבקש לנעוץ את שיניו בגרגרי השפע, ולקראת החורף הבא יצנחו כגוף ללא נשמה על השבילים הצרים המרוצפים ויכתימו אותם בעסיס הכהה, ואנחנו לא נהיה כאן, ובין הגזעים יבצבצו החמציצים הראשונים, ואנחנו לא נהיה כאן, ועץ החושחש יתהדר בפירותיו המיותרים, ואנחנו לא נהיה כאן, לא נרד עם כדור ושמיכה וממתקים אל הדשא המקריח, לא נלטף את חתולי החצר הידידותיים, לא נתפעל מן הגורים החדשים המגיחים מן הסבך, עֵרב־רב של זנבות ואוזניים המתערבבים זה בזה כשהם משתעשעים בין השיחים, וכשאני משקיפה על החצר מן הספה בסלון אני מניחה יד גאה וחוששת על בטני כאילו המעשה הזה שעלי לעשות כבר קיים, נוכח כעובּר, וממילא יבשיל, וממילא אין דרך חזרה, כמו מהריון מתקדם, וממילא לא נותר אלא לקוות שהעולם יאיר את פניו אליו, ואולי אין צערי אלא אותה נימה ידועה של אבל המתלווה לכל תמורה, שהרי אל משפחה חדשה אני מובלת, העתידה להאפיל על המשפחה הקודמת דווקא בגלל מורכבותה, דווקא משום שאינה מובנת מאליה תהפוך לנס ולמופת, למשפחה קדושה, ולעומתה תיראה ההתנהלות הבודדה שלי עם בני היחיד עגמומית ודלה במעשים.

ואף על פי כן אני מהססת, אין ספק שזה מהיר מדי, פתאומי מדי, לא בקלות יסתגל לשני ילדים נוספים בבית, לנוכחותו של גבר חדש, זר כמעט, כי למרות שפגישותינו תכופות לא נוצר עדיין כל קשר בינו לבין עודד, וכשאני מתלוננת באוזני עודד הוא מיד מתגונן, זה קשה לי ככה, במפגשים חלקיים כאלה, כשנגור יחד הכול יהיה יותר טבעי לכולנו, ודומה שזוהי התשובה היחידה שיש בפיו כרגע, כשנגור יחד הכול יסתדר, תפסיקי לפטם את הפחדים שלך, הם רק נעשים יותר רעבים, יושב מולי חיוור ועייף אחרי שעות עבודה ארוכות, מביט בי בפקפוק הולך ומתגבר, אל תתישי אותנו, אלה, אל תקלקלי, תני אמון, וכשהוא לצידי אני כבר כמעט

משתכנעת שאין שום סיבה לחכות, אבל בלעדיו אני שוב מתחבטת, עומדת מול גילי בברכיים פקות, כאשה המבקשת להתוודות באוזני בעלה על אהבתה לאחר ואינה מעִזה.

והסוד שאני מחביאה מפניו ממסמר אותי מולו, קפואה ואשמה אני ניצבת, נרתעת ממנו מרוב חמלה, והוא שחש בתמורה נצמד אלי לפתע, מאלץ אותי לשחזר את שעות אחר הצהריים הצלולות שלנו, את פטפוטי הפעמונים שלנו, פעיות פשוטות של כבשה וטלה, מה קרה, אמא, הוא שואל מודאג, את עצובה? את כועסת עלי? ונדמה שמרוב החשש להכאיב לו אני פוגעת בו באופן אחר, ואולי גם עבורו כבר ייטב שהמעשה ייעשה, שהשינוי יהיה גלוי לעין השמש ולא חבוי ומאיים בכל צעד מצעדי, בכל מבט, כשאנחנו יושבים בסלון, התריס הפונה אל המרפסת מוגף, נורת ההלוגן הכבויה משקיפה עלינו ממרומי התקרה, מנורת שולחן שאורה דל וממוקד מסמנת עיגול חמצמץ סביבנו, ודומה שאין להכיר כבר את הדירה, אין להכיר אותנו.

לפעמים אני נזכרת בהשתאות ובחלחלה באיזו קלות הודעתי לו על פרידתנו, משחזרת שוב ושוב את השיחה הקצרצרה ההיא, כשאמנון יושב אמנם לידי אבל אינו אומר דבר, אני ואבא נפרדים, אבל אתה תמיד תהיה הילד האהוב שלנו, מעמידה לצידה את ההודעה החדשה, המעודכנת, אני ואבא של יותם אוהבים אחד את השני, אנחנו עוברים לגור כולנו יחד, ונדמה שזו עלולה לטלטל אותו הרבה יותר מההודעה הלאקונית ההיא, כמה חבל שאי־אפשר לשלוח לו מברק בזו הלשון, לחוד לו חידה, לצייר לו ציור, להמחיז לו את המעשה בעזרת בובות הפלסטיק הקטנות החייכניות, הנה אני והנה אבא של יותם, הנה אתה והנה מאיה ויותם, והנה הבית שבו נגור יחד, ואולי להיעזר דווקא בחיות הפרווה האהובות שלו, להצמיד לביאה לנמר, דובונים לכפירי אריות, להרכיב משפחה מעורבת לנגד עיניו המופתעות.

תקשיבי, עודד אומר, לפעמים אני חייב בטיפול לעשות צעדים

דראסטיים, אם אני משוכנע שזה לטובת הצד השני, אני חייב לנקוט עמדה חד־משמעית, אפילו להפעיל לחץ, אני לא אוהב את זה אבל לפעמים אין ברירה, ואני מביטה בו מוטרדת, אור מנורת השולחן משַווה לפניו אפרוריות חסרת חיים, מה אתה מנסה לומר, איך זה קשור אלינו? והוא נאנח, את יודעת בדיוק מה אני מנסה לומר, אני הצעתי לך הצעה רצינית, הקדשתי לזה הרבה מחשבה והבנתי שזאת הדרך הכי נכונה בשבילנו. הקשיים שאת מנופפת בהם לא מרתיעים אותי, ויש לי גם קשיים משלי אם לא אכפת לך, ביום שאת תספרי לילד שלך גם אני אספר לילדים שלי, אין לך מונופול על הקשיים, ואני אומרת, אבל זה לא דומה בכלל, הילדים שלך נשארים בבית הקבוע שלהם אצל אמא שלהם, הבית שלך הוא רק תוספת, בשביל גילי זאת פרידה מהבית האמיתי שלו, מהבסיס העיקרי שלו, זה הרבה יותר טראומטי, והוא אומר, בואי לא נתחרה, הילדים שלי מתמודדים עם אמא שכמעט הפסיקה לתפקד, ולמרות דיבורו המתון נדמה לי שאני מבחינה בנוקשות מתכתית המבצבצת מאחורי המלים.

בסוף מגיע הרגע שאין די בדיבורים, הוא אומר, שנחוצים גם מעשים, אני חושב שהרגע הזה הגיע, ואם את עדיין מהססת תרשי לי להסיק מסקנות משלי, ואני נבהלת, איזה מסקנות, למה אתה מתכוון? והוא אומר, על היכולת שלך לתת אמון, על היכולת שלך לשלם מחיר, ובעיקר על היכולת שלי להתמודד עם זה, ואני מוחה, מה אתה רוצה ממני, ציפית שברגע שתציע לי לגור איתך אני אארוז מזוודה ואגיע? והוא אומר, זה לא מדויק, כבר עברו חודשיים, ואני מתפרצת, אז מה אם עברו חודשיים, מה דחוף לך כל־כך? למה אתה לא יכול לחכות לזמן הנכון, אתה צריך מישהי שתבשל לך? שתגדל לך את הילדים? יש איזה שעון ביולוגי שמאיים עליך? אני פשוט לא מבינה את הדחיפות הזאת, והוא אומר, אני מצטער, אלה, אני לא מקבל את הסגנון הזה, אל תדברי אלי כמו שדיברת אל בעלך, המנהגים שהבאת מהנישואים הקודמים שלך לא מתאימים לי.

אפשר לחשוב מאיפה אתה בא, אני רוטנת, שמעתי יפה מאוד איך היא צרחה עליך ביום שעזבת, עמדתי ליד הדלת ושמעתי כל מלה, זאת לא היתה בדיוק שיחה תרבותית, וכשאני מזכירה את היום ההוא זוהרת לנגד עיני המקריות הצלולה המהפנטת שלו לעומת עכירותה של השיחה הזו, איך פסענו ברחובות, זרים לגמרי, הוא נושא תרמיל ואני גוררת מזוודה, ובכל־זאת היינו קלים, נסערים, הרוח החמה המוזרה מתנשמת סביבנו, מזרזת את צעדינו, האם כך היה עלי ללכת עכשיו לקראתו, ואני מתקרבת אליו, די, עודד, אל תאיץ בי, איך אתה לא מבין שזה צעד מורכב, זה לא משהו שעושים מהיום למחר, והוא אומר, אם את מפקפקת בעצם העניין, זה בסדר, אבל אם את שלמה עם זה ומדובר רק בביצוע, תאמיני לי שדחייה רק תזיק.

ברור שאני שלמה עם זה, אני אומרת, אתה לא רואה? והוא אומר, לא, אני לא רואה וזאת זכותך, אבל גם לי יש זכות להסיק מסקנות משלי, אולי תקחי לך כמה ימים לעצמך ותחליטי מה את עושה, אני לא יועץ טוב בשבילך בעניין הזה, ואולי בשום עניין, יכול להיות שהיינו נמהרים אבל עכשיו אני מרגיש שאנחנו דורכים במקום ואני לא אוהב את זה, קחי לך כמה זמן שאת רוצה, אבל כשאת מחליטה אני מצפה שזה יהיה מעשי, בסדר? ואני אוחזת בידו, נכנעת מיד, לא מסוגלת לשאת איום קל שבקלים, צל צילו של אובדן, די, אתה יודע שהחלטתי, החלטתי מזמן, אני אודיע מחר לגילי, והוא קם מן הכורסה בעייפות, פניו שמאבדים את אור המנורה צרים וחשוכים, הקמטים נמתחים לאורך לחייו עמוקים כשריטות, קחי את הזמן שלך, אל תעשי את זה בשבילי, כשתהיי מוכנה תודיעי לי.

ביד רפה הוא מלטף את שערי ופונה אל הדלת ואני בוהה באלומת האור הלימונית, במדפי הספרים החלולים כפֶה שכמה משיניו נעקרו, מנסה לדמות את החיים המצפים לי בלעדיו, מוגפים כמו התריס המקולקל, כשגילי הולך וגדל, נזקק לי פחות ככל שאני נזקקת לו

יותר, האם הוא היה מצפה ממני להקריב קורבן כזה בשבילו, לוותר על בן־זוג, על משפחה חדשה, ולמען מה בעצם, גילי מתוק שלי, בוא שב לידי רגע, יש לי משהו לספר לך, משהו טוב, אני בטוחה שזה יהיה טוב, גם אם קצת קשה בהתחלה, לא ממש קשה, מבלבל אולי, אבל אני אהיה איתך כל הזמן ואני אעזור לך. תקשיב, אני ועודד, אבא של יותם, אוהבים אחד את השני כמו בעל ואשה, לא, אנחנו לא מתחתנים, אנחנו עוברים לגור יחד, אתה ואני נעבור לבית החדש שלהם, הם עברו לשם ראשונים ועכשיו אנחנו מצטרפים אליהם, זה יהיה מעכשיו בית של כולנו, יהיה לך שם חדר יפה, בדיוק כמו כאן, ומאיה ויותם יהיו שם כשהם לא אצל אמא שלהם, וזה ייקח קצת זמן אבל כולנו נתרגל ויהיה לנו טוב, כי יהיה לנו אחד את השני כמו קודם אבל תהיה לנו גם משפחה גדולה יותר, וכולנו נאהב אחד את השני ונעזור אחד לשני ונשחק ביחד ונטייל ביחד, וזה הרבה יותר כיף מלהיות לבד עם אמא כל הזמן או לבד עם אבא, נכון, גור שלי?

בקיץ האחרון הייתי צריכה לספר לו שהוא עובר לכיתה א׳ ללא חבריו מהגן, שהתפזרו בין בתי־הספר האחרים, והייתי מתכוננת בקפידה מדי יום ביומו את נוסח הדברים, ולא מצליחה לאומרם, עד שימים ספורים לפני תחילת השנה הוא אמר לי, אמא, בבית־ספר החדש לא יהיה לי אף חבר, ואני התנשמתי בהקלה, איך אתה יודע, והוא משך בכתפיו, אני יודע, ואני הזדרזתי לומר, אני בטוחה שתוך כמה ימים יהיו לך חברים חדשים, אתה כזה מקסים, כולם ירצו להיות חברים שלך, והוא אמר, אולי כן ואולי לא, ועיני העלם שלו ניבטו אלי באכזבה מתוך הפנים הילדותיים, ואפשר שלנס כזה אני מייחלת עכשיו, נס מעוות, שיקל עלי את המלאכה, שאצטרך רק לאשר ולהרגיע, לא להביא את הבשורה, כי נדמה שבשורה כזו, גם אם אינה הגרועה בבשורות, עוד לא נברא הזמן המתאים למוסרה. בבוקר לפני בית־הספר בשום אופן לא, ובצהריים הוא רעב ועייף, ואחר־כך שוקע במשחק או מזמין חבר, וכשהולך החבר כבר מאוחר,

ולפני השינה זה בטח לא מתאים, ובבוקר לפני בית־הספר בשום אופן לא, ובשבת הקרובה הוא אצל אמנון, בוא, ילד שלי, בוא שב לידי רגע, יש לי משהו לספר לך.

האם הלבינו פניו או שרק נדמה לי, החיוורון מעורפל יותר מן הסומק, מדאיג ולא נתפש, האם עיניו נעצמות, עיני שלי כבר מכוסות אד, אמא, למה את בוכה, האם אומֵר אני בוכה משמחה, משמחה אני בוכה, בוא, אהוב שלי, בוא שב עלי, גופו מתקשח בין זרועותי, שריריו נלפתים, ובכל־זאת פניו מלאים אמון כשהוא מבקש לדעת, בקולו התמים, הנקי, אבל זה לא לתמיד, נכון, זה רק לביקור ארוך, נכון?

ומי יקבע, ילדי, את משך הביקור, אני או אתה, או המארחים שלנו, אדיבותם, נדיבותם, סבלנותם, זה לא ביקור, גילילי, אני אומרת, מנסה לייצב את קולי, זה יהיה הבית שלנו, והוא מוחה, אבל זה הבית שלנו, מחווה בזרועותיו הקטנות על החדר החשוך, המרובע, ומיד שואל, ומי יגור כאן, אבא? ואני אומרת, לא, אנחנו נשכיר אותו לאנשים אחרים. והם יֵשבו על הספה הזאת? הוא מוחה בתימהון, והם יאכלו את האוכל שלנו? ואני אומרת, לא, מה פתאום, כשעוברים דירה לוקחים גם את הרהיטים, ובטח את האוכל, אנחנו ניקח את הדברים שלנו מכאן לבית החדש, לא נשאיר כאן כמעט כלום, והוא טומן את ראשו בחיקי, קולו מתרסק, אבל אני לא רוצה לעבור דירה, אני רוצה לגור כאן, להפתעתי אינו מתייחס כלל לנסיבות, אל המשפחה החדשה אליה אנו אמורים להתחבר, במין ניתוח מסובך, ללא הרדמה, וריד לווריד, עורק לעורק. אני יודעת, גילילי, זה באמת לא קל, אני אומרת, גם לי עצוב קצת, אבל שנינו נתרגל ביחד, ויהיה לנו בית יותר גדול, אני פונה בערמה אל הפן החומרני התחרותי המבצבץ כבר באישיותו הצעירה, ואני אקנה לך מתנה לחדר החדש ואפילו טלוויזיה, אני מבטיחה בפזיזות, נרתעת מעצמי אבל לא מצליחה לחדול, תוכל לראות טלוויזיה במיטה, אני מלהיבה אותו, כמו היתה זו תמצית האושר, זה נחמד לשנות קצת,

אני נסוגה מיד לכיוון חינוכי יותר, זה אולי קצת מפחיד אבל גם מעניין, מה, היית רוצה להישאר כל החיים שלך באותו מקום?

כן, הוא משיב בפשטות, עד שאני אהיה גדול, ואני מנשקת את שערו, ריח זיעה חורפית, בוצית, עולה ממנו כאילו נשלה ממעמקי האדמה, אתה כל הזמן גדל, וכל הזמן יש שינויים, לפעמים גדולים ולפעמים קטנים, השינויים עוזרים לנו לגדול, הם עוזרים לנו להיות יותר חזקים, אבל באור הדל של מנורת השולחן המצייר עיגול עכור סביב ראשינו הסמוכים זה לזה, נראה שאנחנו נחלשים והולכים, לפותים זה בזו כמסתתרים מפני מבקשי נפשנו, בני גלעד, בני בני גלעד.

כמו היה תינוקי החולה אני מערסלת אותו בזרועותי, נדמה שעל פרידת הוריו הודעתי לו, הפרידה המוחלטת, הטראגית, וכל הבכי שאגר מאז ניגר מפיו עכשיו, יפחות ארוכות, מתחרות זו בזו בעוצמתן, אני לא רוצה לעבור דירה, מספיק שנפרדנו מאבא, אני לא רוצה להיפרד גם מהבית, ואני אומרת, תראה שתתרגל לבית החדש, כמו שהתרגלת לבית־ספר החדש, כמו שהתרגלת לבית של אבא, והוא מכה על חזי, לא רוצה, לא רוצה להתרגל, אני רגיל לכאן, ופתאום הוא שואל, את תהיי אמא של יותם?

גילילי, מה פתאום, אני קוראת בהקלה, לפחות את החשש הזה ניתן להזים בכנות, בקלות, רק שלך אני אמא, לא של יותם ולא של מאיה, יש להם אמא, אתה הרי מכיר אותה, ועודד לא יהיה בשום אופן אבא שלך, כי יש לך אבא שאוהב אותך הכי בעולם, והוא אומר, אבל אמא של יותם מתה, הוא סיפר לי שהיא מתה, ואני משתוממת, מה פתאום, היא חיה בדיוק כמוני והיא אמא מאוד טובה, ורוב הזמן הם בכלל יגורו אצלה, אתה תהיה בבית החדש הרבה יותר מהם, אני מנסה לזרוע עליונות, המחפה על נחיתותו הנובעת מכך שהם הגיעו לבית החדש לפניו.

וגם אבא של יותם יהיה שם רק קצת? הוא שואל, ואני אומרת, הוא יבוא לשם כל יום אחרי העבודה ויישן שם, זה יהיה הבית שלו,

אבל אני אהיה שם יותר, כי אני השנה עובדת בבית, אני ממשיכה לערום סביבו את קוביות העליונות המזויפת, המגוחכת, האומנם זה שקול, עודד, אני מנסה לאסוף את כל רגעי האושר שלנו, אלה שהיו וחלפו ואלה הצפויים והמובטחים, לנסות להעמידם מול צערו של ילד קטן, האם הם שקולים כנגדו, ואז הוא אומר, אבל נכון אם לא יהיה לנו טוב שם נוכל לחזור הביתה, ואני לא מסוגלת לכבות את התקווה שבקולו, נכון, אם יהיה לנו ממש רע, אבל אני מאוד מקווה שזה לא יקרה, אני מקווה שיהיה לנו ממש טוב.

אני רוצה שוקו, הוא פועה בקולו הדקיק, וכשאני עומדת במטבח ומרתיחה את החלב הוא שואל, בבית של יותם יש שוקו? ואני אומרת, אם אין אז נקנה, יהיה לך שם כל מה שאתה אוהב, אל תדאג, והוא אוחז בפחית הצבעונית, חובק אותה בזרועותיו, אני רוצה שניקח לשם את השוקו הזה ושהוא יהיה רק שלי, הם לא יוכלו לשתות ממנו, בסדר? ואני לא מעֵזה להתווכח, בסדר, אם זה חשוב לך, והוא מוסיף בשקט, כלוחש באוזניו של הארנב המצויר על הפחית, כשנחזור הנה ניקח את השוקו שלנו בחזרה.

אבל כבר באותו ערב, כשהוא יושב באמבטיה, מוקף באיי הקצף המתפוגגים במהירות, אני ממהרת לענות לטלפון, בתקווה שזה עודד שעדיין לא השיב להודעה שלי, ואני שומעת את אמנון, רשמי ועוין כפי שהוא מקפיד להיות מאז פגישתנו האחרונה, אלה, מצאתי קונים לדירה, את זוכרת את הזוג הזה מצרפת שפעם היו אצלנו? ואני נחרדת, לאיזה דירה? והוא אומר, לדירה שלנו, לדירה שאת מפנה בקרוב, תַקני אותי אם אני טועה.

מה פתאום קונים, אני נזעקת, לא התכוונתי למכור, התכוונתי להשכיר אותה בינתיים, אני אתחלק איתך בשכר דירה, אני ממהרת להציע, אבל לא לכך הוא זקוק, מסתבר, הדירה הזאת היא רכוש משותף של שנינו, הוא אומר, כל זמן שגרת שם עם גילי לא עלה בדעתי להציע אותה למכירה, כדי לא לטלטל את הילד, אבל אם את ממילא עוזבת, אין טעם להחזיק רכוש משותף, זה סתם מסבך.

יש לנו ילד משותף, אני מזכירה לו, מה כבר משנה הדירה, והוא אומר, לי זה משנה, אני צריך את הכסף, אין שום סיבה שאני אחכה, ואני אומרת, אתה לא יכול למכור בלי הרשות שלי, והוא מציין ביובש, ואת לא יכולה להשכיר בלי הרשות שלי, ואני נאנחת, טוב, אז הדירה תעמוד ריקה, שנינו נפסיד מזה. אֱלָה, אני מזהיר אותך, הוא אומר, אני צריך את הכסף ויש לי קונים, המצב עכשיו בשוק גרוע מאוד, אני לא מתכוון לאבד את הקונים האלה, אם תעשי לי בעיות אני אעשה לך בתמורה, את יודעת כמה הם ישמחו ברבנות לשמוע שאת חיה עם מישהו כשעוד לא התגרשת? ואני מניחה את השפופרת בלי להוסיף דבר, אמא, תוציאי אותי, המים כבר קרים, גילי צועק מן האמבטיה, אבל אני צונחת על הכורסה ליד הטלפון, לא מצליחה להניע את רגלי לעברו, תצא בעצמך, אני ממלמלת, אוזלת־יד מתישה כעילפון יורדת עלי, וכשאני פוקחת את עיני הוא ניצב מולי עירום ושקט ונוטף מים, בידיו שני כרישי גומי כסופים, והוא רועד מקור.

למה לא התנגבת? אני שואלת, והוא אומר, לא היתה שם מגבת, ואני קמה בכבדות וכושלת אל הארון, עוטפת אותו במגבת כהה כגלימה, משפשפת בידיים נוקשות את הגוף העדין, הריחני, אַת מכאיבה לי, הוא מתפתל, לופת בחוזקה את כרסם של הכרישים, לועם הפעור פולט צפצופים חנוקים, את הכרישים האלה ניקח ואת האחרים נשאיר, הוא פוסק, מניח אותם על השטיח, עורֵם לצידם צעצועים נוספים שנבחרו בקפידה, המגבת נשמטה מכתפיו והוא מרחף עירום בין סלסילות הצעצועים ככרוב שמיים יפהפה, שקוע ראשו ורובו באריזה קפדנית כמי שעוזב את ביתו לימים ספורים בלבד ועד מהרה ישוב.

פרק תשעה־עשר

רק עכשיו, יום לפני המעבר, אני מבחינה שחלון חדרו החדש נשקף אל אחוריו המאפירים של הבניין הסמוך, אל צינורות חשופים, מרפסות סגורות ברישול, כתמי פיח, ואני נאחזת במתח באדן החלון, עודד, בוא רגע, והוא מתקדם לעברי בעצלתיים מן המטבח, כוסית משקה בידו, מה הבעיה? הוא שואל, ואני מצביעה על המראה העלוב, המעליב, אתה לא רואה בעצמך?

הוא מתקרב אל החלון ומתבונן בעדו למטה, נפל לך משהו? ואני אומרת, תראה כמה זה מכוער, למה דווקא הילד שלי קיבל את הנוף הכי מכוער, והוא מביט בי מופתע, זה נוף עירוני רגיל, מה כל־כך מכוער בזה, אפשר לחשוב שמהחלונות האחרים רואים את ים המלח, ואני אומרת, רואים מהם עצים, שמיים, לא את הלכלוך הזה, והוא אומר, את מגזימה, אלה, ילדים ממש לא מבחינים בדברים כאלה, את יודעת מה אני ראיתי מהחלון שלי כשהייתי ילד? את המזבלה של השכונה, ואני קוטעת אותו, לא מעניין אותי מה ראית, אני רוצה להחליף לו את החדר.

את יודעת שזה בלתי־אפשרי, הוא משפיל את מבטו, אני מבין את הרגישות שלך אבל את גורמת נזק, הילד ירגיש כאן טוב אם האווירה תהיה טובה, אם את תהיי שלמה עם עצמך, ולא אם יהיה לו עץ בחלון, ואני מציצה בחדרי ילדיו שלו, סוקרת אותם בטינה, חיים טבעיים, מובנים מאליהם, צומחים שם, מול הצמרות העטופות

אור דמדומים סגלגל. עובדה שלילדים שלך דאגת, אני מטיחה בו, והוא אומר, זה יצא ככה, הם בחרו את החדרים האלה, אל תשכחי שלא עברנו הנה יחד, אבל זה באמת לא מה שחשוב, אם זה כל־כך מציק לך תקני וילון יפה, ואני מתמרמרת, אני אקנה? לך אתה תקנה וילון, אני כבר שבוע אורזת, אין לי זמן להסתובב בחנויות.

אני לא אקנה וילון כי אני לא מאמין בפתרונות מלאכותיים, הוא אומר, ברור לי שאם זה יסתדר משהו אחר יציק לך, אולי בכלל תתחילי למדוד את הגודל של החדרים, מי יודע, את עלולה לגלות ששלו קטן בכמה מילימטרים, ואני כבר צועקת כמעט, אני בטוחה ששלו קטן יותר, למה לא חיכית לי בכלל עם המעבר הזה, בכוונה הזדרזת להגיע הנה לפנינו כדי שתוכלו לקבוע עובדות בשטח, שאנחנו תמיד נרגיש כאן נחותים, והוא מעיף בי מבט זועם, חטוף, כמו אינו יכול לשאת את מראי, מניח את הכוס הריקה בחבטה על אדן החלון, עברתי הנה כי לא יכולתי לגור יותר בקליניקה ואת יודעת את זה, לא היתה לי שום כוונה רעה, ההיפך, שכרתי בכוונה דירה מספיק גדולה למקרה שתצטרפי אלי, אם את לא חוזרת בך ממה שאמרת עכשיו אני רוצה שתצאי מכאן מיד, והוא לא מחכה ופוסע בצעדים נמרצים אל הדלת ופותח אותה לרווחה, תלכי, הוא אומר, אני לא רוצה אותך כאן, ואני צועקת, תלך אתה, זה גם הבית שלי.

זה עדיין לא הבית שלך וזה גם לא יהיה הבית שלך, הוא מציין בקור, אני לא רוצה אותך כאן, ואני נפלטת משם, טורקת את הדלת אחרי אבל כבר במדרגה החמישית אני נעצרת, צונחת עליה ופורצת בבכי חרישי, עודד, אני מצטערת, לא התכוונתי לפגוע בך, ברור לי שלא היתה לך כוונה רעה, ברור לי שאי־אפשר להחליף חדרים, אני פשוט כל־כך דואגת לגילי, אני מפחדת שלא יהיה לו טוב כאן, שהוא ירגיש נחות. על החלון הצר והארוך של חדר המדרגות ניצב עציץ בודד, צמח צנום שעליו לבנבנים כחלב, ואני פונה אליו ודומה שאת סליחתו אני מבקשת, ממלמלת בגרון ניחר, אני כל־כך דואגת

לגילי, איך הוא יסתדר כאן, הוא מאבד את הבית שלו, והבית הזה כבר תפוס, הוא רגיל להיות בן יחיד ופתאום התחרות הזאת מכל הצדדים, אני מפחדת שהוא לא יעמוד בזה, הוא ילד רגיש וחלש, אני מפחדת שיקרה אסון.

שוב ושוב נדלק האור וכבה בחדר המדרגות הצונן ואני מצטנפת אל הקיר אבל רק בקומות התחתונות אנשים יוצאים ובאים, איש לא עולה לכאן, באיזו קלות שבים אנשים לביתם בשעה הזו, באיזו קלות איבדתי אני את ביתי. רק אחרי שאני משתתקת, עוצמת עיניים נפוחות ופועמות מול העציץ, הוא פותח את הדלת ויוצא אלי, מתיישב לצידי על המדרגה החמישית, די, תירגעי, הכול יהיה בסדר, הוא לוחש במאמץ, מושיט לי את כוסו שהתמלאה מחדש, בואי תשתי קצת, תתעודדי, זרועו חובקת את כתפי ואני ממלמלת באוזנו, סליחה שהתנפלתי עליך, אני לא יודעת מה קורה לי, לא חשבתי שיהיה לי כל־כך קשה להיפרד מהדירה, אני מרגישה שאיבדתי את הבית שלי, שאין לי בית יותר. אבל יש לך אהבה, הוא אומר בשקט, יש לך אותי, את כל־כך עסוקה בפרטים הקטנים שאת לא שמה לב לעיקר, זה סיפור שמח, הסיפור שלנו, אני לא אתן לך לעשות ממנו טרגדיה, אנחנו מנסים לבנות משהו חדש ביחד, ואני לוחשת, אבל בשביל לבנות הרסנו כל־כך הרבה, והוא אומר, עשינו בדיוק מה שיכולנו לעשות, אל תשקעי עוד פעם בעבר, את חייבת להוציא את עצמך מהרגרסיה הזאת, היית כל־כך אמיצה בהתחלה, אני זוכר כמה התפעלתי מהאומץ שלך כשרק נפגשנו.

זה לא היה אומץ זאת היתה טיפשות, אני אומרת, עוד לא הבנתי אז מה אני עושה, האמנתי שהכול לטובה, והוא אומר, גם עכשיו את לא מבינה מה את עושה, כשאת מאמינה שהכול לרעה, בואי, קומי כבר, הוא מאיץ בי, תשטפי פנים, אנחנו הולכים, ואני שואלת, לאן? אני לא יכולה ללכת לשום מקום, עוד לא גמרתי לארוז, והוא אומר, אנחנו הולכים לקנות וילון, תזדרזי, תיכף החנויות נסגרות, ואני קמה בכבדות, ראשי סחרחר וצובט, אחוז בין מלקחיים צוננים,

חשבתי שאתה לא מאמין בפתרונות מלאכותיים, אני מזכירה לו, והוא אומר, זה נכון, אבל כרגע אני לא מחפש פתרון, אני מחפש וילון.

וביום המחרת, ראש חודש אדר, בשעה שמונה ושלושים בבוקר, חונה המשאית הכבדה על המדרכה תחת עצי הצפצפה, ואני מצביעה ביד רופפת על הפריטים המיועדים להובלה, הספה והכורסאות, המחשבים ושולחנות הכתיבה, מיטה ושידה, ארון ומדפים, שטיחים ותמונות, והבגדים שנתחבו לציפות, וארגזי הספרים, כלי המטבח והצעצועים ומכשירי החשמל. המקרר והתנור נשארים, בינתיים, עד שתימכר הדירה, גם המיטה הזוגית נשארת, ואני מביטה בדממה בחדרים המתרוקנים במהירות, חושפים קירות אפורים וחדים כשיניים חולות, הנה עלה הכורת על פרק זה של חיינו, שבע שנים כמעט, מהן שבע שנים ממניין שנותינו שלנו אבל עבור הילד זו ההיסטוריה כולה, זו זירת חייו הצעירים הניתקים משורשם, ועליהם להצמיח שורשים חדשים באדמה תחוחה בהרבה, של זרות ותחרות, ללא קרבת הדם המשייפת קצוות, הממתיקה מרורים.

זה סיפור שמח, אני מנסה להזכיר לעצמי, הרי זה סיפור שמח, אבל דומה שהשמחה לא נארזה בארגזי הקרטון הכבדים מספרים, לא נעטפה בפיסות עיתון בין כלי המטבח, לבל תישבר, לא הועמסה על המשאית לצד מכונת הכביסה והמייבש, כמו החפצים שאין להם דורש היא נערמת ליד פחי הזבל, כמו שרידי הצעצועים שגרמו הנאה עילאית ועכשיו הם מטואטאים לפינת הסלון, זנב של דינוזאור, חדק של פיל, שלדה של מכונית, וכשהסבלים עולים ויורדים במדרגות, יוצאים ונכנסים, מפיצים אדי זיעה חורפית מרה, נדמה לי שעם כל ארגז שניתק מן הבית נחשפת איזו אמת, אמת מרתיעה ומכוערת מאין כמותה, ומרגע שנגלתה לפני לא אוכל להתעלם ממנה עוד.

טביעות אצבעותינו על הקירות נעות כצלליות, משרטטות תמונות עמומות, מהו הכתב הזה שלא פוענח עדיין, ואולי יעדיף

זה שיפענח אותו שלא לחושפו, כי לא על ניצחון מספרת הכתובת הזו אלא על תבוסה, ואין זו בלבד התבוסה הפרטית של המשפחה שגרה כאן שבע שנים כמעט, אלא גם של זו שתגור כאן אחריה, מעליה ומתחתיה, כי על חוסר התוחלת שבמאמצינו היא מספרת, ועל עירומם של החיים, ועל התפלות הנחבאת כחרק ארסי מתחת לכל סלע, ועל האומללות הנודדת ממקום למקום, עם החפצים שנקנו בהתלהבות, מסמנים יציבות וביטחון, ואני נכנסת לחדרו הריק של גילי, משטחים בהירים מתווים את קווי המתאר של החפצים שניצבו שם עד לפני דקות ספורות, המיטה, הכוננית, ארון הבגדים, והנה רישומי גובהו שנמדד בקביעות לבקשתו, כאן ליד המשקוף היה נעמד, מותח את גופו הקטן, ואני הייתי מסמנת קו ישר ורושמת, גילי בן שנתיים, שלוש, ארבע, חמש, שש. איך גבהתי, היה צוהל, אני אהיה גבוה כמו אבא, ואני מלטפת את הקווים כאילו ראשו עוד ניצב שם, פלומת השיער שהלכה ועבתה, הלכה והתכהתה, ואז אני נעמדת זקופה ליד המשקוף ומסמנת קו בגובה קצה קודקודי, אלה בת שלושים ושש אני רושמת, ממילא ימחק הסיד את עקבותינו.

חלון חדרו מזדקר מול עיני כתמונה על הקיר, ואני מתבוננת במראה בעיון כמו היתה זו דירה אליה אני עתידה לעבור, קיסוס בשרני נלפת אל גזע העץ הסמוך לחלון, מקושט בתפרחות בוגונוויליה סגולות, ואני נזכרת בזעף במראה הנשקף מחדרו החדש, האם שוב אני עוברת מן הכפר אל העיר, כמו אז, בנעורי, מאבדת בית לטובת מקום שלא יהיה ביתי, וכבר אני רוצה לעצור את הסבלים, להורות להם להחזיר את כל הארגזים, ואת מיטת הילד ואת ארונו ואת השטיח, כי זה חדרו וזה ביתו, לעולם לא יהיה לו בית אחר, כפי שלי לא היה. נשענת על אדן החלון אני נאנחת, מעל ראשי העוברים והשבים הנאלצים לעקוף בדרכם את המשאית המתמלאת בארגזים, האם אזעיק אותם לבוא לעזרתי, כי גנבים מרוקנים את ביתי, לא משאירים לי דבר, כל־כך נטולי דאגה הם נראים, האם כך נפסע לימים גם אנחנו ברחוב הזה, שקועים בשיחה ערה, ואני אצביע על

החלון הגדול ואומר לו, כאן גרנו פעם אתה ואני ואבא, והוא יעיף מבט אל המרפסת ויגיד, באמת? אני בקושי זוכר.

ידיהם של הסבלים זריזות מהרהורי וכבר הם ניצבים בפתח החדר, עוד משהו? הם שואלים, ואני מנידה בראשי בשתיקה, וכמעט אני נופלת על צווארם, אתם העדים האחרונים לחיים שהתנהלו בבית הזה, עוד רגע לא יישאר להם זֵכר, ספרו לי אתם מה באמת התרחש כאן על המרצפות האלה, בין חדר השינה לסלון, בין המטבח למרפסת, וכשאני יורדת לאיטי בעקבות הארגז האחרון, נועלת בקפידה את ביתי למרות שלא נותר בו דבר, אני רואה לחרדתי את הרחוב הצר המפותל מנומר בשיירי חיינו, הניגרים מפח האשפה העולה על גדותיו. ציורים של גילי שצבעיהם דהו, דפי טיוטה שלי, קבלות וחשבונות, גרב בודד, גומיית שיער, רשימת קניות, פרטים תפלים מתובלים באינטימיות קורעת לב, מתגוללים על המדרכה, מתעופפים ברוח הקלה, נצמדים אל סוליות העוברים ושבים, מתפזרים במהירות מבהילה, ואני כורעת על ברכי ומנסה לאוספם, נתקלת בפתק ששורבט בחיפזון, אחזור מאוחר, אל תדאגי, מלים פשוטות המבוססות על הנחות מוצקות מאין כמותן, ההנחה שהזולת מצפה לך וחושב עליך, ההנחה שיש לך לאן לחזור, פתק סתמי שנכתב בעיפרון, ללא תאריך, עשרות כמוהו נבלעו כבר בבטן הפח. כשמיינתי את הניירות לא ייחסתי לו כל חשיבות אבל כאן ברחוב הוא שובר את ליבי בתמימותו ואני תוחבת אותו לכיסי, מבחינה לפתע בתמונות שנשמטו כנראה מאחד הארגזים, התצלומים האחרונים שלנו יחד, מיום הולדתו השישי של גילי, שלא הספקנו לסדר באלבום, כל־כך עסוקים היינו בפרידתנו, כך הרמנו אותו על כיסא, מבעו נסיכי היה, חולמני, חיוכו מאופק, הזר נשמט כמעט מראשו, הדשא קושט בבלונים, הילדים שיחקו תופסת, איש לא הבחין שלא החלפנו בינינו מלה.

מתוך פח האשפה העולה על גדותיו ניגרים שיירי חיינו ומציפים את העיר כארבה, אל כל בית יגיעו, דרך כל חלון יחדרו, ואני בוחשת בידיים חשופות בפח האשפה המקיא את צנעת משפחתנו לרשות

הרבים, שולה משם תמונות נוספות שהושחתו בלחלוחית מצחינה, הדבקה באצבעותי, והנה יורדת אחת השכנות עם שקית זבל משלה, מניחה אותה לצד הפח, אתם עוזבים? היא שואלת בפליאה, ואני מעווה את פני בחיוך מאולץ, כן, מצאנו דירה גדולה יותר, אבל החיוך מתפוגג עוד לפני שהושלם, ואני מוחה את עיני באצבעות מזוהמות, שפתי מתפתלות, והיא בוהה בי נבוכה, לא נורא, היא ממלמלת, אל תצטערי כל־כך, הבתים האלה ממילא מתפוררים.

ככבשים לשחיטה מובלים ארגזי הקרטון בבטן המשאית, אותיות אדומות מסמנות אותם, חדר גילי, חדר שינה, סלון, מטבח, חדר אמבטיה, ואני בתא הקדמי, לצד הנהג, משקיפה מגבוה על הרחובות המוכרים, מן הגובה הזה כמעט אין חשיבות לחיי אדם, כל־כך נגסיים היצורים החוצים את מעבר החציה, וגם מכוניותיהם זעירות, טרדותיהם, מאווייהם, מניעיהם, מה שילח המוני עקורים בדרכי הים והיבשה בחיפוש אחר בית חדש, ההיתה זו פלישה של קבוצות אלימות, גויי הים שהגיעו ממערב והחריבו את כל שעמד בדרכם, או שינוי אקלימי פתאומי, או שמא רעידות אדמה שזעזעו את המזרח הקדום וקטעו את רצף ההיסטוריה, הכחידו תרבויות, דחפו אוכלוסיות שלמות לנדוד. מול הדלת הלבנה אני עומדת והמפתח שלוף בידי, מעולם לא השתמשתי בו, האם יפתח את שני המנעולים או שמא נחוץ מפתח נוסף שאינו ברשותי, ואני מנסה לנעוץ אותו במנעול העליון, ללא הצלחה, וגם לתחתון אינו מתאים, ומאחורי מתנשם אחד הסבלים, מכונת הכביסה מהודקת ברצועות אל גבו הכפוף, מה קורה, תפתחי כבר, ואני מתנצלת בעצבנות, עוד רגע, יש כאן בעיה, מתקשרת מיד לעודד אבל הוא לא עונה, האם בכוונה נתן לי מפתח לא נכון, כדי שאנדוד לנצח עם תכולת דירה, מנסה לפתוח דלת אחר דלת ברחבי העיר.

את בטוחה שזה המפתח? שואל אותי הנהג הנדחק אלינו בחדר המדרגות, לוקח אותו מידי ומנסה את כוחו, יש לך עוד אחד אולי? ואני מחטטת בתיק, שולה משם בהקלה צרור קטן, סליחה,

התבלבלתי, אני ממלמלת, זה היה המפתח של הדירה הקודמת, מושיטה לו את הצרור ותוך דקות מעטות מתמלאת הדירה הריקה למחצה בארגזים ורהיטים. הספה האפורה שלי מונחת בטבעיות מול ספת העור השחורה שלו, השטיח נפרש וצובע את הסלון בפסי כתום וארגמן, ואצל גילי כבר ניצבת המיטה לצד החלון, ומולה ארון הבגדים, וביניהם השטיח, ועליו המתנה שקניתי לו, טירת אבירים מרהיבה מוקפת חומות, וכשאני מנצחת על המלאכה, מכוונת את הארגז הזה לחדר השינה, ואת זולתו למטבח, כשוטר תנועה תקיף, חוזרת אלי לאיטה תחושה עמומה של שליטה, במקום הפרפור החרד, ודומה שהקיום שלי שהתרופף מרוב היסוס התעבה מעט עם המעשה שכל־כך חששתי ממנו, ולרגע אני מתענגת על היותי האשה הזאת שתגור כאן עם בן זוגה החדש וילדיהם, בדירה מרווחת, לשה ומכיירת בנדיבות משפחה חדשה משני שברי משפחות, משפחה מאוחרת, שלמה, השונה לחלוטין מחלקיה, ואולי אין בכך דווקא קטיעה מוחלטת אלא מעין המשכיות, תוך התבוללות והתמזגות, כפי שמתמזג השטיח שלי עם הספה שלו.

כמה פשוט זה בעצם, אחרי הכול, להעביר חפצים מדירה לדירה, כי כשהסבלים מסיימים את עבודתם עוד לא צהריים, ואני פורקת את הארגזים בחדרו של גילי, מחזירה את בגדיו המוכרים לארונו המוכר, את צעצועיו לכוננית שקנינו לפני שנולד, והנה כמעט אין להבחין בין החדר הזה לחדרו הקודם. בסיפוק אני מתבוננת באוסף הפרטים שהגיע לכאן בשלמותו כתפאורה נודדת להצגה, וממהרת אל חדר השינה, מנערת את הציפות המלאות בבגדים, מרוקנת את הארגזים, מניחה את בגדי המקופלים ברישול בתאים הריקים, לא נחה לרגע למרות העייפות, כמזדרזת לקבוע עובדות בשטח, האם ברגע שיונח הבגד האחרון בארון יהפוך הבית הזה לביתי, החדר הזה לחדרי.

איך זה שבחורה כל־כך קטנה מצליחה למלא ארון כל־כך גדול, לא השארת לי מקום לגרב, אני שומעת קול נמוך מאחורי, ומיד מסתובבת אליו, השמחה שלי לראותו מפתיעה אותי בעוצמתה, כל

הבוקר קיוויתי שיבוא, למרות שידעתי שהוא עסוק, קיוויתי שיהיה לצידי כשאני נפרדת מביתי הקודם, שיקבל את פני בביתו, אבל עכשיו אני יודעת שבא בזמן הנכון, התבטלה לי פגישה, הוא אומר, הבאתי לך משהו לאכול, והוא שולף קרואסון שוקולד חם משקית נייר ומגיש לי, סוקר בהערכה את תכולת הארון. את חושבת שיֵצא לי לראות אותך בכל הבגדים האלה? הוא מגחך, נראה לי שחיים שלמים לא יספיקו, ואני מחייכת במבוכה, רוב הבגדים נורא ישנים, אל תשכח שהפסקתי לגדול בגיל שתים־עשרה, והוא ממשש בהנאה את שמלות הקיץ החשופות התלויות על קולבים, אני כבר לא יכול לחכות לקיץ, ואני צוחקת, נוגסת ברעבתנות בקרואסון, רואה אותו משתרע על המיטה המוצעת בבגדיו ובנעליו, ומיד משתרעת לצידו, מפזרת סביבי פירורים, מותר בבית הזה לאכול במיטה בלי צלחת?

מותר הכול במיטה, הוא אומר, אצבעותיו אוספות פירורי שוקולד משפתי, וכבר מכנסי מופשלים וחלל החדר מתמלא בנשימות צהריים צמאות, ולרגע אינני זוכרת היכן אני ועם מי, מוקפת בחפצים מוכרים בבית זר עדיין, בגופו שעוד לא נהיר לי, המעיד עדות עקיפה על גופי שלי, תן לי את המלים שיעניקו משמעות לנשימותינו, שיפיגו את בדידותנו, האם עד עולם אצטרך לחפש סימנים.

עם מי אתה נפגש עכשיו? אני שואלת, כשהוא שוטף את פניו מול הראי, מסרק את שערו לאחור, והוא אומר, עם בן־אדם, למה? ואני שואלת, בן־אדם או בת־אדם? והוא מגחך, די, אֱלָה, עזבי את זה, אני נפגש כל יום עם שמונה מטופלים בערך, לפחות מחציתם נשים, אם תתחילי להתעסק בזה תשתגעי, ואני מזדרזת לומר, אין לי בעיה עם זה, אני פשוט רוצה שתישאר איתי, והוא אומר, אני אבוא בשלוש, את תהיי כאן? ואני אומרת, בטח, זה הבית שלי, והוא מגחך, לפי כמות הארגזים, אני כבר לא בטוח שנשאר כאן מקום בשבילי.

תהיי טובה, הוא מתכופף ומנשק אותי על מצחי, בסדר? ואני מהנהנת בצייתנות, למה אתה מתכוון, בעצם? והוא אומר, למה שאת מבינה, וכשאני שומעת אותו יוצא אני מושכת עלי את

השמיכה, למרות שבגדי מאובקים, נדמה שלשונו מתדפקת עדיין על תיבת העונג הסודית, ואני נאנחת בהנאה ככלה המצפה לליל כלולותיה, תהיי טובה, הוא אמר, למה בדיוק התכוון, טובה אל עצמי, אליו, האם זה היינו־הך, תהיי טובה ויהיה לך טוב, האומנם כך מתנהלים הדברים, לרגע ניתן להאמין בכך, במיטה הנוחה, כשהארון כבר מלא בבגדים מוכרים, כשחדרו של הילד כמעט מוכן, פרט לווילון שיגיע מחר, נדמה שהחששות הולכים ומתרחקים כמחלה שנסוגה במפתיע, מפנים מקום לעליצות פראית, ואני מתהפכת על בטני ופורשת את זרועותי לרוחב המיטה כציפור דואה בשמיים. איזו תעלומה, להיות נאהבת, על מה אני נאהבת, עד מתי אהיה נאהבת, עד כמה אהיה נאהבת, תעלומה מקסימה ומטרידה, אבל ברגע שעולה בידי לקבלה בפשטות, כפי שמקבלים את מרותם של איתני הטבע, איזו הקלה משתררת, עד כדי כך שאוכל להירדם כאן באמצע היום, לקבע את שייכותי לבית הזה באדי שינה שלווה, נטולת דאגות, אחרי כל הלילות האחרונים שכמעט לא עצמתי עין, מתהפכת על משכבי אכולת דאגות וספקות, לבדי בין הארגזים.

רוח צוננת נושפת על פני, ולמרות קרירותה דומה ששובל של בושם אביב נמשך אחריה, ומגעה הרענן מפיל עלי תנומה, נדמה שתחת כיפת השמיים אני ישנה, שוב ברחתי מהבית אחרי מריבה עם אבי, רצתי ורצתי עד שהגעתי לשדה פורח ושם אני נופלת, מתפלשת בין סביונים וחרציות, תכשיטי הזהב הפשוטים של החורף, ולאט לאט מתרחקים הדי המריבה, נסוגות קללותיה, נותרת רק תחושת החופש הריק והמוחלט בשדה הזה, איש לא ימצא אותי כאן, ואני נושמת מלוא ריאותי, בבית נוכחותו מעיקה עלי כל־כך עד שרק נשימות חטופות כשל ארנבת אני מצליחה לנשום, ועכשיו בשדה המלא חמצן צהוב אני מבריאה. פעמונים זעירים קשורים לצוואר העשבים, והם מדנדנים ברוח, נטולי דאגה, ואני מחליטה לא לחזור לשם לעולם, אברח מהבית לתמיד, אקבץ נדבות ברחובות, רואה בעיני רוחי את הורי חולפים על פני, לבושים בהידור, חוזרים מן

התיאטרון, ואבי משליך לעברי מטבע כלאחר־יד, אבל אני לא אגע בכספו, עד שיום אחד יתעכב לידי גבר מקסים ויפה תואר ויאסוף אותי לביתו, ישטוף את פני השחורים מלכלוך ויראה שאני נערה בת טובים, שאני בת מלך שברחה מהארמון, והוא יאכיל אותי וירחץ אותי וישכיב אותי לישון במיטתו, וילטף את שערי בשנתי, יושב על קצה המיטה, וכשאפקח את עיני יאמר בהפתעה קלה, אני שמח למצוא אותך כאן, ואני מתנערת, חזרת כבר, מה השעה? כנראה ישנתי קצת.

ישנת הרבה, הוא אומר, חזרתי מזמן, ואני מתקשה לנתק את עצמי משלשלאות השינה, חלמתי שאני בורחת מהבית, אני ממלמלת, והוא שואל, מהבית הזה, כבר? ואני אומרת, לא, מהבית של הורי, והוא אומר, מהבית של ההורים אי־אפשר לברוח לעולם. כנראה שלא, אני אומרת, אבל לא מפסיקים לנסות, והוא מגחך, לפחות לא ברחת בידיים ריקות, מחווה בידו על הארון הפתוח, ואני מספרת לו, דווקא חלמתי שאני מקבצת נדבות, שאני יושבת על המדרכה וההורים שלי עוברים אבל אני כל־כך מלוכלכת שהם לא מזהים אותי, ורק אז אני מבחינה שאינו מקשיב לי, מבטו נעוץ עדיין בארון המלא עד אפס מקום, פניו מביעים אי־נחת, ואני נדרכת, קרה משהו? והוא עונה ביובש, לא, שום דבר מיוחד.

מה, אתה לא שמח שאני כאן? אני שואלת בקול מתחטא, והוא אומר, הרגע אמרתי לך שאני שמח, אבל מבטו מוטרד, את לא מקפלת בגדים, הוא מעיר, ואני מתפלאה, זה לא נראה לך מקופל? והוא אומר, זה מגולגל, לא מקופל, אמא שלך לא לימדה אותך לקפל? אולי את באמת צריכה לחזור הביתה לכמה השלמות. זה באמת מפריע לך, אני משתוממת, והוא מודה, כן, זה עושה לי אי־שקט בעיניים, ואני כבר שוקעת למרות רצוני בעלבון סמיך, כצונחת שוב ממרומי השער אני לא מצליחה להיאחז בשום זיז או בליטה, אתה לא רוצה אותי כאן, אני ממלמלת, זה מה שיש לך להגיד לי ביום שאני עוברת לגור איתך? אך נדמה שאין זה קולי אלא קולה של אותה קבצנית בחלום שחלמתי.

מה קורה לך, הוא רוטן, מה כבר אמרתי, מה זאת הרגישות החולנית הזאת? ואני מנסה להתעשת, נכון, מה כבר אמר, גם אמנון היה מתלונן לפעמים על אי־הסדר שלי וזה לא פגע בי כל־כך, הרי לא את עצם קיומי פסל, ואני מתבוננת בו, בבגדיו השחורים המדגישים את רזונו, בשערו שצמח לאחרונה המעבה את גולגולתו, בגבותיו הכבדות המתלכדות עם עיניו, בלחייו המוצלות, תעתועי ראייה בשחור ולבן, כרישום משוכלל, וכל זה לרשותי באיזה אופן מוזר ומעורר, מיירא מעט, גבר חדש, עדיין זר לי מראהו, כמו גם מראי שלי בבית הזה, המואר בהרבה מביתי, החושף שערות שיבה ראשונות, חוסר סימטריה קל, דלדול שרירי הצוואר, טשטוש זהות זמני, ואני יוצאת מן המיטה, נאחזת משום־מה בקירות, הארגזים חוסמים את דרכי ובקושי אני מגיעה אל המטבח.

לשמחתי הוא בא בעקבותי, ואני פונה אליו, איך היה לך היום? מנסה לראשונה לתרגל שגרה ביתית, והוא אומר, סביר, ואינו מפרט, סוקר בשתיקה קודרת את הארגזים, ואני ממהרת לומר, אל תדאג, עד מחר לא יישאר כאן שום ארגז, ומיד אני מבתרת בסכין מטבח חדה את פסי ההדבקה, שולפת במבוכה קלה סירים ומחבתות, מחפשת אחר כתובתם המדויקת, לפחות אותם אין צורך לקפל, כמה ספרי בישול, והנה צונח מדפי אחד הספרים כרטיס ברכה בהיר, ואני פותחת אותו, תאריך נישואינו מצוין למעלה, ותחתיו כתוב באותיות מסולסלות, בשפה נמלצת, לאלה ואמנון היקרים, ליום כלולותיכם, מי ייתן ותדעו רק אושר. שם המאחל אינו מוכר לי, כנראה אחד הסטודנטים של אמנון, ואני בוהה בכרטיס שפלש לכאן מימים אחרים, מה אעשה בו, אלה ואמנון היקרים, מה אעשה בכם, וכמעט אני קוראת לו לבוא ולראות, להשתאות כמוני על התזכורת הלעגנית המתוזמנת היטב, אבל מיד אני מתחרטת, טומנת את הכרטיס בין דפי הספר, כמו היו חוקי החפירה הנוקשים חלים גם על המקום הזה ועלי להחזיר כל ממצא למקומו עד שיושלם התיעוד.

קוצים של מתח מקשים על תנועותי, הנעשות מאומצות, חיישניות,

כאילו עין עוינת עוקבת אחרי במסתרים, דומה שהרגשתי כאן נוח יותר לפני בואו, היכן הוא בכלל, הסלון נראה ריק, אבל אז אני מבחינה בו בפינת הספה, בגדיו השחורים נבלעים בעורה הכהה, למרות שהחדר מחשיך אינו מעלה אור, ואני נועצת את הסכין בארגזים, לפתע נדמה שלפני יובלות נארזו, ממסע מפרך שבו, כמזוודה תועה שנדדה בשדות תעופה ברחבי העולם, ועד ששבה אין עוד צורך בתכולתה. למי מיועדות צלחות החרס המעוטרות, אילו ארוחות יוגשו בהן, איזו משפחה תשב סביבן, וכשאני שולפת מבין דפי העיתון המקומטים את פחית השוקו שארנב חייכני מצויר עליה אני מאמצת אותה אל ליבי, כמו היתה חפץ נדיר שהצלתי מבין ההריסות, מטמינה אותה בחשאי בירכתי הארון, שלא יגעו בה ידיים זרות.

מול עיני בחלון המטבח הרחב המחולק לריבועי זכוכית ופלדה, נוטה השמש לעבר צמרות האורנים, מכתימה בזהב אדמדם את השיש, ואני מציצה בשעון, כבר ארבע וחצי, בחורף שעבר היה נשאר בגן עד אחר הצהריים, ובשעה הזו בדיוק היו נשמעים בחדר המדרגות צעדי גבר מוצקים ובעקבותיהם צעדי ילד קלים כל־כך, שכמעט אינם נוגעים ברצפה. האם זו הזווית הרכה של השמש המעוררת בי געגוע, בדרך־כלל היה אמנון חוזר מהאוניברסיטה נסער, שופע תלונות ורשמים, ממלא את הבית בתסיסה שלפעמים אמנם היתה מעייפת אבל עכשיו לרגע מאכזב ואכזרי היא חסרה לי, כשעודד עונה בלשון רפה על שאלותי, וכשאני מכינה לי קפה במטבח המלא בארגזים, המלאים בכלים ששימשו אותנו באין־ספור ארוחות, אני חשה לפתע אימה צורבת כאילו נתפסתי בבגידה, ואין זו בהכרח בגידה בגבר, אלא במשפחה, בייעוד, במולדת. האם דווקא הכנת קפה במטבח הזה בספל שהבאתי מביתי היא הפרת האמונים, חמורה בהרבה מן ההתעלסות על ספת העור השחורה, כמה מסתורי הוא ספר החוקים, אם את עוברת לגור עם מישהו אני מוחק אותך אצלי לגמרי, הוא אמר, ואני מפנה את גבי אל החלון, מביטה בגבר הנספג בדממה בקצה הספה, מרפקיו על ברכיו, לרגע נדמינו לזרים, על מה ולמה

התכנסנו כאן, על מה ולמה קיבצנו את ילדינו להופכם לאחים בשעה שזווית מלוכסנת עדינה של השמש הנוטה בין האורנים יוצקת עלינו צער, עד כי נדמה שכובדה של ההחלטה והיקף ההכנות, על אינספור המלים שהוכברו ועוצמת הציפיות שנערמו, הפכו את המעשה מוּעד לכישלון, כבד מנשוא, אפילו קרני השמש כורעות תחת משקלו.

רוצה קפה, עודד? אני שואלת, והוא אומר, לא תודה, ואני ניגשת אליו, הסכין החדה בידי, ועדיין אני מאמינה שיש ביכולתי לגרש את הרוח הרעה אם רק יעמוד לצידי, אבל פניו נוקשים ויבשים כקרטון, ואני מנסה לשאול בקלילות מעושה, מה קרה פתאום, משהו מטריד אותך? והוא מושך בכתפיו, תמיד משהו מטריד, לא? תוכחה עמומה בקולו, ואני מתעקשת, אתה נראה לי מוטרד במיוחד מאז שחזרת, תספר לי מה קרה.

עזבי, הוא אומר, אני לא רוצה להעמיס עלייך את הקשיים שלי, יש לך מספיק משלך, ואני מתיישבת לצידו, איזה שטויות, עודד, אתה חייב לשתף אותי, אני חייבת לדעת מה עובר עליך, והוא מביט בי בספקנות, הייתי עכשיו אצל מיכל, הוא פולט בעל־כורחו כמעט, סיפרתי לה שעברת לגור כאן, זה לא היה קל.

מה היא אמרה? אני שואלת, משבי חרדה ואשמה מטלטלים אותי, והוא מושך בכתפיו, התוכן לא חשוב, זה גם לא אישי כמובן, היא יודעת שלא בשבילך עזבתי אותה, ושגם בלעדייך לא אחזור, אבל זה קשה לה, וקשה לי לראות אותה ככה, האמת שחשבתי שהילדים סיפרו לה, הופתעתי שהיא לא ידעה כלום, ואני מוצאת את עצמי נושמת שוב נשימות ארנבת חטופות, אז מה נעשה? אני מציגה שאלה מגושמת, והוא אומר, אין הרבה מה לעשות בעניין הזה, אני רק אשתדל להביא הנה את הילדים כמה שיותר עד שהיא תתאושש, זה לא בריא בשבילם לראות אותה ככה, ואני מהנהנת במתח, רק תזכור שסיכמנו שמחר גילי יהיה כאן לבד, אני רוצה לתת לו להתרגל בשקט ביום הראשון שלו כאן, שלא ירגיש שהוא אורח, והוא נאנח, אני מקווה שזה יסתדר.

זה חייב להסתדר, אני אומרת, אני לא מבקשת הרבה, בסך הכול יום אחד, אבל המבט שהוא נותן בי נזפני ומסויג כאילו אין לי זכות להציב את ענייני לפני ענייניה, ילדי לפני ילדיה, באיזו מהירות הופכת האשה הקודמת לקדושה, ואילו האשה החדשה, גם אם תחרוק שן ממאמץ, תמיד תיראה קטנונית. אולי תיתן לה איזה תרופה, אני מציעה, והוא אומר, היא כבר שנים על תרופות, ואני מתפלאה, באמת, מיכל? היא נראתה לי כל־כך רגועה ומאוזנת, והוא אומר, היא מטעה, היא מאוד לא רגועה ולא מאוזנת, ואני מנסה לגלות עניין בוגר בחידושיו, לא להפגין בהלה, למרות שכל המידע הזה כבר אינו מנותק מחיי, ואני שואלת, איפה הכרתם בכלל? אף פעם לא סיפרת לי, והוא מסנן, הרבה דברים עוד לא סיפרתי לך, וכמעט זה נשמע כאיום, ואני נרעדת, תתרחקי ממנו, אמא שלי אמרה, כולם יודעים שהוא חולה.

הכרנו בבית־ספר לרפואה, הוא משיב באי־רצון, התחלנו את הלימודים יחד, ואני מתפעלת, באמת, היא למדה רפואה? אז למה היא הפסיקה? והוא עונה, היא חיפשה משהו יותר רוחני, זאת הסיבה הרשמית, אבל בעצם היא הפסיקה בגללי, ואני מופתעת, בגללך, איך בגללך? והוא אומר, כשאחד רץ קדימה השני חייב לפגר, ככה זה בדרך־כלל בין זוגות, היא עזבה בשנה החמישית, בזבזה שנים על כל מיני חיפושים, בסוף היא נעשתה מורה לביולוגיה. כשהיא הבינה את הטעות שלה כבר היה מאוחר מדי, מאיה כבר נולדה, והיא נתקעה, ואולי היא היתה מסתפקת בזה אלמלא ראתה אותי מתקדם בתחום שהועידה לעצמה, אני חושב שזה מה שערער אותה.

דרוכה ומכווצת אני יושבת לצידו, באיזו מהירות איבדתי את היכולת להקשיב לו בשלווה, בהשתתפות, להיענות למצוקתו, כל מלה ממלותיו מאיימת עלי, עודד, זה באמת מצער אבל זאת לא אשמתך, אני מודיעה לו בדחיפות, אתה חייב להפסיק לגנות את עצמך, דומה שהאשמה שלו כלפיה מסכנת אותי ומפניה אני מנסה להתגונן, פרקי אצבעותי מלבינים על להב הסכין.

לכאורה את צודקת, הוא נאנח, אבל הייתי כל־כך שקוע בעצמי שכמעט לא הבחנתי מה עובר עליה, כשהייתי צעיר היתה לי אמביציה מטורפת להצליח, להוכיח לכל העולם שהבן של המשוגע יכול לטפל במשוגעים. לימים הבנתי שאף אחד לא מתרשם מזה, מלבד אמא שלי שסיפרה לכל השכנות שלה שממילא חשבו שהיא משקרת, אבל מיכל נפגעה מהאמביציה הזאת, ואחר־כך התחילו התקפי הקנאה והתסכול והתרופות ולתוך זה כבר נולדו הילדים, גם כן די בקושי, בקיצור, שום דבר לא הלך חלק, ועכשיו הִנחַתי עליה את המכה הסופית.

בין הארגזים בסלון אני מתהלכת בעוגמה, כפוסעת בין מצבות, כתובות אדומות מתנוססות עליהם, שעות על שעות ארזתי, מפנה מדף אחר מדף, הילד משוטט אובד עצות בתוך המהומה, לאט ובייסורים הופשט הבית מבגדיו, ולמען מה, כדי להכפיל ולשלש את הצער? פניו נעלמים בחדר החשוך, שנינו אבודים, אבודים, כמו שני השלדים שנמצאו מעל נִקבּת המים במגידו אנחנו אבודים, אמרתי לך להישאר איתה, אני מצייצת, קולי דקיק וגבוה כקולו של גילי, הזהרתי אותך שהיא לא תעמוד בזה, שאתה לא תעמוד בזה, מה נעשה עכשיו, ואני ניגשת אל המטבח, משליכה בחיפזון קולני סירים ומחבתות לארגזים שאך זה התרוקנו, אני לא רוצה לגור כאן, עודד, אני הולכת מכאן.

די, אֵלָה, תירגעי, הוא גוער בי קצר־רוח, אל תקשי עלי עוד יותר, אין כאן שום היבטים מעשיים, אני כבר מצטער שסיפרתי לך, זאת היתה טעות, ואני מדליקה את האור, מה לא היה טעות, בעצם, מכל מה שהָגינו ויזמנו ועוללנו, ואיך אביא מחר את בני הקטן לבית שהוקם בטעות, ואיך אעלים ממנו את גודל הטעות, וכשאני נשענת על השיש הצונן נדמה לי שקינתה של האשה המבכה את חייה לא רחוק מכאן חודרת דרך ריבועי הזכוכית והפלדה, ממלאה את הבית כגז מכיריים שהושארו פתוחות, עד שכבר אינני יודעת אם מגרוני היא בוקעת או מגרונה.

פרק עשרים

זה חייב להיות מדויק ונכון, שקול ומדוד, מאורגן כמבצע צבאי, נחוש כקרב שאסור להפסיד בו, על כל הפרטים חשבתי, את כל התקלות ניסיתי לְצפות, לחזות את כל המשאלות, את המקרר מילאתי במאכלים שהוא אוהב, שירחפו רכים ומנחמים בקיבתו הקטנה, את הארונות העמסתי בממתקים, שיתמוססו בין לשונו לחיכו, יפיצו רוגע דביק, את חלונו כיסיתי בווילון צבעוני, כפליים שילמתי כדי שיותקן הבוקר, שוב אני נכנסת לחדרו לוודא שלא חסר דבר, הדובים רובצים על המיטה למשפחותיהם בסדר מופתי, אריה לביאה וגור אריות קטן, נמר נמרה וגור נמרים, אישוניהם מוגדלים, שווי־נפש, רוחות המהפכה לא טלטלו את שלוות עולמם. המחשב מונח על השולחן, הספרים על המדפים, הצעצועים בסלסילות הקש, המתנה על השטיח עטופה בנייר צבעוני, ואפילו אני עצמי ארוזה ללא דופי, בחליפת מכנסיים שחורה, בשיער חפוף ואסוף, מעולם לא התכוננתי בקפידה כזו לפגישה איתו, עם בני הקטן, כאילו כל הווייתי עומדת היום למבחן, אהבתי ושיקול־הדעת שלי, תבונתי וטוב טעמי, מסירותי ונאמנותי.

אפילו לחֶברה דאגתי, מתקשרת בבוקר לטליה ומציעה שתבוא היום עם יואב, בלי בושה מבקשת שיביאו לו מתנה לחדר החדש, אני אחזיר לך את הכסף, רק תביאו משהו, שירגיש שזה יום חגיגי, ותתפעלו מהחדר שלו, בסדר? נורא חשוב לי שהוא יארח חבר היום,

זה יעזור לו להתבייתת, ואני שומעת את כל הדברים שאינה אומרת מקפצים על קצה לשונה, אבל היא מסתפקת באנחה ממושכת, אין בעיה, אלה, מתי את רוצה שנגיע? ואני מנסה לחשב בדייקנות, כדאי שיגיעו אחרי שיספיק לאכול, לשוטט קצת בדירה, לפתוח את המתנה, ולפני שישקע ברחמים עצמיים, שלוש וחצי, אני פוסקת, והיא שוב אומרת, אין בעיה, רושמת בצייתנות את הכתובת.

לפני שאני יוצאת אני בודקת שוב את החדר, האם הוא נעים לעין, האם הוא מספיק גדול, לרגע נדמה לי שהוא קטן מעט מחדרו הקודם, ואני מציצה שוב בחדריהם של מאיה ויותם, אין ספק, הם גדולים יותר ומוארים יותר, ובעיקר מפיצים נינוחות טבעית של בית, סוודר מוטל על מסעד הכיסא, ספר פתוח על המיטה, ספל על אדן החלון, ואילו חדרו שלו מאובן עדיין, מרתיע בחוסר החיים שבו כחדר הנצחה, ואני מנסה לפרוע מעט את הסדר ומיד חוזרת בי, הרי הוא עלול לחשוד שילד אחר ביקר בחדרו, שיחק בצעצועיו, אבל אם אמשיך בהשוואות האלה אאחר, הבטחתי לו שאבוא מוקדם, ואני ממהרת לבית־הספר בחליפתי הכהה, כמו הייתי בדרכי לפגישת עבודה רשמית, מאופרת מפודרת בנעלי עקב, אשת עסקים שכל מהלכיה מחושבים, מנסה להפגין ביטחון ושליטה, למרות שלא עצמתי עין כל הלילה, חותרת בלב ולב אל פיוס פושר, מאולץ, רק כדי להפיג את המתח מן הבית אליו מגיע בני לראשונה.

הוא כבר עומד בפתח הכיתה, ילקוטו מסתיר את גוו הדק, אני לא יודעת מה קורה לו היום, המורה אומרת, הוא לא התרכז בשיעורים ולא שיחק בהפסקות, ואני מזדרזת לומר, עברנו דירה אתמול, הוא לא סיפר לך? והיא פורעת את שערו, לא, הוא לא סיפר לי שום דבר, ואני מסמנת לה בידי תנועת חיוג סיבובית, אתקשר אליה בערב להסביר את המהלך, מן הסתם היה עלי לעשות זאת קודם, והיא מלווה אותנו, מלהגת בגסות, גם אנחנו עברנו דירה לפני כמה חודשים, הילדים שלי לקחו את זה ממש קשה, אומרים שזאת טראומה לא קטנה לילד, כמעט כמו גירושים, ואני מסננת,

באמת תודה רבה לך על המידע המעודד, מסתלקת משם במהירות, מדדה כאווזה על נעלי העקב הלוחצות, הילד מוכה הטראומות נשרך אחרי. בוא, חמוד שלי, הכנתי לך ארוחת צהריים הכי טעימה בעולם, והחדר שלך כבר מוכן, ויש לך הפתעה שלא תאמין, משהו שנורא רצית, ואתה יודע מי בא אלינו עוד מעט? טליה ויואב באים לבקר אותנו, הם יביאו לך מתנה לחדר החדש, והוא סופג בדממה את צרורות המידע העליז שאני מייצרת עבורו, שפתיו חתומות אבל ידו לופתת את ידי בכוח. אל תדאג כל־כך, גילילי, זה דווקא כיף לעבור דירה, כל החברים באים לראות את החדר החדש, ומקבלים הרבה מתנות, תראה שתתרגל מהר, אבל הוא מניד בראשו בספקנות, מי גר בחדר שלי הקודם? הוא שואל לבסוף, ואני אומרת, אף אחד בינתיים, אבל התשובה אינה מניחה את דעתו, אבא אמר שלא נוכל אף פעם לחזור לבית שלנו כי אתם מוכרים אותו לאנשים אחרים, הוא פועה, ואני מקללת את אמנון בשפתיים חשוקות, מה הדחיפות הזו לעדכן את הילד בכל הפרטים.

יכול להיות שזה יקרה בעתיד, אני אומרת, אבל זה תהליך ארוך, בינתיים הדירה ריקה, אתה יכול לבוא לראות, והוא שואל, מה זה תהליך? ואני מכריזה, תראה, כבר הגענו לסמטה שלנו, היא הרבה יותר קרובה לבית־ספר מהבית הקודם, והנה הבניין שלנו, נכון יפה? נדמה שהמלה שלנו נפלטת מפי ללא הרף, כליחה דביקה, קצף על השפתיים המתוחות, ואנחנו עולים במדרגות, המפתח כבר שלוף בידי, אולי תפתח אתה את הדלת שלנו? אני מציעה, והוא לשמחתי מתלהב, מרפה סוף סוף מידי ואוחז במפתח, אך מיד שומט אותו, משמיע צליל צונן בחדר המדרגות, ושוב הוא מנסה, אצבעותיו מקיפות אותו, לא מיומנות במלאכה, מסובבות במאמץ לכיוון ההפוך, נעלת, גילילי, אני מעירה, ורק כשאני מניחה את ידי על ידו ומניעה אותה כיד של בובה הדלת נעתרת והוא פורץ סקרן וחיישן לדירה הזרה.

איפה החדר שלי, הוא שואל מיד, ואני מוליכה אותו נרגשת אל

היעד, ידיו מחליקות בחטף על פרוות הדובים, מפשפשות בסלסילות הקש, לוודא שדבר לא חסר, הנה הצבעים שלי, הוא מכריז כסוחר על מרכולתו, הנה הפליי־מוֹבִּילס, הנה הקלפים, הנה הגולות, משתומם על כל הפריטים הזעירים שהצליחו להגיע בשלום, ורק כשנחה דעתו הוא מתפנה אל המתנה, מתנפל עליה נלהב. טירת אבירים! הוא צועק וכורע על השטיח, וכבר החדר מתמלא בקרעיו העליזים של נייר העטיפה, והטירה נחשפת בכל הדרה המיירא, ואני עוזבת אותו בחדרו והולכת אל המטבח, פוסעת לאט במסדרון כשפני אליו, רואה אותו הולך ושוקע במשחק. כמה מוזר לעמוד מול הכיריים בבית הזה ולדעת שהוא כאן לידי, ובאופן השגרתי ביותר לקרוא לו לאכול, האוכל מוכן, גילי, והוא שואל, איפה המטבח? ואני אומרת, תמצא בעצמך, בוא נראה אם תגלה אותי, והוא נהנה מהמשחק, מגיע בריצה ומחבק את מותני, הבאת את הצלחת שלי, הוא מתפעל, ואני אומרת, בטח, הבאתי את כל הדברים שלך, לא יחסר לך כלום.

גם את השוקו? הוא מוודא בחשש, כמו היה זה הנכס היקר לו ביותר, שאין לו תחליף, ואני שולפת כקוסמת את הפחית הגלילית שהחבאתי בירכתי הארון, בטח שגם את השוקו, והוא אומר, תזכרי שהוא רק שלנו, אוכל בתיאבון מהפתיתים, מהשניצל, אפילו הסלט טעים לו, שלא כהרגלו מבקש תוספת. האוכל בדירה החדשה טעים, הוא פוסק בקול רם, ואני אומרת, יופי, תאכל, אבל תאבונו המוגזם מטריד אותי, האם הוא מקפיד שלא להשאיר אחריו לילדים האחרים, האם זו דרכו לסמן טריטוריה, איזה סלט טעים, אפשר עוד? הוא שואל, קולו רם במיוחד, צווחני, כאילו נמצא במרחק רב ממני, על שתי פסגות הרים אנחנו ניצבים, זה מול זו, צועקים את דבר אהבתנו.

נדמה שהוא בולע בלי ללעוס, שואב את המאכלים אל גופו הדק, אולי תנוח קצת, שלא תכאב לך הבטן, אני מציעה, מבחינה במתח בפירורים המקיפים אותו, חצי סהר מתחת לכיסאו, וכשנשמע רחש בחדר המדרגות אני גוחנת ואוספת אותם במהירות, כמו היינו

אורחים על תנאי, וגם הוא מציץ בדלת באי־שקט, הם באים? הוא שואל בלחש, עירני ודרוך כחיית יער, ואני אומרת, עוד לא, טליה ויואב יבואו עוד שעה. לא, מה עם יותם ומאיה? הוא שואל, ואני אומרת, הם יבואו רק מחר, האם הוא נאנח בהקלה, יושב מתוח מול צלחתו המוכרת, הריקה, מה עושים עכשיו, ולפני שיתחיל להתמכר לזיכרונות ולהשוואות אני ממהרת להציע סיור מודרך בדירה, מראה לו את חדר השינה ואת החדרים של מאיה ויותם, והוא מציץ סביבו בזהירות, עיניו מתרוצצות, נחיריו פועמים, אינו נוגע בדבר, ממהר למשוך אותי משם, רק בחדרו שלו הוא רוצה להיות, וכשאנחנו חוזרים לשם הוא אומר, למה להם אין וילון ולי יש, אני לא רוצה את הווילון הזה, הופך משום־מה יתרון לחיסרון, וכשהוא מסיט אותו לצדדים אינו מתלונן על המראה הנשקף מחלונו, ונראה שהוקל לו מעט, אולי נכונה השמועה הזו אודות הילדים, כמה הם סתגלנים, כמה הם שַׂרדנים, שום תלונה נוספת לא עולה על שפתיו, רק התפעלות מוגזמת, חסרת שחר, כופרת בעובדות.

אמא, החדר הזה ענק, הוא פורש את זרועותיו לרווחה, הוא הרבה יותר גדול מהחדר הקודם, ואני לא מעֵזה לתקן את הטעות הברורה, נראה לך? אני שואלת בזהירות והוא אומר, בטח, תראי כמה מקום יש כאן, החדר הקודם היה צפוף, ואני נושמת לרווחה בחשד קל, כמאזינה לחדשות טובות מדי, משתרעת על מיטתו כשהוא משחק באבירים שלו המגִנים באומץ על טירתם, תסתלקו מכאן אחרת נהרוג אותכם, הוא מכריז בפאתוס, זאת הטירה שלנו, לא שלכם. זה אחר זה הם צונחים מעל החומות בחבטה קלושה, גופותיהם הזעירות מקיפות את הטירה, ולבסוף רק אביר אחד מתבצר שם, נאבק בפולשים עד נשמת אפו האחרונה, ואני מנסה לוותר על חיפוש משמעות בכל ביטוי, בכל עפעוף או מחווה, מציצה בחלון שווילונו הוסט, תנינים אפורים כהים חוצים את הרקיע במהירות, זוחלים על רגליהם הקצרות, מלתעותיהם פעורות בחיוך ארוך, נדמה היה שהחורף נגמר והנה הוא שב, ואני מתכסה בשמיכתו, מתעטפת בריח

המצעים שלו, כמותו אני נאחזת בפריטים המוכרים, כמותו אני מתפלאה, איך עברו הריחות דירה, כמותו אני חשה בנוח רק בחדרו, מובלעת ידידותית, נווה מדבר.

גם כשהוא שקוע במשחקו הוא דרוך לכל רחש, עיניו נישאות אל הדלת בחשש, שלא תצוץ לפתע נוכחות זרה מאחד החדרים, קולו רם מהרגיל אבל מדי פעם מתחלף בלחישה, וכשאני קמה לשטוף כלים הוא מלווה אותי, ולשירותים דורש שאלווה אותו, וכך אנחנו מלווים זה את זו ברחבי הבית, על המרצפות הרחבות, החלקלקות, בכוונה הוא מחליק עליהן בגרביו, מפיל את עצמו בתרועה. בדיוק בשלוש וחצי נשמע הצלצול בדלת ואני מזרזת את גילי לקבל את אורחיו הראשונים, והוא מקפץ משמחה בראותו את יואב, בוא תראה מה אמא קנתה לי, הוא גורר אותו אחריו, מוותר על הליווי שלי, ואני מחבקת את טליה, המחזיקה בידה האחת את בתה הפעוטה ובשנייה את המתנה, חכה רגע, גילי, היא צועקת אחריהם, הבאנו לך מתנה לחדר החדש, ואני ממהרת לומר, באמת? לא הייתם צריכים, והיא מעווה את פרצופה לעברי ומושיטה לו את מתנתם הארוזה הנפתחת בהתלהבות, תמונה ממוסגרת של שלושה גורי חתולים יפים להפליא, וגילי מתלהב, איזה מתוקים, הנה אני, הוא מצביע על הגור הלבן במרכז התמונה, והנה אמא והנה אבא.

אבל שלושתם גורים, יואב מוחה, שלושתם באותו גודל בדיוק, אבל גילי מתעקש, לא נכון, זאת משפחה, מניח אותה על מיטתו, וטליה אומרת, תתחדש, איזה חדר מקסים, וכבר הם מסתערים על הטירה, ונראה שהתוכנית עלתה יפה ובכל־זאת כשאנחנו מתיישבות במטבח מלווה אותי תחושה נכלולית, כאילו מזימה זממתי, לנוחותי, לטשטש את הכרתו, לערפל את חושיו בשמחות קטנות חולפות כדי שלא יבחין במוזרותו של המצב החדש, המתחוורת לי עצמי מרגע לרגע.

דירה ענקית, טליה אומרת, משונה קצת, היא בנויה כמו מבוך, לא? מוזר לי לראות אותך כאן, אני רגילה כל־כך לדירה הקודמת

שלכם, ואני אומרת, כן, גם לי זה משונה, והיא בוחנת אותי במבט חד, מה זה ההופעה הרשמית הזאת, מאיפה את באה, עם מי נפגשת? ואני עונה, עם הילד שלי, והיא אומרת, זה לא נשמע טוב, ואני נאנחת, זה מה שיש כרגע. מה יהיה איתך, היא מגחכת, היית צריכה לתת לי לנהל לך את החיים, הכול את עושה הפוך, ואני שואלת נזופה, למה את מתכוונת? והיא אומרת, לפני שאת עושה משהו את יותר מדי שלמה עם עצמך, ואחרי זה את פחות מדי שלמה עם עצמך, תראי את הפרצוף האשם שלך, כאילו את מובילה את הילד שלך לשחיטה.

באמת? אני משתוממת, חשבתי שאני מקרינה ביטחון ושליטה, והיא אומרת, ממש ביטחון, את לא מרמה אף אחד, בטח לא את גילי, ואני שוב נאנחת, אז מה את מציעה, והיא אומרת, החליפה שלך לא תעשה עליו שום רושם, ובטח לא העקבים, פשוט תנסי להיות יותר שלמה עם הצעד הזה, אם כבר עשית אותו, יש לך דירה גדולה, יש לך בן־זוג שאת אוהבת, יש לך סיכוי לבנות איתו משפחה חדשה, תשמחי קצת, אל תהיי כל־כך מתוחה.

אַת כרגיל צודקת, אני מודה, הבעיה שעכשיו כשאני כאן אני רואה רק את מה שאין, והיא גוערת בי, די, צאי מזה, נראה לי שאת הולכת להכשיל גם את הקשר החדש שלך, מה קורה לך, זה מה שאת רוצה? אני מזהירה אותך, לא כל הגברים סבלנים כמו אמנון, ואני מתפלאה, אמנון סבלן? על מה את מדברת? והיא אומרת, נכון שהוא מתעצבן בקלות, אבל במובן העמוק הוא קיבל אותך כמו שאת, הוא השלים עם הביקורת הנצחית שלך, ואני מוחה, איזה ביקורת? את הרוב שמרתי לעצמי, או לך, והיא אומרת, אולי, אבל כל הזמן הפגנת אי־נחת, את חושבת שהוא לא הרגיש בזה? זה לא קל לאגו השבריריי שלהם, ואני מוזגת לנו קפה, בוחנת אותה בפליאה, על מה את מדברת, טליה, את לא זוכרת איך הוא היה מתלונן על כל דבר שאני עושה, איך הוא הציק לי כל הזמן, כמה הייתי נעלבת ממנו, והיא ממתיקה את הקפה מהורהרת, בוחשת לאט.

במישור הגלוי אולי, היא אומרת, אבל את תמיד ידעת שהאהבה שלו לא מושפעת משום דבר שתעשי או תגידי, בניגוד לו, שהרגיש שאת באמת אוהבת אותו על תנאי, שהוא לא יכול לסמוך על האהבה שלך, עובדה שבסוף את עזבת ולא הוא, ואני מושכת בכתפי בפליאה, נדמה לי שחיי נישואים זרים לחלוטין היא פורשת לפני, לא את אלה שלי, בוהה בחלון המטבח הגדול, צללי אורנים רושמים את דיוקנם בפחם שחור על קירות האבן של הבניין ממול, דרורים אפורים נבלעים במהירות בין הענפים. תיכף יתחיל גשם, אני אומרת, חשבתי שהחורף נגמר ופתאום הכול מתחיל מחדש, והיא בוחנת אותי, את נראית כל־כך מודאגת, אני לא מבינה אותך, אם את כל־כך חרדה לילד וכל־כך רגישה לכל ניואנס, איך בכל־זאת פירקת לו את המשפחה, זה לא מתיישב, ואני נאנחת, זה תהליך מורכב, קשה להסביר את זה למי שלא עבר אותו, הרגישות שלי אליו הלכה והתחדדה מאז הפרידה, ככל שהתחוור לי המחיר שהוא משלם, והיא אומרת, הבעיה שזה לא לטובתו, אל תתאמצי איתו יותר מדי, תהיי טבעית, מותר לך להראות לו שגם לך קשה, תשקפי לו תמונה אמינה של המצב, זה יקֵל עליו, תאמיני לי, ככה הוא יהיה פחות בודד עם הקושי שלו.

מתי כבר תעשי אֶת איזה טעות, אני רוטנת, שאני אוכל סוף סוף להטיף לך מוסר, והיא מגחכת, עשיתי טעות שנתתי לקטנה להסתובב חופשי בדירה, מי יודע מה היא מעוללת, ואנחנו מזנקות מיד, מוצאות אותה יושבת על מיטתה של מאיה, מקשקשת בעליזות על ספרים ומחברות שגררה משולחנה, פיה מַגיר רוק תינוקות לבנבן, ואני נבהלת, יסמיני, מה עשית, מה אני אגיד למאיה, וטליה גוררת אותה משם בכוח, כשהיא בועטת ברגליה הקטנות, אוחזת בעיקשות בצבע סגול זוהר, כמנסה להמשיך את ציורה על המרצפות.

אני מצטערת, אלה, אבל אל תתרגשי, זה קורה בכל משפחה, טליה אומרת, כל המחברות של יואב מקושקשות, את בת יחידה ומגדלת בן יחיד, אין לך מושג מה קורה במשפחות רגילות, אבל

אותי זה לא מרגיע, מה אומר למאיה, אני חייבת לקנות לה מחברות חדשות עד מחר, ואני מציעה לפעוטה המתייפחת קרמבו מעוך, שידביק את לשונה לחִכה, קוראת גם לגילי וליואב, וכבר נמלא הסלון בהמולה כששלושתם קופצים דווקא על ספת העור של עודד, הקרמבו בידיהם כלפיד, מפזרים עליה בנדיבות רסיסי שוקולד ונגיעות חלבון קרוש, לפני שאני מספיקה להציע שיעברו לספה שלי, מסתבר שעוד אין שלנו, ואני צופה בהם חסרת אונים, הנה שוב מתחוור לי עד כמה רחוקה ממני תחושה של בית, אורחים אנחנו כאן, אורחים המשתדלים לא להשאיר סימן לנוכחותם, לא להכביד על המארחים, המאיימים עלינו גם בהיעדרם.

את רוצה שנלך לפני שהוא מגיע? טליה שואלת כשאני מציצה בשעון בהיסח־הדעת, ואני אומרת, לא, מה פתאום, אבל המחשבה על הגבר שיפתח את הדלת בקרוב, ללא ילדיו, וייתקל בשלושה ילדים זרים ורועשים מעוררת בי אי־נוחות, ואני מקווה שיתעכב, שיקבל עוד כמה מקרים דחופים ובינתיים אסדר קצת את הסלון. בחוץ כבר חשכה מוחלטת, וגשם חזק יורד, צל המתכים נחרט על הקיר ממול, ואני חושבת על הדירה שעזבתי אתמול, השארתי את החלונות פתוחים והיא הולכת ונרטבת, ובחדר השינה, מול העץ המת, נטרק בוודאי התריס שוב ושוב.

בתבונתה היא מתעלמת מדברי ומלבישה את הקטנה במעיל, בוא כבר, יואב, למה תמיד צריך לזרז אותך, ואני מציעה באיחור מכוון, אולי תישארו לארוחת ערב, אבל היא כצפוי מסרבת, תודה, פעם אחרת, יאיר חוזר מוקדם היום ואני רוצה שנאכל כולנו יחד, ולרגע אני רואה אותם יושבים סביב השולחן במטבח הצפוף שלהם, קודקודיהם כמעט נוגעים זה בזה, תנועותיהם טבעיות, ויש בהם היכולת לספוג את הפירורים שעל הרצפה, ואת המריבות והתלונות, השיעולים וההקאות. ילדיהם הפכו אותם לקרובי משפחה, קשורים זה בזו בחבל דמי בשרני המהדק את הרגש, זו הנביעה הפלאית העולה מתוכנו אל ילדינו ורק לעיתים נדירות תתעורר אל ילדים

זרים, ואני מנסה לדמות את ארוחת הערב שלנו, האם נאכל שלושתנו יחד, ועל מה נדבר, האם אשב בנפרד, בשעה מוקדמת עם גילי ואחר־כך עם עודד, לועסת במתח שתי ארוחות ערב, ולמה אני שמחה כל־כך שהוא מאחר, הרי רק כדי שנוכל להיות יחד נעשה המעשה המפרך הזה, למה אני חוששת כל־כך מבואו הערב, מבוא ילדיו מחר, הרי להיות לבד עם גילי יכולתי גם בבית הישן.

עכשיו אמבטיה, אני מכריזה בעליזות, מקפידה על השגרה המוכרת, תראה, יש כאן שתי אמבטיות, אחת שלנו ואחת שלכם, והוא מצטווח, רוצה בשלכם, רוצה בשלכם, ואני אומרת, בטח, מתוק שלי, אין בעיה, מפזרת את צעצועיו באמבטיה הזרה, והוא פוסע לקראתה עירום, סופר בקפידה את הצעדים מחדרו לחדר השינה, ולפתע הוא נבוך, חובק את צלעותיו כמתבייש מן הקירות, ואני מזרזת אותו להיכנס למים, נהנית מן החיזיון המוכר. בדיוק כמו בבית הוא משתעשע, מוקף ביצורי ים, תמנונים, כרישים ודולפינים, אלא שהפעם אינו מניח לי ללכת לסדר את הסלון, ואני יושבת על האסלה לצידו, מקשיבה בהיסח־הדעת לעלילות שהוא טווה, נזכרת בפליאה בעלילותינו שלנו, איך טבלנו כאן יחד, צמודים זה אל זו ללא חציצה, אבל נוכחותו כובשת את הבית, דומה שכל מה שהתרחש כאן לפניו נמחק, שעות של אהבה, שעות על שעות של אהבה.

לפתע הוא חדל ממשחקו, נועץ בי מבט נחוש, לפני השינה אני רואה טלוויזיה במיטה, הוא מודיע, ואני אומרת, אבל עוד לא הספקתי לקנות בכלל, לא שמת לב שאין טלוויזיה בחדר? והוא חובט במים בתסכול, אבל הבטחת, הבטחת שאני יראה טלוויזיה במיטה, ואני אומרת, נכון, הבטחתי ואני אקיים, רק לא מיד, זה ייקח כמה ימים, והוא מייבב, אבל את הבטחת, יותר אני לא יאמין לך לאף מלה, את כועסת עלי כשאני משקר ובסוף את משקרת, ולפני שאני מספיקה לשקם את אמינותי בנזיפה קלה, נשמע קול שיעול ואני מסבה את פני אל עודד שניצב בפתח חדר השינה הסמוך,

הי, איזה יופי שבאת, אני מכריזה במאמץ, ניתקת מעל האסלה לקראתו, וגילי נזעק מיד, אל תשאירי אותי לבד, ואני חוזרת אליו, מנסה לעמוד בדיוק במרחק שווה בין שניהם.

גילי, תראה מי בא, עודד! אני מכריזה, כאילו זו הבשורה שתרגיע אותו כהרף עין, מסמנת לעודד להציץ לחדר האמבטיה ולהחליף כמה מלים חביבות עם הילדון הזועף, אבל הוא מתעלם מן התנועות הנמרצות, הנואשות, נרטבתי לגמרי, הוא אומר, הסתובבתי עם הילדים שעות בגשם שוטף, אני מקווה שהם לא הצטננו, ואכן שולי מכנסיו ספוגים מים עד ברכיו כמעט, שערו נוטף, והוא מוציא מן הארון מגבת ומשפשף את ראשו בקפידה. למה הסתובבתם בחוץ? אני שואלת, יש להם בית, לא? והוא אומר, הבית הזה היה חסום בפניהם, כידוע לך, ומיכל היתה במצב כזה שלא יכולתי להביא אותם לשם, רק עכשיו אמא שלה הגיעה לטפל בהם, ואני חוזרת למקומי על האסלה המכוסה, הנה כאן רובץ לו ילד כגור תנינים מפונק באמבטיה חמה, ושם הסתובבו שני ילדים בבגדים רטובים רק בגללי, כבר ביום הראשון אני הופכת למרות רצוני לאמא חורגת רעה, ואני מאיצה בגילי בקוצר־רוח פתאומי, די, תצא כבר, והוא מתמרמר, עוד לא, אני עוד משחק, ואני אומרת, אז תשחק לבד, אני חייבת לדבר רגע עם עודד, מתרחקת לפני שִׂמחה, אני ממש מצטערת, עודד, בסך הכול רציתי לתת לו יום אחד להתרגל לבית החדש, הייתי בטוחה שהילדים יהיו בבית שלהם עם מיכל, יכולת להתקשר להגיד לי שהם איתך ושאין לכם איפה להיות.

אה, באמת? הוא מקשה, ומה היית אומרת, בואו הביתה, אין שום בעיה? אל תתחסדי, הרי לא היית מוותרת על האמביציה שלך לשלוט באופן מוחלט במצב, ואני נדהמת מכמות העוינות שנספגה בקולו, כמו המים שנספגו במכנסיו, עודד, מה כבר ביקשתי, אחר צהריים אחד בסך הכול, יום אחד של בלעדיות, זה כל־כך הרבה לבקש? אתה מתנהג כאילו גירשתי אתכם מהבית לתמיד, והוא אומר, כי זאת היתה ההרגשה שלי, ואני מוחה, למה אתה מגזים

כל־כך, ביקשתי יום אחד להיות כאן לבד עם גילי, חשבתי שאתה בעבודה והם ממילא עם מיכל, לא היתה לי שום כוונה רעה. אני בכלל לא בטוח, הוא מסנן, ואני נושפת לעברו, גם אני כבר בכלל לא בטוחה בכוונות שלך, למה בעצם לא לקחת אותם לראות סרט, או לקניון, הסתובבת איתם ברחובות בגשם רק כדי שתוכל להאשים אותי? והוא אומר, תתפלאי, יש עוד שיקולים, אני בתקופה כזאת לא לוקח ילדים למקומות ציבוריים, ואני רוטנת, זה ממש מוגזם, הקניון מאובטח, והוא אומר, שום מקום ציבורי לא בטוח. אז למה לא עלית איתם למיכל? אני מתעצבנת, יכולת פשוט להיות איתם שם, והוא עונה, היא לא נתנה לי להיכנס הביתה, ואני נאנחת, זה לא הגיוני, הסיפור הזה, לא יכול להיות שלא מצאת שום פתרון, אם היית רוצה באמת היית מוצא, תמיד אפשר להביא אותם לאיזה חבר לכמה שעות, זה לא כל־כך מסובך.

אמא, אני רוצה לצאת, גילי צועק בקול רם מדי, ואני ממהרת לשלוף אותו חם וסמוק מן האמבטיה, לשפשף במגבת את עורו הקמוט מן הרחצה, תחושת ניצחון לא נעימה מסתננת לאיברי, הבסנו אותם הערב, הוכחנו שזה לא פחות ביתנו מביתם, ולא חשבתי שמהר כל־כך נשלם את מחיר הניצחון, כי כשאנחנו נכנסים לסלון, גילי מסורק וריחני בפיג'מה שלו, דובי סקוטלנד הנאמן נגרר אחריו, עודד אינו מעיף בו מבט, שלא כאביו שהיה שולח זרועות ארוכות וחוטף אותו ומושיבו על ברכיו אחרי הרחצה, נהנה לרחרח את ניקיונו המהביל, מחבק ומנשק ומדגדג אותו עד שהיה מצטווח מתענוג. אתה רעב, עודד? אני שואלת, מנסה ללכוד את מבטו, והוא אומר, לא, אכלתי כבר עם הילדים, ואני משדלת אותו, אבל תשב איתנו, נכון? והוא אומר בנימה רשמית, לא כרגע, אלה, יש לי כמה טלפונים להחזיר, ואני פונה אל גילי, קולי כמעט לא מוכר לי, כקולה של זבנית בחנות צעצועים, זבנית שמשׂרתה בסכנה, גילילי, אולי תראה לעודד את הדובי שלך, והוא ניגש אליו בצעדים נלהבים, כפות רגליו בגרביים תכולים פוסעות באמון, תראה, זה דובי סקוטלג,

הוא אומר, ועודד מתבונן בעיון קדורני בפרצופו של הדוב, כמו היה זה אדם זר המוצג בפניו, ופולט לבסוף, אני לא אוהב דובים.

אבא שלי נורא אוהב דובים, גילי עונה בגבורה, כשעיני כבר מתלהטות, הוא הביא לי אותו מסקוטלנד, ואמא קנתה לי טירת אבירים, ומחר תהיה לי טלוויזיה בחדר, הוא מנסה להרשים את הגבר המסויג, ועודד חושק את לסתותיו מולו, מביט בי בחומרה, טלוויזיה בחדר? ואני אומרת, כן, מה הבעיה? והוא אומר, הבעיה שמאיה ויותם ירצו לקבל גם, ואני נגד זה, אי־אפשר שהוא יקבל והם לא, אנחנו צריכים להיות מתואמים, ואני אומרת, אז תקנה להם גם, והוא רוטן, אני לא יכול להוציא עכשיו אלפי שקלים על טלוויזיות, הורדתי שעות עבודה כדי להיות יותר עם הילדים. אני לא יכולה להתחשב בזה, אני אומרת בזעף, הבטחתי לו וזהו, אז לא יהיה כאן סוציאליזם בינתיים, מה לעשות, וגילי כבר מתרחק ממנו מאוכזב, מפנה אליו את גבו המעוך של הדובון, בעודי מנסה לסמן לעודד בתנועה סיבובית כתנועת מחוגי השעון שנדבר על זה אחר־כך. לא ליד הילד, אני לוחשת, אבל הוא מתעלם מבקשתי, אני לא חושב שאפשר לקנות טלוויזיה רק לילד שלך, את מנסה ליצור כאן עליונות מלאכותית שלא תועיל לאף אחד, ואני שוב לוחשת, נדבר על זה אחר־כך, רואה את גילי ניצב חיוור ומתוח באמצע הסלון, הדוב השמוט בידו, אז אני ארשה להם לראות בטלוויזיה שלי מתי שהם ירצו, הוא מציע פשרה בקול דקיק, מפתיע אותי בבגרותו, כאילו כל חייו הורגל במאבקים כאלה.

זה רעיון מצוין, אני ממהרת לומר, ממש יפה מצידך, עכשיו בוא לאכול, חוטפת אותו למטבח, מטגנת חביתה במהירות, חותכת סלט, פורסת לחם, תאכל, מתוק שלי, אני מנסה לעודד אותו, מגניבה מבטים עוינים לעבר הגבר המעלעל בניירות שהוא מוציא מתיקו, לא נשב שלושתנו סביב השולחן ונשוחח בנחת, לא נלמד להתאים את קצב לעיסותינו, לבדי אוהב אותו, לבדי, ושוב חובט בגווי הגעגוע, כתריס הנחבט בקיר ברוח חזקה, הגעגוע אל האבהות

הטבעית שאבדה לו, או ליתר דיוק לי, שהרי הוא לא איבד את אביו, רק אני איבדתי את הזכות שנראתה לי נדושה עד זרא, ללעוס לחם וסלט לצד גבר האוהב את בני כמוני.

אתה רוצה לבוא מחר בבוקר מוקדם? אתה חושב שתחזיק מעמד עד אז? כדאי שתיקח עוד קלונקס, אני שומעת אותו מדבר אל השפופרת, באותו קול קשוב ומשתתף שכוּון גם אלי רק לפני חודשים ספורים, במשרדו, תנסה להזכיר לעצמך איך התגברת בפעמים קודמות, זה יעזור לך לעבור את הלילה, אז נתראה מחר בשבע וחצי, כל טוב, וכך ממשיך קולו להתגלגל ברחבי הבית אבל לא אלינו הוא מכוון, ואני מוליכה את גילי למיטתו, מקריאה לו סיפור בחיפזון קדחתני, להוטה כבר ליישב עם עודד את ענייני הדחופים. מה יהיה אם אני אתעורר בלילה ולא אמצא את החדר שלך? הוא כבר מודאג, חשרת עננים על מצחו הבהיר, ואני מראה לו שוב את הדרך, סופרת איתו את הצעדים, אני בטוחה שלא תתעורר, אני מעודדת אותו, והוא מוחה, אבל אני עוד לא רגיל, מותר לי להתעורר, מותר לי לבוא אלייך, אלייך, הוא אומר, כאילו לבדי אשכב שם, בחדר המרוחק תשעה צעדים מחדרו.

בטח שמותר לך, אני מנשקת את מצחו, עכשיו אני הולכת רק לרגע, תיכף אבוא לראות אם נרדמת, ממהרת אל עודד היושב עדיין על הכורסה, לך תגיד לו לילה טוב, אני מבקשת, לא מבחינה שהטלפון בידו, והוא לוחש, אבל אני באמצע שיחה, אני כבר מעביר לך את זה בפקס, הוא אומר אל השפופרת, ממלא כמה טפסים במהירות, ואני מאיצה בו, תגיד לו לילה טוב, כל־כך חיוני עבורי לחבר ביניהם לרגע, לחתום את היום במחווה אבהית, אבל כשאני מוליכה אותו לחדרו של גילי מסתבר שכבר נרדם, נחירות קלות בוקעות מגרונו, אצבעותיו על סנטרו כשקוע במחשבה עמוקה. תראה, זה סימן טוב, אני לוחשת, חששתי שייקח לו שעות להירדם, אבל לא נראה שהוא מתרשם מן ההישג, איך שינה הטקס הנעים הזה את פניו, כל־כך הרבה פעמים מצאתי את עצמי עומדת לצד

אמנון מול מיטת הילד הישן, שנינו טעונים באותה התפעלות נמלצת שמעוררת שנתו של ילד יקר, ואילו עכשיו לאחר שהתבצע וידוא השינה הקצר הוא מותיר אותי שם ומסתלק, ושוב נשמע קולו מן הסלון, תנסי להמשיך עם התרופה עוד כמה ימים, בדרך־כלל תופעות הלוואי נעלמות תוך זמן קצר, בואי נחכה קצת, ננסה להרוויח זמן, גם למציאות יש כוח משלה, תתקשרי שוב מחר ונראה אם יש שיפור.

כשאני שבה לסלון בעקבותיו ומתיישבת על הספה הוותיקה שלי תוקף אותי כאב עמום בעצמות, דומה שהן מפיצות אדוות צוננות ברחבי הגוף, כשהוא מניח את השפופרת במקומה ומתיישב מולי, מתבצר בספתו השחורה, מכנסיו לחים עדיין, שערו שהקדים להתייבש סתור מעט, מבטו קר, ואני שואלת בשיניים נוקשות, עודד, למה אמרת לגילי שאתה לא אוהב דובים? והוא עונה, כי אני לא אוהב דובים, אף פעם לא אהבתי, מה הבעיה? ואני אומרת, הבעיה שזה מעליב אותו, זה כאילו שתאמר שאתה לא אוהב אותו.

למה, הוא דוב? הוא שואל, ואני רוטנת, אל תתחכם, זה ברור שהוא מזדהה עם הדובי שלו, והוא אומר, את מחפשת עלבונות מתחת לאדמה, אין שום בעיה להגיד לילד מה שמרגישים, הייתי אומר ככה גם לילדים שלי, אבל אני לא מתרצָה, זה בכלל לא דומה, איתם היית מאזן את זה בדרך אחרת, בדברים שקשורים בהם שאתה כן אוהב, בעוד שעם גילי, אלה המלים היחידות ששמעת לו היום, זה היה ממש לא רגיש מצידך, והוא מביט בי בטינה כהה, גבות כבדות מכפילות אותה, תגידי, זה מה שאת מתכננת לעשות איתי כל ערב, לחלק לי ציונים בסוף היום?

אתה לא משאיר לי ברירה, אני אומרת, בשבילי זה קריטי שגילי ירגיש נוח איתך, ונראה שאתה בכלל לא מתכוון להקל עלי, הבטחת שכשנגור יחד זה יקרה ואני עוד לא רואה את זה, והוא נאנח, אלה, תני לזה זמן, אל תלחצי עלי, עברו בקושי שעתיים מאז שנכנסתי הביתה, אחרי שהסתובבתי עם הילדים שלי בגשם שוטף כי לא

הסכמת שהם ייכנסו הנה, קשה לי להיות רגיש כשאת גילית כזה חוסר רגישות, ואני נוהמת, אה, אז אתה מתנקם בי, זה העניין? והוא אומר, חלילה, זאת לא נקמה, זו פשוט תחושה שהנסיבות הכתיבו, ואני מביטה בחלון השחור מעל ראשו, במרחק כמה רחובות מכאן חודר הגשם לחדרו הריק של גילי, תריס הברזל של חדר השינה נחבט בקיר הבניין ברוח החזקה, אין איש בדירה ובכל־זאת נדמה שכולנו הולכים ונרטבים.

עודד, הילד לא אשם בנסיבות האלה, אני משדלת אותו, אני לא מבינה את זה, עם המטופלים שלך אתה כל־כך עדין וסבלני ועם הילד הזה שהחיים שלו התהפכו אתה כל־כך אטום, היית רוצה שגם אני אתנהג ככה עם הילדים שלך? והוא אומר, מאחר שאני לא חושב ששגיתי אני לא מתרגש מהאיום שלך, אם תסתובבי שעות עם הילד שלך בגשם אני בהחלט אבין אותך אם תהיי לא רגישה, ואני מסננת, תפסיק לנופף בזה, אתה יודע שזה היה חד־פעמי, הלוואי ואני הייתי יודעת שמה שאתה עשית היה חד־פעמי, והוא אומר, אולי, אבל זאת היתה טעות מצידך, ואני קמה ועומדת מולו, דחף פרוע משתלט עלי, להסתלק מכאן מיד, לחזור הביתה, אבל בחדר הסמוך ישן הילד ואני חייבת להישאר איתו, אתה יודע, עודד, כשאמרת לגילי שאתה לא אוהב דובים הרגשתי שאני לא אוהבת אותך, והוא מביט בי מלמטה למעלה, כן? אני מצטער לשמוע.

ובכל־זאת כשהוא נכנס למיטה בעקבותי אצבעותיו נוקשות על גבי, תהיי סבלנית, הוא לוחש, קפצנו בבת־אחת לתוך החיים, קפיצת ראש, ייקח לכולנו זמן להתרגל, ואני לא עונה, מצפה שימשיך לפייס אותי, אבל הוא משתתק ורק ידיו מגששות על אחורי ובפעם הראשונה מאז הכרנו גופי מתכווץ למגעו, כבול בכבלי הכעס החדש המדכדך, על שער הולך ונסגר אני מתדפקת, מבקשת רחמים על בני הקטן. אולי אתנה את ההיענות שלי בכך שיחייך אל גילי מחר בבוקר, אני מנסה לרקום עסקה פשוטה, הגיונית, התמסרות תמורת חיוך, להט מיני תמורת חום אבהי, כאותו סחר חליפין בעולם העתיק,

שמן ויין סיפקו איכרי כנען הקדומה לנוודים תמורת מוצרים מן החי, חלב ובשר, ואולי זה מה שנדרש ממני כאן, לנהוג כאשת עסקים, לא לחינם התהלכתי בחליפה כל היום, בעקבים גבוהים, אבל הנסיבות דוחות אפילו את העסקה הבסיסית הזו, אי־אפשר הלילה, אני לוחשת, גילי בטוח יתעורר בקרוב, זה לילה ראשון שלו כאן, ואני שומעת את קולו מתאמץ לחייך, אפשר לאלתר משהו מתחת לשמיכה, הוא מציע, ואני אומרת, לא הלילה, עודד, הסירוב הראשון שלי.

נדמה שצלליתו מהססת על מפתן החדר, כפות רגליו טופפות אל המיטה, אביר זעיר ונועז, עשוי ללא חת, מסתער שוב ושוב על הטירה המבוצרת, ואני מאמצת את עיני בחשכה, לא, אין כאן איש, מקשיבה עירנית ודרוכה לנשימתו של עודד, לרחשי הבית הזרים, המיית המקרר, אופנוע החוצה את הסמטה, צעדים כבדים בחדר המדרגות, כל מה שלא הטריד אותי כלל בלילות הקודמים שישנתי כאן, כשחפצי המתינו לי בביתי, אור הפנס המנצנץ בעד חרכי התריס הדקים כסיכות, אולי בכל־זאת מוטב היה להיענות לו, להרגיע את הניכור שזינק עלינו סמור כחתול מבוהל במגע חם של קרבה. אמא, איפה את? נדמה שברגע שעלה בידי לפלוש לתוך שינה חטופה מתנודדת כרכבת על אדנים רעועים הוא צונח לצידי, אמא, את כאן? מנסה כדרכו להידחק אל מרכז המיטה, ביני לבין אביו, אבל המחשבה על קרבת הגוף שתיכפה על שני האנשים הזרים זה לזה מרתיעה אותי, ואני מכוונת אותו אל קצה המיטה, חוצצת בגופי בינו לבין עודד, תישן, מתוק, עוד לא בוקר, אבל הוא ער לגמרי, לדאבוני, מפטפט בקול רם וצלול, טיפסתי על עץ, הוא מספר, העץ היה מלא ילדים, ולא היה שם אף מבוגר, ופתאום ראיתי את החתול הלבן בתמונה שיואב קנה לי, הוא היה גבוה גבוה ופחדתי שהוא ייפול, זה חלום טוב או רע? ואני מהסה אותו, נדבר על זה בבוקר, אתה חייב לישון, אחרת תהיה עייף מחר, אבל הוא מתרפק עלי בעירנות קדחתנית, מתוחה, אבל יש לי הרבה דברים לספר לך, עוד

לא סיפרתי לך מה היה בבית־ספר היום, ומה עשיתי אתמול אצל אבא, הוא מתנדב לספק תשובות מלאות על כל השאלות שנשאל במשך היום.

תספר לי בבוקר, אני לוחשת, זה לא הזמן המתאים, והוא אומר, אבל בבוקר אני שוכח, היום יותם ורונן היו על הנדנדה וכשאני רציתי גם הם קראו לי מפגר, זה לא יפה להגיד מפגר אני לא חבר שלהם, ואני אומרת, אבל אולי מחר כן תהיה חבר שלהם, הדברים האלה משתנים במהירות, והוא שואל, מה זה תהליך, שכחת להסביר לי, ואני אומרת, תהליך זה משהו שלוקח זמן, שבונים אותו לאט. תזוזי קצת, אין לי מקום, הוא מתלונן, ואני מנסה להידחק אל הגוף הישן לצידי, נדמה שגדר תיל מסמנת את קו הגבול במיטה הרחבה, בגבי אני חשה בה, חדה וצוננת, והוא אומר, תראי, הבאתי את דובי סקוטלג, דוחף אל פני את היצור הרך, המאובק מעט, אַת אוהבת את דובי סקוטלג? ואני אומרת, סקוטלנד, בטח שאני אוהבת אותו, והוא מעיר, חשבתי שכל האנשים אוהבים דובים, ואני שומעת את עודד מתהפך על משכבו ונושף בקוצר־רוח, גילי, אתה חייב לישון וגם אנחנו, אני לוחשת באוזנו, והוא מוחה, אבל אני לא רגיל לישון בבית הזה.

פשוט תעצום עיניים ואל תדבר ואני אחבק אותך חזק ואז השינה תבוא, אני מבטיחה לו, עוטפת אותו בזרועותי, מכסה עליו בגופי, כמחביאה אותו מפני הרוחות המשוטטות בבית, קוטפות ילדים שיצאו ממיטתם, והרי לילות רבים מספור היה מצטנף כחתלתול ביני לבין אביו, כמה טבעי זה היה, להתעורר ולמצוא את היצור הקטן בינינו, נזוף אבל עליז, מטרד נעים מאין כמותו, אפילו את לא שיערת, טליה, כמה מסוכסכים עתידים להיות הרגעים הפשוטים ביותר, כי כשאני מנסה לשחזר את מהלכו של יום אחד בלבד אני חשה מחנק, שוכבת ללא תנועה בין הגבר והילד הזרים זה לזה, עלי מוטל לחבר ביניהם, ביום ובלילה, וכובד המשימה ומורכבותה מפילים עלי מרה שחורה ועמוקה, עד שאני מרפה מבלי משים מהילד

הישן, המתהפך מיד על בטנו ונופל כבול עץ מן המיטה. הנה הוא זוקף את ראשו ומיד מניחו בטבעיות על הרצפה החשופה ושב אל שנתו, למרגלותינו, כאילו זה מקומו מימים ימימה, ואני יוצאת מן המיטה שאך זה פלטה את בני כגופה אל החוף, גוהרת מעליו ומנסה להרימו, אוחזת במותניו וגוררת אותו כמו היה מחוסר הכרה, פצוע בשדה הקרב, ועלי לחלצו בטרם יילקח בשבי, גוררת אותו על פני המרצפות החלקלקות תשעה צעדים עד חדרו הבטוח, ושם אני מניחה אותו במיטתו ומשתרעת למרגלותיו, ערה ויראה מן העתיד.

בחדר השינה הגדול נותר עודד לבדו, פניו רפויים בשנתו, עיניו שמוטות, לא רחוק מכאן נמים שני ילדיו, יגונה של אִמם נושב אליהם מן הקירות בלילה, בקצה השכונה שוכב לו על גבו אמנון מילר, ליד וילון החרוזים המתנועע ברוח, משמיע רחש מדגדג, ורק ביתנו שלנו נותר ריק ודומם הלילה, שום ילד לא יגיח מתרונן מדלתו עם בוקר, ילקוט בית־ספר על שכמו, שקית שוקו בידו. על הרצפה הצוננת למראשותיו של גילי אני שוכבת ערה, ואילו דובי סקוטלנד האומלל נאלץ לבלות את הלילה לצידו של גבר שלא אוהב דובים, ודומה שמכל השינויים והתהפוכות שעברו על עולמנו בחודשים האחרונים נראית לי דרכו של דובי סקוטלנד אל מיטתו של עודד שפר המצערת והמצמררת מכולן, ונדמה שעליו אני בוכה כשאני מתעוררת בבוקר בעיניים צורבות ובגב דואב, על דובי סקוטלנד התמים והנוח לבריות, שחייו השתנו לבלי הכר.

פרק עשרים ואחד

הגב שלי עודו מכווץ ודואב כשאני מתיישבת מולם, שברים של בבואות מעוותות, מתעתעות, של שגרה שנהפכה על פיה, כך היינו יושבים לפעמים בבתי־קפה, אמנון ואני כבר שם וגבי מצטרף, גבי כבר שם ואנחנו מצטרפים, הם שם ואני מגיעה, מלקטת בהתנשאות קלה את שיירי שיחתם. מעולם לא אהבנו באמת להיות בשלושה, אבל אלה היו חיינו, בכך הורגלנו, מהרגלים כאלה ואחרים שאבנו את ביטחוננו, מתקשים כבר להבחין בין אילוצים למאוויים, ועכשיו נדמה שכל אחד מאיתנו מוכן לגלוש בטבעיות לתפקידו הקבוע במערכה, אלא שהניירות הרשמיים המונחים על השולחן בינינו מזכירים לכולנו לשם מה התכנסנו כאן, ומאחר שכבר נזכרנו אנחנו מניחים להם להכתיב את מהלך הפגישה, רק בעטיים אני זוכה ליחס נדיב, אבהי כמעט, שהרי לחתימתי המפורשת זקוקים הניירות הללו, בראשי תיבות ובשמי המלא, רק בעטיים אני מצליחה לשמר לפי שעה את אותה התנשאות קנטרנית, שהרי לא אחתום, ברור לי שלא אחתום.

החוזה כבר מוכן, אמנון מבשר לי במאור פנים, כמו מדובר בבשורה מעודדת במיוחד, גבי עבד כל הלילה, הוא מציין בהערכה, טופח על כתפו של חברו ורק אז אני נזכרת להתפלא על כך שחברותם ניצלה, בסופו של דבר, הקונים ממש להוטים, מחר הם חוזרים לצרפת וחשוב להם לסיים את העסקה, אחרת נאבד אותם,

הוא מנופף מולי באצבע מאיימת. שוק הנדל"ן היום חלש ביותר, אֱלָה, גבי מוסיף, זה נדיר למצוא קונים ועוד בסכום כזה, הם מציעים לכם מחיר מצוין, אתם לא תסלחו לעצמכם אם תחמיצו אותם, לשונו החלקלקה רוקמת אשליה של שותפות, של אינטרסים זהים, כמו היינו עדיין זוג שלפניו עתיד כלכלי משותף, ואני קוטעת אותו, אבל לא התכוונתי למכור בכלל, גבי, התכוונתי להשכיר את הדירה עד שאראה מה קורה עם החיים שלי, מבחינתי זה ממש לא נכון כרגע וגם מבחינת גילי, וכשאני פונה אליו בדברים אני מופתעת לשמוע בקולי נימה אוהדת, כאילו אותו לילה שמאז לא ראיתיו הותיר דווקא עקבות עמומים של קרבה, וכשאני נזכרת בפרטיו, מול פניו של גבי הסמוכים אל פני, נדמה לי לחרדתי שאני מעדיפה את הלילה ההוא עשרת מונים על פני ליל אמש בביתי החדש, יותר רוך היה שם, באותה התגוששות מרה שהפכה להתגפפות מרה ממנה, יותר רוחב־לב.

אי־אפשר להתחשב רק בך, אמנון אומר בזעף, הדירה שאני גר בה עומדת עכשיו למכירה במחיר מציאה, אני רוצה לקנות אותה במקום שמישהו אחר יקנה ואני אצטרך לעבור שוב, זה גם לטובת גילי, את לא יכולה להחזיק את החיים של כולם בהמתנה עד שתראי מה קורה עם החיים שלך, ואני פונה אליו בהתעוררות, רעיון מזהיר עולה בדעתי לפתע, אמנון, בשביל מה לך לקנות את הדירה הזאת בכלל, למה לא תגור אתה בבית שלנו, זה יהיה הכי טוב לכולנו. לרגע נדמה לי שכך ייפתרו כל קשיינו, גילי יזכה מחדש בביתו, ואפילו אני אוכל להתגנב לשם לפעמים, באמתלה זו או אחרת, ואני תולה בו את עיני בתחינה, מתמכרת לחיזיון המנחם של השבתו אל הבית ממנו גורש לפני חצי שנה, רמז ראשון ומפתה להפיכותו של התהליך, אבל הוא מניד בראשו בשלילה נמרצת, בשום אופן לא, אלה, אני רוצה ללכת קדימה עכשיו, לא אחורה, זה היה הבית של המשפחה שלנו, אני לא אבנה שם משפחה אחרת, אני רק רוצה להיפטר ממנו, ואני סופגת בדממה את האכזבה, שומעת את קולו

של גבי פונה אלי בתורו, כמה הם מתואמים. אני מבין שאת מתחילה חיים חדשים, הוא אומר, בשביל מה לך הסרח עודף הזה, רכוש משותף זה תמיד מקור לחיכוכים, מה את יודעת, אולי עוד חצי שנה את תרצי למכור ואז לאמנון זה לא יתאים, בשביל מה לכם להיות תלויים אחד בשני? זה בדיוק הזמן לחתוך, ואני הרי לא אוכל להסביר להם, וברור שאינם מעוניינים לשמוע, כמה מפחיד ומערער הוא הוויתור על שמונים מטר מרובע פלוס מרפסת, על רצף, שייכות, סיכוי, ביטחון, דומה שדווקא זה הצעד החותם את פרידתנו, ואחריו תהפוך המשפחה שלנו לפרק מן העבר ההולך ומתרחק, לסיפור גמור, בלתי־הפיך, מת לגמרי, מת לתמיד.

ברגע שתחתמי על החוזה תוכלי לקדם את עניין הגט, גבי מנסה להושיט לעברי פיתיון, אם את חיה עם מישהו, זה בטח כדאי לך, אבל גם הפיתיון הזה נראה לי עכשיו חסר משמעות, רק הדירה שלנו, רק בה אני נאחזת, הדירה הפשוטה והנוחה אליה הבאנו את גילי בן היומיים, ירכיו חשופות, המשקיפה אל חצר פנימית ובה עצי רימון המתחילים ברגע זה את לבלובם, ועד מהרה יפריחו פרחי ארגמן כגביעים מלאים יין, יאירו את החצר באורם האדום, לו רק יכולתי לקנות ממנו את חלקו ולהשאיר אותה ברשותי, לו רק יכולתי לשכנע אותם לחכות, אך הם לא מרפים ממני, שבים ומוכיחים לי עד כמה זוהי ההחלטה הנכונה מכל הבחינות, מוסרית אסטרטגית וטקטית, ההחלטה שתאפשר לכולנו ביטחון כלכלי ויציבות רגשית, אושר ועושר בגירושינו, ואני בוהה ברחובות הצלולים, השמיים יבשים הבוקר ורק בצידי הכביש מנצנצות שלוליות כאגמי גמדים, זֵכר למתכים העזים שהרטיבו אתמול שני ילדים. לא רחוק מכאן יושב עודד שפר במשרדו המחופה וילונות שיפון סגולים ומשוחח בקול רך עם מטופליו, אולי אגש אליו גם אני, אולי אשאל בעצתו, תנו לי כמה ימים לחשוב על זה, אני מבקשת, אני לא יכולה להחליט הרגע.

אין לנו כמה ימים, אמנון אומר, הם נוסעים מחר, לא הכול

מתנהל לפי הקצב הפנימי שלך, וגבי מוסיף מיד, לסירוב שלך יהיה מחיר, את צריכה לקחת גם את זה בחשבון, אבל אמנון מהסה אותו בתקיפות הנוגעת ללִיבי, תקשיבי, אני השתדלתי להתחשב בך בחודשים האלה, לא הקשיתי עלייך ולא נקמתי בך למרות שאת כפית עלי את הפרידה הזאת, עכשיו הגיע תורך להתחשב בי, בשבילי הצעד הזה קריטי, והוא משתתק ומושיט לי את העט, את רק צריכה לחתום, אני אעשה את כל השאר, פניו קורנים מולי באור בשרני, פנים פשוטים, חפים מחטא ומעוון, הוא לא אשם, זה לא הוא בכלל, בין ריבועי החפירה הוא התהלך, במקרה נקלע לתאונה שלא היה לו יד במהלכיה ושילם את המחיר, הוא כפי שהוא, אולי בכלל התאים לי אבל זה לא הועיל לו, ולא לי, ואולי לא התאים, אבל גם זה היינו־הך, הֶדף רב עוצמה קרע אותי ממנו, ואני נוטלת מידו את העט הכסוף שקניתי לו ליום הולדתו האחרון, וכמי שכפאו שד ממלאה את החללים הריקים עליהם הוא מצביע באצבעו, אלה מילר, אלה מילר, אלה מילר.

ברגע שהשיגו את מבוקשם הם נעשים ענייניים, טרודים, מחליפים מלים מהירות בטלפון עם עורך הדין של הקונים, עוברים שוב על החוזה, ואני שעשיתי את שלי רשאית להסתלק משם, להותיר מאחורי את חתימת ידי הרועדת וללכת אל דרכי החדשה, אבל עדיין אני דבקה בחוזה רב הסעיפים, מסרבת להיפרד משמי המתנוסס עליו לצד שמו, כמו בכתובּה, גורליות הרגע נפרטת לפרוטות קטנות, לסעיפים נדושים, כל־כך הרבה פנים יש לפרידה, מסתבר, ורובן מתגלות דווקא בחלוף הזמן, כשנדמה שהקושי הגדול כבר מאחורי גבנו.

שיהיה בהצלחה לשניכם, עשיתם את הצעד הנכון, גבי מכריז, מעצים את הרגע ותוך כך מגחיך אותו, בשוותו לרגע הזה משמעות רבה כל־כך, מבטיחה, נדמה לי שכך בדיוק הכריז לפני שבע שנים, כשרק נרכשה הדירה, כמה עשוי לנחם המשפט הזה, לו רק היה בוקע בזמן הנכון מן השפתיים הנכונות, עשיתם את הדבר הנכון,

מהו שהופך צעד לנכון, מכל הצעדים שנעשו ושיכלו להיעשות, ואני מחייכת אל שניהם חיוך רהוי, ולהפתעתי הם מביטים בי באהדה, נדמה שמצוקתי מעוררת אותם, מפיקה מהם קורטוב של נדיבות, ואמנון מזמין עבורי עוד כוס קפה, בלי קצף, מקפיד להוכיח שהוא זוכר את גחמותי ומתחשב בהן, כוס קפה שלמה תמורת מחצית הדירה, איזו עסקה מסחררת, ואני בוחנת אותם בהתפעלות, האם מעתה ואילך כל גבר ייראה לי מקסים יותר מהגבר אליו קשרתי את חיי החדשים, כאופניים למעקה חלוד של חדר מדרגות. כמה התעדנו לפתע נוכח הוויתור שלי, מקרינים אבירות רכה, ללא כל שמחה לאיד, כזוג מלאכים הם מגִנים עלי, ואני מתקשה להיפרד מהם, אבל כשאני שותה את לגימת הקפה האחרונה הם קמים כאיש אחד, החוזה ננעל בתיקו של גבי, שיהיה בשעה טובה, הוא מכריז שוב, בהדגשה מופרזת, כאילו הודענו לו על אירושינו, ואמנון גוחן לעברי ושואל, את בסדר? ואני מהנהנת, גופו מפיץ תחושה משפחתית כקרבת דם, וכשאני מביטה בו מתרחק נדמה שאני רואה את גילי מקנן על כתפיו כציפור על עץ, מה הוא לוקח איתו בלכתו, מגדל שלם על כתפיו, מגדל שראשו בשמיים, תינוק שאך זה למד לשבת, פעוט ומוצץ בפיו, ילדון זעיר, פניו מתארכים משנה לשנה, שערו מתכהה, כל מה שתתאים לו המלה שלנו.

דמויות שכונתיות מוכרות למחצה חולפות על פני, עיניהן מרפרפות עלי, כשאני עומדת בפתח בית־הקפה, ליד השומר הבודק את תיקי הנכנסים, כאבלה בפתח סוכת האבלים שהוקמה בחיפזון. תיכף יתייצבו מולי העוברים והשבים בתור ארוך וחרישי, ילחצו את ידי, בפיהם דברי נחמה ועידוד, צריך להמשיך הלאה, יאמרו לי, מה שהיה היה, אין טעם לקונן על העבר, תחשבי קדימה, קדימה, תחשבי על מה שיש, לא על מה שאין, זהו המנון החיים העולה במאמץ מן הרחובות, המנון ההולכים קדימה, ועלי רק לצרף את קולי לקולם, עד שנהפוך למקהלה אחידה, קדימה נצעד, כולנו כאיש אחד, למרות הצער, האכזבה, החרטה, הפחד מנטישה, מאסון, מטעות.

בכל העיר הגדולה הזאת אין אפילו בית אחד שהוא ביתי, גדולה כל־כך עד שבכמה משכונותיה החדשות לא דרכתי מעולם, עשרות אלפי בנייני אבן צפופים מאוכלסים בפראות ואפילו אחד מהם לא ייפתח בפני כשאצא יום אחד מהדירה שבסמטת הסליחות, אוחזת בידי את גילי האוחז בידו את דובי סקוטלנד, כשאהיה מוכנה להודות שהניתוח לא עלה יפה, השֶתל לא נקלט. לאן נלך, דומה שעתיקותיה של העיר מוכרות לי יותר מבנייניה החדשים, האם לבית השרוף ברובע היהודי, אשר חרב בח' באלול, שנת שבעים לספירה, כמו יתר בתיה של העיר העליונה בירושלים, או למערות הקבורה החצובות בסלע בנחל קדרון שהקיפו את העיר כחגורה, או לגיא בן הינום, פתחו של הגיהינום, או למפעל המים הכנעני, פירים ומנהרות שנחפרו בסתר, עוברים מתחת לחומת העיר, כדי להערים על האויב המנסה להשתלט על מקורות המים.

זהו משקלו של הוויתור, עוקצנותו, יגונו, עמקותו, זוהי הפרידה המוחלטת מהבית שהיה ביתי, מהחיים שהיו חיי, הרי באתי בבוקר נחושה שלא להסכים, והנה עכשיו אני מוצאת את עצמי פותחת את הדלת בהיסוס, מביטה סביבי בגניבה כמסיגת גבול, שהרי כבר אינו שלי, איך נכנעתי להם, עוד מעט יגישו לי לחתימה ניירות לבנים מטילי מורא, עמוסים בסעיפים, וגם עליהם אחתום בתשישות, באדישות כמעט, ויתברר שגם על בני היחיד ויתרתי.

כמה קשה להסתגל אל הוויתור, בתדהמה אני ניצבת מול עובדות החיים הנדושות, כחתול הרואה שלג לראשונה בחייו, אם עוברים לדירה אחרת ממילא מוותרים על הדירה הקודמת, אם חיים עם גבר אחר ממילא מוותרים על הגבר הקודם, כך מתנהלים הדברים בעולם הממשי, בפשטות אכזרית, כמו בטבע, ואני מתהלכת בבית החשוך שתריסיו מוגפים וזרם החשמל אליו נותק, בוחנת אותו כאילו נשלחתי על־ידי רשות העתיקות למשימת תיעוד דחופה, דין וחשבון מפורט הוטל עלי להגיש, לתעד את השתלשלות המאורעות שהביאו לנטישת האתר הזה, ההיתה זו בצורת, רעב, נוכחות שליט זר,

התערבות איתני הטבע. ריח עמום של אש נודף מן הקירות החשופים, כאילו צמיג בוער נחבא באחת הפינות, שולח לעברי לשונות עכורות, האם גילויי שריפה עלי לחפש, קורות עץ מפויחות ואפר, מפולות אבנים ולבֵנים, ואני משננת בחשכה אמיתות פשוטות, נאחזת בהן כבמעקה על פי הבור, זכרי, זכרי, בתים שנזנחו מציעים תוכן אחר מזה של בתים שחרבו, החפצים הלכודים בחורבותיו של בניין מבטאים פרק זמן קצר בתולדותיו, תחילה יש ללמוד מן הממצאים על שגרת חייה של האוכלוסייה לפני שהאתר ננטש או נחרב.

זכרי, חיי השגרה אינם סטאטיים לגמרי, אלא שהשינוי איטי ביותר ודומה מעט להתפתחות הביולוגית בעולם החי, לעיתים ניתן להבחין במהפך פתאומי ורב משמעות בפרק זמן קצר, כתוצאה משינוי טכני, המצאת כלי חדש, הפקת חומר חדש, רוב השינויים אירעו כתוצאה מחיפוש פתרון לבעיות בתחום הלחימה וההתגוננות. זכרי, בדרך־כלל אין חפירה פותרת את כל הבעיות הידועות, נתונים שהתגלו בה עשויים לפתור שאלות ישנות ובה בעת להציב שאלות חדשות, זכרי, אין לערבב ממצאים המשתייכים למכלול אחד בחפצים ונתונים השייכים למכלול סמוך, כי אז יתקבל בליל של נתונים חסרי פשר.

זכרי, הסבר של פעולות אנושיות אינו שונה במהותו מהסבר של תופעות מתחום מדעי הטבע, זכרי, לעולם לא יצליח החופר למצוא את כל חלקיה של התמונה ועליו להשלימה על־פי ההקשר עם הנתונים ההיסטוריים ועל־פי מידת ההיגיון, גם מקור היסטורי עלול להטעות, בשוגג או במזיד, הארכיאולוג מחזיק בכל עת באמת מסוימת והיא קיימת עד שמתגלים נתונים נוספים המשנים אמת זו ומקדמים אותו הלאה.

היכן עמדה הספה, אני מאמצת את עיני בחללים החשוכים, היכן נתלתה תמונתה של הפריזאית, דומה שכבר שכחתי, דומה שמאז ומעולם היה הבית ריק לחלוטין, סחרחורת עזה מצמידה אותי אל הקיר, איך אבצע את המשימה, מהר מדי סולקו הנתונים בטרם

תועדו, השרידים הוסרו לעד, העפר לא נופה, חפירה שלא תועדה כאילו לא נתקיימה, ודומה שבבוקר הזה לא נותר לי אלא לכסות את הבור בעפר שנחפר ממנו, זכרי, אין להשאיר את האתר החפור כפי שהוא, יש לכסותו כדי לאפשר לדורות הבאים להמשיך במקום שבו הסתיימה החפירה הקודמת, זכרי, בור החפירה הוא כפצע פתוח בגוף האתר ואם לא יכוסה כראוי הוא ימשיך ויהרוס את סביבותיו.

מזרן ענק נותר בחדר השינה שלנו ואני משתרעת עליו, מזרן עירום וחשוף, מנומר בכתמי זרע בהירים, חשאיים, כתמי דם בצבעי אדמה חמים, כתמי שתן זהובים רחבי ידיים, זכר לביקוריו הליליים של הילד, יבשות עלומות שריחן כבר פג, זוהי המפה האילמת של ימי המשפחה הקצרים שלנו. דרך תריס הברזל הנפתח ונסגר חליפות אני בוחנת בפעם האחרונה את המראה מהחלון, ענן אפל ארגמני כמעט, ענן שקיעה באמצע הבוקר, נלכד בין ענפיו המדולדלים של העץ המת, והם מעכלים אותו לאט, בשארית כוחותיהם, ממרחק מנופפים לי קצות הברושים לפרידה באבוקות ירוקות שחורות, כבמסדר זיכרון, עשר אבוקות אני סופרת, כמניין שנותינו יחד, כפות הדקל נעות לצידם בעצבנות פתאומית, כאדם המנסה לשכנע את זולתו בצדקת טענותיו, אך ללא הועיל, ללא הועיל.

הבל לח נושב מן החלון הפתוח, נדמה ששוב מתחיל גשם ואני ממהרת אל המרפסת להוריד את הכביסה שתליתי אמש אבל חבלי הכביסה ריקים, החדרים שאני חולפת על פניהם ריקים, מגולחים, כאילו ביקר בהם גנב, הותיר רק מזרן עזוב המשקיף על העץ המת, ואני שבה ונופלת עליו בחריקת עצמות וקפיצים, ונדמה שגם דלת הכניסה חורקת לעומתי, האם אורחים באים, אורחים שהזמנתי פעם, לפני שבועות ארוכים, ועכשיו הם עומדים בפתח, משתוממים על הבית החלול, היכן אושיב אותם ולא נותרו רהיטים, במה אכבד אותם ואין בארונות דבר, על מה אשוחח איתם וגרוני חרב.

כתמים טריים מתפשטים על המזרן, איי דמעות נשברים, לא, שום אורח לא יבקר אותי עוד בבית הזה, בקבוק יין בידו או מאפה

טרי, אפילו לא בעל הבית עצמו, אוחז בזהירות בשתי כוסות קפה חד־פעמיות, אחרי שהביא את בננו לבית־הספר, אבל כשאני נושאת את עיני מן המזרן אני רואה אותו, כפוף מעט, מוקף אור כהה כנושא על גבו ענן שחור, פניו פריכים, עיניו מושפלות, אמנון מילר, רק לפני שעה נפגשנו וכמה השתנה מאז, באתי לקחת מכאן כמה דברים, הוא אומר, כמתנצל על ההפרעה, אבל אני יודעת שבא להיפרד, כמוני, ואני שומעת אותו מתהלך בין החדרים, ההד מכפיל את צעדיו, כמה מעט אנחנו משאירים אחרינו. מה נותר מאיתנו, אמנון, מן הגוף המשותף שלנו, כשהוא מתפצל לחלקיו, האם באיזה מקום נסתר, בעליית גג שמימית או בבטן האדמה, נותר משהו מן המשפחה שלנו, היכן יוסיף זכרה להתקיים, הרי גילי צעיר מכדי לזכור, למרות שכל חייו ישתוקק לכך, רק שנינו בלבד, אתה ואני, נוכל ברבות הימים להעיד מה היתה משפחתנו, אותו גוף בעל שלושה ראשים ושלושה לבבות שנקטל בדמי ימיו.

כשהמזרן לצידי נאנח אנחה מוכרת אני יודעת שגופו סמוך אלי, כפי שהיה לילה אחר לילה, שנה אחר שנה, כפי שלא יהיה עוד לעולם ועד, לעולם לא נשכב עוד תחת התקרה הזו שהגשם מנקר בה ניקורים עצבניים, לעולם לא אושיט את ידי מבלי משים ואתקל בפניו, לעולם לא אחוש את אצבעותיו בשׂערי, לעולם לא נהיה מוקפים בקירות הללו, והרי לא למעני ולא למענו ולא למען בננו הגענו הנה היום אלא למענם, לחלוק לאחוזת הקבר הזו כבוד אחרון. יכולנו לחיות כאן עד אחרון ימינו ולא חיינו, יכולנו להביא לעולם עוד ילד ולא הבאנו, יכולנו להישאר יחד עד זקנה ושיבה ולא נשארנו, ועכשיו בטרם נהפוך לפליטים בתוך משפחות אחרות אנחנו כאן על המזרן המוכתם כבמעמקי בור אליו ניגפנו זה אחר זו, ולא מתוך תשוקה ולא מתוך חמלה ולא מתוך חרון ולא מתוך אימה, אלא מתוך החיפזון הנואש של הנפילה, האריזה המבוהלת, כבלֵיל יציאת מצרים, מותנינו חגורים נעלינו ברגלינו ומקלינו בידינו, כי נדמה שהותרנו כאן על המזרן בחפזוננו את תמציתו האילמת של

קיומנו המשותף. כל־כך הרבה מאיתנו כבר לא כאן, משקיף ברתיעה על חדר השינה הריק, אבל הכתם החיוור הזה ששום גבר לא יבחין בו לעולם, ושום אשה לא תפענח אותו, הוא בלבד יישאר אחרינו, ואותו יחפש בננו היחיד כמעט בעל־כורחו, ואותו ינסה לשחזר בבגרותו שלא בטובתו, ומתוכו אנחנו עכשיו מגיחים זה אל זו, שולחים זרועות זרדים יבשות כזרועותיו של העץ המת, לעולם לא נציל זה את זו, עצמותינו נשברו ממאמץ, אבל לרגע אחד כחריקת גזע עץ בנפילתו המעניקה אשליה של חיים אנחנו מניחים לגופינו לצרף את קולו לקינה העמוקה החרישית, הקינה על ימי המשפחה.

הנח לי להיות הראשונה ללכת מכאן, להפנות את גבי אל שנתך הפתאומית, לבדי הגעתי הנה ולבדי אצא מכאן, ואיש לעולם לא יֵדע, כבד ושקט תשכב ואני אקום בדממה ואביט בגופך המוכר השרוע בפישוט איברים על המזרן ואתגנב החוצה כאילו רצחתי אותך נפש בשנתך וגזלתי את היקר לך מכול. הנה נשלמה פרידתנו, ברגע שהבנתי שלעולם לא תושלם, שעד יומי האחרון תסתלסל באוזני הקינה הזו, בעוצמות משתנות, מגיחה בין סדקי התריסים ועולה מן האספלט ומומטרת מן העננים, חבויה תחת כנפי הציפורים ונושרת מן העצים ומבצבצת בין אניצי הדשא, נמתחת לאורך כבלי החשמל ומתקתקת בין מחוגי השעון וצונחת מכיסי העוברים והשבים, ונדמה כי הוויתור הבוטה שלך היום מעצב מחדש את הימים שיבואו, ואת אלה שחלפו, משלים את זה שלי כמתוך הרגל נושן, ושני הוויתורים הללו המונצחים בחוזה אחד סוללים בפני היום רק דרך אחת. האם היה טבוע בנו מראשיתנו, האם כבר אז, כשאמרת לי, אני מכיר אותך מתֶּרָה, את מצוירת שם על הקיר באתר המינואי, היה בינינו הוויתור הזה, כילד העתיד להיוולד, האם יכולנו כבר אז לדעת כי ככלות עשר שנים אנו עתידים לשמוט זה את זו, כל אחד בתורו, להתיר זה את זו לעולמים.

לאט אני גוררת את רגלי ברחובות, כחפץ שניתק מהקשרו המקורי ומאבד בבת־אחת את מלוא ערכו, שהרי רק ההקשר, הזיקה

לנתונים האחרים, הם שמעניקים לממצא את משמעותו מן העבר. על צג הטלפון הנייד אני מזהה את מספרו של עודד ואיני עונה, הר של אכזבה שצמח במהירות כתל שפכים לצד אתר חפירה ניצב ביני לבינו, אני לא אוהב דובים, אני לא אוהב דובים, וגם לא ילדים שאינם שלי, מסתבר. החרון הטרי עולה לצידי במדרגות, נכנס איתי לדירה, האם אי־פעם יהיה זה ביתי, החפצים המוכרים מנחמים אותי מעט בנוכחותם היציבה, כורסאות הקנבס הקלות, השטיח שהבאנו מסיני, ספל הקפה מהבוקר, ואני נכנסת אל חדר השינה, תריסיו מוגפים כחדר שנעזב בחיפזון, השמיכה הסתורה על המיטה יוצרת תבנית אנושית, כאילו זוג אוהבים נחבא תחתיה, ואני מסיטה אותה וחושפת דובון חיוור, רך, מתיישבת לצידו כמו היה בני החולה. מבלי משים עיני נעצמות, איך עמד כאן ובידו מגש, שני ספלי קפה ועוגה, איך אמר, יש לי הצעה בשבילך, כמה חמים וקופצני היה האושר, מבדח כמעט, כגורי חתולים במיטה, אל האושר הזה התעוררתי מופתעת בוקר אחד, ואולי הפתעות נוספות מצפות לי כאן, חבויות בין השמיכות. מתי נהיה שוב שנינו לבד, נשחזר את הלילות המחופשים ללילות אהבה, כשתנועה הולידה תנועה ומלה הולידה מלה, כשהאמנתי בו, רק להאמין בו מחדש אני משתוקקת, נדמה שאם נהיה כאן שוב לבד זה יחזור, הרי לא יכול להיות שהכול נגוז בבת־אחת, כלא היה, ואני חובקת את הדובון בזרועותי ומתנודדת כמרגיעה את בכיו, מוקדם מדי לוותר, ולמען מה, אושרי היה שלם בוקר אחד, ואני חושבת בערגה על סוף השבוע המתקרב כמו מדובר בזיכרון יקר, אבקש מאמנון לקחת את גילי ונהיה שוב לבד, נמיס את קרחוני הכעס החדש, הרי קדמה לו אהבה, אין הרבה אהבה ברחובות, אמרו לי פעם, ואצלנו בבית יש.

כשאני מתנערת במהירות כדי להספיק לבית־הספר אני שומעת המיה פרועה מחדר המדרגות, קולו של יותם ומולו מהדהד עוד קול ילדותי, כנראה הביא חבר מהכיתה, כדי שגילי ירגיש דחוי, אבל כשהם מתפרצים אל הבית ואני שולחת עין עוינת אל החבר המאיים

אני מזהה את בני שלי, עליז ומשולהב, עודד אסף גם אותי, הוא צוהל, הרי אנחנו גרים באותו בית, הוא מוסיף בהיגיון, ואני מנשקת את לחייו הסמוקות, אפילו מעבירה יד על שערותיו של יותם, מעמדו משתנה במהירות, לפי יחסו של גילי אליו. עכשיו כשנוכחותו משמחת את בני היא משמחת גם אותי, ואני מחייכת אל שניהם, בואו לאכול, יש שניצל ופתיתים, אבל גילי צועק, אחר־כך, אמא, יותם עוד לא ראה את הטירה החדשה, אנחנו הולכים לשחק בחדר שלי ואחר־כך בחדר שלו, וכבר הם מתעופפים כיצורי אגדה מכונפים, ואני נושאת את עיני אל הדלת, כשעודד עובר בה עם שני הילקוטים על כתפיו, שני המעילים, על פניו גאווה גלויה, כמשתוקק להשביע רצון, וכשאני רואה אותו כך, תיקו של גילי על כתפו השמאלית, ומעילו של גילי בידיו, נדמה לי שנרגע בבת־אחת שאונו של תיפוף עצבני קודר ומתפנה מקום לרמז של שגרה מבורכת, גם אם לא תאריך ימים או שעות, עצם הידיעה שהיא אפשרית עשויה לנחם.

התקשרתי אלייך, הוא אומר, רציתי להודיע לך שאני אוסף את שניהם, ואני אומרת, לא הייתי פנויה, תודה שהבאת אותו, והוא עונה בנימוס מודגש, אין על מה, ואינו שואל איפה הייתי, אצל אמנון משפט כזה היה מעורר מיד אי־שקט בוטה, לא הייתי פנויה, אבל עודד מכין לו קפה בנחת, האם זה חוסר עניין, או כבוד לפרטיות הזולת, ביטחון ואמון, מה מתאים לי יותר, בעצם, האם קנאתו של אמנון העיקה עלי או הרגיעה אותי, גם אם אסור להשוות, עד עולם אשווה, ונדמה שגם אם אומר, שכבתי עם בעלי, מכרתי את הבית שלי, ימשיך למזוג בנחת את המים הרותחים, יוסיף חלב וסוכר, ישטוף בקפידה את הכפית. רוצה קפה? הוא שואל, ואני מנידה בראשי, מכרתי את הבית שלי, והוא מנתק את שפתיו מן הספל, באמת, למה? ואני אומרת, כי אמנון לחץ עלי, הוא צריך את הכסף, והוא שואל, למה לא סיפרת לי שזה צפוי? ואני מושכת בכתפי, נעטפת בגלימה של רחמים עצמיים רקומה בגאוות הגיבורים,

גאוותה של ילדה שהסתירה את מצוקתה כדי לא להכביד על הוריה.

אלה, אני מבקש ממך, הוא אומר, אל תרחיקי אותי, עברנו לגור יחד כדי להתקרב, לא כדי להתרחק, ואני מתיישבת מולו אסירת תודה אל שולחן המטבח, כל המשאלות מתעוררות מחדש, מדלגות דילוגים פראיים, אתה איתי, איתי אתה, אתה איתי עדיין, והוא שואל, אז מה, זה סופי, חתמתם על חוזה? ואני אומרת, כן, היום בבוקר, והוא מצקצק בלשונו, חבל שלא התייעצת איתי, בנושאים האלה אסור לנהוג בפזיזות, ואני מביטה בו מופתעת, ובאיזה נושאים מותר לנהוג בפזיזות, כשעוזבים את הבית? כשעוברים לגור יחד? וכבר קולו מתפרש לי כדחייה, נהגת בפזיזות, ועכשיו נשארת בידיים ריקות, אל תצפי לבנות את ביתך איתי, היית צריכה להחזיק בשלך כי לי אין תחליף להציע לך, בינינו עוד שום דבר לא בטוח, וגרוני נחנק בעלבון כשאני נוהמת, תירגע, זה לא מחייב אותך לשום דבר.

מה קורה לך, הוא מביט בי נפגע, את מפרשת אותי לא נכון, ואני ממשיכה בלהט, לא נכון? אתה פשוט רוצה להתנער מהאחריות שלך, אתה יודע שאם לא הייתי עוברת לכאן אמנון לא היה מעלה בדעתו להוציא אותי מהדירה, הכול קרה בגלל שלחצת עלי לבוא לגור איתך, ועכשיו אתה אומר לי, אסור לנהוג בפזיזות? משפטים שלא ידעתי על קיומם יוצאים מפי תוקפנים כחיילים בקרב, רובים טעונים בידיהם, והוא מטיח את ספל הקפה על השולחן, מה עובר עלייך, אַת כל הזמן מפרשת אותי לא נכון, נדמה לך שכל צעד שאני עושה מכוון נגדך, אני לא יכול לסבול את הרגישות המוגזמת שלך, ואני אומרת, אז אולי באמת תבדוק את הצעדים שלך, מה אתה עושה ובעיקר מה אתה לא עושה.

בסך־הכול ניסיתי לעזור לך, הוא מסנן, קם בבהילות מכיסאו, ואני שואלת, לאן אתה הולך? והוא אומר, להביא את מאיה מהחוג, ואני נשארת קפואה ומאובנת ליד השולחן, שותה את שארית הקפה הפושר שלו, שוב כשלתי, האם אפשר בכלל לפרש ממצאים קדומים, לשחזר מציאות שחלפה, הרי רק מתוך עצמנו אנחנו מפרשים את

מהותם ואת כוונותיהם של אלה שחיו לפנינו, ואולי היו בעצם שונים מאיתנו בתכלית. ראשי צונח כבד על שולחן המטבח, נדמה שכל יום בזמן האחרון מתחלק לעשרות ימים קצרצרים, שבכל אחד מהם בוקר צהריים וערב, האחד מלא זעם ועלבון והשני מלא תקווה וכמיהה, ואין ביניהם לילה להפוגה. זה אחר זה הם מסתערים עלי, מתישים אותי בתהפוכות קיצוניות, האם טעיתי בך, הנה מתחיל עוד יום, ואני אנסה להאמין בך מחדש, כי הילדים משחקים כל־כך בהנאה, כי החיים הקודמים הסתיימו, כי אהבתי אותך עד לפני יומיים, כי כלי המטבח שלי הגיעו לביתך, ובגדי לארונך.

כשהוא נכנס כעבור זמן קצר עם הילדה אני מקבלת אותם בחום, הי, מאיה, מה שלומך, איזה סוודר יפה, והיא אומרת, תודה, אבא קנה לי, איך הבית השתנה, היא מביטה סביבה עירנית ודרוכה, הבאת המון רהיטים, היא מציינת בחומרה, כאילו הפרתי איזון, ואני אומרת, כן, הבאתי כל מה שהיה לנו, והיא פוסקת, הבית היה יותר יפה מקודם, עכשיו הוא צפוף מדי. את תתרגלי, מאיוש, עודד ממהר לומר, מצדד אלי מבט מתוח, כשהיא עוברת בין הרהיטים, בוחנת אותם במורת־רוח, מעבירה עליהם את אצבעה הצרה כמוודאת את ממשותם, עד שהיא מתיישבת באנחה קולנית על הספה השחורה שלהם, אבא, אני רעבה, והוא מתייצב מיד במטבח לפקודתה, פותח את המקרר, יש שניצלים ופתיתים, הוא מודיע, כאילו טרח בעצמו על הכנתם, ואני רואה בלב נחמץ איך הילדה הדקיקה הזוהרת הדומה להפליא לאִמה מכלה ברעבתנות את ארוחת הצהריים שהכנתי לגילי הבוקר, מסתבר שאצטרך להסתגל לכמויות שונות לחלוטין.

יופי את אוכלת, מאיוש, משבח אותה אביה, והיא מחייכת אליו בענווה מיתממת, בשעה שברור לי שאין שום תמימות באכילתה, אלא היא חלק מהקנוניה הנרקמת נגדי, כי ברגע שהיא בולעת את פיסת השניצל האחרונה גילי מתפרץ למטבח, אמא, אני רעב, אמרת שיש שניצל, ואני אומרת, השניצלים נגמרו הרגע, אני אכין לך משהו אחר, זה ייקח קצת זמן, בפעם הבאה תבוא כשאני קוראת לך,

והוא כבר מצטווח, לא רוצה משהו אחר, רוצה שניצל, ואני פונה אל עודד בקול מאשים, אולי תביא שניצלים מהסופר, כל האוכל שהכנתי נגמר, והוא מציץ בשעונו, אני חייב לחזור לקליניקה, אני אביא יותר מאוחר, משאיר אותי לבדי בדירה עם שלושה ילדים, כמין שמרטפית לא מנוסה, שבאה רק לביקור קצר וכבר בעל הבית מנצל את נוכחותה ומסתלק.

ובכל־זאת כשהוא איננו כולנו נינוחים יותר, אפילו הילדה מנסה כמעט להתיידד, ניגשת אלי כשאני פורקת את הארגזים האחרונים במטבח ומראה לי צמיד חרוזים שעשתה בעצמה על פרק ידה הבהיר, הענוג, ונדמה שכשהוא לא כאן ואינו יוצר אצל שתינו את גלי הכמיהה המדכדכים אני יכולה לחבב אותה, ולו רק מתוך חמלה, ילדה מסכנה, גם עולמה שלה התהפך בבת־אחת, וכשהיא ניגשת מדי פעם לשאול איך מאייתים מלה אני עוזרת לה ברצון, אולי תעשי שיעורים כאן לידי, אני מציעה, מפנה עבורה מקום על השולחן ומתיישבת לצידה, משבחת את כתב־ידה היפה, את מחברותיה המסודרות, והנה גם גילי ויותם מצטרפים, ידיהם עמוסות צעצועים המתפזרים על השטיח, ואני מכינה להם שוקו חם וממלאה את הקערה בעוגיות, ומדי פעם אני מציצה בציפייה בדלת, בוא כבר ותראה איזה שמרטפית מצטיינת אני, תראה איזה משפחה רגועה נבנית כאן בלעדיך, מן הסתם תכפיל את שכרי, מן הסתם תסלח לי על ההאשמות הפזיזות שלי, מן הסתם תגלה עניין בילד שלי, אבל מעשה שטן, ברגע שהוא מגיע ואני ניגשת אליו, מלטפת את לחיו, מאיה פותחת את מחברת האנגלית שלה ומגלה את משיחות הצבע הגסות.

מי קשקש לי במחברת, היא צווחת, ומיד מאשימה, הוא קשקש לי במחברת! וגילי צועק, מה פתאום אני, זה לא אני, זאת יסמין המפגרת, נראה לך שאני תינוק? ואני מזדרזת להגן עליו, זאת לא אשמתו, מאיה, היתה כאן אחות של חבר שלו, וברגע אחד שלא השגחתי היא השתוללה בחדר שלך, אל תדאגי, אני מחר אקנה לך

מחברת חדשה, אבל את מאיה זה לא מנחם, אחות של חבר שלו אז זה בגללו, היא נוהמת, אם לא הייתם באים לגור כאן זה לא היה קורה, ואני מנסה לצטט את טליה, ככה זה בכל המשפחות, תמיד מקשקשים על המחברות של האחים הגדולים, והיא מביטה בי בביטול כאילו יצאתי מדעתי, אבל אנחנו לא משפחה, היא גוערת בי, נראה לך שאנחנו משפחה?

דומה שכולם משתתקים לנוכח הפסיקה הנכוחה, אך המפתיעה בנחרצותה, שאינה מותירה שום סיכוי או ספק, איך לא עלה בדעתי לעדכן את טליה, להעמיד אותה על טעותה, אנחנו לא משפחה, מה אנחנו אם כך, והוא עומד מול בתו חסר אונים, לראשונה אני מבחינה בדמיון ביניהם, למרות היותה בהירה בהרבה ממנו, ותוויה רכים מתוויו. יש כל מיני סוגים של משפחות, מאיוש, הוא מנסה לפייס אותה, או אותי, עכשיו כשאנחנו גרים יחד אנחנו כמו משפחה, והיא רוטנת, בשביל מה אנחנו גרים יחד בכלל, היה לנו יותר טוב בלעדיהם, וכבר קוטע אותה דווקא אחיה טוב המזג בהתפרצות נדירה, גם אני רוצה טלוויזיה בחדר, יותם נתלה על זרועו של אביו, זה לא פֵיר שרק לגילי יהיה, ועודד נאנח, די, תירגעו שניכם, מה קורה לכם היום? אני רק יוצא לכמה שעות ואתם מתפרקים, מבטו פונה אלי בנזיפה, כאילו מעלתי בשליחותי, בשעה שדווקא נוכחותו היא שהפרה את השלווה.

אמא, הבטחת, את הבטחת לי טלוויזיה בחדר, גילי טומן את פניו בין זרועותי, ומאיה צועקת, אז גם אני רוצה, למה שיהיה רק לו? ויותם מצטרף מיד, ואני רוצה גם טירת אבירים, למה הוא קיבל מתנה לחדר החדש ואנחנו לא? וגילי כבר מתייפח מרה, אני נתתי לו לשחק בטירה שלי והוא לא נותן לי בצעצועים שלו, ואני מסתכלת על שלושת הפיות העגולים הפעורים לרווחה, לשונות וגרונות ושפתיים, שיני חלב ובשר, המלים נפלטות מהן סמיכות ומאכזבות כתבשיל שלא עלה יפה, כל אחד פולט את קיאו אל הקערה המשותפת, סביבה אנחנו ניצבים אובדי עצות, וכשאני מציצה בעודד בציפייה למבט

משתתף, למלה מעודדת, הוא מתחמק ממבטי, שפתיו נחשקות מולי, ואני שומעת את עצמי אומרת, בוא, גילי, בוא נלך מכאן.

לאן נלך? הוא גועה, נדמה שהוא דווקא מתקשה להיפרד מן הלהקה הקולנית, ואני מושכת אותו כמעט בעל־כורחו, שוכחת לקחת מעיל, עיוורת מאכזבה ומעלבון, ואנחנו נפלטים במהירות אל החשכה, סמטת הסליחות נפרשת תחתינו דקה ושבירה, מה אומַר לו עכשיו, לאן אקח אותו. נתתי לו לשחק בכל הצעצועים שלי, הוא מייבב, וכשרציתי לשחק בשלו הוא לא נתן לי, ואני אוחזת בידו, ניחוחות ארוחת ערב ביתית מנשבים מדירה לדירה, מחלון לחלון, ואני מציעה, בוא נלך לאכול משהו, הרי לא אכלת צהריים, אתה רוצה פיצה? והוא שואל, ניקח הביתה? ואני אומרת, לא, נאכל בפיצרייה, והוא אומר, יותר כיף לאכול בבית, ואני לא מעִזה לשאול לְמה הוא קורא בית, האם למקום ממנו נפלטנו זה עתה, דחויים ולא רצויים.

תראה כמה חם ונעים כאן, אני אומרת, מתיישבת באנחה על כיסא הבר הגבוה, עוזרת לו לטפס על הכיסא הסמוך, שם הוא נבלע, גמד קטן על קביים גבוהים, וכשאני מנסה לבטא את המלים הפשוטות ביותר, להזמין פיצה עם זיתים, זה מתברר כמשפט בלתי־אפשרי להגייה שכן עיני דומעות לפתע ללא מעצור ושליטה, ואני מכסה את כלימתי במפיות הנייר, מצביעה ביד רפה על המשולש המבוקש, והוא מביט בי חרד, אל תבכי, הוא מתחנן, אז אני אוותר על הטלוויזיה, אז מה אם הבטחת, אני לא חייב טלוויזיה בחדר, ואני מחבקת אותו כשהתסכול רק מתעצם לנוכח הוויתור הבוגר המתחשב, מתוק שלי, לא בגלל זה אני בוכה.

אז למה את בוכה? הוא שואל, ואני מודה לראשונה, כי קשה לי, והוא שותק, בוחן את הפיצה שהוגשה לו, אמא, אני רוצה לאכול בבית עם כולם, הוא אומר לבסוף בכובד־ראש, כמו היתה זו תשובתו השקולה לווידויי שלי, בואי נקנה פיצה גדולה ונביא לכולם, ואני מביטה בו מופתעת נוכח תחושת השייכות שהצמיח בן־יום, הרבה

לפני. אתה בטוח? אולי בכל־זאת נאכל אנחנו פה, אתה בטח רעב, אני משדלת אותו, אבל הוא מתעקש, נהנה להפגין את זיכרונו המשובח, מאיה אוהבת עם תירס ויותם עם פטריות ועודד רגילה ואני עם זיתים ואת עם עגבניות, וכך אנחנו מרכיבים שוב את המבחר המגוון ביותר, פיצה על־משפחתית שתרצה את כל הנוכחים, והוא מתעקש להחזיק בעצמו את הקרטון הענק, פוסע לצידי מתנודד בשתיקה גאה, נחוש להצליח במשימה שלקח על עצמו. התנהגותו המפתיעה בבגרותה מייסרת אותי, שהרי כשהוא מתנדב להקריב את משאלתו למעני מתחוור לי עד כמה אינו מעריך את כוחי, כמה מועט האמון שרוחש לי השליח הנחוש, המדיף ריחות גבינה מומסת, בקושי רואה את הדרך אבל ממהר כנושא בשורה, רץ ברחובות הלחים, מתנודד במדרגות, האם זה החשש מפני השהייה לבד במחיצתי שמבריח אותו אליהם, האם אפילו הבית המסוכסך הוא מפלט מפני.

שלושה זוגות עיניים מביטים בנו בהקלה מתוחה כשאנחנו נכנסים, במרכז הסלון הם עומדים עדיין, בדיוק במקום שעזבנו אותם, פיצה! יותם מזנק, הבאתם לי עם פטריות? וגילי מניח את החבילה המהבילה על השולחן, מחלק במתינות לכל אחד את מנתו, ורק אז הוא מוכן לאכול את שלו, ואנחנו מתיישבים מותשים על הספות, לועסים במתח. נראה שהראשונים לסלוח הם תמיד גילי ויותם, כמו מעולם לא התקוטטו הם כבר צונחים על השטיח, מסיעים מכוניות בידם הפנויה, צוחקים בפה מלא, ואחריהם מאיה שמציעה לכולם שתייה, מוזגת קולה בזהירות לכוסות הגבוהות שאך זה הוצאו מתוך האריזות, ורק אנחנו שנינו, שבעטיינו נאספו כאן שלושת הילדים הללו, יושבים על מקומנו קפואים, לא מחליפים מלה ולא מבט, ניכור שצמח בן־לילה מפריד בינינו ככתם שיש עימו קלון, כמו הורשענו שנינו בהונאה משותפת, בהולכת שולל של חבורת ילדים רכים בשנים, ואנחנו בוהים בהם נכלמים ואובדי עצות, מי אשם וכיצד נֵרָצה את עונשנו.

פרק עשרים ושניים

אבל השבוע הזה, נחש עקלתון מתפתל הנושך בעקבי, כל יום שחולף מצמיד חוליה נוספת לגוו הצונן המרתיע, והוא הולך ומתארך, הולך ומתעצם, נכרך סביב צווארי ובקצהו ארס, האם אוכל למחוק אותו ממניין השבועות, ממניין השנים, כי נדמה ששבע שנים חלפו מאז העבירו הסבלים את חפצי, ספה ושתי כורסאות, מיטת ילד, שטיחים ושולחנות כתיבה, ארגזי ספרים וצעצועים, בגדים וכלים, יותר ממחצית תכולת דירה, שנבלעה בדירה החדשה מבלי לעורר בי תחושת בית, אלא של גלות מעיקה ומשפילה המשותפת לי ולחפצי. דומה שמיום ליום תופחת הפגיעה, כאילו מהלומה ספגתי כמעט מבלי משים והכאב מתגבר במקום שידעך, מתחדש מאליו, כגוף התוקף את עצמו, ואני מחכה בדריכות לסוף השבוע, אולי אז יתהפך הכול, ללא נוכחות הילדים ננסה לרפא את שברי אהבתנו, לשחזר את הקרבה המסתירה פניה מאיתנו, כי בלילות אני ישנה על השטיח למרגלות מיטתו של גילי, ובשעות היום הקצרות כשהילדים בבית־הספר עודד במשרדו, וכשאני מנסה לפנות אליו בדברים עם שובו הביתה נדמה שאנחנו חוצבים את המלים בגרזן מתוך גוש הקרח הניצב בינינו. קפיצה למים אמרתָ, אבל לא למים קפצנו קפיצת ראש פזיזה אלא אל אגם קפוא, עורפינו נחבטים בגלידי הקרח, עינינו מוכות סנוורים, שפתינו מנסות למלמל בשיניים נוֹקשות את המלים השגורות, מלות האהבה והתקווה עליהן התאמַנו כל חיינו,

אבל לא הן נחלצות מגרוננו אלא נהמה עמומה, נזעמת, נהמת חיה שאויב מאיים על גוריה, האם אי־פעם עוד יצלחו השפתיים האלה למלים נלבבות, לנשיקות, לחיוכים נינוחים.

רק לסוף השבוע אני מחכה, לסופו של השבוע הראשון המקולל, להיות איתו לבד, לשטוף מעל פנינו את צבעי המלחמה הצעקניים ולשוב אל הקִרבה שלנו, שזִכרהּ מעורר בי צליפות של געגוע, האומנם היתה, האם מדמיוני בדיתי, ועכשיו בצהרי יום שישי אני מציצה מדי פעם בחלון, מצפה לראות אותו ממהר הביתה, זר פרחים בידו או בקבוק יין, אבל הנה אני מבחינה בו צועד בסמטה, מלווה בשני ילדיו שכמו התייתמו מאם, ילקוטיהם על שכמו, ידיו על שִכמותיהם, ואני פותחת לרווחה את החלון, אוויר חד ויבש סוטר על לחיי, עוקבת בזעם אחר תנועותיהם. כמו היה זה ביתם מימים ימימה הם מתנהלים בטבעיות, ככל הילדים השבים הביתה בצהרי יום שישי, מאיה צועדת בראש, זריזה ונמרצת, שֵער הדבש שלה מתפתל על גבה, יותם משתרך אחריה חולמני, וביניהם אביהם, המצמיד לאוזנו טלפון נייד שבדיוק מצלצל, ואני שהתכוננתי לסוף שבוע ללא ילדים, ולכן גם שילחתי את גילי לבית אביו, מעווה את פי בהפתעה.

חשבתי שנהיה לבד, אני לוחשת לו כשהם נכנסים, מהו שהפך את קולי לגערה, והוא מסנן, מצטער, זה לא תלוי בי, ואני בולשת בפניו, האם אתה באמת מצטער, כי אולי הייתי יכולה להסתפק בכך, לחלוק איתך אכזבה משותפת על ההזדמנות שנגזלה מאיתנו, אבל למה נדמה לי שאינך מצטער כלל, משתמש בילדיך כדי להרחיק אותי, ואני מתלוננת בזעף, למה זה אף פעם לא תלוי בך? יכולת להגיד למיכל שיש לך תוכניות, שאתה נוסע מחוץ לעיר או משהו כזה, אבל הוא משפיל את עיניו, ברור שאינו מסוגל לסרב לה, האשמה כלפיה מכסה את פיו כמחסום על לסת הכלב, שוב ושוב אני שומעת אותו מרגיע אותה בטלפון, מניח לה לקבוע את סידורי הילדים ולשנות לפי מצבי־רוחה המתחלפים. אני עצמי לא נתקלתי

בה שבועות, מאז חבַרנו יחד לאותו פיקניק בגן העורבים, ודמותה התעוותה בעיני לבלי הכר, בהופכה לישות בולענית ותובענית, המתחרה בי על תשומת־ליבו, משלחת את ילדיה כדי לשבש את תוכניותי, מייצרת ללא הרף מחלות ומחושים, היא וילדיה, אלת נחשים קדמונית בעלת אינספור איברים הנזקקים לחבישה, ישות דורסנית ואומללה, ככל שהיא יותר אומללה היא יותר דורסנית.

באמת חשבנו לנסוע מחוץ לעיר, הוא מציין ביובש, את מעוניינת להצטרף? כמו היו הם המשפחה ואני אורחת מזדמנת, שאין לה כל השפעה על המהלכים, ושוב מתעוות פי בהפתעה, לאן אתם נוסעים? והוא אומר, לחברים שלי בגליל, אורנה ודני, סיפרתי לך עליהם, ואני שואלת בטרוניה, אז למה לא אמרת לי קודם? הייתי משאירה את גילי איתי, והוא אומר, אורנה רק עכשיו התקשרה להזמין אותנו, כשהייתי למטה, מניף את הטלפון הנייד כהוכחה לדבריו, אם היינו לבד לא הייתי טורח, הוא מוסיף, אבל בשביל הילדים זה נחמד. אז מה אתה אומר לי עכשיו, האם אתה מצטער כמוני על שאיננו לבד, האם אתה מתגעגע כמוני אל הקִרבה שלנו, מעטה של אבהות מתחסדת מכסה את פניו, ונדמה שהמסירות המופגנת הזו לילדיו תתפרש תמיד כמכוונת נגדי, רק משום שאינם ילדי, שהרי לעולם לא אגנה את מסירותו של אמנון לגילי, בעיקר אם תהיה על חשבון אשה חדשה. ללא הרף משתנה עמדתי בהתאם לנסיבות, כשאני לבדי עם גילי, כשכל הילדים בבית, כשרק ילדיו בבית, רגע אחד אני הולכת רגל החוצה את הכביש וברגע הבא אני הנהגת במכונית מול מעבר החציה, הופכת בבת־אחת לדמות שונה, שתפקידה שונה, רצונה משתנה עם הנסיבות ההפכפכות, ותמיד אינו מסופק.

התיק שלי מוכן, אבא, היא מכריזה, מתיישבת גאה ומתריסה על הספה שלהם, ואני שומעת את קולו מחדר השינה, יופי, מאיוש, אז תעזרי ליותם להתארגן, והיא פולטת אנחה מתפנקת, לא בא לי, אני עייפה, מותחת את גווה הצר לאורך הספה, שערה שהותר מקישוריו מסתלסל בחן כשערה של אמה, ואני מתקרבת אל קולו,

עומדת בפתח החדר, אתם כבר נוסעים? והוא אומר, כן, את לא באה? ואני שואלת, אתה רוצה שאני אבוא? והוא משיב בזהירות, רק אם מתחשק לך, אני לא יכול לכפות עלייך. עודד, תדבר ברור, אני אומרת, אתה רוצה שאני אבוא או לא? והוא מזדקף באנחה מעל מגרת הגרביים, תלוי מי זה האני הזה שאת מדברת בשמו, אם את מתוחה ומתוסכלת ונעלבת כל הזמן אז אין טעם, אם את באה ברצון ומנסה ליהנות מסוג הבילוי הזה, שהוא לא מה שתכננת אבל זה מה שיש, אז בשמחה.

ממש יפה מצידך להפיל את זה עלי, אני מסננת, אז הנה אני מחזירה את הכדור אליך, אם אתה עוין כלפי ומתעלם ממני ומתייחס רק לילדים שלך כמו איזה אמא אווזה אז אני נשארת כאן, ואם אתה מסוגל להיות קשוב גם אלי ולדבר איתי כמו פעם אז אני אשמח לבוא, והוא בוחן אותי בעיניים מצומצמות, נדמה שכל השבוע לא שלח אלי מבט ישיר, בזמן הנכון אנחנו נדבר על כל זה, אֱלָה, אני רואה את הדברים אחרת, אבל עכשיו אני רק מבקש ממך להחליט, אני רוצה לזוז כבר, לפני שיתחילו הפקקים. חבל לי לנסוע בלי גילי, אני אומרת, אולי ניסע בשבת הבאה כשהוא איתנו, והוא קוטע אותי בקוצר־רוח, הזמינו אותנו להיום ואנחנו נוסעים היום, את באה או לא? ואני ממלמלת, אני לא יודעת, קולי המתנודד מסגיר את המצוקה, מה קורה לי פתאום, כל־כך הרבה החלטות עזות, קיצוניות, החלטתי בחודשים האחרונים, ומכולן נראית לי דווקא ההחלטה הפעוטה הזאת בלתי־אפשרית כמעט, גורלית להחריד.

אני נשארת כאן, אני אומרת לבסוף, כשהוא מחטט במקרר, אוסף צידה לדרך, כל מה שקניתי נלהבת לסוף השבוע שלנו, יין וגבינות, ולחם שיפון טרי, ותפוחים ובננות, ועוגת קינמון, והוא חושק את לסתותיו, כרצונך, הוא אומר, פניו אטומים, כבר למדתי לקח איתך, הוא מוסיף, אני לא לוחץ עלייך יותר בשום עניין, שלא תאשימי אותי. בחיפזון הוא טומן את המצרכים בשקיות מהן הוצאו רק לפני זמן קצר, מרוקן את המקרר, כנערך לנסיעה ממושכת, בדרכים

נידחות. בואו כבר, הוא מזרז את ילדיו בעודו לובש את מעילו, תבדקו שלא שכחתם כלום, והם מתייצבים לצידו, מנופפים לי לשלום בתנועה נלעגת, כמו היו כבר רחוקים עד מאוד, אבל כשהם יוצאים, מדלגים בקלילות במדרגות, תרמילים על כתפיהם, אני נמשכת למראה המפתה של משפחה בתנועה, של נופים מתחלפים בחלון, תוכניות משותפות, חוויות נאספות. מה כבר תעשי כאן לבד יומיים שלמים, הרי לא לשם כך עברת לגור איתו, למה לא תנסי להשתלב, להתגמש, להוכיח לו שאת איתו למרות הקשיים, להכיר את חבריו, לעזור לו עם הילדים, אולי דווקא זאת ההזדמנות להתקרב אליהם, כשגילי לא כאן, והרגישות המכבידה כלפיו מפריעה לך לראות אותם כפי שהם, הם הרי לא אשמים, ואולי גם הוא לא, מה יכול היה לעשות בעצם, הרי הוא חרד לילדיו כמוך לילדך, ואני צועקת אל גבם, חכו לי, אני גם באה.

עווית של אי־רצון חולפת על פניה הנישאים אלי אבל היא אינה אומרת דבר, מהדקת את אחיזתה בידו של אביה, שאומר לי, בבקשה תזדרזי, אלה, אני לא רוצה להיתקע בפקקים, ורק יותם שואל בהתפעלות, אז גילי יבוא גם? אינו מעכל עדיין את קיומי הנפרד בחיי משפחתם, ואני אסירת תודה על הנאמנות לבני, לא, לצערי הוא לא יבוא, הוא אצל אבא שלו, אני מציינת בתוכחה, כאומרת, שימו לב, ילדים, סופי השבוע אמורים להתחלק בין שני ההורים, גם אתם הייתם אמורים להיות עכשיו אצל אמא שלכם.

רק קלילות וניגוחות, אני משננת תוך אריזה חפוזה, אחרת אאבד אותו, כמה מסויג היה המבט שנתן בי, וטבעיות, כמובן, ואורך־רוח כלפי הילדים, ויחד עם זה נשיות, יצריות מרומזת, חן וברק ושמחת חיים, להוכיח לו שלא טעה בי. כנראה הבהלתי אותו בזמן האחרון, כדרכי הגבתי בעוצמה רבה מדי, אולי אינו אשם בכל העוונות שייחסתי לו, הרי גם את אמנון נטיתי להאשים בפזיזות, עד שנפרדנו, וכל־כך אני משתוקקת לקחת עלי את האשמה כולה, להאמין שבי תלויים הדברים, שאם רק אירגע ואהיה נינוחה יותר הכול יחזור

לקדמותו, אורזת בחיפזון החלטות חיוביות בין בגדי המועטים, ולרגע הכול נראה פשוט, העיקר שאהיה איתו, הילדים יעסיקו את עצמם במושב האחורי ואני אשב לצידו, ידי על ירכו, אדבר איתו בקול שקט, אינטימי, והמביט בנו מן הצד, מחלון המכוניות החולפות על פנינו, יחשוב לתומו שאנחנו משפחה, הרי כך נראית משפחה, אמא אבא ושני ילדים, ואף אחד לא יעלה בדעתו שבני שלי נשאר מאחור, וששני אלה אינם ילדי, ואינם רצויים לי, כפי שאני איני רצויה להם, ואולי אלך שולל אף אני אחר התמונה המפתה, אאמין בה בעצמי ובעקבותי כולנו, ועד שנגיע לבית חבריו נהיה משפחה אמיתית, שאינה מוטלת בספק בכל רגע ורגע מחדש על־פי הנסיבות המשתנות.

אבא, הבטחת שאני יושבת מקדימה, מאיה מודיעה בקול נכאים תובעני כשאני פותחת את הדלת הקדמית, והוא עונה בשפה רפה, כי לא ידעתי שאֵלָה תבוא איתנו, זה המקום שלה, אבל אני כבר נעלבת כמובן מעמדתו הרופסת ומתנדבת בקלילות מעושה, אין בעיה, אני אשב מאחור, עדיף להיות הצד הנפגע מאשר הפוגע, במקרה הזה, עדיף כך מאשר לשבת לצידו ולחוש את מבטיה ננעצים בעורפי, והוא מוודא בעייפות, את בטוחה? ואני לא טורחת לענות, מתיישבת על המושב האחורי לצידו של יותם. אולי תתחלפו בדרך, הוא מציע, ואני שותקת בקדרות, מניחה לה לדחות את הצעתו, אבל הבטחת, אבא, הבטחת כל הדרך, היא מזייפת בכי, ואני מתעטפת בשתיקתי כבגלימת תוכחה אצילית, למרות שפני בוערים מזעם, ההחלטות שארזתי מתעופפות בעד החלון במשק כנפיים עז, כציפורים ששמעו קול נפץ, תראה, כך אומַר לו כשיזדמן לי סוף סוף לדבר איתו ביחידות, הנה לך המחשה של האנומליה שאתה יוצר כאן, ילדה בת עשר יושבת מלפנים ואשה בת שלושים ושש מאחור? תראה איזה מסר מעוות אתה מעביר לילדה, אתה מעודד אותה להתחרות בי במקום להציב לה גבולות, שהיו מרגיעים אותה ומונעים חיכוכים כאלה בעתיד.

את מכירה בכלל את אורנה ודני? הילדה מפנה אלי את פני החרסינה שלה בגאוות מנצחים, מנכסת לעצמה ברכושנות גם את המארחים, ואני מודה, עדיין לא, אני אכיר אותם עוד מעט, והיא אומרת, אני הייתי שם כבר המון פעמים, מפגינה בהנאה את עליונותה, ויותם נזעק מיד, גם אני, והיא מזדרזת לעדכן, אני יותר ממך, נסעתי לשם עם אבא ואמא לפני שנולדת, נכון אבא? ועודד מאשר בצייתנות, נכון, אבל מה זה חשוב, זה לא נושא לתחרות, אתם שניכם מאוד אהובים על אורנה ודני. וגם אמא, מאיה מוסיפה, והוא מאשר, נכון, גם אמא, והיא מוחה בקול מתפנק, אז למה היא לא באה איתנו? אני רגילה שאמא באה איתנו לאורנה ודני, והוא אומר, אני בטוח שאמא עוד תיסע איתכם לשם, אבל בלעדי, הורים שנפרדים לא נוסעים יחד לסופי שבוע, ואני חושקת שפתיים, רוח רעה מנשבת בחלל המכונית, למה התפתיתי לבוא איתם, הרי על הילדים אני לא רצויה, ולכן אכביד עליו למרות מאמצי, והנה מתברר שגם על המארחים לא אהיה רצויה, אם הם קשורים כל־כך למיכל, ואני מנסה להיזכר מה סיפר לי עליהם, פעם התלונן שכל החברים המשותפים מחרימים אותו מאז שעזב את הבית, הזכיר כלאחר־יד כמה שמות, כל־כך שולי זה נראה אז, טיפה של צער בים אהבתנו. למה בכלל הציע לי להצטרף, ואולי רק מתוך נימוס הציע, בתקווה שאסרב, ואני באיוולתי הסכמתי, להיות לטורח על כולם, רק ליותם אני מביאה תועלת מועטה, צווארו מתנודד לעברי, עיניו נעצמות, כמו חייל עייף באוטובוס שראשו צונח פתאום על כתף זרה, מקרית, קרבה מתוך שינה האם יש בה ממש, ולרגע אני מוכנה להתנחם אפילו בתפקיד הצנוע הזה, אבל הראש הילדותי המונח על כתפי מעצים לפתע את חסרונו של בני, את כובד הבגידה שבנסיעה הזו בלעדיו, אסור לי לתת את עצמי לילדים אחרים, הכתף הזו מיועדת רק לראשו האהוב. פעמים רבות כל־כך ישבנו כך מאחור צמודים זה לזו, כשאמנון נוהג מלפנים, ואני חובקת את כתפו, מביטה בהתפעלות אין קץ בפניו העדינים, במורד אפו הצר, אבקת הנמשים

הבלתי־נראית כמעט שנבזקה על לחייו, הזוהר המיוחד של עיניו, חיטוב השפתיים הרגישות, גלי השיער החום השופע, קרבת גופו הממכרת, המנחמת, ועכשיו אני פוזלת בזעף אל הפה הרחב הפעור, המזיל ריר לבנבן על הז׳קט שלי, שפתיים בשרניות מבוקעות מיובש, גלידי עור קלופים תלויים עליהן, ולפתע נדמה לי שכתפי מתחילה לעקצץ, ואני זעה באי־נוחות על מושבי.

במושב הקדמי מלהגת הילדה ללא הרף, כחוששת שאם תרפה לרגע תחדל להתקיים, מתחילה כל משפט באבא ולעיתים גם מסיימת, אבא, נכון אורנה ודני אוהבים שאנחנו באים, אבא, נכון נשחק עם הארנבים שלהם כמו בפעם הקודמת, אבא, אתה זוכר שפעם דני לקח אותנו לטיול בג׳יפ, ואמא כל הזמן פחדה שנתהפך, בת כמה הייתי אז, אבא? והוא משיב לה בנחת, מקפיד על קשב מונוטוני חם וסבלני, ללא שמץ קוצר־רוח. האם הוא באמת נהנה מהלהג הזה, למה אינו משתיק אותה לרגע ופונה אלי, העקצוצים בכתפי מחריפים כאילו באתי במגע עם בעל־חיים שאני אלרגית אליו, נחירי מדגדגים ואני מתחילה להתעטש, מוחה את אפי ללא הרף, והוא מביט בי דרך המראָה, את בסדר? וכקורא את מחשבותי הוא מציע, אם לא נוח לך ככה תרחיקי קצת את יותם, ואני עונה בגבורה, לא, זה בסדר גמור, ואלה הן המלים היחידות שאנחנו מחליפים בנסיעה הארוכה, שלוש שעות תמימות, החרטה הולכת ומתעצמת ככל שהדרך נמשכת, יושבת לצידי מוחשית, מניחה את ראשה על כתפי השנייה, למה בכלל נסעתי, ואני בוהה בשלטי הפרסומת הגסים הדולקים בעקבותינו, אורבים כמלכודות לנוסעים המשועממים, שרק גביע יוגורט פירות יושיע אותם, כביכול, או מכשיר סלולארי חדש, אבקת כביסה מהפכנית.

השמש הרוכנת אל האדמה מאירה באור ספקני נוגה את ההבטחות הריקות הצעקניות של הימים האלה בארץ הזאת, כהסחות־דעת רפות לזה שכבר יצא מדעתו, את השיכונים שנבנו בחיפזון, מצטופפים זה אל זה כעדרי חיות נפחדות. מדי פעם

מתקמרות מן האדמה גם ערי הארץ הקדומות, גבעות תלולות, חרוטים קטומי ראש, יישובים שנבנו שוב ושוב על גבי הריסות קודמיהם, נופלים וקמים, ונדמה שהתילים המוכרים מנופפים לעברי באצבעות מעוקמות מזִקנה, כידיד מן העבר היודע שבקושי ניתן לזהות את פניו, או אולי אלה פני שלי שהשתנו לבלי הכר. לא מזמן זיהיתי מרחוק את תל גזר ועוד מעט יתגלה לעיני החרוט הקטום של מגידו, הר שפכים לצד התל כדבשת כפולה, ולבסוף גם לחצור נגיע, אלה ערי שלמה המקראיות, שהציתו את דמיונם של החוקרים והציעו להם שרידים מרהיבים, ארמונות גזית ושערים מסוגננים, מפעלי מים משוכללים, אך בסופו של דבר היו אלה דווקא התילים הללו שהוכיחו כי מעולם לא היתה ממלכה מאוחדת שבסיסה בירושלים, שמבניה כבירים ובירתה מרהיבה, וכי ממלכתם האגדית של דויד ושלמה לא היתה אלא מדינה זעירה בהר הדרומי, ונדמה שעברי הפרטי נוגע בעברן של הגבעות הללו, שנחפרו שוב ושוב, מגלות פנים שונים, מבלבלות ממצאים במאמצים, אמיתות במאוויים, עדויות בדעות, ואני מביטה בגעגוע בבטן האדמה המתקמרת, המעוברת בעוּבּרים זקנים בני אלפי שנים, שאינם מבקשים להיוולד. הנה היא מגידו, מצמיחה דקלים תאנים וחרובים, כמעט מאתיים מדרגות ירדנו בגרם המעלות המתעקל, במנהרה התת־קרקעית שנחצבה אל מצע הסלע, עד המערה שבשולי התל, מציצים בחשש קל בחדר שמעל המעיין, שם נמצאו שני שלדים, זה לצד זה. טיפת מים בודדה צנחה שוב ושוב מתוך הסלע אל המעיין, משמיעה פכפוך קצוב כפעימות לב, איש מלבדנו לא היה שם, ואמנון אמר, אם תרעד עכשיו האדמה וייסגר הפתח, יימצאו כאן גם השלדים שלנו, בטח יחשבו שאנחנו אב ובתו.

לא רחוק מכאן מתנשא תל יזרעאל, התל הפגוע, הסחוף, המאכזב, שדווקא עדותו שלו הכריעה את המחלוקת, אי־אפשר לייחס את שרידי ארמונות הגזית לשלמה אלא למלכי בית עומרי הידועים לשמצה, דווקא הם שהגשימו את חלומם של שליטי ההר

והקימו ממלכה רחבת ידיים, וזיכרונו מעורר בי תחושת בית עמוקה, מנחמת, שלא חשתי עידן ועידנים, מעלה אפשרות קיום נשכחת, כמה מאושרת הייתי שם, באותו מתחם סהרורי, ספונה במעמקי ריבוע החפירה, רשת הצללה מעל ראשי, אפורה מטיט, מנפה את העפר, שוב ושוב מנפה את העפר.

דווקא כשהכביש מתקרב אל השדות, שם נרמזת במעומעם פריחת סוף החורף, האור הולך ואוזל, ואני עוצמת את עיני, מעמידה פני ישנה, ורק אז מאיה משתתקת סוף סוף, כמו היה דיבורה מכוון כל הזמן נגדי, ובשקט שמשתרר בחלל המחומם יתר על המידה משמיעים הרמקולים צלילי צ׳לו בודד שקולו כקול אדם, מבהיל באנושיותו, בתבנית החוזרת על עצמה כמחשבה שאינה מרפה, צוברת עוצמה אובדנית. כמה פנים יש לעצב, כל צליל מביע עצב אחר, ונדמה שאני ילדה בודדה במושב האחורי, בת יחידה להורי, מקשיבה בעל־כורחי להסבריו של אבי, המלוּוים בתנועות ידיים חדות, זאת דרך ההר, זאת דרך המלך, זאת דרך הבשר, האומנם כך אמר, דרך הבשר, והמכונית היתה לוהטת תמיד, חלונותיה פתוחים, רוח חמה פולשנית מכה בפנים. האומנם רק בקיץ נסענו לטיולים שלנו, בעקבות הנביאים, המלכים, הצלבנים, הצלייניים, המלחמות שדם של מלים נשפך בהן, דם לא אמיתי וכמעט לא מצער, דמם של המונים, אלמונים, מתים ממילא, שגם אם לא היו נופלים על חרבם באותן מלחמות לא היו בינינו היום, ואני הייתי מציצה בבלוריתו המטופחת שאפילו הרוח לא תוכל לה, מתי יחדל כבר מדבריו, מנסה לדמות את ראשו ללא שיער, את פניו ללא פה, האם ישתתק אם אקפוץ מן המכונית הנוסעת, או אולי ימשיך בדבריו מבלי להבחין במתרחש, ושמא יוסיף להטריד גם את גווייתי. הנוצרים קוראים לתל הזה ארמגדון, שיבוש של הר מגידו, הוא מרעים בקולו, עוצר בצד הדרך בחריקת בלמים, בברית החדשה הוא נזכר כמקום שבו ייערך הקרב האחרון בין בני האור לבני החושך, הנה הוא מסב את ראשו לאחור לוודא שאני מקשיבה, את ישנה,

הוא גוער בי, אני מדבר אלייך ואת ישנה, ואמא שלי מזדרזת לגונן עלי, מה אתה רוצה ממנה, היא עייפה, מה רע בזה שהיא מנמנמת קצת, והוא מתלונן כדרכו, היא עייפה כי היא שוב חזרה מאוחר מדי, מי יודע מה היא עשתה שם, בשביל המסיבות שלה יש לה כוח אבל כשאני מנסה ללמד אותה על ההיסטוריה של הארץ הזאת זה לא מעניין אותה, כדאי לך להקשיב, הוא מתרה בי, זה נוגע לך יותר משאַת חושבת.

החשכה כבר צובעת את פנינו בסגול מצטנן, כשהמכונית נעצרת ליד בית כפרי נמוך בקצה הרחוב, וראשו של יותם ניתק סוף סוף מכתפי, יש לי בחילה, הוא ממלמל, מלקק את שפתיו המתקלפות, מתי נגיע? ומאיה עונה בלעג, כבר הגענו, מפגר, אתה לא רואה? והוא מתרפק עלי, אמא, תגידי לה, ורק אז מבחין שאינני אמו, ואני לוחשת לו, אל תשים לב אליה, אתה קצת מבולבל כי ישנת, מוכנה כבר לכרות איתו ברית נגדה, אבל ברגע שהיא מקרבת אותו הוא מדלג בכפיות־טובה לצד שלה, שוכח את כתפי ששימשה לו ככרית, ואני צועדת אחריהם על מדרגות העץ הצרות המוליכות אל הבית, עודד בראש, בידיו התיקים, מאיה מקפצת אחריו ויותם בעקבותיה, ואני במאסף, במעמד לא ברור, לא בת־זוג ולא אם, לא אוֹפֶר ולא ידידת משפחה, ונראה שגם אביהם שכח לחלוטין את קיומי, אפילו פעם אחת לא הסב את פניו לאחור לוודא שאני שם, לא עצר לרגע להמתין לי, עד שמתחשק לי לפרוש בצנעה מן השיירה, להניח להם להיבלע בבית המואר, בקריאות השמחה של המארחים, להעמיס את התיק על כתפי ולהתחיל ללכת, הרי בכל בית מקרי שאנקוש על דלתו אהיה יותר רצויה מאשר בבית הזה. אולי שם אישן הלילה, בתל יזרעאל, בין חורבות המתחם המלכותי, מכוסָה בעפר, ואני עומדת ומחכה שהדלת תיסגר אחריהם אבל היא נשארת פתוחה, וראש אשה מאפיר מבצבץ בעדה, אלה, היא אומרת כאילו אנחנו מכירות, למה את עומדת בחוץ, בואי תיכנסי, זה לא שציפינו למיכל, אנחנו די מעודכנים.

אם היית באמת מעודכנת היית יודעת שאין לי מה לחפש כאן, אני אומרת בשקט, מפתיעה גם את עצמי, בעיקר את עצמי כי היא דווקא מחייכת בטבעיות, עד כדי כך? טוב, עוד מעט נברר את הכול, ואני בוחנת אותה, פניה חדים, משקפיים עבי מסגרת מתנדנדים כמאזניים על אפה הצר, שפתיה דהויות, עומדת גבוהה ונינוחה בשיער אפור קצר, בבגדים מרושלים, כתם אקונומיקה בהיר על מכנסיה לאורך הירך, כתם בצבע חרדל על סנטרה התקיף. נו, בואי תיכנסי אם כבר הגעת עד הנה, את מכניסה קור, היא גוערת בי בקוצר־רוח פתאומי, ואני נכנסת אחריה אל הבית החם המוסק בתנור ענק הניצב במרכז הסלון, שולח צינורות לכל עבר, הילדים כבר מקפצים בפראות על מרבץ צבעוני מול הטלוויזיה הדולקת, נערה גבוהה רצינית למראה יושבת על הספה, אוחזת בגיטרה, עונה באי־רצון לשאלות הנימוס של עודד, שכבר מצא לו בקבוק בירה והוא יושב מולו, מקרב אליו את שפתיו.

אתם רעבים? היא שואלת, דני נסע להביא חומוס ופיתות מנצרת, עוד מעט נאכל, ידיה מפנות בזריזות את ערימות העיתונים מעל שולחן השיש הענק, אני לא יודעת למה אני קוראת את הזוועה הזאת, היא מתלוננת, צריך לצרף לכל עיתון כדור נגד דיכאון, איך אפשר לעמוד בזה בכלל? תגיד, יש לך עכשיו יותר מטופלים בגלל המצב? היא שואלת, הרי גם אנשים נורמליים יכולים להשתגע ממה שקורה כאן, ועודד עונה, בדיוק ההיפך, המצב הזה דווקא נוח לחולים, פתאום כולם סביבם מדוכאים, כולם מפוחדים, הם כבר לא יוצאי דופן, מצטרפים כמעט בשמחה לחרדה הקולקטיבית.

מעניין, לא חשבתי על זה, היא אומרת, ומה איתך, עודד, לא נמאס לך כבר לטפל בכולם? והוא מחייך, ממש לא, אני מכור לזה, זה הרי דבר פנטסטי, אתה מקבל חופש מעצמך למשך רוב שעות היום, בלי סמים, בלי תרופות, ואפילו מצליח מדי פעם להביא תועלת, רק כשאני יוצא מהקליניקה אני נזכר פתאום בעצמי, לצערי, וכשאני מבחינה בחיוך העצור שלו, האיטי, אני נזכרת שזמן רב

כל־כך נעדר מפניו, ושוב הערגה הזו אל הווייתו הקודמת, אל אושרנו הקצר.

ומה איתך, הוא מזדרז לשאול, מציירת הרבה? והיא מדליקה סיגריה באצבעות שקצותיהן מוכתמים, כמה שאני מספיקה, את הציור הזה אתה מכיר? היא מצביעה על תמונה גדולה אפרורית התלויה מולנו, והוא מאמץ את עיניו, מדפים ריקים, היא מסבירה בסבלנות, בזמן האחרון אני מנסה לצייר ריקנות, ארונות ריקים, כלים ריקים, זה הרבה יותר קשה ממה שתיארתי לעצמי, ועודד נעמד מול הציור, מאוד מרשים, אורנה, הוא אומר בכנות, מאוד מעיק, את יודעת, לא מזמן קראתי שלפי הקבלה דווקא בחלל הפנוי יכולה להיכנס אלוהות, וכשאני בוחנת אותו משוחח איתה בהתעוררות, מותח בלשונו את האותיות הסופיות כמתקשה להיפרד מן המלים, ליבי יוצא אליו ואני משביעה בלחש את גבו, עוד תדבר כך גם איתי, עוד תחייך כך גם אלי.

איפה הוא הבטלן הזה, היא קוטעת את שיחתם המופשטת, כמה זמן לוקח לו להביא פיתות, בטח הלך להסתובב בכנסיות ושכח שאתם באים, אני אומרת לך, עודד, חיי הנישואים שלי הם פארסה מתמשכת, אין לך מושג כמה נמאס לי ממנו, מה אני עושה איתו בכלל, ועודד מגחך, אני שומע את הדיבורים האלה עשרים שנה, הרי לא תיפרדו בחיים, למה את חושבת שיהיה לך יותר טוב בלעדיו? ונדמה לי שעל ניסיונו שלו הוא מדבר, ניסיונו הקצר העגום איתי, שעוד לא ניתנו בו סימנים.

עודד, אל תיתמם, היא מנופפת מולו באצבעה המוכתמת, הרי זה בדיוק מה שאתה עשית, וגם את, לא? היא פונה אלי בסקרנות, גם את אחרי פרידה, נכון? ואני מאשרת בעוגמה, מנסה להסתגל לזהותי החדשה, כמעט לא מזדמן לי לפגוש אנשים שלא הכירו אותי קודם, שלא הכירו את אמנון, שנתקלים בי לראשונה במצבי החדש ומקטלגים אותי כך, אשה שמאחוריה משפחה מפורקת, כמו צל עיקש, מרוסק, מלווה אותה בדממה לכל מקום, עד הנה הגיע, למושב הזה בגליל.

יש לך ילדה, נכון? היא שואלת, בגיל של יותם? מנסה כנראה לדלות מזיכרונה את כל מה ששמעה עלי, ואני מתקנת מיד, ילד, לא ילדה, והיא שואלת, ואיך הם מסתדרים שלושתם? ואני אומרת, ככה, זה לא פשוט, והיא מכריזה מיד בתרועה לא נעימה, למה שזה יהיה פשוט? אמרתי לעודד שזה טירוף לעבור לגור יחד בנסיבות כאלה, למה להקשות על הילדים, אבל את יודעת איך זה גברים, לא חושבים עד הסוף אף פעם, למרות שהוא יחסית גבר מפותח, יש לו את החורים השחורים שלו שהוא נעשה טיפש, והקלילות האגבית כמעט, ועם זאת נחרצת, בה היא מכתירה את המהלך הזה כטעות מוחלטת, כצעד שהיה עלי למנוע ולא מנעתי, מצמררת אותי כשאני ניצבת מול הציור המאיים שלה. טעות ברורה כל־כך, שכל תינוק ראה, טעות אנוש בסך־הכול, ועכשיו רק נותר לנו להודות בה ולהתנער ממנה, ללכת איש לדרכו, איש לילדיו, ואני מצדדת מבט לעברו, מחכה שיאמר דבר־מה להגנתו, להצדקת הצעד שכל־כך רצה בו, אבל הוא לוגם מהורהר מהבירה, שפתיו מקיפות את פיית הבקבוק, אני לא בטוח שהבעיה היא הילדים, הוא אומר לבסוף.

ברור שלא, היא מכריזה, הילדים זה עניין שולי שמתחזה לעניין עיקרי, הילדים משקפים לכם את הקשיים שלכם, אבל הם יותר סתגלנים מכם, והם גם גדלים מהר, אל תשכחו, מה אני אגיד לכם, למי יש כוח באמצע החיים לכל המהפכות האלה, לי בטח לא, החלום שלי זה לחיות לבד, היא מכריזה, ומיד רוטנת, איפה הוא מסתובב, ועודד מגחך, את רואה, את לא יכולה שעה בלעדיו, על מה את מדברת, והיא מניפה את ידה בביטול, זה הפיתות שחסרות לי, לא הוא, תקשיבו, בדיוק לפני שהגעתם ראיתי תוכנית מדהימה על הודו בערוץ שמונה, על כת הטמאים, זה מזעזע, איך שהם חיים. את יודעת מה הכי זעזע אותי? היא פונה אלי במפתיע, כמורה אל תלמידה לא מרוכזת, זה שגם בגלגולים הבאים הם לא ישתחררו מהקללה, גם כשייוולדו מחדש הם יהיו טמאים, זה מחריד, לא? ואני מהנהנת, מציצה במבוכה בפניה, האם היא מנסה לרמוז לי

משהו, שרידי יופיה הולכים ומתחוורים לי ככל שאני מתבוננת בה, שרידים שהיא נהנית להסוות דווקא ולא להבליט כמקובל, ההזנחה שלה גאה ומתגרה, כאומרת, אם אין ביכולתי להיות יפה כפי שהייתי עדיף לי לא להשפיל את עצמי בניסיונות שווא.

הנה הוא, היא מכריזה, כשגבר גבוה ומקריח נכנס הביתה, שקיות ניילון מלאות בידו, ואני נועצת בו עיניים מופתעות, כל־כך הוא דומה לאמנון, אותה עמידה מרושלת, אותם איברים מפוזרים, מפונקים, שגודלם מעניק להם יתרון מיידי, ונדמה שרק זה היה חסר לי כאן, מול עיניה החקרניות של המארחת, להיתקל היתקלות חזיתית בכפילו של אמנון, המקרין נינוחות גרמית פתוחה, לעומת עודד העצור והמתוח. אז לך יש את אמנון ואת לא מזדרזת להיפטר ממנו, למרות התלונות הגסות, אני מוחה בדממה, כמה נעים להתלונן כשהוא מסתובב סביבך, מחבק את הבת שלך, ממלא את המקרר שלך, והנה מאיה ויותם מזנקים עליו, איך גדלתם, הוא מתפעל, נעשית פצצה, מאיוש, ואתה גבר קטן, עוד מעט כבר תבואו הנה לבד, בלי אמא ואבא, תעזרו לי במשק, ואורנה מעווה את פניה, אל תיסחף, דני, אין לי כוח לטפל בשני ילדים קטנים, אתה הרי תפיל הכול עלי, ואז הוא מתקדם לעברנו, ואני מבחינה ששפתו העליונה בולטת מעט, משווה לו הבעה תינוקית, עיניו נעוצות בי בסקרנות גלויה, ידו מושטת אלי. אז את הבחורה החדשה? הוא מוודא, מטלטל את ידי בתנועה קצובה, כל הכבוד, עודד, את רואה, הוא פונה אל אשתו, כולם לוקחים להם נשים צעירות ורק אני תקוע איתך, והיא מגחכת, מסכן שלי, לא מחזיקים אותך כאן בכוח, אתה יודע, ומיד קמה נמרצת על רגליה, מוחה את ידיה בחולצתה, אולי תערוך את השולחן במקום להזיל ריר, הכול כבר מוכן, רק נשאר לי לעשות את הסלט.

לעזור לך, אני מציעה, והיא אומרת, למה לא, ובמטבח היא מניחה לפני על השיש קרש חיתוך וכרוב ענק, את יודעת לחתוך דק דק? היא מבררת לפני שתפקיד בידי את המשימה, ונדמה שהיא

בוחנת את תנועת אצבעותי המגושמת, בעודה קוצצת בזריזות פטרוזיליה ומשליכה לקערת חרס כחולה. אתם לא נראים מאוהבים, היא פוסקת בשלווה, סכינה כבר מבתר עגבנייה בשלה, אני מודה שהפתעתם אותי, אתם נראים מדוכאים ומותשים, אני לא ראיתי את עודד ככה הרבה שנים, אפילו בימים הכי קשים עם מיכל הוא היה יותר אופטימי, ואני מתנודדת מעל קרעי הכרוב הלבן, אנחנו שנינו קצת המומים מהצעד הזה, אני ממלמלת, ומיד מוסיפה, גם לי היו תקופות יותר טובות בחיים שלי, מנסה לרמוז שגם לי יש עבר, שגם אני איבדתי משהו, שהיו ימים שהייתי גם אני יושבת בביתי הנוח ומארחת חברים בדיוק כמוה, סונטת בבעלי ומשתעשעת עם הילד, זאת בהחלט עמדה יותר נוחה מהעמדה שלי עכשיו, אורחת לא רצויה, אשה חדשה מפוקפקת שמאסו בה כבר בשבוע הראשון.

הוא תיאר אותך שונה לגמרי, היא מתלוננת כאילו רומתה, הוא אמר שאת חזקה כזאת, עצמאית, ואני מודה שאת נראית לי שבירה ונזקקת לא פחות ממיכל, מסכן, לא נראה לי שיש לו כוח לעוד אשה כזאת, וכשהיא הוגה את המלים הללו, שבירה, נזקקת, הן ניתזות מפיה בתיעוב ובגינוי כמו מדובר בפשעים, ואני נרעדת מול המראָה שהיא מציבה בפני, נראה אותך במצבי, אני מתמרדת בדממה, נראה אותך מאבדת בית ומשפחה בשביל גבר שהופך בן־לילה מנוכר ועוין, כי הנה דומה שכבר שכחתי שלא בשבילו עזבתי את אמנון, כביכול רק השבוע התרחשה הפרידה, עם מכירת הדירה, עם המעבר לסמטת הסליחות.

את לא כועסת שאני אומרת לך את זה, היא מוודאת בחיפזון, אני יודעת שאני מגזימה לפעמים, יש לי מין דחף מטופש לפקוח לאנשים את העיניים, תני לי לגמור כבר עם הכרוב, היא הודפת אותי ומסתערת במרץ על הפרוסות הגולמיות, הופכת אותן לרסיסים זעירים ושופכת במהירות לקערה, עופו מפה, ילדים, ממתקים רק אחרי האוכל, דני, כמה זמן לוקח לך לערוך שולחן? ומיד היא שולפת תבנית ריחנית מן התנור, עוף ברוזמרין, היא מכריזה, ולילדים עשיתי

קציצות, ומיד עולה על השולחן גם מאפה תפוחי־אדמה בשמנת, והסלט שתרומתי לו דלה. יש יותר מדי אוכל, מה שלחת אותי לנצרת, דני מתלונן, מחפש מקום על השולחן לקערת החומוס, יוצק שמן זית ומפזר פטרוזיליה, אֵלָה, למה את עומדת, הוא שואל, בואי שבי ליד עודד, אבל מאיה צועקת מיד, אני ליד אבא, ובצידו השני כבר יושב יותם ואני מתיישבת בקצה השולחן לצד בתם המתבגרת, השתקנית, נדמה שככל שאמה מרבה בדיבור כך היא ממעטת, מוצאת את עצמי מול עודד, שנראה נינוח יותר אחרי כמה בירות, והוא משתלב בטבעיות בשיחה, הנקטעת מדי פעם על־ידי ילדים מתלוננים, מתקוטטים, מלכלכים, ובעיקר מתחרים ללא הרף על תשומת־ליבו.

בצער אני משקיפה עליו כאילו כבר אבד לי לצמיתות, האם הייתי בוחרת בו שוב, גבר לא צעיר, הנראה מבוגר מגילו, עורו מחוספס וקמטים אנכיים חורצים את פניו, קולו הרך והמתון מושך את המלים בקצותיהן, שפתו ציורית, יופיו סמוי מעט, עיניו מוקפות צל, מתעלמות ממני, וכמעט אינני מקשיבה לדבריהם, פעם הייתי גם אני מעירה הערות נבונות על המצב ועל הסיכויים, על הגורמים ועל האשמים, אבל בחודשים האחרונים דומה שאבדה לי היכולת, כאותו חולה המרוכז במחלתו, מדבר עליה ללא הרף בהתעוררות הנפש בשעה שכל נושא אחר מעורר בו טינה ושיממון. רעש מחריש אוזניים מבעית אותי לפתע, ובעל הבית מזדרז להרגיע, אל תדאגי, בסך הכול מטוסים ממריאים, אנחנו ממש ליד בסיס חיל האוויר, קורה משהו בצפון, סוף סוף נזכרו האימפוטנטים האלה להגיב, הוא מוסיף בסיפוק, ומיד נקטע על־ידי אשתו, ומה בדיוק יֵצא לך מזה שהם מגיבים, עוד אלימות? היא מתפרצת עליו, צריך לשבור פעם אחת את המעגל הזה, והוא מתגונן, אבל כשאנחנו לא מגיבים זה משדר חולשה, והחולשה שלנו מעוררת את התוקפנות שלהם, זה לא ברור לך?

הגיע הזמן לבוא אליהם בנדיבות, עודד אומר, להגיד להם, כולנו

עשינו טעויות, בואו נפתח דף חדש, האם אלי הוא מדבר עכשיו, עלינו, ודני מתנפל עליו, איך אתה קורא לעצמך פסיכיאטר אם אתה לא מבין דברים כל־כך בסיסיים בטבע האדם, זה הכול מאבקי כוח, החזק מנצח, לא הנדיב, ואורנה מצביעה עליו בלעג, תראו, דווקא כשהבן שלו בצבא הוא נעשה עוד יותר מיליטנטי, עודד, תרשום לי כדורי שינה, מאז שעמית התגייס אני בקושי ישנה, ודני נאנח, מתי תביני שזה לא תלוי בנו, את חושבת שאני לא רוצה שלום בדיוק כמוך? הבעיה שאין לי עם מי לעשות אותו. צלצול טלפון קולני מונע ממנה להשיב לו, אולי זה עמית, היא מזנקת אל השפופרת, הוא כבר שלושה ימים לא התקשר, הלו, עמיתוש, היא נזעקת, ומיד קולה דועך, מיכלי, מה שלומך מתוקה, בטח, את מאוד חסרה לנו, בפעם הבאה תבואי את עם הילדים, את מרגישה יותר טוב? כן, אני אתקשר אלייך בתחילת השבוע, את רוצה את עודד או את הילדים? והנה משתרך תור ארוך ליד הטלפון, כולם משתוקקים לאחוז בשפופרת באצבעות שמנוניות ולדבר עם אמא, ומאיה שהקדימה כמובן את אחיה מגרגרת אל האפרכסת, אמא׳לה, איך את מרגישה? כן, נורא כיף לנו, אבל קצת עצוב בלעדייך, ויותם אף מגדיל לעשות, אולי תבואי, אמא, אז מה אם זה רחוק, אני לא רגיל להיות כאן בלעדייך, אבל אמם לא מגלה עניין רב ברגשותיהם, ושיחותיה עימם קצרות במפתיע לעומת ההתרגשות שעוררו. דווקא עם אביהם היא משתוקקת להאריך בדיבור, מסתבר שדברים רבים בפיה אליו, שנאספו בשעות המועטות שמאז שיחתם האחרונה, והוא חולף על פני שולחן השיש ויוצא אל הגינה, קולו נותר מאחוריו רפה ומודאג, ולמרות שאני כובשת את פני בצלחת, מסיעה נתחי עוף ממקום למקום, מציירת לי תמונות ריקות משלי בזנב הרוטב החום הנגרר אחריהם, אני יודעת שכולם מציצים בי, אפילו הילדים, מי בשמחה לאיד ומי באי־נוחות, לנוכח נטישתו.

למזוג לך עוד יין? דני שואל, וכשאני מושיטה לו את הכוסית הריקה הוא אומר בהטעמה, מסכן עודד, רחמנות עליו, היא לא

נותנת לו לחיות, ואני מופתעת, האומנם כך נראים הדברים מן העבר הזה של השולחן, לתומי חשבתי שלי הם נדים בסתר, לועגים להשפלתי, ואורנה מהסה אותו מיד, הגזמת, לא ליד הילדים, ואני מביטה בדלתות ההזזה השקופות, דרכן נראה עודד בבגדיו הכהים, פוסע בעצבנות אנה ואנה על הדשא המואר באור זהוב, גוהר על שפופרת הטלפון כאילו משקלה כבד מנשוא ועוד רגע ישמוט אותה מידיו, משדל את השפופרת בתנועות מודגשות, אולי הצדק איתם, אולי הוא המסכן, איך יוכל להתמודד עם הקשיים שלי כשהוא שקוע בשלו, ואיך אוכל אני, כמו היינו שני חולים שנקלעו למיטה אחת, ואין רופא בנמצא, מי מאיתנו יוכל להושיט עזרה לזולתו.

את בסדר? אורנה פונה אלי כשאני ממששת את מצחי, את רוצה כוס מים? ואני מודה לה ולוגמת בחיפזון, בעוד בעלה טופח על כתפה ביד מגושמת, אם ככה נראה זוג חדש אני כבר מעדיף להישאר איתך, אורנה׳לה, והיא מנערת את ידו, זוז ממני, נודניק, אבל אני מחייכת אליו בהסכמה עגמומית, כשדלת הזכוכית נפתחת ועודד מצטרף אלינו, מביא איתו משב של קור מן החוץ, מניח באנחה את השפופרת על כנה, כמרים משקולות שהוכרע.

ככה זה כל הזמן, השיחות האלה? אורנה שואלת בלחש, כשהילדים שכבר פרשו מהשולחן מלקקים סוכריות על מקל מול הטלוויזיה, והוא אומר, זה נעשה יותר גרוע מיום ליום, היא לא מתאוששת, ואורנה מעווה את פניה מולו בזעף, ברור, למה לה להתאושש כשאתה מטפל בה במסירות כזאת, כשאתה עומד לרשותה כל הזמן, היא לוחשת, תראה אותך, כל הפרצוף שלך מקרין אשמה, אתה רק מתחנן שיענישו אותך, איזה סתומים הפסיכיאטרים, מתחת לאף שלהם הם לא רואים, ואני מריעה לה בליבי, מוכנה לסלוח על מה שהטיחה בי, בעיקר כשהיא ממשיכה, תראה מה אתה עושה, אתה פוגע באלה, אתה פוגע בעצמך, אבל בעיקר במיכל, היא בחיים לא תתאושש ככה, ואתה יודע שאני אוהבת את מיכל, היא מזדרזת להוסיף, אבל אם החלטת להיפרד אז תיפרד, תחתוך.

אני רק מנסה להיות אנושי, הוא אומר בשקט, מבטו מכוון במפתיע אלי, אני לא יכול להתעלם מהמצוקה שלה, אבל היא מסתערת עליו ללא שהיות, זה נשמע טוב, אבל זה פשטני מדי, אתה צריך לראות יותר רחוק מזה, זה לא יעבוד ככה, עודד, אולי אתה בעצם רוצה שזה לא יעבוד, היא מוסיפה, אולי אתה רוצה שהיא תידרדר כל־כך עד שתהיה חייב לחזור אליה, והוא מחייך במרירות, גם את, אורנה, כל הזמן חושדים בי בכוונות רעות, והיא אומרת, זה לא כל־כך מופרך, כשאתה משדר אשמה וספקות, יאללה, בוא נשכיב כבר את הילדים ונוכל לדבר כמו בני־אדם. זה מה שהיא הכי אוהבת, דני מגחך, לתקן את החיים לכולם, רק לא לעצמה, אם מישהו יעיז להגיד לה חצי מלה על מה שהיא משדרת, אלוהים ירחם עליו, והיא משתיקה אותו מיד, דני, הבאת סיגריות? והוא אומר, לא, אמרת לי רק חומוס ופיתות, והיא רוטנת, אמרתי לך גם סיגריות, אתה לא רואה שנגמרו הסיגריות, לך תביא מהתחנת דלק, והוא קם באי־רצון, אני בטוח שלא אמרת לי, והיא אומרת, אתה כבר סנילי לגמרי, שלוש פעמים הזכרתי לך.

באמת אמרת לו להביא סיגריות? אני שואלת אותה בדחיפות משונה כשהוא יוצא, והיא צוחקת, ברור שלא, אבל מה אכפת לי להתעלל בו קצת, ככה הוא הלך יותר בקלות, ועודד רוטן, לאט לאט, אורנה, אל תלמדי אותה בבת־אחת את כל השיטות שלך לשלוט בגברים, זה יתנקם בי מיד, והיא מעיפה מבט מהורהר בשנינו, תירגע, זה לא יתנקם בך כי לא נראה לי שתחזיקו מעמד בכלל, היא אומרת בשקט, ומיד מכסה בידה על פיה, סליחה, לפעמים הפה שלי מדבר מאליו, ממש לא התכוונתי, אבל המלים שלה מרחפות בחדר כמו שלושה עורבים שחורים, לא תחזיקו מעמד, לא תחזיקו מעמד, הם מקרקרים, כשאני צופה בדממה בהמולת סוף הערב, לא לוקחת חלק בשטיפת הכלים ולא בשטיפת הילדים, בבית שמעולם לא הייתי בו ולעולם לא אהיה בו שוב, אורחת לערב אחד בחייהם, אורחת לחודשים ספורים בחייו. ממרחק אני משקיפה על ההמולה

ההולכת וניתקת מחיי, גבר שכבר אינו צעיר מנסה להשכיב לישון את ילדיו, אשה שכבר אינה יפה מנסה להשליט סדר במטבח ביתה, ואני זרה באותה מידה לו ולה, מביטה סביבי בזעזוע, כאותו חפץ שנשמר אלפי שנים במעמקי האדמה, בסביבה אחידה של לחות וחומציות, ולפתע נחשף ובא במגע פתאומי עם סביבה חדשה, הגורמת לו הלם פיסיקלי וכימי, יוצרת תהליכים בלתי־הפיכים, ואני נזכרת באותו קמיע עשוי עץ, שנקבר בקרקעית הים עם סירת דייגים שטבעה, וכשיצא לאוויר העולם והתייבש, התפורר תוך זמן קצר והפך לאבקה.

למה תסיע ידיך מקצה גופי ועד סופו, ואני כמסילת רכבת ישנה, קהת חושים, קולה של בתם המתבגרת בוקע מחדרה מפתיע בעוצמתו, מלווה בצלילי גיטרה דקים, כשכולם מתיישבים סביב חפיסת הסיגריות שהושלכה בהתרסה על השולחן, ובקבוק יין נוסף נפתח, אפילו עודד נחלץ מילדיו, כתמי מים על מכנסיו מן האמבטיות הסוערות, ואני מביטה בו, מנענעת את היין בכוסית כתינוק בעריסה, עכשיו כשהילדים ישנים נוכל לעטות מחדש צלם של נאהבים, וכשנעלה שתויים מעט על משכבנו נגשש בחשכה אחר נקודות אחיזה, ערגה עמוקה מתשוקה תפייס בינינו הלילה, מקצה גופי ועד סופו אוהֵב אותך, אבל הנה טופפים לעברנו צעדים קלים מהירים ומאיה מגיחה מן המסדרון בכתונת לילה ארוכה, שערה מסולסל ופרוע ושפתיה מופשלות, והיא מתיישבת בזריזות על ברכי אביה, מתאימה את גופה לגופו כמלבישה על עצמה בגד, מניחה את ראשה על כתפו וממלמלת, אבא, אני לא מצליחה להירדם, אני לא רגילה לישון כאן בלי אמא.

מאיוש, באמת, לא מתאים לך, ילדה גדולה כמוך, אורנה ממהרת להדוף את הפלישה, לכי תנסי שוב, תני לאבא לשבת עם כולם, אבל היא פורצת בבכי נרגז, אבא, אני לא נרדמת, תשכב לידי עד שאני אירדם, אבא, והוא טומן את שפתיו בשערה, אני פה קרוב קרוב אלייך, יפה שלי, לכי תנסי לישון, אני בטוח שתירדמי, והיא

בועטת ברגליה, אבל הבטחת לי שתישן איתי, והוא אומר, אני אצטרף אלייך יותר מאוחר, והיא לא מרפה, אבל הבטחת, אבא, והוא קם בכבדות כשהיא תלויה על עורפו כקופיפה, ירכיה מתהדקות סביב מותניו, מתעלם מסימני הלאו החריפים שאורנה מסמנת לו באצבעה ובשפתיה, ונבלע שוב במסדרון המכוסה שטיח ירוק, מותיר אחריו עקבות לחים.

אכלתי יותר מדי, אורנה מתלוננת, מניחה את ידה על בטנה, ומיד מוסיפה בלחש, נעשתה קשה, הילדה, היא לא היתה ככה לפני זה, מסכנים הילדים, בחיי, איך היה לי שכל לא להתגרש, היא מתפעלת, כמה שהייתי אמא צעירה וסתומה לפחות את זה הבנתי, הבת שלך גם מגיבה קשה? היא שואלת, ואני מתקנת, בן, לא בת, קול השירה העז מן החדר הסגור מלווה את העצבות הפועמת מחדש, למה תסיע ידיך מקצה גופי ועד סופו, ואני כמסילת רכבת ישנה, קהת חושים, שהתרגלה לכובד הנורא, לחשכה הפתאומית, להיעזבות.

היא כותבת שירים ומלחינה, הילדה שלנו, אורנה אומרת, מחווה בסנטרה על הדלת הסגורה, האם נדמה לי שהודגשה המלה שלנו, או שאלה אוזני בלבד השומעות רק אותה, לך יש שלנו ולי כבר אין, ילדי הגרושים הם לעיתים של אביהם ולעיתים של אמם, לעולם לא יהיו עוד שלנו, ושוב מייסר אותי חסרונו של גילי, כמה היה נהנה לקפוץ על המרבץ הזה, ללקק סוכרייה על מקל מול הטלוויזיה, לשחק עם יותם בכדור מחר בבוקר על הדשא המטופח, יותם בטח יספר לו כמה נהנו, והוא יביט בי בתימהון, למה נסעת בלעדי, למה לא חיכית לי.

נדמה שאני רואה אותו מבעד לדלת הזכוכית המכוסה אדים, מחולל על פני הדשא בין שלושת עצי האלון, זרועותיו חובקות את צלעותיו, רגליו היחפות אינן נוגעות ברצפה, ואני קמה במהירות וניגשת אל הדלת ומיד חוזרת נבוכה למקומי, מוחה את עיני, והיא מביטה בי בסקרנות, מה כבר אמרתי, זה משהו שאמרתי? ואני

נאנחת, זה בסדר, כל מה שאת אומרת בקול אני אומרת לעצמי בזמן האחרון, רק שאצלי זה מאוחר מדי, וכבר אני מוצאת את עצמי מספרת לה בפרטי פרטים את קורותינו, על הפגישה המקרית שלנו, וכמה היה הכול נפלא בהתחלה, ואיך הוא לחץ עלי לבוא לגור איתו, איך הוא הבטיח שהיחס שלו לגילי ישתפר כשנחיה כולנו יחד, ובסוף זה רק נעשה יותר גרוע, איך אמר לו שאינו אוהב דובים, קולי נחנק כאילו מדובר בהתעללות, תארי לעצמך, הילד מראה לו את הדובי שלו והוא אומר אני לא אוהב דובים, וכשאנחנו נכנסים הביתה, אני מספרת לה, מגוללת את כתב האשמה הטרי ועם זאת קדום כל־כך, הוא אפילו לא קם ממקומו, וזה אולי נראה לך זניח, אבל אני רגילה שאמנון היה קם לקראתנו מיד ומחבק את הילד, הוא כל־כך אִכזב אותי, אורנה, אני מתוודה באזני האשה הזרה, שמקשיבה לי במצח מקומט, כל־כך האמנתי בו, בחיים לא הרגשתי כל־כך מרומה.

אז למה את לא קמה והולכת? היא שואלת בקור, נושפת לעברי עשן סיגריה חיוור, מה את צריכה אותו בכלל, הילדים שלו עולים לך על העצבים, אשתו מעיקה עליכם, הוא לא מסוגל לתפקד עם הילד שלך, למה את מתעקשת, הרי לא בשבילו עזבת את בעלך, ואני נאנחת, אבל בגללו נשארתי בלי בית, בעלי לחץ עלי למכור את הדירה שלנו, והיא אומרת, אז מה, תקני דירה קטנה לך ולילד, וגמרנו, היא מוחאת כף בתנועה פסקנית, לסמן את סוף יחסינו, ואני אומרת, אבל זה לא כל־כך פשוט, היה לנו טוב ביחד, אהבתי אותו, תכננו עתיד משותף, אני לא יכולה לוותר על זה בקלות כזאת, הוא הבטיח לי שכשנחיה יחד הכול יסתדר.

אבל זה נורא ילדותי, היא אומרת, אז מה אם הוא הבטיח, אז תקחי אותו לבית־משפט? בגלל שהוא לא אוהב דובים? אז כשהוא הבטיח הוא האמין בזה ובינתיים הוא גילה שהוא לא יכול לקיים, אז מה תעשי לו, תתבעי אותו? זה ממש מגוחך, מה שאת אומרת, את לא רואה? ואני מנידה בראשי, למה מגוחך? הוא צריך להיות אחראי

למעשים שלו, והיא אומרת, אבל גם את צריכה להיות אחראית למעשים שלך, הוא לא הכריח אותך, הוא לא כפה עלייך, את החלטת לבוא לחיות איתו, את לא יכולה להתנהג כמו ילדה קטנה ולהאשים אותו, כי הוא לא כמו שחשבת, הרי הוא לא הונה אותך בכוונה, הוא האמין שיהיה בסדר והתברר שהוא טעה, אכלת אותה, ושוב היא ממששת את כרסה, כאילו חטאנו שתינו באכילה מופרזת.

אז מה את רוצה להגיד, בעצם, אני ממלמלת נזופה, והיא נאנחת, שאת צריכה לקחת אחריות על ההחלטות שלך, אי־אפשר לבוא ולהגיד לבן־אדם מהבוקר עד הערב כמה שהוא מאכזב, אף אחד לא יסבול את זה, ואני אומרת, אבל מה אם זה נכון, מה אם הוא באמת מאכזב? והיא אומרת, אז תעזבי אותו, הרי לא תוכלי לשנות אותו. או שתשני את עצמך, תתאימי את הציפיות שלך למציאות, או שתקומי ותלכי, אלה שתי האפשרויות שלך, את מבינה, היא מתכופפת לעברי, פניה סמוכים לפני, גם אם כל הטענות שלך נכונות, העמדה שלך שגויה מהיסוד, נדמה לך שמגיע לך משהו, נדמה לך שהדברים אמורים להתנהל לפי כללים של הגינות, בשעה שמדובר בג'ונגל, לא ידעת? ואני מביטה בה באיבה, כל־כך קלים הדברים בעיניה, כמו מדובר בהפרדת חלבון הביצה מהחלמון, נראה אותה מתמודדת עם אכזבה כזאת, והיא ממשיכה, תקשיבי, אני מכירה את עודד הרבה שנים, אני אוהבת אותו אהבת נפש, אבל אני רואה את החסרונות שלו, הוא באמת מטעה, הוא מהגברים האלה שמעוררים את הציפייה שיגשימו את כל הכמיהות שלנו, אבל הוא מאוד רחוק מזה. הוא חשדן, סגור להחריד, הוא לא מתמסר, לא נותן את עצמו באמת, לדעתי הוא אחראי במידה רבה להידרדרות של מיכל, הדרך היחידה שהיא הצליחה לזכות בתשומת־הלב שלו היתה בהתערערות שלה, אבל בסוף היא גם איבדה אותו בדיוק בגלל זה, חבל עליה, היא בחורה מבריקה, ואני מנידה בראשי, מקשיבה לה בזעזוע, כאילו הודיעה לי שקשרתי את גורלי בגורלו של פושע מסוכן.

אבל זה לא יכול להיות, אני מתקוממת, הוא היה כל־כך מקסים ותומך בהתחלה, אני לא האמנתי למזלי הטוב, לא האמנתי שזה אמיתי, והיא שוב סופקת את כפיה בתימהון, תגידי לי, נולדת אתמול? זה באמת לא היה אמיתי, את לא יודעת שכשגבר מנסה להשיג אשה הוא עושה מאמץ כביר שאחר־כך מתפוגג, את לא לקחת את זה בחשבון? ואני מנידה בראשי נכלמת, חשבתי שהכללים האלה לא חלים עלינו.

תגידי, אין לך חברות? היא ממשיכה בלהט, אין לך עם מי להתייעץ? אני לא מאמינה שאת כזאת תמימה, זה לא שאני אומרת לך שהוא העמיד פנים בכוונה, ובטח לא שהוא מפלצת, הוא איש עמוק ומעניין, והכוונות שלו טובות, אבל יש לו צדדים קשים, הוא פצוע מאוד מבפנים, מעל זה הוא בנה מבנה של שליטה, הוא חייב לשלוט, לפרש, לעצב, אחרת הוא מאוים ומנתק מגע. הוא היה מאוהב בך נורא, ואולי הוא עדיין מאוהב בך אבל הגעתם לשלב מציאותי יותר, אי־אפשר להימלט מהמציאות, או שתקבלי אותו כמו שהוא, ואז עוד תוכלי פה ושם ליהנות ממנו, או שתעזבי אותו, סיפור האהבה שלכם רק עכשיו מתחיל, אם בכלל, תשכחי את כל מה שהיה קודם, זה לא יחזור.

אבל יש דברים שאני בשום אופן לא יכולה לקבל, אני אומרת, את היחס שלו לילד שלי אני לא יכולה לקבל, והיא מציתה סיגריה נוספת, אולי תבדקי את הציפיות שלך, אלה, הרי לילד שלך יש אבא, הוא בטח לא צריך עוד אחד, לא התרשמתי דרך אגב שאת חמה במיוחד לילדים שלו, היא משרבבת עקיצה, ואני מודה, תאמיני לי שאני משתדלת, אבל כל פעם שאני מנסה להתקרב אליהם משהו מתקלקל, אני בטוחה שאם הוא היה מתייחס אחרת לגילי גם לי היה קל יותר איתם. אני לא בטוחה, היא אומרת, זה גם לא צריך להיות קשור, נראה לי שהסתבכתם פה לגמרי עם הילדים, במקום להיות נאהבים הפכתם לעורכי הדין של הילדים שלכם, את מזדהה עם שלך, הוא עם שלו, ולא נשאר לכם משהו משותף להיאחז בו.

אתם גם משליכים על הילדים את הצרכים שלכם, לא נראה לי שהילד שלך זקוק ליחס חם מעודד, זאת את שזקוקה לזה, אבל אתם חייבים להירגע בעניין הילדים, תרשי לי לספר לך שהם גדלים, אולי גם על זה לא שמעת עדיין, הם גדלים כהרף עין, עמית רק אתמול נולד וכבר הוא בצבא, הילדים הם לא הבעיה ולא הפתרון.

מן המרבץ עולים מדי פעם קולות נחירה כבדים, בוקעים מגרונו של בעלה שפרש בראשית שיחתנו והוא מוטל מול הטלוויזיה הדולקת, מחליפים את צלילי הגיטרה שגוועו, כנראה בתה הלכה גם היא לישון, ואני מציצה מדי פעם במסדרון, כמה זמן לוקח לו להשכיב את מאיה ולחזור הנה, במקום שאשוחח איתו אני משוחחת עם ידידתו, אשה זרה, פיקחית ואכזרית, כאילו אנו הן המנסות לחבר את שברי חיינו, רוקמות עתיד משותף, והיא מבחינה במבטי, את עוד מחכה לו? הגזמת, אני בטוחה שהוא נרדם מזמן, בואי נבדוק, ואני פוסעת בעקבותיה אל החדר שיועד לנו, מוצאת אותו ישן על גבו, שפתיו קפוצות, אפילו בשנתו הוא נראה מוטרד, זרועותיו פרושות לרווחה כצלוב ועל כל אחת מהן ראש של ילד, ואני סוקרת באכזבה את המזרנים שנפרשו עבורנו, נותר לי רק לבחור ליד איזה ילד לא שלי אני מעדיפה להעביר את הלילה.

לאחר שהטילה בזרועותי מגבת גדולה, כחדרנית גסת הליכות, היא אומרת, תקשיבי, נראה לי שאת עוד לא קולטת בכלל עם מי את חיה, אני בחרתי לחיות עם סלע, יש לזה חסרונות אבל הוא לעולם לא יישבר, עודד הוא הרבה פחות עמיד ממה שהוא נראה, הוא לא יחזיק מעמד באווירה עוינת, יש לו דרכים משלו להתנתק, אני מזהירה אותך, אל תמשכי את העינוי הזה יותר מדי, תני לזה עוד כמה שבועות ואם אין שיפור תחתכי, חבל עליכם, היא נאנחת, חבל שלא פגשתי אותך קודם, תגידי, את עוד יכולה לחזור לבעלך? יש לי תחושה שהוא דווקא התאים לך, לפי עוצמת הציפיות שלך נראה שהתרגלת לטוב, למה בעצם עזבת אותו?

תאמיני לי שאני כבר לא יודעת, אני נאנחת, זה היה לא נשלט,

כמו אסון טבע, והיא מציצה בי בפקפוק מבעד למשקפיה, אני לא מאמינה בדברים כאלה, היא פוסקת, אולי את פשוט עוד לא מבינה את המניעים שלך, את עוד יכולה לחזור אליו? ואני אומרת, לא, זה מאוחר מדי, גם לא אהבתי אותו כבר, אני מוסיפה בחיפזון, מנסה להתגונן מפני המסקנה המייסרת שלה, והיא מגחכת, אהבה זה לא דבר שמרגישים אותו, זה כמו בריאות, את לא מרגישה שאת בריאה, רק כשאת חולה את מרגישה את הבריאות שאיבדת. אולי היה לך קל מדי, היא אומרת, אולי את מחפשת קושי, התמודדות, מי יודע, אם זה מה שאת מחפשת הגעת למקום הנכון, היא מצביעה בתנועה תיאטרלית על הגבר הישן, מוקף בילדיו, לילה טוב לך.

דומה שנקלעתי לאכסניית נוער הומה תרמילאים זרים, תנועות איברים טורדניות, בליל ריחות פֶּה, נשימות חטופות, קריאה של תרנגול מבולבל בחצות הלילה, מה אני עושה כאן, אם רק יכולתי לנתק איזה ילד בשנתו, לגלגל אותו אל קצה המזרן ולתפוש את מקומו ליד עודד, לפחות בלילה להיות קרובה אליו, אולי אפילו להעיר אותו ולספר לו בלחש שהבנתי משהו, שהאותיות הולכות ומתבררות, או רק להראות לו את זה בדרך שאגע בו, בדרך שאנשק אותו, אבל כמו שומרי ראש דרוכים הם נצמדים אליו, ואני מתהפכת על משכבי בקצה המזרן, אין לי סיכוי להירדם כאן, מאיה אפילו בשנתה לא משתתקת, ממלמלת מלמולים קולניים, נדמה שגם הם מוקפים במלה אבא, ויותם שקט אמנם אבל בועט לכל עבר, אני לא שייכת אליהם, לא שייכת לכאן, רוצה לחזור הביתה, גם אם אין כבר לבית הזה קירות ותקרה, והרי כשהייתי ילדה לא היה לי בית, ובכל־זאת תמיד השתוקקתי לשוב אליו, ולא משום שהיה חם ומוגן, אלא משום שהיה לא בטוח, עלי הוטל לשמור עליו, להצמיד את יסודותיו זה לזה. אין לך חברות, היא שאלה, ואני מתקשה לענות, תמיד התיידדתי בקלות ובאותה קלות הרפיתי, רק דינה מלווה אותי לאורך השנים, וגם ממנה אני מתחמקת לאחרונה, האם זה מה שניסתה לרמוז לי אז, שאינו מתאים לי, שאני זקוקה לסלע, להתנפץ

אליו שוב ושוב מבלי לשבור אותו, ואני קמה ממקומי, אוחזת בשמיכה ובכרית, מחפשת מקום לישון בו, בבית שאיני מכירה כלל, נאחזת בקירות ומגששת את דרכי אל המרבץ מול הטלוויזיה, כמה שמיכות מוטלות לאורך הקיר ואני משתרעת לצידן, הניתוק מן המשפחה המלוכדת מקל עלי כאילו חמקתי ממעמסה, וכשהשינה כבר מכסה אותי כענן מלא אדים אני מבחינה שהשמיכה שלידי מתנועעת, איבריו הגדולים של בעל הבית שנפקד ממיטתו נמתחים לרגע ומיד מתרפים מחדש, ואני מתמלאת בשנתי עליצות דמדומים הזויה, חזרתי אליך, אמנון, תראה, הנה הפך המרבץ לשטיח קסמים, שהשיב אותי באורח פלא אל חיי הקודמים, אבל אם זה אתה, אמנון, אז איפה גילי, איפה ילד אהבתנו, ונדמה שקולו עונה לי, הוא עוד לא נולד, עוד תשעה חודשים ייוולד.

פרק עשרים ושלושה

הילדים נושאים את הזמן על כתפיהם הדקות, בין עיניהם, לאורך השוקיים, מתחת לבגדים הם מחביאים אותו, כאולר חד, כסכין, כאקדח, מי יעז לבדוק אם אמנם הוא טעון. כמו סבלים זעירים, עבדים ננסיים, הם מעמיסים אותו ומתקדמים, בנעלי התעמלות מן השנה שעברה, במגפי גומי כהים, בסנדלים שחוקי סוליות, רכובים על אופניים, על קורקינט, על גלגיליות, שׂערם מצטמרר ברוח, תוויהם הצלולים מרככים את המהלומה, האויב אינו מאיים כל־כך כשהוא חרות על פניהם, כשהוא טמון בגופם, לא בנו הם תלויים אלא בזמן, לא אנחנו מגדלים אותם אלא הזמן, לא לנו הם נאמנים אלא לו, נשמעים למצוותיו, מותירים אותנו מאחורי גבם, שהרי רק אם יבגדו בנו יוכלו להתקיים.

דברי ימי חיינו נרשמים על חלקת עורם, נצבעים בצבעי הגיר שלהם על ניירות מקומטים, נבלעים בקולותיהם המתחלפים. התבגרותם מואצת מהתבגרותנו, רק לשעות ספורות אנחנו נפרדים בבוקר אבל כשנבוא בצהריים כבר תהיו אחרים, בקושי נזהה אתכם, את מבטכם המתחמק, הבוש באהבתו, ואתם, אתם תמיד תזהו אותנו ממרחקים, את ריח הגוף שלנו, את קולנו, את הבעת פנינו, בעוד הברק בעיניכם הצופות בנו ילך ויתעמעם. מתי יגיע היום בו אהיה עליו לטורח, מתי יגיע הרגע בו אשבע לו שבועת אהבה והוא לא ישיב, יסתפק בשתיקה מנומסת, באיסוף שרירי הגוף הבלתי־נעתרים, כמה קצר סיפור האהבה הזה, שסופו נעוץ בראשיתו, ואחריו

יגיע תורם של זיכרונות מייגעים שלא יאבה לשמוע, של געגועים מביכים, ואנחנו האמהות הנאהבות לראשונה בחיינו אהבה שלמה, נטולת כל הסתייגות, איך נשלים עם קיצה ובמה נמלא את החלל שתשאיר אחריה. כמה בדוי הוא אושרנו, מפוקפק, מעורר רחמים, על מי אנחנו משליכים את יהבנו, במי בחרנו להיתלות, ביצורים רבי הקסם הללו, שמוטל עליהם להשתחרר מאחיזתנו בכוח ציווי עתיק כימי האנושות, וככל שננסה לאחוז בם חזק יותר כך תהא הפרידה אלימה יותר, כמי שמקלף טפיל מעל עורו ינערו אותנו, על חרדותינו ותסכולינו, על רעבוננו וצימאוננו שלא יסופקו לעד.

האם זה המקל עליו התקוטטו אז כצמד כלבלבים, אוחזים בו בשני קצותיו, צועקים ודומעים, ממאנים להרפות, והנה הוא עדיין כאן, מוטל בין השיחים כגוויית נחש, לא נחוץ לאיש, לח מן הגשמים, סדוק מן השמש, שלי יהיה אם כך, ואני מטפסת על אחד הסלעים ועומדת על פסגתו, המטה הארוך בידי, משקיפה על ההמולה הגועשת בשערי בית־הספר, כנביא מול העיר העתידה להיחרב, איכה נשבר מטה עוז מקל תפארה, כמה רבה המהומה, מצמוצי שפתיים חפוזים, צופרי מכוניות, ילקוטים מיטלטלים, בכי ילדותי ורקיעת רגליים, ריצה בהולה, גאה בעצמאותה, להספיק לפני הצלצול, ואיש לא עוצר כדי להיפרד מן הרגע, כדי להתאבל על הבוקר הזה, הנגרף כעלה דקיק בנחשול האדיר של הזמן.

האם אזהה בכלל את פניו בין עשרות הילדים המשחקים עדיין בחצר, את קולו בין עשרות הקולות הנפלטים מגרונות מאומצים, כל־כך היטלטלנו שנינו בחודשים הללו ובכל־זאת ממרומי הסלע הזה נראה המסלול המצפה לנו ברור מאי־פעם, דומה שזו הוודאות היחידה ואין בלתה, עוד כמה שנים או שעות, כהרף עין, יהיה כנערים הללו הפוסעים מולי עכשיו בצעדים רחבים, צחוקם צורם, מסוגר, ואני מהדקת אלי את המקל, האם יעלה פרחי שקד בין סדקיו, להמחיש את כוונת האל בכל הטלטלות הללו, האם יהפוך לנחש אם אטיל אותו ארצה.

הנה נשמע הצלצול, ועלי ללכת מכאן אל אחת הדירות המוצעות לי באחד הרחובות הסמוכים, להתהלך בחדרים הריקים, לספור מרצפות וצעדים, להציץ מבעד לחלונות, ועדיין אני נטועה על מקומי, מתקשה להינתק מן המראה המוכר ועם זאת סתום להפליא, מן התצפית המרחיקה ממני מעט את חיי, ועם זאת מיטיבה לשקף את תמציתם. כלב שחור חוצה בריצה את הגן, עורבים שצבעם כצבעו מתגודדים סביבו כמו היו יוצאי חלציו, כמה שנים חי עורב, כמה שנים חי כלב, כמה שנים חי עץ, כמה שנים חיה אהבה, הנה כך נראה עולם ללא אהבה, עולם שהזמן שולט בו, אותו רודן חסר לב, רק כניעה מוחלטת תאפשר את מראית העין הנחוצה להישרדות, יראת־כבוד בפני מה שאין לשנותו, ואני יותר משחיפשתי אהבה חיפשתי הוכחה, כחוקר המזדרז להשלים את מחקרו ועט על העדות הראשונה שנקרתה בדרכו, כך עטתי אני על עודד, הוכחה שלא שגגה היתה זו, שלטובה נועדו כל הטלטלות הללו, שהחיים שאחרי הפרידה יצדיקו את תלאותיה, אבל אולי הגיעה השעה, בשמונה בבוקר הזה, לחדול מן החיפוש, להשלים עם ההיעדר, כי במקלי אחצה את הגן הזה, במקלי אעזוב את ביתך, ועדיין אין בכך כל הוכחה.

כדרכי בחודשים האחרונים אני מביטה בהשתאות בזוגות ההורים הנפרדים מילדיהם בשערי בית־הספר כצופה בתופעת טבע חסרת פשר, מה ידוע להם ולא לי, האם הם סבלנים ממני, מיטיבים להתאים את ציפיותיהם למציאות, או פשוט בני מזל, איזה בוקר עבר עליהם, איזה לילה, ואני חושבת על הבקרים שלנו, הילדים הפוקחים עיניים יגעות אל בית מסוכסך, האם אפשר בכלל לקרוא לו בית, למקום בו חיים לצידך אנשים זרים כמעט, מבנה נטול סליחה, נטול טבעיות, אשר צרכים סותרים וזיקות מנוגדות משסעים אותו לגזרים ללא הרף, עד כי נדמה שכבר ויתרנו, בחיפזון, כלאחר־יד, כפי שבחרנו זה בזו. הכעס פינה את מקומו לפליאה נואשת, עד כמה קצרה ידי, עד כמה קצרה ידו, כמה מציקים הם דווקא הרגעים השגרתיים ביותר, הטבעיים ביותר לכאורה, לשבת בסלון בערב מול הטלוויזיה

בשעה שילד קטן לבוש בפיג׳מה משחק בצעצועיו על השטיח, גופו חמים ושערו לח מן הרחצה, אבל הילד הזה אינו שלי, ונוכחותו מעצימה את היעדרו של בני, וגם הידיעה שאינו רחוק מכאן, שאראה אותו מחר או מחרתיים, אינה מפצה, וכמה מעיק לשבת כך בסלון עם בני שלי, המשחק בצעצועיו על השטיח, צעצועיו הזעירים, הנעשים מופשטים יותר ויותר, נדמה שאינו אוחז דבר בין אצבעותיו, ולדעת שעודד חש בדיוק כפי שחשתי אני אך אתמול, שהוא מצפה שיעלה כבר הילד על משכבו ויעלים את נוכחותו, ולחרדתי אני מוצאת את עצמי לרגעים מזדהה עם משאלתו, מזדרזת לטמון את הילד במיטתו בתקווה שאולי אז ירווח לנו, אך לשווא, וכמה מציק המתח המתמיד מפני החיכוכים בין הילדים כשכולם נאספים בבית, לא פחות מן החיכוכים עצמם, ואותה תחרות רצופה שאנחנו נרתמים לה בעל־כורחנו, מלבים אותה למרות רצוננו, ושיאה דווקא במטבח, ההופך לזירת המערכה. ככנופיית קטינים רעבים ללחם אנחנו מתהלכים בו בגניבה, גוזלים זה מפיתו של זה, וכשאני מבחינה כי שוב לא נותר דבר מן המאכלים שהכנתי לגילי אני מתנפלת בזעם על המקרר ורגע לפני שהם נכנסים הביתה אני שותה את היוגורט המתוק האהוב על מאיה, ואת שקית השוקו שנועדה ליותם, בולעת את שארית האורז, והבחילה המתחלחלת בבטני היא טעמם של הימים האלה בבית הזה, קלונם וכלימתם.

אילו רק אפשר היה להשתחרר מהזעם לערב אחד בלבד, אבל דומה שכל תנועה מלבה אותו מחדש, גם אם נשב במסעדה מול מנות מעוררות תיאבון, בבתי־קולנוע, בבתי חברים, המחווה הקלה ביותר, המלה האגבית ביותר תעורר אותו, ומיד הלחישות הניחרות, ההאשמות, האיומים, ניסיונות הפיוס המגושמים המציתים מריבה חדשה, ונדמה שדווקא הזמנים ללא הילדים הפכו למרבה ההפתעה למסוכנים ביותר, שכן אז אין עוד צורך לשמור על מראית עין מנומסת ומשתרר ניכור מר, עד כי לאחרונה חדלנו לנסות. בלילות שילדיו אצל אִמם הוא ישן בקליניקה ואנחנו, גילי ואני, מוצאים את עצמנו

לבד בדירה הגדולה המתחממת לאט ובקושי, שעוד לא הסתגלנו לריחה, לרחשיה, כמה עגום ניצחוננו, אפילו המראות משקפות לי את פנינו אחרות, מטויחות במתח מר, כן, שוב ושוב חזרו התושבים אל האתר והקימו יישוב חדש על חורבות קודמו, שוב ושוב ייצר האדם חפצים הדומים זה לזה, סיר בישול, נר למאור, מטבע, וכך מייצרים אנחנו שוב ושוב אי־נחת דומה, מותשים מהשוואות, חנוקים מאכזבה, ערומים מאחווה. אל תמשכי את העינוי הזה יותר מדי, היא אמרה אז, והנה הפך השבוע לשבועות ואיננו נחלצים, מתפלשים בבריכת חיינו שהתרוקנה מציפייה, מתנהלים זה מול זו חלולים, מחמיצים זה את זו במעגל הסגור של הגירוי והתגובה, המלים מתפצחות בגוף הרבה אחרי שנאמרו, מפזרות רסיסים חדים, ובהביטנו זה בזו מעוררות פנינו זיכרונות מרתיחי דם של הבטחה ריקה, של כישלון המתחדש שוב ושוב, טעות הולכת וגדלה.

בפתח בית־הספר נעצר ג'יפ מפואר וגבר נערי למראה יוצא ממנו באיטיות שאינה הולמת את השעה המאוחרת, מחלץ בזרועותיו פעוט יפה תואר ואחריהם מקפץ ילד מוכר, עיניה היפות של אִמם קבועות בפניהם, ואני מתקרבת אליהם בדחיפות פתאומית, מה שלום קרן, אני שואלת את בעלה, מזמן לא ראיתי אותה, האומנם זה הוא בכלל, לרגע אני מפקפקת, כמה כחשו פניו מאז אותה קבלת שבת בתחילת השנה.

לא כל־כך טוב, הוא עונה בקדרות, היא חולה, ואני נבהלת, משהו רציני? והוא מרפרף על פני כמתלבט עד כמה לשתף אותי, ופולט, לצערי כן, ומיד נבלע בשער, אוחז בילדיו המציצים בי בארבע עיני תכלת מודאגות, לצערי כן, ואני מנסה להיזכר מתי נתקלתי בה לאחרונה, האם אז זה היה, כשצנחה לצידנו על הדשא, כשאמרה, אני לא יכולה להכניס כלום לפה, אצבעותיה ממוללות את שערה, לעורה גוון צהבהב, על ביטחון ילדינו דיברה אז, כמה מוטרדת היתה ממספר השומרים בבית־הספר, ומי שמר עליה כל אותו הזמן, ומיד אני לוקחת את מקלי ומסתלקת משם, נתקפת תחושה מביכה של בריאות. אורנה טעתה, דווקא כן מרגישים בריאות, בניגוד חריף

לשמועה, ואותה לא איבדתי עדיין, ככל הידוע לי, ואולי גם אצליח לחוש אהבה אי־פעם, ולא רק את אובדנה, ואני מפנה את גבי אל גן העורבים, צועדת במהירות אל הכתובת הרשומה בפנקסי, צינת הבוקר מתנדפת לאיטה מן הרחובות, המארחים באדיבות שמש אביב מתונה, אל תאמינו לה, בקרוב תסתער על אבניכם המצטמררות עדיין מזיכרונות החורף ולא תותיר בהן טיפה אחת של לחלוחית.

זהו כנראה הבניין, אשה כהה מלאת גוף עומדת בכניסה ומחייגת, והטלפון בתיקי מצלצל אבל אני לא עונה, חולפת על פניה כאילו לא לי היא מחכה, כדי להראות לי בבוקר אחד את כל הדירות הפנויות בסביבה, שגודלן מתאים לצרכי ומחירן לאמצעי, דירות לשתי נפשות, ורק כשאני רחוקה משם אני מתקשרת אליה, יש לי בעיה היום, אני חייבת לבטל, האם ההשתמטות ממנה היא השתמטות מן הגזירה, האומנם כך נגזר, ומה אומר לגילי, איך אסביר לו מעבר נוסף, אבל דומה שעוד לא הגיעה שעתן של השאלות, כפי שהנמלט על נפשו מפני הלהבות אינו יכול להתעכב ולהרהר על מעשיו, וכבר אני בצומת, המכוניות מקיפות את הכיכר המצמיחה צבעונים אדומים, צפופים, מתנוצצים כיריעת קטיפה באור המוזהב, האומנם בטרם נביט ימינה ושמאלה כבר יהיה חם מדי, מאוחר מדי.

לראשונה אני מבחינה שרצפת חדר המדרגות משובצת אריחים בשחור ולבן כחדרו של אבי, ואני עולה לאיטי, שולחת את המקל לפני כעיוורת והוא משמיע נקישות קצובות. לשמחתי המזכירה איננה, חדר הקבלה ריק ושקט כמוצב שננטש, רק זמזום המקדחה נשמע ממרפאת השיניים הסמוכה, ואני מתקרבת אל דלתו, מצמידה את אוזני אל דממה מוחלטת, כנראה אין שם איש, לא אמצא אותו יושב ומהנהן, פיו פתוח מעט, כמקשיב בשפתיו ולא באוזניו, ואני נוקשת בזהירות וכשאיני נענית אני פותחת את הדלת לאט ומציצה פנימה בלב הולם. רק פעם אחת בלבד הייתי כאן, רגע עז וקצרצר, עפעפי כיסו על עיני מרוב חולשה ובכל־זאת ראיתי אותו, כמה מהירה ומסתורית היתה ההבראה, האומנם היה כל זה שקר במצח נחושה,

הונאה מכוונת שנועדה לאחז את עיני, שכן אפילו החדר המטופח והמרגיע שזכרתי השתנה לבלי הכר, והוא אפלולי ומחניק כמחסן.

האם מישהו עוד טורח לבוא הנה בכלל, האם מישהו עוד נותן אמון בחדר הזה וביושב בתוכו, ואני מתיישבת על כורסת העור הנוחה עליה צנחתי אז באפיסת כוחות, משתוממת על העזובה, עיני מסתגלות לאיטן לחשכה הצבועה בצבעם הסגול של הווילונות, מבחינות בכמה ארגזים המונחים לצד הקיר, ולתדהמתי אני מזהה עליהם את כתב־ידי, מלים קצרות שנכתבו בתקווה ובחשש, חדר שינה, סלון, מטבח, האומנם הוא מפנה בגניבה את חפציו מבלי שהבחנתי, נוטש לאיטו, איפה הוא בכלל, אני מביטה סביבי באי־נוחות, כמציצה לראשונה בעולמו הפנימי, ומוצאת שם כאוס מאיים.

רק אז אני מבחינה בדמות השוכבת ללא תנועה על הספה, האם זה אחד ממטופליו שנשכח שם, בעודו נושא ונותן עם חייו, ואני נעמדת מבוהלת על רגלי, בוחנת במבוכה את הצדודית השבירה, על פניו נסוכה שלווה הזכורה לי דווקא מרגעי האהבה שלנו, אלה, הוא אומר פתאום מבלי לפקוח את עיניו, סוף סוף הגעת, אני כבר הרבה זמן מחכה לך, קולו חדגוני וקצוב, כהקלטה העולה מן הקירות ולא משפתיו שנותרו מהודקות, ואני ממלמלת, עודד, אתה בסדר? למה אתה שוכב ככה, למה אתה לא עובד? ושוב אותו קול מוזר כשהוא עונה, אני בחופשה, לא סיפרתי לך שאני בחופשה?

הרבה דברים לא סיפרת לי, אני אומרת, למה אתה בחופשה? והוא אומר, כי אני מחכה לך, איך אני יכול לעבוד כשאני מחכה לך, אני צריך לדבר איתך, ואני מתפלאה, לדבר איתי? אני לא מבינה אותך, היו לך בלי סוף הזדמנויות לדבר איתי ולא ניצלת אותן, ופתאום מתברר שאתה מחכה לי.

לא היו לי הזדמנויות, הוא אומר, מסיט את פניו לעברי, את לא נותנת לי שום הזדמנות, אני כל הזמן מדבר איתך ואת לא שומעת, אני כל הזמן מבקש ממך, אל תחשדי בי, אל תשפטי אותי כל־כך בחומרה, אל תדרשי ממני מה שאני לא מסוגל, וכבר דבריו מעוררים בי זעם

מוכר ואני מסננת, מה כבר דרשתי ממך, להגיד לילה טוב לילד? זאת דרישה מוגזמת כל־כך? תחסוך ממני את הנאום המתחסד שלך, במלים אתה טוב, אבל המלים שלך לא שוות כלום, מה זאת אומרת לא לדרוש ממך מה שאתה לא מסוגל? מסתבר שלכלום אתה לא מסוגל.

אני מצטער, אלה, הוא נאנח, הייתי טיפש, חשבתי שאני יכול לענות על הציפיות שלך, אולי זה טוב למטפל, להאמין כל־כך בכוח שלו אבל מחוץ לקליניקה זה כנראה לא עובד, אני באמת מצטער, ואני צועקת, מצטער? זה מה שיש לך להגיד? כאילו נתקלת בי בטעות ושפכת עלי קפה, כאילו קבעת איתי פגישה ושכחת לבוא, איך אתה לא מתבייש, תגיד לי, והוא מזדקף בתנועה חדה ומכוון אלי את מבטו, עיניו מתמלאות איבה שחורה כספלים עולים על גדותיהם, הגיע הזמן שתבדקי גם את עצמך, את חושבת שזה תענוג גדול לחיות איתך? את באת רק לקבל, החלטת שמגיע לך פיצוי על כל מה שעברת, בלי לשלם שום מחיר, כל קושי נראה לך כמו קנוניה נגדך, רק להאשים את יודעת, תלכי מכאן, אלה, את הרי לא רוצה לראות אותי ככה, אין לך סבלנות לבעיות של אחרים, עם אבנים את כנראה מסתדרת, אבל בני־אדם זה יותר מדי בשבילך.

תחסוך ממני את חוות־הדעת שלך, אני מסננת, מהדקת את ידי סביב המקל ומגששת את דרכי אל הדלת, אתה גררת אותי ואת גילי למצב בלתי־אפשרי, הבטחת לי הבטחות חסרות שחר, התרחקת ממני בזמן שהייתי הכי זקוקה לך, מה הפלא שהתגובה שלי היתה קשה, אבל אל תדאג, אני לא אכביד עליך יותר, ברגע שאמצא דירה אני עוזבת, ואני פותחת את הדלת ובאור הניאון החודר פנימה מן המסדרון אני רואה את פניו מתעוותים, כשהוא מתהפך על חזהו, שכמותיו בולטות מבעד לחולצתו הדקה, את צודקת, הוא חורק פתאום, קולו חרב ועמום כמדבר מבִּטנו, אני הטעיתי אותך, אין לי מה לתת לך, אני מרוקן, אני גמור, אין לי מה לתת לאף אחד, בגלל זה אני בחופשה. לרגע אני מאמינה שזו דרכו להוסיף ולנגח אותי כהמשך המריבה שלנו, לנופף בהסכמה קנטרנית שאין לי מה לעשות

בה, אבל קולו מתנחשל בעוצמה מבהילה, אני הרסתי את החיים של מיכל ועכשיו אני הורס את שלך, אסור לי לחיות עם אשה, אסור לי לגדל ילדים, אסור לי לטפל בחולים, גוו מיטלטל ביפחות עזות, וכשאני סוגרת את הדלת ועומדת מולו אובדת עצות, נשענת על מקלי, אני נזכרת בבוקר רחוק חכלילי של סוף הקיץ, כשאני ניצבת בפתח חדרו של אבי, עלי הדקל בחלונו מתנוצצים כלהב סכיני כסף, ואני אומרת אל גבו הכפוף מעל שולחן הכתיבה, אבא, אני עוזבת את הבית, אני עוברת למעונות הסטודנטים, משוכנעת שיאחל לי הצלחה בקול רשמי ובקושי ינתק את מבטו מספריו, אבל להפתעתי הוא קם לפתע מכיסאו והטיל את עצמו על המיטה, כובש את פניו בכרית, גוו מרעיד, ואני עמדתי פעורת פה מול המראה שמעולם לא ראיתי, ולא האמנתי שיש לו קיום בין שלל המראות ביקום, ורציתי לשבת לידו וללטף את גבו ויותר מזה רציתי להטיל את עצמי על המיטה לצידו ולמרר בבכי, לִבכות את העזה שבאהבות, המרה שבהחטאות, איך החמיצה נפשי את נפשך, אבא, נפשך את נפשי, איך נבהלנו זה מזו, לשווא, לשווא.

דקות ארוכות ניצבתי שם נטועה על מקומי, נשענת על המשקוף, עד שסגרתי את הדלת אחרי והלכתי לדרכי, לשווא, ועכשיו מול הגבר המזדעזע בנהי קמאי אני ממלמלת, תירגע, עודד, אל תחמיר עם עצמך כל־כך, אתה לא עשית שום דבר בכוונה, אבל דברי רק מעצימים את קינתו, כל דבר שאני נוגע בו נהרס, אני לא שונה בהרבה מאבא שלי, אמא שלי תמיד אמרה לי שאני מתחזה, שאני בעצם כמוהו, אף פעם לא הייתי מספיק טוב בשבילה, אף פעם לא הייתי פיצוי מספק על הסבל שהוא גרם לה, גם את רצית ממני פיצוי על הסבל שלך, אני כנראה לא יודע לפצות, ואני מתיישבת מבוהלת על המיטה לצידו, מנסה ללטף את שִכמותיו המפרפרות ככנפיים שבורות, אצבעותי משוטטות במבוכה על גבו, הרי איננו מכירים, האם אני באמת מוכנה להכיר אותך.

תירגע, אני לוחשת, אתה אבא נפלא לילדים שלך, אני בטוחה

שאתה מטפל מצוין, אל תכעס על עצמך כל־כך, הכוונות שלך היו טובות, שנינו באנו עם מטענים כבדים, שנינו חיפשנו חסות, מה הפלא שככה התנפצנו, אבל זה עוד לא אבוד, בין הכישלון המוחלט לבין האושר המוחלט עוד יש מקום, תירגע, אני אעזור לך, כל־כך בלחש אני מדברת כאילו מתיירא קולי מפני אוזני, אני מצטערת, עודד, אני אפילו לא יודעת על מה, בוא תקום עכשיו ונלך הביתה, אבל הוא אינו חדל מבכיו, הנשמע יותר כשיעול יבש, חרישי, אני רוצה להישאר כאן, הוא ממלמל, לא טוב לי בבית, קשה לי להיות שם בלי הילדים, ואני מזדרזת לומר, אז נביא את הילדים, אני אלך לאסוף אותם בצהריים מבית־הספר, והוא נאנח, אבל אני לא רוצה שהם יראו אותי ככה, זה יבהיל אותם, ואני אומרת, אל תדאג, אני אסביר להם שאתה קצת חולה, בוא קודם נגיע הביתה, הביתה, אני שבה ואומרת, ונדמה שלראשונה מזה זמן רב משכנעת אותי המלה.

כשאנחנו יוצאים אל חדר המדרגות אני מכבה את האור בקליניקה וסוגרת את הדלת, כמו היה זה מפעל שפשט את הרגל והופקר לחסדי הנושים, אוחזת בזרועו בזהירות ומובילה אותו בין המרצפות הלבנות והשחורות כישיש שאיבד את דרכו ונזקק לעזרת זרים. עיניו מושפלות תחת הגבות הכבדות, שפתיו מהודקות, גוו מתוח כתמיד אבל ראשו חפוי, והוא נרתע מעט כשאנחנו יוצאים אל הרחוב הסואן, מכסה בידו על עיניו מפני אור השמש, ואני משלבת את זרועי בזרועו וכך אנחנו מתקדמים בבוקר המאוחר, בצילו של האורן השחוח הנוטה על צידו, כמה צר גזעו, היקפו כמותני אדם, וכמה ארוך הוא, צמרת דלה בקצהו, ציפור בודדה צונחת לפתע מן השמיים כאילו נורתה, מוצאת מחסה בין מחטיו, מוקפת אגרופי אצטרובלים שחומים.

תישען עלי אם קשה לך ללכת, אני משדלת אותו, אבל הוא נותר זקוף ודרוך, גם אם כפות רגליו מתקשות להתרומם מעל האספלט השחור, זרועו מאובנת, כמהודקת בכפיס עץ וקשורה לצווארו, נשימתו חמה, ריח מחלה חמצמץ עולה מעורו. על קירות

הזכוכית של בית־הקפה משתקפות דמויותינו, דקות, כהות, איטיות, כזוג מחוגי שעון ספקני במיוחד, בשולחן הפינתי שלנו, תחת יריעת הפלסטיק שתוסר בקרוב עם בוא הקיץ, יושב עכשיו זוג אחר, מעולף מאושֶר עדנים כמו שהיינו אנחנו, זו דרך העולם, אני מסכמת ללא טינה, בדרך העולם אנחנו פוסעים עכשיו.

כשאנחנו מגיעים הביתה אני מוליכה אותו בעדינות למיטה, חולצת את נעליו ומניחה יד על מצחו, יש לך חום, אני מודיעה לו, מכינה במהירות כוס תה בלימון, עוקבת אחר קצב הלגימות, אתה רוצה עוד תה, אתה רוצה לאכול? אני שואלת, מתקשה לחלץ תשובה ברורה מן השפתיים החשוקות. זה בסדר, אלה, אני רק רוצה לנוח, הוא ממלמל לבסוף, וכבר עיניו נעצמות, לחייו המנוקדות בזיפים קוצניים כקליפת פרי מתרפטות מעט, קר לי, הוא לוחש, ואני מכסה אותו בשמיכה, מתבוננת בו מודאגת, תתרחקי ממנו הוא חולה, אמרו לי פעם, האם לכך התכוונה דינה, האם הגיעה השעה לדבר איתה סוף סוף אחרי כל החודשים הללו, לברר מפני מה הזהירה אותי, אבל ידי מהססת מעל מכשיר הטלפון, נרתעת מפני המסלול המוכר לעייפה, שוב להתקרב אליה בשברי ולהתרחק באושרי, להיות יקרה לה בצערי ומאיימת בשמחתי, בדיוק כמו שהייתי לאִמי כל השנים, ובמקום לחייג אליה אני מבררת את מספר הטלפון המצלצל עכשיו בבית הכפרי שבקצה המושב, שגגו שטוח ומדרגות עץ מובילות אליו. זאת אלה, אני אומרת, כשקולה קצר־הרוח של אורנה עונה לי, הייתי אצלכם עם עודד לפני כמה שבועות, אני חייבת להתייעץ איתך, אני פשוט לא מספיק מכירה את עודד ואני לא יודעת אם זה רציני, וכשאני רק מתחילה לספר לה על מצבו היא קוטעת אותי, זה היה צפוי, אלה, אני הזהרתי אותך, יש לו דרכים משלו להתנתק, כן, היו לו כמה משברים קצרים בעבר והוא יצא מזה, לא, הוא אף פעם לא היה מאושפז, אל תדאגי, הוא יאסוף את עצמו ויחזור לתפקד כרגיל, זו לא סיבה להישאר איתו ולא סיבה לעזוב אותו, אבל אם את מחליטה להישאר את חייבת לשנות את העמדה שלך, את חייבת לנהוג כאילו הכול תלוי בך.

כשאני חוזרת לחדר השינה ויושבת על קצה המיטה, אני נזכרת איך הייתי מערסלת את גילי החולה בזרועותי שעות על שעות, לא מעזה להניח אותו לרגע כדי שלא יתעורר, מתכחשת לכל הצרכים כמו הפכתי לחפץ דומם, והשעבוד המוחלט הזה כמה חירות היתה בו, כמה כוח היה בו, איך גירש בזרוע נטויה את כל שאר הטרדות והאילוצים, וכשאני מביטה בגבר המוטל בין השמיכות משתררת רגיעה רכה בחלל החדר כי נדמה שעל שנתו של הילד ההוא אני שומרת. הנה בני שלי הולך וגדל ונזקק לי פחות, ובמקומו נולד פתאום בחיי תחליף מוזר, מטעה, ציפיתי שיפרוש עלי את חסותו, ניסיתי להידחק תחת כנפיו ולא נמצא שם מקום בשבילי, והנה דווקא חוסר הישע שלו משרה עלי שלווה נדירה, דמוית אושר, רגש שלם מאהבה, שמעולם לא חשתי כלפי אמנון. פיקת גרונו עולה ויורדת, הבעותיו מתחלפות במהירות, שפתיו מתנועעות כמו היה משדל ומבטיח, מבקש על נפשו, ודומה שאני רואה את תמונות הילדות שלו מצטיירות על פניו, ולצידן תמונות זקנתו שלא צולמו עדיין, חיים שלמים, המרחפים בחלל שבין האושר המוחלט לכישלון המוחלט, ואני מכסה אותו בשמיכה שנשמטה, מתיישבת אל מול המחשב בפינת חדר השינה ומקלידה בשקט, כלוחשת מלים אל תוך אוזנו הפעורה הכחלחלה.

מי החריב את היפה בארמונות עד שלא נושב עוד, בית הגרזינים הכפולים, המבוך הענק, מהו הכוח המסתורי שמָחה את התרבות המושלמת הראשונה באירופה, אטלנטיס האפלטונית, מי השמיד את האומה העתיקה שאָמנותה מסוגננת ורגישה להפליא, שסגדה לשור הנוהם בבטן האדמה. ההיו אלה כוחות טבע כבירים, שרשרת של רעידות אדמה וגלי הדף, או שמא הביאה האנושות הרס על עצמה בדמות הפולשים שבאו מן הים או היבשה, הדורים על פגיונות הברזל שלהם, המיקֵנים שנטשו את אייהם, כי יותר ויותר מצטברות לאחרונה העדויות כי הציוויליזציה בכרתים המשיכה להתקיים גם אחרי שכוסתה תרה באבן ספוג געשית. דוגמאות הכדים השתנו אמנם, ונראה שדעתם של התושבים היתה נתונה פחות לאמנות

ויותר לביצורים, להגנה על מקורות המים, אך בעודם מקריבים קורבנות אדם כדי לפייס את הטבע בא האדם והביא עימו את האש וזרע הרס וחורבן על החברה העשירה והמשגשגת, על ארמונה המרהיב בתפארתו, על דמויותיה החיות ודמויותיה המצוירות, וביניהן הפריזאית, הוי יושבי חבל הים, גוי כרתים! למה אמר לי אז, לפני עשר שנים, אני מכיר אותך מתֶרָה, והרי חייב היה לדעת כי לא שם היא מצוירת, לא על האי הגעשי השקיפו עיניה היהירות.

בצהריים כשאני נכנסת לחצר בית־הספר גילי רץ לקראתי מופתע, חיוך קונדסי על פניו, אמא, באת לקחת אותי? אבל היום אני אצל אבא, שכחת? איזה מבולבלת את, ונראה שהטעות שלי מבדחת אותו לאין שיעור, ואני נאלצת להודות, לא שכחתי, באתי לאסוף את יותם כי אבא שלו חולה. לשמחתי הוא מקבל את הבשורה בטבעיות, מתנדב לעזור לי לאתר את יותם, מושך אותי אחריו ברחבי החצר, אמא שלי לוקחת אותך, הוא מבשר לו בקול נינוח, גמיש, נהנה בעליל מן היוצרות שהתהפכו, ונראה שעינו לא צרה כלל בחברו הזוכה בהשאלה באמו, ואני מעמיסה על כתפי את ילקוטו של יותם, אבא מחכה לך בבית, אני מסבירה לו, הוא לא מרגיש כל־כך טוב, והבעתו הנפחדת מעט ועם זאת אסירת תודה מכמירה את הלב, ואני מחליקה על שערו שצמח בפראות, מטשטש את עקבותיה של אותה תספורת אומללה.

כשידו נתונה בידי אנחנו עולים לכיתתה של מאיה, מוצאים אותה ניצבת לבדה בירכתי הכיתה, מכניסה לתיקה את המחברות בארשת פנים מהורהרת, אף אחד מהילדים אינו פונה אליה בדברים, למה אין לה חברות, אני מתפלאה, נזכרת שמעולם לא הביאה חברה הביתה. כשהיא מבחינה בנו פניה נדרכים, מה קרה, היא שואלת, איפה אבא? ואני אומרת, אבא מחכה לכם בבית, הוא מרגיש קצת לא טוב, אל תדאגי, וכשאנחנו יוצאים אני מעיפה עין בחצר, לוודא שאמנון כבר הגיע, ואכן אני מבחינה בו עומד ליד הנדנדות, משוחח בהתעוררות עם אחת האמהות, תנועות ידיו נמרצות, ממתי נעשה ידידותי כל־

כך, אבל דעתי אינה פנויה להתעמק בכך, שני ילדים נמסרו היום להשגחתי, שני יצורי אנוש שעלי לדאוג להם, להביאם בשלום לביתם.

חכי רגע, אמא, גילי רץ לקראתי, מנופף בנייר לבן כאוחז בידו דגל, ציירתי ציור לעודד, הוא צועק, ואני מתקרבת אליו, איזה ציור מקסים, אני מכריזה עוד לפני שאני מבחינה בדמות המצוירת, דובון שמנמן וחייכני, המשורטט בצבעי גיר נחפזים. אני יודע שעודד לא אוהב דובים, הוא אומר בכובד־ראש, אבל הוא יאהב את הציור שלי, ואני נפרדת ממנו ויוצאת מן החצר, לא מתעכבת ליד אמנון, למרות שרציתי לומר לו משהו, לשאול אותו למה הזכיר אז את תֶּרָה, בפגישתנו הראשונה, אבל מה זה משנה עכשיו, בעצם, הרי אין דרך חזרה, מעולם לא היתה.

כשאנחנו עוברים תחת שער הברזל הצבוע ירוק במרומיו מצאתי את עצמי בוקר אחד בתחילת השנה הזו, לכודה בין שמיים וארץ, משקיפה על קרעי הדשא וערימות האשפה, אני מושיטה את ידי לשני הילדים הפוסעים בדממה לצידי, והם נצמדים אלי ויחד אנחנו חוצים את הכביש לעבר גן העורבים, ולמרות שגילי לא מתלווה אלינו אני חשה שלמות מפתיעה, מלאות תמימה הזכורה לי במעומעם, ונדמה שבשעה שאני מהדקת אלי את שני שברי המשפחה הדוממים הללו אני מאחה את שברי שלי, דווקא בהיעדרו של בני, בהיעדרו של עודד, דווקא כשאני לבדי עם שני הילדים הזרים כמעט, החשים בחולשת הוריהם ונאחזים בי.

אתם רעבים? אני שואלת, מציעה להם לשבת בחצר הקיוסק על כיסאות הפלסטיק החמימים, קונה להם פלאפל בפיתה ומתבוננת בהנאה בלעיסותיהם, כמה דומה יותם לאביו ומאיה לאמה, כמו נועדו להנציח את הזיווג שכשל, ועם זאת גם לגילי הוא דומה, והילדה, מרגע לרגע מזכירה לי את עצמי, אותו מבט יהיר המכסה על פגיעות בלתי־נסבלת. אז איך היה לכם היום? אני שואלת, ויותם שומט מפיו כדור פלאפל לעוס למחצה ואומר, את יודעת, היום רונן סיפר במפגש בוקר שאמא שלו מאוד חולה, אבל היא הבטיחה לו שהיא תנצח את

המחלה, ואני שואלת ביראה, באמת, מה יש לה? ויותם נוגס שוב בפיתה, מחלה, הוא אומר בפה מלא, לא יודע איזה, היא בבית־חולים.

אבל אבא בסדר, נכון? מאיה מוודאת שוב, תלתליה המרהיבים סמוכים אל פני ואני מבחינה בקשרים המסבכים אותם, יוצרים גבשושי שיער סמיכים, אולי אסרק אותה, אם רק תניח לי. בטח שהוא בסדר, אני ממהרת לומר, יש לו קצת חום, זה הכול, והיא מציעה, אולי כבר נלך הביתה, אני רוצה לראות את אבא, ואנחנו ממשיכים בדרכנו, יורדים בסמטה התלולה שאור השמש אינו נוגע בה, והיא חשוכה וצוננת כמעמקי הפרדס, וכשאנחנו מגיעים לביתנו, עומדים בפתח חדר השינה, הוא פוקח מיד את עיניו, שולח את זרועותיו אל ילדיו כאילו שבועות לא ראה אותם, והם מזנקים על המיטה בבגדיהם ובנעליהם, מתרפקים עליו בהקלה.

נשענת על המשקוף אני מתבוננת בהם, לא, לא אצטרף אליכם לפי שעה ואולי לעולם לא, אולי לעולם לא נהיה כאותן משפחות המתכנסות בטבעיות במיטה אחת, ובכל־זאת יהיה ההישג שלנו מרעיש לב יותר, כי כל רגע נדוש ומובן מאליו יהיה עבורנו ניצחון. תראו, אני מבטיחה להם בדממה, בדרך משונה יהפכו החיים יקרי ערך, ולמרות שאינני משתרעת לצידם על המיטה דומה שהמצע הולך ומתרחב, כולל בעקיפין גם אותי, כי מעבר לצרכים הסותרים ולזיקות המנוגדות מסתתרת כמיהה אחת, ודומה שבי תלוי הדבר, ובידי הוא, אוכל לחולל ניסים, אם רק ארצה, כאֵלָה שריפאה את בני־האדם בחבורתה, ואני ניגשת אל עודד ומושיטה לו את הנייר הלבן שהתקמט מעט, גילי שלח לך, אני אומרת כבדרך אגב, והוא מביט בציור בכובד ראש, איזה יופי, הוא אומר, אני אתלה אותו כאן מול המיטה.

מרוגשת אני יוצאת מן החדר ועומדת ליד החלון הפונה אל הסמטה, אשה בהריון עולה במעלה התלול, פניה אדומים ממאמץ וכמעט אפשר לשמוע את נשימותיה הכבדות, לא, לא מתוך ספקות תיוולד משפחה, רק ידיעת ההכרח תוליד אותה, רק אמונה שלמה תוכל למלא את מקומם של קשרי הדם, לא לבקש את המגיע לנו

אלא את המחייב אותנו, האם זוהי הברית שאבי איחל לי לפני חודשים ארוכים, זו המעניקה שלווה ואושר, ומדוע עם אמנון לא עלה בידי להגיע לכך, כמה נשכרים יכולנו להיות, שלושתנו, ואף על פי כן לא היינו, ואולי עד עולם לא אדע מדוע, שהרי לעולם לא תימצא ההוכחה המוחלטת ככתובת המעידה בבירור על מציאות חיים שעברה מן העולם, רק המאמץ היומיומי היחף שאינו מצפה לתמורה, ככוהני אוֹן המשילים את נעליהם על הצוקים מדי בוקר, הוא שיצבור עבורנו רסיסי משמעות, צעד אחר צעד, שורה אחר שורה.

כשאני ניגשת אל החדר, בידי ספל תה נוסף עבורו, אני שומעת את יותם אומר, אבא, אתה יודע שעוד מעט פסח, היום למדנו על יציאת מצרים, אתה חושב שזה היה באמת? ועודד משיב, בעיני זה לא משנה, אבל תשאל את אֵלָה, היא מתמצאת בעניינים האלה, וכששלושתם מביטים בי אני נבוכה לרגע כאילו שוב אני עומדת באולם הרצאות, ונדמה שאם אצליח לשכנע דווקא את הקהל המצומצם הילדותי הזה אשתכנע בעצמי. כנראה שלעולם לא נדע אם זה היה באמת, אני אומרת להם, עדיין לא נמצאה לסיפור הזה שום הוכחה, אבל אני בכל־זאת מאמינה שהוא נכתב בעקבות מאורע אמיתי, כי התופעות הניסיות שמתוארות שם של חושך ודם וכל מכות מצרים קשורות באסון טבע שקרה באמת, לפני אלפי שנים, וכמו שאנחנו בדרך־כלל נוטים לפחד ממשהו שכבר הפחיד אותנו בעבר, ככה הסופרים הקדומים תיארו את המאורע הזה בדמותו של מאורע שקרה פעם והבהיל אותם מאוד.

אבל זה סיפור שמח, יציאת מצרים, לא? מאיה מעירה, הרי בני ישראל השתחררו מהעבדות שלהם, ואני אומרת, כן, את צודקת, הסופרים הקדומים זכרו סיפור קשה ומפחיד שעבר מדור לדור על עולם שנחרב, והפכו אותו לסיפור שמח על גאולה וישועה, והיא שואלת, ואלה שכתבו את הסיפור האמינו שהוא אמיתי? ואני אומרת, נדמה לי שהם מאוד רצו להאמין.

פרק עשרים וארבעה

איך בהקו עיניה כשהזמינה את כולנו למסיבה, הזמנה בלתי־אישית בעליל, שהרי בקושי הכירה איש מאיתנו, כעומדת בקרן רחוב ומשדלת עוברים ושבים לבוא לביתה, לחזות באושרה. לכבוד מה המסיבה, מישהו שאל, והיא אמרה, סתם, מתחשק לנו לחגוג, משלבת את מבטה במבטו של בעלה, כחולקת איתו סוד, סומק קל פרח בלחייה, ואני באיוולתי נרתעתי כאילו ממני נגזל אושרה, כאילו טבלה את ידיה במאגר האושר הכללי וגרפה ממנו מלוא חופניים, לא מותירה לי אפילו קמצוץ. אז איך התנהלה המסיבה בלילה ההוא, כמה בקבוקי יין נפתחו, איזו מוסיקה הושמעה, איזה כיבוד הוגש, מי הגיע בכלל, מי מכל הנאספים כאן ללוות אותה בדרכה האחרונה הגיע למסיבה שלה, מכל הקהל הגדול וההמום הנחלץ מן המכוניות ומתחיל לצעוד, כשרוח אביב מדברית מתעמרת בשיער, מניפה חצאיות ושרוולים, מצהיבה את גוֹן העור, כפי שהצהיבו פניה שלה בחודשים האחרונים, כולנו דומים לה לפתע, כולנו נוטים למות.

יום שישי זה היה, כמו עכשיו, היום שראיתי אותו לראשונה בקבלת השבת, חיוור היה ומסויג, וכשאני מציצה בו פוסע לידי אני מבחינה לראשונה כמה הזקין מאז, הקמטים לאורך לחייו העמיקו, עור הצוואר הידלדל, השיער דהה, ונדמה שפגיעותו שנחשפה מעוררת בי דווקא תחושת קרבה, כמעט גאווה, שהרי לצידי הזקין, כל שינוי שחל בחזותו מכאן ואילך שייך לי, לנו, לטובה או לרעה,

כמו רכוש שנצבר במהלך החיים המשותפים, ואני בוחנת אותו בזהירות החדשה שסיגלתי כלפיו לאחרונה, האם הייתי בוחרת בו שוב, האם בחרתי בו בכלל אי־פעם, הֶדף רב־עוצמה השליך אותי לרגליו ואותו לרגלי, יחד זחלנו המומים בין ההריסות, גוררים אחרינו שלושה ילדים.

בשבילים שלא נסללו עדיין אנחנו צועדים, פורצים דרך בעירו של המוות, פנים מוכרות נמהלות בפנים זרות, אנחות בשיעולים, לאיטנו אנחנו פוסעים בעקבותיה, בעקבות גופה העטוף בתחבושות לבנות, השרוע על האלונקה באפיסת כוחות, כאילו פונתה בדחיפות מאזור אסון והיא מובלת אל מקום טוב יותר, שם ירפא לה. הצער משחיר את הפנים כרעלה כשאנחנו נאספים סביב החלקה המיועדת לה, סופה של בכי נודדת מעין לעין, אחותה של סופת החול העזה המשתוללת סביבנו, מנסה לחבל בטקס, תיכף תחזיר את ערימות העפר לבור שנכרה מבעוד מועד, ואילו את הגופה הקלה תישא השמימה, אל הרקיע הרובץ מעלינו, כל־כך שפל קומה היום הרקיע, כבד מאבק, כאהיל מנורה שנתלה נמוך מדי.

ממקומנו בשולי העדה איננו מבחינים במתרחש, רק קולות אתי החפירה נוקשים באדמה הסלעית, ובדממה שבין הנקישות מתחדדים החושים, עד שניתן לשמוע את רשרוש מגבוני הנייר הנשלחים אל העיניים, רחש הדמעות הנספגות, בליעת הרוק המאובק, אוושת השערות, להריח את ריחם הלח הטחוב של מעמקי האדמה. כך היתה עובדת בגינתה, לא רחוק מכאן, ואני נזכרת איך באתי פעם לאסוף את גילי מביתם ומצאתי אותה נשענת מהורהרת על את החפירה, בדיוק כמו זה המשמש עכשיו את קברניה, במכנסיים קצרים אדומים וגופייה דקה נראתה כנערה, שוקיה מכוסות רצועות עפר, תראי מה שתלתי, היא אמרה, מוחה זיעה ממצחה, עץ דובדבנים. בנה הקטן קיפץ סביבה מתנודד כשיכור, והיא חטפה אותו ונשקה לו על פיו ואמרה, כשיונתן יגדל כבר יהיו דובדבנים על העץ, הוא יוכל לקטוף ולאכול, וכששתינו לימונדה בגינה נפתח השער ובעלה

נכנס והיא נשאה את פניה אליו, איזה יופי שבאת מוקדם, והוא הרים את הפעוט בזרועותיו ונשק לו גם הוא על פיו שטעם שפתיה נצרב בו לעד, ועכשיו הוא משקיף עלינו, בנה הפעוט, מיטלטל על כתפי אביו, קוטע את אמירת הקדיש בצווחות עונג חדות, ואני שומעת לפתע את קולו של אחיו הגדול, חברו של גילי, מנסה לקרוא בהטעמה לצד אביו את הטקסט המסתורי כקורא בכיתה באוזני מורה קפדנית, וקולו העדין מזכיר לי לרגע את קולו של גילי, את קולו של יותם, כך יעמדו גם הם ביום זה או אחר, מול תלולית העפר, יאמרו קדיש על אִמותיהם.

ממקומנו בשולי העדה קשה להבחין במתרחש, רק את יונתן אני מיטיבה לראות, האומנם על כתפי אביו הוא נישא, נדמה שכל הקהל הגדול נושא אותו על מאות כתפיים כחתן ביום חופתו, עיניו התכולות כעיניה זורחות בהנאה כשהוא סוקר את הקהל המקיף אותו, חיוכו הולך ומתפשט כמו היה סמוך ובטוח שכל הנוכחים טרחו ונאספו כאן כדי להשתעשע איתו, ולמראה הפעוט המתרונן שאך אמש התייתם מאמו כולנו ממררים בבכי, והוא סוקר את סביבותיו בפליאה ושואל לאט ובהיסוס, כהוגה את מלותיו הראשונות, אבא, למה כולם בוכים? ואת תשובת אביו כבר אינני שומעת, אנחות כבדות מכסות על קולו, יללת הרוח מכסה על קולו, ואני מוחה את עיני, מביטה סביבי, מרגע לרגע אנחנו הופכים דומים זה לזה, עינינו מאדימות כעיני חפרפרות, שערנו מצהיב, לשוננו דבֵקה לחיכנו, פיותינו מתמלאים אבק, כמו היינו משתתפים כולנו בחפירה המונית, חופרים בבלי דעת מחילות תחת העיר הבנויה, ראו, חלב צהוב מוזלף על העולם מן השמיים, הרוח הולכת ומתלהטת, כבדה מחול ומזרעים, רוח חשמלית, טעונה, כאבק הלבה שנשאר מרחף באוויר, ימים על ימים.

ממרחק אני מבחינה בגבר גבה קומה המסיר עבורי את משקפי השמש שלו ומהנהן בעיניים בהירות הנהון של היכרות, גם כשראיתי אותו לראשונה היה מכוסה באבק, בכמה הלוויות צעדנו יחד, אמנון,

כמה מתים הספקנו ללוות למנוחתם האחרונה, ודומה שנוכחותו בקהל משרה עלי ביטחון עמום, כמו אז, כשהיה מתהלך בין ריבועי העפר, הנה שוב אנחנו יחד, גם אם מאות אנשים מפרידים בינינו, מלווים זה את זו ממרחק במעגלי החיים. ביום ראשון הקרוב אנחנו אמורים להיפגש ברבנות לסיים את נישואינו, מול שלושה רבנים חמורי סבר נתייצב, בדיוק כמו אלה העוסקים כאן בקבורתה, המבקשים מחילה מנשמתה, כך אטול מידיך את הכתובה, אצעד בראש מושפל בין קירות האולם, מבטים עוינים מלווים אותי, זקנים לבנים ארוכים ניגרים על גלימות שחורות, מגורשת מגורשת הם יצעקו, לא עוד מקודשת.

קרן אהבה את יום שישי, אני שומעת את קולו של בעלה, מתנשא בקושי מעל היפחות העזות, היא אהבה את קבלת שבת, כשכל המשפחה יחד, אנחנו רוצים לשיר לה עכשיו את השיר שתמיד היינו שרים, אני יודע שאת שומעת אותנו, קרן, אני יודע שאת שרה איתנו עכשיו, אני מבטיח לך שכל יום שישי נשיר לך את השיר הזה ונשמע אותך שרה איתנו, והוא משתעל במאמץ, אוסף את קולו, שלום עליכם, מלאכי השרת מלאכי עליון, ממלך מלכי המלכים הקדוש ברוך הוא, בואכם לשלום, מלאכי השלום מלאכי עליון, ממלך מלכי המלכים הקדוש ברוך הוא, זמרתו ההולכת ונסדקת גוררת אחריה בקושי את קולם הקלוש של בניו, בעוד הקהל מהסס אם להצטרף, או שמא מיועד השיר רק לקרובים ביותר, זה השיר המעלה על הדעת שולחן ערוך בקפידה, ילדים רחוצים ומסורקים, עוגה בתנור, אשה בשמלה, שבת המלכה, בואו נלך לחפש את שבת המלכה, הכלה היפהפייה הנישאת לבעלה כל שבוע מחדש, הציעה אז המורה, והילדים קפצו על רגליהם, נעלמים במרחבי הדשא, האם אז היא אמרה, אנחנו עושים מסיבה הלילה, כל מי שרוצה מוזמן, יהיה הרבה יין, מוסיקה טובה, כדאי לכם, ובעלה נעמד לצידה, כשידו סביב כתפיה הסביר לכל המתעניינים כיצד להגיע, וכבר נוצרה התקהלות עליזה סביב אושרם, כן, בטח שנבוא, למה לא, איזה פנייה אמרת, ראשונה אחרי הכיכר.

נדמה שכוחו מספיק רק עד סיום הבית השני, מרחוק אני רואה אותו מתמוטט בזרועות אשה מבוגרת, אמו כפי הנראה, ודווקא אז נחלץ הקהל לעזרתו כאיש אחד, ברכוני לשלום, אנחנו זועקים בגרון ניחר, ברכוני לשלום, מלאכי השלום מלאכי עליון, והפעוט שנדד בינתיים אל כתפיים אחרות מנופף בידיו בחמנית זהובה שנשלפה עבורו מאחד הזֵרים, אבא, יותר אני לא אראה את אמא אף פעם? הוא שואל לפתע, יותר תדהמה בקולו מאשר צער, כמשתאה על סדרי בראשית, מעורר בשאלתו גל חדש של בכי, ובין כל האנחות והיפחות נדמה שאני מזהה צליל מוכר, המלווה אותי כבר חודשים ארוכים, כצפירת זיכרון מתמשכת, וכשאני מביטה סביבי דרוכה אני מבחינה בתלתלים בצבע המנגו הבהיר מסתלסלים ברוח, סביב פנים נעווים, שיד מכסה עליהם. חודשים לא נתקלתי בה, חמקתי ממנה בכל דרך אפשרית, ועכשיו היא כאן, מתייפחת ללא מעצור, כמו איבדה את היקר לה מכול, ונדמה שהבכי הכבוש שבקע אז מחביון חדר השינה משתחרר עכשיו מכלאו, פורץ אל האוויר הפתוח ואני מוצאת את עצמי עונה לה בבכי משלי, כמקהלה בת שני קולות, המספרת סיפור שאין לו הוכחה ואין לו אחרית.

עשרים שנה חלפו מאז ניצבתי כך מעל קברו של גלעד, אמי ניסתה לאחוז בזרועי אבל אני חמקתי ממנה, מסתתרת בין המצבות, רואה לנגד עיני את הגוף החלק שזהר בלילה כנר זרחני, לחינם הזהרת אותי, אמא, איך העלית בדעתך שלא ידעתי על מחלתו, ובכל־זאת רציתי בו, ואולי משום כך רציתי בו, נמשכת אל האובדן שנחבא בתוכו יותר מאשר אל הנעורים, אל העבר יותר מאשר אל העתיד, האם היה זה הפחד שלא אפשר לי לבחור, שגרם לי לוותר מראש. מאחורי המצבות הסתתרתי, בעוד צלעות הנער שלו מתכסות בעפר, וכשכולם הסתלקו לקחתי מקל קטן בידי והפכתי את האדמה, נדמה שאם אחפור מספיק עמוק אגלה שם בית והוא יהיה ביתי, עצמות נער אמצא שם והוא יהיה אהובי.

כשהקהל מתחיל להתפזר לאיטו בפנים נעווים מצער, בעיניים

דלוקות, בצעדים עיקשים החושפים למרות הכול תאווה פתאומית לחיים, קוצר־רוח אלים, כמו בבת־אחת קצו כולם בצער, אני מושכת בזרועו של עודד, משתוקקת להיבלע בקהל, אבל הוא נותר נטוע על מקומו כממתין, וכשאני עומדת לצידו נדמה שלאט לאט נעלם החשש מן המפגש ואפילו צורך נבוך מתעורר, להתאבל יחד, לשבת שבעה יחד על כל אשר אבד לנו, וכשהקהל הולך ומידלדל, כגל ענק הנסוג מן החוף, מערטל פריטים בודדים שנותרו מן הגאות, דומה שנחשפנו ארבעתנו, ואני רואה את מיכל מפנה את גבה אלינו, צועדת לאיטה, לגופה חולצה תכלכלה ששיקפה באחד הימים את צבעם של השמיים, חצאיתה מתנופפת ברוח, ואני עוקבת אחריה בלב נכמר, חכי, אני מבקשת לצעוק, אל תלכי עוד, יש לי משהו חשוב לומר לך.

כמו שמעה את דברי היא נעצרת לפתע ופונה בהיסוס לעברנו, ואני כובשת את עיני באדמה, עוקבת אחר כפות רגליה בסנדלי העקב השחורים, קרסוליה המתנודדים, הנה היא לוחצת ברשמיות את ידו של בעלה לשעבר, כעורכת עימו היכרות, פניה כחשו מעט ויופיה הבשל מבצבץ מבעד לתלתלים, ואני ניצבת לצידו מאובנת, עוצרת את נשימתי, אבל אז היא ניגשת אלי ומושיטה לי את ידה, ואני מלטפת במבוכה את היד הרכה הלבנה שוורידים משתרגים על גבה כערוצי נחל, אני כל־כך מצטערת, אני מוצאת את עצמי לוחשת, כמו היתה היא האבלה ואותה עלי לנחם, והיא לוחשת, גם אני, שלא נדע עוד צער, וכשצעדים כבדים זהירים מתקדמים אלי אני יודעת שאמנון ניצב לצידי, ואני נשענת עליו לרגע, נתמכת בגופו, כי הרוח מסתחררת סביבנו, מסתערת עלינו כמבקשת לבחון עד כמה נטועים אנו באדמה הזו, ואנחנו עומדים צמודים, האם המתבונן מהצד יֵדע לומר מי שייך למי, האם נדע אנחנו.

סופת החול מבריחה את אחרוני המלווים, כמו היתה זו נשורת מסוכנת הניגרת מן השמיים הם ממהרים להידחק אל המכוניות ולהסתלק, מותירים אחריהם משבי אוויר מזוהם, אפילו המשפחה

האבלה ניתקת מעל חלקת הקבר הטרייה המכוסה זרים, הפעוט מתנשא שוב על כתפי אביו, אוחז בגאון בחמנית שלו שנקעה את צווארה, ראשה המפואר שמוט, מיטלטל מפסיעה לפסיעה, ורק אנחנו נותרים מאחור, מתקשים להיפרד, ניצבים במרחק־מה מן הקבר, מקיפים חלקת אדמה שעוד לא ננעצו בה אתי החפירה, שעוד לא נכרה בה הבור, שעוד לא נטמן בה איש, ודומה שמעגל שקוף של ילדים מחולל סביבנו, ילדים שפניהם חלקות וריקות, מקיף אותנו שבע הקפות, ככלה את בעלה תחת החופה, אלה ילדינו שנולדו ואלה שייוולדו ואלה שכבר לא ייוולדו לעולם.

בזעף מערבלת הרוח את עקבותיהם של מאות המלווים שאך זה הסתלקו לדרכם, מעלימה עדויות והוכחות, עד כי נדמה שאיש לא דרך כאן מעולם, בזעף היא מושכת בבגדינו, ואנחנו מתחילים ללכת זה אחר זה בין המצבות, תחת יריעת השמיים הכבדה, דורכים בהיסח־הדעת על שיירי נרות זיכרון, על ערוגות עיקשות הנאחזות באבן, עקביה של מיכל מנקבים חורים באדמה, והנה עקבותיו של אמנון מכסים עליהם, ואליהם מצטרפות פסיעותינו שלנו, בשבילים הצרים שבין המצבות, צעד אחר צעד, שורה אחר שורה, ככתובת שנחרטה באדמה ורק היא תדע לקוראה.

תודה לחברי היקרים שסייעו בעצה ובהדרכה: לעדנה מזי"א, דבורה כ"ץ, יורם יובל, יואב מזי"א, עירית המאירי־ולדרסקי, בלהה בן־אליהו. תודה לרם אורן על הסבלנות והתמיכה, וליגאל שוורץ על קריאתו החכמה.

תודה מיוחדת לאבי על תרומתו החשובה כתמיד, ולאמי על מסירותה.

תודה לפרופ' רוני רייך שהקדיש לי מזמנו ומניסיונו. ספרו מאיר העיניים *הזמנה לארכיאולוגיה* סייע לי רבות במהלך הכתיבה ורישומו ניכר בספרי.

כמו כן נעזרתי בספריהם רבי ההשראה של ישראל פינקלשטיין וניל אשר סילברמן — *ראשית ישראל: ארכיאולוגיה, מקרא וזיכרון היסטורי*; של עמנואל וליקובסקי — *עולמות מתנגשים*, *ארץ רעשה*, *תקופות בתוהו*; של פנינה גלפז־פלר — *יציאת מצרים מציאות או דמיון*, ואני מודה למחברים שחלקו איתי את שפע ידיעותיהם.

תודה לארכיאולוג וסיליוס צפיריס, ותודה גם למשכנות שאננים על האירוח באחד הקיצים.

יותר מכול אני מבקשת להודות לד"ר לוסי פליטמן, מורה בלתי־נשכחת, שסייעה לי בנדיבות במהלך הכתיבה. הרצאותיה המבריקות סללו בפני את הדרך אל תרה.

לוסי נפטרה בדמי ימיה, בינואר 2005. יהי זכרה ברוך.